# DAS TINIKLING MÄDCHEN

©Hans Radmann: Das Tinikling Mädchen - (2022)
Überarbeitete Version: 2024 - ISBN 978-3-7534-9854-6

Verlag: BoD - Books on Demand GmbH, In de Tarpen 42,
22848 Norderstedt
Druck: Libri Plureos GmbH, Friedensallee 273, 22763 Hamburg

Hans.Novelbooks21@gmail.com / www.hradmann-paintings.de

Bildbiografische Information der deutschen Nationalbibliothek:
Die deutsche Nationalbibliothek verzeichnet diese Publikation
in der deutschen Nationalbibliografie, detaillierte
bibliografische Informationen sind im Internet über
http://dnb.dnb.de abrufbar.

## Vorwort

Es ist überaus spannend und bereichernd, über meine zweite Heimat Geschichten zu schreiben. Auf den Inseln.

Seit 1995 glücklich mit einer Filipina verheiratet, habe ich 2016 mit dem Schreiben angefangen und 2019 meinen ersten Roman veröffentlicht, der auf dem Inselreich spielt. Darüber hinaus liebe ich intensive Dialoge, die jene Empfindungen der Protagonisten kraftvoll schildern, so dass meine Leser und Leserinnen die beschriebenen Ereignisse wie einen Kinofilm in ganzer Vorstellungskraft erleben können.

Und etwas ist auch neu: Dies ist mein erster Philippinen-Roman, in dem kein Nicht-Filipino eine handlungs-tragende Protagonisten-Rolle innehat. Wegen dieses interkulturellen Literaturaspekts bin ich meinen vielen Freunden vom Inselreich und meiner lieben Frau für den jahrelangen Input dankbar, der neben meinen Studien und Reiseerfahrungen half, dieses Werk fernab der eigenen kulturellen Identität verfassen zu können.

Der Tinikling ist in vielerlei Hinsicht ein wichtiger Tanz auf den Philippinen. Durch unterhaltsame Tanzbewegungen und einzigartige Requisiten repräsentiert er Werte, die den Filipinos wichtig sind, wie das Leben mit der Natur. Bevor man diesen Roman lesen möchte, könnte man sich Videos über Darbietungen mit professionellen Tänzern ansehen.

Im Verlauf dieser Geschichte erleben das ›Tinikling-Mädchen‹ und ihre Mitprotagonisten gemäß dem Genre der dramatischen Erzählung auch emotional stark aufwühlende Situationen, die bei empfindsamen Romanliebhabern heftige Gefühle hervorrufen können. Das Buch enthält unter anderem Beschreibungen über ein Viertel, in dem prekäre soziale Probleme, Gewalt, Ausbeutung und Verzweiflung, sowie das kontrovers berüchtigte Nightlife zuhause sind, zusammen mit der Dramatik, die sich für einzelne Figuren in jenem Umfeld ergeben. Diese können für sensible Leser als Trigger wirken.

Jedoch erzähle ich mit der gleichen Intensität über Dinge, die tiefe Hoffnung und mitreißende Gefühle ausdrücken, um letztlich Freude im Herzen auszulösen, wenn sich die Erzählung um das ›Tinikling-Mädchen‹ ihrem Höhepunkt nähert, einer jungen Frau, die in der traditionsbehafteten Welt um sie herum mit schonungsloser Konsequenz durch außergewöhnliche Höhen und Tiefen geht, weil gleichsam so viel Schönes in ihrer Umgebung existiert.

Es wird eine Kurzbeschreibung des Romans auf meiner Homepage geben, um interessierten Lesern einen Einblick zu verschaffen, inwieweit die Geschichte sie berühren könnte. Über die dortige Impressumsadresse sind Fragen und Anmerkungen willkommen und werden von mir gerne beantwortet.

6

»Kommst du jetzt nicht besser mit?«

Es waren ja gut gemeinte Worte, die das achtzehnjährige Mädchen mit rabenschwarzem Haar trotz der lieblichen Stimme dahinter nur verabscheuen konnte. Sicher war die Frage mit Würde ausgesprochen, doch Hiraya wehrte sich dagegen, weil es wie ein Messer in ihr verbittertes Herz schnitt. Die zupfenden Finger an ihrem Ärmel entfachten nur noch mehr Abneigung und erzeugten echten Widerstand in ihr.

»Du kannst doch nicht hier sitzenbleiben.«

Eine der älteren Frauen reagierte mit Kopfschütteln auf die Nachbarin, die Hiraya mit der Hand an ihrer schwarzen Bluse zum Aufstehen bewegen wollte.

»Lass sie. Hab doch Gefühl.«

Beschämt nahm Ophelia, die resolute Grundschullehrerin, die Hand der Frau beiseite und blickte mitleidsvoll auf das vor dem Grabstein kauernde Mädchen hinunter. Sie kniete sich neben Hiraya hin und legte die Hände sanft auf ihre Schultern.

»Sie schläft, Kind. Sie schläft.«

Wortlos beobachteten die Zurückgebliebenen nach der Zeremonie in scheuem Respekt die beiden Frauen vor dem hellgrau gescheckten Stein. Hiraya konnte nicht weinen. Nur ein Zittern und ihre aufeinandergepressten Lippen waren für die anwesenden Dorfbewohner zu sehen.

»Es regnet gleich. Lass uns nach Hause gehen.«

Einige der herabfallenden Tropfen aus den bedrückend aussehenden Wolken tupften bereits an ihrem Haar, doch zunächst nur dezent spürbar. Hiraya war alles egal. Regen kannte sie, seit sie aus dem Leib ihrer Mutter hervorkam, und meistens war er warm und kräftig. Ihr Wille, diesen Platz nicht zu verlassen, war in jenen Momenten verbissen stark. Selbst wenn ein Wolkenbruch über ihr hereinbräche, würde sie niemand hier wegholen können. Warum war Vater, der fast 31 Jahre mit ihrer geliebten Mutter verheiratet war, einfach nach Hause gegangen? Ihre ältere Schwester Kezia hielt auch nicht durch und ging sogar früher zum Haus zurück als er. Sie dachte wieder nur ans Praktische, das Kochen für die vielen Trauergäste und die Bemutterung dieser Leute. Sie war schon immer wie ein Roboter. Als einer Erstgeborenen wurde ihr ständig eingetrichtert, dass man zuerst der Familie dienen sollte. Gefühle mussten zurückgestellt werden, wenn es darauf ankam. Sicher hatte Kezia sich rührend um ihre Mutter gekümmert, doch gegen den Lauf der Dinge konnten sie alle nichts ausrichten. Hirayas ältere Schwester trauerte sicher ebenso wie ihre Geschwister, doch es würde nur in ihrem Zimmer hervorbrechen, wenn sie sich mit einem Kissen vor dem Gesicht die Augen ausheulen würde. Hiraya wollte nicht so sein. Ihr Herz sagte ihr, dass sie sich keinesfalls gleich ihrer Schwester wie ein mechanisch funktionierender Automat benehmen sollte. Es konnten doch andere für die Gäste kochen. Und warum fraßen sich diese Leute jetzt den Bauch voll, anstatt ihr und dem Vater echten Trost zu schenken? Lehrerin Ophelia tat es immerhin, die gütige Seele, deren Hände nicht loslassen wollten und sie so lieb drückten.

»Ich komme später.«

»Wie du möchtest, Kind.«

Langsam stand Lehrerin Ophelia auf und gebot den Leuten, aufzubrechen. Hastig machte sich die Trauergemeinde wie eine Ameisenhorde in Richtung des Hauses der Sinilang-Familie auf, das vor lauter Anteilnahme am Bersten war, vollgestopft mit aller Art von Dorfbewohnern. Einige von ihnen hatten sich jahrelang nicht blicken lassen. Immerhin ging eine Gruppe Männer beim Schlachten der Schweine den Frauen zur Hand. Dabei würden sie wohl in Kürze betrunken sein und herumalbernd am Grill stehen. Hirayas Herz war verbittert, wenn sie an solche Szenen dachte. Das Geräusch der herabfallenden Regentropfenkaskaden war jetzt in den Palmwipfeln zu hören wie ein feines Rauschen. Hiraya interessierten weder ihre durchnässten Haare, noch diese Gesichter, die von der Ferne auf sie blickten. Sie fiel nach vorne, während sich die Tränen zwischen ihren Fingern einen Weg bahnten. Auf die Hände gestützt, tief gebückt nur Zentimeter vom grauen Stein der Grabplatte entfernt, begann sie zu schreien, geschüttelt von heftigen Atemstößen.

»Mama!!... Mama!!«

»Wo ist Hiraya?«

»Sie wollte nicht mitkommen.«

Kopfschüttelnd kommentierten die Frauen in der Küche diesen Umstand. Wie dumm doch jemand wäre, bei dem strömenden Regen an einem Grab zu sitzen.

»Lasst bloß das Mädchen in Ruhe. Sie hat ihre Mutter abgöttisch geliebt. Ob sie sich nassregnen lässt oder nicht, ist nicht eure Angelegenheit.«

Ophelia konnte nicht anders, als sich einzumischen. Die Jüngeren in der Frauengruppe schwiegen augenblicklich und widmeten sich wieder hastig dem Gemüseschneiden. Einer solch angesehenen älteren Frau zu widersprechen galt als Unsitte. Die hin und herrennenden Helferinnen, die ihre Schüsseln in den Händen hielten, schnatterten wild durcheinander. Hirayas Vater Roberto saß, umringt von seinen engsten Freunden, stumm auf einer Holzbank und schwieg, völlig in Apathie versunken. Die Männer, die bei ihm waren, gafften nur auf die Tischplatte und ihre Rumgläser. Niemand schien zu Worten der Ermunterung fähig zu sein. Robertos Freunde und Nachbarn fanden die kondolierende Schweigsamkeit ansprechender als ein falsches Wort loszulassen.

Kezia lief mit einem Tellerstapel auf dem Arm zur Seitentür hinaus auf die überdachte Veranda. Helfende Hände nahmen ihr die schwere Keramik ab und fast jede der Frauen sagte etwas.

»Deine Mutter war eine liebevolle Frau.«

»Ja, wir werden ihre guten Taten so vermissen.«

»Du kannst mich anrufen, wenn du Hilfe brauchst.«

»Wer soll denn jetzt eure Ländereien verwalten?«

Kezia biss sich auf die Lippen, um nicht wegen jener ungelenken Frage mit harschen Worten zu reagieren. »Wer soll denn jetzt eure Ländereien verwalten?« Nachbarin Magdalena hielt nie viel von Roberto, was solche Dinge betraf. Ganz unberechtigt war es nicht. Er konnte zwar gut zimmern und auf den Plantagen stundenlang mit seinen Früchten hantieren, doch mit Geld gut umgehen war nicht seine Stärke. Seine Henrietta musste und konnte mit dieser

Verantwortung zurechtkommen und beschwor die Erstgeborene immer eindringlicher, die Verwaltung der Farm ernst zu nehmen, besonders als sie erkennen musste, dass sie den Kampf gegen die Krankheit verlieren würde.

Kezia rannte aus der Küche, wollte nur noch über den Hof zum Gerätehaus gelangen, einem Gebilde aus Mahagonibalken und einem Nipa-Grasdach, um alleine sein zu können. Hastig lief sie durch den strömenden Regen über die Wiese und riss die quietschende Tür auf. Wildes Gegacker schoss ihr entgegen. Die nach Futter suchenden Hühner rannten flatternd umher und quetschten sich durch die breiten Ritzen zwischen den Bambuslatten ins Freie. Sie würden dort nicht lange sicher sein, denn wenn das Essen für die Trauergemeinde knapp werden würde, müssten sie als Nächstes dran glauben. Kezia schloss die Tür, fühlte plötzlich eine durch ihren Körper rasende Schwäche und musste sich an einem Balken festhalten. Auf einem Sack voll mit Reis fand sie sitzenden Halt und starrte zwischen den Ritzen hindurch auf den Trubel rund um ihr Elternhaus. Immer neue Gesichter tauchten auf. Leute kamen und gingen, umarmten sich oder weinten leise vor sich hin. Bei einigen war die Trauer wirklich echt, bei anderen galt die Tradition, weil man sich vor der Familie keine Blöße geben wollte. Zwei Männer trugen verdächtige Pappkartons über den Hof. Natürlich war es brauner Rum, billiger Fusel, um die Typen bei Laune zu halten. Lehrerin Ophelia trank ebenso gerne und vertrug eine ordentliche Menge, war nie ernsthaft krank und Kezia empfand es als Ungerechtigkeit. Warum musste ihre Mutter mit 48 Jahren sterben? Sie, die sich doch immer gesund ernährte und besonders den Mädchen so oft erklärte, dass Farmer die glücklichsten Menschen seien, weil sie das Brot vom Himmel in Form gesegneten Wachstumes bekämen und die Städter bedauernswerte Vertriebene wären, die sogar für eine lausige Flasche Wasser Geld ausgeben müssten und in Kaninchenställen lebten, die als teuer verkauftes Kondominium der letzte Schrei seien. Unfug sei das, sagte sie immer, und Kezia glaubte es mit ganzer Seele. Ganz anders als Hiraya, die einen ungestümen Drang besaß wie ein Schmetterling, der in alle Himmelsrichtungen gleichzeitig fliegen wollte. Hin und wieder verlautbarte sie den Wunsch, Manila zu sehen, doch ihre Mutter wurde über diese Idee ärgerlich. Dann folgte eine anschauliche Predigt über die Zustände in den Squatatervierteln, die Abneigung der Etablierten über die sich in die Metropole eingeschlichenen Provinzler, die des Tagalogs nicht mal richtig mächtig seien. Hiraya hörte nur mit einem halben Ohr hin, war sie doch belesen in der Schule. Sie mochte die Hauptsprache und sang gerne zu Karaoke-Liedern, wie diese der Sängerin Gabriela, die mit ihrer rauchigen Stimme diese intensiven Dramen über Liebe, Verrat und Wiedergutmachung sang. Wenn Hiraya Lust auf sanfte Melodien hatte, gefielen ihr die alten Lieder von Verni Gonzalez, Leah Navarro oder auch die modernen Kompositionen diverser Popsänger wieder besser. Es kam dabei immer auf ihre Stimmung an. Als sie erfuhr, dass ihre Mutter am Ende gegen den Krebs nicht standhalten würde, vergrub sie sich in ihr Poesiealbum und Rockmusik, um mit dem Schmerz fertig zu werden. Als sie einmal ›Kirot‹ (Schmerz) zehnmal

12

hintereinander durch den Kopfhörer dröhnen ließ, riss Kezia ihr diesen herunter und schimpfte, sie solle gefälligst in der Küche helfen. Darauf reagierte sie ungehalten und stritt sich derart laut mit ihrer Schwester, dass es alle im Haus mitanhören mussten und sahen, wie das Mädchen schreiend aus der Seitentür ins Freie rannte.

Seit der frühen Kindheit entwickelte sich Hiraya anders als ihre Schwester, war sie ja als die Jüngste das Nesthäkchen, das weniger Rechte, aber dafür mehr Verwöhnung genoss. Sie verstand das auf charmante Weise auszunutzen und wusste, dass ihre Mutter sie immens liebte. Waren Kezia und ihr Bruder nicht manchmal deswegen eifersüchtig oder weil Hiraya etwas aus sich machen wollte, ohne früh zu heiraten und sich einem Kerl an den Leib zu werfen wie ihre Schwester, die gerade mit nassen Augen in diesem Geräteschuppen auf dem Reissack hockte und innerlich am Zerbrechen war.

»Wo ist Kezia? Ihr Baby schreit.«

»Keine Ahnung.«

»Vielleicht will sie Hiraya holen.«

Eine der Frauen in der diskutierenden Gruppe ging die Stiege hinauf, die zu dem Zimmer führte, wo das Schreien zu hören war. Das kleine Mädchen im Arm auf und ab wippend kam sie zurück.

»Ja..., ja..., Mami kommt gleich.«

»Hunger hat die Kleine.«

»Willst du oder ich?«

»Gib sie her. Ist doch egal, wessen Milch sie trinkt.«

Gelächter inmitten der Leute im Wohnzimmer erklang. Nachbarin Melinda setzte sich in eine Ecke, zog den Top

13

nach oben und reichte Kezias kleiner Tochter die rechte Brust. Sie stillte ihre Zwillinge zurzeit auch. Für ein drittes Kind gab es genug Reserven im mütterlichen Tank. Dass ein paar Männer auf ihren Oberkörper glotzten, ließ sie kalt und doch musste sie innerlich dabei schmunzeln.

»Man muss sich eben zu helfen wissen.«

»Sie ist so goldig.«

»Schade, dass sie ihre Großmutter nicht wirklich kennenlernen konnte.«

Melinda konzentrierte sich nur auf das Füttern der Kleinen und schaute das zarte Kindergesicht mit den neugierig blickenden Äuglein lächelnd an. Währenddessen ging in der Küche der Trubel ununterbrochen weiter. Ein lautes Scheppern und ein ›Arrayy!‹-Schrei kündeten davon, dass in jenem Moment eine schwere Keramikschüssel samt Inhalt auf den Boden gekracht war. Dieser Kollateralschaden störte scheinbar niemanden, besonders nicht den Hausherrn, der vor lauter Trauerschmerz kaum etwas mit seiner Umwelt zu tun haben wollte. Die auf seine Schultern patschenden Hände erfreuten ihn für Sekunden und manches nette Wort aus dem Mund der Freunde tat gleichsam gut.

»Ich kann dir die nächsten Tage bei der Ernte helfen.«

»Ist doch Ehrensache, Roberto.«

»Wir stehen zusammen, alter Freund.«

Weitere Männer am Tisch pflichteten dem bei. Roberto konnte jede Hilfe gut gebrauchen. Sein zweitgeborener Sohn Boyed war kräftig, aber uninteressiert am Farmleben Er wollte lieber an der Universität studieren und mit Computern zu tun haben wie viele junge Leute, die nach der Welt außerhalb der Inseln lechzten und ins Ausland gehen wollten.

Kezia hingegen machte es in ihrer traditionsbewussten Denkweise gut, war seit achtzehn Monaten verheiratet, gab sich ihrem Gerald hin, wann immer er mochte und zeigte Haltung wie eine echte ›Panganay‹, die Erstgeborene. Ihr Mann passte gut in diese Umgebung. Ein ruhiger Typ, durchschnittlich fleißig und völlig vernarrt in sein Kind. Dass er seine Frau vor einem Monat wieder geschwängert hatte, wusste er noch nicht. Sie würde es ihm spätestens dann sagen, wenn der Monat käme, in dem sie deswegen keinen Verkehr mehr mit ihm haben möchte und der Babybauch ohnehin für alle sichtbar wäre.

Hiraya wiederum war Vaters heimliches Lieblingskind, was Kezia in ihrem Pragmatismus hin und wieder ungerecht fand. Es war durchaus verständlich, denn sie musste schon als Sechsjährige auf die Jüngere aufpassen, ihr beim Duschen helfen und achtgeben, dass sie und der Bruder keinen Unsinn im Haus anrichteten. Die Tradition gebar nämlich die Rollenverteilung und Kezia verdiente sich die Liebe durch steten Gehorsam, bekam rasch Rechte unter den Erwachsenen zugeteilt und sie war es eigentlich, die ihren Gerald zur Heirat drängte. Es war durchaus echte Liebe im Spiel gewesen, doch Hiraya erkannte damals schon mit ihren sechszehn Jahren, dass Kezias Verlangen nach körperlicher Intimität nicht unerheblich mitspielte. Zudem drängten die Mädchen aus der Nachbarschaft mit eindeutigen Sprüchen und setzten Kezia damit unweigerlich zu. Hiraya nahm sich schon damals vor, nicht so sein zu wollen. Liebe schon, aber erst zur richtigen Zeit. Sie sei ja ein Schmetterling. So sagten es viele, die Hiraya kannten, weil sie unstetig pendelnd zwischen diesem oder jenem Traum über das, was sie im Leben einmal machen wollte, ihr junges Dasein erlebte.

Irgendwann gab es dieses riesige Volksfest in Roxas City und es tat sich für Hiraya eine neue Passion auf, als sie dieses Tinikling-Ensemble sah, das eine erstaunliche Tanzakrobatik zwischen denen im Takt geschlagenen Bambusstangen zur Schau stellte, gekleidet in farbenfrohe Folklore mit wehenden Kostümen. Die jungen, schwarzhaarigen Frauen und ihre männlichen Tanzpartner flogen nur so in ihren Sprüngen und Drehungen über diese Hölzer, als könnten sie ihnen nichts anhaben.

Am Krankenbett ihrer Mutter erzählte Hiraya eines Tages von ihrem Wunsch, eine Tinikling-Profitänzerin werden zu wollen. Die Ausgemergelte war schon zu schwach, um ihr geliebtes Nesthäkchen zurechtzuweisen, streichelte ihr liebevoll über den Kopf und nickte nur, als wollte sie sagen, dass sie stolz auf ihre Jüngste sei. Und sie schaffte es, ihr diese Frage vorzuhalten.

»Tochter, möchtest du wirklich ein Tikling-Vogel sein?«

»Ja, Mama.«

Zwei Wochen später kam dann der furchtbare Tag, an dem Hirayas Mutter ihren letzten Atemzug tat und Kezia war es in pragmatisch kalter Art, die ihre leblosen Augen schloss, bevor sie zusammensackte und minutenlang ohnmächtig auf dem Boden lag. Wie sie die ganzen Formalitäten hinbekamen, verstand Hiraya bis heute nicht. Der Verlust wurde ihnen erst danach immer deutlicher. Kezia saß abends mit Weinkrämpfen neben ihrem Mann, der sie unbeholfen zu trösten versuchte. Er meinte es zweifellos gut, kümmerte sich seitdem meistens um die kleine Jane. Stillen konnte er sie natürlicherweise nicht, sonst hätte er selbst das getan, während seine Frau stoisch zusammen mit Dienstmädchen Imelda den Haushalt am Laufen hielt, weil der Vater kaum zu sinnvoller Tätigkeit fähig war. Langsam wurde es für die frischgebackene Mutter und Farmerin mit einem phlegmatischen Ehemann zu viel. Hilfe musste her.

Natürlich hatten sich die Probleme in der Sinilang-Familie herumgesprochen, so dass es kurz darauf den Hinweis während eines Marktbesuches durch die ältere Tante aus dem Nachbarort gab, die Kezia von einer jungen Frau aus Katiklan erzählte. Sie hieß Dolores und würde Arbeit suchen. Zwei Dienstmädchen zu haben kam Kezia zumindest in dieser schwierigen Zeit kaum als Luxus vor. Der Plan wurde bei einer abendlichen Familienrunde unter Laternenlicht besprochen. Hiraya ärgerte sich, dass Kezia das Wort führte und nicht ihr Mann Gerald. Dass er neben dem Vater nun ein zweites Familienoberhaupt geworden war, schien der geistig langsame Mann gar nicht begriffen zu haben, obwohl er aus einer Traditionsfamilie stammte und doch hätte wissen müssen, was die Ehe mit einer erstgeborenen Panganay bedeutet. Respektvoll musste sich Hiraya mit Worten zurückhalten, sah den Vater nur an, der leise allem zuhörte und nickte, als man übereinkam, diese Frau einzuladen und zu sehen, ob sie sich als zusätzliches Hausmädchen für die Familie eignen würde. Wieder hatte der Pragmatismus der älteren Schwester gesiegt, die sich heimlich die Hosen in der Familie ange-

17

zogen hatte. Hiraya konnte noch nicht verstehen, dass es nicht aus Respektlosigkeit so geschah, sondern weil Kezia sonst vollends zusammengebrochen wäre.

»Tita Kezia? Hat unser neues Dienstmädchen überhaupt Ahnung? Ich meine, Erfahrung in Haushalten, als ›Yaya‹ oder so?«

»Weiß nicht.«

»Warum hast du sie dann akzeptiert?«

»Wir testen sie erst einmal. Tante sagte, sie wäre okay.«

»Tante Giselle?«

»Sicher.«

»Die hat doch ihren Haushalt überhaupt nicht im Griff.«

»Sei nicht so frech, Hiraya!«

»Ich bin nicht frech.«

»Doch, bist du. Schon die ganze letzte Zeit.«

Die neue Errungenschaft namens Dolores kam zwei Tage später zur hitzegeplagten Mittagszeit auf einem schicken Motorroller angefahren und stellte sich vor. Zur Mittagszeit? Kezia hatte doch verlauten lassen, sie würde morgens um 7 Uhr anfangen. Der Roller war zweifellos neu und sauber geputzt. Schon wurde Hiraya misstrauisch, behielt aber ihre Gefühle für sich. Das Aussehen dieser Frau zeigte, dass sie auf Beauty-Pflege Wert legte und das mit ausgefeilter Bravour. In der Tat war Dolores eine schlanke Erscheinung mit hellem Teint und langen, zarten Beinen, die in ganzer Pracht wegen des Minirocks zur Freude der stehengebliebenen Farmarbeiter für jeden zu sehen waren.

Nachdem sie abgestiegen und den Roller auf den Ständer gehoben hatte, lächelte sie die beiden Frauen vergnügt an.

»Guten Tag. Ich bin Kezia. Wir freuen uns.«

Hiraya hielt Dolores die ausgestreckte Hand hin und betrachtete die Konturen ihres markant hübschen Gesichts. Dolores' dunkelbraune Augen krönten lange Wimpern und die gekurvten Augenbrauen waren gemacht.

»Hallo, ich bin Dolores.«

Hiraya freute sich nicht und empfand Schauspielerei hinter diesen dunklen Pupillen, die sie angrinsten.

»Das weiß ich schon. Hiraya.

»Oh! Hiraya..., seltener Name.«

»Ja, selten.«

»Bedeutet er nicht..., ähm...?«

»Mein Traum wird sich erfüllen.«

»Was? Ach, genau. Ich freue mich jedenfalls, dich kennenzulernen.«

Hiraya sagte nichts als Erwiderung und beobachtete, wie sich Dolores jetzt mit ihrer Schwester unterhielt.

Nach ein paar Minuten Smalltalk lud Kezia die neue Hauswirtschafterin ein, ins Haus zu kommen. Dolores begann sich umzuschauen. Kezias Mutter hatte trotz des Provinzdaseins hohen Wert auf einen hübschen Einrichtungsstil gelegt und ornamentierte Bambusgitterfenster anfertigen lassen, die mit blumenbestickten Baumwollvorhängen verziert worden waren. Der Geschirrschrank war ein handgemachtes Einzelstück eines Meisters aus den Bergen und die Bambussessel knarrten kein bisschen. Dolores hatte rasch den Fernseher auf dem Beistelltisch gesehen und konnte sich nicht zurückhalten zu sagen, dass er klein sei.

»Beim Arbeiten muss niemand Fernsehgucken.«

»Hiraya, bringst du Ate Dolores bitte ein Glas Wasser?«

Sie gehorchte widerwillig und verärgert. Warum musste man diese Frau ins Haus holen? Köchin Imelda arbeitete schon viele Jahre hier zuverlässig und sollte ausgerechnet jetzt eine Hilfe beigestellt bekommen?

Hiraya ging in die Küche und griff in den Geschirrschrank mit den Gläsern. Imelda war in ihre Arbeit für das Mittagessen vertieft.

»Na, ist sie endlich eingetroffen?«

»Ja. Ich dachte, sie sollte morgens anfangen.«

»Wie ist sie so?«

»Miss ›Beauty‹. Minirock.«

Imelda erwiderte nichts darauf und meinte: »Wir müssen sie erst kennenlernen, bevor du Urteile fällen kannst.«

»Ich mag sie nicht. Du bist unsere Hauswirtschafterin.«

»Nein, Hiraya. Sei doch bitte lieb. Ich werde sie ja nachher sehen.«

Lustlos stellte Hiraya das Glas Wasser auf den Tisch. Sie hatte absichtlich kein Eis hineingetan. Jeder im Haus bekam Hirayas kratzige Stimmung mit, doch Kezia wusste sich mal wieder zu helfen.

»Sie trauert sehr, Dolores.«

»Natürlich. Nicht wahr, Inday Hiraya?«

»Ich muss gehen.«

Hiraya entschuldigte sich und rannte aus dem Seiteneingang ins Freie. Sie schaffte es noch nicht, netter zu dem Neuzugang zu sein, zumindest nicht jetzt. Sie hörte nur noch das leise Gerede im Haus, als Boyed ins Zimmer kam und sich Dolores vorstellte.

20

»Wo ist euer Vater?«

»Er kommt später. Ihm hilft es, wenn er bei Freunden oder in der Plantage ist. Zerstreuung.«

»Hast du einen Mann?«

»Ja sicher. Bin wieder schwanger. Meine Erstgeborene schläft oben.«

»Wie alt?«

»10 Monate. Und du?«

»Habe nichts Festes im Moment.«

Dolores nippte an ihrem Wasserglas und blickte sich weiter neugierig um.

»Darf ich fragen, warum eure Mutter verstorben ist?«

Kezia reagierte ein wenig abweisend, atmete tief ein und offenbarte, dass es der Krebs war, der ihre Mama aus dem Leben riss. Dolores schien nichts erwidern zu können und schwieg lieber betreten. Boyed zeigte ihr das Zimmer oben neben dem Raum, in dem seine Mutter ihre letzten Monate verbrachte.

»Hier wirst du schlafen.«

Dolores mochte die winzige Kammer nicht wirklich, doch weil sie sauber war, gab sie keinen Kommentar ab. Nachdem sie ihre Tasche abgestellt hatte, zog sie sich ein neues Shirt über, denn der erste Arbeitstag rief bereits penetrant. Hiraya hatte sich ums Haus geschlichen und spähte durch eine Ritze in die Küche, um die Neue zu beobachten.

»Ich bin Imelda Fernandez.«

»Dolores. Was soll ich tun, Ate?«

»Entschuldige, hast du keine Hose?«

Dolores begriff sofort und huschte in ihr Zimmer, um sich das gewünschte Kleidungsstück überzustreifen. Hiraya lugte weiter zwischen den Lamellen des Seitenfensters hindurch, neugierig darauf zu sehen, wie diese Frau ihre erste Küchenarbeit tun würde.

»Entschuldige, Ate Imelda. Ist es so okay?«

»Im Rock kannst du nicht richtig draußen arbeiten. Hast du schon auf einer Farm gedient?«

»Nein. Muss ich denn im Feld arbeiten? «

Imeldas Begeisterung hielt sich in Grenzen, als sie diese Frage hörte, dabei konnte sie Dolores beruhigen.

»Das Ernten machen die Farmarbeiter. Aber manchmal musst du schon etwas für die Küche pflücken.«

»Kein Problem.«

Sie bekam den Geschirrschrank gezeigt und die Ordnung, die Imelda dort zu sehen wünschte. Hiraya duckte sich nach unten, als Dolores sich umsah und in Richtung des Fensters schaute.

»Bitte deck jetzt den Tisch, Dolores.«

»Essen wir mit der Familie?«

»Das wird dir der Senor sagen. Ich tue es nicht.«

»Warum?«

»Jeder sollte seine Position kennen. Du isst natürlich mit uns hier draußen.«

»Uns?«

»Die Pflücker kommen um 1 Uhr.«

»Natürlich. Wir groß ist denn euer Anwesen?«

»Fünfzehn Hektar.«

»Donnerwetter.«

Hiraya sah jetzt, wie Dolores große Augen machte und noch ein »Wow« hervorstieß. Eilig nahm sie das Essgeschirr aus dem Schrank und begann den Tisch im ›Sala‹ zu decken.

Hiraya versuchte, Imelda Zeichen durch die Glaslamellen zu geben, doch sie bemerkte sie nicht.

»Tochter?«

Sie erschrak und blickte in die Augen ihres Vaters, den sie nicht hatte kommen hören.

»Was hockst du vor dem Fenster?«

»Die neue Haushälterin ist da.«

»Ach so. Und du sitzt hier und beobachtest sie? Du bist doch kein kleines Mädchen. Essen wir gleich?«

War sie verblendet durch all diese Trauergefühle, die ihr Herz zum Zerreißen brachten? Zu verblendet, um Dolores Freundlichkeit entgegenzubringen? Als sie ihren Vater ins Haus gehen sah und mitbekam, wie er sich der Neuen vorstellte, dachte sie jetzt sogar, dass er die Wogen für sie glätten könnte. Immer hatte sie ihren Vater bewundert. Er war scharfsinnig, liebevoll und im Gegensatz zu ihrer Mutter ein wenig zu nachsichtig, wenn sie mal wieder ihren Trotzkopf durchsetzen wollte, aber sie fühlte sich bei ihren Eltern geborgen und konnte sich einfach nicht vorstellen, längere Zeit von ihrer Familie getrennt zu sein.

»Ich bin Roberto Sinilang.«

»Dolores Mercado, Senor.«

»Ich hoffe, es wird dir gefallen bei uns. Hast du meine Kinder schon kennenlernen können?«

»Das habe ich. Ach, Senor..., mein aufrichtiges Beileid.«

Dolores neigte ihren Kopf nach unten, griff nach seiner Hand und wollte sie an ihre Stirn tupfen, doch Roberto Sinilang mochte diese Respektsgeste nicht wirklich gerne und zog seine Hand zurück. Hiraya kam durch die Tür und setzte sich an den Esstisch. Er war ordentlich gedeckt und sogar mit einer kleinen Blumenvase geschmückt. Dolores fragte sie lächelnd, ob ihr der eingedeckte Tisch gefallen würde, was sie nur mit einem gequetschten Nicken erwiderte, Sie sah ihren Vater an, der erkannte, dass sie das neue Hausmädchen noch nicht wirklich mochte.

Der späte Nachmittag brach an. Hiraya nahm ihren Kopfhörer, rannte in eine der Zuckerrohrplantagen, die ihre reifen Pflanzen in der Tropensonne zur Schau stellten. Dort gab es ein Plätzchen, wo sie einen Hocker versteckt hatte, um stundenlang Musik aus ihrem Handy genießen zu können, bis der Akku erschöpft war. Die Sonne brannte noch und Arbeiter waren keine zu sehen. Sie schufteten in der Plantage nebenan und Hiraya konnte sich ungestört in die hämmernden Klänge versinken lassen. Es war wieder ›Kirot‹, ein heftig anklagender Song, dessen Sängerin mit ihrer Stimme bei den hohen Refrains einen schönen Rock-Thriller jaulen ließ. Hiraya wippte mit ihrem Kopf im Rhythmus, völlig losgelöst von der Realität um sie herum, der Realität mit den wiegenden Kokospalmen und den im Wind schwingenden Blättern des Zuckerrohrs. Hiraya wurde in diesen Momenten zu einer Arrangeurin eines modernen Tinikling-Tanzes im 4/4-Takt und stellte sich vor, im Schwung dieses Songs über den Bambusstangen durch die Luft zu fliegen. Hirayas Träume halfen oft nur kurz, denn der Schmerz über den Verlust der geliebten Mutter brachten sie an den Rand innerer Aggressivität, die sie mit Lesen und langen Spaziergängen in der Natur zu bekämpfen suchte. Dabei begann sie in einem Rhythmus diese dem Tinikling gleichsamen Hüpfbewegungen zu machen, breitete die Arme aus, fing an zu lachen und sich in diesen Bewegungen um die eigene Achse zu drehen. Das Mädchen fühlte eine wunderbare Leichtigkeit, jubilierte zusammen mit den zwischen den Palmen umherfliegenden Vögeln und schrie: »Ich will Tinikling-Tänzerin werden! Tinikling-Tänzerin!«

Weitere Tage vergingen, stoisch in der Abfolge des Weges der Sonne, die im Osten aufging und ihre Bahn über den Himmel vollführte. Alle im Haus der Sinilang-Familie gehorchten ihrer angedachten Rolle und füllten sie aus. Nur Hiraya suchte jede Gelegenheit, im Angesicht der Handy-Videos mit Tinikling-Darbietungen in ihrem Zimmer oder in den Plantagen zwischen den Zuckerrohrpflanzen und Kokospalmen mitzutanzen.

Roberto war in den letzten Tagen ungewöhnlich lustig geworden, was nicht am Alkohol lag. Kezia beobachtete zwar, dass er kaum trank. aber immer öfter Konversationen mit allen möglichen Leuten suchte. Seiner Tochter gefiel das. Sie konnte sich wieder mehr ihrer eigenen Familie widmen, anstatt alle Angelegenheiten um die Verwaltung des Anwesens alleine stemmen zu müssen. Ihre eigenen Glücksgefühle durfte sie endlich wieder intensiver erleben, zusammen mit ihrem Mann, der erleichtert war, dass seine Kezia wieder Lust verspürte, mit ihm zu schlafen und das an romantischen Orten unter freiem Himmel zwischen den Plantagen, nachdem sie augenzwinkernd Imelda bat, auf das Kind aufzupassen. Imelda selbst war eine enthaltsam lebende Frau, aber nicht verblendet, was die ehelichen

Freuden anderer anging und schmunzelte, während sie auf das Bettchen blickte, in dem Baby Jane sanft schlummerte, und sie wusste, dass Gerald in diesen Momenten seine Frau zwischen einer Baumreihe unter dem Sternenhimmel zu Höhenflügen der Lust brachte.

Kezia empfand die wiedergewonnene Leichtigkeit ihres Vaters als seine Art von Trauerbewältigung und untersuchte auch nicht den Grund für diese häufigeren Privatgespräche zwischen ihm und der neuen Haushälterin. Sie hielt es für Anweisungen, auch wenn Dolores dabei oft lachte und scheinbar so tat, als wäre sie seine Schwester. Nur Hiraya begann jetzt, sich Sorgen zu machen. Doch die restliche Familie ließ es geschehen und dachte sich nichts dabei. Vater Roberto redete schon seit geraumer Zeit unbemerkt von seinen Kindern zu wenig mit ihnen, ging kaum ans Grab seiner Frau und begann, witzige Geschichten zu erfinden und zum Besten zu geben. Hiraya missfiel, dass Dolores immer öfter mit der Familie essen durfte, obwohl sie erst seit zwei Monaten hier arbeitete.

»Daddy? Ich möchte dich etwas fragen.«

»Sicher. Nur zu.«

»Wie findest du eigentlich Ate Dolores?«

»Wie meinst du das?«

»Warum sitzt sie so oft bei uns am Tisch? Sie ist nur eine Hausangestellte.«

»Sie ist nett. Wir sollten sie wie eine richtige Familienangehörige behandeln.«

»Ate Imelda ist viel netter.«

»Ich brauche im Moment junge Menschen, die mich aufheitern. Sag mal, was macht deine Schule?«

»Es ist okay. Ich lerne ja gerne.«

»Wirklich?«

»Ja.«

Als Hiraya den Raum verließ, begann es in ihm zu kribbeln. Vater Roberto wusste, dass seine Jüngste die intelligenteste seiner Kinder war und ihn durchschauen konnte. In seinem Herzen empfand er dies als einen der Gründe für seinen Stolz auf sie. Jedoch hatte Hiraya mehr begriffen, als ihm lieb sein konnte. Dolores, fast 20 Jahre jünger als er, ansprechend mit ihrem Auftreten in der Weise, wie sie sich benahm, ließ in ihm Gefühle der Begierde entstehen. Einmal war er nachts im Haus unterwegs, weil er nicht schlafen konnte und hörte Geräusche aus einem der Zimmer. Leise schlich er sich in die Nähe der Treppe, die zu den Schafräumen führte. Die Tür zu Dolores' Kammer war halb offen und eine Stehlampe illuminierte das Zimmer mit ihrem fahlen Licht. Sie stand, ihren Rock bereits abgelegt, vor dem Spiegel. Roberto duckte sich und konnte seine Augen nicht von dieser Erscheinung abwenden.

Dolores zog langsam ihr Hemd aus, um sich den Oberkörper an der Porzellanschüssel zu waschen. Roberto begann zu zittern, als er ihren rosafarbenen BH sah, den sie nun langsam öffnete und an ihrem Körper heruntergleiten ließ. Ihre zierlichen, aber festen Brüste wurden vom fahlen Licht der schwachen Lampe angeleuchtet. Beim Anblick dieser schlanken Statur mit fein gegliederten Schultern und haselnussbraunen Brustwarzen in ganzer Nacktheit begann seine Erregung immer heftiger zu brennen.

Während er sie betrachtete, streichelten Dolores' Hände mit einem Tuch über die Wasserperlen auf ihrer hellen

Haut und als sie ihren Arm nach oben streckte und er ihre wunderbar rasierte Achselhöhle sah, musste er seine ganze Beherrschung aufbieten, nicht zu ihr hinauf zu gehen, um diese Frau zu berühren und mehr von ihr zu fordern. Unversehens hörte er, wie jemand in der Küche hantierte und schlich sich davon. Roberto ging zu Bett, erregt und vergessend, dass solches nicht geschehen durfte.

Hiraya war am nächsten Morgen ungewöhnlich früh aufgewacht. Um 4.30 morgens begannen die ersten zaghaften Sonnenstrahlen am Horizont empor zu klettern. Diese Zeit zum Aufstehen war für sie wirklich außergewöhnlich, doch es brannte in ihr. Sie schlüpfte in die Sandalen, griff nach dem Kopfhörer und ging leise die Stiege zum Wohnzimmer hinunter.

Im Nebenhaus war alles noch ruhig. Bald jedoch würde das Baby schreiend aufwachen. Und Imelda wäre garantiert pünktlich um 6 Uhr bei ihrer Arbeit in der Küche. Die gute Seele, gewissenhaft und treu. Hiraya wusste, dass sie ihre neue Kollegin auch nicht besonders mochte, doch Imelda ließ sich nie aus der Ruhe bringen. Keiner konnte sich vorstellen, dass diese gutmütige Frau mit jemand anderem Streit anfangen würde. Sie betete dreimal am Tag und lächelte, wenn sich andere neben ihr in lautem Disput verfingen. Deswegen liebte Hiraya diese Haushälterin, ganz im Gegensatz zu Dolores, die schwer einzuschätzen war und in ihrem Getue mysteriös wirkte.

Mit dem Kopfhörer auf den Ohren bewegte sich Hiraya leise aus der Seitentür hinaus ins Freie, dabei nestelte sie an dem zierlichen Klinkenstecker. Es musste etwas sein, was im strengen 4/4-Takt komponiert war. Beim Gehen suchte sie sich den gewünschten Track aus, drückte auf den ›Start‹-Button und begann zusammen mit ihrem Gang weich zu hüpfen wie ein winziger, stolzierender Vogel. Doch die Chinellas störten, wollten immer wieder von ihren Füßen rutschen. Sie ließ sie im Gras zurück. Es waren keine Bambusstangen da, niemand, der sie an den Enden festhielt und damit dreimal auf den Boden und bei jedem vierten Taktschlag gegeneinanderschlug, Hiraya fühlte sich bereits völlig von der Musik und ihren Bewegungen vereinnahmt, entrückt von der Welt um sie herum. Und sie wollte es so in diesen Augenblicken, um sich ermutigen zu lassen, hinweg von dem Schmerz, weil ihre wunderbare, einst so fürsorgliche Mutter sie nicht mehr in den Arm nehmen konnte.

Es wurde immer heller unter der aufsteigenden Morgensonne. Zwei Farmarbeiter gingen an dem tanzenden Mädchen vorbei, blieben kurz stehen und grinsten. Hiraya war beliebt bei den Leuten, weil sie so verträumt und herzlich rüberkam und im Beisein Älterer höfliche Anstandsformen pflegte. Dass sie gut in der Schule war und schon Auszeichnungen für besondere Leistungen bekam, war den meisten im Dorf ihres Vaters wegen bekannt, der ausschweifend jedem Bekannten erzählen musste, wie stolz er auf seine Jüngste sei. Er wünschte sich, dass sie den Weg als Rechtsanwältin oder Ingenieurin einschlagen würde. Nur störte ihn ihre Verschlossenheit und diese Träumereien, denn Tänzerin in einer aussterbenden Volkstanzgattung zu werden, erschien ihm blödsinnig und zukunftslos.

Für Kezia hingegen war der Karrierezug abgefahren und ihre Rolle als Panganay schob solchen Ideen einen Riegel vor, zumal sie ein zweites Kind im Bauch trug. Für Roberto Sinilang galt immer, dass die Wege der Kinder schon früh vorgezeichnet sein müssten. Seine treue Henrietta unterstützte ihn dabei mit unterwürfiger Zustimmung und für Hiraya musste es höhere Ziele geben, bis der Tag kam, als ihm die Ärzte sagen mussten, dass es für eine rettende Darmoperation bei seiner geliebten Frau zu spät wäre. Roberto begann zu trinken, voller Schuldgefühle, weil er es nicht vermocht hatte, sie zu bewegen, einen Spezialisten aufzusuchen, selbst nachdem ihre Beschwerden schon klare Anzeichen von sich gaben. Henrietta schien nie geglaubt zu haben, dass auch sie eine tödliche Krankheit treffen könnte. So vergaß er, seine Kinder und besonders Hiraya weiter für ihr Leben zu schulen, weil ihn die Gewissheit, bald Witwer zu werden, zerfraß.

»Guten Morgen, Inday Hiraya.«

»Sie hört uns nicht mit dem Ding auf den Ohren.«

»Lass sie. Hat es ja nicht leicht zurzeit.«

»Warum hüpft sie immer so rum?«

»Sie will Tinikling-Tänzerin werden.«

Der Arbeiter begann zu lachen und schüttelte den Kopf.

»Ich möchte gerne mal wieder 18 sein.«

»Lass uns an die Arbeit gehen.«

Sie hatte die beiden Männer gesehen, wollte sich in ihren Hüpfbewegungen aber nicht stören lassen, was eigentlich unhöflich und ungewöhnlich für sie war. Sie fühlte einsetzende Erschöpfung und hatte Durst. Lächelnd stoppte sie den Song und machte sich auf den Weg zum Haus, mitten durch die vielen Papaya-Bäume, die ihre Mutter einst als Jugendliche gepflanzt hatte.

Beim Eintreten durch die Küchentür sah sie, dass Dolores ungewöhnlich flott beim Putzen der Arbeitsplatte vorging und dabei lächelte, als hätte ihr jemand ein romantisches Geschenk überreicht. Schon die letzten Tage schien sie sich verändert zu haben, arbeitete fleißiger und vor allem verschlief sie nicht mehr. Sicher hatte Imelda ihr die Leviten gelesen oder sie wollte endlich kündigen, um einen Job in der Stadt anzunehmen, der besser zu ihr passen könnte. Hiraya dachte sich jetzt, wie erfreut sie wäre, wenn die zweite Möglichkeit Realität werden würde.

Hiraya beobachtete sie aus dem Augenwinkel heraus bei der Putzarbeit. Dolores trug einen kurzen Rock, der zudem noch eng anlag. Immerhin trug sie ein hoch geschlossenes Shirt, aber ärmellos. Kaum streckte sie ihre Hände nach oben, konnte Hiraya durch die großen Armlöcher ihren BH sehen.

»Guten Morgen, Inday Hiraya.«

»Morgen...«

»Auf dem Tisch ist noch Kaffee in der Thermoskanne.«

Guten Kaffee kochen konnte diese Frau mit langen Beinen, ausgeprägter Taille und gestylten, geschwungenen Augenbrauen wirklich,

»Magst du Reis und Eier?«

»Noch nicht. Später.«

Hiraya schnappte sich ihre Lieblingstasse und ging ins Wohnzimmer. Gut schmeckende Eier zubereiten konnte Dolores nicht, aber Hiraya hatte den Anstand, ihr das nicht ins Gesicht zu sagen. Wäre Imelda am Herd, hätte sie schon zwei Portionen verspeist. Leider würde sie eine Woche lang im Haushalt fehlen, denn ihre Schwester wäre krank und brauchte Hilfe. Imelda musste nach Roxas City fahren und flüsterte Hiraya vor ihrer Abreise noch ins Ohr, dass sie gegenüber Dolores vorsichtig sein solle, ohne genau zu erklären, warum. Hiraya spürte, dass sie ab jetzt Detektivin spielen sollte. Kezia hatte rein gar nichts begriffen und jammerte immer nur, wie dankbar sie sei, dass eine zweite Haushaltshilfe den Laden schmeißen würde.

Hiraya blickte zum Bücherregal und die große Familienbibel mit dem roten Einband. Sie sah abgelesen aus, denn in den letzten Wochen hatten sie und ihre Schwester darin gestöbert, suchten nach tröstenden Psalmen und Hiraya begann, verwirrt zu werden. Es hatte Auferweckungen von Toten gegeben, als der Herr Jesus auf der Erde war. Hiraya dachte, dass Wunder zu allen Zeiten möglich sein müssten, fragte aber niemanden, der sich auskennen könnte und vergrub sich still in eigenen Antworten darauf, was viel in ihrem suchenden Herzen auslöste. Die einen sagten, man käme in den Himmel, andere zeigten ihr in einem Psalm einmal, dass es eine Auferstehung der Toten auf der Erde geben würde, Und das verwirrte sie natürlich, weil sie in den ganzen Meinungen doch die Wahrheit suchte. Hiraya hasste Heuchelei. Und irgendwie fühlte sie Unbehagen, wenn sie Dolores sah. Ihr Bauch sagte, dass mit ihr etwas nicht stimmen konnte. Hirayas junger Geist war vollgesogen von Fragen und raschen Beurteilungen, weil sie Lebenserfahrung vermissen lassen musste. Sie betrachtete nur jede Bewegung, die Dolores bei der Arbeit machte, was eigene Schlussfolgerungen in ihr hervorbrachte.

Seufzend trank sie ihren Kaffee und sah ihre Schwester zur Tür hereinkommen.

»Warst du wieder hüpfen?«

»Es ist schönes Wetter draußen.«

»Hiraya, hör bitte auf zu träumen. Dein Tinikling-Getue geht mir auf den Geist.«

»Mir gefällt es aber.«

»Du kommst heute mit ins Ananasfeld und hilfst uns beim Pflücken. Morgen kommen Aufkäufer aus Iloilo.«

Sie nuschelte nur ein kurzes »Ja« als Erwiderung.

»Ist das verstanden?«

Hiraya antwortete nicht und wollte in ihr Zimmer gehen.

»Hey?«

»Ich zieh mir nur eine Jeans an.«

»Du kommst dann sofort.«

»Ja, Tita Kezia.«

Kaum hatte die große Schwester das Zimmer verlassen, streckte Hiraya die Zunge raus und ging seufzend in ihr kleines Zimmer, um die Arbeitshose aus dem Schrank zu kramen. Eilig wollte sie durch die Küche in Richtung der Seitentür huschen, als ihr Dolores im Türrahmen entgegentrat.

»Oh sorry, Inday.«

»Ich muss aufs Feld.«

»Bringst du uns heute Abend zwei schöne Ananas mit?«

»Mal sehen.«

Hirayas Gesten zeigten unmissverständlich, dass sie keine Lust auf eine Konversation hatte und nur durch diese Tür gehen wollte. Und Dolores spürte schon lange, dass dieses Mädchen sie nicht mochte. Gerne hätte sie Hiraya jetzt damit konfrontiert, doch fehlte ihr in diesem Moment der Mut dazu.

»Lass mich jetzt vorbei.«

Dolores ging zur Seite, entschuldigte sich nochmals mit spitzer Stimme und konnte dem Mädchen nur hinterherschauen. Hiraya schnappte sich zwei Bastkörbe und lief springend auf dem Pfad entlang, der zu dem Feld führte, auf dem eine Gruppe junger Arbeiter zusammen mit Kezia an den reifen Ananasfrüchten hantierte, während zwei ältere Männer an dem Erntewagen arbeiteten, der später von einem Wasserbüffel zur Straße gezogen werden sollte, wo am nächsten Tag der Lastwagen des Fruchthändlers aus der Stadt eintreffen würde.

Hiraya gefiel die Arbeit in der prallen Sonne. Sie machte ihre Sorgen in einer unbegreiflichen Weise kleiner. Die Arbeiter beobachteten sie kurz und lächelten. Hiraya war nicht gerne bei den Ernten dabei, besonders nicht beim Zuckerrohr. Die Männer verstanden das aber. Für eine zierliche, junge Frau war das stetige Hantieren mit dem schweren, gebogenen Erntemesser mühsam. Das Pflücken der kleinen, grünen Calamansi-Früchte lag ihr mehr, weil es filigrane Handbewegungen erforderte und sie dabei immer wieder so schön ins Träumen kam.

Unter den jungen Männern war auch dieser Ricardo, der einzige Sohn der Familie auf einer Farm nebenan, 21 Jahre jung und von geschmeidiger Statur mit trainierten Armen. Er gehörte schon seit seiner Volljährigkeit zu den regelmäßig hier arbeitenden Helfern. Hiraya kannte ihn wenig, denn Männer zu observieren war nicht ihr Interesse. Das Übliche über ihn wusste sie schon, aber nichts weiter. Dass

Ricardo eine zarte Verliebtheit im Herzen trug, ahnte sie noch nicht. Er hatte es tatsächlich gewagt, Hiraya bei mancher Gelegenheit zu beobachten, dabei ihren zierlichen Körper studiert und ihre Klugheit zu bewundern begonnen. Dieser Farmerssohn wollte gerne mehr aus sich machen, in eine größere Stadt gehen und lernen, ein guter Bauhandwerker zu werden, doch diese Dorfstrukturen mit der ihm zugeteilten Rolle als Sohn einer Familie, die nur noch eine Tochter zur Welt brachte, zwangen ihn unbarmherzig wie eine Fessel. Er überlegte sich, wie er Hiraya ansprechen könnte, um ihr seine zärtlichen Gefühle zu gestehen und suchte Rat bei einem Freund, der Hirayas Familie gut zu kennen schien.

»Hiraya? Das Mädchen hat kein Interesse an Kerlen.«

»Ich... Ich mag sie irgendwie.«

»Echt, Kamerad? Was willst du ihr denn bieten? Sorry.«

»Meinst du, ich bin ihr zu einfach?«

»Gebildet ist sie, aber Ziele? Ich habe mal mitbekommen, dass sie Tinikling-Tänzerin werden will. Und Junge, die ist erst 18.«

»Na und?«

»Das ist ein Küken. Der musst du alles beibringen, worauf es ankommt, verstehst du?«

Ricardo begriff schon, auf was sein Freund anspielte.

»Es ist doch etwas Besonderes, ein Mädchen als erster zu haben. Einer muss es ja machen.«

»Weiß nicht. Ich stehe auf ältere, erfahrenere Frauen. Aber wenn du verliebt bist, dann sage es ihr doch. Übrigens, die haben diese neue Haushälterin. Mann, die hat Erfahrung, hundertprozentig. Das spüre ich.«

»Tut mir leid, Kuya, aber diese Frau ist nicht mein Typ. Die stolziert rum wie ein Tikling-Vogel.«

»Eine Haut der Extraklasse und diese Beine.«

»Das ist doch nicht das Wichtigste. Hiraya ist so…, ich weiß nicht, nett und lieb. Darauf kommt es doch an.«

»Bist einfach ein Konservativer, wie deine Eltern. Lass es gut sein.«

Ricardo sah, dass solche Ratschläge wenig geistreich waren und grübelte, wie er dem jungen Mädchen seine liebevollen Signale senden könnte, während er sich wieder den Ananasfrüchten widmete.

Es war bereits am späten Nachmittag, als einige Männer am Rand des Feldes die Früchte nach ihrer Größe in Körbe sortierten, während Hiraya und zwei Pflücker noch mit der Arbeit beschäftigt waren, sie zu ernten und in den Wagen zu stapeln. Ricardo fühlte sich in seiner Neugier, das Mädchen zu betrachten, jetzt freier. Sie arbeitete in der Hocke und war gerade im Begriff, ihren Oberkörper nach vorne zu strecken, um zwei der prallen Ananasfrüchte von ihrem in die Erde gehenden Stiel zu trennen. In Ricardo flammte eine zarte Erregung auf. Hirayas Hemdchen fiel vor ihrer Brust etwas nach unten, als sie in der knienden Position die Ananas abschnitt. Ricardo wollte wegschauen, doch flammten wieder Erinnerungen auf, an einen Abend, als ihm Jeffrey aus der Nachbarschaft einen Film mit einer intimen Szene zeigte. Ricardo mochte solche Filme nicht, doch hatte er sich nach einigen Gläsern Rum leichtsinnig gezeigt und mitgeschaut. Im Herzen achtete er die Frauen gemäß seiner Erziehung und wusste, warum der Typ, den Hausmädchen Dolores verkörperte, nicht seine Wellenlänge sein konnte, wenngleich sein Kopf auch ihm sagte, dass sie untrüglich Erfahrung hatte.

Nun kniete dieses Mädchen Hiraya so eindeutig in einer Position beim Pflücken, dass er mit dem Kopf schütteln musste, um seinen erotischen Gedanken zu verscheuchen. Hiraya stand auf, ging einige Schritte weiter und kniete sich wieder so hin. Ricardo bemühte sich tapfer, schnitt einige Früchte ab und wollte sie gerade auf dem Arm stapeln, als er in diesem Augenblick ihre Brüste durch den Halsausschnitt für Sekunden sehen konnte. Sie waren wohl mit einem Unterwäschestück bedeckt, aber nur vorne. Schon dieser Teilanblick erregte den jungen Farmerssohn noch mehr und Hirayas Schönheiten als Paar erschienen ihm als die schönsten Wölbungen auf diesem Planeten. Er begann sich zu schämen, wie ein heranwachsender Junge, weil vorn in seiner Hose der Druck schon merklich zu spüren war. Als sie endlich wieder aufstand und sich mit dem Stapeln der Früchte in den großen Erntewagen beschäftigte, atmete er auf. Er wollte nichts Unanständiges tun, ja ihr den Hof machen in klassischer Weise mit überzeugenden Worten wegen seiner Zuneigung für sie. Hiraya hatte seine Blicke nicht wahrgenommen. Wie sie wohl reagiert hätte? Er wusste, wie höflich sie war, doch ihr junges Mundwerk konnte eine Forschheit an den Tag legen, die einen Mann mit einem Schlag die Grenzen zeigen würde. Und das gefiel ihm irgendwie. Wenn sie wirklich seine Liebe mit ganzer Seele erwidern würde, käme ihm das Vorrecht zu, als erster in ganzer Liebe ihr Wesen zusammen mit ihrem Körper in Besitz zu nehmen. Hiraya Sinilang erschien ihm wie eine blutjunge Reinheit in herrlicher

Komposition, so begehrenswert und doch unerreichbar fern.

Weit von dem Geschehen in Ricardos Gedanken war Kezia sehr zufrieden mit der Ernte und genoss den Anblick der auf dem Wagen liegenden Früchte. Der Aufkäufer würde zufrieden sein und das Geschäft lohnend, denn in dieser Saison waren die Ananaspreise hoch.

Wieder waren zwei Tage vergangen und der wöchentliche Markttag stand an. Die Menschen tummelten sich dicht gedrängt rund um die Stände mit landwirtschaftlichen Produkten und auch Händler mit allerlei Haushaltswaren mischten sich unter sie. Der alte Werkzeugmacher Edwin lächelte, als er Hiraya, mit zwei Stofftaschen bepackt, kommen sah. Sie mochte den freundlichen Herrn, weil er ihr immer geduldig zuhörte und junge Leute wie Hiraya sehr schätzte. Henrietta Sinilangs Tod setzte ihm sehr zu und er wollte das Mädchen am liebsten umarmen wie ein treusorgender Vater, damit sie ihre Tränen in voller Entfaltung herauslassen konnte.

Alles, was Handwerker und Farmleute benötigten, konnten sie beim alten Edwin kaufen. Bolo-Macheten, Zuckerrohrmesser, Küchenutensilien und Beile. Für Bauleute gab es Kellen, Maurerschnüre, Bohrer und Hämmer. Einmal verirrte sich ein deutscher Rucksackreisender hierher und kaufte ein verziertes Bolo-Hackmesser als Souvenir. Edwin musste immer noch über den Typen lachen. Lange konnte er an seinem Mitbringsel keine Freude erleben, denn es wurde ihm am Flughafen bei der ersten Gepäckkontrolle konfisziert, während die Securities im Terminal schallend lachten und die Gesichtsröte dieses Touristen für einen Haufen belustigende Blicke sorgte. Immerhin musste er keine Strafe zahlen und durfte ohne sein Souvenir in die Maschine.

»Guten Morgen, junger Sonnenschein!«

»Hallo Kuya Edwin. Wie geht es dir?«

»Immer gut, trotz meiner Arthrose, weil ich dich sehe. Na, was hast du eingekauft?«

»Schweinefleisch.«

»Setz dich ein wenig zu mir. Oder hast du keine Zeit?«

»Doch.«

Er reichte ihr eine Orangenlimonade. Schüchtern nahm sie das Getränk entgegen. Großzügig war der alte Abenteurer schon immer, war nie verheiratet und lebte scheinbar nur für seine geistlichen Studien und sein Geschäft. Hiraya traute sich nie, ihn wegen seinem Junggesellenleben nach den Gründen zu fragen, obwohl sie ihm sehr persönliche Dinge offenbaren konnte. Der alte Markthändler schwatzte Anvertrautes nie weiter und auch auf dem Wochenmarkt galt er als ungewöhnlich ehrlicher Mann, was untrüglich auf seine Gottesfurcht hindeutete. Auch den Touristen aus anderen Ländern nannte er nie einen höheren Preis für seine Werkzeuge als den eigenen Leuten, was viele nicht verstanden.

»Hast du was auf dem Herzen, Kind?«

»Schon...«

»Rück raus damit, Sonnenschein.«

»Kennst du Ate Dolores, die bei uns arbeitet?«

»Eure Dolores?«

39

Der alte Mann bewegte seinen Mund sanft hin und her. Er dachte nach, grübelte förmlich. Hiraya begriff, dass er am Überlegen war, wie er wohl Pikantes am leichtesten zum Ausdruck bringen könnte.

»Sie ist nicht von hier, kommt aus dem Norden. Mindoro, denke ich. Ich hörte zudem, dass sie auf Boracay gearbeitet haben soll. Warum fragst du?«

»Ich weiß nicht. Sie ist komisch..., sorry.«

»Warum komisch?«

»Die kleidet sich so ›Mini‹ und flirtet, finde ich.«

Die Augensprache des alten Mannes erschien ihr gerade so, als würde er Verständnis für ihre Fragerei und Vorsicht gleichsam ausdrücken wollen.

»Musst dich nicht schämen, weil du fragst. Ich kann ja auch beobachten, wenn sie hier ist.«

»Ate Imelda schreibt auf, was sie einkaufen soll. Und?«

Edwin beugte sich vor, weil er darüber, was er im Sinn hatte, nicht laut hörbar reden wollte.

»Hör mal, du bist ja noch Jungfrau, du verstehst?«

Edwins Augenbrauen zuckten nach oben. Er schielte hinüber zu einem der Marktstände, wo drei Männer Fische und Garnelen feilboten.

»Man munkelt so... Mit Raymundo hatte sie schon ein Techtelmechtel und bei seinem Bruder, ach..., weißt du, Kind. Darüber rede ich besser nicht.«

»Nein! Ich muss das wissen. Macht sie Sex mit denen?«

»Nicht so laut. Ja... Er hat sich beim Saufen verplappert. Was soll man machen. Deine Familie hat sie eingestellt. Ich sage nur, was ich weiß. Eure Dolores scheint jedenfalls sehr liberal zu sein, was One-Night-Stands betrifft.«

Edwin sah, wie ernst das Mädchen schaute und forderte sie auf, ihre Limonade zu trinken. Was die Liebe bei ihr so machen würde, wollte er wissen. Hiraya grinste verschämt und lenkte auf eines ihrer Lieblingsthemen um. Sie hätte wieder ein Handy-Video mit einer Mega-Tinikling-Gruppe gesehen, die aus sechszehn Tänzern bestand. Acht Paare waren es gewesen, in bunten Kostümen mit ›Butterfly-Sleeves‹ gekleidet die Mädchen und in Barongs die jungen Männer. Die Bambusstangen waren vier Meter lang und diese Gruppe zeigte akrobatische Tanzeinlagen dabei. Sie waren in Osaka aufgetreten, wo dieses Video entstand.

»Meinst du, Kuya, ich könnte es auch so weit bringen?«

»Ohne professionellen Lehrer nie. Wenn du die Heilige Schrift richtig verstehen möchtest, brauchst du den Geist Gottes doch auch. Für alles braucht man einen Lehrer.«

»Gott kann ich aber immer fragen, wenn ich bete. Er hört mich überall. Aber wo finde ich einen Tinikling-Lehrer? Doch nicht in unserem Provinznest.«

»Du bist klug, Sonnenschein.«

Edwin konnte dazu nur seufzen. Wäre für dieses Mädchen in ihrer schmetterlingshaften Jugendblüte die Hauptstadt vielleicht eine Option?

»Ich bin doch schon 18. Die Zeit läuft mir einfach davon. Die Tänzerinnen in dem Video waren zwischen 19 und 25 Jahre alt.«

»Ist das wirklich was Vernünftiges?«

Edwin streichelte der jungen Frau übers Haar. Verstehen konnte er diese enthusiastische Seele ja, nur vom Tanzen hatte er keinen Schimmer.

»Mach dein College ordentlich fertig.«

»Vielleicht.«

»Tanzen bringt doch nichts ein.«

Hiraya wollte protestieren, hielt sich aber doch zurück. Der alte Edwin hatte sicher recht. Ein Bürojob am Computer würde ihr immerhin gefallen, in Iloilo oder Roxas City. Eine Freundin machte einen Kurs im Bankwesen und plauderte schon mit ihr darüber. Sie hätte Beziehungen und einen netten Direktor als Chef in dieser Bankfiliale der ›Banco la Isla‹, der eine kluge und höfliche Mitarbeiterin schätzen würde. Hiraya mit ihrem hübschen Gesicht, welches fein längliche, dunkelbraune Augen krönten und ihr natürlich unschuldiges Lächeln wären am Schalter im Umgang mit den Kunden von Vorteil. »Das verfluchte Geld, damit soll ich jeden Tag zu tun haben?«, dachte sie sich und reagierte auf die Joboferte ihrer Freundin nicht weiter. Bankgeschäfte waren Hiraya zu unkreativ, doch vernünftig wäre ein solcher White-Color-Job schon. Vielleicht könnte sie auch Markthändlerin werden. Leider fehlte dem Mädchen dafür der geschäftsmäßige Biss.

»Magst du nicht Lehrerin werden? Du verdienst dir doch schon etwas nebenbei mit deinen Nachhilfestunden. Sag mal, sind manche Kinder wirklich zu blöd, das Tagalog zu lernen?«

Hiraya zuckte mit den Schultern, während sie am Strohhalm ihrer Limonadenflasche nuckelte. Sie wusste, dass manche Eltern keinen Wert auf die vereinigende Sprache auf den Inseln legten und an ihrem Mutterdialekt festhielten. Kamen dann die Lektionen in Tagalog auf den Tisch, machten manche in der Hoffnung mit, einmal in der Hauptstadt zurechtzukommen. Andere gaben sich faul und mochten sich lieber mit ihren Games auf dem Handy vergnügen, bis der Tag der Prüfungsklausuren nahe war und die Eltern ganz schüchtern bei Hiraya um Nachhilfestunden bettelten. Hiraya liebte eben das Tagalog, hatte José Rizal gelesen und einige Klassiker europäischer Literatur in Englisch. Während Kezia jeden Tag auf den Feldern buckelte und ihre Rolle auf der Farm mustergültig erfüllen wollte, saß Hiraya lieber mit ihren Büchern auf dem Bett und las bis tief in die Nacht. Edwin fand deshalb, dass viele das Mädchen unterschätzten, nur weil sie in hüpfenden Träumen Trost finden wollte und ein für die meisten Menschen ungewöhnliches Ziel vor Augen hatte.

»In die Bank möchtest du ja nicht.«

»Ist nichts für mich.«

»Dabei kannst du sicher gut mit Geld umgehen, wie deine liebe Mutter. Entschuldige…, Ach, Henrietta…«

Tränen begannen über das Gesicht des alten Mannes zu laufen. Hiraya konnte sich nun nicht mehr beherrschen. Sie drückte das hastig hervorgeholte Taschentuch auf ihre nassen Augen. Einige Leute blieben andächtig stehen oder schauten beschämt auf die beiden.

»Entschuldige, Hiraya. Mädchen, verzeih mir.«

Hiraya begann laut zu weinen, während ihr ganzer Körper anfing zu zittern. Ihr waren diese ganzen herumstehenden Glotzer egal. Zwei Hände hatten sich von hinten genähert und umschlossen ihre Schultern.

»Hallo Remedios.«

»Na? Ist es wegen ihrer Mutter?«

»Ja, ich habe es ungeschickt erwähnt.«

»Kind, ich bin bei dir.«

Der alte Mann war erleichtert, dass Frau Remedios de los Reyes, Geschäftsfrau mit einem Laden auf der Hauptstraße, just in jenem Moment vorbeikam. Sie war eine Freundin von Hirayas Mutter und besuchte die Sinilangs regelmäßig bis zuletzt. Auch an jenem Tag, als sie ihr Leben aushauchte, machte sich Señora Remedios eilig auf den Weg zur Farm, kam aber zwei Stunden zu spät und konnte nur noch auf den leblosen Körper unter einem weißen Laken blicken. Sie half dann der zusammengebrochenen Kezia wieder auf die Beine, was ihre beste Tat jenes Tages war.

Hiraya wimmerte bei jedem Atemstoß, dabei wollten die Tränentropfen nicht aufhören, an ihren hübschen Wangen hinunterzulaufen, um am Kinn kurz innezuhalten, bevor sie zu Boden fielen.

»Weine nur, Kind. Es ist alles gut.«

Stotternd schaffte Hiraya es, ein »Danke, Ate Remedios.« von sich zu geben und nach einigen Minuten konnte sie sich wieder beruhigen.

Beschämt blickte sie nun umher. Die meisten Leute hatten sich wieder abgewandt und taten so, als wäre nichts geschehen. Die letzten Züge am Strohhalm waren es noch, dann stand sie auf und legte ihre Taschen auf die Schulter.

»Alles okay, Kind?«

»Ich muss nach Hause. Das Fleisch.«

»Auf Wiedersehen, kleiner Sonnenschein.«

Hiraya ließ es sich nicht nehmen, selbst beim Zubereiten des Schweinefleisches Hand anzulegen. Gegrillt werden sollte es, nachdem es zwei Stunden in der Würzmarinade lag. Dolores würde dieses Gericht, welches ihr Vater immer gerne aß, nie zustande bringen. Auch wenn Hiraya seltener in der Küche war, galt sie in der Verwandtschaft als mustergültige Köchin. Kochen machte Hiraya Spaß, wenn sie die Möglichkeit dazu hatte, und heute wollte sie es ganz besonders gut für ihren Daddy machen. Doch das Video mit dieser international auftretenden Tinikling-Gruppe ging ihr einfach nicht aus dem Kopf. Nicht nur deshalb war sie wieder gut gestimmt und ertrug Dolores' Anwesenheit. Sie fühlte Energie genug zu fragen, um etwas aus ihr herausquetschen zu können. Im Augenwinkel beobachtete Hiraya ihre Bewegungen wie eine Katze beim Anschleichen an eine graubehaarte Beute. Mittlerweile beherrschte sie die richtige Taktik beim Reiskochen. Dreimal hatte sie ihn am Anfang anbrennen lassen, was Imelda an den Rand des Wahnsinns brachte. Hiraya fragte sich, ob sie überhaupt eine echte Filipina sei oder in einem Haushalt mit Köchen aufgewachsen war, die ihr verboten hatten, den Reis zuzubereiten. Keine Frau mit grundlegender Bildung würde ihn hierzulande anbrennen lassen.

Während Hiraya die Holzkohle befeuerte und auf die richtige Glut wartete, schnappte sie immer wieder ihre Bewegungen auf, wie sie den heißen Topf vom Herd nahm und dabei verträumt aus dem Fenster blickte.

»Willst du nicht den Tisch decken?«

Dolores schreckte aus ihrem melancholisch wirkenden Zustand hoch und lächelte Hiraya an wie ein ertapptes Schulmädchen. Mit perfekt gespielter Eifrigkeit hob sie den Tellerstapel aus weißem Porzellan aus dem Küchenschrank. Tatsächlich hatte sie in ihren dünnen Armen

Kraft dazu. Hiraya musste innerlich lachen und erinnerte sich dabei an eine Szene vor ein paar Tagen, als Dolores es tatsächlich schaffen wollte, mit der Machete Feuerholz zu schlagen und nach einigen kaum treffsicheren Hieben schulterzuckend aufgab. Danach setzte sie ihre Weiblichkeit zielsicher ein und beturtelte einen der Farmarbeiter mit schmachtenden Bitten und leichten Hüftschwüngen, was den jungen Mann zu eifriger Tat anspornte. Damals fühlte Hiraya Abneigung, als sie das sah, nun lachte sie darüber. Scheinbar merkte diese Frau gar nicht, was ihre Art bei den Kerlen auslöste oder sie wusste es mit jeder Pore ihrer Haut, weil es ihr gefiel.

Hiraya konnte die Stücke des marinierten Fleisches endlich auf den heißen Rost legen und freute sich, besonders als sie ihren Vater vor dem Haus vorbeigehen sah, der sie durch die Lamellen der Fenster erblickte.

»Daddy, es gibt dein Lieblingsgericht.«

Freudestrahlend nickte Hiraya ihm zu und hob mit der Gabel eines der marinierten Filetstücke in die Höhe. Sie erntete ein feines Lächeln. In den letzten Tagen hatte er häufig gelacht und war in seinem Tatendrang immer befreiter geworden. Mit einem Korb voller Früchte betrat er die Küche. Drei dicke Ananas, eine stattliche Anzahl Calamansi und eine Staude Bananen, die in ihrer Reife im Licht glänzten. Er umarmte seine Hiraya und schenkte ihr einen Kuss auf die Wange. Genüsslich beobachtete Roberto ihre Handbewegungen am Grillfeuer. Die Rauchschwaden vermischten sich mit dem Duft der Marinade und ließen ihm das Wasser im Mund zusammenlaufen.

»Dauert noch ein bisschen, Daddy.«

Leise und mit sichtbar beschwingter Miene kam Dolores wieder in die Küche getrippelt und kicherte, als sie den vollen Früchtekorb erblickte.

»Meine Ananas. Danke, Roberto.«

Roberto lächelte ihr zart entgegen. Hiraya sah alles im Augenwinkel. Dieses Lächeln im Gesicht ihres Vaters hatte etwas subtil Zärtliches an sich. Hiraya gehörte zu den sensiblen Inselblütencharakteren mit einer unglaublichen Auffassungsgabe, ganz im Gegensatz zu ihrer älteren Schwester. Ohne sich etwas anmerken zu lassen, widmete sie sich weiter dem Zubereiten der gegrillten Leckereien und dabei kribbelte es in ihr, während ihr Herz heftig schlug.

Das Gerede zwischen ihrem Vater und Dolores erschien ihr wie ein unbeherrschtes Herumalbern. Dolores bedankte sich dreimal für die mitgebrachten Ananasfrüchte, wobei sie immer überschwänglicher wurde und mit den Fingern an ihren Hüften herunterstreichelte, um den kurzen Rock glattzuziehen. Dass schon eine ungebührliche Vertrautheit zwischen den beiden herrschte, war daran zu erkennen, dass sie nicht einmal ›Senor‹ oder ›Kuya‹ zu ihm sagte. Hiraya musste etwas tun, nur nicht jetzt. Ihren Vater zur Rede zu stellen würde als Nesthäkchen nicht leicht werden. Wenn nur Kezia endlich die Augen aufmachen würde. Mit ihrer Schwester als Verbündete könnte sie eine Dreier-Allianz zusammen mit Imelda bilden, um diese kecke Hüftenschwingerin vom Hof zu bekommen.

»Wie klappt es denn mit der Arbeit? So ohne Imelda.«

»Kein Problem, Roberto. Schau mal, was ich für dich gekocht habe.«

Fröhlich kopfnickend glotzte Roberto in den Topf, in dem eine mit Kokosmilch versetzte, bunte Gemüsemischung vor sich hin dampfte. Hiraya, mit zusammengepresstem Mund, dachte sich, dass der Rettich bestimmt noch zu hart und die Karotten schon längst vor Weichheit am Zerfallen waren. Timing war nicht die Stärke dieser Frau, aber was noch nicht ist, konnte ja noch werden.

Verräterisch langsam ging sie mit dem Topf an ihrem Vater vorbei. Wie ein Aal streifte sie dabei mit ihrem Hintern an seiner Hüfte. Hirayas entsetzt wirkende Augen verfolgten sie mit schneidendem Blick, bis sie durch die Tür im Speisezimmer verschwunden war. Und die neue Haushälterin hatte unmissverständlich erkannt, was diese Blicke bedeuteten. Hiraya biss sich auf die Zunge und konnte sich kaum beherrschen. Sie wollte den Abend nicht verderben und lieber eine passende Gelegenheit suchen, um ihre Schwester mit ins Boot zu holen.

Eine seit Henriettas Beerdigung erstmals ungewohnt lebendige Stimmung erfüllte den ganzen Abend am Tisch. Alle plauderten miteinander, tranken kleine Gläser Rum und nur das Weinen von Baby Jane unterbrach die winzige Familienparty für ein paar kurze Momente. Sie bekam ihre Portion an Mamas Brust und schlief wieder ein. Die Zunge lockerte sich mit fortschreitender Stunde und Kezia platzte mit der Botschaft heraus, dass sie wieder ein Kind erwarten würde. Ihr Gerald glotzte erst wie ein vom Lehrer beim Abschreiben überraschter Schuljunge, um danach mit japsenden Freudenschreien seine Kezia mit Lobeshymnen zu überhäufen und sie durch seine Umarmungen beinahe zu erdrücken.

Hiraya beobachtete mit zusammengezogenen Augen jede Geste von Dolores, die auffällig viel trank und forscher mit ihren Gesprächsthemen wurde, bis es Hiraya darauf ankommen ließ.

»Ate Dolores, ich möchte etwas von dir wissen.«

»Natürlich, meine Kleine.«

»Ich bin nicht deine ›Kleine‹.«

Dolores hatte den Tritt ins Fettnäpfchen sofort kapiert, schluckte und drehte ihren Kopf schielend zu Roberto.

»Entschuldige, Inday.«

»Wo hast du überhaupt gearbeitet, bevor du hierhergekommen bist?«

»Ich war vier Jahre auf Boracay.«

»Toll. Und welche Arbeit? Gibt doch Unmenge Touristen auf Boracay. Hotelbranche? Warst du in einem Haushalt?«

»Nein.«

Sie wollte augenscheinlich nicht mit der Sprache rausrücken, begann vom Trubel und den Reisenden auf der Insel zu erzählen und erwähnte dabei eine Live-Band, die immer in einer Strandbar aufgetreten sei. Hirayas Augen ließen sie keine Sekunde los und Dolores hatte keinen Mut mehr, noch einen Schluck aus dem Rumglas zu nehmen.

»Oh! Du magst Musik?«

»Du doch auch. Wenn ich dich immer mit deinem Kopfhörer sehe.«

»Du hast in einer Bar gearbeitet, stimmt's?«

»Hiraya! Frag nicht so viel.«

Sie blickte ihren Vater an, dem diese Konversation peinlich wurde, und lächelte dabei so unglaublich süß. Auch Kezia wurde jetzt nervös.

»Kind, in einer Bar zu arbeiten ist nichts Schlechtes.«

»Kommt vielleicht drauf an, in welcher Abteilung man arbeitet. In der Küche? Am Tresen? Tische putzen? Oder in einem rosafarbenen Zimmer mit Spiegeln?«

Dolores zog die Augen zusammen, fokussierte Hiraya scharf und mühte sich, ihr Lächeln nicht zu verlieren.

»Da hast du absolut recht, Hiraya. Es kommt darauf an, wo ich gearbeitet habe.«

Kezia wollte Hiraya das Wort verbieten, doch Dolores griff an ihren Arm, lächelte breit und fokussierte das Mädchen mit einem Blick, der manch anderen zum Frieren gebracht hätte.

»Weißt du, Inday, ich muss nicht das Geringste vor dir verbergen. Ich war nämlich Barkeeperin und arbeitete am Frühstücksbuffet.«

»Talaga? Man konnte dort auch frühstücken?«

»Es gab die besten Spiegeleier mit ›Chicken Tosino‹ bei uns. Versprochen.«

»Klasse, Ate Dolores. Ist bestimmt schade, dass du die Arbeit nicht mehr hast. Lag wohl an deinen Spiegeleiern.«

»Hiraya! Genug jetzt!«

»Es ist schon okay, Inday Kezia.«

Dolores lächelte steif und zeigte eine bemerkenswerte Haltung. Doch innerlich hatte sie einen Balisong-Dolch gezückt und hätte ihn Hiraya am liebsten an den frechen Hals gehalten. Hiraya wurde mit vorwurfsvollen Blicken geradezu bombardiert, doch besonders ihr Vater schwieg betreten. Seine Unsicherheit war für das Mädchen schon ein Indiz, dass er für seine Haushälterin bereits mehr empfand als angebrachte Freundlichkeit. Roberto konnte seine Tochter nicht vor allen scharf zurechtweisen, denn damit wäre die Beweislage noch eindeutiger gewesen.

»Ich wollte etwas anderes machen. War eben stressig jeden Tag mit all den Gästen. Diese Touristen sind nicht einfach, besonders spät abends mussten wir auf Hochtouren arbeiten, bis manche von denen besoffen in ihre Hotels wackelten.«

»Na dann freust du sich sicher, bei uns zu arbeiten, Ate Dolores. Hast ja immer pünktlich Feierabend.«

Kezia reichte es. Sie übernahm die Konversation, drehte das Thema um und schielte immer wieder wachsam wie ein Luchs zu ihrer kleinen Schwester, die den Rest des Abends ruhig blieb, an den schon kalten Speckstücken knabberte und Dolores immer wieder grinsend beobachtete.

»Hiraya! Was sollte das gestern?«

»Tita, diese Frau ist eine Schlange!«

»Wie kannst du das sagen? Rede!«

»Sie tänzelt um Tatay herum, kann nur mies kochen und säuft. Wach auf!«

Kezia verschränkte die Arme und musterte Hirayas flehenden Gesichtsausdruck.

»Was heißt, sie macht sich an Vater heran?«

»Ich sehe das.«

»Du bist zu empfindlich. Sie ist eben etwas lustiger. Und für Vater sind Menschen, die fröhlich sind, jetzt wichtig.«

»So wie sie, oder was?«

»Hiraya, Schluss jetzt!«

»Ich sage, was ich denke. Die flirtet dauernd rum.«

»Das war unmöglich von dir! Was sollten deine Sprüche über Zimmer mit rosa Wänden? Du denkst doch nicht etwa, sie wäre eine ›Prosti‹ gewesen.«

»Ich traue ihr das zu.«

»Wenn das nicht wahr ist, hast du sie verleumdet.«

»Dann schau mal besser hin.«

Kezia versprach ihrer kleinen Schwester, aufzupassen und beobachtete Dolores von nun an etwas intensiver. Zweimal gab es eine Aussprache, bei denen Imelda anwesend war und ihre Kritik verhalten zum Ausdruck brachte. Es schien zu funktionieren, denn Dolores entwickelte einen Booster in ihrem Eifer und half sogar bei der Calamansi-Ernte mit, ohne den anderen zu sagen, dass ihr Rücken nach vier Stunden vor Schmerzen am Kollabieren war. Kezia glaubte, die Sache wäre erst einmal im Lot und kümmerte sich um das, was in ihrem eigenen Haushalt am dringlichsten war. Nun hatte Dolores sogar den nötigen Mut, die Abneigung der jüngsten Tochter ihres Arbeitgebers zu konfrontieren, an einem Abend, als sie in der Küche Teller spülte und Hiraya dabei war, die Feuerstelle zu säubern.

»Inday Hiraya?«

»Was?«

»Ich möchte gerne mit dir reden.«

Hiraya schaute nicht einmal hoch und kratzte mit ihrer Kelle weiter die Asche ab.

»Ich weiß, dass du mich nicht leiden kannst. Was habe ich dir denn angetan, dass du mich so beleidigst?«

Hiraya musste sich gut überlegen, was sie sagen könnte. Einen Skandal zu machen konnte sie sich nicht erlauben, weil Kezia nach den ›belehrenden‹ Aussprachen, die sicher kaum mehr als Beschwichtigungsversuche waren, Dolores wieder ihr Vertrauen aussprach.

»Wir sind eine harmonische und konservative Familie.« Dolores wirkte überrascht nach dieser Antwort.

»Schau dich mal an. Du bist aufreizend. Sag mal, hast du keinen Kerl?«

Mit dem Küchentuch in den Händen spielend, versuchte Dolores eine feinfühlige Antwort zu kreieren. Sie wollte Hirayas Schulter streicheln, doch sie zuckte sofort beiseite.

»Ich verstehe, dass du um deine Mutter trauerst.«

»Gar nichts weißt du. Über meine Mama rede ich nicht mit dir, weil du das nicht kapierst.«

Dolores gab sich demütig, entschuldigte sich, wollte aber nicht lockerlassen, sich zu verteidigen.

»Wir müssen uns doch nicht bekämpfen, nur weil ich mich gerne zurechtmache und nett aussehen möchte.«

»Ich rede nicht von ›nett aussehen‹, sondern von der Art, wie du dich benimmst. Man muss nicht deine ›Dudus‹ sehen können, wenn du hier arbeitest.«

»Entschuldigung. Du magst es wohl, zugeknöpft zu sein, das ist schon okay.«

»Warum bist du von Boracay weg?«

»Weil ich es wollte.«

»Dort kann man doch gut verdienen. Und noch was, von wegen ›zugeknöpft‹. Ich lebe so, wie ich will und turtle nicht mit Männern herum wie du! Sag mal, wie viele Boyfriends hattest du eigentlich schon?«

»Was sagst du da?«

»Du hast genau verstanden. Das mit Kuya Raymundo weiß ich bereits. Bastos! Gute Nacht.«

»Hey! Bleib hier.«

»Ich habe zu tun.«

Hiraya packte den Kohleeimer und ging zur Seitentür hinaus in die Dämmerung. Dolores konnte ihr nur niedergeschlagen hinterherschauen. Sie wusste jetzt, dass hier eine erbitterte Gegnerin darauf wartete, sie zu vernichten. Seufzend wandte sie sich um und beendete ihre Arbeit mit dem Geschirr. Noch einmal sah sie das Mädchen vor dem Haus vorbeigehen. Als sie das Geräusch der zugehenden Tür zu Hirayas Zimmer hörte, wusste sie, dass sie hier alleine war. Leise schaltete Dolores das Licht aus und ging mit einem Handtuch in die Dusche. Draußen zirpten die Insekten in einer monotonen Geräuschkomposition und gelegentlich konnte sie einen zwitschernden Vogel ausmachen. Die Wassertonne war halb leer. Dolores hatte sich entkleidet, sah die halbleere Tonne und schaute verträumt auf den Schalter für die elektrische Wasserpumpe.

Während das kühle Nass in die Tonne floss, wanderten ihre Hände mit der duftenden Seife über ihre Haut. Der Seifenschaum fühlte sich für sie entspannend und wohlig an. Sie begann zu träumen, verspürte durch das sanfte Streicheln ihrer Hände Sehnsucht. Sie war von der Touristeninsel geflohen und ließ auch die Liebe hinter sich, die sie gerade so vermisste. Ihre Hände wanderten nach oben, über ihre steif gewordenen Brustwarzen, was in ihr immer mehr Erregung erzeugte. Sie sah, dass die Tonne fast am Überlaufen war und kippte den Schalter hastig nach unten. Sie versuchte sogar, es zu verscheuchen und duschte sich hastig den Schaum ab. Leise wickelte sie ihr riesiges Badetuch um den Körper und blickte in den Wohnraum, nachdem sie sachte die Badezimmertür geöffnet hatte. Rasch trippelte sie die Stufen zu ihrem Zimmer hinauf, warf die Kleider auf das Bett und zog eine Schublade der Kommode auf. Ihre Blicke trafen auf dieses polierte Utensil, dass auf einem Tuch lag. Abgerundet war es vorne und fünfeinhalb Inch lang. Sie zitterte vor Erregung, legte sich auf das Bett und wollte es nicht aufhalten.

Imelda musste erneut zu ihren Eltern nach Roxas und war zwei Wochen dortgeblieben. Nun war sie wieder zuhause und die Qualität des Essens würde endlich keinen Anlass mehr zur Klage geben. Imelda brachte eine große Eis-Box mit frischem Fisch mit und Hiraya lief augenblicklich in die Küche, um das Grillfeuer in Gang zu bringen.

»Ate Imelda! Ich bin so froh, dass du wieder hier bist.«

»Na, übertreib mal nicht.«

»Doch! Was hast du mitgebracht?«

»Red Snapper, Lapu Lapu und Garnelen.«

»Bombe!«

Hiraya freute sich wie ein Kind. Sie war ohnehin an diesem Tag fröhlich gestimmt, hatte das Grab ihrer Mutter besucht und traf Grundschullehrerin Ophelia auf dem Weg. Sie plauderten miteinander und Hiraya bekam mal wieder aus den Händen der alten Dame ein paar Schokoriegel zugesteckt. Dann las sie in der roten Bibel und freute sich über die Geschichte aus dem Lukasevangelium, in dem Jesus einen jungen Mann zum Leben erweckte, welcher der einzige Sohn einer Witwe war. Es gab ihr eine Hoffnung und sie fühlte plötzlich, wie logisch es doch wäre, anstatt das ein Geist ihrer Mama vom Himmel auf sie schauen würde, ohne je einen Ton zu sagen. Sie wollte sich die Stimmung nicht verderben lassen, nicht an diesem Tag. Imelda hatte sich längst die Küchenschürze umgebunden und musste erst die Begrüßungsküsse von Kezia genießen, bevor sie ans Ausnehmen der Fische gehen konnte. Mit ihrer eingespielten Perfektion bereitete sie die Meerestiere für das Grillfeuer vor, während Hiraya ihre Bewegungen mit dem Küchenmesser beobachtete.

»Die Garnelen kommen in die ›Sinigang‹-Suppe.«

»Da wird sich Daddy freuen.«

»Wo ist eigentlich Dolores?«

»Weggefahren.«

Imeldas Frage beantwortete sich just in diesem Augenblick, als der Schein eines Motorradscheinwerfers am Eingang zur Farm erschien und immer näherkam, untermalt von Knattern des Zweitaktmotors.

»Sie sollte einkaufen.«

»Hoffentlich habt ihr dieser Frau eine Liste mitgegeben.«

Tatsächlich fehlte keine Zutat vom Einkaufszettel, dabei fuhr Dolores durch zwei Ortschaften, um überhaupt alles zusammenkaufen zu können. Sie genoss diese Ausflüge auf ihrem Roller, konnte damit der Observation Hirayas für einige Stunden entgehen und nutzte die Zeit auch damit, in einem Straßenrestaurant mit Männern aus dem Dorf zu plaudern. Sie beherrschte das hier gesprochene Visayas-Hiligaynon mittlerweile so gut wie ihre Muttersprache. Auf Boracay konnte sie mit ihren linguistischen Fähigkeiten ein wildes Leben führen, ein Leben, welches sie hier zu verbergen hatte. In diesem Nest auf Panay Island, dort, wo man jemanden sicher zuletzt suchen würde, fühlte sie sich in der Tat sicherer.

»Gut gemacht, Dolores.«

Kichernd bedankte sich Dolores bei Imelda und begann umständlich mit dem Schneiden des Knoblauchs und der Zwiebeln für die Suppe, deren Highlight die großen Garnelen werden sollten. Für Hiraya war der Tag gerettet, denn ihre Verbündete und Freundin war wieder bei ihr. Nachdem alle zu Bett gegangen waren, hatten sich Imelda und Hiraya draußen unter dem riesigen Dalandan-Baum auf die Bank gesetzt, um den Sternenhimmel zu genießen. Zwei Tage schon hatte es keinen Tropfen geregnet und kaum ein Wölkchen zeigte sich am Himmel.

In dieser späten Nachtstunde war die Temperatur für die beiden immerhin angenehm. Ohne ein Wort schauten sie nach oben in das tief dunkelblaue Firmament. Die vielen flimmernden Gruppierungen der Sterne hatten Hiraya immer schon fasziniert. Doch im Moment beschäftigte sie auch etwas anderes.«

»Ob Mama da oben ist?«

Imelda nahm Hirayas Hand sachte, um sie zu liebkosen und drückte sie mit dem anderen Arm fest an sich.

»Ich habe etwas in der Bibel gelesen. Es macht keinen Sinn, dass Mama im Himmel ist.«

»Wieso?«

»Der Herr Jesus hatte einen Mann zum Leben erweckt. Und der sagte nicht, dass er zwischenzeitlich im Himmel gewesen sei. Vielleicht gibt es eine Zeit, in der Gott Mama wieder zurückholt, hier bei uns. Logisch, oder?«

»Ach Kind.«

Imelda wusste nicht, was sie sagen sollte. Sie hatte in ihrer Kirche seit Kindesbeinen eingetrichtert bekommen, die Toten seien im Himmel oder im Fegefeuer, doch diese Logik erschien ihr schlüssig. Hiraya lehnte sich an Imeldas Schulter und fühlte sich so wunderbar geborgen, während sie die zirpenden Insektentöne zusammen mit dem lauen Wind in den Palmenwipfeln und die vielen Lichter dort oben genießen konnte.

»Tita Imelda?«

»Ja, Kind?«

»Bitte verlass mich nicht.«

»Nein, natürlich nicht.«

Es vergingen weitere drei Wochen, in denen das Familienleben der Sinilangs in offensichtlich eingespielter Weise weiterging, in den Abfolgen, die eine Landwirtschaft forderte. Kezia hatte gelernt und galt jetzt im Ort als kluge Geschäftsfrau, die ihrer Mutter in nichts mehr nachstand. Die Ernten waren in diesem Jahr opulent, besonders bei den Ananasfrüchten und dem Reis.

Ihr Vater indes schien eine Art von neuer Jugendblüte wiedergefunden zu haben, was seiner Familie gefiel, außer bei Hiraya, die sich dachte, dass Dolores nicht unerheblich dazu beitrug. Man sah Roberto kaum mit ihr zusammen im Haus. Vielmehr verschwand er meistens nach dem Mittagessen in den Plantagen. Die Farm war seit seiner Kindheit pure Leidenschaft für ihn, der enthusiastischen Erziehung durch seinen Vater geschuldet. Kezia und ihr Mann fühlten sich erleichtert, hatten sie neben dem harten Vollzeitjob als

Marktleute und Farmer nun mit ihrer Schwangerschaft und dem Kümmern um die kleine Jane zu tun und dachten, ihr Vater arbeitete fleißig auf den Feldern mit.

An einem dieser Nachmittage hatte Kezia sich aufgemacht, um ihren Vater im Reisfeld zu finden, in dem bei brütender Hitze sechs Erntearbeiter ihre Sicheln Schnitt für Schnitt durch die Bündel der Reispflanzen zogen.

»Der Senor ist nicht hier, Mam Kezia.«

Sie wunderte sich schon ein wenig. Er hatte schließlich nicht verlauten lassen, wohin er sonst noch hatte gehen wollen.

»Danke. Kommt ihr klar mit dem Abschnitt?«

»Wir werden das Dreschen vor Sonnenuntergang sicher schaffen, Mam Kezia.«

Kezia nickte und stieg aus dem Feld auf den Dammweg. Auch wenn ihre Augen viele Male hin und herwanderten, konnte sie ihren Vater nicht erspähen. Schon überlegte sie, bei Familie Moralez vorbeizuschauen, um zu sehen, ob er nicht für ein bisschen Ermunterung dort einen Schwatz hielt. Es hätte sie beruhigt. Doch zögerte sie wieder, dachte an ihr Baby, welches Hunger bekommen haben könnte und entschied sich, zum Haus zurück zu gehen.

Roberto schlenderte gemütlich auf dem schmalen Pfad am nördlichen Rand seines Besitzes entlang. Auf der einen Seite erstreckten sich die Calamansi-Plantagen seines Nachbarn Juan, der mit seiner Frau Mariasol so lange dort ansässig war wie er. Sein Großvater kannte die Vorfahren der beiden schon und nie hatten sich die Generationen von ihren Gütern getrennt, so wie es die Dorftradition bestimmte. Sein Blick schweifte zurück auf die Seite, die ihm und seiner Familie gehörte, ein Anblick in paradiesischer Gestalt mit den stattlichen Kokospalmen, die sich mit den hohen Bambusstauden und Papayabäumen vermischten. Roberto ging weiter und erkannte jemanden, der zwischen den Bäumen auftauchte. Es war nicht nur einfach eine Arbeiterin, sondern eine ihm mittlerweile sehr ans Herz gewachsene Frau.

Er betrachtete sie intensiv und war fasziniert von der markant geschwungenen Form ihrer Gesichtszüge, die von diesen Augen bestimmt wurden. Sie sahen wie ein Wassertropfen aus, der im Begriff war, an einem Blatt herunter auf die Erde zu fallen, mit seitlich auslaufenden Enden, die in Harmonie mit diesen Augenbrauen wie zwei geschmeidig dahinschwebende Vögel im Gleitflug anmuteten. Dolores kam auf ihn zu, nachdem sie zwischen der Baumgruppe in Richtung des Weges hervortrat. Sie hatte drei Papayas in den Händen und ein kleines Erntemesser.

»Du hier?«

»Papayas.«

Sie blickte an ihm herunter, bückte sich und legte die Früchte auf den Boden. Ihr Blick schweifte nach oben, während sie in der Hocke blieb. Trotz seines Alters war Rodrigo stattlich geblieben, ohne einen hervorstehenden Bauch, den einige seiner Altersgenossen sich angefressen hatten. Nie hatte er eine Schreibtischarbeit ausgeübt. Das Feld und sein Handwerk waren sein Leben und das Resultat ein immer noch durchtrainierter Körper, der nur von seinen Falten im Gesicht etwas an Attraktivität einbüßte. Dolores sagte nichts, drehte ihren Kopf nur ein paar Mal hin und her. Ihre Hände kamen auf ihn zu, streichelten seine Schenkel hinauf bis zu der Stelle, wo sich die Beine mit seinen Hüften vereinigten.

»Dolores..., bitte nicht.«

Ihre Finger wanderten in die Mitte und sie konnte die Erhebung seines Männlichen fühlen. Hastig zuckte sie zurück, stand auf und lächelte. War es wie ein Schlachtschaf, dass zu seiner letzten Minute gehen sollte? Roberto hatte noch Widerstand geleistet, doch er bröckelte mit jeder Sekunde, während er sie nur ansah und seine Augen auf ihren Oberkörper richtete. Langsam ging sie vor ihm her in Richtung der dichtstehenden Gruppe der Papayabäume. Er stand hinter ihr. Vielleicht war es ein Meter, diese Entfernung, aber er glaubte, sie bereits mit ganzer Macht in den Armen zu halten.

Dolores lächelte breit und zweimal zwinkerten ihre Lider nach oben. Nachdem sie sich umgedreht hatte und begann, langsam die Knöpfe ihrer Bluse zu öffnen, schlug Robertos Herz bis zum Hals. Als das weiße Kleidungsstück auf den Boden fiel, schoss es unaufhaltsam in ihm hoch. Mit nach vorn gestreckten Armen sprang er auf sie zu und packte sie bei den Schultern mit dieser weichen Haut. Ihre Lippen kamen immer näher an seine heran, während ihre Hände unter dem Shirt über seine Brust wanderten.

Roberto Sinilang vergaß in jener Stunde zwischen den Papayabäumen alles an Tugend, was er einst verfocht. War es Verblendung, unerfülltes Bedürfnis oder eine Frau, die ohne lange nachzudenken das nahm, was sie wollte?

61

Hiraya fand eines Nachmittags ein Paar Dessous und zwei Shirts am Waschplatz vor dem Haus, wo Imelda arbeitete. Die Wäschestücke waren trocken und zusammengelegt. Der BH konnte unmöglich von Imelda oder Kezia sein. Schon seine hellrote Farbe und die Größe verriet es.

»Das ist von Ate Dolores. Sie ist einkaufen gefahren. Leg die Sachen bitte in ihr Zimmer.«

Hiraya ging ein freudiger Stich durchs Herz. Dolores war nicht hier, was ihr die Möglichkeit geben konnte, Detektiv zu spielen. Sie nahm die Wäschestücke und eilte in die Kammer, in der Dolores sich schon gut eingerichtet hatte. Ein Schminkspiegel und zwei bestickte Laken verzierten ihre Schlafstatt. Parfümflakons und Shampoo-Flaschen standen in Reih und Glied auf der Kommode. Hiraya blickte sich verstohlen um und schaute durch das Bambus-gitter-Fenster. Der Motorroller war nirgends zu sehen. Leise zog sie die Schublade auf. Ein Schreibblock, zwei Kugelschreiber und das Ladegerät für ein Handy konnte sie erspähen. Langsam zog sie das Fach darunter auf und schob ein dort ausgebreitetes Tuch beiseite. Ein ziehender Schreck jagte durch ihren Körper.

Groschenromane waren es, mit verräterischen Titeln und Liebespaaren auf dem Cover. Daneben lag dieser Gegenstand, ein Stück Mahagoni, als glatt poliertes Rundholz mit einem ausgeprägten, kopfförmigen Ende. Langsam holte sie es heraus und streichelte über die gemaserte Oberfläche. Hiraya hatte schon durch Geflüster ihrer Klassen-kameradinnen von solchen Utensilien gehört.

Hastig legte sie das runde Holz zurück in die Schublade. Sie wagte nun einen Blick in einen dieser Heftromane und fand eine detailreich beschriebene Sexszene schon nach einigen Seiten. Sie bekam einen roten Kopf und legte das Buch in die Lade zurück. Der Schrank interessierte sie nun mehr, in dem aneinandergereihte Kleider auf der Stange hingen. Sogar ein gelbes Filipiniana war zu sehen. Das Kleid gefiel Hiraya wirklich, doch sonst konnte sie nur Sommerkleider mit wenig Stoff sehen und einige T-Shirts. ›I am wild‹ prangte als Schriftzug auf einem von ihnen. Hiraya hasste Slogans auf Kleidungsstücken und weigerte sich immer, solche Sachen zu tragen. Auf dem Boden des Schrankes stand eine Schachtel mit bunten Herzchen-Motiven. Einige alte Schwarzweiß-Fotos zusammen mit handgeschriebenen Briefen fielen ihr sofort ins Auge. Ein älteres Ehepaar war auf einigen der Bilder zu sehen. Sie blickten meist ernst auf den abgegriffenen Fotografien und mussten sehr konservative Leute gewesen sein. Besonders die Frau hatte ein klassisch geschlossenes Kleid an. Ob das die Eltern von Dolores waren? Lange musste sie nicht rätseln, als sie eine Postkarte entdeckte, die eindeutig eine Kondolenzkarte war. Auch Dolores musste erleben, was ihnen hier selbst widerfahren war. Die eigene Mutter zu verlieren bricht jemandem das Herz in vier Teile und die Zeit zum Verheilen der Seele konnte sich hinziehen. Hiraya sah erneut den Mahagonistab, verspürte jetzt Mitleid und fragte sich, ob sie sich dieser Gewohnheit hingab, um ihren Trauerschmerz zu bewältigen. Sie hatte einen Plan gefasst und wollte mit Dolores reden, weil sie plötzlich dachte, ihr beistehen zu müssen.

Der nächste Tag war unerträglich heiß. Dolores legte das Kratzeisen mit der nach vorne stehenden, gezahnten

Schneide auf ihren Schemel, setzte sich darauf und begann, Kokosnussmark auszureiben. Sie schwitzte sofort dabei, aber Vater Roberto hatte allen Erntearbeitern ein in Kokosmilch angerichtetes Mittagessen versprochen.

Seufzend warf Dolores die leere Schale auf den Boden und wollte nach der nächsten halbierten Kokosnuss greifen, als sich ihr eine Hand entgegenstreckte. Sie schreckte hoch und sah, dass Hiraya mit einem Tablett und zwei Gläsern kühler Limonade vor ihr stand. Dolores glaubte an eine Erscheinung. So freundlich war das Mädchen noch nie zu ihr gewesen. Hiraya stellte das Tablett auf den Outdoortisch und sagte, dass sie sich auch einen Schemel und ein Kratzeisen holen wollte. Ungläubig schaute Dolores ihr hinterher, doch freuen konnte sie sich über diese Liebesbekundung. Als Kezia vorbeikam, freute sie sich, als sie die beiden Frauen zusammen bei der Arbeit sah. Wollte Hiraya sich mit der ungeliebten Haushälterin etwa anfreunden? Sicher war ihre jüngere Schwester ein standhafter und liebevoller Charakter mit viel Verträumtheit, doch konnte sie auch bockig sein, wobei dann keine zehn Wasserbüffel sie zur Einsicht ziehen konnten. Kezia ging rasch ins Haus, dachte sich, dass die beiden besser alleine miteinander reden sollten.

»Danke, dass du mir hilfst.«

»Kein Problem.«

»Nett von dir, die Limonade. Wow, du kannst das aber gut.«
»Ich bin mit all dem aufgewachsen.«

»Sicher. Ich komme ja aus einer größeren Stadt.«

Wie synchron drehten sie die Kokosnussschalen über die zahnbewehrten Eisen und beobachteten das in die Plastikschüsseln fallende Mark. Hiraya überlegte tief und suchte nach einem Gesprächsaufhänger.

»Ate Dolores, leben deine Eltern noch?«

Dolores hielt inne und schaute unsicher. Sie fing sich jedoch rasch, hatte sie verstanden, warum Hiraya eine solche Frage stellen mochte.

»Darf ich das fragen?«

»Natürlich... Meine Eltern sind tot. Vor drei Jahren. Erst Daddy, kurz darauf dann Nanay.«

»Du trauerst sicher noch.«

Dolores zuckte nur mit den Schultern, wusste scheinbar nichts zu antworten. Hiraya überlegte mit aufeinander gepressten Lippen, wie sie ihre nächste Frage stellen sollte.

»Ate Dolores?«

»Was?«

»Ach nichts. Doch..., wegen den Sachen, die ich gesagt habe. Ich möchte mich bei dir entschuldigen.«

Dolores unterbrach ihre Arbeit wieder und schien sich zu wundern.

»Ist schon vergessen.«

»Sorry, dass ich so frech zu dir war, wegen deiner Arbeit auf Boracay und so...«

Sie schaute stumm auf das Mädchen und schien zu überlegen, warum Hiraya plötzlich so verwandelt rüberkam.

»Du hast schöne Unterwäsche.«

»Was?«

»Und schöne Kleider.«

»Woher weißt du, welche Kleider ich anziehe?«

»Ich sollte mal Wäsche von dir auf dein Zimmer bringen. Du hast sie hier draußen liegenlassen.«

»Ach... so. Danke.«

»Das Filipiniana gefällt mir.«

»Du warst an meinem Schrank?«

»Ich dachte, ich sollte die Sachen hineinlegen.«

»Hast du kein Trachtenkleid?«

»Doch, aber es ist nur so ein Einfaches «

»Kauf dir doch eins.«

»Vielleicht später. Ich spare nämlich.«

»Für dein College?«

»Ich möchte Tinikling-Tänzerin werden.«

»Für was soll denn das gut sein? Damit du vor blöden Touristen herumhüpfst, damit sie danach denken, sie hätten tatsächlich philippinische Kultur gesehen?«

»Ich habe eine Tanzgruppe im Internet gesehen. Die treten sogar im Ausland auf.«

»Mach doch bei einem Gesangswettbewerb mit. Vielleicht bekommst du eine Chance.«

»Ich mag aber tanzen.«

»Und du willst mit dem Geld einen Tanzlehrer bezahlen?«

»Ja.«

»Inday Hiraya?«

Das Mädchen blickte ihr fragend in die Augen, weil sie spürte, dass etwas in der Luft lag. Der Klang ihrer Stimme hatte gerade jetzt so hintergründig geklungen. Dolores' Augen blickten sie auch sehr observierend an.

»Warst du an meiner Kommode?«

Hiraya wollte nie lügen, weil sie das schrecklich fand. Sie meinte stets, damit würden riesige Verwicklungen und Dramen beginnen, die, wenn einmal ins Rollen gebracht, nicht mehr aufzuhalten seien.

»Na?«

»Entschuldige.«

Dolores machte einen spitzen Mund. Hiraya sah, wie ihre Lippen aufeinander mahlten.

»Sorry.«

»Findest du mich jetzt wieder verachtenswert? Kannst gerne die Romane lesen.«

»Das ist nicht so meins...«

»Aber ich mag es... Na, Frau Richterin?«

»Ich verachte dich nicht, Ate Dolores. Wirklich...«

Dolores atmete tief ein, zuckte mit der Schulter und vertiefte sich wieder in die Raspelarbeit, denn Imelda hatte aus dem Fenster geschaut und mit den Händen herumgefuchtelt. Sie wollte endlich das Kokosmark für ihr Essen haben, denn in einer Stunde würden die Farmarbeiter eintreffen, um die Mittagssiesta zu genießen. Hiraya hatte nun den Mut verloren und sich vor Scham nicht getraut, Dolores auf den Fund in der Kommodenschublade anzusprechen. Tatsachen suchten sie ohne Vorwarnung heim, sie musste es nicht einmal anstoßen. Dolores war keinesfalls dumm und hatte eine sehr gute Auffassungsgabe. Hiraya hatte sie hierin ziemlich unterschätzt.

Nach und nach trafen die Erntehelfer ein und bedankten sich für das Essen, bevor sie einen Bissen zu sich nahmen. Der lange Bambustisch unter dem dicken Dalandan-Baum war mit Bananenblättern gedeckt und die Teller mit den leckeren Speisen darauf angerichtet. Einer der Arbeiter fragte Hiraya, ob er etwas Chili-Soße haben könnte. Rasch lief sie zum Haus, als ein junger Mann wie aus heiterem Himmel mit einem Blumenstrauß vor ihr auftauchte.

»Hallo Hiraya.«

»Kuya Ricardo.«

»Wie geht es dir?«

»Siehst du doch. Gut.«

Sie hatte den Blumenstrauß natürlich betrachtet und seine leicht flehenden Augen.

»Hiraya, ich möchte dir gerne etwas sagen.«

»Nicht hier. Komm mit um die Ecke.«

Sie schob den jungen Kerl sanft hinter die Seitenwand des Hauses, weg von den Blicken der ganzen Arbeiter. Ihr Herz klopfte schon ein wenig.

»Die sind für dich.«

»Kuya Ricardo. Hier wachsen Unmengen von Blumen.«

»Gefallen sie dir nicht?«

»Doch. Aber... wir kennen uns doch kaum.«

»Ich mag dich doch, Hiraya. Magst du mich nicht auch ein bisschen?«

Hiraya nahm die Blumen, lächelte und wusste nicht, was sie jetzt erwidern sollte.

»Schau, Kuya Ricardo. Ich bin noch nicht interessiert an einer Beziehung, okay? Geh jetzt lieber was essen.«

Schnell verschwand sie im Haus und atmete tief ein und aus. Einer der jungen Männer hatte sich tatsächlich in sie verknallt. Sie fand Ricardo schon ganz nett und er sah mit seinem trainierten Körper auch gut aus, nur zu schüchtern war er, ohne tiefgehenden, intellektuellen Biss.

Draußen hatte ein Gelächter am Tisch eingesetzt, was sie jetzt ärgerte. Ganz sicher hatten ein paar von den Arbeitern die süße Szene bemerkt und wollten den Abgeblitzten jetzt auf die Schippe nehmen.

»Hey Kamerad, war's erfolgreich?«

Ohne ein Wort zu sagen, pickelte Ricardo mit der Gabel in seinem Essen. Nicht einmal aufschauen mochte er und merkte, wie ihn alle anglotzten. Wieder lachten einige und grinsten vergnügt. In Ricardo begann es zu kochen, aber er musste sich beherrschen.

»Die will keinen Kerl. Ist so eine Heilige.«

»Er hat ihr Blümchen geschenkt.«

»Vielleicht wäre ein geschlachtetes Hühnchen besser gewesen?«

»Unsinn, ein ›Bahay Kubo‹ mit einem netten Schlafzimmer zum Kuscheln.«

Wieder ertönte schallendes Gelächter. Ricardo nahm den Teller und stand auf.

»Ihr seid alle blöd!«

»Ach komm, Junge. Musst dich mehr anstrengen. Spiel ihr doch mal ein Harána-Lied mit der Gitarre.«

»Hör auf zu lachen oder ich zeig's dir!«

Einer der älteren Männer unter ihnen schlug mit der Faust auf den Tisch und gebot, mit dem Gerede aufzuhören.

»Setz dich wieder hin, Ricardo.«

Schlagartig begann Ruhe zu herrschen und alle widmeten sich wieder ihrem Essen in der dampfenden Kokosmilch. Still nahm der junge Mann wieder Platz und schaffte es, seine Mahlzeit zu genießen. Es war wichtig zu essen, denn am heißen Nachmittag würde noch ein aufopferungsvoller Endspurt bei der Reisernte zu erwarten sein. Alle würden erst in den Feierabend gehen können, wenn die klapperige Dreschmaschine alles in ihrem kastenförmigen Schlund verarbeitet haben würde.

Am nächsten Tag nach der Ernte wurden offiziell von Kezia zwei Ruhetage verordnet. Niemand sollte auf den Feldern arbeiten und zuhause wurde gelesen oder Handarbeiten gemacht. Hiraya mochte es, alle paar Wochen die Deko im Haus umzustellen oder Neues hinzuzufügen. Ricardos Blumenstrauß thronte in einer Porzellanvase, was Imelda zu süßen Fragen animierte.

»Denkst du, Ricardo möchte was von dir?«

»Ich weiß nicht. Eine Liebesbeziehung will ich noch nicht. Ich bin erst 18.«

»Musst ja nicht gleich über ihn herfallen.«

»Ich finde ihn ganz nett, aber nicht mehr.«

»Er ist ehrlich, einfach, außerdem fleißig.«

»Na und?«

»Ein fleißiger Mann kann dich ernähren.«

»Ich will das selber können.«

»Ja, die moderne Jugend.«

Der Nachmittag ging rasch vorbei, weil alle sich in ihre Freizeitaktivitäten vertieft hatten. Hiraya schaute sich ein Video über den Tinikling-Tanz an, bekam sofort Lust aufs Herumhüpfen und holte ihren Kopfhörer hervor.

»Ich gehe raus.«

Ohne eine Antwort abzuwarten, huschte sie durch die Tür und lief springend auf dem Weg in Richtung der Ananas-Plantagen entlang. Die Sonne schien so wunderbar und unter dem Sound eines Popsongs machte sie wieder diese hüpfenden Kapriolen, dabei versuchte sie sich mit jedem Schritt um 180 Grad zu drehen und präzise wieder aufzukommen, ganz im Takt des Liedes aus dem teuren Sony-Kopfhörer. Urplötzlich fuhr ihr ein stechender Schmerz durch den rechten Fersenballen. Sie machte die Musik aus und schob den Kopfhörer auf den Nacken. Ein Dorn steckte in ihrem Fuß. Hiraya setzte sich ins Gras, um den Störenfried zu entfernen. Es blutete nur wenig. Sie beschloss, ins Haus zurückgehen, um Chinellas oder ihre Sportschuhe zu holen.

Als sie gerade im Begriff war zu gehen, hörte sie leise Laute, als würde jemand stöhnen. Ob jemand in der Plantage war und Hilfe brauchte? Sie vergaß die Chinellas und wendete den Kopf hin und her, um die Stelle zu orten, aus der diese Geräusche zu kommen schienen. Langsam ging sie weiter. Doch immer mehr erkannte sie, dass diese Laute nicht von jemandem stammen konnten, der um Hilfe rufen wollte. Das Stöhnen einer Frau war es, dass immer deutlicher zu hören war. Dann folgte ein kurzer, stoßender Aufschrei mit hektischem Atmen. Hiraya duckte sich tief nach unten und schlich langsam weiter. Nun konnte sie Bewegungen im Gras erkennen, nur einige Bäume weit weg wo sie gerade in ihrem Lauschen verharrte. Sie drückte sich hinter einen Baumstamm und schielte an ihm vorbei, als ein Mann langsam aufstand, mit nacktem Unterkörper und dem halb verrutschten Hemd. Hiraya wollte laut aufschreien, doch ein furchtbarer Druck, der sich anfühlte wie ein Würgegriff, drückte ihren Hals zu. In ihrem Kopf begann es sich zu drehen, dabei spürte sie beißende Ohnmacht. Ihre Gedanken rasten wild hin und her, während sie mit bleichem Gesicht zwischen den Fingern ihren eigenen Vater sah, der seine Hose aufhob und sich überstreifte. Die Frau stand auf und patschte ihm auf die Wange. Es war Dolores, die sich bückte, um ihr Höschen aus dem Gras zu fischen.

Hiraya presste ihre Hände vor den Mund, rannte augenblicklich los, wollte nur weg von diesem Anblick, der in jenen Momenten ihren Glauben an die Integrität ihrer ganzen Familie mit einem Schlag vernichtet hatte. Sie riss ihren Kopfhörer herunter und ließ los. Ihr so geliebtes Gadget, sonst behütet wie ein Familienschatz, fiel achtlos herunter. Ihr Fuß stach rasend bei jedem Schritt, aber sie hetzte durch das niedrige Gras, dann rannte sie tränenüberströmt den Weg zum Haus entlang. Japsend versuchte sie Luft zu bekommen, dabei überschlug sich ihr Atem derart, dass sie beinahe in sich zusammenfiel. Sie sah den Stapel Hausschuhe vor dem Haus. Im Vorbeirennen griff sie nach einem Paar und schlüpfte hinein. Sie wollte keine Sekunde länger stehenbleiben und nur rennen, davoneilen und ihren tosenden Schmerz herausschreien. Die niedliche Hütte am Rand zu den Feldern der Familie Moralez kam ihr augenblicklich in den Sinn. Eine Bambushütte, die gerne für die Mittagssiesta während der Ernten benutzt wurde. Hiraya hetzte weiter, ohne auf ihren verletzten Fuß zu achten, dabei begann sie laut zu weinen, in stoßenden Krämpfen voller Schmerz, der ihr junges Herz zu zerreißen drohte.

Leise ging Dolores durchs Gras, um den Weg zu erreichen, der zum Haus führte. Roberto hatte sich in eine andere Richtung davongemacht. Sie sah etwas zwischen den vielen Halmen liegen, mit einer schwarzen Schnur daran. Dolores fuhr ein Schauer durch den Körper, als sie sich bückte und den Kopfhörer aufhob. Sie begann zu überlegen, was sie tun könnte, denn eines war sicher. Es gab jemanden, der sie und Roberto gesehen hatte. Die Zeugin, die sie am meisten fürchten musste. Sie entschloss sich, den Kopfhörer zu verstecken und ohne zu zögern mit ihrem Roller in die Stadt zu fahren, um erst einmal unterzutauchen.

Die ganze Nacht hatte Hiraya mit tränenverschmiertem Gesicht in dieser Hütte verbracht und auf dem nackten Bambusboden geschlafen. Einmal ging sie um Mitternacht nach draußen, um sich ein paar Bananen zu pflücken. Sie hatte furchtbaren Hunger und war froh, wenigstens die Bananen gehabt zu haben. Schon kurz darauf, nachdem sie in dem ›Kubo‹ zusammensackte und gegen die Wand gelehnt versuchte, sich zu beruhigen, hörte sie ein vorbeifahrendes Motorrad. Der Klang des Zweitakters ähnelte stark dem von Dolores' Motorroller. Wenn es so wäre und diese Frau nie mehr zurückkommen würde, hätte sie allen Grund, in Freudentränen auszubrechen. Doch was an jenem Nachmittag ihr jugendliches Herz zerstörte, war das Verhalten ihres Vaters. Der Mann, dem sie bisher immer zweifellos vertraute und für den sie ihr Leben als Tochter gegeben hätte. Sie sah nur Verrat, Niedertracht und Gier in absoluter Respektlosigkeit gegenüber den Prinzipien ihrer geliebten Mutter. Hiraya hatte in dieser Nacht einen unumstößlichen Entschluss gefasst. Sie wollte ihren Vater mit seiner Tat konfrontieren.

Kezia hatte Hiraya nicht in ihrem Zimmer gesehen und wunderte sich. Es war erst kurz nach 5 Uhr. Sollte ihre

Schwester wirklich so früh aufgestanden sein? Dass auch Dolores nicht hier war, machte ihr kein Kopfzerbrechen, war sie doch gelegentlich für eine Nacht außerhalb unterwegs. Roberto saß zusammen mit Schwiegersohn Gerald stumm am Tisch. Irgendwie schien ihn etwas zu bedrücken. Wenig begeistert aß er sein Frühstück und die sonst in den letzten Wochen vorherrschende Fröhlichkeit war an diesem Morgen wie erstickt. Sicher war es einer der immer noch hervorbrechenden Anfälle tiefer Trauer um seine Henrietta. Kezia verstand das, dachte sich nichts dabei und war damit beschäftigt, herauszufinden, wo Hiraya stecken könnte.

»Habt ihr sie nicht gesehen?«

Imelda stand in der Küchentür und zuckte nur mit den Schultern.

»Ihr Kopfhörer ist auch nicht da. Seit gestern Nachmittag ist sie wie vom Erdboden verschluckt.«

Gerald meinte nur lakonisch, dass sie sicher wieder irgendwo in den Plantagen ihren Tinikling-Träumen verfallen sein mochte. Vater Roberto schwieg zu alldem und mühte sich, seine Eier mit Reis hinunterzubekommen.

»Vater, was ist los? Hast du keinen Appetit?«

Das leise Geräusch an der Eingangstür ließ Gerald aufmerken, während Roberto nicht einmal seinen Kopf hob und nur stumm auf den Teller starrte.

»Hiraya, wo warst du?«

Hirayas Augen strahlten etwas aus, was in Kezia Angst erzeugte. Eine Verbitterung in deutlich erkennbarer Weise lag über dem Gesicht ihrer Schwester. Dieser Ausdruck war so auf Angriff gestellt, dass ihr ein Schauer über den

Rücken lief. Hiraya ging langsam auf den Tisch zu. Imelda kam indes mit einem frischen Gedeck aus der Küche und stutzte nun auch beim Anblick des jungen Mädchens, das schwer atmend vor ihrem Vater stand. Ihre Kleidung sah weder frisch aus, noch waren ihre Haare gekämmt. Gerald hatte noch nichts begriffen und schob einen Stuhl zurecht.

»Willst du nicht frühstücken?«

Hirayas Finger spielten verkrampft miteinander, als plante sie etwas. Kezia wollte die Hand auf ihre Schulter legen, doch heftig drehte sie sich herum und stieß ihre Schwester mit beiden Händen beiseite.

»Was soll das, Hiraya!«

»Tita Kezia! Du warst so blind. Ihr alle!«

Imelda wollte etwas Gutes tun, beschwichtigen, doch sie hatte keinen Schimmer, warum das Mädchen so abartig reagierte.

»Vater!«

Er blickte hoch in ihre Augen, die begannen, wieder feucht zu werden, weil Hiraya es nicht mehr unterdrücken konnte. Roberto wusste jetzt, dass es sinnlos wäre, wenn er seiner Tochter antworten würde, egal wie erklärend oder liebevoll es auch immer wäre.

»Daddy!«

Immer noch kam kein Laut aus seinem Mund, nur unsichere Blicke, die alles beantworteten.

»Du treibst es mit dieser Frau!«

Kezia taumelte bereits zurück und wirkte verstört. Hirayas entsetzte Blicke klebten förmlich am Gesicht ihres Vaters, der begann, unsicher zu werden.

»Hiraya! Wie kannst du es wagen, so mit Vater zu reden?«

»Ich halte meinen Mund nicht mehr!«

Mit erhobenen Fäusten begann Hiraya zu schreien und wild auf ihn einzuschlagen, dabei rannten die Tränen über ihr Gesicht.

»Hayop ka!!« (Du Tier *)  •Ausdruck der Verachtung

Roberto konnte Hirayas Oberarme packen und drückte sie von sich weg. Doch sie riss sich los und wieder prügelte sie mit wilden Schlägen auf ihn ein. Ihr heftiges Schreien drückte herzzerreißende Enttäuschung aus. Wütend stieß ihr Vater sie weg und holte aus.

»Vater!! Nein!!«

Kezias Intervention war sinnlos. Hiraya spürte jetzt den beißenden Schmerz der Schläge seiner in ihr Gesicht klatschenden Hand. Sie taumelte zurück und fiel gegen die Wand. Mit hektischem Atem, am ganzen Leib zitternd, sah sie eine wutentbrannte Fratze vor sich. Ihr doch sonst so liebevoller Vater, der sich augenscheinlich durch eine Frau in ein gieriges Element voller Selbstsucht verwandelt und sogar die Hand gegen seine Tochter erhoben hatte, eine Tat, die er sich nie vorher gewagt hätte zu tun.

Gerald war aufgesprungen und gestikulierte zu seiner Frau, die sich heulend ihren Bauch rieb. Nie zuvor hatte sie mit ansehen müssen, dass ihr Vater jemanden so brutal schlug. Hiraya hielt ihre zitternde Hand vors Gesicht, dabei beobachtete sie sein hasserfülltes Antlitz mit ihren tränenbenetzten Augen.

»Senor Roberto!!«

Imelda stürmte herbei und warf sich mutig zwischen die beiden.

»Lass das Mädchen los!«

Robertos Lippen bebten immer noch. Keinen Moment ließ er den Blick von seiner Tochter, die sich nicht von seiner Brutalität beeindrucken ließ. Ihre Augen versprühten ein loderndes Kampfesfeuer.

»Ich will dich nicht mehr sehen! Du Verräter!! Und du, Tita Kezia, warst so blöde!«

»Hiraya, so redest du nicht mit mir!«

Roberto drohte ihr wieder mit ausgestreckter Hand. Das Mädchen sah, wie seine Lippen dabei zitterten.

»Geh in die Küche, Imelda!«

»Ich nehme sie mit nach draußen... Komm, Kind.«

»Es ist mein Leben, Tochter. Und dir erkläre ich bestimmt nicht, mit wem ich eine Beziehung haben will.«

Kezia fühlte ihren Kreislauf wegbrechen. Japsend begriff sie jetzt, welche Gefahr Hiraya am Heraufbeschwören war. In den Armen Imeldas aufgefangen, wollte sie nicht mehr schweigen.

»Ich will dich nicht mehr sehen, Vater!«

Gerade noch fühlte Roberto tatsächlich eine feine Reue gegenüber seiner Kleinen, nur für Sekunden. Jetzt schrie sie ihm direkte Verachtung ins Gesicht, was ihn in grauenhafte Rage brachte.

»So, Tochter? Dann hast du meine Antwort, du respektloses Stück. Layas sa bahay ko!! (Raus aus meinem Haus)

Hiraya machte mit den Lippen nur eine spuckende Geste.

»Verschwinde, Hiraya!! Raus mit dir!«

Kezia stammelte ihre bittenden Tiraden in den Raum, hoffte irgendwie, dass sich diese Wut legen möge, damit man sich richtig aussprechen könnte. Doch sie kannte ihren Vater. Er ließ sich kaum von jemandem reizen, doch wenn sein Maß voll war, galt sein Urteil als vernichtend und unverrückbar. Alle mussten erkennen, dass er in diesem Moment seine jüngste Tochter, sein ›Engelchen‹, aus ihrem Elternhaus verbannte.

»Hiraya..., bitte! Entschuldige dich bei Vater.«

»Nein!«

Hiraya riss sich aus Imeldas Armen los und rannte die drei Stufen zu ihrem Zimmer hinauf, ohne auf Kezias Schreierei zu achten, während Roberto starr auf den Boden stierte und dabei hektisch atmete. Hiraya knallte die Tür zu und wuchtete die Kommode davor, denn sie wusste, dass ihre Schwester nicht zögern und hereinstürmen würde. Schon hämmerten Kezias Fäuste gegen die hölzernen Stäbe.

»Du kommst da raus, Hiraya!«

»Lass mich in Ruhe!!«

Mit voller Wucht versuchte Kezia, die Zimmertür einzudrücken.

»Sie hat die Tür verkeilt. Gerald!!«

»Lass sie sich erst mal abkühlen. Kein Stress.«

»Was sagst du? ›Kein Stress?‹ Hiraya!!«

Das Gerüttel an der Tür ließ Hiraya kalt. Hastig riss sie den Kleiderschrank auf und stopfte ihre Lieblingskleider in die Reisetasche. Die Fotos ihrer Mutter! Sie wollte sie auf gar keinen Fall hierlassen. Nun schweifte ihr Blick auf den Holzkasten, die geheime Spardose für ihren Traum, dem Traum von Manila. Mit einem Ruck schmetterte sie das Kästchen auf den Boden und sammelte das Geld auf. Es waren 18480 Pesos, die für eine achtzehnjährige Schülerin schon eine stattliche Summe darstellten. Für ein Flugticket nach Manila mehr als ausreichend, aber sie wollte und musste sparen und den RO-RO-Bus nehmen, die machten es für etwas mehr als 1000 Pesos, auch wenn diese Odyssee über 21 Stunden in Anspruch nehmen würde.

»Mach jetzt die Tür auf!«

Ohne etwas zu erwidern, drückte sie das Bambusgitterfenster auf und warf die Tasche nach draußen. Behändig schlüpfte sie, mit ihren Sportschuhen bewaffnet, durch die enge Öffnung und hangelte sich an der Hauswand herunter. In Windeseile hatte sie ihre Sachen aufgehoben und sah den Reisrechen an der Wand des Schuppens gelehnt. Ihre Schwester kam aus der Tür gestürmt und schrie ihr immer wieder diese flehenden Bitten entgegen, sie solle doch zur Vernunft kommen. Abrupt drehte sich Hiraya um. Den hölzernen Rechen mit beiden Fäusten gepackt, zielte sie mit ihm in Richtung ihrer Schwester.

»Bleib stehen, Tita Kezia! Wenn ihr mich mit Schlägen aus dem Haus werft, na schön.«

»Wo willst du denn hin?«

»Mein Traum wird sich erfüllen. Und ich werde jemanden finden, der mir erklären kann, wo Mama ist!«

Mit schnellen Schritten lief Hiraya den Weg hinunter zum Eingangstor der Farm, dem Ort ihrer Geburt und Kindheit, dem Ort schöner Momente, aber auch der Tragödien, von denen diese hier zur Furchtbarsten mutiert war. Hinter sich die Schreie ihrer Schwester, entschied Hiraya nun ihr Ziel: Manila, die Hauptstadt.

»Hiraya, bitte!! Hirayaaa!!!«

Kezia brach zusammen und weinte sich, auf ihre Knie gestützt, die Augen aus dem Kopf, während sie ihre kleine Schwester am Rand der Reisfelder verschwinden sah.

Zitternd griff sie in ihre Rocktasche und nestelte das Handy hervor. Chief-Officer Pedro musste helfen, der im Dorf als der Gütige unter den Polizeibeamten bekannt und ein Freund ihrer Familie war.

Der Weg in die Stadt würde zu Fuß eine Stunde dauern, doch Hiraya kannte es von so vielen Malen. Ihr machte es nichts aus, auch wenn die Sonne wieder heiß brütete und sich kaum eine Wolke am Himmel zeigte. Sie hatte die Reisfelder des Bauern Juanillo erreicht und die Straße lag auf einem leicht erhöhten Damm. Vielleicht käme jemand mit dem Motorrad vorbei und würde sie mitnehmen. Es war ihr gleich. Auch zu Fuß würde sie den Weg leicht schaffen und könnte sich bei Lehrerin Ophelia ausruhen oder im Laden von Señora Remedios. Doch ihr Nachsinnen wurde durch ein knatterndes Motorengeräusch aus dem Takt gebracht. Aus der Wegkurve kam ihr dieser Motorroller entgegen. Hiraya begann zu frösteln und ohne zu zögern stellte sie sich mitten in den Weg. Die Frau auf dem Gefährt musste heftig abbremsen und hielt nur einen Meter vor ihr an.

»Hallo, Inday... Hiraya.«

Zwei Augenpaare blickten sich gegenseitig an, abwartend wie Katzen vor einer Kampfattacke. Hiraya ließ ihre Tasche auf den Boden gleiten.

»Lass mich bitte durch.«

»Damit du wieder mit meinem Vater vögelst?«

»Hör mal, Kleine...«

»Ich bin nicht deine ›Kleine‹!«

80

Hiraya packte den Stiel des Rechens nun fest mit beiden Händen.

»Jetzt hör mal zu, Mädchen... Dein Daddy und ich lieben uns eben. Wenn erwachsene Menschen...«
Ihre Finger umschlossen das Holz immer fester, als wollten sie es zerquetschen.

»Ich bin also nicht erwachsen. Du Natter!!«
Als das Mädchen ausholte, hatte Dolores keine Chance, irgendeine rettende Bewegung zu machen. Hiraya zog den Rechen blitzschnell durch und sie spürte die Kante des Querholzes brutal, welche sich in die Haut über ihrem Auge grub und sie aufriss. Mit einem gellenden Schrei kippte sie mit dem Roller um, landete auf dem Rand des Reisfeldes neben dem Weg und rutschte kopfüber weiter, mitten in die matschige Masse aus Erde, Reispflanzen und braunem Wasser. Dolores fühlte den schweren Schock, stand wankend auf, halb benommen und fiel wieder hin. Sie fühlte das warme Blut seitlich am Kopf herunterlaufen, versuchte etwas zu artikulieren, konnte kaum noch richtig atmen und kämpfte darum, Hiraya etwas als Erwiderung ins Gesicht zu schleudern. Nun musste sie mitansehen, wie das Mädchen ihren Motorroller aufrichtete und ihm einen Schubs versetzte. Mit noch laufendem Motor fiel er in die matschige Brühe und versank halb darin. Nun erstarb das Geräusch mit einem blubbernden Husten.
Ruhig drehte Hiraya sich um und ging weiter. Ihre Kontrahentin schaffte es nun endlich, etwas aus der Kehle zu schreien, dabei rüttelte sie am Lenker ihres halb im Wasser versunkenen Rollers.

»Bleib stehen, du Früchtchen!!«

Hiraya beachtete sie nicht weiter. Langsam ging sie auf ihre Tasche zu, um sie aufzuheben.

»Das wirst du mir büßen! Dafür landest du im Zuchthaus!« Das Mädchen drehte sich wieder um und lächelte. Der Stinkefinger sollte die letzte Grußbotschaft sein. Doch sie besann sich ein wenig und ging an den Rand des Reisfeldes, in der rechten Hand immer noch den Rechen. Vor ihr stand ein Haufen Elend, an dem erdbraunes Wasser heruntertropfte. Dolores' Shirt war beschmiert und voll Schlamm. Ihr Gesicht, blutend aus der aufgerissenen Stirn, strahlte ganze Vergeltungsbereitschaft aus. Hiraya schaute sie nur mit kalten Augen an.

»Ate Dolores, nilason mo ang pamilya ko!« (Du hast meine Familie vergiftet).

Hiraya schenkte ihr kein Wort mehr, nahm die Tasche hoch und ging weiter, doch unverhofft sah sie in der Kurve einen weißen Jeep mit einem Hoheitszeichen auf der Seite, der langsam näherkam. Das blaue Licht am Holm der Windschutzscheibe war deutlich zu erkennen, ein Licht, das rhythmisch blinkte. Hiraya schaute panisch umher und wollte sich zwischen den hohen Sträuchern davonstehlen, doch der Polizeijeep beschleunigte und bremste scharf ab, als er sie erreicht hatte, direkt vor ihr.

»Du bleibst stehen!«

Es war sinnlos, einen Fluchtversuch zu machen, als Officer Gilberto Zuleta aus dem Wagen sprang.

Hiraya blickte nach unten und nuschelte nur: »Hello po, Officer Gilberto.«

Seine Begleiterin Officer Mariella Sorriano stieg langsam aus. Dolores' Geschrei aus dem Reisfeld übertönte jetzt alles. Die Polizistin rannte los. Officer Gilberto streckte die Hand aus und machte damit auffordernde Zeichen.

»Gib mir das Ding.«

Hiraya hielt ihm mit gesenktem Gesicht den Rechen hin und sagte keinen Mucks, während Officer Mariella Dolores helfen wollte. Sie hatte sich am Rand des Reisfeldes mühsam emporgehangelt und preschte vor Rage zeternd auf die Polizeibeamten zu. Als sie ihren Zustand erkannten, blickte Officer Gilberto Hiraya mit brennender Fassungslosigkeit in die Augen.

»Ich zeige die an! Officer, sperren Sie das Luder ein!!«

»Wie ist das passiert?«

»Das seht ihr doch, ihr Helden! Sie hat mir mit dem Ding ins Gesicht geschlagen. Sehen Sie doch!!«

Dolores schrie hysterisch, dabei sah Officer Mariella, wie schlimm die Wunde blutete.

»Kommen Sie her. Arayy, sieht echt mies aus.«

Officer Mariella holte den Verbandskasten aus dem Wagen und bat Dolores, sich hinzusetzen. Erst jetzt begann sie in den Schmerzen zu weinen, die sich anfühlten, als würde ihre ganze Stirn in zwei Teile zerreißen.

»Bitte stillhalten. Wo wohnen Sie?«

Dolores schrie auf, als Officer Mariella die Wundkompresse auf ihre Stirn drückte. Bis eben noch in ihrer Rage gefangen, begann sie herzzerreißend zu wimmern und sich an der Polizistin festzuklammern.

»Schon gut, versuchen Sie, ruhig zu bleiben. Wir bringen Sie zum Arzt. Wo wohnen Sie denn?

»Bei der Sinilang-Familie.«

»Arbeiten Sie dort?«

»Haushälterin.«

Hiraya wollte auf Dolores losstürmen, musste aber nach nur zwei Schritten kapitulieren, als kräftige Hände sie hochrissen und unerbittlich umklammerten.

»Hiraya, es reicht!«

Wie wahnsinnig versuchte sie sich mit heftig strampelnden Beinen zu befreien. Ihre wild auf Officer Gilbertos Arme schlagenden Fäuste wollten diesen Klammergriff durchbrechen. Als Officer Mariella die Handschellen vom Gürtel nahm und sie ihr mit autoritärem Blick vor die Nase hielt, gab Hiraya mit tränenbenetzten Augen auf.

»Zwing uns nicht, dir diese Dinger anlegen zu müssen, okay? Was hast du gemacht?«

»Sie hat gekriegt, was sie verdient hat. Schlange!!«

»Es stimmt also, was sie sagt?«

»Ich sag nichts mehr.«

»Hältst du jetzt still? Sie muss sofort zum Arzt, Gilberto. Das sieht übel aus. Mam, können Sie stehen?«

»Lint eh..., Hiraya, du weißt, was ich jetzt leider tun muss. Wo ist dein Vater?«

»Ich will ihn nicht mehr sehen.«

»Hiraya, kapierst du nicht, was hier läuft? Siehst du nicht, wie du sie zugerichtet hast? Und du hast dich der Staatsgewalt widersetzt.«

»Mir doch egal!«

»Ihr kommt jetzt beide mit.«

Dolores stand auf, dabei gelang es ihr gerade noch, drei Schritte zu gehen. Ohnmächtig fiel sie in sich zusammen. Officer Gilberto musste in Sekundenbruchteilen entscheiden, was Hiraya nicht lange überlegen ließ.

»Mam!«

Während die Beamten versuchten, Dolores wieder klar zu bekommen, riss Hiraya ihre Tasche hoch, rannte hinter den Polizeiwagen und flitzte zwischen den hohen Wildorchideensträuchern hindurch in Richtung einiger Felder davon. Das Geschrei Officer Gilbertos, sie solle stehenbleiben, interessierten sie kein bisschen. Hiraya kannte beinahe jeden Weg zwischen den Ländereien der Nachbarn, jeden Pfad und sämtliche Abkürzungen, die sie seit ihrer Kindheit gerne nahm, wenn sie zur Schule ging.

»Lass es, Gilberto. Hiraya holen wir uns noch. Diese Frau muss zum Doc!«

Nach und nach stabilisierte sich Dolores' Kreislauf, so dass sie aufstehen konnte. Sie brachte kein Wort heraus und kämpfte mit den hämmernden Wundschmerzen, die ihre Stirn malträtierten.

Hiraya hetzte auf dem schmalen Dammweg zwischen den Reisfeldern der Sandigan-Familie entlang, dabei schlug ihr Herz wie eine Bongotrommel bis zum Hals. Das Atmen fiel ihr schwer, denn die vollgepackte Reisetasche begann sich in der Vormittagshitze immer schwerer anzufühlen. Sie überlegte hin und her, wo sie sich gut verstecken könnte. Der Fernreisebus nach Manila fuhr nur einmal am Tag frühmorgens um 5 Uhr. Hiraya wusste, dass sie einen Verbündeten brauchte, doch schien sie nur wenige Optionen zu haben.

Langsam fuhr der Polizeiwagen in Richtung der Kleinstadt. Dolores hatte sich etwas erholen können, nachdem sie ein paar Schlucke Wasser trank. Doch sie atmete immer noch schwer und presste ihre Lippen zusammen. Ihre Hände umklammerten den Holm. Mit starrem Blick überlegte sie hin und her. Dabei begann sich glühender Hass in ihren Gedanken zu manifestieren.

»Miss Mercado? Geht es noch?«

»Wann kann ich meine Anzeige machen?«

»Sie müssen zu Doktor Romero.«

»Wann kann ich meine Anzeige machen!?«

»Jederzeit, Mam.«

Officer Mariella spürte, was in Dolores vorging und sie wusste, dass nun ein Auftrag vor ihnen lag, ein Auftrag, der keinen der beiden Beamten glücklich machen würde, denn musste es ausgerechnet Hiraya Sinilang sein, ein Mädchen, das immer als mustergültig im Ort galt und nie jemandem gegenüber respektlos aufgetreten war, die eine anständige Erziehung genossen hatte und so wunderbar jugendliche Pläne im Herzen trug?

Vor ein paar Minuten hatte Dolores mit ihrem Kopfverband die Polizeiwache verlassen. Chief-Officer Pedro Funa blickte seufzend auf das unterschriebene Blatt Papier vor ihm. Er konnte vor Fassungslosigkeit nichts sagen und Lust auf die tägliche Streife im Nordbezirk hatte er auch nicht mehr.

»War sie bei Doktor Romero?«

»Immerhin ist sie versorgt worden.«

»Fragt sich nur, wie.«

Am liebsten wollte er alles vergessen, was gerade erst hier im Office ein hasserfülltes Ende nahm. Als Officer Mariella Dolores über die Vorgänge befragte, unterbrach sie ihre

Aussagen ständig und ging den Chief, der am Nebentisch bei Officer Gilberto saß, immer wieder mit obszönen Worten an und drohte mit ausgestrecktem Arm und fuchtelndem Finger.

»Wenn an meiner Stirn etwas zurückbleibt und sie mich entstellt hat, dann dreh ich ihr den Hals um wie bei einem Schlachthühnchen, verlasst euch drauf!«

Officer Mariella musste sie immer wieder zur Ordnung rufen. Dabei war Mitgefühl im Spiel, denn sie wusste, dass der Landarzt ein mieser Operateur war, der eher einen Reissack zunähen konnte als eine solche Platzwunde.

»Miss Mercado!«

»Sucht endlich dieses Weibsstück und sperrt sie ein!«

Das Chief Officer Pedro sich nicht aus der Ruhe bringen ließ, heizte Dolores noch mehr auf. Immerhin gelang es Officer Mariella am Ende, sie ruhig zu bekommen.

»Würden Sie bitte Ihre Anzeige unterschreiben?«

Schnell zupfte Dolores ihr den Kugelschreiber aus den Fingern und grinste: »Mit Vergnügen.«

»Miss Mercado, darf ich noch etwas fragen?«

»Was?«

»Könnten Sie uns einen Grund dafür nennen, warum Miss Sinilang Sie angegriffen hat?«

Dolores spielte mit dem Kugelschreiber und schien gerade Schwierigkeiten zu haben, mit der Sprache rauszurücken.

»Ich und ihr Vater sind uns nähergekommen. Das süße Töchterchen mag das offensichtlich nicht. Der Senor ist ein erwachsener Mann und ich bin zufällig auch alt genug.«

Officer Mariella und ihr Kollege schielten zu ihrem Vorgesetzten, der so süffisant mit den Lippen mahlte. Dolores hatte längst kapiert, dass in diesem Provinznest so etwas als Skandal galt.

»Näher gekommen? Könnten Sie das präzisieren?«

»Ich penne mit ihm. War´s das? Was hat das mit meiner Stirn zu tun. Hier geht es um Körperverletzung!«

Mit donnernden Fäusten auf die Tischplatte schlagend verlangte Dolores von der Polizei sofortiges Handeln, dabei versprach sie mit einem drohenden Unterton, die Sache zu kontrollieren und einen Anwalt hinzuzuholen. Außerdem wollte sie Schadenersatz für die Beschädigungen an ihrem Motorroller und ihr zerfetztes Shirt.

»Ich komme wieder. Wann verhaftet ihr sie eigentlich?«

»Wir müssen sie erst einmal finden. Ruhen Sie sich aus.«

Dolores sprang auf und ging wortlos aus der Wache. Officer Mariella schaute ihren Vorgesetzten an und fühlte, wie er litt. Sie ahnten alle, was für eine Person Dolores war, doch das Gesetz sprach eine klare Sprache. Hätte Hiraya den Rechen mit den spitzen Stäben nach vorn benutzt, hätte es als Totschlagsversuch ausgelegt werden müssen. Und den Gipfel bildete die Beschwerde des Bauern Juanillo, dessen Reisfeld von auslaufendem Benzin des Rollers verseucht worden war.

»Warum Hiraya Sinilang? Sie hat doch ihr Leben noch vor sich. Ich kenne sie, seit sie geboren wurde. Die hat nicht mal beim Nachbarn jemals eine Banane geklaut, immer höflich, na ja..., vielleicht mal in der Schule abgeschrieben. Warum das alles?«

Kopfschüttelnd musste er einen Schluck aus dem Wasserglas nehmen.

»Wir gehen dann mal, Chief.«

»Bringt mir Hiraya her! Und ich fahre zu ihrer Familie.«

Kezia blickte wie versteinert auf den Haftbefehl und flehte den Chief an, eine Kaution anzunehmen. Doch diese setzte ein Staatsanwalt fest und der sollte erst am nächsten Tag den Faxbericht bekommen.

»Wo wollte sie hin?«

Kezia stotterte, als sie vom Plan ihrer kleinen Schwester berichtete. Das machte den Chief nervös. Wie sollten seine drei Beamten verhindern, dass sie nicht längst in einem Bus nach Iloilo oder Roxas City saß, um einen Flughafen zu erreichen?

»Wo ist euer Vater?«

Roberto wich den Fragen des Chiefs aus. Scheinbar war ihm das Wohlergehen seiner Jüngsten nicht einmal nach der Erzählung der Vorkommnisse wichtig. Langsam stand er auf und ging zum Fenster. Mit dem Rumglas in der Hand wusste auch der gestandene Chief-Officer nicht, wie er diesem Mann den Ernst der Lage klarmachen konnte.

»Wir geht es Dolores?«

»Vater!!«

Kezia musste sich setzen und hielt die Hände vor ihr verweintes Gesicht.

»Inday, ich muss gehen. Wenn wir deine Schwester haben, rufe ich euch an.«

Chief Pedro stellte das volle Glas ab, murmelte nur »Ich bin im Dienst« und verließ kopfschüttelnd das Haus.

Hiraya saß erschöpft in dieser Lagerhalle am Stadtrand, einem Gebäude, dass einer ›Cooperation‹ gehörte, die mit Getreide handelte. Sie kannte die Arbeiter und niemand würde sie fragen, warum sie hier hockte. Doch konnte sie nicht sicher bis zum nächsten Morgen an diesem Ort bleiben, war doch die Hauptstraße, wo der Bus nach Manila vorbeikam, am anderen Ende der Stadt. Sie wollte zu Señora Remedios, hatte aber Angst davor, von einem der Beamten entdeckt zu werden. So oft hatte ihr Smartphone vibriert. Kezia wollte natürlich mit ihrer Schwester reden, ein nutzloses Unterfangen. Hiraya dachte nicht im Entferntesten daran, mit ihrer Familie noch ein Wort zu wechseln. Officer Mariella lief auf dem Marktplatz umher und fragte ziemlich jeden Store-Besitzer, wo Hiraya Sinilang stecken könnte. Sie dachte angestrengt nach und beschloss, Señora Remedios aufzusuchen.

»Was? Ihr wollt Hiraya verhaften? Weswegen?«

»Manang Remedios, sie hat die Haushälterin ihres Vaters schwer verletzt, mit Absicht.«

»Ihr meint doch nicht etwa diese Dolores?«

»Ja. Hast du Hiraya gesehen?«

»Nein. Und wenn, sage ich es euch nicht. Lasst doch das Mädchen in Ruhe.«

»Es liegt eine formelle Anzeige gegen Hiraya vor. Und was ich eben hörte, Manang de los Reyes, vergessen wir am besten gleich.«

Señora Remedios biss sich auf die Zunge. Sie mochte diese junge Streifenpolizistin zwar, doch Hiraya liebte sie wie eine fürsorgliche Großmutter.

»Sie ist nicht hier.«

»Ich denke, ich sollte hier warten.«

»Du kannst bis morgen früh vor meinem Laden stehen. Kriegst sogar einen Energy-Drink gratis und einen Stuhl.«

Officer Mariella verabschiedete sich mit der Hand an der Mütze und verließ seufzend den Laden. Sofort rannte die alte Geschäftsfrau zum Telefon. Kezia berichtete heulend, was sich zugetragen hatte und flehte sie an, Hiraya festzuhalten, wenn sie auftauchen würde.

»Was hatte sie denn vor?«

»Sie will nach Manila.«

Die Señora begann zu überlegen und schmunzelte. Dabei empfand sie Genugtuung, denn schon länger wusste sie über die Liebeseskapaden dieser Haushälterin aus Boracay Bescheid und fasste einen Plan, der ihr besser erschien, als Hiraya zu zwingen, zu ihrer Familie zurück zu gehen.

Langsam begann die Sonne immer tiefer Richtung Horizont zu sinken. Hiraya hoffte, dass die Dunkelheit ihr den Vorteil verschaffen würde, unbemerkt zu Señora Remedios zu gelangen und danach zur Hauptstraße. Sie sah einen langsam vorbeifahrenden Zuckerrohr-LKW und winkte.

»Kann ich mitfahren?«

Die drei Männer im Führerhaus lächelten, konnten ihr aber nur einen Platz auf der Ladepritsche anbieten, wo schon zwei andere Männer standen. Der LKW war nur halb beladen. Hiraya bedankte sich und warf ihre Tasche auf die Pritsche. Einer der Arbeiter half ihr beim Aufsteigen und fragte: »Warum nimmst du kein Motorradtaxi?«

»Ist schon okay«

»Willst du verreisen?«

Der Mann blickte auf ihre dicke Reisetasche und grinste. Hiraya schmunzelte artig zurück, setzte sich mit dem

Rücken gegen die Bordwand und beobachtete die Umgebung hinter ihnen genau, während der Lastwagen beschleunigte. Die Männer drehten sich immer wieder kurz zu ihr um. Sie kannten sie nicht, ein Umstand, der ihr gerade recht kam.

»Danke fürs Mitnehmen!«

Hiraya hüpfte von der Ladefläche und klopfte den Zuckerrohrstaub von ihrer Hose. Schnell huschte sie über die Straße und erreichte die Tür zu Señora Remedios' Laden.

»Kind!«

»Manang Remedios, ich brauche Hilfe!«

»Die halbe Stadt weiß es schon. Meine Güte!«

»Bitte!«

»Was hast du da eigentlich angestellt?«

Senora Remedios ging zum Herd und machte den Teller mit dem dampfenden Reisgericht richtig voll.

»Hast sicher Hunger.«

Sie nahm die Mahlzeit entgegen und bedankte sich artig.

»Wenn du gegessen hast, will ich mit dir reden.«

»Opo.«

»Nicht hier. Komm mit. Nimm deinen Teller.«

Die Señora zog sie mit sich zu einer Stiege, die auf einen Lagerraum unter dem Dach führte.

»Du musst dich dort verstecken. Mariella war schon hier. Sie suchen dich.«

Hiraya schielte nur lippenkauend zur Seite.

»Warum hast du das getan? Hallo! Sag es mir bitte, wenn du es keinem anderen sagen möchtest.«

Hiraya fühlte sich nur elend. Dass sie Angst hatte, konnte die Señora nur zu gut sehen. Tränen kullerten über ihr

Gesicht und sie versuchte, den Anblick mit den Händen zu verbergen.

»Was hat dir diese Frau denn angetan? Du schlägst doch keinen Menschen einfach mit so einem Ding. Wo hast du sie verletzt?«

»Im Gesicht.«

Heulend vertraute Hiraya ihrer alten Freundin nun alles an, was sie erleben musste. Es erleichterte ihr Herz, doch damit konnte sie sich einer Verhaftung auch nicht entziehen. Die alte Geschäftsfrau wurde bleich und musste sich einen Rum holen. Sie hatte bis jetzt große Achtung vor Hirayas Eltern und war über das, was Roberto getan hatte, entsetzt.

»Dein Vater hat dich verstoßen?«

Hiraya musste die Tränen unterdrücken und presste ihre Hände zu Fäusten zusammen.

»Du möchtest also nach Manila?«

Hiraya nickte heftig.

»Willst du fliegen?«

»Nein. Ich möchte den RO-RO nehmen.«

»Hast du Geld?«

Leise offenbarte Hiraya ihr den Inhalt aus ihrer Spardose. Noch war sich Senora Remedios nicht sicher, ob es nicht besser wäre, eine Aussöhnung mit ihrem Vater zu suchen.

»Du solltest wieder nach Hause gehen und es durchstehen. Er ist und bleibt dein Vater.«

»Durchstehen? Nein!«

»Eure Dolores hat dich angezeigt. Körperverletzung. Aus der Nummer kommst du nicht so leicht raus. Was glaubst du denn, warum die Polizei dich sucht?«

»Nein!!«

»Sie könnte die Anzeige zurücknehmen. Hörst du!?«
Wieder schüttelte das Mädchen den Kopf.

»Matigas ang ulo mo! (Bockig dein Kopf) Überlege es dir, okay? Bleib hier oben und rühr dich nicht. Diese Mariella schleicht hier bestimmt herum. Ich komme bald zurück.«


Nur das leise Ticken der Wanduhr untermalte die abendliche Langeweile. Chief-Officer Pedro las in einem alten Klatschblatt, als unerwartet ein Klopfen an der Tür ertönte. Der Chief staunte, denn diese Besucherin hätte er nicht erwartet.

»Señora Remedios? Guten Abend. Was verschafft mir die Ehre deines Besuchs?«
Remedios grüßte nur mit spitzer Stimme zurück und machte keine Anstalten, sich hinzusetzen.

»Ihr wollt Hiraya Sinilang einsperren?«

»Ich kann leider zu dem Fall nichts sagen. Datenschutz.«

»Kalokoan! (Quatsch). Du lässt das Mädchen in Ruhe!«

»Es liegt ein Fall von schwerer Körperverletzung vor. Sie hat die Frau übel zugerichtet.«

»Soso.«
Remedios setzte sich theatralisch auf den Besucherstuhl und begann mit den Augen zu blinzeln.

»Pedro? Wieviel schuldest du mir? Deine Einkaufslisten und die deiner Tochter belaufen sich schon auf... Hmh..., schauen wir mal.«

»Señora Remedios! Das kann ich nicht machen!«

»17493 Pesos und 35 Centavos. Mit den Raten klappt es ja ganz gut, Officer Pedro, oder besser..., Chief Officer?«

»Was du verlangst, ist ungesetzlich!«

»Wieso? Ich verlange gar nichts. Du musst einfach nur vergessen, hier und dort genauer hinzuschauen.«

»Remedios, vergiss es!«

»17493 Pesos. Morgen Mittag. Die 35 Centavos schenke ich dir.«

»Meinetwegen kannst du mich mit meinen Schulden erpressen, aber ich lasse mich nicht korrumpieren.«

»Dann bezahle ich die Kaution. Wie hoch ist die?«

»Die legt Staatsanwalt Pardilla fest. Er bekommt das Fax morgen Mittag.«

»Wie du willst. Und wenn sie euch entwischt ist?«

»Das wird nicht leicht sein. Eine Fahndung auf ganz Panay auszulösen ist nicht schwer. Sie wird es nicht schaffen, in ein Flugzeug einzusteigen.«

»Pedro! Du willst das doch auch nicht.«

»Ich muss. Auch bei Hiraya Sinilang. Es tut mir leid.«

Remedios stand pikiert auf und huschte aus dem Office. Für einen Moment atmete Chief-Officer Pedro auf, dachte jedoch sorgenvoll darüber nach, ob sie morgen wirklich so forsch sein würde, seinen ›Utang‹ komplett einzufordern. Er wollte sich beruhigen und las in seinem Klatsch-Magazin weiter, was nicht lange half. Nach ein paar Minuten konnte er sich doch nicht mehr konzentrieren und rief seinen Kollegen auf Streife Officer Lopez an.

»The number you had dialed, is temporary unavailable to reach.«

Langsam wurde es merkwürdig. Schon drei Mal kam immer die gleiche Ansage aus dem Hörer.

»Was ist denn mit dem Kerl los?«

Dem Chief blieb nichts anderes übrig, als alleine die Stellung zu halten. Er wünschte sich jetzt, in einer großen Polizeiwache Dienst tun zu können, solche, wie sie in Manila oder den Bezirksstädten zu finden waren. Seufzend überflog er die Seiten seiner Zeitschrift. In diesem Augenblick hielt der Polizeijeep vor der Station. Officer Lopez kam herein, als wäre nichts Außergewöhnliches passiert.

»Wieso erreiche ich dich nicht?«

»Sorry, Batterie war leer.«

»Keine Spur von ihr?«

»Nein. Kann ich jetzt nach Hause? Meine Schicht ist seit zwei Stunden zu Ende, Sir.«

»Zisch ab. Und lad dein Handy nächstes Mal vorher auf.«

»Ja, Chief.«

Hiraya war nach dem Essen eingenickt und schreckte hoch. Señora Remedios erschien in der Luke und zerrte an ihrem Arm, der unter dem Druck dieser Finger schon wehtat.

»Komm jetzt raus.«

»Wie spät ist es?«

»Es ist nach Mitternacht. Du musst dich woanders verstecken. Die haben Wind bekommen und jemand wird sicher bei mir aufkreuzen. Du bleibst besser bei meinem Sohn, an der Hauptstraße, wo du den Bus anhalten kannst.«

Hiraya schien immer noch nicht verstehen zu können, was sich in diesen Augenblicken vor ihren Augen auftat.

»Du wolltest doch schon immer nach Manila, oder?«

Inmitten der Dunkelheit brachte Señora Remedios das Mädchen zu ihrem Sohn Claudio, der an der Hauptstraße einen Mini-Markt betrieb. Sie steckte ihr 5000 Pesos zu, auch wenn sie angespannt war und wusste, dass es ihr an den Kragen gehen könnte. Dolores würde sie sich noch vorknöpfen, denn sie hatte einige Verwandte auf Boracay, unter denen auch zwei Polizisten und ein pensionierter Anwalt waren und sicher herausfinden könnten, was diese Frau von der lukrativen Touristeninsel vertrieben hatte.

»Wach auf. Der Bus ist bald hier.«

Mühsam schälte sich Hiraya aus dem Bett und bedankte sich artig. Sie musste nur ihre Haare kämmen und die Reisetasche aufheben.

»Ich brauche eine neue SIM-Karte.«

»Wieso? Du hast doch eine Nummer.«

»Ich will alles hinter mir lassen.«

»Bist du sicher, was du da sagst? Deine Familie! Hiraya, überleg dir das gut!«

»Bitte.«

Widerwillig reichte ihr Claudio das flache Päckchen. Hastig trank sie den angebotenen Kaffee und zusammen wartete Claudio am Rand der Straße, während Hiraya sich im Haus versteckt hielt.

»Was willst du machen, wenn du in Manila bist?«

»Arbeit suchen.«

»Wo willst du denn wohnen?«

»Ich will zu Tante Mary Ann gehen und fragen, ob ich bei ihr bleiben darf, bis ich mir ein Appartement mieten kann.«

»Bist du sicher, dass du das schaffst? Manila ist riesig und du bist allein.«

»Kein Problem.«

Claudio sah plötzlich in der Ferne einen rot-gelben Bus auftauchen, der schon von weitem luxuriöser aussah als diese normalen Überlandbusse, die nicht einmal Aircon hatten. Hastig winkte er Hiraya herbei. Auf dem weiß beleuchteten Zielschild konnte sie es lesen: ›SM Cubao‹. Hiraya wusste schon, das Cubao mitten in Manila an der berüchtigten ›Edsa‹ Ausfallstraße lag, die durch ihre vielen Unfälle und Staus selbst den hartgesottenen ›Manilenyos‹ einen gewaltigen Respekt einflößte. Drei Abschnitte mit dem Bus und zwei Überfahrten auf RO-RO-Fähren sollten nun vor ihr liegen, aber nichts konnte sie noch aufhalten. Claudio winkte mit hoch erhobenen Armen, um dem Bus das Signal zu geben. Diese Linie fuhr nur einmal am Tag. Sie durften ihn nicht verpassen. Zischend ging die Tür auf und der Busschaffner in weißem Shirt und eleganter Hose stieg aus.

»Du möchtest mitfahren? Hast du nur diese Tasche?«
Hiraya nickte artig, überwältigt vom Anblick dieses modernen Aircon-Busses mit getönten Scheiben. So luxuriös war sie noch nie gereist, geschweige denn eine lange Strecke wie diese.

»Du kannst sie mit reinnehmen. Cubao?«
»Ja.«
»1140 Pesos.«
»Okay.«
Zischend schloss sich die Tür hinter den beiden, nachdem Hiraya die drei Stufen hinaufgeklettert war. Der Bus rollte an und Claudio schaute dem auf der schnurgeraden Landstraße dahinziehenden Fahrzeug lange hinterher. Unvermittelt hörte er hinter sich das Geräusch eines schnell

herannahenden Wagens. Mit quietschenden Reifen hielt Chief Pedro neben ihm an und sprang mit fuchtelnden Armen aus dem Polizeijeep.

»Wo ist Hiraya Sinilang?«

»Sir?«

»Wir wissen, dass deine Mutter sie zu dir gebracht hat! Ich nehme sie jetzt mit.«

»Sir po, sie ist nicht hier.«

»Claudio! Verarsch mich nicht!«

»Was sollte sie denn noch bei mir?«

»Ist hier ein Bus vorbeigekommen?«

»Es fahren ständig Busse hier vorbei.«

»Raus mit der Sprache! Welchen hat sie genommen? Roxas? Iloilo?«

»Nach Norden.«

»Ich buchte deine Mutter wegen Beihilfe zur Flucht ein und dich gleich mit.«

Officer Mariella hörte das und verdrehte die Augen. Sie hatte nicht die geringste Lust, Hiraya zu verfolgen.

»Vergessen Sie es, Chief. Sie ist weg.«

Ganz weit in der Ferne konnte sie gerade noch den auffällig zweifarbigen Überlandbus erkennen, bis er in der Kurve verschwunden war und lächelte.

»Mach´s gut, kleine Hiraya.«

Chief Pedro war alles, nur nicht entspannt und gestikulierte nervös mit den Händen herum.

»Sie ist in dem RO-RO, stimmt's?«

Claudio verzog das Gesicht zu einem süffisanten Grinsen.

»Sir, Sie können ja hinterherfahren und ihn stoppen.«

»Officer Mariella?«

»Da mache ich nicht mit, Sir.«

»Das ist ein Befehl...«

Er griff zum Handy und wählte hektisch eine Nummer. Erst nach mehrmaligen Versuchen ging jemand dran. Officer Mariella wurde es mulmig, denn sie hörte, dass er mit den Kollegen in Katiklan sprach.

»Ihr müsst den RO-RO aus Iloilo anhalten und sie rausholen!«

»Wie heißt sie nochmal, Sir?«

»Sinilang, Hiraya. 18 Jahre, mittelgroß, nein..., eher klein. Blaue Jeans und eine gelbe Sporttasche.«

»Was liegt gegen sie vor?«

»Körperverletzung. Sie ist auf der Flucht.«

»Sir, wir brauchen ein Fax mit dem Haftbefehl.«

»Wenn der Bus auf dem Schiff ist, ist sie weg, ihr lahmen Tüten.«

Officer Mariella grinste, denn das Faxgerät in der Station war seit gestern kaputt. Nervös plärrte ihr Vorgesetzter in sein Mobiltelefon und wiederholte seine Befehle. Chief Pedro legte auf und konnte sich nur auf die Bank fallen lassen, um sich den Schweiß von der Stirn zu wischen. Es wäre wohl das Beste, das Mädchen gehen zu lassen, auch wenn er sich das Donnerwetter schon ausmalen konnte, welches Dolores im Revier vom Zaun brechen würde.

Hiraya ging den verdunkelten Mittelgang entlang. Neben einem Kerl wollte sie nicht gerne sitzen und fand in der drittletzten Reihe neben einer jungen Frau mit einer riesigen Brille einen Sitz, auf dem niemand saß. Obwohl der Bus nur auf Panay unterwegs gewesen war, gab es wenige freie

Plätze. Er würde sich bis Katiklan, dem ersten Fähranleger, bestimmt gänzlich mit Passagieren füllen.

»Ist der Platz neben dir noch frei?«

»Klar.«

»Danke.«

Die junge Frau erkannte ihre Unbeholfenheit rasch.

»Du musst deine Tasche da oben ins Gepäckfach tun. Ist die Regel hier.«

»Ach so?«

Hiraya stopfte die Tasche in die Ablage und mühte sich ab, die Klappe zu schließen, bis der ›Conductor‹ ihr half.

»Du fährst das erste Mal ›RO-RO‹, stimmt's?«

»Ja.«

»Manila.«

»Hmmh.«

»Bist du von hier?«

Hiraya nickte nur. Sie war immer noch hundemüde und freute sich darauf, ihr Sandwich essen zu können.

»Bist nicht sehr gesprächig.«

»Sorry Ate. Bin noch müde.«

»Schon gut. Ich heiße Gina.«

»Hiraya. Hiraya Sinilang.«

»Das ist ein schöner Name.«

»Ein alter Name. Hört man kaum noch heute.«

»Magst du Erdnüsse?«

»Gerne, Ate Gina. Wie lange werden wir fahren?«

»Fast einen ganzen Tag. Offiziell 21 Stunden, aber bei den Fähren gibt es meistens Stress, weil die sich verspäten. Stell dich mal auf einen Tag schöne Reise ein.

»Ganz schön lange.«

»Wenn du es eilig hast, musst du den Flieger nehmen.«

»Ist schon okay. Bist du aus der Hauptstadt?«

»Meine ganze Familie. Und du?«

»Ich fahre zum ersten Mal nach Manila.«

»Übrigens, dein Tagalog ist ganz ordentlich. Das wirst du brauchen, denn manche lachen sonst über dich, vor allem, wenn sie hören, dass du aus dem tiefsten ›Baryo‹ kommst.«

»Ich mag doch das Tagalog. Und ich höre gerne Musik und tanze.«

Dieser Satz schien Gina augenscheinlich zu interessieren.

»Tanzen?«

»Ich möchte Tinikling-Tanz studieren.«

»Was? Ähm..., wie alt bist du eigentlich? Sechszehn?«

»Ate, ich bin achtzehn.«

»Entschuldige.«

Ihre Sitznachbarin hatte zweifellos eine gute Auffassungsgabe. Hiraya biss innerlich die Zähne zusammen. Gleich der ersten Bekanntschaft auf ihrer Reise zu offenbaren, dass sie von zuhause weggelaufen war, wäre das Dümmste, was sie jetzt machen konnte. Sie beschloss, so natürlich wie möglich zu sein und lieber nicht zu viel herauszulassen. Selber Fragen stellen erschien ihr das Beste zu sein, um die Neugier ihrer Sitznachbarin nicht zu sehr zu reizen.

»Immerhin hast du dein Sandwich.«

»Magst du?«

Lächelnd bot sie Gina ein Stück von ihrem Chicken-Sandwich an. Ein verschmitztes Lächeln als Erwiderung zeugten mehr von Mitleid als Dankbarkeit. Ginas Blicke hinter den runden Brillengläsern aber wirkten so beruhigend auf das junge Mädchen, mit einem Hauch mütterlicher Sorge.

»Wenn das alles ist, was du zum Essen bei dir hast, denke ich, solltest du dein Sandwich besser für dich behalten.«

Hiraya nickte nur und schmunzelte kindlich verschämt.

»Am Anleger und auf den Schiffen kannst du dir eine Mahlzeit kaufen.«

Ginas Augen ließen Hiraya immer noch nicht los. Sie konnte einfach nicht still bleiben, wenn sie sich dieses Mädchen in ihrem hübschen Shirt und der dunkelblauen Jeans so betrachtete.

»Wen kennst du in Manila?«

»Meine Tante.«

»Wo wohnt sie?«

»In Talipapa.«

»Quezon City also.«

»Ja. Und du, Ate Gina?«

»Nicht weit vom Flughafen.«

»Wow.«

Ginas Reaktion war ein wenig Erstaunen. Was stellte sich dieses Mädchen gerade vor? Mitten in der lauten Metro zu wohnen, umgeben vom ständig sich dahinquälenden Verkehr auf verstopften Ausfallstraßen, der Hektik und eines zweifelhaften Ausblicks aus dem Fenster im vierzehnten Stock eines Kondominiums in einem Betonklotz moderner Bauart konnte nur von einer völlig unerfahrenen Jugendlichen mit einem ›Wow‹ kommentiert werden. Langsam war sich Gina immer sicherer, dass hier jemand geradewegs in eine Falle am Laufen war, es sei denn, Hilfe träfe zur richtigen Zeit ein. Gina wuchs in der Hauptstadt auf, lernte die Härten von Kindesbeinen an kennen, umsorgt von einer liebevollen Familie mit einem Vater, der sie klug auf die Zukunft vorbereitete. Die Schule nahm sie ernst und kam nach ihrem Abschluss bei einer Softwarefirma unter, mit furchtbar anstrengender Nachtarbeit im Support-Office. Doch sie hielt durch und stieg zur Gruppenleiterin auf, bis sie die Anzahlung für die Zweizimmerwohnung in einem dieser Tower zusammenhatte. Gina war es gewohnt zu kämpfen und wusste, dass noch 10 Jahre des Abzahlens vor ihr lagen. Nun saß ein junges Mädchen aus der Provinz neben ihr, dass vor Unerfahrenheit noch die Eierschale auf dem Kopf hatte und doch so lieblich unschuldig wirkte. Gina fühlte Mitleid mit ihrer Mitpassagierin. Dass Hiraya ihr etwas verschwieg, war ihr schon während den ersten Minuten in diesem Bus klar geworden. Doch ging es sie nichts an, was Mitreisende im Herzen trugen. Ob dieses junge Ding sich vielleicht öffnen würde? Die Reise war noch lang genug, diese Gelegenheit wahr werden zu lassen. Ob Hiraya nicht besser einige Tage bei ihr wohnen sollte? Es beschlich sie eine gewisse Sorge um das Mädchen. Oder sollte sie sich nicht doch besser zurückhalten? Die eigene Familie ging traditionsgemäß immer vor. Also würde ganz bestimmt diese ominöse Tante aus Talipapa helfen, von der dieses Girl erzählte.

»In etwa einer Stunde sind wir in Katiklan.«

Hiraya senkte den Kopf und musste sich anstrengen, nicht in Tränen auszubrechen. In Katiklan setzten die Boote nach Boracay über, der Insel des Vergnügens, der internationalen Touristen und der Geheimnisse, die manche für sich behalten wollten, wie Dolores, die Frau, welche nun brennenden Hass gegen Hiraya im Herzen tragen musste.

»Ate Gina? «

»Ja?«

»Was arbeitest du?«

»Bin Teamleiterin im Computersektor.«

»Wow.«

»Was hast du für Interessen? Ich meine, außer Tanzen.«

»Ich würde gerne etwas mit Literatur machen.«

»Ah... Ich meine, hast du ernste Ambitionen? Hallo? Geld verdienen?«

»Ich bin sehr flexibel und lerne gerne.«

Gina drehte den Kopf Richtung Fenster. Die vorbeiziehende Landschaft sollte ihren Kopf klarer machen. Sie wurde aus diesem Mädchen nicht schlau. Völlig in Naivität gefangen, aber intelligent kam sie ihr vor. Unbedarft und rein, voller Enthusiasmus und Hingabe an ihr junges Leben. Hiraya erinnerte sie an ihre jüngere Schwester, die von einem Leben als Schriftstellerin träumte und sich gegen die ständigen Versuche des Vaters wehrte, sie zu überzeugen, dass sie Medizin studiert.

Langsam schwenkte der Bus in die Fahrrinne ein, in der schon vor ihm drei andere warteten. Das Fährschiff war bereits auf seinen letzten Metern an den Anleger herangekommen und ihre Klappbrücke senkte sich langsam auf das erforderliche Niveau herab. Männer am Ufer gaben mit wild gestikulierenden Händen hektische Kommandos und dirigierten den Steuermann für dieses eigentlich routinemäßige Manöver. Geduldig warteten die Busfahrer, bis sie an der Reihe waren, um dann ihren bestimmten Platz auf dem Fahrzeugdeck der Fähre einzunehmen.

»Langweilig, hier sitzen zu bleiben.«

»Da irrst du dich, Mädchen. Wir müssen raus «

»Ach so?«

»Natürlich. Es ist doch verboten, auf dem Schiff im Bus zu bleiben. Wenn es absäuft, hast du hier drin keine Chance.«

»Ich habe keine Angst.«

»Rede keinen Quatsch. Ich spendiere uns einen Kaffee.«

Das indes am Ufer hektische Unruhe ausbrach, nachdem der Polizeijeep mit schnarrenden Reifen auf dem Sand zum Stehen kam, ahnte niemand in der Reihe der Buspassagiere, die langsam den Mittelgang entlang zur vorderen Tür gingen. Der Bus stand in der zweiten Reihe, hinter ihm weitere. Hiraya konnte nicht sehen, was sich am Heck der Fähre abspielte, deren Rampe bereits hochgefahren war. Nur noch ein Tau war über einen Poller gezogen und abwartend beobachtete der Hafenarbeiter, wie sich die drei Polizeibeamten mit einigen Männern unterhielten und immer wieder mit dem Finger in Richtung des Fährschiffs zeigten.

»Haben Sie einen direkten Haftbefehl, Sir Officer?«

Der Beamte musste zugeben, das Papier nicht zu haben. Er konnte schließlich nicht so tun, als wäre das Mädchen eine bewaffnete Person, die wild um sich schießen würde. Die Blicke des Hafenmeisters zeigten, dass er so nicht gewillt war, die Fähre aufzuhalten.

»Das kann ich nicht machen, Sir. Ich stoppe das Schiff nicht deshalb und lasse es komplett durchsuchen.«

Die Beamten wussten, dass sie wegen des fehlenden Haftbefehls den Hafenmeister nicht zwingen konnten, es sei denn, Hiraya wäre bewaffnet gewesen und gefährlich. Die

Männer konnten dem langsam anfahrenden Fährschiff nur noch hinterhersehen.

Hiraya ging eingezwängt zwischen den vielen Leuten ins Innere des Aufenthaltsraumes, in dem ein Restaurant und eine Snackbar untergebracht waren. In den Küchen des Schiffsrestaurants herrschte hektische Betriebsamkeit. Viele Passagiere würden die Location allein schon wegen eines heißen Kaffees stürmen und die Wohlhabenderen unter ihnen mit ihren Frühstücksbestellungen, während die einfachen Leute ihre mitgebrachten Snacks einteilen mussten. Schüchtern blickte Hiraya umher, mitten unter der Schar von drängelnden Menschen, die sich an der Theke der Kantine wie eine zum Kampf bereitgemachte Horde versammelte. Gina schien das gut zu kennen, war sie behändig wie eine Eidechse zwischen den Leuten durchgeschlüpft, um zwei Becher Kaffee und zwei ›Tsiopau‹-Snacks mit Fleischfüllung zu ergattern.

»Hey, nimm mir den Kaffee ab.«

Hiraya erschrak erst und griff nach den heißen Pappbechern. Gina drängelte und befahl ihr, sich auf eine der freien, mit gelbem Kunstleder bezogenen Bänke zu setzen.

»Siehst du nicht, wie voll das Schiff ist? Du bist zu langsam. Das ist wie in Manila. Du musst kämpfen oder willst du sieben Stunden an der Reling stehen?«

»Danke, Ate. Für den Kaffee.«

»Keine Ursache. Hoffe, du magst ›Tsiopau‹.«

Hiraya hatte mächtigen Appetit, wollte es aber nicht offen zeigen. Sie wollte ja nicht gierig wirken. Immer wieder schielte sie auf ihre Reisetasche. Ihr gesamtes Erspartes war dort verborgen und das machte sie unsicher.

»Entschuldige mich kurz, Ate. Ich muss mal.«

»Ich kann auf deine Tasche aufpassen.«

»Nein, ist schon okay.«

Entgeistert starrte Gina ihr nach, doch fand sie Hirayas Vorsicht angebracht. Ihr war einmal ein fast brandneues Handy gestohlen worden. Seitdem trug sie ihr Smartphone immer unter der Jacke in einer Hülle mit einem ledernen Halsband.

Hiraya musste über eine halbe Stunde vor der Toilette warten. Wohl jede zweite Frau auf diesem Kahn schien zur gleichen Zeit in die Rest-Rooms zu wollen. Das einige sich auch noch die Zähne putzten und das Makeup zurechtrückten, während alle anderen draußen warten mussten, ärgerte sie, doch mit leidensfähiger Geduld ertrug sie es, bis endlich eine Toilettenbox frei wurde. In dem engen Raum, der auch noch erbärmlich stank, nestelte sie ihr Geld aus der Tasche und band sich den Brustbeutel an den Hosengürtel. Dann schob Hiraya den Beutel unter die Jeans und platzierte ihn auf dem rechten Oberschenkel. Hastig schloss sie den Reißverschluss und atmete auf. Ihr Blick fiel auf ihr Handy. Sie vermisste ihren Kopfhörer so sehr und nahm sich vor, gleich nach der Ankunft in Manila einen neuen zu kaufen. Mit der Fingerspitze bekam sie den SIM-Kartenschacht endlich aufgepuhlt und verharrte in unschlüssiger Nachdenklichkeit. Alle alten Verbindungen würden mit diesem Schritt ausgelöscht werden. Wollte sie das wirklich? Hiraya traf nun ihre Entscheidung, wechselte die SIM und wartete auf die Anweisungen zur Aktivierung auf dem kleinen Bildschirm. Das Einrichten ihrer neuen Telefonidentität war nach einigen Minuten geschafft.

Mit ihrer prallvollen Tasche zwängte sich Hiraya aus der Toilette und grinste verschämt auf die Reihe der ungeduldig wartenden Frauen in der Schlange. Auf dem Gang konnte sie die Tür zum Außendeck sehen und ging ohne zu zögern hinaus. Sie brauchte einfach frische Luft. Der böige Wind säuselte durch ihr rabenschwarzes Haar. Hiraya fühlte eine ungewohnte Freiheit hier draußen, während das Schiff mit mäßigem Tempo durch die Wellen pflügte. Männer standen an der Reling und beobachteten die See. Einige andere rauchten oder unterhielten sich lebhaft. Hiraya starrte auf die Oberfläche des wogenden Wassers. In der Ferne zog eine Dreier-Inselgruppe vorbei und ein Fährschiff begegnete ihnen, welches in die entgegengesetzte Richtung fuhr. Hiraya schaute auf ihre Handfläche. Die winzige SIM-Karte darin wirkte wie ein hilfloses Insekt. Sie stockte bei dem Gedanken, überlegte hin und her und wollte sie wieder einstecken, als jemand sie ohne Vorwarnung von hinten schubste. Die Frau entschuldigte sich höflich, doch es war zu spät. Das winzige Stück Plastik mit der eingearbeiteten Platine war ihr aus den Fingern geflogen, in den Wellen verschwunden und somit ihre letzte Verbindung zu ihrer Familie.

Dass sie ihre alte SIM verloren hatte, bereitete ihr Unruhe, aber sie konnte es nicht mehr ändern. Hiraya ließ sich noch einige Minuten lang den Ausblick auf das Meer schmecken und ging zurück an ihren Platz. Im Bordfernseher lief ein Film. Einige Minuten lang sah sie dem Geschehen zu und fand die Handlung albern. Eine romantische Liebesschnulze war es, die Gina scheinbar ganz spannend fand.

»Magst du den Film nicht?«

»Weiß nicht. Hast du einen Freund? Einen Mann?«

Gina streichelte ihr übers Haar und grinste dabei etwas schüchtern. Dieses Grinsen sah hinter der riesigen Brille mit den kreisrunden Gläsern echt putzig aus.

»Mein Job nimmt mich sehr viel in Beschlag. Aber ich würde gerne jemanden lieben. Und du?«

»Ich möchte nicht.«

»Möchte nicht?«

»Noch nicht.«

»Bist ja noch so jung. Aber das kommt noch. Du hast was Niedliches. Es werden bald Kerle angerannt kommen, die dich cool finden.«

»Vielleicht.«

»Nicht ›vielleicht‹, sondern sicher. Du hast was von einer Unschuld zusammen mit einem leicht..., Schon gut. Bist einfach hübsch.«

Hiraya döste nur vor sich hin, während der Liebesfilm auf dem Flatscreen dahinflimmerte. Ihr war das alles nicht angenehm, auch wenn ein unbändiges Freiheitsgefühl in ihr arbeitete. Sie wusste, dass sie sich auf ein wahnsinniges Abenteuer eingelassen hatte. Eine winzige Hoffnung fühlte sie wegen Tante Mary Ann, die mit ihrer Familie seit Jahren in der Hauptstadt lebte und einen Schmuckhandel betrieb. Hiraya wurde immer eingebläut, dass die Familienmit-glieder stets zusammenhalten würden. Die heile Familien-welt in der Tradition. Seit ihrer Kindheit hatte sie es doch so erleben dürfen, bis zu dem unheilvollen Bruch, den sie mit Vater, ihren Geschwistern und den Freuden vollzog, wegen einer Frau, die einen vergifteten Keil zwischen allem schob, was Hiraya so liebhatte. Tante Mary Ann galt nun als

Hoffnungsschimmer, denn sie würde doch sicher nicht zögern, Hiraya für die erste Zeit in Obhut zu nehmen.

Natürlich drang die Peinlichkeit von Hirayas Flucht auf die Fähre nach Luzon bis ins Haus der Sinilangs durch. Auffällig oft ging der Chief auf Streife und ließ Officer Mariella Schreibtischdienst schieben. Sie wusste, warum er das so einfädelte. Ihre Weiblichkeit sollte den Taifun bändigen, der bald in die Polizeiwache hineinbrechen würde. Dieser Wirbelsturm kam schneller als gedacht. Das Geräusch des Motorrollers vor dem Revier ließ es schon erahnen. Die Tür flog auf und eine wildgewordene Furie stürmte herein.

»Wo ist dieses Früchtchen?! Ihr habt sie immer noch nicht?!«

»Mam?«

Dolores' blitzende Augen sprachen eine klare Botschaft.

»Erzählen Sie mir nichts! Ihr habt sie entwischen lassen.«

»Wollen Sie sich nicht setzen?«

Ihre Fäuste auf die Schreibtischplatte gestützt, begann Dolores mit immer weiteren Fragen nachzubohren.

»Wo ist Ihr Vorgesetzter?«

»Auf Streife, Miss Mercado.«

»Und wo?«

»Keine Ahnung, wo er gerade sein könnte. Wenn man Streife fährt, ist man immer in Bewegung.«

»Von euch lasse ich mich nicht vergackeiern. Ich warne euch. Das wird ein Nachspiel haben!«

»Wie meinen Sie das, Mam?«

»Das wissen Sie ganz genau.«

111

»Wollen Sie damit sagen, dass sich die hiesige Polizei nicht an Recht und Ordnung hält?«

Mit zusammengepressten Lippen drehte Dolores ihren Kopf hin und her. Die Wut ließ ihr Blut in den Adern beinahe kochen und das diese Polizistin dabei noch so gelassen blieb, brachte sie noch mehr in Rage. Officer Mariella drückte die Fäuste auf den Tisch und erhob sich langsam von ihrem Stuhl. Dolores musste nun in eisig blickende Augen schauen. Egal was sie sagen würde, hier würde sie auf Granit beißen. Langsam schwammen ihr die Felle weg, doch aufgeben kam für sie nicht in Frage.

»Ich habe das von eben nicht gehört, okay?«

»Ja, Mam Officer...«

»Wir verstehen uns also?«

Schnippisch ließ Dolores nur ein kurzes »Auf Wiedersehen« los und drehte sich auf dem Absatz um. Hastig huschte sie aus dem Revier, um sich auf ihren bonbonfarbenen Roller zu schwingen. Mit einem Grinsen der Genugtuung ließ sich Officer Mariella in ihren Bürostuhl fallen und beobachtete das Treiben vor der offenen Tür. Eigentlich mochte sie ihren Job. Hier passierte nicht so viel wie in den großen Städten und doch hatten sie genug Action, um nicht vor Langeweile einzugehen.

Nach dem Showdown in der Polizeiwache fuhr Dolores zu Roberto und ahnte schon, dass es ihr letzter Tag auf dem Anwesen der Sinilangs sein würde.

»Ich verlange, dass du sofort gehst, Dolores.«

»Sicher. Aber eines stelle ich klar. Deine kleine Schwester hat mich entstellt, oder glaubst du, meine Wunde würde rückstandslos verheilen? Übermorgen kommt der Verband runter. Und ich hoffe für euch, dass es nicht schlimm aussieht.«

Dolores sah Roberto am Tisch sitzen, apathisch und mit gesenktem Kopf. Sie empfand sein Verhalten als feige und schielte Kezia mitleidig an.

»Dein Vater wäre eine gute Partie gewesen. Aber jetzt sieht es anders aus. Und dein Schwesterchen wird mir das büßen. Lebt wohl.«

Kezia musste alle Beherrschung aufbieten, dieser Frau nicht ins Gesicht zu schlagen. Dolores holte ihre Sachen und sagte kaum ein Wort. Als sie auf ihren Roller stieg, ging Roberto an seiner fassungslos dreinblickenden Tochter vorbei und stand mit bettelndem Blick vor ihr. Dolores mahlte mit den Lippen und sagte ganz leise: »War schön bei euch. Danke.«

Kezia musste brutal erkennen, wie blind sie und Gerald, ja alle in der Familie gewesen waren, dabei zermarterte sie sich den Kopf, wer den auslösenden Zünder aktiviert haben mochte. Sie verdrängte, dass ihr Vater seine Gefühle nicht hatte unter Kontrolle halten können, weil in ihrer Gedankenwelt etwas nicht sein konnte, was nicht hätte sein dürfen. Man schob besser alles auf Dolores und als Imelda, die oft viel zu zurückhaltende Seele, auf die Entdeckung in der Kommodenschublade zu sprechen kam, war das Urteil bedingungslos gefällt. Lange jedoch würde Dolores nicht arbeitslos sein. Sie liebäugelte bereits mit diesem braungebrannten José, einem Händler von Elektronikzubehör und Haushaltswaren. Sie ahnte, er würde Gefallen an ihr finden und sie sich ins Haus holen, um seine Einsamkeit zu lindern. Er schien nicht wählerisch zu sein, wenn es um die

Charaktereigenschaften einer Frau ging, wenn ihm nur die Optik gefiel. Immerhin müsste sie die Stadt nicht verlassen und war ganz froh, nicht wieder auf der Flucht zu sein.

Hiraya hatte die erste Schlacht gewonnen, ohne sich darüber im Klaren zu sein. Denn die harte Offenlegung vor der Familie zeigte bereits Wirkung, als sie weglief. Roberto weinte nur Stunden, nachdem sein ›Engelchen‹ den Weg zum Eingangstor hinuntergerannt und auf diese furchtbare Weise Lebewohl gesagt hatte, bitterlich in seiner Kammer. So absurd seine Beziehung auch war, er war hin und her gerissen und musste leibhaftig erleben, was es heißt, wenn eine Familie so auseinanderbricht.

Mühsam schaffte Hiraya, die Augen blinzelnd zu öffnen. Ihr Nacken schmerzte schon, seit sie die letzte Etappe im Bus auf diesem so vertrauten Sitz begann, nachdem die kürzere Überfahrt auf der zweiten Fähre geschafft war. Die Morgensonne strahlte gleißend durch die Scheibe. Hiraya bemerkte zuerst die vielen Fahrzeuge um sie herum, Lastwagen, überfüllte Busse und hupende Motorräder.

»Hey, wach auf.«

»Sind wir da?«

»In ein paar Minuten. Haben wieder Stau auf der ›Edsa‹.«

Müde rieb sich Hiraya die Augen und suchte in ihrer Hose nach einem Taschentuch. Sofort spürte sie, wie furchtbar anders diese riesige Stadt war. Die grauen Betonklötze und dazwischen die zusammengewürfelten bunteren Gebäude längs der sechsspurigen Straße zogen im Schritttempo vorbei. Etwas nervös lief der ›Conductor‹ durch den Bus, als wollte er die noch schlafenden Zeitgenossen wecken. Doch die Fahrgäste waren bereits hellwach und fieberten ihrem Ziel entgegen und der Freude, Familienangehörige zu sehen, die sehnsuchtsvoll am Busterminal warten würden. Wie Gina es vorausgesagt hatte, gab es eine Verspätung von drei Stunden. Die Fähre in Mindoro hatte irgendeinen technischen Defekt, was natürlich ihre Abfahrt verzögerte. Aber anstatt auf einer der Doppelstock-Liegen auszuruhen, hatte sich Hiraya voller Neugier auf dem Schiff umgesehen und die Küsten bewundert. Im Bus schlief sie dann sofort ein und musste sich erst einmal sammeln.

»Mein Nacken tut weh.«

»Hol dir ›Efficascent Oil‹ zum Einreiben. Das hilft.«

»Kenne ich von zuhause.«

»Weißt du, wie du zu deiner Tante kommst?«

Hiraya schüttelte den Kopf, versicherte aber, den richtigen Bus schon finden zu können.

»Warum rufst du sie nicht an?«

»Ich habe nur die Adresse.«

»Wenn sie umgezogen ist, hast du ein Problem.«

Nun bekam Hiraya tatsächlich Angst. Unrecht hatte Gina keineswegs und die Sorge um sie zeigte sich in ihrem mitfühlenden Ausdruck im Gesicht, der durch die riesige Brille noch verstärkt wurde.

»Willst du nicht erstmal bei mir pennen?«

»Geht das denn?«

»Ich habe keinen Spaß gemacht, kapiert?«

So gerne sie das Angebot hätte annehmen wollen, schämte sie sich doch. Ihre Unerfahrenheit zum einen und die Erziehung, die ihr immer wieder aus dem Mund ihrer Mutter

115

eingebläut wurde, machten es ihr gerade schwer. Sie sollte Fremden gegenüber stets souverän gegenübertreten und nicht als hilfesuchendes Baby dastehen.

»Eine Woche ist kein Problem. Dann hast du Zeit, deine Tante zu finden. Aber danach muss ich verreisen und habe einer Kollegin meine Wohnung untervermietet.«

»Kein Problem, Ate.«

»Das muss man hier so machen. Okay?«

»Danke, Ate Gina.«

»Kein Ding.«

Langsam bog der Bus in einen breiten Hof ein, der von zwei Empfangsgebäuden umsäumt wurde. Auf den Gangways standen zusammengedrängt die wartenden Menschen. Hiraya konnte jede Menge Gepäckstücke ausmachen, daneben zugebundene Pappkartons und mit Plastikplanen umwickelte Pakete. Schon auf diesen Bussteigen schien das Leben hier zu vibrieren. Von einer ruhigen Provinzwelt mitten in der Natur war diese Stadt meilenweit entfernt, auch wenn ein paar tapfere Kokospalmen zwischen den Gebäuden emporragten.

»Wir nehmen ein Taxi. Ist bequemer.«

»Darf ich bezahlen, Ate Gina? Weil du mir so nett geholfen hast.«

»Meinetwegen.«

Sie mussten über eine halbe Stunde warten, bis ein freies Taxi auftauchte. Es war die Zeit der morgendlichen Rush-Hour zur Arbeit. Die Jeepneys und Minibusse waren fast alle überfüllt. Hiraya fragte sich, ob das hier normal sei.

»Das ist fast immer so um diese Zeit. Hängt davon ab, wo du wohnst.«

Über zwei Stunden mussten sie in dem immerhin mit Aircon ausgestatteten Taxi ausharren, bis Ginas Wohnung in dem 25-stöckigen Appartementhaus endlich in Sichtweite kam. Hiraya war über den Fahrpreis geschockt und blieb ganz still, ahnte sie bereits jetzt, wie teuer das Leben in Manila sein würde.

»In welcher Etage wohnst du denn, Ate Gina?«

»14te.«

»Wow.«

»Der Ausblick ist ganz nett.«

Hiraya waren die vielen Supermärkte aufgefallen, die sie während der Taxifahrt sah und auch die beiden riesigen Mega-Einkaufszentren mit dem Namen ›SM‹ stachen ins Auge. Hätte sie nur ahnen können, welch luxuriöse Waren dort feilgeboten wurden, wäre ihr Herz anfangs zwar in Jubel ausgebrochen, doch die harte Wahrheit hätte sie gleichsam rasch eingeholt. Um hier überleben zu können, war eine halbwegs geregelte Arbeit die einzige Chance. Und die Squatter-Viertel an der alten Bahnstrecke nach Süden hatte sie noch nicht entdecken können, in denen sich der tagtägliche Überlebenskampf auf unglaublich brutale Weise vollzog. Hiraya hatte vor langer Zeit von ihrer Mutter etwas über einen Ort namens ›Tondo‹ gehört und war nach den Schilderungen entsetzt. Sie fragte sich, warum es niemandem gelang, diese sozialen Ungerechtigkeiten und die Hoffnungslosigkeit zu beseitigen.

»Das alte Hafenviertel? Du bleibst besser hier.«

»Meine Mama hatte mir mal davon erzählt.«

»Was sagt sie eigentlich über deine Reise? Ich sehe doch, dass du von Manila keinen blassen Schimmer hast.«

Völlig ohne Vorwarnung liefen Tränen an Hirayas Gesicht entlang nach unten.

»Was ist mit dir los?«

»Meine Mama ist tot.«

Gina musste schlucken und umarmte das Mädchen sofort.

»Aber du hast doch sicher noch Geschwister.«

Hiraya nickte nur leise und versuchte sich die Nässe aus dem Gesicht zu wischen. Am liebsten wollte sie im Boden versinken, weil sie sich gerade so schwach gab. Die Tränen waren eine Bloßstellung ihrer selbst, kannte sie diese Frau doch kaum. Sicher hatte sie ihre Hilfsbereitschaft gezeigt, doch wie lange noch? Ginas Privatleben musste dem unweigerlich früher oder später einen Riegel vorschieben. Bekäme sie Männerbesuch, was dann? Riesig war die Zweizimmerwohnung nicht. Wenn Hiraya erfahren hätte, welch hohen Bankkredit Gina dafür hatte aufnehmen müssen, wäre sie aus Dankbarkeit an ihr Elternhaus fluchtartig aus dieser Stadt gerannt.

»Geht's wieder?«

Mit einem überschwänglichen Nicken versuchte Hiraya sich wieder als die Souveräne zu geben und entschuldigte sich mehrmals für ihr Weinen.

»Ist doch schon gut. Versteh ich.«

»Mama ist nicht mal 50 geworden.«

»Ist schon Scheiße, der Tod, aber was soll man machen? Gehen wir was essen.«

Nicht weit von dem Appartementhaus gab es eine Mall. Ganz unten im Basement bekam Hiraya riesige Augen. Kreisförmig gruppierten sich eine Unmenge Schnellrestaurants aneinandergereiht im ganzen Raum und in der

Mitte lag eine riesige Landschaft aus hell lackierten Metall-
tischen und Bänken. Vor fast jedem Restaurant standen
Menschen mit ihren Tabletts und gaben mit teilweise
enthusiastischem Händewedeln ihre Bestellungen ab.
Hiraya entgingen aber auch die in Uniformen gekleideten
jungen Männer und Frauen nicht, deren eingespieltes
Lächeln künstlich anmutete, während sie mit hastigen
Bewegungen der Bedienung ihrer Kunden nachkamen. Sie
fand besonders die Hütchen und Baseballkappen so lustig,
auf denen der Schriftzug der jeweiligen Anbieter aller Art
von Speisen prangte.

»Na, auf was hast du Lust? Traditionell oder Fastfood?«

»Vielleicht haben sie ›La Paz Batchoy‹?«

»Man merkt, dass du von den Visayas kommst. Nudel-
suppe. Dort hinten bei ›Oldtimers‹. Siehst du es?«

»Was möchtest du haben, Ate Gina?«

»Chop Suey. Ich zeig dir, wo sie es am besten machen.«
Hiraya fühlte, dass sie irgendwie gehorsam sein sollte und
bestellte sich ebenfalls Chop Suey. Die Preise fand sie nicht
zu hoch und sprach Gina darauf an.

»Bei den Restaurantketten hier drin ist es okay, aber in
den Läden draußen wird es dir den Atem verschlagen. Ich
lade dich mal in eine Karaoke-Bar ein. Magst du?«
Hiraya überlegte hin und her in ihrer Neugier einerseits
und der von Kindesbeinen anerzogenen Scheu.

»Ja..., gerne.«
Ginas mitleidige Blicke waren die Art Antwort, die Hiraya
ein wenig frieren ließen. Die Botschaft hinter der Art der
Augensprache hinter den runden Brillengläsern hatte sie
völlig verstanden.

»Wird lustig. Ein paar meiner Kollegen kommen auch.«

»Cool.«

»Sag mal, hast du schon bei deiner Familie angerufen?«

»Mache ich später.«

»Solltest du wirklich machen. Familie ist das Wichtigste, muss ich dir ja hoffentlich nicht sagen.«

Hiraya vertiefte sich auffällig in ihr Essen und musste feststellen, dass es zu Hause besser schmeckte. Sie nahm sich vor, Gina aus Dankbarkeit etwas zu kochen, so wie sie es von klein auf von Imelda gelernt hatte. Das erste Mal in diesem riesigen Food-Court fand sie aufregend, bis Gina sie mit in den ersten Stock nahm. Völlig überwältigt von den aneinandergereihten Boutiquen und Fachgeschäften verfiel das junge Mädchen in einen Rausch voller Träume und Hiraya wusste, dass es nur eine Chance für sie geben konnte, nämlich einen Job zu finden. Der Laden für Unterhaltungselektronik fesselte ihre Aufmerksamkeit, als sie die Kopfhörer aneinandergereiht auf einer beleuchteten Auslage sah.

»Suchst du was Bestimmtes?«

»Ich brauche einen Kopfhörer.«

»Was?«

»Ich habe meinen zuhause vergessen.«

Der Kopfhörer, der sie am meisten faszinierte, hätte über die Hälfte ihrer ganzen Ersparnisse gekostet und auch zwei junge Männer neben ihr schauten mit leuchtenden Augen auf dieses Gadget. Die in Blusen gekleideten Verkäuferinnen blickten Hiraya scheu an, bis sich eine von ihnen mit einem gebieterischen Ausdruck im Gesicht an sie wandte. Hiraya blieb höflich und fragte sogar mutig nach einem billigeren Modell. So wurde es wieder ein Sony-Kopfhörer aus dem Sale, der ihr junges Herz nicht nur wegen des Preises zum Leuchten brachte, denn der ihr so vertraute Sound aus den geschlossenen Ohrmuscheln ließ sie in alte Erinnerungen zurückfallen und ihren Traum wieder aufleben. Eigentlich wollte sie dabei nur eines, vergessen. Gina verulkte sie ein wenig wegen ihres Kopfhörer-Faibles, stand sie doch mehr auf Mode und Fashion.

»Ate Gina, was verdienen die Verkäuferinnen hier?«

»Meistens den Mindestlohn. Wenn sie einen netten Arbeitgeber erwischen, gibts Zugaben wie eine ›Merienda‹ oder Werbegeschenke. Willst du dich etwa als Verkäuferin bewerben?«

»Ich brauche eine Arbeit.«

Gina begann mit zusammengepressten Lippen zu schweigen. Sie wechselte mit einem aufgesetzten Lächeln das Thema und wollte auf die Gelegenheit warten, diesem geheimnisvoll tuenden Mädchen aus einem Dorf von den Visayas die Wahrheit herauszulocken, die Geschichte hinter ihrer immer seltsamer anmutenden Reise hierher in die Hauptstadt.

Kezias Verzweiflung ließ ihr Gesicht aschfahl erscheinen und das ununterbrochen seit Tagen. Alles im Leben der Familie war brutal auf den Kopf gestellt worden. Vergeblich hatte sie versucht, ihre Schwester zu erreichen. Außer der stoischen Ansage, dass diese Nummer nicht erreichbar sei, kam nichts. Völlig der Möglichkeit beraubt, mit Hiraya Kontakt aufzunehmen, ging Kezia mit verweinten Augen in eine der Plantagen. Beim Vorbeigehen musterte sie ihren Vater, der stumm auf einer Bank saß und in eine Art trance-haftige Unfähigkeit gefallen zu sein schien. So sehr sich Kezia auch bemühte, diese Art Gefühle zu bekämpfen, gelang es ihr nicht, den Hass auf seine Tat auszumerzen. Die Erleichterung, nachdem sie Dolores eigenhändig vom Hof warf, verging wie im Flug. Die Nachbarn beobachteten die Sinilangs in mannigfaltigen Ausprägungen ihrer sich gebildeten Urteile. Einige empörten sich über den Skandal. Die älteren Frauen gingen Roberto bewusst aus dem Weg, während die jüngeren Leute rasch vergaßen, nur daran dachten, ihre Arbeit auf der Farm abzusichern und so taten, als wäre nichts geschehen. Kezia hatte ihren Bruder auf Knien gebeten, zu Hause zu bleiben und die Rolle des Führungsmannes zu übernehmen. Widerwillig kam er dem Wunsch seiner Schwester nach und tat sich sofort mit Gerald zusammen. Zwar waren die beiden kein eloquentes Gespann, doch immerhin lief das Farmleben einigermaßen rund.

Vor fünf Tagen war Hiraya Hals über Kopf geflohen. Keine Spur gab es, die Kezia auf eine sinnvolle Idee hätte bringen können. Dass Hiraya in Manila sein musste, erschien jedem klar, doch wie sollten sie in einer Stadt, in der schätzungs-weise über 23 Millionen Leute ihr Leben durchkämpften, ein einzelnes Mädchen finden?

Kezia erschrak ein wenig, als die beiden Farmarbeiter sie leise aus einem Feld neben dem Weg begrüßten.

»Habt ihr was von deiner Schwester gehört?«

»Was?... Nein..., nein.«

Einer der Männer fasste Mut und wurde direkt.

»Sucht doch nach euren Verwandten in Manila. Onkels, Tanten, Cousins. Sie muss doch irgendwo hingegangen sein.«

In Kezias Körper begann es zu frieren und gleichzeitig schwitzte sie in unwirklicher Weise. Sie wusste, dass sie sich keinem Stress wie diesem hingeben durfte, gerade in ihrer Verfassung mit dem heranreifenden Kind im Bauch. Genervt nuschelte sie als Erwiderung nur ein »Danke für den Tipp«. Doch sie hielt inne und fand diesen Vorschlag nach kurzem Überlegen gut.

»Danke Frederic.«

Eilig ging Kezia ins Haus zurück und begann, hektisch in den Notizbüchern ihrer Mutter nachzusehen. Sie war in solchen Dingen konservativ gewesen und schrieb sich alles nach alter Sitte mit Kugelschreiber und Papier auf, auch Telefonnummern und Adressen.

»Was suchst du?«

»Wen haben wir als Verwandten noch in Manila?«

Boyed stand schon seit Minuten hinter ihr, weil er sich über das hektische Getue am Wohnzimmerschrank zu wundern begann.

»Hallo? Tante Mary Ann, wer denn sonst.«

Plötzlich schoss es Kezia durch die Hirnwindungen. Tante Mary Ann! Bis zur Beerdigung war sie vor drei Jahren zum letzten Mal hier zu Besuch gewesen, zusammen mit ihrem Mann. Sie mochte die Provinz nicht, ja es schien, als hätte sie diese seit ihrer Geburt gehasst. Wäre ihre Schwester nicht gestorben, wären einige Jahre ins Land gegangen, ehe sie sich wieder zu einem Besuch hier hätte durchgerungen. Kezia begann sich zu erinnern, was vor jenen drei Jahren

Tante Mary Anns Gesprächsthema war. Die Hauptstadt wäre lebendig und die Möglichkeiten, für ein Haus in einer Subdivision, einen schönen Geländewagen und die kostspielige Bildung für die Kinder jenes ersehnte Geld zu verdienen, seien dort vorhanden. Es schien, als glaubte Tante an die Geschichten von den Tellerwäschern, die Millionäre wurden, nur weil sie an den rechten Ort der Träume gelangt waren. Für sie war es Manila, eine Meinung, die sonst niemand in der Familie teilen konnte.

»Wenn Hiraya dort ist?«

»Dann hätte Tante uns doch verständigt.«

»Boyed! Wenn ihr etwas zugestoßen ist? Dann habe ich keinen Grund mehr zu leben. Das ist alles meine Schuld. Ich muss Tantes Nummer finden!«

Kopfschüttelnd über Kezias hektische Reaktionen schlich sich Boyed in die Küche davon. Imelda arbeitete wie gewohnt, jedoch mit versteinerter Miene. Sie liebte Hiraya wie eine eigene Tochter. Mitansehen zu müssen, wie ein Mann sein eigenes Kind auf diese Weise aus dem Haus warf, brachte ihr gutmütiges Herz zum Zerspringen. Doch anstatt zu kündigen, wollte sie hierbleiben, ohne den Gedanken an eine Kapitulation auch nur zu erwägen. Imelda war nicht nur Hauswirtschafterin bei den Sinilangs. Sie bedeutete für den Zusammenhalt dieses Clans viel, als ruhig handelnde Ratgeberin und ausgleichende Seele. Sie konnte besonders Kezia und ihren Mann auf keinen Fall im Stich lassen.

»Sie sucht die Adresse von Tante Mary Ann.«

Imelda atmete tief ein und fühlte Aufbruchsstimmung, die sich endlich in diesem Chaos hier einzustellen schien.

124

»Hiraya muss ihre Telefonnummer gewechselt haben.«

»Habt ihr nicht Señora Remedios´ Sohn gefragt?«

»Der schaut doch nicht erst in die Packung und merkt sich die Nummer der SIM, die er verkauft hat.«

Die gütige Hauswirtschafterin zuckte mit den Schultern und nickte ganz sanft. Recht hatte Boyed ja. Im Augenwinkel konnten die beiden sehen, wie Kezia mit ihrem Handy und einem Notizblock in der Hand aus dem Haus in Richtung der Bank unter dem Santol-Baum ging und dabei wie wild auf den Bildschirm tippte.

»Tante Mary Ann?«

Vor lautatmender Erregung vergaß sie völlig, ihren Namen zu nennen.

»Kezia? Bist du es?«

»Ja. Tante..., ist Hiraya vielleicht bei dir?«

»Hiraya? Wieso? Ist sie in Manila?«

»Wir denken es.«

»Was? Moment, ihr denkt es, wisst es aber nicht?«

»Tante, sie ist weggelaufen...«

»Weggelaufen? Was ist los bei euch?«

Boyed und Imelda kamen herbeigerannt und versuchten, Bruchstücke der Unterhaltung zu erhaschen, während sich Kezia mit den Händen wedelnd bemühte, Tante Mary Anns Worte aufzunehmen.

»Tante, wenn sie bei dir auftaucht, musst du uns sofort benachrichtigen!«

Scheinbar hatte Tante ein bejahendes Versprechen in den Hörer gehaucht, denn Kezia beruhigte sich nun ein wenig, auch wenn ihr Gesicht immer noch aschfahl aussah.

»Was jetzt?«

Kezias feuchte Augen sprachen Verzweiflung und Hoffnung in einem aus. Imelda fühlte es intensiv, hätte Kezia doch ihre eigene Tochter sein können.

»Sie war bis jetzt nicht bei Tante «

»Gütiger Himmel.«

»Imelda!«

»Ich hatte euch gesagt, dass diese Dolores eine komische Schnepfe ist. Sicher ist Hiraya manchmal wie ein Kind, aber nicht dumm.«

Imelda hätte sich am liebsten über das Verhalten Robertos mit hämischen Worten ausgelassen. Im Recht fühlte sie sich zwar, doch die Stellung als Untergebene erforderte den Respekt, um Kezia nicht im Angesicht ihres Bruders bloßzustellen. Es schien, als hätte außer einer Hauswirtschafterin niemand in dieser Familie die Fäden in der Hand. Für Imelda war das eine blamable Bloßstellung guter Prinzipien.

»Entschuldigt bitte..., Ate Kezia?«

Alle blickten in die Richtung, aus der diese männliche Stimme sie gerade aufschreckte. Der junge, in Farmerskleidung gehüllte Mann kam mit seinem Sombrero in den Händen näher.

»Wisst ihr etwas von Hiraya? Bitte sagt es mir!«

Kezia antwortete nur mit einem Kopfschütteln. Sie wusste, dass der Kerl ihre Schwester insgeheim mochte und wollte sich nur schämen. Sie hatte einfach keine sinnbringende Antwort parat. Imelda war wie so oft hier eloquenter und versuchte, Ricardo mit positiven Worten aufzumuntern.

Ricardo hatte sich heimlich Hirayas Handynummer beschaffen können, musste aber wie alle feststellen, dass die Verbindung nicht mehr existierte. Mit hilflosen Blicken starrte Kezia den Sohn ihrer Nachbarn an und kapitulierte unter seinem flehenden Augenspiel, das sie als verurteilend empfand.

»Dann muss ich sie finden.«

Boyed zuckte, als er das hörte. Es war ihm peinlich, hätte er doch als Hirayas Bruder lieber mehr Aktion zeigen sollen. Nun führte ihn der Sohn einer Nachbarin vor, getrieben von sehnsüchtigen Absichten. Denn Ricardos Liebe zu der Jüngsten der Sinilang-Familie war es, die sein jugendliches Herz brennen ließ. Boyed traute sich nicht zu fragen, welchen Plan der junge Farmerssohn überhaupt hatte.

»In ein paar Tagen fahre ich los.«

»Du willst sie in Manila finden?«

»Was sollen wir sonst tun? Mein Cousin wohnt in der Stadt. Er weiß schon Bescheid, dass ich komme.«

Imelda lächelte sanft und nickte Kezia zu, die sich immer noch nicht beruhigen konnte. Niemand wollte den jungen Kerl in seinem Enthusiasmus bremsen. Kezia bedankte sich und es schien, als flehte sie Ricardo förmlich an. Imelda packte seinen Arm und forderte ihn auf, mit ihr zum Geräteschuppen zu gehen.

»Ich weiß doch, dass du sie magst, Junge. Du scheinst der Einzige zu sein, der hier mal was bewegen will.«

»Ate Imelda, ich liebe Hiraya wirklich.«

»Sie ist noch so jung, aber klug. Außer...«

Ricardo verstand sofort, was Imelda zum Ausdruck bringen wollte. Hirayas Unerfahrenheit und ihre oft so blitzartig hervorbrechende Kindlichkeit machten nicht nur Imelda echte Sorgen. Ricardo hatte ich schon den Kopf darüber zermartert, wie das Mädchen in Manila überhaupt ihren Lebensunterhalt bestreiten wollte.

»Ich weiß, dass sie eine Spardose hatte, aber ewig reichen wird das nicht.«

»Wer versorgt sie? Will sie Arbeit finden?«

»Du musst ihre Tante aufsuchen, dann hast du sie hoffentlich schnell gefunden.«

Ricardo fühlte, dass ihm hier eine Verbündete zur Seite stand und beide vereinbarten, sich über Textnachrichten am Laufenden zu halten. Auf dem Nachhauseweg mitten durch die Felder kam es zu dieser jähen Begegnung, die in dem jungen Farmerssohn Unbehagen auslöste. Hirayas Vater saß mit gesenktem Kopf auf einem umgestürzten Kokospalmenstamm und trank bereits um diese Mittagszeit braunen Rum. Die Flasche war halb leer und Roberto schien die ganze Zeit über in wirren Träumen versunken gewesen zu sein, so wie er mit einem Lächeln im Gesicht die Reihervögel über dem Reisfeld beobachtete. In der Tat hatte er geträumt, um den Schmerz zu lindern, der ihn am Zerfetzen war. Dolores zu vergessen wurde eine brutale Zerreißprobe ungeachtet des Skandals, den er in der Gemeinde damit auslöste. Doch die penetranten Träume nach Zärtlichkeit mit einer Frau, die seine körperlichen Bedürfnisse stillen und dabei zur Weiterführung einer Familienstruktur gleichsam der mit Henrietta dienen sollte, laugten Roberto nur noch mehr aus. Der Pfarrer beschwor ihn, mit dem Unsinn aufzuhören und daran zu denken, welches Leid er seiner jüngsten Tochter angetan hatte. Einige seiner Freunde pflichteten dem bei und peitschten damit seine Vernunft an, bis die Nächte kamen, in denen er erotische Träume bekam, als er Dolores' Körper vor sich sah, ihre geschmeidigen Bewegungen und diese aufreizenden Worte, die sie ihm immer wieder entgegenflüsterte, während sie es taten. Danach schämte er sich zutiefst, weil diese Geschichte seine eigene Familie zertrümmerte.

»Manong Roberto?«

Er schaute hoch und murmelte nur: »Ricardo?«

»Ich werde nach Manila gehen und Hiraya zurückholen.« Scheinbar glaubte der Angesprochene nicht, dass diese Worte ernst gemeint waren. Ein absurd wirkendes Grinsen war die einzige Erwiderung. Robertos wortlose Reaktion begann den jungen Mann zu verärgern.

»Was sagst du dazu?«

»Schön.«

»Manong Roberto. Sie ist deine Tochter!«

Ein seltsamer Blick schwebte dem jungen Mann entgegen, gemischt mit dieser glasigen Anmutung, die der hochprozentige Alkohol in Robertos Pupillen bereits zum Vorschein brachte.

»Stimmt es, dass du sie vor den Augen deiner Familie verprügelt hast?«

Lange Sekunden glotzte Hirayas Vater nur schweigend auf den Boden. Seine Hand, die das Glas festhielt, begann zu zittern. Als wollte er es implodieren lassen, drückte er immer heftiger zu, bis er das Gefäß verärgert auf den Boden warf. Erste Tränen lösten sich aus seinen Augenwinkeln. Waren es Tränen der Reue oder der Trauer um den Verlust unwirklicher Dinge, für die sich ein Mann niemals hätte verkaufen dürfen?

»Sie war meine Tochter...«

»Du hast Hiraya tiefstes Unrecht angetan.«

Wenn sein brachialer Stolz nicht immer der Vernunft im Weg stehen würde, er hätte einlenken können, als Vater und als Familienoberhaupt. Roberto schwieg verbissen weiter, obwohl sich die Blicke Ricardos ununterbrochen an ihm festbissen. Der junge Farmerssohn war mutig, getrieben von der Liebe zu einer blutjungen Perle, die verloren gegangen war. Er wollte sich lieber mit ihrem Vater anlegen als einen Schritt zurückweichen.

»Senor Roberto! Mich geht es nichts an, was du mit deiner Haushälterin treibst, aber eines werde ich dir jetzt sagen. Es ist ein Skandal und du wirst eines nie mehr tun, Hiraya ins Gesicht schlagen.«

Roberto runzelte die Stirn, dabei brachte er die Courage auf, etwas zu erwidern.

»Was willst du ihr denn bieten?«

»Das, was du ihr weggenommen hast, Liebe. Schäm dich! Du willst ein Vater sein?«

Roberto begann jetzt mit dem gestreckten Zeigefinger herumzufuchteln.

»Oder hat dir diese Frau alle Sinne geraubt?«

»Du arbeitest für mich und das war es auch. Ich lass mir von so einem Bengel wie dir keine Predigt erteilen.«

»Ich werde nicht mehr für dich arbeiten.«

»Mach was du willst.«

»Ganz genau! Und wenn ich Hiraya gefunden habe, werde ich sie heiraten.«

Roberto begann hämisch zu lachen und bückte sich, um die Rumflasche zu greifen.

»Was willst du? Das kannst du vergessen, Bürschchen. Meinen Segen bekommt ihr nie!«

Mit der erhobenen Flasche zeigte Roberto nun auf ihn.

»Meinetwegen soll dieses respektlose Stück in Manila ihre Abreibung bekommen. Sie will es so haben? Bitteschön! Nicht mal die Eierschale vom Kopf, aber ihren eigenen Vater bloßstellen, pah!«

»Der Einzige, der dich bloßgestellt hat, bist du selbst.«

Kopfschüttelnd ohne ein weiteres Wort ging Ricardo den Weg hinauf, der zum Grundstück seiner Eltern führte.

»Geh ruhig! Ja, geh! Es ist mir egal. Sie soll in der Gosse schlafen!!«

Langsam fischte Roberto das Glas aus dem Gras hervor. Es war dickwandig und sogar heil geblieben. Bis zum Abend hockte er verbittert auf dem umgestürzten Palmenstamm und trank die Flasche leer. Ohne ein Wort von sich zu geben, saß er danach mit der übriggebliebenen Familie am Abendbrottisch. Seine Kinder betrachteten sich diesen Haufen Elend, wobei Kezia immer mehr von dem Respekt verlor, den sie bisher ihr ganzes Leben lang für ihn im Herzen trug. Schuften musste sie neben Imelda nun fast alleine, die Kerle führen und Anweisungen geben. Wie grausam das Los einer erstgeborenen ›Panganay‹ doch sein konnte.

Hiraya hatte immer noch keine Lust verspürt, ihre Tante Mary Ann aufzusuchen. Gina erklärte ihr beim Frühstück, dass sie in vier Tagen aufbrechen würde und Hiraya bis dahin bleiben könne. Ihre Kollegin wollte aus bestimmten

Gründen keine Gesellschaft in der Wohnung haben. Es sei alles kein Problem, hatte sie Gina als Antwort präsentiert, doch innerlich breitete sich in Hirayas Herz Angst aus. Nachdem Gina die Wohnung verlassen hatte, um zur Arbeit zu gehen, schnappte sie sich den Zweitschlüssel und ging auf Erkundungstour. Die Jeepneys waren wie in Iloilo City, nur traditioneller im Aussehen und meist überfüllt. Hiraya musste sich in den Fahrgastraum quetschen, während der Fahrer den Leuten energisch gebot, zusammenzurücken. Der Typ mit seiner gestylten Bürstenfrisur, neben dem sie saß, drückte mit seinem Hintern penetrant gegen ihre Hüfte und grinste ihr ununterbrochen zu, was sie mit ange-strengter Nichtbeachtung quittierte. Die große Mall kam näher. Sie war froh, endlich aussteigen zu können. Hiraya kaufte sich einen Bubble-Tea und begann, sich die Schau-fenster zu betrachten. Viele der Leute kamen ihr wie fremd-artige Wesen vor, obwohl sie doch Filipinos waren wie sie selbst. So viel Neues konnte sie sehen. Stylige Frisuren bei vielen Mädchen wechselten sich mit sauber gekleideten Kerlen ab, die mit Collegemappen unter dem Arm oder ihrem Smartphone unterwegs waren, miteinander scherz-ten oder hektisch umherblickten, als würden sie daran sein, einen wichtigen Termin zu verpassen. Doch auch einfacher aussehende Menschen kamen in ihr Blickfeld, Familien, die mit einer Einkaufstüte bewaffnet nur das Nötigste aus dem Supermarkt geholt zu haben schienen. Hiraya konnte immer schon sensibel beobachten und fand beim Anblick einer fünfköpfigen Familie, die nachdenklich vor einer Pizzeria standen, dass sie sicher am Überlegen waren, ob sie sich diese Mahlzeit leisten konnten. Denn die exorbitanten Preise hatte Hiraya längst auf dem Aushang entdecken können und war geschockt. Sie begann zu begreifen, dass diese Vergleiche mit ihrer Heimatprovinz keinen Sinn machten. Hier wehte ein ganz anderer Wind, die Aura einer Metropole, die mit der übrigen Welt verbunden war. Von Ginas Fenster aus konnte sie die ganzen Flugzeuge in nicht weiter Ferne sehen, die kurz vor der Landung standen oder steil nach oben in den Himmel aufstiegen. Airlines aus aller Welt gaben sich hier ein Stelldichein und die junge Frau war überwältigt, das zum ersten Mal sehen zu können. Mit ihrem Bubble-Tea-Becher in der Hand hörte sie neben sich plötzlich eine vertraute Sprache. Zwei Frauen waren vor dieser Boutique stehengeblieben und unterhielten sich. Sie waren zweifellos von dort, wo sie herkam, von den Visayas. Hiraya lächelte ihnen zu, doch ohne eine freundliche Geste wandten sich die Frauen ab und gingen einfach weg. »Warum habe ich sie nicht angesprochen?«, dachte sie sich und ging ein wenig traurig weiter. In der ganzen Menschenmenge fand sie nichts, was ihr irgendeine Geborgenheit gab.

Langsam ging sie mit dem Strohhalm im Mund auf der Einkaufsstraße entlang und war dabei unachtsam. Vor einem Blumengeschäft kam eine ältere Dame aus der Tür und lief ihr geradewegs vor die Füße. Als Hiraya und sie zusammenrempelten, rutschte ihr der Becher aus der Hand, fiel auf den Boden, platzte auf und der Rest des klebrigen Getränks ergoss sich über die Füße dieser Frau.

»Du dummes Ding. Kannst du nicht aufpassen?!«

»Sorry, Mam po..., aber haben Sie mich nicht gesehen?«

»Was? Frech bist du auch noch?«

»Ich bin nicht frech. Ich habe doch ›Sorry‹ gesagt.«

»Und meine neuen Schuhe? Wer putzt mir jetzt dein klebriges Zeug ab?«

Einige Vorbeigehende waren stehengeblieben und beobachteten die beiden. Hiraya schämte sich ziemlich, fand aber, dass sie an dem Malheur nicht alleine schuld gewesen war. Sie wollte ihr ein paar Taschentücher geben. Damit aber brachte sie die Sache noch mehr zum Kochen.

»Wer hat dich eigentlich erzogen? Ich soll mich bücken und meine Schuhe selber putzen?«

»Ich mache es nicht, Ate.«

»Schaut euch die an! Woher kommst du eigentlich? Du hast doch einen Akzent. Bestimmt von den Visayas.«

»Jawohl. Aus Capiz.«

»Dachte ich mir doch. Geh besser zurück in dein Reisfeld und lern mal mehr Respekt.«

Hiraya bückte sich wortlos, hob den Becher auf und ging unter den ganzen miteidigen Blicken der Leute auf einen Abfalleimer zu. Mit fuchtelnden Armen ging die ältere Frau währenddessen zum Ausgang und brabbelte verärgert vor sich hin. Hiraya überlegte, wer jetzt die Lache des verschütteten Bubble-Teas aufwischen könnte und blickte hilflos umher. Ein Mann mit einem Wischmopp kam angelaufen, war es doch sein alltäglicher Job, solche Malheure diskret zu beseitigen.

»Die war ganz schön zickig, nicht?«

Hiraya erschrak. Der junge Kerl war lautlos ohne Vorwarnung neben ihr aufgetaucht.

»Ich bin Jerry.«

»Ähm... Hi.«

Der Typ hatte eine orangefarbene Haarlocke und lächelte schon süß. Die Knopfreihe an seinem Hemd war bis zum Bauch geöffnet und er trug eine Collegemappe unter dem Arm. Ein roter Kopfhörer baumelte über seinem Nacken und ein teures Smartphone lugte aus seiner Hemdtasche hervor.

»Ich... Hiraya.«

»Interessanter Name.«

»Ja...«

»Bist du wirklich aus Capiz? Studierst du hier?«

»Nein. Ich... suche...«

»Was?«

»Eine Arbeit.«

»Und wo wohnst du?«

»Ich will zu meiner Tante.«

Jerry zwinkerte mit den Augen. Dieses blutjung aussehende Mädchen wirkte ziemlich unsicher. Jerry schätzte Hiraya auf 15 oder 16, traute sich aber nicht zu fragen.

»Wow, Arbeit suchen. Was kannst du so?«

»Ich lerne alles, wenn es sein muss.«

»Ey, das ist schön, aber nicht besonders überzeugend.«

»Du kennst mich doch gar nicht.«

»Hast du Ahnung von Videos?«

»Videos?«

»Filme und Musikvideos.«

»Sicher. Ich mag Musik.«

»Was hörst du so?«

»Cosme, Aegis..., Roselle... oder Gabriela.«

»Was? Solche Dramasachen? Ich verstehe schon, Leiden und so. Zerbrochene Liebe und die bösen untreuen Kerle.«

135

»Na und?«

»Du hast deine Meinung. Gefällt mir.«

»Hast du keine Meinung?«

»Sicher. Versprochen.«

Dieser Jerry nestelte eine Visitenkarte aus der Hosentasche und hielt sie Hiraya vor die Nase. Seine Begleiter, alles Typen in ähnlichem Alter, grinsten verschämt oder versuchten, ihr scheues Kichern zu unterdrücken. Hiraya durchschaute diese Anbaggerei zwar, doch sie wollte sein Angebot, ihn wegen eines Jobs bei seinem Vater anzurufen, nicht sausen lassen.

»Meine Mutter besitzt drei Geschäfte. Ich könnte ja was arrangieren. Bye. Vergiss nicht, mich anzurufen.«

Scherzend gingen die jungen Männer Richtung Ausgang. Hiraya holte sich einen neuen Bubble-Tea und setzte sich auf eine Bank. Immer wieder überlegte sie hin und her und erzählte Gina am Abend von dieser Begegnung.

»Solltest die Chance nutzen. Bist du sicher, dass dich der Typ nicht nur für ein Abenteuer haben will?«

»Es geht um eine Arbeit, Ate Gina.«

»Naives Ding. Komm jetzt. Wir wollen doch zum Karaoke.«

Hiraya holte ihr schulterfreies, dunkelblaues Kleid hervor und wollte einen Baumwollschal darüber drapieren, als Gina ihr diesen energisch aus den Händen zog.

»Was soll das denn? Züchtig?«

»Aber man sieht doch meine ›Dudus‹ oben.«

»Du bist doch eine junge Frau, oder? Und Frauen haben eben ›Dudus‹.«

»Weiß nicht.«

»Werf dich mal feminin in Schale. Zeig, was du hast.«

Hiraya betrachtete sich Ginas Aufzug. Ein Mini-Kleid mit einem Bolero-Rock und schrille Pumps.

»Magst du Makeup?«

»Nein.«

»Naturschönheit, nicht?«

»Ich mag keine Schminke.«

»Wie du willst.«

Sie fühlte sich noch unsicher, war aber so neugierig darauf, eine riesige Bar von innen zu sehen. Gina versprach ihr, dass es lustig werden würde mit all den Kollegen.

»Am Anfang reden sie erst mal über den Job, Computerkram und ihre neuesten Errungenschaften, aber später wird's cool. Kannst du gut singen?«

Hiraya war anfangs schüchtern, fand die bunt erleuchtete Diskothek aber rasch aufregend. Gina stellte ihre Kollegen vor, die sie fröhlich begrüßten und sofort in ihre Mitte nahmen. Sie schienen so ungezwungen zu sein. Ihre Art zu reden und schon in den ersten Sekunden zu lachen offenbarten ihr eine neue Art der Lebensfreude, die sie aus ihrer wohl behüteten Provinzerziehung so noch nicht kannte.

»Hallo! Bist du die neue Mitbewohnerin?«

»Das sind Lucas, Aristotle, James, Charlotte. Und die hier ist die Schrillste, unsere liebe Magda.«

»Ich hasse diesen Namen. Nenn mich ›Maggie‹, okay?«

Rasch hatten die Jungs einen Tisch ergattert und die erste Getränkebestellung ins Laufen gebracht.

»Woher kommst du?«

»Capiz.«

Der Typ mit dem Namen James stellte die Frage überaus galant, hatte er doch erkannt, wie sensibel Hiraya war. Er sei ein echter Frauenversteher, wie er im Büro immer verkündete. Gina ging sein Dating-Tipps-Gerede zwar auf die Nerven, doch James war zu gut in seinem Job, als dass man auf ihn hätte verzichten können.

»Auf Panay, oder?«

Hiraya nickte lächelnd zurück und nippte an ihrem Softdrink, dabei wurde sie mit weiteren Fragen überschüttet.

»Hast du Geschwister?«

»Schon einen Boyfriend?«

Gina grätschte gleich in die Konversation hinein. Hiraya fühlte sich in jenen Augenblicken so dankbar, dass sie den Kollegen von ihrem ersten Zusammentreffen erzählte und wie sie ihr seit einigen Tagen mit dem Angebot half, bei ihr zu wohnen.

»Man muss jedem, der neu ist, helfen.«

Aristotle fand diese Geschichte scheinbar rührend. Mit wedelndem Arm rief er eine Kellnerin herbei.

»Ich schmeiß eine Runde. Was möchtest du, Hiraya? Gin-Tonic? Als Willkommensgruß nur für dich.«

»Ich...«

»Komm schon, ein Drink schadet nicht.«

»O-k-ay.«

»Ich habe gehört, du singst gerne und tanzt, stimmt das?«

Gina musste bereits mehr über sie ausgeplaudert haben als ihr lieb war.

»Ja, das mag sie. Sie will eine ›Tinikling‹ werden.«

»Neee, oder?«

»Hab ich keine Ahnung von.«

»Manche lieben eben den alten Kram.«

»Das ist kein alter Kram. Wir sind doch Filipinos.«

»Aber doch nicht Herumhüpfen über Bambusstangen.«

»Genau, moderne Filipinos. Da kommen die Drinks!«

Mit einem fröhlichen Johlen nahmen die jungen Männer die Gläser vom Tablett. Hiraya nahm ihren ersten Schluck nur verhalten, doch dieser Longdrink schmeckte ihr rasch. Die Calamansi-Früchte, die das Glas verzierten, ließen in ihr sofort diese Erinnerung in den Kopf schießen. Hier konsumierten sie alle diese Früchte, schienen aber keinerlei Ahnung zu besitzen, wie hart sich die Farmer mit der Ernte abmühen mussten. Diese Riesenstadt schien alle Errungenschaften im Land aufzufressen wie ein gieriges Ungeheuer. James begann nun über die Globalisierung zu faseln, die diesen langweiligen Traditionen im Land den Garaus machen würde. Die neue Generation, liberal und revolutionär, würde die Inseln progressiver machen. James schien eine klare politische Richtung zu verfechten und glaubte, mit intensiver Bildung und der Befreiung von der alten Moral würden die Probleme gelöst werden, die für so viel Ungleichheit sorgten. Hiraya erschrak ein wenig, als sie sein Gerede verfolgte und begriff schnell, dass der Junge mit ›Befreiung‹ dabei auch wohl meinte, viele Mädchen rumkriegen zu müssen. Magda reichte es und sie grätschte dazwischen.

»Bei mir zieht das nicht, du Intellektueller. Schmeckt dein Drink, Hiraya?«

»Ja..., ganz gut.«

»Auf die junge Capizenia!«

»Genau, auf die... ähm... Tinikling-Tradition.«

James patschte sich auf die Stirn und drehte sich mit einem »Oh No« zur Seite.

Hiraya fürchtete sich schon davor, dass Aristotle eine neue Runde ausgeben würde. Magda schien diese Getränke sehr zu mögen, so wie sie ihren Longdrink genoss, mit Lippenbewegungen, als wollte sie den Glasrand liebkosen. Sie beobachtete dabei gezielt die Männer auf der Tanzfläche und folgte einem von ihnen mit verträumtem Blick.

»Gina, der Typ dort. Tadellos der Hintern.«

»Vergeben.«

Magda seufzte und lehnte sich zurück.

»Na, dann nicht.«

Hiraya gefiel die Musik in diesem Schuppen. Sie blickte zu den tanzenden Gästen, die sich ausgelassen vergnügten. Sicher gab es bei den Dorffesten in ihrer Provinz auch eine Ecke, wo die jüngeren Leute tanzten, doch immer wieder wurden sie von älteren Frauen argwöhnisch beobachtet und die Anstandsbegleiter rückten den sich kennenlernenden Paaren nicht von der Pelle. Hier schien wirklich alles freier und unbeschwerter zu sein. Sogar ein Paar, das gut und gerne Mitte Vierzig war, tanzte inmitten der Menge, dabei hielt der Mann die Hände seiner Partnerin wie ein junger Verliebter. Hiraya zeigte vorsichtig in die Richtung der beiden.

»So goldig.«

James grinste und schien sie zu kennen.

»Die kommen regelmäßig her. Wollen nicht alt werden.«

»Das finde ich gut.«

Hiraya wirkte auf einmal niedergeschlagen und bemühte sich, ihr Lächeln zurückzugewinnen.

»Ist alles okay?«

»Hey James! Fürsorglich?«

James winkte abrupt ab. Sein Kollege Aristotle hatte es verstanden und wartete. Gina flüsterte Magda etwas ins Ohr. Sie nickte und augenblicklich gab sie sich mitfühlend.

»Verstehe ich.«

»Ist was?«

Aristotle schien von seinem zweiten Longdrink bereits angeheitert zu sein.

»Ey, sie hat ihre Mutter verloren. Ist echt übel für sie.«

»Oh Mann! Geht´s?«

»Alles gut, Ate Gina. Ich möchte gerne noch was trinken.«

Diesmal war es Magda, die eines der jungen Mädchen in den Kellnerinnen-Kostümen herbeiwinkte.

»Kommt gleich. Tut uns echt leid. Möchtest du nach Hause gehen?«

Hiraya verstand selbst nicht, warum sie nun mit fröhlicher Stimme »Nein« sagte. Das schillernde Umfeld hier hatte sie bereits eingenommen. Ihr erster Longdrink war ausgetrunken. Sie verspürte schon eine im Kopf umherschwirrende Leichtigkeit und ihr Wunsch, mit den anderen lebhaft zu plaudern, wurde immer größer. Hiraya wusste, wie viel sie an eigenem Drama abschütteln musste und wollte es hier und jetzt. Fröhlich schaute sie auf den zweiten Longdrink, der ihr wegen der bitteren Fruchtigkeit des Tonic-Waters prima schmeckte. Das Geplauder wurde immer ausgelassener, bis Aristotle einen zweiten Versuch machte, die anderen zu den Karaoke-Maschinen zu locken.

»Lasst uns zum ›Sing-Along‹ gehen. Hiraya wird uns heute ein Lied singen.«

Zuerst blieb sie verhalten und beobachtete die Mutigen, die sich an dem Gerät mit dem riesigen Bildschirm versuchten. Man konnte dank zweier Mikrofone im Duett singen und bei einigen dieser Hobby-Interpreten applaudierten die drumherum stehenden Gäste, weil deren Gesang tatsächlich passabel oder sogar professionell war.

»Du musst eine Nummer eingeben. Hier ist die Liste.«

»Ich weiß nicht.«

»Du kannst das. Komm, ich mache den Anfang.«

Hiraya fragte ihn, welches Lied er singen wollte.

»›Tuloy pa rin‹.«

»Kann ich.«

»Dann performen wir beide das als Duett.«

Der zweite Drink hatte seine Wirkung bereits entsprechend entfaltet. Hirayas Mut stieg, der Blick blieb schüchtern. Sie hätte ohnehin keine Chance mehr, dem zu entkommen und wäre vor Scham in den Boden versunken, wenn sie genau jetzt einen Rückzieher gemacht hätte. Dutzende von neugierigen Augenpaaren blickten auf das Mädchen im schulterfreien, dunkelblauen Kleid. Als der völlig in Selbstsicherheit aufgeblühte Aristotle die Songnummer eintippte, musste es unweigerlich beginnen. Hiraya stimmte beim ersten Refrain mit ein und rutschte schnell in ein erleichterndes Vergessen, wie ein Rausch in einer beschützenden Menge fröhlicher Menschen. Sie nahm die ganzen Blicke nicht mehr wahr und musste sich auch nicht fürchten, hatte sie ja eine hohe, klare Stimme und konnte den Tune genau halten. Wie oft hatte sie dieses Lied zuhause gehört und musste dabei kaum auf den vorbeiziehenden Text im Bildschirm achten. Sofort nach Schluss des Songs begannen viele von den Gästen zu klatschen. Sie verneigte sich etwas kindlich und grinste.

»Sing ein Lied alleine. Los! Sie fahren voll auf dich ab.«
Gina und Magda lächelten sich vergnügt zu. Gina war froh, dass diese kleine Provinzlerin doch nicht so zugeknöpft zu sein schien. In der Menge flüsterten sich zwei Männer zu.

»Süß. Ist die überhaupt volljährig?«

»Hübsches Kind, doch.«

»Frag sie doch mal.«
Der Mann stubste seinen Ellenbogen in die Seite seines Begleiters. Schüchternes Kichern, weil man sich doch nicht traute, das unbekannte Mädchen anzusprechen.

Hiraya hatte in artiger Weise mit ihrem Mikrofon in der Hand um ein wenig Geduld gebeten, denn sie müsste sich einen Song aussuchen. Und sie fand ein Lied auf dieser Songliste, mit dem sie ihre Gefühle herausschreien wollte. Eigentlich wunderte sie sich, dass in diesem schillernden Vergnügungsschuppen solche Songs auf der Auswahl einer Karaoke-Maschine standen.

»Kann ich das singen?«
Aristotle zuckte mit den Schultern und bekräftigte seine Zustimmung mit einem schüchternen Nicken. James dagegen setzte wieder lautstark zu einem Statement an.

»Hier herrscht doch Redefreiheit. Du kannst singen, was du möchtest.«
Hiraya tippte die Nummer ein und drehte sich lächelnd in Richtung der vielen Leute um. Als die Eingangsmelodie begann und auf dem Flatscreen eine Szene mit einer traurig im Regen spazierenden Frau erschien, wurde der ganze Saal ruhig.

»›Kirot‹?«

Gina presste die Lippen zusammen, verstand sie dieses junge Ding irgendwie. Aber sie bezweifelte, dass Hiraya die hohen Refrains überhaupt so hinbekommen würde wie die Original Interpretin, die eine Rocksängerin mit prägnanter Stimme war.

Hiraya trug das Lied in der Weise vor, wie sie es mit ihrer eigenen Stimme interpretieren konnte, dabei waren alle Töne sauber gesungen und bei den Refrains zeigte sie keine Schwächen. Nur war der Beifall etwas spärlich. Die Leute wollten sich eben vergnügen und einigen der anwesenden Männer schien der Songtext unangenehm zu sein. Hiraya lächelte, legte das Mikrofon auf die Ablage und ging von der Gesangsfläche herunter. Gina applaudierte ihr leise zu.

»Sauber. Du kannst echt gut singen.«

»Drama?«

»Warum nicht?«

»Was ist dir denn passiert? Mal betrogen worden?«

»Ich muss mal. Entschuldige mich bitte, Ate Magda.«

»›Maggie‹ bitte.«

Hiraya ging hastig in den Rest-Room und blickte nachdenklich in den Spiegel über dem Reihenwaschbecken, während das Wasser über ihre Hände rieselte. Sie wollte doch diese Erinnerung verscheuchen, dabei tat dieses Lied genau das Gegenteil. Langsam ging sie durch den Gang auf die bunten Lichtblitze im Tanzsaal zu. Aristotles Gesicht überraschte sie ziemlich. Er musste absichtlich vor der Tür gewartet haben. Lachgrübchen flimmerten über sein Gesicht. Adrett war er ja, gut gekleidet und seine Haare schick frisiert.

144

»Oh, Kuya Aristotle! Wo sind die anderen?«

»Sie kommen später wieder. Magst du noch was trinken?«

»Ja bitte.«

Hiraya folgte ihm an den Stehtisch, noch in einem sicheren Gefühl. An ein sich anbahnendes Rendezvous dachte sie nicht im Entferntesten.

Langsam hatte sich die Diskothek zu leeren begonnen, doch einige Tische waren noch mit Nachtschwärmern besetzt. Hiraya wollte mit diesem letzten Drink vorsichtig umgehen, Aristotle nicht durch Ablehnung enttäuschen, aber sie spürte schon, dass sie Alkohol an diesem Abend kaum mehr vertragen würde.

»Du kannst echt toll singen. Sag mal, was willst du in Manila denn machen?«

»Arbeiten.«

»Gina hat gesagt, du wärst ganz allein, ohne Familie.«

»Sie leben in der Provinz.«

»Bist du hier, weil sie dich zum Geldverdienen hierherge-schickt haben?«

Diese Frage stach in ihr Herz.

»Meine Familie braucht niemanden, der in Manila für sie arbeitet, okay?«

»Entschuldige. Ich dachte doch nur, dass...«

»Was?«

»Wegen deiner Nanay.«

»Meine Schwester führt unsere Farm. Es geht schon.«

»Eine Farm? Groß?«

»Fünfzehn Hektar. Ist das genug?«

»Was? Hammer! Ich habe nur eine Bude mit 25 Quadrat-metern und einen Stellplatz für meine Karre.«

»Dann sind wir Provinzleute wohl doch nicht so uncool.«

»Nein..., das hab' ich nicht so gemeint.«

Hiraya grinste ihn an. Ihren Spruch fand sie selbst klasse. Doch dieser zielsichere Kerl ließ in seiner Freundlichkeit nicht locker. Er gefiel ihr irgendwie schon, hatte einen ansprechenden, leicht muskulösen Body, der sich unter dem Shirt abzeichnete. Gegen Avancen wollte sie sich dennoch wehren. Sie war eine solche Offenheit von Männern nicht gewohnt. Eigentlich war es in ihrer Provinz mit dem Interesse am anderen Geschlecht das Gleiche, nur war die Musik bei der Umwerbung der Auserkorenen einfach anders. Ihr kam Ricardos niedlicher Versuch mit seinem Blumenstrauß in der Hand gleich wieder in den Sinn.

»Hiraya?«

Seine Sanftheit in der Stimme fühlte sich so an, als wollte er sein Herz überwinden, um persönlicher zu werden.

»Du bist so interessant, finde ich.«

Sie nippte nur sehr verhalten an ihrem Drink und schielte über den Glasrand direkt in sein Gesicht. Hirayas Augen gefielen ihm wirklich, ihre länglich geschwungene Form war es und die leicht gewellten Augenbrauen, die dieses Anmutige einer blutjungen Modelschönheit hatten. Sein Blick streifte über ihre nackten Schultern und verstohlen versuchte er, den Ansatz ihrer Brüste zu betrachten. Das Kleid war schlicht, aber in seinen Augen umwerfend mit dem geraden Abschluss, der ihr dieses Dekolletee verlieh. Kein einziges Muttermal hatte sie an ihrer Schulter oder dem Hals, dieses Mädchen in jugendlicher Reinheit.

»Hast du einen Freund?«

»Nein. Ich will das noch nicht.«

Sie betonte die letzten Worte auffällig laut, hoffte, dass dieses Thema schnell unter den Tisch fallen würde.

»Ist das wahr?«

»Ja, Kuya Aristotle.«

»Echt keinen Lover?«

Hiraya wollte nicht unhöflich sein, wünschte sich aber so sehr, dass die anderen endlich zurückkämen.

»Warum hast du dieses Lied gesungen?«

»Ich...«

»Komm. Hast du mal eine Erfahrung gehabt?«

»Ich wollte eben.«

»Entschuldige.«

»Was machst du so?«

Sie konnte es, ein Thema herumdrehen, so wie am Tisch mit Dolores, damals als Angriff oder wie in diesem Augenblick als Flucht.

»Ich bin Ginas Assistent in unserer EDV-Abteilung. Rechte Hand sozusagen. Software-Entwickler.«

»Wie alt bist du?«

»25.«

»Und? Beziehung?«

»Viel Arbeit. Vielleicht sollte ich mich darauf fixieren.«

»Auf was?«

»Ein tolles Mädchen finden, wie du es bist. Magst du noch was trinken?«

»Nein danke. Ich habe doch noch was.«

Hiraya sah, wie er dichter an sie heranrückte. Seine Finger begannen über ihren Arm zu streicheln. Dabei lächelte er voller Hingabe, nicht schräg oder lüstern.

»Du bist echt lieb, Hiraya.«

Sie zog die Hand beiseite und versuchte, mit einem tiefen Schluck aus dem Longdrink-Glas aus der Schusslinie zu kommen, während sie eine ablenkende Drehung machte.

»Weißt du, die anderen Mädchen sind oft so...«

»Was?«

»...so gekünstelt.«

»Wieso das?«

»Du bist so natürlich, so... schön.«

»Danke. Lass uns doch über deine Arbeit reden.«

Am liebsten wollte sie jetzt gehen, doch sie hatte den Zweitschlüssel zur Wohnung nicht mitgenommen und hätte ohnehin nicht gewusst, wie sie nach Hause finden könnte. Sie wollte sich nicht von einem Mann so einfach berühren lassen. Einem Kerl, den sie doch überhaupt nicht kannte, selbst wenn er sie nur anerkennend streicheln wollte, ohne Absichten zu haben. Sie versuchte lieber angestrengt der soften Musik im Hintergrund zu lauschen.

»Hiraya, ich finde dich echt klasse.«

Als sie fühlte, wie er wieder näherkam, seine Hand über ihre Hüfte zu wandern begann und in Richtung ihres Oberschenkels streichelte, drückte sie seinen Arm heftig zur Seite.

»Hey!!«

Gäste an den Nebentischen blickten zu ihnen hinüber. Viele wendeten sich wieder ab, doch nicht alle.

»Lass mich in Ruhe!!«

Ihr war es egal, wie alle auf sie schauten. Sie wollte ihn sich vom Leib halten und begann jetzt mit heftigen Schlägen, seine Beschwichtigungsversuche abzuwehren.

»Willst mich wohl für eine Nacht abschleppen oder was?«

»Hiraya bitte! Mach doch keinen ›Iskandalo‹ hier drin. War nicht so gemeint.«

»Klar. Bastos.«

Hinter ihr tauchten plötzlich Gina und ihre Freundinnen auf. Hiraya taumelte zurück und fand hier gar nichts mehr gut. Eine Kellnerin war stehengeblieben und blickte ihr scharf in die Augen. »Ist alles in Ordnung, Miss?«

Hiraya drehte sich weg und schnitt sie. Gina versuchte ihrem Assistenten zu beruhigen, der mit zusammengezogenen Augenliedern das Glas abstellte und sich an ihnen vorbeizwängen wollte.

»Aristotle, bleib cool. Sicher nur ein Missverständnis.«

»Wir sehen uns im Büro, Gina.«

Hiraya wusste, dass sie nur eines tun konnte. Sie musste sofort hier raus. Egal, wie lange sie vor der Tür stehen würde, keinesfalls wollte sie wieder in diesen Schuppen zurück. Zum ersten Mal konnte sie ein solches Vergnügen erleben und jetzt endete es auf diese elende Weise. Aristotle starrte ihr beim Vorbeigehen verächtlich in die Augen, mit versteinertem Blick.

»Selbstgerechtes Provinzäffchen. Fünfzehn Hektar - toll - doch so eine prüde Kuh wie du stolziert darauf herum.«

Hiraya biss sich auf die Zunge, zitterte dabei innerlich und schaute nur betreten auf den Boden.

Gina war ziemlich verärgert und nahm Hiraya mit in ihre Wohnung. Schlafen gehen konnte sie nicht, bevor sie mit der ihr erteilten Lektion fertig waren.

»Was sollte das, Hiraya?«

»Ich bin nicht für One-Night-Stands zu haben, okay?«

149

»Ey! Er ist mein Assistent und du machst hier gleich einen Aufstand, nur weil er dich mal zärtlich anfasst?«

»Was heißt denn hier ›anfasst‹? Ich will das nicht!«

»Sag mal, bist du noch Jungfrau?«

»Ja, und ich bin stolz darauf.«

Gina pustete ihr ins Gesicht, baute sich vor ihr auf und stellte klar, dass sie besser gehen sollte. Ihr war der Skandal in der Diskothek derart an die Nieren gegangen, dass sie ihre Hilfsbereitschaft ausgenutzt sah.

»Besser, du gehst jetzt zu deiner Tante. Übrigens, du mimst hier auf megamoralisch, aber ich weiß schon, dass du von zuhause ausgerissen bist. Du hast deinen Vater oder deine Schwester niemals angerufen, oder?«

»Das geht dich nichts an, Ate Gina.«

»Pass auf. Ich habe ja Verständnis, dass du trauerst oder so, aber dass ging gar nicht.«

»Natürlich ging das!«

»Du kannst mit ihm doch unter vier Augen darüber reden, dass du keinen Kerl magst, aber doch nicht vor allen Leuten diese Show abziehen!«

»Ich gehe morgen zu meiner Tante, Ate Gina. Danke, dass du mir geholfen hast. Möchtest du Geld haben?«

»Vergiss es. Ich verdiene mein Geld, du nicht.«

Gina schickte sich an, ins Schlafzimmer zu gehen und irgendwie tat ihr das Mädchen leid, ja sie hatte begonnen, Hiraya zu mögen wie ihre kleine Schwester, die so gerne Schriftstellerin werden möchte.

»Wenn du dich nicht rasch daran gewöhnst, selbstständig zu sein und nicht anstrengst, landest du hier auf der Straße, das will ich dir nur sagen.«

Als sich die Tür hinter Gina schloss, stand Hiraya weinend am Fenster und beobachtete die Lichter der Flugzeuge, die sich um den Flughafen herum am Himmel tummelten. Sie hatte in nur vier Tagen bereits erleben müssen, wie ausgelassen, aber auch brutal dieses Stadtleben war. Doch sie wollte keinesfalls aufgeben, nicht bettelnd vor ihrem Vater erscheinen oder ihre Schwester auf Knien um Vergebung bitten. Man hatte ihr alles weggenommen, was ihr heilig war und Hiraya wollte nun kämpfen, um es ihnen zu zeigen. Noch in der Nacht packte sie ihre Tasche, zählte das Geld in der geheimen Börse und platzierte sie wieder unter ihrer Jeans. Gina erlaubte ihr am nächsten Tag noch mit ihr zu frühstücken, umarmte sie zum Abschied und gab ihr sogar 100 Pesos für das Taxi.

»Zieh bitte die Tür ordentlich hinter dir zu. Ich muss los.«
»Good Bye, Ate Gina.«

Hiraya sah hinter ihr noch das Taxi aus der schmalen Straße auf den Highway abbiegen. Kinder, die vorher lebhaft mit einem Ball spielten, standen da und beobachteten die Fremde mit der dicken Reisetasche, die vor der Metallgitterpforte stand und nachdenklich aussah. Sie klopfte mit einer Münze gegen das Blech und rief: »Tao po?«
Eine junge Frau lugte schüchtern hinter der Haustür hervor.

»Hallo! Ich bin eine Nichte von Mrs. Mary Ann Estrada. Ist sie zu Hause?«
Langsam kam die Hausangestellte aus dem Eingang und betrachtete die unangekündigte Besucherin von oben bis

unten. Sie öffnete die Gitterpforte und gebot Hiraya, mit ihr zu kommen.

»Sie ist nicht da. Aber ihr Mann.«

»Mein Onkel!«

»Er ist krank.«

»Oh?«

»Er muss gepflegt werden. Schlaganfall.«

Hiraya wusste davon nichts. Warum hatte Tante Mary Ann denn niemanden in der Provinz verständigt? Kezia wäre sofort mit dieser Nachricht im ganzen Dorf umhergerannt. Hiraya überlegte, dass Tante wohl dachte, ihre Schwester sei ja tot und es wäre nicht eilig, die angeheirateten Verwandten sofort zu unterrichten.

»Deine Tante ist im Office. Soll ich ihr Bescheid sagen?«

Hiraya schämte sich. Ein Gefühl, dass sie unter diesen Umständen ein Eindringling sein könnte.

»Ich werde sie sofort anrufen.«

»Ich bin Hiraya. Wie heißt du?«

»Joyce. Ich bin eines der Hausmädchen.«

»Freut mich, dich kennenzulernen.«

Joyce ging in den Nebenraum und holte ihr Handy hervor. Hiraya konnte beinahe jedes Wort verstehen. Es schien, dass ihre Tante sich rasch auf den Weg machen wollte, um ihre Besucherin zu sehen. Hiraya blickte sich um. Es war ein hübsches Haus, eingerichtet mit stilvollen Möbeln und Korbsesseln aus der Provinz. Die Rotorblätter des Deckenventilators drehten ihre Kreise und ein Bild von Tante Mary Anns Sohn Jasper hing über der Kommode. Er arbeitete in Kanada, schickte Geld hierher und hatte nur ein oder zwei Mal im Jahr überhaupt die Möglichkeit, nach

Hause zu fliegen. Tante hatte nur diesen einen Sohn, vertiefte sich in ihr Geschäft und musste doch sehr einsam sein. Hiraya war jetzt klar geworden, dass Jasper nun im Ausland wie ein Gefangener schuften würde, um wegen den Pflegekosten für den Vater seinen Beitrag zu leisten.

»Miss Hiraya, deine Tante kommt gleich. Ach..., mein Beileid wegen deiner Mutter.«

Sie nickte schüchtern und ging im Wohnzimmer herum. Plötzlich hörte sie leises Stöhnen aus dem Nebenzimmer. Es waren Laute, die wie ein schwacher Hilfeschrei klangen. Sie wollte durch diese Tür gehen, wurde aber von dem Hausmädchen beiseite gedrückt.

»Ich muss ihn versorgen.«

»Soll ich helfen?«

»Wenn du willst. Er muss seine Urinflasche haben.«

Hiraya hielt die Hand vor den Mund, als sie ihren Onkel so daliegen sah, auf der rechten Seite gelähmt und unfähig, alleine zu gehen.

»Onkel Mateo.«

Hiraya konnte seine Worte kaum verstehen und es wurde ihr klar, dass sein Schlaganfall einer der harten Sorte gewesen sein musste.

»Ich bin deine Nichte, Onkel. Hiraya Sinilang.«

Joyce legte seinen funktionierenden Arm auf ihre Schulter.

»Sir, halten Sie sich an mir fest.«

Mit eingespielten Bewegungen wuchtete sie seinen Körper nach oben und richtete die Beine am Bettrand aus.

»Gib mir bitte die Flasche.«

Für Hiraya war es übel und herzzerreißend mitanzusehen, wie ihm die Pflegerin seinen Penis in den Hals der Flasche positionierte. Wie ein hilfloses Insekt mutete dieser Mann an, von dem sie eine gute Erinnerung hatte. Er war ein fleißiger Handwerker gewesen, der in Manila eine Autowerkstatt mit mehreren Mitarbeitern aufgebaut hatte und ihrer Tante stetig half, ihren Juwelenhandel zu führen.

»So ist es gut, Sir. Langsam...«

»Ich habe Durst.«

Hiraya sah die Flasche auf dem Nachttisch und schenkte flink ein Glas Saft ein. Während Joyce seinen Kopf stützte, half Hiraya ihm, das Glas mit der noch funktionierenden Hand festzuhalten. Sie hörte die Haustür gehen und Tante Mary Ann erschien urplötzlich im Türrahmen.

»Hiraya, Kind! Du hier?«

»Tante Mary Ann, ich möchte dich etwas... fragen.«

»Kommst du zurecht, Joyce?«

»Ja, Mam.«

»Komm bitte, Hiraya, Was ist los?«

Hiraya begann ihrer Tante ihr Mitgefühl wegen Onkel Mateo auszudrücken, doch nach einigen Minuten schon fühlte sie, wie emotionell kühl sie diesen Umstand aufzunehmen schien. Natürlich war sie eine Geschäftsfrau mit Härte und Gradlinigkeit, doch dachte Hiraya, dass eine mehr liebevolle Reaktion angebracht wäre.

»Kind, ich muss jetzt funktionieren. Du siehst ja. Aber du darfst natürlich erst mal bei mir wohnen.«

»Danke, Tante.«

Tante Mary Ann strickte bereits ihren Plan, nachdem Kezia sie anflehte, Hiraya zu überzeugen, zurück in die Provinz zu kommen und wenn es mit sanfter Gewalt sein würde. Zudem hatte sie nur wenig emotionelle Nähe zu Robertos

Familie außer ihrer Schwester gepflegt. Henrietta war unter der Erde und Hiraya in ihren Augen ein hübsches und anständiges Mädchen geworden, aber sie fühlte nicht diese Zuneigung wie zu einer eigenen Tochter. Vielmehr liebte sie ihren Sohn abgöttisch und erzog ihn hart, bis er sich den Wunschtraum aller in der Familie erfüllen konnte, als er sein Arbeitsvisum für Kanada in der Tasche hatte.

»Hast du denn Geld?«

»Ja, Tante. Aber ich möchte mir auch eine Arbeit suchen.« Von Mitgefühl geschüttelt wollte sie ihrer Tante etwas von dem Ersparten geben, doch sie winkte ab.

»Wenn du einen Job hast, dann reden wir mal.« Hiraya fühlte schon beim ersten Abendessen, wie einsam die Stimmung in diesem Haus war. Die beiden Dienstmädchen Joyce und Annabel aßen zusammen am Tisch, um Tante mit ihrer Anwesenheit Trost zu geben. Das machte Hiraya glauben, dass ihr Zusammensein erwünscht wäre. Als sie in ihrem Gästezimmer unter der leichten Decke lag, um einen ruhigen Schlaf zu finden, telefonierte Tante Mary Ann bereits wieder mit Kezia.

»Ich habe sie oben untergebracht, aber ich brauche noch etwas Zeit, um sie zu überzeugen.«

»Ricardo will nach Manila kommen, um sie zu finden.«

»Wer?«

»Er... ist verknallt in sie. Der Sohn unserer Nachbarn.«

»Dann werde ich dafür sorgen, dass sie nicht entwischt, bis er hier ist. Sie will arbeiten gehen.«

»Dann gib ihr doch eine Stelle, dann hast du sie im Griff.«

»Kezia, was ist los bei euch? Was stimmt nicht mit eurer Familie? Warum ist sie abgehauen?«

Kezia rückte aber nicht mit der Sprache raus. Es galten die Traditionen, den eigenen Vater nicht bloßzustellen und so umschrieb sie die Angelegenheit nur in der Weise, dass Hiraya mit ihrem Daddy einen heftigen Streit gehabt hätte, der sich nach gewisser Zeit legen würde. Tante Mary Ann blieb bei diesem ›um den Busch herum‹-Gerede skeptisch und beschloss, das Mädchen persönlich auszuquetschen.

Hiraya hatte sich in den Kopf gesetzt, den jungen Mann anzurufen, der ihr in der Mall seine Visitenkarte gab, und tat es am nächsten Morgen. Weil sie sich in der Stadt nicht auskannte, musste sie wieder ein Taxi nehmen, was ihre Ausgaben in die Höhe trieb. Jerry kam tatsächlich zum verabredeten Treffpunkt an den Platz, wo seine Mutter eine dieser Videotheken betrieb.

»Hi, Dorfschönheit. Ich halte meine Versprechen. Meine Eltern kommen aus Aklan. Ist doch nicht weit weg, wo du herkommst. Solidarität.«

Jerrys freundliches Verhalten, gepaart mit einer gewissen Glattheit, gefiel ihr durchaus. Sie war nur wenig nervös, als er sie seiner Mutter vorstellte.

»Du bist also die junge Dame, die Arbeit sucht?«

»Ja, Mam po.«

»Du bist eine Capizenia, hat mein Sohn gesagt, oder?«

»Opo, Mam.«

Sie begann auf Hiligaynon zu antworten, was der älteren Ladeninhaberin nur kurz gefiel.

»Hier spricht man Tagalog, auch wenn ich unsere Herkunft nicht verleugne, Mädchen. Wie heißt du?«

»Hiraya po.«

»Och? So was. Ein Traditionsname, fast ausgestorben. Wenn du nach deinem hübschen Namen leben willst, was hast du für Träume?«

»Ich möchte Geld verdienen und selbstständig sein.«

»Das wollen viele, und?«

»Selbstständigkeit hilft mir, mein Ziel zu erreichen.«

Jerry stand die ganze Zeit dabei, lächelte und brachte seiner Mutter am Ende einige schmeichelnd vorgetragene Bitten zum Ausdruck, sie solle es mit Hiraya versuchen. Ins Kino konnte Hiraya in ihrem Leben sehr selten gehen, weil es in ihrem Dorf schlicht kein Lichtspielhaus gab. Durch den Fernseher und zuletzt durch Handy-Videos bekam sie Einblicke in die Welt der Liebesdramen, Action-Filme und Komödien.

»Weil mein lieber Sohn es gerne möchte, nehme ich dich. Du fängst morgen an. Wir öffnen um 9 Uhr. Pünktlich.«

Hiraya bekam ihre zukünftigen Kollegen und Kolleginnen zu sehen. Üppig war das Gehalt nicht, wohl der Mindestlohn, den die Regierung vorschrieb und der durch die Überstunden so oder so ausgehebelt wurde. Tante Mary Ann war wegen Hirayas neuer Botschaft völlig verblüfft.

»Du hast einen Job? Wo?«

»In Munóz. Ich weiß jetzt, wie man mit dem Bus dorthin kommt. Jerry hat mir alles erklärt.«

»Wer ist Jerry?«

»Hab ihn mal in einer Mall getroffen.«

»Und der hat dir einen Job bei seiner Mutter organisiert?«

»Ja.«

»Wieso? Kennst du ihn?«

»Ehrlich gesagt, nicht...«

»Aha. Dann hast du ›Utang‹ bei ihm. Nichte, ich habe Angst um dich.«

»Wieso?«

»Wenn er so ein Typ ist, der eine Gegenleistung haben will?«

»Tante?«

»Du bist doch nicht dumm. Eine Beziehung? Eine Nacht? Das ist komisch. Du hast nicht studiert, bist gerade mal volljährig geworden und prompt hast du einen Job bei wildfremden Leuten? Aber du wolltest es ja so. Du musst erwachsen werden und Lehrgeld zahlen.«

Tante Mary Ann war an jenem Abend zu aufgeregt, um Hiraya weiter über die Gründe für ihr Weglaufen von zuhause auszuhorchen und musste sich zudem um ihren schwerkranken Mann kümmern. Doch sie fasste Mut und hielt die Telefonleitung zu Hirayas Schwester aufrecht.

»Imelda! Ich habe was Neues.«

»Was macht deine kleine Schwester?«

»Sie scheint eine Arbeit gefunden zu haben.«

»Tapfer. Einen Job?«

»Ich hole sie zurück!«

»Inday, sie ist erwachsen.«

»Sie ist keinesfalls erwachsen!«

»Hört auf, das Mädchen immer zu unterschätzen. Gut, sie ist vielleicht verträumt mit ihrer Tanzerei. Aber was ihr Hiraya angetan habt, ist eine furchtbare Tragödie. Und wenn dein Vater nicht aufhört, dieser Frau hinterher zu hecheln wie ein besessener Dummkopf und zu saufen, werde ich diesen Haushalt verlassen.«

»Bitte Imelda!! Ich habe niemanden mehr außer dir.«

»Ich muss mir diese Schande hier jeden Tag mitansehen. Verzeihung, Inday. Es steht mir als Hausmädchen nicht zu, so zu reden.«

Imelda verstand Kezia mit ganzer Seele, so wie es umgekehrt sich auch in ihrem Herzen anfühlte. Zwei auf ihre Weise starke Frauen, die sich gegenseitig hochhielten. Gerald oder Boyed hatten nicht wirklich den Biss oder das Interesse, dieses Leben auf dem Großbauernhof meistern zu können. Vielleicht könnte es ja bei Gerald irgendwann so weit sein, vor allem, wenn die Kinderschar noch größer und er sich seiner Verantwortung völlig bewusst werden würde.

Am nächsten Tag stieg Ricardo, der junge Farmerssohn, in den RO-RO-Bus und machte sich nach Manila auf.

Hiraya stand um 5 Uhr morgens auf, frühstückte und brauchte fast zwei Stunden, um mit dem Bus nach Munóz zu kommen. Der übliche Stau auf dem Quirinio-Highway war grauenhaft. Hiraya wunderte es, mit welcher Gelassenheit sich die Leute im Bus diesem Umstand fügten, dabei mit ihren Handys spielten oder nur still aus den Fenstern schauten. Immerhin kam sie nicht zu spät zur Arbeit. Ihre Kollegin, eine Abteilungsleiterin, empfing sie schnippisch, denn ihre beste Freundin war wegen zu vielem Zuspätkommens entlassen worden und Hiraya sollte sie ersetzen, ein Umstand, für den das Mädchen doch nichts konnte.

»Du bist ja gar nicht geschminkt. Morgen hast du Makeup aufgetragen. Wir sind hier in einem Verkaufsladen.«

»Sorry, das wusste ich nicht. Ich heiße übrigens Hiraya.«

»Bella. So, du wirst von mir jetzt eingearbeitet und machst es so, wie ich es dir sage. Du bekommst dein Namensschild und dein Shirt hier im Büro. Mrs. de la Cruz kommt jeden Nachmittag vorbei und will den Laden inspizieren. Ich will keine Klagen über dich hören.«

Hiraya musste folgsam sein und schon am ersten Tag mit einer der Verkäuferinnen an der Kasse stehen und lernen, die Bankkarten-Zahlungen zu überwachen oder selbst zu tun. Bei einem Kunden funktionierte sie nicht, weil er schlichtweg pleite war. Hirayas höfliche Art entspannte die Situation und der Mann schlich doch erleichtert aus dem Laden. Ihre nette Vorgehensweise machte die erste Zeit immerhin für sie leichter. Mit den Kunden kam sie gut zurecht, nicht aber mit ihrer Scham, weil sie so viele Fragen stellen musste. Kenntnisse über die neuesten Blockbuster war nicht vorhanden. Bella missfiel ihre anhaltende Fragerei, doch in der Kassiererin Julie schien sie sofort eine Unterstützerin gefunden zu haben.

»Bei Bella musst du achtgeben. Die kann ganz schön fies sein, wenn sie jemanden auf dem Kieker hat.«

»Ich kenne die meisten Filme gar nicht.«

»Aber du scheinst dich mit Musik gut auszukennen.«

»Doch..., schon. Und ich singe und tanze gerne.«

»Dann wird es Zeit, Filme kennenzulernen.«

Hiraya verzichtete am nächsten Tag auf ihre Mittagspause, um die ganzen Top-50 in der Rubrik Kinofilme auswendig zu lernen. Es gelang ihr damit, die meist jungen Kunden ordentlich zu bedienen. Zudem war sie ehrlich und sagte vielen, die wegen ihrer Sucherei nach den gewünschten

Artikeln warten mussten, dass sie neu war. Dann kam der dritte Nachmittag, an dem Frau de la Cruz in ihrem Geschäft zur Inspektion auftauchte.

»Hiraya! Ich höre von Julie, dass du dich bereits gut machst für diese kurze Zeit und immer freundlich bist. Das ist gut. Mach weiter so, Kindchen.«

Hiraya wollte sich bedanken, doch Frau de la Cruz unterbrach sie sofort.

»Die beiden Herren dort suchen etwas.«

Bella hatte das Lob mitbekommen und kochte. Ihre Abneigung auf die ungeliebte Nachfolgerin ihrer gefeuerten Freundin saß tief. Frau de la Cruz ging ins Büro, um Papiere einzusehen und Hiraya sprach die beiden Kunden an.

»Sir, was darf ich für Sie tun?«

»Haben Sie diesen Film?«

Verlegene Gestik gepaart mit Unsicherheit strahlte einer dieser Männer aus. Das es an der jugendlichen Anmutung Hirayas lag, konnte sie nicht wissen, denn sie ahnte auch noch nicht, was die beiden suchten. Der Mann hielt ihr einen Zettel hin. Hiraya wunderte sich über dieses Getue mit dem kleinen Papierfetzen. Flink lief sie zum Counter, konnte aber nur Bella ansprechen. Viel lieber hätte sie die anderen gefragt, aber sie waren alle mit Kunden beschäftigt.

»Er möchte diesen Film haben.«

Bella legte ein Pokerface auf. Ihre Lippen bewegten sich leicht auf und ab, dabei fing sie an, Hiraya anzugrinsen. Sie musste ihr in eine Ecke des Verkaufsraumes folgen, in der ein hoher Wandschrank stand.

»Warum ist der Schrank abgeschlossen?«

Bella holte eine DVD heraus, drehte sie so, dass Hiraya nur die Rückseite sehen konnte und zog eine kleine Plastiktüte über die Schachtel.

»Du gibst den Preis manuell in die Kasse ein. Wenn ich jemals sehe, dass du einen solchen Film offen über den Tresen gibst, kannst du was erleben. 550 Pesos.«

»Aber ich muss ihn doch scannen.«

»Die Filme aus diesem Schrank nicht. Los jetzt und keine Fragen.«

Hiraya gehorchte. Der Mann, ein geschätzter Mitvierziger, zahlte bar und steckte seine DVD unter die Blouson-Jacke. Bella stand hinter ihr und beobachtete jede ihrer Bewegungen wie ein Luchs.

»Gut gemacht. Demnächst müsste ich dich mit den Sachen in diesem Schrank vertraut machen.«

Sie fühlte sich unsicher und zermarterte sich während des restlichen Tages den Kopf darüber, wie sie beim nächsten Mal reagieren könnte. Dass in dem Schrank Adult-Movies versteckt waren, war Hiraya schon bewusst.

»Ate Julie? Der Schrank. Ate Bella hatte mir verboten, die DVD über den Scanner zu ziehen.«

»Mädchen, pass auf. Man stellt doch keinen Kunden bloß, der neben anderen am Tresen steht und bezahlen möchte.« Julie schaute Hiraya etwas mitleidsvoll in die Augen und wollte scheinbar versuchen, diesem unerfahrenen Girl keinen allzu großen Schock zu versetzen.

»Du schaust erst auf den Preis, verpackst die DVD in eine Tüte und gibst sie ohne komische Grimassen den Kunden. Eintippen und fertig. Und keine Kommentare. Ich frag dich ja auch nicht aus, was du so zuhause anschaust.«

Hiraya begann zu begreifen, wie behütet sie zuhause aufwuchs in einer Umzäunung, die ihre konservativen Eltern aus Liebe zu ihr anwandten. Die scheinbar ungeahnte Freiheit in dieser Stadt überforderte sie, wenn Situationen wie jene mit dem DVD-Film vor ihr auftauchten, doch begann auch eine vibrierende Neugier zu wachsen, alles zu erforschen, um dem Ziel, eine ›Tinikling‹ zu werden, näher zu kommen. Abends saß Hiraya in ihrem Bett und überlegte krampfhaft, wie sie mit ihrer Arbeit eine Ausbildung zur Tänzerin bezahlen, geschweige denn eine Wohnung anmieten könnte. Ihr war bewusst, welche Schwierigkeiten auf ihrem Weg liegen würden. Tante Mary Ann fragen? Sie nahm sich ein Herz und erzählte ihr von dem Wunsch, den Tinikling professionell erlernen zu wollen.

»Hiraya, das ist Unsinn.«

Dass ihre Tante nicht in helle Begeisterung fallen würde, konnte sie sich vorstellen, aber dass sie derart abfällig reagierte, machte Hiraya traurig.

»Viele können zwischen Bambusstangen herumhopsen, wenn es mal eine Hochzeit oder irgendeine Party gibt, aber Geld verdienen?«

»Die Gruppe im Internet. Die können das.«

»Welche Gruppe?«

»Ich glaube, die ›Philippine Dancers Revue‹, oder so...«

»Die ›Philippine Tinikling Dancers Revue‹? Da kommst du nie rein.«

»Warum nicht?«

»Bei denen stellen sich jeden Tag bestimmt 100 Mädchen vor, die meinen, ein bisschen Taktgefühl zu haben, dass sie rühmte Tänzerinnen werden und gehen dann heulend wieder, weil sie keiner braucht. Und außerdem, unsere alten Tänze interessieren niemanden mehr. Die Welt verändert sich.«

»Tante, hast du dir deinen Traum nicht auch erfüllt?«
Tante Mary Ann standen plötzlich Tränen in den Augen.

»Dein Onkel ist ein Pflegefall. Was habe ich jetzt noch für einen Traum?«

»Entschuldige, Tante.«

»Ach..., du hast recht. Du bist ja auch noch so jung und möchtest die Welt sehen.«

Tante Mary Ann verstand Hiraya immer mehr, war sie doch mit 21 aus der Provinz weggegangen, um zu heiraten und mit Verbissenheit an ihrem eigenen Erfolg zu arbeiten.

»Hiraya, ich will jetzt wissen, warum du wirklich hier bist.«

»Ich möchte endlich mein Leben selbst gestalten.«

»Lüg nicht! Du bist von zuhause weggerannt. Ich möchte wissen, warum du dich mit deinem Vater überworfen hast.«

Hiraya schaute nach unten und zwang sich mit zusammengepresstem Mund, kein Wort zu sagen. Es gelang nur ein paar Sekunden. Dicke Tränen tropften beidseitig an ihrer süßen Stupsnase zu Boden.

»Ist es so schlimm? Deine Tita Kezia sagte mir, dass du mit deinem Vater einen Streit hattest.«

Ihre Nichte begann nun zaghaft, alles zu erzählen, dabei kullerten die Tränen ununterbrochen an ihrem hübschen Gesicht hinunter. Tante Mary Ann klappte den Mund auf und zu und stand vor einem ziemlichen Dilemma. Ihren Vater bloßzustellen war für sie genauso falsch wie seine Ohrfeigen ins Gesicht seiner Tochter. Und seine Worte, mit denen er Hiraya aus dem Haus warf, bildeten den Gipfel.

Am nächsten Morgen hatte sie ihr Plädoyer im Kopf verfasst und rief Kezia an.

»Wo ist dein Vater? Ich will diesen Feigling sprechen!« Roberto war jedoch im Dorf und lauerte Dolores erneut auf, flehte sie an, zu ihm zurückzukommen. Sie lachte ihn aus und hielt die Beendigung dieser Geschichte als ihre beste Möglichkeit, um weiteren Skandalen zu entgehen. Völlig konsterniert ging er in ein Gasthaus und betrank sich. Viele schnitten ihn bereits, während andere glaubten, es würde sich wieder beruhigen, wenn er die Trauer um seine Henrietta wirklich überwunden haben mochte.

»Ich reiß meinem Schwager den verrückten Kopf ab!« Hiraya blickte ihrer Tante in die wütenden Augen und glaubte, jetzt eine echte Verbündete zu haben. Mit einem positiven Gefühl ging sie zur Arbeit. Doch es sollte nicht ihr Tag werden. Ein Unfall blockierte den Highway und sie kam eine Stunde zu spät. Als Frau de la Cruz zur Inspektion kam, servierte ihr Bella Hirayas Malheur wie auf einem Tablett. Frau de la Cruz war nicht sonderlich gut gelaunt an jenem Tag und herrschte das junge Mädchen in ihrem Office nicht gerade freundlich an.

»Morgen bist du pünktlich.« Hiraya hätte fast geweint, riss sich dennoch zusammen und schaffte es, ihr Lächeln nicht zu verlieren. Dann kam ein Mann herein, der sie auf einen bestimmten Film ansprach. Er war sauber gekleidet, mit einem westlichen Anzug und trug einen goldenen Ehering. Seine Wünsche offenbarte er aber in ziemlich offener Weise.

»Sir po, dieser Film ist auf dem Index. Sie verstehen sicher. Aufführungsverbot.«

»Lady, ich weiß, dass ihr den hier habt.«

Er flüsterte ihr seinen Spruch ganz leise zu und begann, sie mit seinen auffordernden Blicken von oben bis unten abzuscannen. Hiraya beeilte sich und wollte Julie zu Hilfe holen, als ihr Bella in den Weg trat.

»Was ist da los?«

»Ate Bella, er will das hier haben.«

»Und?«

»Der ist verboten.«

»Halt mir keine Predigt. Los, komm mit zum Schrank.«

»Er ist verheiratet.«

»Mich geht das Privatleben der Kunden nichts an. Zier dich nicht so.«

Hiraya fühlte eine ziehende Wut in sich aufsteigen, blickte zu dem Mann, der eine ihrer Kolleginnen mit Gigolo-Augen verfolgte und auffällig auf ihre Hüftpartie glotzte.

»Das sag ich Mrs. de la Cruz. Das ist illegal!«

»Hüte dich!«

Zielsicher griff Bella in den Schrank, zog eine DVD heraus, die augenscheinlich eine Raubkopie war und packte sie in obligatorischer Weise in eine Plastiktüte.

»990 Pesos.«

Hiraya blieb steif vor ihrer Kollegin stehen und mahlte mit ihren zusammengepressten Lippen.

»Hallo?«

Sie konnte diese Verlogenheit nicht mehr ertragen und in ihrem so jungen, immer noch von glühendem Enthusiasmus erfüllten Kopf hatte sie eine Entscheidung getroffen. Wieder flammte es auf, dieses eklige Bild. Die langen Beine in heller Haut, die um die Hüften ihres Vaters geschlungen mit dem Rhythmus seiner Bewegungen mitgingen. Das Gelächter, dieses Grinsen in Dolores' Gesicht und die Art, mit der sie danach mitten auf der Wiese ihren Slip wieder anzog. Hiraya nahm die Tüte und ging zielsicher auf den Mann zu, der bereits vor dem Counter stand und seine Kreditkarte in der Hand hielt.

»Siehst du, kein Problem. Nur fragen, dann klappt es.«
Langsam zog Hiraya die DVD aus der Tüte und hielt sie mit dem Frontcover nach vorne in die Höhe.

»Ich muss sie erst scannen, für die Kasse, Sir.«
Zwei junge Mädchen neben diesem Typen bekamen große Augen. Ein Mann murmelte zu seinem Freund, denn er wüsste, dass dieser Film nur unter der Hand zu bekommen sei.

»Iskandalo.«

»Sind Sie schon 21?«
Die beiden Mädchen gingen ein paar Schritte zur Seite und schauten den Mann verschämt an. Bella drückte sich mit riesigen Augen an die Wand hinter ihr.

»Sir, 990 Pesos bitte. Was sagt denn eigentlich ihre Frau dazu? Ihr Ehering ist schön. Ich dachte, wenn man glücklich verheiratet ist, braucht man so was nicht.«
Die Gesichtsröte stieg langsam über seine Wangen nach oben. Seine Augensprache hatte jede Souveränität verloren. Hastig steckte er seine Kreditkarte ein und zwängte sich zwischen den anderen Kunden vorbei Richtung Ausgang. Dass Bella nicht mitten im Verkaufsraum explodiert war, wunderte Hiraya sogar.
Hiraya sah in kalte, verurteilende Augen ihrer Chefin, die den Lohn für fünf Tage abzählte und ihr vor die Nase hielt.

»Du bist zu gut für diese Welt. Geh jetzt und komm nicht mehr wieder, okay?«

Bella grinste und fühlte Genugtuung, die jedoch nicht lange währte. Frau de la Cruz hatte nicht gewusst, dass sie diesen Film heimlich raubkopiert besorgt und im Schrank liegen hatte. Bella wurde am nächsten Tag gefeuert. Der Streifen war selbst dieser Ladeninhaberin zu heiß und sie ließ alle DVDs vernichten, wenngleich die übrigen Bold-Movies weiterhin zum Sortiment gehören sollten.

»Du hast die Arbeit nicht mehr? Ach Kind.«

»Ist schon okay. Ich suche mir einfach etwas anderes.«

»Enthusiasmus hast du, ohne Zweifel. Aber Nichte, willst du nicht doch lieber wieder nach Hause zurück?«

»Nein!«

»Du hast einen Sturkopf.«

»Daddy hat mir ins Gesicht geschlagen und mich verstoßen, weil ich gerecht war. Ich habe keinen Anlass, vor ihm zu winseln.«

»Er ist trotzdem dein Vater.«

»Und?«

»Es ist blöd, was er getan hat mit dieser... Du hast Besuch.«

Tante winkte vor der Treppe, die zum ersten Stock hinaufführt. Hiraya sah den jungen Mann leise die Stufen herabkommen und musste schlucken. Sie hatte in einer Schrecksekunde schon gedacht, dass es Kezia oder Gerald wären.

»Hiraya!«

Immer wieder blickte sie unsicher zu Tante Mary Ann und meinte zu verstehen, dass sie hier alle zusammen einen

Plan geschmiedet hatten, um sie in die Provinz zurück zu bringen. Verlegen lief sie um den Tisch herum und drehte sich dabei. Sie zerbrach sich den Kopf, was sie jetzt tun sollte. Warum sagte Tante denn nichts?

»Hiraya!«

»Kuya Ric...«

»Ich habe dich gesucht!«

»Warum?«

»Hiraya, komm mit nach Hause!«

Sie lief auf ihn zu, nahm seine Hände und zog ihn nach draußen in den Vorgarten. In ihrem Kopf drehte sich alles. Der Kerl hatte sich tatsächlich alleine aufgemacht, um sie zu finden. Er, der ihr schüchtern mit einem Blumenstrauß den Hof machte, sich auslachen ließ und sie, die ihn nicht so liebte, geschuldet ihrer Jugend und ihren Träumen, die sie auch jetzt nicht aufgeben wollte.

»Hiraya, ich habe dich so gern.«

»Ricardo..., was redest du denn da?«

Seine Augen flehten förmlich und ein paar Sekunden lang glaubte sie ihm, was er ausdrückte.

»Ich empfinde es nicht so wie du. Versteh das bitte.«

»Nur, weil du erst 18 bist?«

»Auch. Ich möchte außerdem Tinikling-Tänzerin werden und meinen Vater will ich nicht mehr sehen.«

»Das ist nicht richtig, Hiraya.«

»Warum?«

»Ich verstehe dich ja..., ich...«

»Verstehen? Wenn wir beide verheiratet wären, würdest du mich ohrfeigen, mir ins Gesicht schlagen? Mich misshandeln?«

»Niemals!«

»Oder betrügen?«

Hiraya wollte nicht mit ihm in die Provinz zurückgehen. Es war nicht einmal die Angst, wieder in Haft zu kommen oder sich einem Verfahren auszusetzen. Sie wollte eher sterben, als Dolores vergeben oder vor ihrem Vater den ersten Schritt tun. Ricardo musste nach zwei Tagen herzzerreißender Überzeugungsversuche kapitulieren und blickte ihr traurig hinterher, als sie »Good Bye« zu ihm sagte und zu Fuß auf dem Quirinio-Highway loszog, um einen Job zu finden. Tante Mary Ann wurde nun ärgerlich und spielte mit dem Gedanken, sie völlig ins kalte Wasser springen zu lassen, um ihr eine Lektion erster Klasse zu erteilen. Nur wollte sie das Mädchen nicht auf die Straße setzen, sondern begann, ihren Teil zu dieser Lektion beizutragen.

»Du darfst hier wohnen, aber ich erwarte jetzt für das Zimmer eine kleine Miete.«

Sie zupfte ihr die Geldscheine aus den Fingern und schaute so tiefgründig dabei. Hiraya war ihr nicht böse wegen der Miete, nur fühlte sie, dass ihre Tante jetzt Distanz aufbaute und auch nicht mehr versuchte, ihren Vater anzurufen.

Nach zwei erfolglosen Tagen auf Arbeitssuche ging Hiraya müde in ihr Zimmer, nachdem sie Annabel noch bei der Pflege des Onkels zur Hand gegangen war. Sie begann nachzudenken, warum das Leben so kurz sein musste und auch darüber, wer ihr erklären könnte, wo die Toten wirklich waren. Am nächsten Tag, einem Sonntag, ging sie zu einer katholischen Messe und hörte der Predigt des Geistlichen zu, der versuchte, die Unmöglichkeit zu erklären, Leiden und Tod zu verstehen. Hiraya gefiel sein Geschwafel überhaupt nicht. Sollte Gott unergründlich sein, seinen Kindern nicht erklären wollen, warum es Probleme oder Schmerz gab? Ihr fiel die rote, dicke Bibel zuhause wieder ein. Sie ging in einen Buchladen und fragte, ob sie eine Verkäuferin suchen würden. Es kam erneut eine Abfuhr, doch kaufte sie eine kleine Taschenbibel für sich. Musste dort nicht alles enthalten sein, was sie doch verstehen wollte? Als Hiraya danach ihre Geldreserven zählte, kam die Wahrheit immer deutlicher zum Vorschein. Von den 23840 Pesos, die ihr Erspartes und das Geschenk von Señora Remedios zusammen einst ergaben, waren nur noch 8129 übriggeblieben. Sie ging während des Tages in die Einkaufs-Malls zum Mittagessen und begann erst jetzt, die ›Budget-Meals‹ zu kaufen, die sich sonst nur die einfachen Studenten leisteten. Für 55 Pesos gab es eine Portion Reis mit etwas Hähnchenfleisch und einem Klecks Gemüse, was kaum ausreichte, ihren Hunger bis zum Abend zu stillen. Der Kopfhörer war neben der neuen Bibel ihr einziger Trost am Abend, wenn sie draußen auf der Bank vor dem Haus saß und die Sterne über Manila betrachtete. Ihr war klar, dass bei den Lebenshaltungskosten in dieser Stadt ihr Geld in spätestens einem Monat aufgezehrt sein würde, wenn sie sich noch ein paar Schuhe und die so dringend benötigte Unterwäsche kaufen würde. Ihre alten Schuhe hatten bereits Löcher in den Sohlen und auf Chinellas wäre es unmöglich gewesen, den ganzen Tag herumzulaufen und einen potentiellen Arbeitgeber zu beeindrucken. Ihre Unerfahrenheit führte sie zudem in die teuren Geschäfte der Mall. Hätte sie Annabel oder Joyce gefragt, wäre sie danach klüger gewesen und hätte sich in der ›Divisoria‹ oder den einfachen Stores in den Seitenstraßen nach billigerer Kleidung umsehen können. Ihren geliebten Bubble-Tea hatte sie längst von der persönlichen Wunschliste gestrichen. Beim Guthaben fürs Smartphone musste sie eisern haushalten und bedeutete nun, mit dem teuren Musik-Streaming aufzuhören. Weil Joyce ihr heimlich Tantes WLAN-Passwort verraten hatte, konnte sie abends ihre Tinikling-Videos ansehen und suchte fieberhaft nach Clips der Philippine Tinikling Dancers Revue. Tante Mary Ann ließ sie zwar kostenfrei frühstücken und zu Abend essen, doch im Grunde war sie eine geizige Person, so dass Hiraya verstand, warum es ihr damals so schnell gelungen war, ihr Geschäft aufzubauen.

Hirayas nächster Tag auf Arbeitssuche begann enthusiastisch. Der Verstand sagte ihr, dass sie etwas tun musste und sich den Tatsachen zu stellen hatte.

»Du suchst eine Stelle?«

»Ja, Sir po.«

»Dein Abschluss?«

»Highschool po.«

»Und? Berufserfahrung?«

»Ich war nur in einer Videothek, aber ich kann sehr schnell lernen und bin sehr zuverlässig.«

»Das hat meine letzte Angestellte auch versprochen. Als sie verschwand, war die Tageskasse auch verschwunden.«

»Ich bin nicht Ihre alte Angestellte.«

»Bist du Manilenya?«

»Nein. Ich komme aus Capiz.«

Schulterzuckend bekam sie wie schon unzählige Male zuvor die Antwort, dass sie zu jung sei und es an einem Studienabschluss fehlen würde. In der Filiale einer großen Hamburger-Kette erlebte sie eine ausgiebige Befragung über ihre persönlichen Ziele im Leben und reagierte nicht so forsch, wie es sich dieser Personaler vorstellte. Wieder blitzte sie ab und das in einem Anlernjob, bei dem sie den ganzen Tag über an der Fritteuse unter penetrantem Ölgeruch hätte stehen müssen und für den es neben einer Fastfood-Mahlzeit den Mindestlohn gab.

»Ihr kommt ausgerechnet nach Manila und wollt arbeiten, weil ihr denkt, wir haben hier die Ziege, aus dessen Hintern die Geldscheine hervorquellen. Geh nach Hause zu deiner Mama.«

Die schrullige Ladenbesitzerin machte eine abweisende Handbewegung und jagte sie förmlich aus dem Geschäft. Hiraya lief weiter die Straße entlang, dabei wäre sie beinahe mitten unter den Passanten weinend zusammengebrochen. Sie setzte sich auf eine Bank, fasste sich wieder und brach erneut auf. Plötzlich befand sie sich in einem Viertel, in dem sie vorher noch nie war. Bunte Reklameschilder tauchten auf und immer mehr Lokale und Tanzbars reihten sich aneinander. Die meisten waren jedoch zu dieser Tageszeit geschlossen. Frauen standen in kleinen Gruppen zusammen und beobachteten sie. Einige von ihnen hatten eine Zigarette zwischen den Fingern und ihre Kleidung war für Hirayas Augen ziemlich freizügig. Nur wenige von ihnen begrüßten sie oder reagierten auf ihr scheues Lächeln. Vielmehr tuschelten zwei von ihnen miteinander, als sie Hiraya vorbeigehen sahen.

»Eine Neue?«

»Junges Ding. Zu artig.«

Hiraya hatte das gehört, ärgerte sich und wandte sich hastig ab. Nun beobachtete sie das Geschehen auf den Restaurantterrassen. Dort saßen Gruppen von Männern beisammen und tranken bereits zu jener nachmittäglichen Stunde Bier. Auch Familien konnte sie sehen, zusammen mit Kindern, die sich Nudelgerichte schmecken ließen oder mit leuchtenden Augen gegenseitig ihre Chicken-Spieße vor die Nase hielten. Zwischen manchen Männergruppen hatten auch Frauen Platz genommen und redeten leise mit ihnen. Ein Pappschild an einer der Türen fiel ihr plötzlich ins Auge: ›**Küchenhilfe gesucht**‹.

Hiraya überlegte hin und her, dabei achtete sie nicht weiter auf die Art der Etablissements in der Nachbarschaft. Das Gasthaus mit dieser Joboferte sah von außen ordentlich aus. Lokale Küche und Gerichte, welche die ausländischen Touristen gerne mochten, standen auf der ausgehängten Speisekarte. Sie ließ ein Stoßgebet in den Himmel fahren und ging mutig hinein. Dort sah sie ein Mädchen, das mit dem Abwischen der Tische beschäftigt war.

»Hallo.«

»Hi. Was kann ich für dich tun?«

»Ich heiße Hiraya. Haben Sie noch die Arbeit, die draußen ausgeschrieben ist?«

»Möchtest du meinen Boss sprechen? Dann komm.«

Sie zeigte ihr den Weg in ein Büro, wo ein älterer Herr mit einer Baseballkappe saß und gerade einen Boxkampf im Fernseher verfolgte.

»Sir Freddy, sie hat die Job-Offerte gesehen,«

Der Mann zeigte sich überrascht, schaute wieder auf den Fernseher und schlug die Hände über dem Kopf zusammen. Ein Seufzer entfuhr seinen Lippen.

»Romelero passt nicht auf seine Deckung auf. Lässt sich von einem ›Foreigner‹ auf die Nase hauen. Mann, geh nach Hause.«

Jetzt drehte er den Ton leiser und lenkte seine Aufmerksamkeit auf die fremde, junge Besucherin.

»Alles klar, Tini. Setz dich, Mädchen.«

»Danke, Sir po.«

Hiraya blickte sich schüchtern um, nahm Platz und sah den Mann mit einem zuversichtlichen Lächeln an. Sie hatte oft gehört, dass die ersten 20 Sekunden schon entscheidend seien. Der Mann drehte den Ton des TV-Gerätes ganz ab und breitete seine Hände in einer einladenden Geste aus.

»Du willst als Küchenhilfe anfangen?«

»Sie suchen doch jemanden, habe ich gelesen.«

»Bist du überhaupt 18?«

»Ja, Sir po.«

»Siehst viel jünger aus. Ich müsste deine ID sehen, aber ich glaube dir. Bist du keine Studentin?«

»Nein, Sir po.«

»Warum nicht? Zeig mir deine Hände.«

Hiraya verstand nicht, warum er ihre Hände sehen wollte, doch sie war folgsam.

»Ich sehe, dass du schon mit den Händen gearbeitet hast.«

»Meine Familie hat eine Farm. Ernten und so...«

»Was erntet ihr?«

»Calamansi, Ananas, Papayas, Reis...«

»Ach? Wie oft hast du im Reisfeld gestanden?«

Hiraya blieb ehrlich und antwortete weniger enthusiastisch, denn ihr Vater hatte ihr nie erlaubt, bei der Reisernte mitzuhelfen.

»Aber Calamansi pflücken kannst du? Küchenarbeit ist nämlich hart und du musst hier nachts arbeiten.«

»Ich schaffe das. Wirklich, Sir.«

Die Augen des Mannes hatten etwas an sich, was sie doch verunsicherte, irgendwie hintertrieben. Hiraya wollte sich aber keine Vorurteile erlauben, dachte einfach, sich nur zu irren. Bestimmt war er nur so, weil er Geschäftsmann war und sein Restaurant am Leben halten musste.

»Steh mal auf. Wie heißt du eigentlich?«

»Verzeihung po, Hiraya Sinilang.«

Sie erhob sich vom Stuhl. Stocksteif stand sie vor ihm, als wäre es ein Exerzieren beim Militär.

»Umdrehen.«

Hiraya drehte ihm den Rücken zu. Er betrachtete sich das Mädchen langsam vom Kopf bis zu den Füßen. Endlich durfte sie sich wieder hinsetzen.

»Ich heiße Freddy Hapunan. Meine Mitarbeiter nennen mich einfach ›Sir Freddy‹. Eigentlich bist du zu hübsch, um in der Küche zu arbeiten, aber leider habe ich keinen Job für dich im Restaurant.«

Dieser Sir Freddy betätigte einen Summer und wartete, bis die Tür aufging und ein schlanker Mann mit einer Schürze eintrat. Hiraya wunderte sich schon, warum dieser Typ, der zweifellos Koch war, gar keinen Bauchansatz oder zu viel Fett auf den Rippen hatte.

»Paul, ich habe sie als Küchenhilfe eingestellt. Was sagst du?«

»Ich bin Paul, der Chefkoch. Wie heißt du?«

»Hiraya.«

»Wann soll sie anfangen?«

Viele weitere Worte machten weder Sir Freddy noch sein Chefkoch Paul. Hiraya hatte nun einen längeren Arbeitsweg, musste in Munóz in einen Jeep umsteigen und in der Nähe von Pasay wieder in einen zweiten. Der Lohn war für eine ungelernte Kraft ungewöhnlich gut, doch sie hätte erst nach 12 Uhr in der Nacht Feierabend. Sie war wahnsinnig nervös, aber erleichtert, nach solch furchtbar entmutigenden Tagen diesen Erfolg verbuchen zu können.

»Sie wollte nicht mitkommen.«

Kezia war außer sich, weil der junge Mann bei allem Übel auch vergessen hatte, Hiraya ihre neue Handynummer zu entlocken. Diskutierend und heulend saß die Familie ohne Vater Roberto am Esstisch. Sie schoben sich gegenseitig Vorwürfe zu, bis Imelda mit der Faust auf den Tisch schlug und besonders die Männer hart rannahm. Boyed wurde sehr nachdenklich dabei, weil er sich bewusst geworden war, wo sein Platz in dieser Familie hätte sein sollen, nachdem seine Mutter von ihnen ging. Alle sahen nun ein, dass sich Hiraya alleine durchs Leben schlagen wollte.

»Imelda, ich halte das nicht mehr aus.«

»Immerhin scheint sie zurecht zu kommen.«

»Jetzt wünschte ich mir echt, dass sie in Ricardo ebenso verliebt wäre. Aber nein, sie will nicht.«

»Mit achtzehn Jahren? Sie ist zu klug, um sich Hals über Kopf ohne Erfahrungen in eine Ehe zu stürzen.«

»Erfahrungen? Sie hatte eine Arbeit, aber nach fünf Tagen verlor sie die schon. Sie kommt dort niemals klar, niemals!« Imelda atmete tief ein, begann sich ihren Reim aus der ganzen Sache zu machen. Hiraya würde spätestens hier wieder auftauchen, wenn sie vollends in Manila gescheitert wäre. Und das würde mit ziemlicher Sicherheit nicht so lange dauern, wie es viele hier dachten. Sie kannte das Mädchen seit ihrem neunten Lebensjahr gut. Imelda hoffte nur, dass dieser Absturz nicht derart brutal werden würde. Enttäuschungen würden unbarmherzig weitergehen, denn hier zu Hause sah es längst nicht mehr besser aus.

Tante Mary Ann, geplagt durch die täglichen Sorgen um ihr Geschäft und ihren schwerkranken Ehemann, vernachlässigte die Konversation mit Hiraya zusehends und fragte nicht einmal, was für eine Arbeit sie eigentlich angenommen hatte. Nur einmal machte Hiraya eine Bemerkung über den Stadtteil, in dem sich das Restaurant befand.
»Wo? Ermita?«
Als sie den Namen der Straße nannte, sagte ihr Tante nur kühl, dass sie abends gut aufpassen solle, wenn sie nach Hause gehen würde.
»Lass dich nicht auf falsche Kreise ein, Kind.«
»Was meinst du, Tante?«
»Dort sind nicht nur Restaurants. Aber du willst ja selbstständig sein, dann wirst du es ja irgendwann sehen.«
Hiraya begann ihren Job mit Eifer, lernte aber nach nur zwei Tagen, mit welchem brachial harten Tempo sie in der Spülküche aktiv sein musste. Ihre Kollegen waren während der Peak-Time sehr angespannt und es herrschte ein rauer

Ton. Paul, der anfangs noch freundlich zu ihr war, konnte sich in schwierigen Situationen nicht beherrschen und fauchte die Mädchen dann an. Als ein Gast sich über sein Gericht beschwerte und Paul dies mitbekam, rastete er aus und warf Hiraya einen vollen Saucentopf in die Spüle.

»Mach das Ding sauber!«

Hiraya war erbost und wollte etwas erwidern, was ihre Kollegin Jenny bemerkte. Jenny arbeitete als Beiköchin und kannte Paul schon aus eigenen Erfahrungen. Sie hielt Hiraya mit dem Zeigefinger vor dem Mund davon zurück, etwas zu sagen.

»Diskutier nicht mit ihm, wenn er so ist.«

»Ich habe doch gar nichts gemacht!«

»Vergiss es. Er neigt sonst dazu, dann...«

»Was denn, Ate Jenny?«

»Mach den Saucentopf sauber und bring ihn zurück. Ich erkläre es dir später.«

Paul beruhigte sich wieder und Hiraya sah, wie er sich zwei Gläser Brandy in die Kehle goss. Ihre Kolleginnen waren grundsätzlich lieb zu ihr, auch wenn in hektischen Phasen von ihnen ebenso harsche Worte zu hören waren. Dieser Laden musste einfach funktionieren, denn die Gäste waren das Elixier, dass alle hier drin am Leben hielt.

»Sag mal, du wohnst in Talipapa? Das ist doch weit weg.«

Hiraya zuckte mit den Schultern und sah Jenny fragend an.

»Ich kenne ein Appartementhaus mit Ein-Zimmer-Buden. Elaine wohnt dort. Vier Straßen um die Ecke. Soll ich mal was arrangieren?«

Elaine arbeitete als Kellnerin und Hiraya fiel auf, mit welch edler Boutique-Kleidung sie immer erschien. Ihre teure

Armbanduhr und auch das High-End-Smartphone ließen keinen Zweifel daran, dass sie noch einen anderen Job haben musste. Sie war flink bei der Arbeit, schien nicht zu ermüden, hatte eine schöne Figur, wie Hiraya fand, und schminkte sich dezent. Männer schienen sehr auf sie zu stehen, doch sie tat es einfach als naturgegeben ab, weil Elaine wirklich gut aussah.

»Elaine! Sag mal, ist bei dir eine Wohnung frei?«

»Zwei sogar. Im dritten Stock. Die ›Madame‹ erzählte es mir gestern. Für sie?«

Jenny nahm Hiraya beiseite und flüsterte ihr zu, dass sie die Chance nutzen sollte. Dem Mädchen gefiel die Idee, ein Stück Selbstständigkeit mehr erhaschen zu können. Tante Mary Anns Begeisterung hielt sich allerdings in Grenzen.

»Hiraya, ich würde mir gut überlegen, was du da vorhast.«

»Ich habe nur zehn Minuten zur Arbeit. Außerdem kann ich dich doch immer besuchen kommen.«

»Was soll das Zimmer kosten?«

»2500 Pesos.«

»Für ein Zimmer mit Bad?«

»Eine kleine Küche wäre auch drin.«

»Dann viel Spaß, Nichte.«

Hiraya wollte es allen beweisen, ging zur ›Madame‹, der Besitzerin des Appartementhauses, und wurde freundlich begrüßt. Die füllige Dame schien so offenherzig und tolerant zu sein, was Hiraya sofort gefiel.

»Du bist aber auch eine Goldige. Dein Tagalog klingt in der Aussprache wirklich gut. Elaine ist deine Kollegin? Dann nehme ich dich gern. Die Miete ist im Voraus fällig.«

Elaine presste die Lippen zusammen und schaute zur Seite.

»Opo, Mam. Ich zahle im Voraus.«

Als Hiraya das Zimmer sah, war sie weniger vom Zustand begeistert als von der Möglichkeit, selbstständig leben zu können. Die Wandfarbe war an einigen Stellen abgeplatzt, aber das Bett ungewöhnlich sauber. Sie nahm sich vor, von ihrem ersten selbstverdienten Geld nach und nach Möbel und Deko anzuschaffen. Das Badezimmer war winzig, doch zum Duschen und Zähneputzen ausreichend.

»Na? Möchtest du die Wohnung?«

Sie stimmte zu und wurde bald mit neuen Realitäten konfrontiert.

»Hiraya, du solltest Ate Elaine deine Dankbarkeit zeigen. Eine kleine Vermittlerprovision.«

Hiraya wusste nichts zu antworten, Das ›Utang‹-Prinzip galt wie überall auch hier. Die Gefälligkeit mündete stets in die Wiedergutmachung der Gegenseite. In der Provinz war es nicht anders gewesen, jedoch in dieser Ausprägung kannte Hiraya es so noch nicht. Elaine nahm ihr die 2000 Pesos ab und bedankte sich überschwänglich.

»Falls du mal wieder Hilfe brauchst, frag mich.«

Hiraya war nur kurz enttäuscht darüber, denn im Alltag zeigte Elaine einen respektvollen Ton ihr gegenüber. Sie war im Grunde zu allen im Restaurant freundlich und nicht nur zu den Gästen, weil es der Job von ihr verlangte. Hiraya vergaß diese ›Provision‹ rasch und fokussierte sich auf ihre dringenderen Probleme, denn langsam wurde es immer enger mit ihrem Erspartem. Ein Segen waren die freien Mahlzeiten bei ihrem Arbeitgeber, die sie jedoch erst nach Küchenschluss mit Heißhunger verspeisen konnte. Sie musste billige Hosen in einem heruntergekommenen

Laden kaufen und bemühte sich, ihre Kleidung in Schuss zu halten. Das schulterfreie, dunkelblaue Kleid, welches Aristotle in der Diskothek sicher so verzückt hatte, ließ sie behütet in ihrer Tasche ruhen. Ihr Handy trug sie während der Arbeit unter dem Shirt in einer Brusttasche so wie einst Gina, die ihre erste wirkliche Hilfe wurde. Hiraya wollte sie besuchen, traf aber an der Tür nur eine fremde Frau.

»Gina? Die ist nicht hier, weil sie nach Hong Kong musste, wegen der Arbeit. Ich habe die Bude von ihr gemietet.«

»Wann kommst sie zurück?«

»Nicht mehr dieses Jahr. Wer weiß? Wahrscheinlich muss sie ein paar Jahre dortbleiben.«

Traurig ging Hiraya in den Fahrstuhl und fühlte sich plötzlich so furchtbar einsam. War es nicht Gina gewesen, die erste Frau, die zu Hilfe kam und ihr diese Worte mit auf den Weg gab? »Wenn du dich nicht rasch daran gewöhnst, selbstständig zu sein und nicht anstrengst, landest du hier auf der Straße, das will ich dir nur sagen.«

Die Arbeit in der Spülküche war für Hiraya eine echte Prüfung der harten Sorte. Jenny, die Beiköchin, mochte sie, half ihr in brenzligen Situationen und Hiraya erfuhr, dass sie ihren kleinen Sohn alleine großziehen musste. Er war das Resultat aus einer Nacht mit einem Touristen, der sich dann aus dem Staub machte. Jenny war ein innerlich fester Charakter, hart im Nehmen und hatte sich vorgenommen, um Männer einen weiten Bogen zu machen. Sie liebte ihren vierjährigen Lukas mit allem, was eine echte Mutter geben konnte und trug immer ein Bild von ihm bei sich. Ihre

Mutter passte auf ihn auf, wenn sie auf der Arbeit war. Hiraya sah, wie schnell und furchtbar sich das Leben eines Menschen ändern konnte, weil er eine fatale Entscheidung traf oder sich von seinen Gefühlen hatte leiten lassen. Tatsächlich begann sie von Jenny zu lernen und sich abzuschauen, wie sie mit dem rauen Ton hier umging und den Avancen von Chefkoch Paul geschickt auswich, der offensichtlich ein Auge auf sie geworfen hatte.

»Pass bitte auf. Arbeite mit Paul gehorsam zusammen, aber gib ihm keine Chance, dir näher zu kommen. Der will dich vernaschen und das war es dann auch schon.«

»Meinst du?«

»Ich kenne ihn.«

»Ich werde schon aufpassen.«

»Hiraya, ich finde..., du bist zu artig für diese Umgebung. Warum hast du dein Zuhause verlassen? Sag es mir!«

Sie schaute beschämt auf den Boden. Jenny wurde klar, dass Hiraya ernste Probleme am Heraufbeschwören war.

»Hast du Probleme mit deiner Familie?«

Hiraya begann zu weinen und Jenny nahm sie in den Arm. Sie lud das Mädchen zu einem Imbiss ein und hörte gut zu. Bei Hirayas Schilderungen wurde sie sehr nachdenklich.

»Du hast dich sicher sehr geschämt für deinen Vater.«

Hirayas Augen bekamen einen Ausdruck von Wut, gepaart mit der Feuchte ihrer Tränen, die sie sich hastig mit der Serviette abwischte.

»Gefühle, Lust, Begierde..., was kann ich da sagen? Schau mich an. Er hatte mir das Blaue vom Himmel versprochen, wollte mich mitnehmen in die Schweiz. Wie schnell glaubt man das. Meine Eltern sind nicht wohlhabend. Ich habe fünf Geschwister, er war nett und ich dachte mir alles Mögliche aus.«

Hiraya verstand sofort, was Jenny ihr sagen wollte.

»Ich hatte nicht viel davon, wie du siehst.«

»Das ist hart, Ate Jenny.«

»Mein kleiner Sohn gibt mir die Kraft, weiterzumachen.«

»Ich will noch keine Beziehung.«

»Warum auch so schnell? Bist Idealistin, oder?«

»Vielleicht.«

»Hiraya, ich finde, du bist hier nicht in einer guten Umgebung. Warum gehst du nicht zu deiner Tante zurück?«

Hiraya wusste nichts zu antworten, dabei empfand Jenny sogar Verständnis für dieses schmetterlingshafte junge Mädchen.

»Geh studieren, mach was aus dir. Es werden harte Jahre, aber es lohnt sich.«

»Ich habe doch einen Wunsch.«

Jenny staunte ziemlich, als Hiraya ihr von ihrer Idee mit dem Tinikling zu erzählen begann und fing an zu lachen.

»Warum lachen mich alle aus, nur weil ich etwas schön finde?«

»Kommt wohl darauf an, was du gut findest. Aber jetzt mal wieder zurück zur Realität.«

Hiraya schmollte jetzt über Jennys Oberlehrermanier.

»Du weißt schon, was hier nachts abgeht? Bei uns gibt es Live-Musik und Essen. Sei froh, dass Sir Freddy es dabei belässt. Aber in den Schuppen nebenan wirst du Dinge sehen, die dein Herz zerfetzen werden. Du siehst ja nur das Fenster vor deiner Küchenspüle und den Hinterhof.«

»Aber du schaffst das auch.«

»Ich muss. Du kannst noch die Kurve kratzen. Jetzt sag mir mal eines.«

Leise fragte sie Hiraya, ob sie noch unberührt sei. Hiraya nickte als Antwort, mit einem überzeugenden Blick. Dann begann sich Furcht in Jennys Herz auszubreiten, die Angst, dass dieses Mädchen in den Strudel furchtbarer Dinge geraten könnte.

Am Monatsende konnte Hiraya ihr erstes eigen verdientes Gehalt im Empfang nehmen. Sir Freddy, der sich sonst nur wenig bei seinen Mitarbeitern blicken ließ, gratulierte ihr und scheuchte sie danach in die Küche zurück. Das Geld versteckte sie im Kleiderschrank und überlegte sich schon, ein eigenes Bankkonto zu eröffnen. Die Mindesteinlage hätte sie sicher bald zusammen. Trotzdem musste sie auch auf die Kehrseite dieses ersten Monats zurückblicken, vor allem abends auf dem Nachhauseweg. Immer wieder hörte sie tuschelnde Kommentare von den Restauranttischen über ihr Aussehen, während sie an den Terrassen vorbeiging.

»Die ist süß, schau mal.«

»Sehr lieblich und nicht zugedröhnt von irgendwas.«

Hiraya bemühte sich krampfhaft, diese Worte zu überhören. Nicht immer gelang es vorbeugend, sich aus der Schusslinie zu bringen. Ein älterer Foreigner in Begleitung von zwei Einheimischen sprach sie an und wollte sie in eine Bar einladen. Seine Absichten war sie noch fähig gewesen zu durchschauen, weigerte sich höflich und lief dann weg. Vor der besagten Bar standen auch drei Frauen, deren Art von Beschäftigung auch ihr klar wurde. Hiraya begann zu frieren, weil sie wieder an Dolores dachte. Ihre Wachsamkeit wurde immer mehr auf die Probe gestellt, und das nicht nur draußen auf den nächtlichen Straßen. Dass Paul sie seit Tagen mit den Augen verfolgte und ihren zierlichen, hübsch anmutenden Körper betrachtete, hatte sie noch nicht bemerkt, dafür war die Hektik in der Küche einfach zu ablenkend groß. Und sie konnte nicht ahnen, was sie noch für Erfahrungen machen und welche Geheimnisse über ihre Umgebung sich ihr offenbaren würden.

Gewöhnt hatte sie sich an den täglichen Nachhauseweg kurz nach Mitternacht immer besser. Zu Beginn war sie sehr ängstlich gewesen, nun wurde auch die Lust immer stärker, Umwege zwischen den ganzen dunklen Gebäuden und Etablissements zu nehmen, um die Nebenstraßen besser kennenzulernen. Durch das trockene Wetter des Tages war auch jener Abend angenehm und viele Leute drängten sich auf den Straßen. Hiraya war nicht so müde wie sonst und ging langsam durch eine Gasse, die sie vorher noch nie durchquert hatte. Die bunten Leuchtreklameschilder betrachtete sie nicht so intensiv, hatte sie bei einigen schon mitbekommen, dass sich hinter den Türen Orte befanden, die mit aufreizenden Darbietungen der Tänzerinnen und Tänzer sowie geheimen Zimmern in den oberen Stockwerken die Besucher lockten.
Die Straße, durch sie schlenderte, war nicht besonders breit und seltsamerweise auch kaum von motorisiertem Verkehr durchflossen. Sie wurde von Männergruppen überholt und einige der Typen blickten sich nach ihr um.

Auch Frauen waren unter den Passanten und schienen mit einer besonderen Zielstrebigkeit zu einem bestimmten Ort gehen zu wollen. Hiraya wechselte die Straßenseite, weil dort weniger Leute unterwegs waren. Sie sah nach rechts und erblickte einen Eingang an der Seite, auf der sie eben noch ging und bemerkte, wie die Nachtschwärmer sich vor dieser Tür drängten. Über ihr flackerten bunte Lichter und der Schriftzug des Etablissements leuchtete hell inmitten dieser Dunkelheit. Ein Junge, der kaum älter als vierzehn Jahre alt sein mochte, verteilte Handzettel und hielt das Bündel immer wieder in die Luft. Hiraya blickte immer noch auf das Schild über diesem Eingang. In ihr begann sich eine vibrierende Unruhe auszubreiten, die sie antrieb, wegzuschauen. Langsam ging sie weiter. Sie fühlte sich wie in einer engen Schlucht gefangen und empfand erneut Traurigkeit.

Hiraya hatte das Ende dieser Straße erreicht und sah jetzt zwei Frauen vor einem Gebäude, die sich mit zwei Männern unterhielten. Sie mochte aus der Provinz kommen, aber dank ihrer guten Schulausbildung war ihr Tagalog reich an Wortschatz, so dass sie verstehen konnte, über was sich die Frauen unterhielten. Manche der Worte ließen sie frösteln. Es waren schmutzige Ausdrücke, mit denen sie über ihren Körper und die Geschlechtsteile der beiden Männer herzogen. Hiraya blieb stehen und drückte sich an eine Hauswand. Sie dachte, die Vier hätten sie nicht bemerkt. Rasch beschloss sie, an ihnen vorbeizugehen, wollte sie doch endlich nach Hause in ihr Bett. In diesem Augenblick redete einer dieser Männer, ein schlanker Kerl mit einem markanten Gesicht. Er war mit Shorts und einem Hemd bekleidet. Ein Handtuch hing über seiner Schulter. Die Frauen trugen ärmellose Hemden, die nicht mal bis zu ihren Knien reichten. Sogar in dieser Dunkelheit konnte Hiraya erkennen, dass sie nichts darunter anhatten.

»Du musst mal abnehmen. Wirst immer schwerer.«

»Das musst du gerade sagen. Wirst wohl schlapp?«

»Warum müssen wir heute nochmal drehen? Leute, es ist Mitternacht.«

»Sie zahlen dafür. Außerdem will der Regisseur, dass die Nachtstimmung echt ist.«

»Weil bei ihm zuhause nichts mehr brennt.«

Der Mann lachte auf und winkte ab, sah Hiraya plötzlich an ihnen vorbeigehen und machte eine abstoppende Handbewegung. Blitzschnell waren alle Worte verstummt, doch eine der Frauen begrüßte sie leise: »Hi.«

»Hi. Wie geht´s...?«

Sie hatte, wie Hiraya fand, Güte im Gesicht, keine hässliche Impertinenz oder eine Art luderhaften Ausdruck. Ihre dunklen Augen sahen gut aus, groß unter gestylten Lidern, nur es fehlte der Glanz in ihnen.

»Arbeitest du auch hier?«

»Ich...., ja..., in einem Restaurant.«

»Restaurant?«

»In der Küche.«

»Gut für dich, dass du nur kochst. Hast du Feierabend?«

Die Männer drehten sich weg, mit erhobenem Gesicht in die Nacht starrend. Hirayas Anwesenheit störte sie offensichtlich.

»Wir müssen noch ran. Da drüben. Nachtschicht.«

»Seid ihr Tänzer?«

Die Frau sah Hiraya mitleidig an und versuchte, ihr Lachen zurückzuhalten. Hirayas Reaktion zeigte allen ihre kindliche Ahnungslosigkeit.

»Tänzer..., ja. So ähnlich.«

Einer der Männer grinste und sagte: »Manchmal sieht es aus, als würden wir tanzen. Und dann diese flackernden Scheinwerfer. Fast wie in der Disco, ganz rhythmisch.«

»Heh! Hör auf, dem Mädchen so viel zu erzählen.«

»Warum? Sie hat sicher schon begriffen, was wir machen.«

Die zweite Frau wollte nicht mit ihr reden. Ihre Stimme klang gerade so zischend, ablehnend. Sie machte eine Mundbewegung, die zum Ausdruck brachte, Hiraya solle weggehen. Bevor die freundlichere ihr weiter antworten konnte, kam ein Junge auf sie zugelaufen.

»Ihr seid dran. Du und Marthy, hat der Boss gesagt.«

»Mach´s gut, Köchin.«

Der Mann mit dem Handtuch schlenderte mit ihr über die Straße und sie verschwanden in einer Seitentür an dem Gebäude gegenüber. Hiraya betrachtete jetzt die andere Frau, eine magere Erscheinung mit drei Tattoos auf der Schulter. Ihr Gesichtsausdruck wirkte so, als wäre sie in ihrem Herzen völlig gebrochen. Es schien auch, dass sie irgendetwas genommen hatte, weil ihre Augen so glasig blickten, obwohl sie hellwach war. Hiraya wollte fragen und wagte es.

»Was tut ihr da drin? Und er... ist ein Kind!«

»Hör zu, Kleine. Wir drehen Filme, okay? Zisch jetzt ab.«

Sie sagten kein Wort mehr und taten so, als wäre Hiraya wie Luft für sie. Nur einmal lächelte diese Frau mit drei Tattoo-Schmetterlingen auf dem Oberarm ihr kurz zu, um sich dann wieder wegzudrehen und in die Nacht zu starren. Hiraya verabschiedete sich höflich, so wie sie es bei allen Menschen tat. Sie bog in die Straße ab, die in Richtung des Appartementhauses führte, dem Ort, wo sie glaubte, ihre Selbstständigkeit erlangt zu haben. Plötzlich musste sie stoppen und konnte ihre Tränen nicht mehr zurückhalten. Hastig nestelte sie ein Taschentuch hervor und drückte es vor ihre nassen Augen, dabei machte sie sich innerlich Mut, indem sie im Kopf gebetsmühlenartig diesen Gedanken rezitierte: »Ich will meinen Traum erfüllen, ich muss...«

An einem späten Abend war es, als sie bemerkte, dass ihre Periode unerwartet früh einsetzen wollte. Sie beschloss, Elaine zu fragen, ob sie ihr eine Binde leihen könnte und lief in den ersten Stock.

»Kein Problem. Hast wohl nicht aufgepasst, dir rechtzeitig welche zu kaufen?«

»Ich dachte, meine Tage kämen erst übermorgen.«

»Wir sind doch keine Armbanduhren. Du musst vorbereitet sein. Dort in meiner Handtasche. Geh ruhig ran.«

Hiraya schaute sich in Elaines Zimmer um. Es war sauber eingerichtet. Die Wandfarbe war frisch und neben dem für einen Single ziemlich breiten Bett standen zwei Kerzenleuchter und einige kleine Fotografien. Elaine schien eine Kirchgängerin zu sein, denn durch die Dekoration im Zimmer gab es Anzeichen dafür.

»Sind die Leute auf den Fotos deine Familie, Ate Elaine?«

»Oh ja. Meine Schwester, ihr Sohn und hier mein Daddy.«

An der Wand neben dem Bett spannte sich ein rosafarbener Vorhang, obwohl dort kein Fenster vorhanden war. Hiraya fragte neugierig, warum diese Stoffbahn dort hing.

»Dahinter? Ein Spiegel und ein Gemälde, sonst nichts. Hast du deinen ›Napkin‹ gefunden?«

Hiraya schaute in die geöffnete Handtasche und sah ein paar Schachteln darin. Sie langte hinein in dem Glauben, das Päckchen mit den Monatsbinden gefunden zu haben. Erschrocken bemerkte sie, dass ihre Finger eine Packung erwischt hatten, in der sich silberne Folienpäckchen befanden. Elaine hatte sich just im gleichen Augenblick umgedreht und gesehen, dass Hiraya nicht das Gewünschte in der Hand hatte.

»In der Seitentasche. Was guckst du so belämmert?«

»Entschuldige, Ate Elaine.«

»Hast du noch nie solche Gummis gesehen? Wie verhütest du denn?«

»Ich hatte noch keinen Sex.«

Elaine ging auf sie zu, nahm ihr das Kondom aus der Hand und legte es zurück in ihre Handtasche.

»Hier. Zwei ›Napkins‹. Die schenke ich dir. Frauen sollten zusammenhalten. Und übrigens, mir soll es nicht so ergehen wie Jenny. Das hat sie nun davon. Was glaubst du, warum ich die Dinger nehme, wenn ein Kunde kommt.«

Elaine begriff, dass dieses Mädchen scheinbar noch gar nicht wusste, womit sie sich ihre teuren Gadgets und die eleganten Kleider verdiente. Hirayas Augen wurden so groß, als hätte sie eine schreckliche Erscheinung gesehen.

»Du verkaufst dich?«

Elaines Augenbrauen zuckten zweimal nach oben, dabei blickte sie Hiraya mit schief gezogenem Mundwinkel an, irgendwie hämisch.

»Warum machst du das? Nur wegen schöner Klamotten?«

»Hat ›Chicka-News-Tante‹ Jenny nicht geplaudert? Dieses Tratschweib ist doch sonst immer die Erste. Wenn die bei dir ist, brauchst du keine Social-Media mehr.«

Elaine hielt ihr immer noch die beiden Binden vor die Nase und schaute mit abwertender Erhabenheit auf sie.

»Der eine hat das Los im Leben so, der andere so. Ja, ich bin eine ›Babaeng bayaran‹ (bezahlte Frau), und jetzt? Sir Freddy weiß es und Paul sowieso.«

Hiraya wollte jetzt kämpfen und ihre Ansichten nicht so einfach abservieren lassen. Sie fühlte Abscheu und Mitleid in einem, brachte es nicht fertig, ihre Gefühle gerade in eine Richtung zu lenken.

»Aber dein Leben. Du lässt dich von wildfremden Typen wie einen Fußabtreter benutzen, entehrst deinen Körper? Für was? Eine Familie, Kinder, willst du das nicht auch einmal haben?«

Elaine hob die Augenbrauen an und ging einen Schritt zurück, dabei verschränkte sie ihre Arme.

»Du musst mir nichts von deiner heilen Welt und Familie erzählen. Jenny hat mir alles gesteckt. Du hast Stress mit deinem Alten und bist abgehauen. Tut mir leid, was mit deiner Nanay passiert ist. Jetzt spricht ›Mama‹. Ich habe keine Eltern mehr. Sie wurden erschossen, von zwei Typen, die bei ihnen einbrachen, um Geld zu holen.«

»Ate! Das tut mir so...«

»...leid? Danke für deine Anteilnahme. Die brauche ich jetzt nicht. Ich habe entschieden, was ich machen will.«

Hiraya begann zu stammeln, während eine zuckende Wut und tiefes Mitleid gleichsam ihren Körper schüttelten.

»Nein, Ate..., Du bist abscheulich!«

Elaine antwortete nichts darauf. Hiraya rannte aus der Wohnung. Sie fing in ihrem Zimmer bitterlich zu heulen an, schlug ihre kleine Bibel auf, suchte irgendeinen Trost, wusste aber nicht, wo sie anfangen sollte und blätterte unsicher in den Seiten. Wie sie auf das Buch Josua stieß, konnte sie sich nicht erklären. Die Prostituierte Rahab, die gerettet wurde, weil sie eine entscheidende Wendung in ihrem Leben vollzog. Hiraya grübelte und sah, wie wenig sie über dieses heilige Buch wusste. Doch sie war plötzlich angespornt, etwas zu unternehmen. Sie schaute hoch und malte sich aus, wie sie Elaine helfen und ihr begreiflich machen wollte, dass sie ihre Würde zurückbekommen könnte, ohne als käufliches Objekt behandelt zu werden. Sie könnte doch das Ruder noch herumreißen und das wollte sie ihr sagen. Schon wieder blühte Hirayas jugendlicher Heldenmut auf, eine Courage, den sie bei ihrem Vater und Kezia schon einmal bewies.

»Ate Jenny!«

»Was gibt´s?«

»Du ›Tsismosa‹! (Schwatztante) Du hast Ate Elaine erzählt, was mir zu Hause passiert ist. Und ich habe gedacht, ich kann dir vertrauen.«

Zögerlich nahm sie Jennys Bitte um Entschuldigung an, blieb aber vorsichtig.

»Ich weiß, warum sie sich so teure Sachen leisten kann.«

»Noch nicht gewusst? Elaine ist kaputt, ja. Kann ich sie aber ändern? Kannst du das? Seit sie ihre Eltern sehen musste, ist sie so. Einfach abgeknallt worden, dabei hatten sie gerade mal 5000 Pesos im Haus. Ja, in diesem Dreck ist ein Menschenleben scheinbar nicht mehr viel wert. Seitdem ist sie irgendwie promiskuitiv und ich denke, sogar süchtig danach.«

»Ich würde mich trotz alledem nie für so was hergeben.«

»Bleib so, Kleine.«

»Ich bin nicht deine ›Kleine‹.«

»Hiraya, ich sage es dir zum letzten Mal. Geh nach Hause in deine Provinz oder such dir was anderes. Ich kann nicht hier mehr weg, aber du! Und ich denke, du willst tanzen! Dann tanz, aber hinter einer Küchenspüle wirst du nie was!«

»Ich muss Geld verdienen für meinen Tanzlehrer.«

»Haha! Wann hast du die Kohle denn zusammen? Wie viele Teller musst dafür spülen? Glaubst du an Märchen?« Hiraya musste an die Arbeit gehen und wollte dieses miese Gespräch nicht weiterführen. Paul war mal wieder schlecht gelaunt und die Mädchen mussten vorsichtig sein. Es ergab sich unverhofft, dass Hiraya in den Gastraum geschickt wurde, um an der Bar auszuhelfen. Sir Freddy wollte insgeheim testen, ob sie sich nicht als Bedienung besser eignen würde. Dabei konnte sie Elaine beobachten, die wirklich eloquent in ihrem Umgang mit den Gästen war. Ein Tourist in Begleitung eines Filipinos unterhielt sich mehrere Male kurz mit ihr und als der Abend immer später wurde, streichelte er sie wiederholt an der Hüfte. Am liebsten wäre Hiraya dazwischengegangen, musste aber mitansehen, wie sie dem Mann einen Zettel zuschob. Nach Feierabend traf sie Elaine, ihr Makeup zurechtmachend, vor den Spiegeln im Toilettenraum.

»Ate Elaine?«

»Was?«

»Ich möchte mich bei dir entschuldigen, weil ich dich ›abscheulich‹ genannt habe. Vergib mir!«

»Schon vergessen. Vielleicht bin ich abscheulich.«

»Hör damit auf!«

»Ey, du bist wirklich prima. Aber ich muss jetzt gehen.«

Hiraya zitterte und es trieb sie der Wunsch an, eine harte Frage zu stellen.

»Triffst du dich mit dem Ausländer von vorhin?«

»Ja.«

»Ate bitte!!«

»Du bist nicht meine kleine Schwester.«

Sie wollte zum Ausgang, aber Hiraya stellte sich Elaine im Türrahmen entgegen. Ihr Kampfesmut für die Moral begann zu glühen. Sie hatte mitansehen müssen, wie durch solche Intrigen ihre Familie zerfetzt wurde und glaubte nun in diesen Augenblicken, eine Seele retten zu müssen.

»Lässt du mich jetzt endlich durch?«

»Ate Elaine, bitte nicht!«

»Du hast mir gar nichts zu sagen!«

»Ich lass dich nicht vorbei!«

Elaine packte sie bei den Armen, schob Hiraya brutal beiseite und blickte sie mit verachtendem Augenausdruck an. Ohne ein weiteres Wort verließ sie das Restaurant, hatte diese Nacht mit dem Fremden. Sie empfand nichts, ertrug stoisch sein Begrabsche und die mechanische Weise, wie er sich an ihr befriedigte. Dann setzte sie den Typen noch vor Sonnenaufgang vor die Tür, wusch sich danach unter der Dusche fast eine Stunde lang, bis ihre Haut schmerzte.

195

Hirayas Worte aber hatten sie irgendwie berührt, denn sie ekelte sich auf einmal wieder so wie damals bei den ersten Malen. Elaine setzte sich aufs Bett, brach in einem Weinkrampf zusammen und schlief ein.

Nur wenig später schob Hiraya einen liebevoll verfassten Brief unter die Türspalte von Elaines Appartement durch, um sie zu trösten und zu versichern, dass sie ihr wegen ihrer Reaktion im Waschraum nicht böse wäre. Elaine hatte den kleinen Umschlag erst entdeckt, als sie wieder aus der Dusche kam. Hiraya hatte so nette Worte geschrieben, dass Elaine spürte, was ihr alles im Leben weggenommen worden war. Sie lächelte und dachte, Hiraya zu besuchen und mit ihr essen zu gehen, einfach aus Dankbarkeit, weil sich jemand um sie kümmerte und sie diese helfende Hand doch abgewiesen hatte. Eine tiefe Verzweiflung übernahm plötzlich ihre ganze Seele. Bilder vor ihren Augen reihten sich schemenhaft aneinander. Damals, die Laken, welche die Polizeibeamten über ihre erschossenen Eltern legten, ihre Angst, die ganzen schrecklichen Szenen. Wie sie »Good Bye« zu ihrer älteren Schwester sagte und hierherkam. Neue Bilder ergänzten diese Erinnerungen. Sie sah Szenen vor sich, wie sie es mit den Männern tat und sich dabei im Spiegel neben dem Bett betrachtete. Nackte Körper, Lust in Abwechslung mit erniedrigenden Erlebnissen, denn einige von ihnen waren ohne jedes sittliche Gefühl von Anstand und Würde. Nun las sie die letzten Zeilen in Hirayas so lieb gemeinter Botschaft.

*»Du kannst nur gewinnen, wenn du einen Schlussstrich ziehst und neu beginnst, Ate Elaine. Ich musste Schlimmes erleben und will nicht, dass du weiter unglücklich bist. Auch ich muss*

*kämpfen, aber ich will es mit dir gemeinsam tun. Bitte vergib mir, was ich zu dir sagte. Hiraya.«*

Elaine atmete tief ein und kniete sich mit ihrem Rosenkranz hin. Sie bat um Vergebung wie so oft in den unzähligen Malen, nahm die SIM aus ihrem Smartphone, spülte sie in der Toilette hinunter und setzte das Telefon auf die Werkseinstellungen zurück. Sanft legte sie es dann in ihre edle Handtasche. Lächelnd zog sie den Vorhang beiseite, blickte auf das Gemälde, das ein Paar beim Liebesspiel zeigte und sah wieder in diesem breiten Spiegel.

Der Anblick offenbarte jetzt, was sie ihrem Leben angetan hatte. So begann sie es zu glauben. Glauben, dass ihr brutal gefasster Entschluss der Erlösende wäre. Sie konnte diese Zügel nicht herumreißen, weil sie fühlte, es nicht schaffen zu können, so sehr sich Jenny und nun Hiraya, dieses zarte, nette und saubere Mädchen aus einer scheinbar heilen Provinz auch bemühten und ihr die Hand reichen wollten. Elaine ging hinauf in den 3. Stock und stellte die Handtasche vor Hirayas Tür. Ihr Blick fiel auf die Treppe, die ganz nach oben führte. Schüchtern erwiderte sie noch die Begrüßung eines Mannes beim Vorbeigehen, der im gleichen Stockwerk wohnte, und wartete, bis er verschwunden war. Elaine fühlte sich wie in einem Schwebezustand und ging stoisch die ganzen Stufen zurück in ihr Appartement. Noch einmal blickte sie sich in dem rosafarben angelegten Zimmer um und nahm die Fotografie ihres Vaters hoch. Elaine lächelte und küsste das Bild, stellte es wieder an seinen Platz und ging wie in Trance ins Badezimmer. Ihr Blick fiel auf die kleine, blitzende Rasierklinge.

»Ich komme, Daddy.«

Sie begann zu zittern und doch legte sie die Klinge nicht zurück, sondern betrachtete das in ihrer hohlen Handfläche liegende dünne Metallplättchen. Niemand ahnte, auch nicht Jenny, dass sie schon ein paar Mal mit diesem alles beendenden Gedanken gespielt hatte, unter der Fassade einer eleganten Frau, die scheinbar wusste, was sie im Leben wollte. Es gab immer wieder die kurzen Erlösungen aus diesem Gefühl der Sinnlosigkeit, welches sie so oft umklammerte. War ein Freier bei ihr, der freundlich und neugierig schüchtern rüberkam wie bei manch einem unerfahrenen Touristen, zelebrierte sie es mit Lust, um ihren Schmerz zu verscheuchen. Oder sie erduldete den vereinbarten Deal, wenn jemand sie nur benutzte, so wie es ihr dieses Mädchen aus Capiz ins Gesicht schrie. Sie fand Hiraya in jenem Moment lieblich und anziehend, nicht verbohrt oder unwillens, die Leiden anderer zu verstehen. Langsam ging sie ins Zimmer zurück und ihr Spiegelbild vor sich, kam es wieder hoch. Erinnerungen, die begannen, in ihr Wut hervorkochen zu lassen. Hastig legte Elaine die Rasierklinge auf den Nachttisch und es sollte dieser letzte Akt werden.

Hiraya war wie gerädert vom letzten Tag. Die Arbeit an der Bar war abwechslungsreich und hatte Spaß gemacht, doch sie schrieb danach den Brief an Elaine, was zwei Stunden dauerte. Sie konnte erst um 3 Uhr nachts einschlafen, weil ihr diese ganzen verrückten Szenen nicht aus dem Kopf gegangen waren. Sie ging unter die Dusche, beeilte sich und wollte später in den Supermarkt gehen. Plötzlich sah sie, dass es schon 11 Uhr war. Rasch warf sie sich ihr Handtuch über und wollte ihr Shirt und die Jeans holen, als ein Klopfen an ihrer Tür zu hören war.

»Gehört die dir?«

Die Nachbarin hielt diese gelbe, edle Markentasche in die Höhe und glotzte etwas erstaunt. Hiraya begann unerklärlicherweise innerlich zu frieren. Ohne ein Wort nahm sie die Tasche entgegen und bedankte sich. Sie wollte erst hineinschauen, doch wählte sie sofort Elaines Nummer.

»The number you had dialed, is out of service. Please try again later...«

Sie zog sich die Jeans an, öffnete die Tasche und sah Elaines Smartphone mit einem winzigen Zettel.

*»Ist für dich, Kleine. Es sollte jemand bekommen, den ich sehr gerngehabt habe. Du musst so bleiben, wie du bist. Lass dich nicht unterkriegen, du kleine Tanz-Diva. Elaine.«*

»...gerngehabt habe?«

Hiraya riss die Augen auf, stürmte an der Nachbarin vorbei und hetzte die Treppe hinunter, dabei nahm sie mehrere Stufen in wilden Sprüngen.

Elaine hatte lange auf dieses Gemälde geschaut. Fast alle Männer, die bei ihr waren, durften es sehen. Doch nun raste der Gedanke an die Sinnlosigkeit all dieser Erlebnisse in ihr hoch. So abgestumpft schien sie geworden zu sein, weil die dargestellte Sexszene nichts mehr gab an Emotion, die etwas an Freude hervorrufen könnte. Elaines Hände umklammerten den Stuhl. Heftig atmend riss sie ihn hoch und holte aus. Hiraya hatte Elaines Wohnungstür erreicht, als sie das Krachen und zersplitterndes Glas hörte. Sofort gingen die Türen der danebenliegenden Appartements auf und deren Bewohner traten schüchtern auf den Gang.

»Ate Elaine!?«

Hiraya patschte mit der Hand gegen Elaines Tür und rief immer wieder. Es war nun gespenstisch ruhig.

»Was ist da los?«

Langsam kam ein Mann mit einem Kinnbart auf sie zu, der in einer Wohnung am Ende des Ganges lebte.

»Ate Elaine!!«

Sie begann rasende Angst zu spüren. Mit beiden Fäusten schlug sie wie wahnsinnig gegen die Sperrholztür. Die beiden Nachbarinnen sprangen ängstlich zur Seite, als sie Anlauf nahm und sich mit ihrem ganzen Körper gegen diese Tür warf. Einmal, zweimal...

»Neiiiin!!«

Erneut sprang sie gegen das Sperrholz-Türblatt, welches bereits knackend begann, am Schloss einzureißen. Der bärtige Typ mit kräftiger Statur begriff, das pure Gefahr im Verzug war, ging einige Schritte zurück und lief zu einem Hechtsprung an.

Hiraya sah Elaine zusammengesunken vor ihrem Bett und den Blutstrahl, der aus ihrem Handgelenk zuckend herausquoll. Der bärtige Nachbar riss ihren Arm hoch, quetschte seine Finger direkt auf der Wunde um ihr zierliches Handgelenk und drückte zu. Seine muskulösen Arme zeigten, dass er Kraftsport zu treiben schien und tatsächlich wirkte sein Klammergriff wie ein Schraubstock. Hiraya kniete neben Elaines Kopf, nahm ihn in beide Hände und schrie nur. Sie war bereits kollabiert und regungslos. Der Mann drückte immer fester zu und fauchte Hiraya an.

»Los Mädchen. Binde doch den Arm ab! Hol dir doch etwas, ein Shirt oder so...!!«

»Ja... ja...!«

»Mach schon!!«

Hiraya sah, dass Blut zwischen seinen Fingern durchzu-
sickern begann. Der Mann stöhnte jetzt auf und erhöhte
den pressenden Druck. Panisch riss sie die Kommode auf,
griff nach einem Hemd, wickelte es um Elaines Unterarm
und zog mit aller Macht an den Enden des Knotens.

»Ate..., ich hatte es doch nicht so gemeint... Ate Elaine...«

Jemand kam plötzlich durch die Tür hineingestürmt.

»Geht zur Seite! Ich bin Krankenpfleger! Oh Mann!!«

Woher dieser Mediziner plötzlich kam, war ihr gleich. Es
war der rettende Engel in diesem furchtbaren Augenblick.
Er zog die Druckschlaufe noch fester zusammen und schrie
auf den bärtigen Nachbarn ein, dass er noch aushalten
solle. Sofort riss er den Schrank auf, fand ein kräftiges Tuch
und setzte damit einen zweiten Druckverband.

»Bitte, Ate Elaine. Bitte!!!«

Hiraya erkannte jetzt das Ausmaß einer ganzen Tragödie,
sah den zerborstenen Spiegel und das Acrylgemälde, davor
ein umgekippter Stuhl. Sie betrachtete sich die gemalte
Szene genauer. Sie auf ihm reitend, mit den Händen im
Haar, während seine Finger ihre Brüste umklammerten.
Diese entrückten Gesichter unterstrichen die entblößte
Ekstase, erschaffen mit Farben und Pinsel.

Der Ersthelfer telefonierte und wurde wütend.

»Kein Rettungswagen. Idioten! Los! Ich fahre sie jetzt ins
Hospital. Und du?«

Der Mann mit dem Kinnbart hob Elaine vorsichtig auf und
gemeinsam brachten sie sie zu dem klapprigen Jeep, der
diesem Mann gehörte, der versucht hatte, einen Sanitäter

zu erreichen. Die Leute schauten entsetzt auf die unwirkliche Szene, bekreuzigten sich oder ließen ihre Köpfe beschämt sinken. Währenddessen beobachtete der Retter ständig ihren kaum noch zu spürenden Puls und den Druckverband. Würde er sich lösen, wäre Elaine in nicht mal einer Minute unweigerlich in den Armen ihres Trägers im Tod entschlafen.

Elaine überlebte äußerst knapp und lag nach der Notoperation in einem armseligen Sechsbettzimmer eines alten Krankenhauses. Hiraya war nicht von ihrer Seite gewichen und saß, noch immer zitternd, auf dem Bettrand. Sie betrachtete die hingekritzelte Botschaft auf dem Zettel. Ein winziges Papier mit den Abschiedsgedanken eines Menschen, dessen innere Verzweiflung ihn zum Äußersten getrieben haben musste. Stundenlang saß sie dort und grübelte darüber, warum Elaine das getan hatte.

Um Mitternacht kam sie zu sich. Sofort klingelte Hiraya nach einer Schwester, die mit einem Arzt sofort herbeieilte. Mehr betäubt als fähig ging sie zur Arbeit und brach in Jennys Armen zusammen. Sie hätte am liebsten gefragt, doch Frei nehmen durfte sie nicht, denn nun fehlte jemand im Restaurant.

Sir Freddy rief dafür alle zusammen. Er war kein kalter Mensch, dem es nur um das Funktionieren seines Ladens ging. Hiraya sah jetzt eine gütige Seite dieses Mannes und wie herzlich er sein konnte.

»Ihr habt es ja gehört, Leute. Elaine...«

Jenny nahm ihrem Mut zusammen und wollte die Kollegen mit der Wahrheit konfrontieren. Sir Freddy wankte und musste sich setzen, während Paul, der auch mit ihr geschlafen hatte, so tat, als ginge ihn das alles nichts an. Schniefend vor Tränen ging Sir Freddy ins Büro, um alleine zu sein. Die anderen in der Küche gestikulierten untereinander, weinten oder hockten teilnahmslos in einer Ecke. Jenny wollte Hiraya nach Hause begleiten. Sie öffnete leise die Wohnungstür. Nun sah Jenny Elaines Handtasche und stutzte.

»Ich fand sie vor meiner Tür.«

Der kleine, zerknitterte Zettel in Hirayas Hand war alles, was sie besaß. Nichts sonst deutete auf den Grund hin, den Elaine zum Anlass nahm, ihrem Leben ein Ende setzen zu wollen. Jenny wollte Hinweise auf dem Smartphone finden, die etwas Erkenntnisgewinnendes zu Tage bringen sollten, aber das Gerät war zurückgesetzt worden und selbst ihre Kontakte gab es nicht mehr.

Elaines ältere Schwester stand nach zwei Tagen mit versteinerter Miene vor Hirayas Tür.

»Ich heiße Esther. Bist du ihre Freundin?«

»Eine Kollegin. Ich bin Hiraya. Komm doch rein.«

Esthers Blicke verwandelten sich in einen deutlich zu sehenden Anflug von Abwehr.

»Kollegin... So ein junges Mädchen wie du?«

Hiraya wäre am liebsten geplatzt. Sie kämpfte darum, nicht so zu reagieren. Elaines Schwester schien nicht gerade ein harmonisches Verhältnis zu ihr zu pflegen.

»Ich bin Küchenhilfe, sonst nichts.«

»Sorry.«

Esther fühlte sich immer mehr bei Hiraya wohl, weil sie ihr mutig und liebevoll ein hörendes Ohr schenkte. Dieser

Frau fiel es sichtlich sehr schwer, über die ganze Tragödie zu reden. Hiraya schien es so, dass sie mit dem ganzen Schmerz alleine gelassen worden war, auch wenn sie einen Mann und drei Kinder hatte.

»Besuch sie bitte. Sie ist immer noch deine Schwester!«

Esther versprach es. Doch Hiraya kam es gespielt vor und die Realität zeigte ihre ganze Härte. Hiraya musste das Smartphone, Elaines Diamantring und die Markentasche verpfänden, um die Arztkosten zahlen zu können, während Sir Freddy ihren restlichen ›Utang‹ heimlich beglich. Und Hirayas Tagesbeschäftigung galt nun Elaine.

»Ich habe dir Mangos mitgebracht.«

Elaine nickte nur und streichelte Hirayas Unterarm. Sie sagte kaum etwas und wenn, waren es nur kurze Sätze. Alle Plätze in dem halbdunklen Zimmer waren belegt und Angehörige der Patienten saßen oder standen um die Betten herum. Elaine war das alles furchtbar unangenehm.

Ein älterer Mann, der kein Filipino war, stand plötzlich mit einem Blumenstrauß in der Tür und sah Elaine an. Ob er einer von ihren Liebhabern gewesen war, hätte Hiraya gerne erfahren, aber sie schwieg aus Scham lieber doch. Elaine selbst schenkte ihm ein paar belanglose Worte und bedankte sich für die Blumen. Vielleicht hatte dieser Mann Elaine geliebt, aber es würde ein Geheimnis bleiben.

»Ich glaube, er mag dich.«

Elaines Augen schauten nur emotionslos. Hiraya spürte, wie voll ihr Herz dennoch war.

»Vergiss es. Aber weißt du was? Er hat erst bezahlt und eine Stunde mit mir palavert, über seine verkorkste Ehe in seiner Heimat, sonst nichts.«

Hiraya musste sich zusammenreißen, nicht zu lachen.

»Kann ich das? Einen Mann für ewig?«

»Wieso nicht?«

»Du willst das so, oder?«

»Ja, Ate Elaine. Auch wenn du das nicht verstehst.«

Hiraya sah, dass Elaine Schmerzen hatte. Ihr Arm war dick verbunden und die dritte Infusionsflasche hing an dem Ständer neben dem Bett, voll mit blutbildender Lösung, die eine horrende Summe gekostet hatte.

»Ich kaufe dir Schmerztabletten.«

»Sag mal..., warum machst du das?«

Die Leute im Zimmer blickten verstohlen zu Elaines Bett.

»Ate Elaine! Ich lade nicht noch mehr Schuld auf mich. Du bist doch ein Mensch.«

»Mach dir doch nicht so viele Gedanken um mich.«

Hiraya entschuldigte sich und ging in die Krankenhaus-apotheke, wo es Schmerztabletten einzeln zu kaufen gab.

»Zwei Stück bitte.«

»Für wen?«

»Für die Frau in Zimmer 5, die...«

»...sich die Pulsader aufgeschnitten hat?«

Die Frau hinter dem Counter schaute etwas mitleidig, beobachtete Hiraya ziemlich intensiv. Sie wollte sich nicht verunsichern lassen und schaute nicht weg. Dabei fand sie diesen Kommentar gemein.

»58 Pesos. Bist eine kleine Heldin, oder? Ist doch idiotisch, das zu tun, das ist Sünde.«

»Und du bist besser, oder was?«

Ein wahnsinniger Zorn stieg in Hiraya hoch. Sie antwortete nicht weiter und ging zurück in das Zimmer. Elaine nahm die Tablette und schluckte sie hinunter, während Hiraya eine der Mangos aufschnitt. Elaine wollte nicht viel reden und wartete, bis die Nacht ihr Kleid über die Stadt legte. Die anderen Patienten schliefen und nur bei zweien saß ein wachender Angehöriger neben dem Bett. Eine Nachtschwester kam herein und machte ihre übliche Visite.

»Alles okay, Mam?«

»Die Kleine ist bei mir.«

»Morgen früh benötigen Sie die letzte Infusion.«

Elaine bekam Angst. Wer würde für dieses Medikament aufkommen können?

»Du?«

Hiraya war kurz eingenickt. Sofort schreckte sie hoch und wurde wieder ganz Ohr. Elaine wollte scheinbar eine Frage stellen. Das machte sie neugierig und freudig zugleich.

»Ich bin dir jede Menge schuldig, Kleine. So geht mein Scheißleben also weiter.«

Hiraya sprang auf und schlang die Arme um sie.

»Ate Elaine, ich gehe weg und komme nicht wieder, wenn du das nochmal sagst.«

»Pass auf, mein Arm.«

Hiraya spürte die Nässe bereits auf ihrer Schulter und die Finger, die ich in ihre Haut am Rücken krallten. Elaine wimmerte, atmete heftig und es dauerte lange Minuten, bis sie wieder etwas sagen konnte.

»Esther will nichts mehr mit mir zu tun haben. Die führt ein heiles Familienleben, vorbildlich. Ich passe nicht in ihr Profil.«

»Hast du noch andere Verwandte?«

»Zwei Tanten, leben in Novaliches.«

»Wäre es nichts für dich, zu deiner Tante zu gehen?«

»Tante Elisa..., die ist nett zu mir, aber sie weiß nicht, was ich so mache..., du verstehst schon.«

»Ich plaudere nicht. Bin nicht wie Ate Jenny.«

»Danke.«

»Ate Elaine?«

»Was?«

»Du hast mich immer auch nett behandelt.«

»Muss man doch.«

Hiraya drückte sie wieder so lieb, auch wenn sie innerlich in diesem Moment eine brutale Prüfung ihrer Emotionen durchmachte.

Elaine kam aus der Klinik und wohnte einige Tage bei Hiraya, was ihr unglaublich guttat. Die ›Madame‹ war ungehalten wegen der zertrümmerten Wohnungstür und dem Spiegel, für den sie Schadenersatz verlangte. Hiraya begann die Alte zu hassen, deren selbstsüchtiges Herz sich voll Gleichgültigkeit für die Probleme anderer entpuppte. Doch es war auch wegen des nymphomanischen Verlangens für Elaine eine harte Zeit, denn ihre Lustgefühle und der Drang, einen Mann in sich zu spüren, waren penetrant und schüttelten sie ständig. Reden darüber fiel ihr schwer, denn sie sah in Hiraya ein prüdes Mädchen, das vielleicht nicht einmal richtig aufgeklärt wurde. Irgendwie brach es doch aus ihr heraus und Hirayas Reaktion war reif, was sie erstaunte.

»Beherrsch dich jetzt und du hast später mehr.«

Elaine war verblüfft über einen solchen Spruch.

»Meine Schwester hat früh geheiratet. Juckte so viel.«

»Und du?«

»Wenn ich den Richtigen gefunden habe, dann glaube ich an die echte Liebe für immer und dann wird es auch im Bett schön sein. Ja doch, schöner Sex, bei dem ich meinem Liebsten voll vertrauen kann.«

»Du hast echt Ideale. Aber wenn du den falschen Typen abkriegst? Dann gute Nacht. Magst du heiraten und so?«

»Klar.«

»Und deine Tanzerei? Was hast du vor?«

Hiraya schwieg betreten dazu, wusste sie ja, dass es so nichts mit einer Karriere beim Tinikling werden würde.

Nach ein paar Tagen packte Elaine ihre Habseligkeiten zusammen. Tatsächlich hatte sie den Mut gefunden, ihrer Tante vieles zu erzählen. Sie kündigte im Restaurant und zog nach Novaliches. Hiraya besorgte ein altes Handy aus dem Pfandleihhaus und eine neue SIM-Karte für sie.

»Ist kein Spitzengadget, aber wir können uns immer anrufen.«

Elaine lachte über das alte Tasten-Mobiltelefon und umarmte sie lange, was sich für beide so schön anfühlte. Hiraya war überzeugt, eine Freundin gewonnen zu haben und Jenny meinte, etwas Bedeutendes zu verstehen.

»Sie mag dich sehr gern. Einmal rückte sie damit raus, dass du für sie sehr wertvoll wärst. Weißt du das?«

»Meinst du wirklich, Ate?«

»Sie sieht in dir etwas, was sie längst verloren hatte und bewundert dich dafür.«

Plötzlich musste sich Hiraya setzen, weil ihr schwindlig wurde. Mühsam unterdrückte sie die Tränen.

»Ich bin vielleicht schuld, dass sie das getan hat.«

Jenny verstand nicht und bohrte nun nach.

»Ich habe sie angefleht, mit dem ›Put-Put‹ aufzuhören und ein böses Wort benutzt. Mal sagte ich ihr ins Gesicht, sie sei eine abscheuliche Person. Ich bin bestimmt schuld, weil ich sie beleidigte. Ate Jenny, sag doch was!«

Als Hiraya sich in Jennys Armen ausheulte, nuschelte sie wiederholt, dass sie sich doch aufrichtig entschuldigt hätte. Wie sie in jenem Augenblick an ihre Schuld glaubte, machte Jenny unruhig. Wie sensibel dieses Mädchen war, erkannte sie erst jetzt völlig.

Hiraya machte sich an den freien Vormittagen neuerdings auf, um eine Tanzschule zu finden. Doch die Zeiten hatten sich geändert. Moderne, internationale Tänze waren im Land immer beliebter geworden und der Tinikling nur ein beigefügter Kurs, der die Grundlagen lehrte, aber nie so, dass es derart professionell gewesen wäre, um damit Geld zu verdienen. Hiraya wollte einen dieser Kurse besuchen, doch die Unterrichtsstunden überschnitten sich mit ihrer Arbeit. So geriet sie in ein eigenes Dilemma und dachte, vielleicht in einer Hobbytänzergruppe unterzukommen. Außerdem besaß sie keine traditionelle Tanzkleidung und hätte diese selbst kaufen müssen. Ihre finanzielle Situation verbesserte sich kaum, denn der Lohn ging für Miete und Nahrungsmittel drauf. Sie stand einfach im Rang eines Tellerwäschers, was Jenny beobachtete. Heimlich über-redete sie Sir Freddy, keine neue Kellnerin einzustellen und sie im Gastraum einzusetzen. Ihre höfliche Art wäre der beste Trumpf. Sie hatte für Hiraya dabei das Trinkgeld der Gäste im Visier.

»Du bist freundlich und auch irgendwie entzückend. Das kommt bei den Leuten an.«

Hiraya stimmte zu und betete sogar um den nötigen Mut. Am Anfang fiel es ihr schwer, die ganzen Bestellungen richtig auseinanderzuhalten und nicht selten brachte sie das falsche Getränk oder nicht bestellte Snacks an den Tisch. Ihre ehrliche, süße Art wirkte meistens, um den betreffenden Gast wieder fröhlich zu stimmen. Doch die jugendlich reizende Ausstrahlung zog schneller, als sie es ahnen konnte, andere Geister an.

Es war an einem schönen Sommerabend, der mit seinem herrlichen Wetter viele Gäste in die Etablissements lockte. Hiraya und die anderen hatten alle Hände voll zu tun. Wie viele Flaschen Bier und Softdrinks sie den Leuten kredenzt hatte, konnte sie nicht mehr zählen. Die Stimmung im Restaurant stieg und auch Touristen waren unter den Gästen, die mit ihrer Freundin oder Ehefrau im Arm an dem philippinischen Essen Gefallen fanden.

»Hey, junge Dame! Noch fünf San Miguel bitte!«

»Sofort, Sir!«

Hiraya schwitzte seit Stunden schon, wischte sich immer wieder die Stirn ab und hatte tapfer ihr Lächeln behalten. Noch eine Stunde, dann wäre ihr Arbeitstag geschafft. Jenny konnte ihr nicht beistehen, musste sie ja ihren Job in der Küche erledigen. Immerhin waren die anderen Kellner Jouey, Chrissy und Liam bei ihr und unterstützten sie, so gut es ging.

»Fünf ›Pilsen‹ für die Herren dort hinten.«

»Pass bitte bei dem Typen dort auf. Der mit dem gelben Muscle-Shirt.«

»Schaffe ich schon.«

»Der ist nicht astrein.«

Hiraya nahm ihr Tablett, brachte es an den Tisch und bekam nicht nur eine Lobeshymne präsentiert.

»Du bist sehr hübsch. Ich habe dich noch gar nicht hier gesehen.«

»Ich war bisher in der Küche. 350 Pesos bitte.«

Der Mann in dem gelben Shirt zog zwei 500 Peso-Scheine aus der Tasche und hielt sie Hiraya vor die Nase.

»Es stimmt so.«

»Aber Sir.«

»Es ist schon okay, Mädchen. Ich sehe dein Namensschild. ›Hiraya‹. Bist du eine ›Probinsiyana‹?«

»Opo Sir.«

»So jung«, murmelte einer der anderen Männer an Tisch.

»Sie könnte doch für dich arbeiten.«

Gelächter unter diesen Männern ertönte.

»War nur ein kleiner Scherz.«

»Mädchen aus der Provinz haben Ausstrahlung.«

Für Hiraya wurde dieses Gerede langsam unheimlich.

»Sir, möchten Sie noch etwas?«

Die vier anderen Typen schwiegen plötzlich und schauten etwas seltsam zur Seite. Einer zündete sich eine Zigarette an und tat so, als hörte er nicht zu. Der Mann in dem gelben Shirt hielt ihr ein Stück Papier hin. Hiraya spürte ein Zittern, das ihr durch den ganzen Körper raste. ›Ich möchte mit dir in mein Appartement gehen und dich verwöhnen. Bezahlen werde ich gut, das verspreche ich.‹ Noch nie hatte sie erlebt, wie ein Mann seine Lust auf eine junge Frau derart plump und respektlos offenbarte, ja in ihr leibhaftig sein Opfer sah. Hiraya rang um Fassung. Sie wollte ihre Haltung bewahren so gut sie konnte.

»Entschuldigen Sie mich.«

Am Tresen sah Barmann Jouey, dass Hiraya ein Problem hatte.

»Was war das für ein Zettel?«

»Er will mit mir..., Jouey! Er denkt, ich bin eine Prosti. Ich habe Angst.«

»Ich rufe Sir Freddy. So was läuft hier nicht.«

Jouey konnte seinen Chef aber nicht erreichen. Er hatte das Lokal früher verlassen. Der junge Barkeeper traute sich nicht, ihn auf seiner Privatnummer zu stören. Hiraya musste nun ihre Zähne zeigen, auch wenn sie vor Panik am Zittern war. Es war nach Mitternacht und die fünf Männer wollten ein letztes Bier haben. Sie schienen enorm viel Geduld zu haben. Die ständigen Blicke dieses Kerls zeigten ihr, dass er gewohnt zu sein schien, sich ein Mädchen zu nehmen, wann immer er wollte. Feinfühlig war sie, auch wenn ihre Unschuld nach außen verlockend für manche Geister anmutete. Ihre Klugheit machte die Angst nicht kleiner, doch es war ihr gelungen, die Gäste weiter zu bedienen. Im Restaurant saßen nicht mehr viele von ihnen, und die letzten Besucher ließen den Abend nun auch ausklingen.

»Bitte sehr, Sir.«

»Setz dich zu uns.«

»Nein, Sir. Das geht nicht. Ich habe noch zu arbeiten.«

»Dann warte ich und lade dich ein, wenn du fertig bist.«

Zwei seiner Begleiter begannen zu kichern, nur die Augensprache des Mannes zeigte doch, dass er gefährlich werden konnte. Jouey hatte allen Kollegen Bescheid gesagt und Paul erschien im Gastraum. Angespannt beobachteten sie, wie Hiraya vor den Männern stand. Nur Liam schlich sich an ihnen vorbei und verließ das Lokal.

»Du kannst einen wunderbaren Abend erleben. Ich bin sehr zärtlich, verlass dich drauf.«

»Das ist nett, aber ich möchte nicht.«

Als er ihre linke Hand packte und sie zu sich heranziehen wollte, musste sie reagieren.

»Und ich bin sehr schnell.«

Hiraya riss die Bierflasche hoch, drehte sie blitzschnell nach unten und goss den schäumenden Inhalt über ihm aus. Sein Geschrei tönte durch das ganze Lokal. Wild mit den Armen fuchtelnd wollte dieser angetrunkene Mensch ausweichen und kippte dabei mit seinem Stuhl um. Die Tür flog auf und ein muskulös sportlicher Kerl in Begleitung eines zweiten Mannes kam hereingerannt. Hinter ihnen erschien auch Liam wieder.

»Gehen Sie, oder ich hole die Polizei!«

Der Typ wischte sich das Bier aus den Augen und wollte auf Hiraya losgehen. Sie drehte sich weg und begann laut zu schreien. Wie eine rettende Wand erschienen die beiden Türsteher jenes Nachtclubs von nebenan, stellten sich vor sie und blieben ruhig stehen, unmissverständlich. Der Muscle-Shirt-Träger musste kapitulieren und wischte sich über seine bierbesudelte Stirn. Seine Freunde gaben ebenfalls auf, drängten ihn zurück.

»Komm, wir gehen. Lass den ›Iskandalo‹.«

Verächtlich schaute er Hiraya ins Gesicht und ging widerwillig mit seinen Kumpanen nach draußen. Sie fiel zitternd in sich zusammen. Jennys Hände erschienen plötzlich wie aus dem Nichts mit einem Glas Wasser.

Alle außer Paul begleiteten sie unter den Augen der beiden Türsteher bis zum Jeep, mit dem sie zu Jennys Wohnung fuhren. Sie schlief glücklicherweise schnell ein, während Jenny wach lag und über all die Tragödien der letzten Tage nachdenken musste. Sie war energisch genug gegen solche Angriffe geworden, doch wie würde sich dieses Mädchen hier weiterhin schlagen?

Die nächsten Tage im Restaurant verliefen unspektakulär. Danach gab es einen Feiertag, das Lokal war geschlossen. Hiraya machte einen Ausflug zum Rizal-Park und ging ins Kino. Der Liebesfilm handelte von einer Dreierbeziehung und sie verließ den Saal, weil sie diese Geschichte nicht länger ertragen konnte.

Nun gab es die Promenade am Meer mit einem schönen Blick auf die Manila-Bay und Hiraya betrachtete sich die vielen Menschen, die dort unterwegs waren. Dabei kam sie ins Grübeln und ging gedankenversunken umher. Urplötzlich sah sie ein Plakat, das eine Darbietung der Philippine Tinikling Dancers Revue bewarb. Sie bettelte um einen freien Tag und bekam ihn, was sie so glücklich machte. Aufgeregt ging sie an jenem Abend in die Halle, wo sehr viele Fans dieser Tradition zusammengekommen waren. Hiraya blickte sich inmitten der Besucher um. Männer in bestickten Barongs und ihre in schmuckvollen Filipiniana-

Kleidern gehüllten Frauen, teilweise mit hochgesteckten Frisuren, gingen umher. Sogar sehr junge Menschen waren unter ihnen, was Hiraya freute. So ungewöhnlich war sie also nicht, wie es ihr viele ins Gesicht sagten. Sie hatte das dunkelblaue Kleid angezogen und einen Kimona-Schal darüber drapiert. Er war ja der Einzige, den sie besaß.

Als der Vorhang sich öffnete und die Musik begann, sah sie zunächst nur ein Tanzpaar und ein gleich gekleidetes Paar, dass zu der klassischen im 3/4-Takt gespielten Musik ihre mit bunten Banderolen verzierten Bambusstangen zweimal auf die Lagehölzer am Boden und dann einmal gegeneinanderschlugen. Das Paar tanzte den klassischen Liebestanz, wobei der junge Mann seine Auserkorene ›umwarb‹. Das Mädchen trug ein blaues Kleid mit weiten ›Butterfly-Sleeves‹-Ärmeln und einen Glockenrock, der unter dem Knie endete. Sie tanzte barfuß so wie ihr Partner, der eine schwarze Hose und einen blauen ›Barong Tagalog‹ anhatte. Ihre zusammengesteckten, glänzenden Haare krönte ein Potpourri aus bunten Trockenblumen und einer breiten Spange, die ihre langen Strähnen fest zusammenhielt. Nach dieser Einstiegsdarbietung kam ein weiteres Tanzpaar auf die Bühne und zwei Performer für die Stangen dazu. Die Musik war nun schneller und die beiden Paare begannen sogar, Drehschritte und elegante Sprünge in die Darbietung einzubauen. Hiraya fieberte mit ihnen, weil sie Angst hatte, dass sich einer der Tänzer verheddern würde, doch nichts dergleichen geschah. Das waren echte Profis, denen man keinerlei Nervosität ansah. Hiraya bewunderte die Leichtigkeit, mit der sie das Publikum unterhielten und als das Finale begann, war Hiraya völlig sprachlos. Acht

Stangen-Paare und sechszehn Tänzer und Tänzerinnen hüpften und drehten sich nun in schneller Art zu einem modernen 4/4-Takt-Pop-Song, während die acht Paare an den Hölzern ihre Bambusstangen so platzierten, dass sie mit ihnen ein Quadrat bildeten. Hiraya stockte der Atem, als sie in der Darbietung die Stangen mit einem seitlichen Umschwung an ihre benachbarten Partner übergaben, und dabei tanzten die Mädchen ohne Unterbrechung weiter und schafften es ohne Fehler, wieder zwischen die neu platzierten Hölzer zu gelangen, ohne dass sie ihre Füße zwischen ihnen einklemmten oder ins Stolpern gerieten. Hiraya fragte sich, wie die jungen Männer diese über drei Meter langen Gebilde mit dieser Art Umschwung überhaupt so präzise drehen konnten. Sie fragte vor lauter Erstaunen den Mann, der neben ihr saß. Er schien zwischen 30 und 40 Jahre alt zu sein und seine Frau machte einen so liebevollen, ruhigen Eindruck auf sie.

»Das ist lange trainiert.«

»Ich möchte das auch können.«

»Kannst du nicht?«

Hiraya schüttelte schüchtern den Kopf und konzentrierte sich auf die Darbietung.

Die Tänzer gaben noch einen infernalischen Höhepunkt zum Besten, der das Publikum im Saal zu lauten Ovationen brachte. Die Schnelligkeit eines der Paare war so hinreißend, dass Hiraya sich nicht im Ansatz vorstellen konnte, wie sie das jemals lernen könnte. Sie wurde so traurig, weil sie einsah, dass die Mitwirkenden dieser Truppe sicher alle aus wohlhabenden Familien stammen mussten, die ihre Ausbildung finanzieren konnten.

»Du fragst dich, warum sie es so gut können? Es kommt darauf an, dass diejenigen an den Stangen präzise sind wie eine Quarzuhr, dann können die Tänzer ihnen voll vertrauen. Einige von denen sind auch Schlagzeuger oder spielen ein Instrument. Präzision ist alles, danach kommen die Verzierungen.«

»Kennen Sie sich aus, Sir?«

Der Mann lächelte nur und zwinkerte mit den Augen.

»Ein wenig.«

Nach der Vorstellung liefen viele Besucher im Saal umher oder unterhielten sich. Hiraya beobachtete, wie zwei von den Tänzerinnen auf ihren freundlichen Sitznachbarn zugingen und ihn mit einer Art Ehrfurcht begrüßten. Sie konnte einige Fetzen dieser Unterhaltung verstehen.

»Hallo Melissa.«

»Kuya! Schön, dass du uns zugesehen hast.«

»Ihr wart spitze.«

»Warum kommst du nicht zurück, als Trainer?«

»Tut mir leid, Melissa. Ihr habt einen tollen Trainer.«

Hiraya verstand jetzt, dass dieser Mann mit der Tanztruppe zu tun gehabt haben musste, und auch seine Frau, die von den Mädchen beinahe ehrerbietend begrüßt wurde.

Hiraya schwebte an diesem Abend in Glückseligkeit und träumte die ganze Nacht davon, einmal eine ›Tinikling‹ zu sein wie diese Mädchen in ihren wunderbaren Kostümen. Warum um alles in der Welt hatte sie sich nicht getraut, diesen Mann oder seine Frau noch weiter auszufragen?

Am nächsten Tag musste Hiraya wieder in den Alltag eintauchen, ohne Tanz und einem schönen Kleid. Ihr Ziel vor

Augen, wollte sie nur durchhalten und jener Abend war erfolgreich. Keiner von den männlichen Gästen baggerte sie an und das Trinkgeld fiel großzügig aus, weil sich drei Foreigner äußerst spendabel zeigten. Es waren Engländer, die einen zweiwöchigen Tauchtrip nach Palawan unternehmen wollten und in der Hauptstadt einen Zwischenstopp einlegten. Hiraya war am Ende müde, aber froh, den Tag geschafft zu haben und ging in die Küche.

»Alles klar, Kuya Paul?«

»Hier dein Essen.«

»Wow, ›Pancit Kanton‹.«

Sie wunderte sich, dass sonst niemand in der Küche war. Jenny sei schon gegangen und auch die anderen Kollegen vom Gastraum. Hiraya merkte erst jetzt, dass es schon nach 12 war. Die Nudeln waren sehr heiß, obwohl Paul doch die Küche um 11,30 immer schloss.

»Hast du das ›Pancit‹ frisch gekocht?«

»Für dich.«

»Das musst du nicht tun. Danke. Schmeckt gut.«

Hiraya fühlte schon, wie er sie beobachtete. Unruhe kam hoch und sie beeilte sich beim Essen, musste jedoch ihr Geschirr noch abspülen. Als sie mit dem Schwamm ihre Kreise über den Teller zog, kam Paul immer näher und stand plötzlich hinter ihr.

»Ich möchte gleich nach Hause. Geh bitte mal zur Seite.«

Er antwortete nicht, machte keine Anstalten, sondern blieb stehen. Hiraya spürte seine Finger, die durch ihr Haar streichelten. Abrupt drehte sie sich weg und wollte an ihm vorbei. Blitzschnell griff er mit seiner Hand an das Regal neben ihr und fasste mit der anderen an ihre Schulter.

»Paul, lass das.«

Seine Augen leuchteten unheimlich.

»Hiraya, ich habe dich so lange schon beobachtet. Du...«

»Paul, lass mich in Ruhe.«

Niemand konnte ihr zu Hilfe kommen, denn sie waren hier allein, zweifellos.

»Hiraya.«

Seine Hände umklammerten ihre Oberarme. Der hektisch klingende Atem, sein Ausdruck in den Augen und diese begehrlichen Blicke erklärten ihr alles. Hiraya wehrte sich, doch seine Hand drückte ihren Mund zu, dabei presste er sie gegen die Kante der Kücheninsel. Heftig packte er sie an den Hüften. Mit seinem gegen sie drückenden Oberkörper presste er ihren Leib auf die Platte. Sie konnte seine Finger spüren, die sich zwischen ihre Beine schoben und sie auseinanderzudrücken versuchten. Kaum Zentimeter war sein Mund jetzt von ihrem Gesicht entfernt.

Sie wollte nur weg von seinen ekligen Lippen, begann wie wahnsinnig zu schreien und strampelte mit den Beinen so fest, dass es ihr gelang, sich aus der Umklammerung zu lösen. Als er zurücktaumelte, riss sie ihr Knie nach oben und stieß mit dem Fuß nach vorn. Sein gellender Aufschrei und die Sekunden, als er seinen Druck von ihr nahm, reichten aus, so dass Hiraya sich vollends losreißen konnte und nach einem Filetmesser griff. Paul hielt die Hände vor sein Geschlechtsteil und grinste sie mit verzerrten Blicken an: »Das machst du nie.«

Hiraya hatte eine furchtbare Panik erfasst und ihre Hand, die den Messergriff umklammerte, zitterte, als sie ihm langsam Schritt für Schritt rückwärts auswich. Sie mit diesem reinen, friedvollen Herz, das hin und herüberlegte, ob sie es wagen könne, ihm die Klinge tatsächlich in den Leib zu rammen.

»Ich könnte Sir Freddy sagen, dass du es wolltest.«

Mit einem Satz nach vorn überraschte er sie und schlug ihr das Messer aus der Hand. Hiraya rannte um die Küchen-insel herum, blickte panisch umher, doch sie durfte ihn und seine Bewegungen nicht aus den Augen verlieren. Die Tür zu erreichen, ohne von ihm eingeholt zu werden, war unmöglich. Doch bemerkte sie die Griffe der Bratpfannen neben sich, aufgereiht an einer Kette in Reih und Glied. Sie blieb stehen und fokussierte ihn nur noch. Paul begann hämisch zu grinsen. Langsam kam er um die Insel herum auf sie zu und Hiraya glaubte jetzt, einen leibhaftigen Dämon vor sich zu haben. Sie sah, wie er immer näher an sie heranrückte. Blitzschnell schaffte sie es, eine der eisernen Wok-Pfannen zu greifen und holte aus.

Die Pfanne traf ihn rechts, gerade als er im Begriff war, sie zu packen und auf den Boden zu werfen. Pauls Kopf flog zur Seite. Er zuckte mehrere Male und fiel benommen auf den Boden. Hiraya rannte aus der Küche, hetzte durch den Gastraum und verlor ihren Schuh. Die Tür! Doch sie war bereits verriegelt. Der Schlüssel! Sie hatte keinen bei sich und begann verzweifelt nach einem Fluchtloch Ausschau zu halten. Panisch rannte sie hinter den Bartresen, um in einer der Schubladen doch einen Türschlüssel zu finden. Nun vernahm sie diese schlurfenden Gehgeräusche und den Schatten, der durch die Türöffnung in den Gastraum wanderte. Paul kam langsam wankend auf sie zu. Das Kettchen in der Hand, fokussierten seine Augen alles an ihr. Er wollte ihren Körper und sagte nur leise: »Den habe ich.«

Hirayas Atem überschlug sich fast. Laut japsend rannte sie auf ein Fenster zu, riss es auf und sprang. Sie lief nur, ohne auf jemanden zu achten, so schnell sie konnte. Die wenigen Menschen auf den Straßen blieben stehen, schauten dem Mädchen hinterher oder gaben Kommentare ab, was diese Verrückte bewogen haben könnte, hier ohne Schuhwerk panisch umher zu rennen. Hiraya erreichte endlich ihre Wohnung, riegelte von innen zu und drückte die Kommode vor die Tür. Zitternd schrie sie zu Gott um Hilfe und brach danach ohnmächtig zusammen.

Paul zeigte seine ganze Ruchlosigkeit und Verlogenheit, als er Sir Freddy erzählte, dass sie ihn verführen wollte und danach angegriffen hätte. Jenny glaubte kein Wort davon und schwieg dennoch, weil sie gefangen war wegen der Fürsorge um ihr Kind. Sir Freddy war verblendet oder einfach zu bequem. So entledigte man sich Hiraya besser. Das Gewissen ihres Arbeitgebers stach zwar mehrere Male, ändern tat es auch mit dem Umschlag, in dem sich 2000 Pesos befanden, nichts.

Hiraya saß in ihrer Wohnung und wusste, dass sie diese ohne Job nur noch einen Monat lang würde bezahlen können. Jenny kam vorbei, steckte ihr eine Tüte Reis zu und gab ihr 200 Pesos, sicher um ihr Herz zu beruhigen, hatte sie doch feige ihren Mund gehalten.

»Ist echt ›grabe‹, was vorgefallen ist. Aber Sir Freddy will ihn nicht loswerden. Er kocht zu gut.«

Hiraya erkannte jetzt immer deutlicher, dass Menschen zu Monstern werden konnten, wenn sie ihre Vorteile weg-

221

schwimmen sahen. Am nächsten Tag ging sie wieder auf Jobsuche, doch in der Straße hatte sich der Skandal zu ihrem Ungunsten herumgesprochen. In dieser Gegend schien ihr niemand helfen zu wollen, eine Anstellung zu finden. Einmal bot ihr eine Frau eine Arbeit als Escort-Mädchen für reiche Freier an und in einem anderen Restaurant sollte sie Essensreste entsorgen und Toiletten putzen, ohne einen freien Tag in der Woche. Sie kam am Tag an diesem Gebäude vorbei, vor dem sie die beiden ›Toro‹-Paare getroffen hatte. Ihr wurde schlecht, als sie diese Poster am Eingang sah und fing an zu heulen. Die Verzweiflung wurde von Tag zu Tag größer und die Träume von einer Tinikling-Ausbildung waren fast gänzlich verschwunden. In ihrer Bibel fand sie die Geschichte vom verlorenen Sohn. Sollte sie nicht besser zu Tante Mary Ann zurückgehen? Ihre Scham war riesig, so dass sie immer noch zögerte und glaubte, ihre Familie würde sie ohnehin für die Misserfolge auslachen. In der Provinz wartete ihr Vater, der sie aus dem Haus warf, der Hass einer Frau und eine Strafanzeige wegen ihr. Hier zeichnete sich der sichere Bankrott und Obdachlosigkeit ab. Noch nie hatte sich dieses Mädchen so einsam gefühlt, dabei musste es doch tausende Menschen in dieser Stadt geben, die anders, ja liebevoll und ehrlich waren. Warum aber hatte sie diese Zuneigung bisher nicht kennenlernen dürfen?

»Miss, die Miete. Du bist sonst einen Monat schuldig.«
Hiraya versuchte, die ›Madame‹ um einen Aufschub zu bitten, ihr zu erklären, dass sie keine Arbeit gefunden hätte. Die Alte kannte sich aus und legte ihr nahe, ihre Moral zu

lockern und sich eine lukrativere Beschäftigung zu suchen, worauf sie auf Elaine anspielte. Hiraya war schockiert, dass ihre Vermieterin über Elaines Leben Bescheid wusste.

»Den Spiegel habe ich selbst anbringen lassen. Doch dann macht dieses dumme Huhn solchen Unsinn.«

»Aber...«

»Was denkst du, was die meisten hier im Haus tun?«

Mit riesigen Augen blickte sie dieser Frau ins Gesicht und sah einen Satan vor sich.

»Mam, sie wollte ihrem Leben ein Ende setzen. Wie können Sie nur so grausam sein?«

»Das war ja nicht meine Schuld. Also, in einer Woche habe ich die Kohle oder dein Handy.«

Als die Tür zuging, fiel Hiraya aufs Bett und brachte keinen Ton mehr heraus. Sie begann wirklich zu begreifen, dass Jennys Versuche, sie hier wegzubekommen, von echter Angst um ihr Dasein als unschuldige junge Frau zeugten.

»Papa, Papa!«

»Na, schon wach?«

»Längst. Mami hat Frühstück gemacht.«

Er blickte auf den Wecker neben dem Bett. Ja, er hatte lange geschlafen, weil es spät wurde gestern Abend. Er fuhr den Nachtzug PNR 2304 bis zum Endbahnhof, musste dann die Lokomotive abspannen und ins Betriebswerk fahren.

Jason schälte sich aus seinem Bett, nahm eine kleine Broschüre vom Nachttisch und las einen Bibeltext, der mit einer Erklärung dazu geschmückt war. Langsam ging er mit einem Handtuch um den Hals nach unten, wo ihm seine

Frau mit einer Tasse in der Hand einen guten Morgen wünschte. Der Kuss auf ihre Wange war die Erwiderung auf diese liebevolle Begrüßung.

»Guten Morgen, Liebling.«

»Danke für den herrlich duftenden Kaffee. Was gibt es?«

»Rühreier und dein Lieblingsspeck.«

»Ich habe Muffins.«

»Zu viel süß schadet den Zähnen, Junge. Wo ist Letizia?«

»Gerade aus dem Haus.«

»Ja sicher. Ich habe zu lange geschlafen.«

»Wie war die Nacht?«

»Kurz. Na ja, heute ist frei, morgen geht es wieder los.«

»Welchen Zug fährst du?«

»Den Abendzug nach Calamba. Übernachten dort und übermorgen früh nach Hause, aber dann?«

»Vier Tage frei, Papa. Was machen wir?«

»Mal sehen. Pizza nach der Versammlung?«

»Klar. Schlag ein, Paps.«

Fröhlich hielt Jason seine geöffnete Hand nach oben. Sein Sohn Lemuel brachte rasch Freude in sein Herz mit seinem kindlichen Frohsinn und ließ die Morgenmüdigkeit wegen der zu kurzen Nachtruhe rasch verfliegen. Der Schichtdienst bei der Bahn war eben nicht immer komfortabel.

Jason faltete die Tageszeitung auseinander und studierte die neuesten Meldungen. Ein Raubüberfall in Intramuros, die Börse hatte erneut im Index verloren und ein Kongressabgeordneter wurde vor einen Ausschuss zitiert, weil unerklärlicherweise eine siebenstellige Summe für ein Straßenbauprojekt verschwand. Dann die Klatsch-News aus der Welt der Fernsehstars und die lokalen Nachrichten. Leider war diesmal auch ein Unfall an einem Bahnübergang dabei, bei dem ein Motordreiradfahrer ums Leben kam. Es war der Bericht, den Jason unbedingt lesen wollte.

»Dieser Übergang ist die Hölle. Wenn ich da rüber muss, fahre ich meist nur Schritttempo. Die Schranken dort sind das Letzte.«

»Ach Jason.«

»Kuya Leroy sitzt zu Hause und weint sich die Seele aus dem Leib. Er hat einen Menschen überfahren. Ich sage dir aber, dass der Tricycle-Fahrer schuld war, nur was hilft ihm das jetzt?«

»Das muss hart sein.«

»Ich bin echt froh, dass ich noch keinen Zusammenstoß hatte, glaub mir das. Hilaria, ich liebe dich sehr.«

»Ich dich auch, Schatz. Du machst doch gute Arbeit.«

»Alleine mache ich keinen Sommer. Die Eisenbahn ist in einem desolaten Zustand.«

Lemuel schaute dabei traurig und wünschte seinem Papa, dass er niemals einen Unfall erlebt. Er würde immer für ihn beten, was jeden Tag doch das Wichtigste sei. Jason war stolz auf seine beiden Kinder. Tochter Letizia ging in die dritte Klasse und liebte die Schule. Er hatte seine Frau vor zehn Jahren dort kennengelernt, wo ihrer beider Passion war, die jedoch nichts mit der Eisenbahn zu tun hatte. Nach ihrer Hochzeit kaufte Jason dieses schnuckelige Haus in der Nähe von Tutuban, wo auch der jetzige Startbahnhof lag, sein neuer Arbeitsplatz. Dass er die Ausbildung zum Lokführer machen konnte, verdankte er seinem Bruder, der schon drei Jahre vorher Triebfahrzeugführer war und seine Beziehungen spielen ließ.

Lemuel hatte seinen Muffin aufgegessen und sprang vom Stuhl. Rasch hatte er seinen Ball geholt und lief hinaus. Im Vorgarten hing ein Basketballkorb an einem Holzmast. Jason blickte durchs Fenster und lächelte. Ja, die Kindheit und ihre Fröhlichkeit. Als er sein rechtes Bein ausstrecken wollte, stach es wieder schmerzhaft im Knie. Er wusste, dass er nie mehr zurück gehen konnte, dorthin, wo er sein Leben einst sah, denn seit dem unglücklichen Sturz war sein Kniegelenk nicht mehr so lange in der Lage, das zu tragen, was früher einmal in Perfektion und Präzision möglich war. Als Lokführer kam er besser zurecht, denn er musste weder hüpfen oder tanzende Kapriolen springen im Takt der klassischen Tanzmusik.

Die mittttägliche Sonne brütete besonders heiß über der Stadt. Seit Tagen hatte es nicht geregnet und die Fassaden der Hochhäuser reflektierten die Hitze derart, dass die Straßenzüge am Kochen waren. Hiraya stand vor dem Spiegel und zog ihr dunkelblaues Kleid über. Guthaben auf dem Handy hatte sie keines mehr und besaß kaum noch Geld, seit die ›Madame‹ ihr eine halbe Monatsmiete herausgepresst hatte. Mit ihrer Umhängetasche lief sie los und bog diesmal in eine andere Straße ab, die Richtung Mesa führte, einem Stadtteil, an den sich ein Viertel anschloss, welches für seine ärmlichen Verhältnisse bekannt war. Hiraya indes war darauf versessen, eine Anstellung zu finden. In der Tasche befand sich nur noch eine Packung Kräcker und sie hatte Hunger. Doch irgendetwas trieb sie an und sie war sich sicher, dass jemand ihr heute einen Job geben würde. Das schicke Kleidchen sollte ihr Pluspunkt werden, denn sonst hatte sie es nie hier angezogen, um Männer nicht zu sehr auf sich aufmerksam zu machen.

»Guten Morgen, Lorna.«

»Hi Jason!«

»Gibt es Besonderheiten? Fahrplanänderungen?«

»Nicht, dass ich wüsste.«

»Na dann läuft es ja rund heute.«

»›Good Road‹, Jason.«

Jason holte seine Uniform aus dem Spind, zog sich um und packte seine Wasserflasche in den leichten Stoffrucksack. Er schaute hinein und prüfte, ob er alles dabeihatte.

»Bis morgen. Ach Jason! Die Zeitschrift über das Eheleben. Hat mir gefallen. Ich versuche das mal zu Hause anzuwenden. Vielleicht klappt es mit Jeff dann besser. Danke nochmals.«

»Freut mich. Gern geschehen.«

Jason verließ den Dispatcherraum und trat auf den Vorplatz. Seine Lokomotive stand dort, massig, in dunkelblauer Lackierung. Als er im Begriff war, über die Gleise zu gehen, flog die Tür auf und eine junge Frau mit einer dicken Brille auf der Nase fuchtelte mit einem Blatt Papier in der Luft herum.

»Mister Jason!! Verzeihung, dass du es nicht wusstest. Du nimmst heute die Lok 918.«

»Wieso nicht meine 916?«

»Irgendwas ist kaputt.«

Jason rang um Fassung. Dreimal tief ein und ausatmen, das half oft. Immer wieder diese Defekte an den alten Kisten, auch wenn sich die Kollegen vom Betriebswerk bemühten, mit den runderneuerten Ersatzteilen die Loks am Laufen zu halten.

»Jeff meinte, das Umschaltgetriebe.«

»Ohne Rückwärtsgang werde ich in Calamba kaum den Zug wenden können.«

»Sorry.«

»Du kannst doch nichts dafür. Wo steht die Ersatzlok?«

Als Sybille, seine untersetzte, niedliche Kollegin mit der dicken Brille, den Finger schüchtern in Richtung eines Gebäudes ganz rechts am Rand des Betriebsgeländes hielt, dachte Jason, er höre nicht richtig.

»Dann muss ich über drei Gleise zurücksetzen? Toll!«

»Piet und Matthew helfen dir. Sie sind schon an den Weichen.«

»Danke Sybille. Mach´s gut.«

Jason ging in den Lockschuppen, kletterte ins Führerhaus der ›918‹ und stellte seinen Rucksack in das winzige Fach hinter seinem Führersitz. Die Maschine sprang unter dem Rumoren des Anlassers an und grauer Rauch pustete aus dem Rohr auf dem Dach in die Luft, als die Motoren an Drehzahl zulegten. Jason fuhr die Lokomotive langsam über die drei Gleise rückwärts an seinen Zug, der gleich in den Abend hinein starten sollte. Die Passagiere waren schon seit Minuten dabei, in die Waggons zu steigen. Allerlei Gepäckstücke und Pappkartons mit den absonderlichsten Inhalten wurden hineingereicht. Die Menschen auf dem Bahnsteig verabschiedeten sich mit winkenden Armen und letzten Handyfotos von ihren Angehörigen und Freunden, die in den Abteilen saßen und ihrer Reise entgegenfieberten. Jason blickte aus dem Seitenfenster. Ob es mal pünktlich losgehen würde? Tatsächlich hob sein Zugbegleiter die Hand und schaute in Richtung der Lok. Ein Pfiff ertönte. Sofort griff Jason zum Fahrstufenhebel. Mit dem sonoren Aufheulen der Dieselmotoren rollte sein Zug langsam an, sein Zug mit der Nummer PNR 4209.

Langsam überfuhr Jason die letzten beiden Weichen und schwenkte in die Hauptstrecke ein. Die Waggons schwangen hin und her, die welligen Gleise lagen hier recht schlecht. Erst nach der Ausfahrt aus dem Kopfbahnhof wurde es besser, weil es die Regierung geschafft hatte, diesen Teil erneuern zu lassen. Die schmale Hintertür zum Seitengang der Lok ging auf. Jasons Lokbegleiter quetschte sich in den Führerraum.

»Hallo Jason.«

»Guten Abend, Bernie. Wie geht's deiner Frau?«

»Schon viel besser. Ist eben nicht leicht zurzeit.«

»Ich wünsche ihr alles Gute, das weißt du.«

Gerne hätte er mit seinem Kollegen, dessen Frau schwer krank zu Hause lag, intensiver geredet, doch auf der Strecke gab es praktisch auf jedem Meter unkalkulierbare Gefahren. Jason musste sich immer sehr konzentrieren. Leute, die neben den Gleisen herumliefen, schlecht gesicherte Bahnübergänge oder wellige Schienen, die an manchen Stellen zur Langsamfahrt zwangen, waren nur einige von den abenteuerlichen Situationen, die Jason dann immer erlebte, wenn er im Führerstand seiner doch irgendwie geliebten Diesellokomotive saß. Wenn nichts Ungewöhnliches passierte, würden sie kurz nach 8 Uhr glücklich an der Endstation halten können.

»Sorry Miss, keine Stelle frei.«

»Danke.«

»Was kannst du? Du hast dein College abgebrochen? So wird das nichts. Tut mir leid.«

»Danke Mam.«

»Wir suchen leider nur männliche Mitarbeiter.«

»Das steht doch gar nicht auf Ihrem Schild.«

»Sorry Miss.«

Hiraya konnte nicht mehr zählen, wie viele Absagen sie schon einstecken musste. Es war unerträglich heiß. Sie hatte ihre Kräcker aufgegessen und vor Stunden zum letzten Mal ein Mineralwasser getrunken. Mit langsamen Schritten erreichte sie einen Bahnübergang und bog in den Weg ab, der neben den Schienen entlanglief. Gina hatte ihr damals von einer schnellen Stadtbahn auf Stelzen erzählt. Diese alten Gleise aber konnten es unmöglich sein mit ihrer teils verbogenen Lage, die sich unter dem Gewicht der Züge in all den Jahren an den Untergrund angepasst hatte. Abfall lag zwischen und neben den Schienen. Die Gegend, in die sie nun lief, erschien ihr immer ärmlicher. Manche Leute lächelten sie an, die meisten aber schauten ihr stumm hinterher. Sie war hier zweifellos ein unbekanntes Mädchen und entfesselte Neugierde.

»Guten Tag. Wer bist du?«

Hiraya erschrak und blickte die alte Frau an, die durch das Fenster ihres winzigen Kioskes schaute und sie anlächelte.

»Hiraya po.«

»Wohnst du hier? Ein hübsches Kleid hast du an.«

»Ja..., danke.«

»Du bist nicht von hier.«

»Ich suche Arbeit.«

»Arbeit? Ach Kind. Möge der Herr Jesus dich segnen.«

Die Alte schüttelte nur mitleidig den Kopf. Die Behausungen der Menschen rückten nun von Meter zu Meter dichter an die Gleise heran. Hiraya sah Jugendliche, die sich Draisinen aus Holz und winzigen Metallrollen zusammengebaut und Bänke darauf montiert hatten. Kinder spielten im Sand zwischen weggeworfenen Plastiktüten mit Blechdosen oder einem alten Ball. Die meisten liefen zwischen den Schienen umher, musterten Hiraya nur kurz und gingen wortlos weiter. Über ihr spannten sich in grotesker Weise Stromkabel kreuz und quer zwischen den Dächern und Mauern hindurch, dabei sah sie zwei Männer, die nur mit Shorts bekleidet an einer solchen Leitung hantierten und zweifellos einen Draht abzweigen wollten. Hin und wieder trennten winzig schmale Seitengänge die sonst direkt aneinander stehenden Gebäude. Kinder liefen dort hindurch und mussten sich an jemandem vorbeizwängen, der angelehnt an eine schäbig graue Hauswand seinen Gedanken nachzuhängen schien.

Hiraya erkannte, dass sie sich vollends hier verirrt hatte und wollte zurück zu einer Hauptstraße gelangen. Sie fühlte sich so schwach und hatte Durst. Nun beschloss sie, umzukehren und zu dieser alten Dame mit ihrem Kiosk zu gehen. Sie war der einzige Mensch gewesen, der überhaupt Notiz von ihr zu nehmen schien. Direkt neben dem Profil des Bahngleises tapste sie langsam weiter und sah den winzigen Laden wieder.

»Na? Wieder zurück?«

»Ate po, ich möchte eine Flasche Wasser haben.«

»10 Pesos. Kind, sag mal. Du hast doch Probleme, oder?«

Hiraya schüttelte den Kopf. Ihr war jedes Zugeständnis so peinlich. Mit tiefen Schlucken trank sie aus der kleinen Plastikflasche und blickte hoch in die gleißende Sonne. Schweißperlen liefen ihr am Nacken herunter. Das Wasser war nicht einmal gekühlt, und doch war jeder Schluck für sie wie ein pulsierender Energiestoß. Dass die alte Frau in ihrem Kiosk keinen Kühlschrank besitzen mochte, verstand sie und auch, dass an diesem Ort nichts Erlösendes auf sie wartete. Als sie langsam weiter ging, tuschelten zwei ältere Frauen über ihre Beobachtung.

»Sie hat doch irgendwas.«

»Kennst du die?«

»Sie wirkt so schwach.«

»Eine Waise vielleicht?«

Die Kioskbesitzerin schüttelte nur den Kopf und unterbrach die beiden leise.

»Sie sucht Arbeit.«

»Wo gibt es hier Arbeit?«

Die drei älteren Frauen schauten dem Mädchen mitleidig hinterher und sagten kein Wort mehr.

Hiraya lief langsam weiter und fühlte, dass ihr knappes Kleid die Aufmerksamkeit von einigen Männern anzog, die in der Hitze dösten, an einer Zigarette zogen oder mit dem Rücken gegen eine Hauswand lehnten. Es mochte Neugier und manch erregende Sehnsucht hinter diesen Blicken stecken. Zwei verhärmt aussehende Frauen hockten vor einem Plastikbottich und hantierten in der schäumenden Lauge mit ihren Wäschestücken herum. Sie schauten nicht zu ihr hoch und ließen sich in ihrem Palaver nicht stören.

Das überlaufene Waschwasser versickerte rasch neben den Schüsseln und nur die Schaumflocken blieben ein wenig länger auf dem mit achtlos weggeworfenen Verpackungsresten übersäten Sandboden liegen. Dass sie von den Männern angestarrt wurde, war ihr unangenehm, aber Hiraya wollte nicht unbeholfen an ihrem Oberteil herumzerren in der Hoffnung, sie würde damit die vermeintlich auf ihre Brüste fixierten Blicke verscheuchen können. Sicher hätten die Typen erst recht nicht aufgehört, sie anzustarren. Die Hitze war unerträglich und ihr Kleid gerade richtig für diese Temperaturen. Eine gewisse Neugier trieb sie trotzdem an, weiter diesem Schienenstrang zu folgen, war er doch die einzige Richtschnur in diesem Chaos. Sie hatte beschlossen, noch einen Kilometer weit zu gehen und hielt nach Geschäftshäusern Ausschau, in denen jemand mit einem Jobangebot für sie hätte sein können. Nicht alle Behausungen waren wie ein grotesk anmutendes Patchwork aus unfertigen Betonsteinwänden, angerosteten Blechen und Sperrholztafeln zusammengezimmert. Auch massivere Häuser mit mehreren Stockwerken mischten sich unter dieses Sammelsurium, dass in all den Jahren immer näher an die Bahnstrecke heranrücken musste. Hiraya hörte Stimmen und blieb vor einer Reihe vergitterter Fenster stehen. Dort lief ein alter Fernseher und drei Männer saßen um einen klapprigen Tisch herum, auf dem eine halb leere Rumflasche und mehrere Gläser standen. Sie lauschte zwischen den Gittern hindurch, betroffen von der Szenerie in dem dunklen Zimmer mit dieser Männerrunde. Sie redeten durcheinander und waren betrunken. Wortfetzen schwappten zu ihr hinüber, dazwischen lautes Gelächter über den schmutzigen Witz, den einer der Typen gerade zum Besten gab. Hiraya hörte weg und schielte auf den Bildschirm, in dem eine Telenovela lief, eine von diesen drittklassigen Sendungen, die jeden Tag mit neuen Geschichten um Liebesaffären, Eifersuchtsszenen und Racheakten die Leute berieselten und abstumpfen ließen. Hiraya mochte von anderen Leuten als zu jung und unerfahren beurteilt werden, aber sie war sich längst bewusst, dass sich solche Dinge hinter manchen Häuserwänden schamlos abspielten.

Einer der Kerle sah ihr Gesicht plötzlich am Fenster und tippte seinem Freund auf die Schulter. Sie zuckte zurück, bekam kein Wort heraus, während sie diese Antlitze sah und deren glasige Augen. Schnell ging sie weiter, als einer ihr ein lallendes »Hallo, junge Schönheit« zurief, dass von Gelächter begleitet war. Nach ein paar Metern tauchten zwei Mädchen vor ihr auf, die nicht älter als fünf oder sechs Jahre alt sein mochten. Ihre Kleidung war abgetragen und das Hemdchen eines der Kinder hatte Löcher. Mit großen Augen schauten sie Hiraya an, dabei befingerte eines der Mädchen schüchtern den Stoff ihres blauen Kleides.

»Hast du fünf Pesos?«

Eine Frau zischte die beiden an, sie sollen verschwinden. Sofort gingen die Mädchen weiter. Hiraya fühlte einen Stich, der durch ihr Herz drang wie ein Bündel Nadeln.

»Na? Wohnst du hier?«

»Nein po.«

»Hast du dich verlaufen?«

»Es ist alles in Ordnung, Ate.«

»Talaga?« (Wirklich?)

Achselzuckend ging die Frau weiter und Hiraya wusste, dass ganz und gar nichts in Ordnung war. Sie hatte wieder Hunger und suchte fieberhaft nach einem Ort, der eine warme Mahlzeit anbieten mochte. Sie fragte eine junge Frau, die dabei war, ihre Wäsche über ein verrostetes Drahtseil zu hängen.

»Verkauft hier jemand warmes Essen?«

Ein kleiner Junge, augenscheinlich ihr Sohn, tippte Hiraya auf den Arm und zeigte zu einem schiefen Gebäude mit einer Markise, die bis über die Bahnstrecke reichte.

»Dort hinten.«, sagte die Frau mit der Wäsche.

»Danke.«

Ein Mann, nur in einer Unterhose bekleidet, trat aus der Tür und fragte die junge Frau leise, wer Hiraya sei. Er schien sich überhaupt nicht darum zu kümmern, dass die Leute den Abdruck seines Geschlechtsteils unter der Hose sehen konnten. Hiraya fand das furchtbar und blickte die Frau wieder an. Als sie hörte, wie er dem Jungen mit autoritärem Tonfall befahl, ihm eine Flasche Bier zu holen, ahnte sie, was sich in diesem Haus abspielte. Als sie dann das Weinen eines Babys aus dem Haus hörte, überkam sie tiefe Traurigkeit. Doch sie konnte hier nicht intervenieren. Schon der Gesichtsausdruck des Mannes bereitete ihr Angst.

»Ist was, Mädchen?«

»Nein.«

»Hey Emma, dein Kind schreit.«

Er machte keine Anstalten, das schreiende Kind selbst zu beruhigen. Hastig hängte sie die letzten Wäschestücke über den Draht und hob die Waschschüssel auf. Hiraya hätte gerne ein geheimes Zeichen machen wollen, um mit der jungen Frau abseits reden zu können, aber die Unmöglichkeit dieses Unterfangens zeigte ihr klar an, wie hilflos sie war. Und dieses junge Geschöpf reagierte nicht einmal und schien ihre Situation nur stoisch ertragen zu wollen. Hiraya musste aufgeben und fixierte wieder dieses Straßenlokal. Sie verabschiedete sich und ging langsam dorthin.

»Was haben Sie bitte zum Essen da?«

»Reis mit ›Bangus‹ und ›Gulay ng Kalabasa‹.«

»Was kostet das?«

»35.«

»Ich möchte eine Portion.«

»Setz dich dort hin.«

Hiraya wunderte sich nicht über die auf den Gleisen stehenden Plastikstühle. Seit sie in dieses Viertel abgebogen war, dachte sie, dass hier kein Zug mehr fährt. Das Gericht schmeckte recht ordentlich, doch es war sicher ihr immenser Hunger, der es ihr so munden ließ. Mit ihr saßen zwei Männer lachend zusammen bei einem Bier und drei Jungs spielten Karten am Nebentisch. Die Stimmung um sie herum machte sie traurig, doch sie wusste, dass dort, wo sie zurzeit wohnte, nichts Besseres auf sie wartete.

Jemand hatte ihr mal gesagt, dass Gott sogar Bitten erhört, die jemand, ohne laut zu beten, nur im Inneren zum Ausdruck bringen würde. Etwas hatte sie in unerklärlicher Weise angespornt, nun flüsternd zu bitten: »Lieber Gott, ich weiß, dass es Dich gibt. Ich schaffe es nicht mehr. Bitte hilf mir doch, jemanden zu finden, der mir eine Arbeit gibt. Bitte!«

Die Männer mussten das beobachtet haben. Es war für sie als gläubige Filipinos nichts Ungewöhnliches, jemanden beten zu sehen. Als sie wieder aufblickte, lächelten sie so sanft und unerklärlich anziehend. Plötzlich aber kam Bewegung in die Menschenmasse um sie herum. Das Tuten eines Signalhorns ertönte in diesen Sekunden. Noch war es leise, scheinbar weit weg.

»Steh auf. Du musst dein Essen mitnehmen.«

»Was?«

»Mädchen, der Zug!«

Meist geordnet sprangen die Leute auf, nahmen Stühle und Hausrat vom Gleis. Eine der zusammengebastelten Draisinen hatte angehalten. Die Passagiere sprangen herunter und die jungen Männer an dem Gefährt packten an und kippten es von den Schienen. Hiraya konnte dieses Signalhorn immer deutlicher hören.

»Langsamfahrstelle. Jason.«

»Mach Sachen.«

»Ich sage es ja nur. Maximal 15 Meilen.«

»Fahr ich doch.«

Immer wieder zog Bernie am Seil des Horns und Jason hatte den Wahlschalter für die Geschwindigkeit schon auf ›2‹ gelegt. Seine Lokomotive schaukelte jetzt merklich, kein Wunder bei den Schienen, die hier eher wie eine zarte Achterbahn aussahen. Oft nur wenige Zentimeter von der Maschine entfernt ging es an den Kanten der Dächer neben den Gleisen in diesem Schneckentempo vorbei. Vor den Männern spielten sich die immer gleichen, teils grotesken Szenen ab. Manchmal nur einige Meter vor ihnen sprangen

Leute zur Seite oder hoben irgendeinen Gegenstand vom Gleis. Flatternde Hühner oder herumstreunende Hunde rannten kreuz und quer über den Weg. Die Hupe ertönte fast ununterbrochen. Mehr konnte Jason nicht tun, außer wie ein Adler auf die Strecke vor ihm zu achten. Langsam hatte die Sonne unterzugehen begonnen, was die ganze Sache noch erschwerte.

Als Hiraya aufsprang, wäre ihr fast der Teller mit dem Essen aus der Hand gefallen. Hastig klappte der Besitzer des Straßenrestaurants seine Markise nach unten und Frauen riefen ihr zu, sie solle zur Seite gehen. Hiraya war von der Situation verwirrt, wollte sich schnell umdrehen. Sie stieß dabei mit einem Kind zusammen, dabei rutschte der Teller doch aus ihren Fingern. Und sie spürte unversehens, dass sie einen leichtsinnigen Fehler machte. als sie nur das wenige Wasser trank, denn ihr wurde plötzlich schwindlig. Als vor ihr drei Frauen zur Seite gehen wollen, konnte sie dort nicht weiter und wollte über die Schienen rasch auf die andere Seite springen. Der Zug war jetzt zu sehen und dieses hupende Signal, immer wieder auf-heulend in seinem durchdringenden Tonfall, schrecklich laut. Hiraya musste nur diesen einen Satz machen, doch sie hatte nicht bemerkt, dass ihre Sandale nicht richtig über ihrem Fuß saß, als sie sprang und jäh das Gleichgewicht verlor...

Jasons Hand war gerade an wieder am Signalhorn gewesen, als er nun für Sekunden auf den Tacho schaute. Seine Augen wanderten wieder hoch auf die Strecke, als hinter ihm die schreiende Stimme seines Lokbegleiters durch Mark und Bein fuhr.

»Jason!!!«

Augenblicklich riss er den Fahrhebel auf ›0‹ und zog mit aller Kraft am Bremsknauf. Bernie hing förmlich ununterbrochen am Seil des Signalhorns, während der Zug mit kreischenden Lauten zitternd an Tempo verlor. Als die Maschine endlich mit zischenden Geräuschen aus den Bremsleitungen zum Stillstand gekommen war, begann Jason schnappend zu atmen: »Bitte nicht!!«

Bernie war augenblicklich aus dem Führerhaus gehechtet und Jason brauchte lange Sekunden, um sich zu beruhigen und sprang mit einem Satz hinterher. Türen in den Wagen gingen auf und Köpfe streckten sich aus den Fenstern. Einer der Zugbegleiter kam herbeigerannt. Die aus den Fenstern der Waggons schauenden Fahrgäste beobachteten, was vor der Lokomotive vor sich ging. Männer knieten vor dem regungslosen Körper der jungen Frau in einem dunkelblauen Kleid.

»Habe ich sie...«

Jason ging in die Hocke, schob seinen Körper unter die massive Kupplungsklaue und blickte auf dieses Mädchen, das quer über den Schienen lag und aussah, als würde es schlafen. Ihr Unterschenkel war aufgeschürft und aus der Wunde sickerte Blut. An ihrer Stirn war außerdem eine Prellung zu sehen.

»Du! Bitte! Wach doch auf!«

»Hey Mann, wir helfen dir.«

Zwei Männer holten Hiraya unter der Stahlschürze hervor. Die alte Dame aus dem Kiosk lief mit einer großen Flasche in der Hand herbei.

»Gebt ihr Wasser.«

239

Die dabeistehenden Leute gestikulierten untereinander und schüttelten den Kopf, einige bekreuzigten sich.

»Das war ein Engel.«

»Sie haben toll reagiert, Lokführer.«

»Warum ist sie denn so über die Schienen gesprungen?«

Jason trug den regungslosen Körper zum Aufstieg der Maschine. Hirayas Arm hing schlaff herunter und nur ein leises Stöhnen war aus ihrem Mund zu hören. Bernie konnte es noch nicht fassen. Er betrachtete sich den Bereich an der Frontkupplung und begriff, dass es nur noch ein Meter gewesen wäre, dann hätten die Stahlräder dieses Mädchen unweigerlich zermalmt. Er schnappte sich die kleine Handtasche neben den Gleisen, nahm der alten Frau die Wasserflasche aus der Hand und kletterte neben Jason auf den Führerstand.

»Gib sie mir hoch.«

Hirayas Augenlider zitterten, als sie versuchte, sie zu öffnen. Nur schemenhaft konnte sie zunächst etwas erkennen, dann fielen ihre Augen wieder für Sekunden zu. Ihr Körper schaukelte sanft und ein brummendes Geräusch waberte in der Luft um sie herum. Sie musste sich zweifellos in einem Fahrzeug befinden. Schnell schien es nicht unterwegs zu sein, aber es bewegte sich so wiegend und irgendwie behütend trotz des rauen Sounds.

Hiraya konnte ihre Augen endlich öffnen und fühlte, dass sie mit dem Rücken angelehnt in eine Ecke gebettet worden war. Links stützte ein Pappkarton ihren Körper und rechts neben war die lackierte Metallwand. Das Brummen konnte sie nun deutlicher hören. Ihre Blicke schweiften umher. Einen Meter links von ihr saß ein Mann in einem blauen Shirt auf einem erhöhten Sitz und hinter ihm stand ein weiterer Mann mit der gleichen Kleidung und einer Baseballkappe. Durch das Fenster neben diesen Männern konnte sie den dunklen Himmel vorbeiziehen sehen und Kokospalmen, die immer wieder zuckend auftauchten und im Takt mit der Geschwindigkeit vorbeiflitzten. Sie wollte gerne etwas sagen, aber schämte sich. Bruchfetzen aus ihrer Erinnerung blitzten auf. Sie war doch mit ihrem Essen aufgesprungen, weil der Zug durchfahren sollte und dieses Signalhorn so laut und durchdringend zu hören war. Sie stolperte, fiel hin und…?

Hiraya schreckte nun auf, als der stehende Mann an einem Seil zog und ein durchdringendes Hupsignal ertönte, dass wie hundert Fanfaren klang. Sie blickte sich um, wollte ihre kleine Umhängetasche nehmen, doch sie sah sie nicht. Besser sollte sie sich ruhig verhalten, ja verstecken. Aber es dauerte nicht lange, bis der stehende Mann zu seinem Begleiter auf dem Sitz etwas sagte.

»Ich schaue mal nach unserem Findling.«

Hiraya presste ihre Lippen furchtsam zusammen, als der Mann sie anblickte, seine Kappe hochschob und lächelte.

»Na? Wie geht es dir, unbekanntes Mädchen?«

»Ist sie zu sich gekommen?«

»Yep.«

»Frag sie mal, was das sollte.«

»Wir kommen wegen dir bestimmt auf das Titelblatt der Zeitung. Du hast unsere Fahrt ganz schön durcheinandergewirbelt. Hier, trink Wasser.«

»Bernie, lass das Gerede bitte.«

Hiraya trank das erlösende Nass mit gierigen Zügen, bis die Flasche vollends leer war.

»Dein Name ist Hiraya?«

»Ja…, aber woher…?«

»Deine ID in der Handtasche.«

»Wo ist die?«

»Im Fach da oben. Keine Angst. Bei Jason kannst du eine Million aufbewahren, Da wird kein Centavo fehlen, wenn er sie dir zurückgibt.«

Bernie schob die Kappe noch weiter nach oben und pustete in echter Erleichterung. Hiraya begriff, wie nah sie ihrem Ende gewesen war.

»Eine Reaktion wie er hat sonst keiner.«

Dem Mann auf dem Führersitz schienen diese Worte nicht zu gefallen. Still verrichtete er seine Arbeit, hantierte an verschiedenen Schaltern und betätigte immer wieder diese Hupe. Hiraya wollte aufstehen. Bernie hielt ihr galant die Hand hin. Sie sah die Kratzwunde an ihrem Bein, die stark geblutet haben musste.

»Das ist alles, was du abgekriegt hast. Und deine dicke Beule am Kopf. Tut´s weh?«

»Ja. Wohin fahren wir?«

»Calamba, südöstlich von Manila.«

»Und dann?«

»Morgen geht es zurück. Du schläfst bei uns in der Lokführer-Bude. Wo wohnst du eigentlich?«

»Ermita.«

Jason begann sich zu wundern, warum sie dann in diesem Viertel herumirrte, welches doch weit entfernt lag.

Der Zug erreichte Calamba, sein Ziel. Bernie kuppelte die Waggons ab und Jason musste die Lok für die frühmorgendliche Rückfahrt nach Manila umsetzen. Hiraya saß auf der Bank vor einem Schuppen und beobachtete das Manöver. Die Unterkunft für die Zugpersonale war sauber und hatte alles, was man zum Übernachten benötigte.

Die Männer erkannten, dass Hiraya scheinbar nicht mehr viel besaß. Jason ging in einen Imbiss und besorgte eine Mahlzeit mit Reis und gebratenem ›Lapu-Lapu‹-Fisch, die das Mädchen mit Heißhunger verschlang.

Bernie schnarchte schon auf seiner schmalen Liege. Hiraya selbst konnte nicht schlafen und beobachtete Jason, der in einer Bibel las und dies mit einer stoischen Ruhe. Er blickte gelegentlich zu ihr hinüber und lächelte. Hiraya schämte sich bitter. Sie verstand, was sie dem Mann angetan hätte, wenn sie von seinem Zug getötet worden wäre. Die ganze Geschichte verwirrte sie mehr und mehr. Eigentlich hätten die Männer Hiraya auf ihrer Maschine nicht mitnehmen dürfen, aber warum taten sie es? Jason indes war sich seit der Ankunft in Calamba sicher, dass er dieses Mädchen schon einmal gesehen hatte. Nicht nur ihr dunkelblaues Kleid erinnerte ihn wieder. Hirayas Gesichtszüge waren es, die er jetzt wirklich erkannte.

»Wie geht es dir, Tinikling-Mädchen?«

Hiraya lächelte trocken, hatte sie auch das untrügliche Gefühl gehabt, diesen Mann von irgendwoher zu kennen. Jason legte die Bibel weg und machte mit dem Kopf eine zeigende Bewegung Richtung Tür. Die Sterne leuchteten deutlich am dunkelblauen Firmament in einer so schönen klaren Nacht. Es war immer noch sehr warm. Auf der Bank vor der Bahnunterkunft sitzend, schwiegen Hiraya und dieser Mann zunächst, als wollten sie sich nur allein von diesen Naturschönheiten erfreuen lassen. Jason trug jetzt ein rotes T-Shirt. Bestimmt wollte er seine Lokführeruniform schonen, die auch nur aus einem T-Shirt und der Baseballkappe mit der Aufschrift der Bahngesellschaft bestand.

»Danke.«

»Für was?«

»Das du mich nicht überfahren hast.«

Jason sprang auf und stemmte die Fäuste in die Seite.

»Das ist nicht wahr! Du bedankst dich? Sollte ich dich vielleicht zermalmen wie ein Insekt? Ich hätte mein Leben lang mit einer Blutschuld leben müssen.«

»Ich wollte mich nicht umbringen!«

Jason beobachtete sie mit bohrenden Blicken. Schwindelte dieses Mädchen oder nicht?

»Ich habe eine Familie.«

Als sie nun anfing zu weinen, beruhigte sich Jason sofort. Es berührte sein Herz, sie so sensibel reagieren zu sehen.

»Ich bin irgendwo hängengeblieben, mehr nicht...«

»Verzeih mir bitte. Ich bin noch ziemlich aufgewühlt.«

Lieb reichte er ihr ein Taschentuch. Schniefend versuchte Hiraya ihre Tränen abzuwischen.

»Warum habt ihr mich mitgenommen?«

Jason war auf diese Frage bereits gefasst, doch er empfand Unsicherheit. Er konnte sie nämlich nicht logisch mit der menschlichen Vernunft beantworten.

»Ich fühlte einen Drang, dass du Hilfe brauchst.«

Sie machte mit dem Mund ihre ablenkenden Grimassen, als wäre alles im Griff.

»Aber du kennst mich doch gar nicht. Danke trotzdem.«

»Du hast Probleme und sicher ziemlich große, stimmt's?«

Mit Worten etwas abzustreiten schaffte sie nicht und schaute betreten nach unten.

»In deiner Tasche waren nur 213 Pesos, ein Handy ohne Guthaben, eine leere Tüte Chips, deine ID und Fotos einer Frau, die älter ist und dir ähnlichsieht. Nicht gerade viel. Was wolltest du in diesem Stadtteil?«

»Das sind Bilder von meiner Mama.«

»Weiß sie, was du dort wolltest?«

»Sie ist... tot.«

»Entschuldige. Du..., das tut mir leid.«

Hiraya bewegte ihren Kopf hin und her, wusste nicht, was sie noch sagen sollte.

»Ich heiße Hiraya.«

»Weiß ich bereits. Jason Villanueva. Schöner alter Name. Meine Frau heißt Hilaria.«

»Echt? Wow, auch ein alter Name, wie Ate Remedios.«

»Wer ist das?«

»Eine gute Freundin. Sie besitzt einen großen Laden.«

»In Ermita?«

»Nein. In der Provinz, aus der ich komme.«

»Wo?«

»Capiz.«

Jason setzte sich wieder auf die Bank. Ruhig betrachtete er sich dieses Geschöpf, das ihm urplötzlich wie ein Kind vorkam, das in den Arm genommen werden musste. Er war sich sicher, dass sie außer diesem Kleid kaum noch etwas besitzen konnte. Und sie war es, die neben ihm und Hilaria im Festsaal saß.

»Du weißt, wo wir uns schon einmal gesehen haben?«

»Wir haben uns die Philippine Tinikling Dancers Revue angesehen. Ich saß neben dir.«

»Und ausgerechnet du fällst uns vor den Zug. Pass auf, wir reden bei mir zuhause weiter. Du musst schlafen. Es geht Morgen um halb 5 los. Was macht die Prellung am Kopf?«

»Geht...«

»Ich gebe dir noch ein Tuch mit kaltem Wasser.«

»Kuya Jason?«

»Was?«

»Vielen Dank.«

Er lächelte nur kurz und stand auf. Sie sah ihn in der Lokführerunterkunft verschwinden, dabei fühlte sie, dass sie einen wirklich liebevollen Menschen gefunden haben konnte, dass es anders war wie bei all den Begegnungen zuvor.

Jason musste seine Frau mit dem Anruf aufwecken. Sie saß mit großen Augen auf der Bettkante und konnte sich stundenlang nicht wirklich beruhigen. Hilaria ging daraufhin in das Gästezimmer in einem Anbau, den sie immer für reisende Brüder vorgehalten hatten und begann es mitten in der Nacht zu säubern.

Der morgendliche Zug nach Tutuban traf ohne besondere Vorkommnisse mit etwas Verspätung ein. Nachdem Jason die ›918‹ abgestellt und seinem Kollegen übergeben hatte, wollte er Hiraya mit nach Hause nehmen. Sie sollte im

Dispatchergebäude bleiben, bis er mit seinem Papierkram fertig wäre. Während sie auf einem Stuhl saß und wartete, begannen Jasons Kolleginnen Fragen zu stellen.

»Du bist die, die fast zerstückelt worden wäre? Viel Glück gehabt. Warum hast du nicht besser aufgepasst?«

»Mir wurde schwindlig und ich bin hingefallen.«

Hiraya beobachtete die Reaktionen dieser Frauen hinter dem Counter. Sybilles Augen, die durch die große Brille glotzten, erscheinen ihr mitleidig, gepaart mit hämischem Sarkasmus. Die dicken Gläser verstärkten diesen Ausdruck auf putzige Art und Weise, weil ihre Pupillen so unnatürlich riesig wirken. Der Gesichtsausdruck ihrer Kollegin hingegen offenbarte gespielte Coolness. Sie dachte sicher, dass Hiraya ein ungebildetes, einfaches Mädchen wäre. Auch die vorbeigehenden Männer, scheinbar Mechaniker oder Zugbegleiter, schielten neugierig zu ihr rüber. Ihre tuschelnd artikulierten Fragen drehten sich sicher darum, wer sie sei. Hiraya wollte lieber im Hintergrund bleiben und still hier sitzenbleiben. Öl ins Gesprächsfeuer gießen war das Letzte, was sie jetzt tun wollte. Endlich kam Jason ins Office, winkte ihr zu und mahnte zum Aufbruch. Hiraya wunderte es, dass er keinen eigenen Wagen hatte und sie mit dem Jeepney fahren mussten.

»Komm doch rein!«

»Ate po..., darf ich denn...?«

»Es ist alles gut. Du bist also Hiraya?«

Hiraya sah, wie Jasons Tochter herbeigerannt kam und die Arme zur Begrüßung um ihren Vater schlang. Auch die

Freude in den Augen ihres kleinen Bruders beeindruckte sie. Hilaria bot ihr ohne Umschweife einen Softdrink und einen riesigen Teller mit Reis und Rühreiern an, die mit gebratenem Tilapia-Fisch garniert waren.

»Du musst doch sicher Riesenhunger haben.«

»Ich heiße Letizia. Schön, dass du bei uns bist.«

Wie immer, wenn sie einen neuen Ort zum ersten Mal sah, musste sie sich genau umschauen, all diese Eindrücke aufnehmen. Was würde sie hier erwarten? Die Einrichtung in dem Räumen dieser gastfreundlichen Familie zeugten von Ordnungssinn und einem Stil, der sich auf wenige, aber dafür geschmackvoll ausgesuchte Stücke beschränkte. Sie schienen viel zu lesen. Nur selten hatte Hiraya ein derart gefülltes Bücherregal in einem Privathaus gesehen, außer bei Señora Remedios. Kaum hatte sie sich hingesetzt, stellte Letizia ihr das Glas Limonade hin. Mit einem Satz hüpfte sie auf den Stuhl neben ihr.

»Bist du eine Schwester?«

Hiraya schüttelte schüchtern den Kopf.

»Bist du eine Verwandte von Mama?«

Hilaria griff an Letizias Hand und nickte, als wollte sie ihr etwas erklären.

»Darf ich dir unser Haus zeigen, Tita Hiraya?«

»Lass sie bitte erst essen, Letizia.«

Hiraya zierte sich, wollte fragen, ob sie nicht mit jemandem zusammen essen könnte. Sie atmete jetzt erleichtert auf, als Jason die Treppe herunterkam und sich einen Teller aus dem Küchenschrank nahm.

»Mein Mann und du essen alleine. Wir haben bereits gefrühstückt. Ich mache die Küche sauber.«

Nach dem Essen, das ihr wie ein Wunder erschien, verstand Hiraya, dass diese Familie ungemein religiös war, ihren ganzen Alltag davon bestimmen ließ und dabei eine Leichtigkeit zum Ausdruck brachte, die sie so noch nicht kennenlernen konnte. Hilaria bat sie, sich auf einen Hocker im Badezimmer zu setzen. Sie holte Verbandszeug und fing an, Hirayas Wunde am Unterschenkel zu behandeln und ihre Stirn mit einer Salbe einzureiben. Schon begann Hiraya sich zu schämen und wollte wieder in ihre Wohnung zurück, allein deshalb, weil sie keinen einzigen Peso hatte, um diesen Menschen etwas für die unbeschreibliche Hilfe zurückzugeben.

»Ich danke euch so sehr. Störe ich denn nicht?«

Weiter kam sie nicht. Die neunjährige Letizia nahm sie bei der Hand und zog Hiraya förmlich ins Wohnzimmer. Es hingen Fotografien an der Wand, die ihr einiges sofort offenbarten. Neben Hochzeitsfotos und einem Bild, das Letizia als Baby im Arm ihrer Mutter zeigte, sah Hiraya diese beiden besonderen Bilder. Jason und Hilaria nebeneinander in Tanzkleidung gleicher Art in Farbe und Stil. Hilarias Filipiniana-Kostüm erinnerte sie wieder an etwas.

»Meine Eltern können gut tanzen.«

Hilaria sah, wie ihr Mann im Türrahmen stand und zweifellos alles mitanhörte. Etwas traurig drehte er sich wieder um und ging zurück an den Küchentisch.

»Du weißt, wer sie ist?«

»Sie saß neben uns beim Tinikling-Festival, nicht wahr?«

»Ich verstehe das nicht.«

»Ich weiß, wie sehr dich das beschäftigt.«

»Reden wir nicht so laut über sie.«

Hilaria blickte aus dem Küchenfenster und konnte Entwarnung geben.

»Das Mädchen hat Probleme, Hilaria. Ich denke, sie ist ganz allein in der Stadt. Und Gott will, dass wir ihr helfen. Ich habe keine andere Erklärung für diesen Zufall.«

»Zufall oder Fügung, wer weiß? Ich rede mit ihr.«

»Bitte tue das. Ich muss mich erst ein wenig hinlegen.«

Nach einer Viertelstunde kamen die Kinder mit Hiraya im Schlepp wieder ins Haus. Lemuel rannte zum Kühlschrank. Der Kokosnussshake war zu verlockend. Hiraya begann sich immer mehr zu wundern, denn ohne, dass es ihm jemand sagte, bot er ihr einen, in der kleinen Faltschachtel verpackten Shakes mit Strohhalm an.

»Ihr habt ein schönes Haus, Ate Hilaria.«

Hilaria lächelte und lenkte die Situation so, dass sie allein mit diesem Mädchen reden konnte. Ruhig saßen sie auf dem Sofa, das gegenüber der Wand mit den vielen Fotografien stand. Hiraya hatte ihren Shake nur zur Hälfte getrunken, weil sie sich immer noch schämte. Und Hilaria verstand bereits, wie tief ihre Scheu im Herzen saß.

»Du kommst nicht aus Luzon, oder?«

»Nein. Aus Capiz. Und du, Ate?«

Hiraya dachte, jetzt würde sicher die nächste Frage nach dem Warum kommen, doch nichts dergleichen passierte.

»Ich bin aus Pangasinan. Immerhin passt die Sprache. Aber dein Tagalog ist sehr gut.«

Schüchtern blickte Hiraya wieder nach unten.

»Du musst doch keine Angst haben.«

»Kann ich jetzt in meine Wohnung zurück? Ich muss Arbeit finden.«

»Was hast du bisher gemacht?«

»Restaurant.«

Diese gütigen Augen entfalteten eine Wirkung bei ihr, die Hiraya so hätte nicht zeigen wollen, doch es gelang ihr nicht zu verhindern, dass ihre Tränen begannen, aus den Augenwinkeln hervorzukommen. Hilaria indes konnte nur warten, bis das Mädchen endlich mit der Sprache rausrückte. Als es nicht mehr auszuhalten war, geschah es tatsächlich und Hiraya begann zu erzählen.

Jason schlief drei Stunden und wachte erfrischt auf. Er blickte auf die Armbanduhr und rappelte sich hoch. Seine Frau stand mit nachdenklicher Anspannung in der Küche. Sie hantierte mehr stoisch als konzentriert mit dem Messer an einem Hühnchen, welches sie zerlegen wollte.

»Na Schatz. Wo ist das Mädchen?«

»Im Anbauzimmer. Schläft.«

»Hat sie von sich erzählt?«

»Allerdings. Ich bin aber sicher, da kommt noch mehr.«

»Hat sie Familie hier?«

»Ihre Angehörigen leben fast alle in der Provinz. Ich wollte so was hier nicht ansprechen…, aber… Jason!«

»Rück raus damit.«

»Ein Kollege wollte sie vergewaltigen. Sie ist weggerannt. Seitdem sucht sie eine neue Arbeit. Und Geld hat sie auch nicht mehr viel.«

»Wenn du so schaust, ist sie also fast am Ende.«

»Sie ist übrigens erst 18, bald 19.«

»Weiß ich.«

»Mir scheint auch, dass sie sich sehr schämt. Irgendwas bei ihr zuhause.«

»Ich halte sie nicht für komisch oder dubios, Hilaria. Mir ist aufgefallen, wie höflich und zurückhaltend sie ist.«

»Sie hat einen bockigen Kopf hinter einer süßen Fassade.«

»Meinst du?«

»Ich finde schon.«

Jason ging seiner Frau beim Kochen zur Hand, sah er ja, dass sie es gerade nicht wirklich sauber hinbekommen würde. So wie sie einst als Tanzpartner ein eingespieltes Team waren, zelebrierten sie es in ihrer Ehe kein bisschen weniger.

Hilaria öffnete Hirayas Zimmertür ganz leise einen Spalt breit und sah, wie das Mädchen ruhig zu schlafen schien. Sie könnte später essen, dachte sie und ging wieder hinunter in die Küche. Hiraya wachte aber immer wieder kurz auf, dabei drehten sich beunruhigende Gedanken in ihrem Kopf. Sollte sie nicht endlich aufgeben und sich fallenlassen in die Obhut dieser Familie? Das Welten zwischen ihnen und den Menschen lagen, mit denen sie bisher in dieser Stadt zu tun hatte, spürte Hiraya mit der Vernunft, doch ihr Herz sagte ihr wieder und wieder, dass sie ohne eigene Selbstständigkeit niemandem echte Dankbarkeit zurückgeben könne. Sie war in einem Dilemma und erlebte die allgegenwärtige Scham in einer für sie neuartigen Weise. Wären die Villanuevas ihre Familie, hätte sie diese inneren Konflikte nicht ertragen müssen. Doch hier war es anders.

Hiraya sprang aus dem Bett und schlüpfte in ihre Jeans. Noch einmal sah sie sich um. Das Gästezimmer war wirklich hübsch eingerichtet, doch genau das würde ihre Schuld von Tag zu Tag vergrößern. Nichts fehlte in ihrer Handtasche, auch nicht der Schlüssel zu ihrer Wohnung, die sie in drei Wochen verlassen müsste, wenn sie bis dahin nicht die Miete zusammen hat.

»Gut geschlafen? Es gibt gebratenes Huhn.«

Sie nahm die Einladung an, doch Hilaria bemerkte ihre Unruhe und sah die umgehängte Tasche.

»Du möchtest weg, nicht wahr?«

»Ate Hilaria, ich kann hier nicht wohnen. Ich kann euch nichts zurückgeben und bin selbstständig.«

Leise ging die Haustür auf. Zum ersten Mal wollte Hiraya nicht, dass Jason und Letizia auftauchten. Das Kind freute sich so sehr, dass Hiraya nicht verstand, warum eigentlich. War es nur eine anerzogene Tugend gemäß deren Religion oder steckte Liebe dahinter, die sie meinte, zuhause gehabt zu haben, nicht anders als das, was sie gerade hier erlebte. Letizia mit ihren neun Jahren aber zeigte keine reine Höflichkeit, sondern Gefühle, die Hiraya nicht begriff.

»Du kannst doch weiter Arbeit suchen, während du bei uns wohnst.«

Hiraya schüttelte den Kopf, nahm aber Jasons Visitenkarte an. Letizia bettelte, dass sie hierbleiben solle, was sie mit dem Versprechen erwiderte, sie besuchen zu kommen. Ein Türchen gab es, dass sie unbewusst öffnete, als sie dem Kind ihre Handynummer gab. Das war jetzt alles, was die Villanuevas als Trumpf in der Tasche hatten, um eine Verbindung zu ihr aufrechterhalten zu können.

»Ich habe zu viel ›Utang‹ bei euch. Wenn ihr so großen Glauben habt, dann betet doch für mich. «

Jason konnte seine Beherrschung jetzt nicht mehr halten.

»Du bist naiv!«

»Jason!«

»Nein, Hilaria. Ich kann nicht zulassen, dass sie untergeht. Sie rennt in einem Squatter herum, um Arbeit zu finden.«

Diese Worte stachen Hiraya derart ins Herz, dass es sie nur noch mehr beflügelte, nicht aufzugeben.

»Ich möchte gehen. Habt vielen Dank.«

»Bleib hier, Hiraya. Du schuldest uns nichts. Und wenn dir das alles peinlich ist, dann geh bitte nach Hause zurück. Zu deiner Familie.«

Mit Worten, die Jason nicht ernst nehmen konnte, versprach sie, es sich zu überlegen und ging zurück in ihr Appartement. Als sie die Treppe hinaufging, blickte sie in den Gang vor den Wohnungen im 1. Stock und sah wieder die Tür, hinter der Elaine einst lebte. Die Bude war bereits wieder an eine junge Frau vermietet worden, die als Poledance-Girl in einer Bar arbeitete. Hiraya fühlte sich längst nicht mehr wohl in diesem Haus, besonders seit Elaine weg war, doch ihr Herz brannte darauf, ein Ziel erreichen zu wollen. Sie zählte ihr letztes Geld und fühlte einen heftigen Stich, der ihr angesichts der schockierenden Wahrheit durch den Magen fuhr.

Zwei Entscheidungen waren es, die sie vorher so nie gewagt hatte zu treffen. Der Geldverleiher gab ihr die 5000 Pesos, dafür hatte sie 6000 zurückzuzahlen, das übliche Geschäft bei dem ›Bumbay‹, einem der indischen Kreditverleiher hier im Viertel. Dann ging sie in eine Nachtbar, um sich erneut zu bewerben.

»Als Kellnerin? Du hast das schon gemacht?«

»Ja, Sir.«

»Du siehst gut aus und hast ein höfliches Auftreten.«

Eine ältere Dame, die augenscheinlich seine Frau zu sein schien, nahm ihn beiseite und tuschelte etwas von ›frisch und jugendlich‹. Dann kam sie näher und fing an, Hirayas Hüften und Arme zu befingern.

»Kannst du tanzen? Als Kellnerin verdienst du wenig, außer die Gäste sind spendabel. Aber als Tänzerin sieht das hier anders aus. Sie werden dir die Peso-Scheine reihenweise zustecken, wenn du es so machst, wie sie es gerne wollen.«

Hiraya nuschelte nur: »Das ist nicht die Arbeit, die ich suche«. Hastig stand sie auf und verließ das Lokal. Sie blickte sich nun in dieser Straße um. Bars und Diskotheken reihten sich wie eine Perlenschnur aneinander. Manche Eingänge zeigten ein unscheinbar verräterisches Aussehen. In den letzten Wochen hatte Hiraya durch ihre scheuen Beobachtungen immer mehr über die Abgründe hinter diesen Türen dazugelernt. Nun stand sie hier inmitten eines Dschungels aus Mauern, Beton und Glas, der unzählige Menschen beherbergte und von denen jeder sein eigenes Gefängnis mit sich herumtrug. Der Wille, ihren Körper keinesfalls preiszugeben, kämpfte nun mit der Angst. Die Furcht vor diesen Schulden bei dem Inder, der ›Madame‹, die ihre Miete haben wollte und der eigenen Versagensangst, ihrer Familie sagen zu müssen, dass sie gescheitert war.

Mit dieser Schuldenlast in den Händen und im Herzen versuchte sie wieder, eine Arbeit zu finden, die sie von den Abgründen im Nightlife fernhalten konnte, so gut es überhaupt möglich war. In all ihren Beobachtungen fand sie immer deutlicher heraus, in welchen Sklavereien so viele hier gefangen gehalten wurden. Manche Restaurants entpuppten sich bei näherem Hinsehen als Etablissements zweischneidiger Art. Sie bewarb sich ausschließlich als Küchenhilfe oder Kellnerin und versuchte dabei mit aller Kraft ihre Festigkeit zu bewahren. Doch als so jung aussehende Erscheinung zog sie bei den ersten Gesprächen die Begierden der Barbesitzer und mancher Gäste an, die sie entweder als leichte Beute für eine Nacht oder zukünftige Performerin auf der Showbühne sahen, wo sich dutzende Mädchen kaum bekleidet lasziv um Stangen oder auf dem Boden räkelten und von Einheimischen oder den Touristen angestarrt wurden, um ihre Urlaubsträume zu befriedigen. Doch Hiraya trug so unglaublich leidenschaftliche Ideale im Herzen. Lieber hätte sie auf der Straße übernachtet als ihren Körper jemandem zur Entjungferung preisgegeben. Sie musste oft weinen und verscheuchte die Vernunft trotzdem viele Male. Demütigen und sich ihrem Vater stellen brachte sie nicht übers Herz und entschloss sich zum Weiterkämpfen.

»Du möchtest als Bedienung arbeiten?«
Die junge Frau musterte sie lange und lächelte. Sie war eine hagere Erscheinung und trotz ihres freundlichen Auftretens erkannte Hiraya, dass sie zu leiden schien, was unter dem schummerigen Licht schon auszumachen war. Hiraya hatte diese Beobachtungsgabe unweigerlich erlernt, aber musste sich in jenen Augenblicken ganz auf ihr Gespräch konzentrieren.

»Wie heißt du?«

»Hiraya po.«

»Wie alt?«

»Achtzehn.«

Die Frau wischte sich die Hände mit einem Baumwolltuch trocken und kam hinter der Theke hervor.

»Ich bin Sol. Setzen wir uns dort hin.«

Hiraya folgte ihr an einen der kleinen Tische und sah sich vorsichtig um. Das Lokal war einfach eingerichtet. Es lief leise Musik aus Wandlautsprechern im Hintergrund und zwei junge Männer gingen immer wieder durch eine Schwingtür ein und aus.

Sol´s Hände zeigten, wie hart sie arbeitete, dabei war sie noch keine Dreißig. Hiraya spürte, dass sie ihr zu gefallen schien. Als Sol ihre Hände auf den Tisch legte, sah Hiraya die feinen Narben auf ihrem Unterarm. Sofort lenkte sie ihren Blick wieder hoch und hoffte auf das ersehnte Wunder.

»Du hast schon gekellnert? Kannst du kochen?«

»Ich finde schon. Beim Grillen bin ich ganz gut.«

Sol erkannte, wie sehnsüchtig Hiraya nach einer Arbeit hungerte. Sie begann sie auszufragen, was sie in Manila erlebt hätte, doch Hiraya empfand das nicht als unangenehm. Sie fand diese Frau sympathisch und mit jeder Minute verstärkte sich die Hoffnung in ihr.

»Hör zu. Ich kann dich hier nicht einstellen.«

Hiraya stand langsam auf und sagte leise: »Schade.«

Sol nahm Hirayas Hände und drehte sie, um sich ihre Handflächen zu betrachten. Hiraya wurde unsicher, sah aber, wie Sol sich den Kopf zu zerbrechen schien.

»Wir sind schon genug Leute. Ich habe zwei Jungs, die kochen und zwei Kellnerinnen. Mehr gibt mein Lokal nicht her. Wo wohnst du?«

Artig nannte Hiraya die Straße, wo das Appartementhaus mit ihrer kleinen Wohnung lag.

»Woher kommst du eigentlich? Du bist keine Manilenya.«

Hiraya nahm sich ein Herz und erzählte leise, was sie im Restaurant von Sir Freddy erleben musste. Dass sie von zuhause weggerannt war, umschrieb sie klug und doch hatte diese Frau alles kapiert.

»Durchhaltevermögen hast du.«

»Ich muss, Ate Sol.«

»Schulden?«

Hiraya nickte und versuchte zu erklären, warum sie die Schulden bei dem ›Bumbay‹ aufnehmen musste. Sol sah, wie sehr sich dieses Mädchen dafür schämte.

»Die meisten hier haben irgendwelchen ›Utang‹. Glaubst du, mir geht es besser?«

Schon nach dieser kurzen Zeit an dem kleinen Tisch herrschte bereits eine zarte Vertrautheit zwischen den beiden. Diese Restaurantbesitzerin schien sie wirklich zu mögen. Hiraya hatte schon damit abgeschlossen, hier eine Arbeit zu bekommen, fühlte sich aber allein wegen dieses Gesprächs so wohl. Sol stand auf und ging zur Theke.

»Was möchtest du gerne trinken?«

Hiraya freute sich jetzt richtig.

»Einen Calamansi-Saft bitte.«

»Dachte ich mir.«

Das Sol sich weiter mit ihr unterhielt, empfand sie nur als Wiedergutmachung dafür, hier keinen Job bekommen zu können. Sol hatte indes Respekt vor dieser jungen Frau, die sich, was ihre Integrität betraf, nicht erschüttern lassen wollte. Hiraya spürte, dass diese Restaurantbesitzerin alles über jene Gegend wusste. So öffnete sie ihr Herz ganz und erzählte, was sie so furchtbar mitansehen musste.

»Ich weiß nicht, warum du hier wohnst, aber du hast Mut.« Wie eine Tabelle aneinandergereiht ließ das Mädchen nun heraus, welche Jobs man ihr angeboten hatte und wie oft sie erfolglos wieder gehen musste. Sol hatte Hirayas blutjunges Aussehen heimlich betrachtet und war überrascht, dass sie noch nicht in die Hände irgendwelcher Ausbeuter oder Zuhälter geraten war.

»Vielleicht sollte ich aufgeben.«

»Nein. Ich habe es auch geschafft. Und du hast noch nicht einmal richtig angefangen. Deshalb helfe ich dir. Ich will, dass es dich nicht so trifft wie mich.«

»Ate?«

»Ich war in einem anderen Metier tätig, bis ich eine gute Entscheidung treffen konnte.«

Hiraya musste schlucken. Sol sah ihre erschreckt blickenden Augen. Sie nahm Hirayas Hand und liebkoste sie.

»Ich habe geheiratet und er holte mich da raus.«

»Wie willst du mir helfen?«

»Du fängst als Dienstmädchen bei mir zuhause an. Für meine beiden Kinder da sein, waschen, kochen. Und?«

»Dein Mann?«

»Pablo ist oft unterwegs. Sein Business.«

Hiraya sollte von nun an im Haus von Sol und ihrem Ehemann Pablo wohnen. Sie war heilfroh, aus dem Appartementhaus rauszukommen. Es hatte lange gedauert, ehe sie

259

begriff, dass die ›Madame‹ nicht nur Wohnungen vermietete, sondern als ›Mama‹-Zuhälterin fungierte. Bereitwillig packte sie ihre Habseligkeiten in die gelbe Reisetasche und verließ, ohne sich noch einmal umzublicken, ihre bisherige Behausung, während die Alte ihr grinsend hinterherschaute und mit dem Wohnungsschlüssel spielte.

Sol führte sie zu ihrem Haus, welches in einer dieser vielen Seitenstraßen eingezwängt zwischen den Nachbarn stand. Wie überall spielten Kinder zusammen auf der schmalen Straße und neugierig betrachteten die Leute diese junge Frau, die mit der auffällig gelben Tasche ihrer neuen Hausherrin durch diese Gasse folgte.

Sol öffnete die Eingangstür und hieß Hiraya willkommen. Sie wunderte sich, dass ihr Mann sie ganz normal begrüßte und froh zu sein schien, ein Dienstmädchen zu bekommen.

»Wir hatten bis vor ein paar Tagen eine ›Yaya‹. Es ist nichts Neues für uns.«

»Mein Name ist Pablo. Wie heißt du?«

»Hiraya po.«

»Sie kam im Restaurant angelaufen und brauchte einen Job.«

»Hättest mir sagen können, dass du jemanden einstellst.« Sol lächelte gequetscht und erwiderte: »Sie kann das. Ich habe sie ausgiebig interviewt.«

Still ging Pablo zum Sofa und setzte sich wieder. Hiraya sah die Bierflasche vor ihm. Er nahm sein Smartphone und begann, jemandem Textnachrichten zu schreiben.

»Wo sind die Kinder?«

»Spielen mit den Kids von Yamilla.«

Hiraya blickte Sol fragend und immer noch schüchtern an.

»Yamilla ist eine Nachbarin. Sie hat den kleinen Sari-Sari-Store, den du vorhin gesehen hast. Du kannst dort immer etwas holen, falls du im Supermarkt vergesslich warst.«

Hiraya schielte zur Wanduhr, auf deren Oberseite dicker Staub zu sehen war. Es war kurz nach halb 10. Ihr neuer Hausherr schien es gewohnt zu sein, um diese Zeit Alkohol zu trinken. Sol schien unbeeindruckt davon zu sein und ließ sich nicht abhalten, in ihrer sanften Freundlichkeit zu verharren.

»Dein Zimmer ist oben. Komm.«

Die Kammer war klein und hatte ein Fenster mit einem Ausblick auf den Hinterhof und der grauen Hollowblock-Wand des Nachbarn. Auf dem schmalen Bett lagen geblümte Laken und ein dickes Kissen. Immerhin konnte Hiraya ihre Sachen in einem Schrank verstauen, dessen rechte Tür schief herunterhing. Ein Wandspiegel und zwei Bilder mit einer Strandszene peppten dieses Zimmerchen ein wenig auf. Hiraya wäre in diesen Augenblicken gerne an einem dieser Strände gewesen, um ihre Seele im warmen Sand baumeln zu lassen, während sie ein gutes Buch lesen würde. Schnell musste sie diesen Gedanken wieder verscheuchen, weil Sol sie drängte, ihr in die Küche zu folgen. Das frühere Hausmädchen schien es mit der Sauberkeit nicht so genau genommen zu haben. So nahm sich Hiraya vor, ihren ersten Tag mit eifrigem Putzen einzuläuten.

»Ich muss wieder ins Restaurant. Wir öffnen um 11 Uhr.«

Sol öffnete den Kühlschrank und deutete auf das Kankong-Gemüse und ein Hähnchen, dass wohl aus einem Supermarkt stammte.

»Der Reis ist dort in der Kunststofftonne.«

Hiraya freute sich, dass hier mit Gas gekocht wurde. Ihr Nachsinnen wurde jäh durch das Knacken an der Tür und freudigem Kinderlachen unterbrochen. Der Junge schaute schüchtern auf die unbekannte Frau neben seiner Mutter, während das Mädchen ohne zu fragen in den Kühlschrank griff und eine Limonade herausholte.

»Das ist eure neue Ate. Sie heißt Hiraya.«

»Ich bin Nathan po.«

Das kleine Mädchen empfand Hiraya als ungezogen. Sie schnippte mit dem Öffner über die Limonadenflasche und glotzte Hiraya an, ohne ein Wort zu sagen.

»Das ist Eva. Sagst du nicht ›Guten Tag‹?«

»Hallo po.«

Hiraya mühte sich um ein breites Lächeln und fragte Eva, ob sie gerne Hühnchen essen würde.

»Klar.«

Die Kinder liefen wieder aus der Tür. Sol bat Hiraya noch, die beiden bei ihrer Nachbarin abzuholen, wenn das Essen fertig wäre.

»Ich komme heute spät nach Hause.«

»Okay, Ate Sol.«

Hiraya begann sofort mit dem Saubermachen der Arbeitsflächen und ging enthusiastisch dabei vor. Hin und wieder kam Pablo in die Küche und beobachtete sie. Kaum länger als eine Minute hatten seine Stippvisiten bis jetzt gedauert. Diesmal setzte er sich an den Esstisch und schaute zu, wie Hiraya das Hühnchen zerlegte. Ihr neuer Arbeitgeber war ein Mitvierziger, breitschultrig, aber bereits mit einem leichten Speckbauch. Sein Oberlippenbart sah aus wie bei diesen Filipino-Action-Schauspielern der 90er Jahre. Doch seine Augen strahlten Scharfsinnigkeit aus.

»Ist es so recht, Sir?«

»Sieht gut aus. Ich werde sehen, ob es nachher schmeckt. Wie hast du meine Frau getroffen?«

Hiraya erzählte, wie sie auf ihrer Runde durch das Straßenviertel Sol´s Restaurant sah und die hoffnungsvolle Idee hatte, sich dort als Kellnerin zu bewerben.

»Woher kommst du?«

»Capiz po.«

»Du bist nicht aus der Stadt?«

»Nein po.«

»Warum bist du in Manila?«

»Ich möchte selbstständig arbeiten und lernen.«

»Du bist Dienstmädchen. Was meinst du mit ›lernen‹?«

»Ich möchte Tinikling-Tänzerin werden.«

Pablo runzelte die Stirn und schielte dabei über den Hals der Bierflasche, um Hirayas Rückenpartie und ihre Hüften zu betrachten. Er begann weiter zu fragen, über ihre Familie, die Arbeit ihres Vaters und was es in Capiz denn an Interessantem gäbe. Freundlich erwiderte sie auf jede seiner Fragen das, was ihm genug Informationen geben konnte, ohne übermäßig vertraulich zu werden. Als sie den Tod ihrer Mutter erwähnte, wurde dieser Mann nachdenklich und bekundete sogar ein aufrichtig klingendes Beileid.

»Danke, Sir. Aber das Leben muss weitergehen.«

Pablo stand auf, trank die Flasche leer und ging seine Kinder holen. Hiraya war mit dem Brathühnchen fast fertig und suchte hastig nach dem Essgeschirr. Nach einigen

Minuten erst fand sie den Schrank, wo alles Benötigte zu finden war. Die Ordnung in diesem Haus ließ schon zu wünschen übrig. Sie beeilte sich und legte drei Gedecke auf. Pablo wunderte sich. Er streckte seine Hand einladend aus und lächelte.

»Und du?«

»Ich dachte, das Dienstmädchen isst nicht zusammen mit der Familie.«

»Doch, doch..., bei uns schon. Hol deinen Teller.«

Wieder wurde Hiraya an die Vorkommnisse in Verbindung mit Dolores erinnert. Es war ihr unangenehm, diese Einladung schon am ersten Arbeitstag anzunehmen, aber sie fügte sich. Sie hatte das untrügliche Gefühl, dass ihr Hausherr ein ›Nein‹ nicht gerne sah. Die Kinder aßen mit Heißhunger und auch Pablo lobte sie für das Ergebnis.

»Du kochst sehr gut. Ich möchte ein Bier.«

Hiraya holte die Flasche aus dem Kühlfach und öffnete sie vor ihm. Seine Beherrschtheit und klare Ausdrucksweise ließen keinen Hinweis hervorkommen, dass er bereits seit dem Morgen Alkohol trank. Hiraya musste schweigen und dachte zunächst, dass er es sicher nicht regelmäßig tat. Sie wusste zudem, dass in ein paar Tagen die Schulferien zu Ende gehen würden. Das Alter von Nathan schätzte sie auf acht Jahre, während Eva nicht viel jünger war. Sol musste die beiden rasch hintereinander bekommen haben.

»Möchtest du?«

»Nein, Sir. Ich trinke meistens nicht.«

»Das Hühnchen war wirklich köstlich.«

»Danke, Sir.«

»Was sagt ihr, Kinder?«

Nathan bedankte sich und stellte die Teller in die Spüle. Eva wirkte verschlossen und redete kaum ein Wort mit ihr. Nur ihre kleinen Augen schauten neugierig auf jede Handbewegung, die Hiraya machte.

Pablo verließ das Haus am frühen Nachmittag. Er hätte Geschäfte zu tätigen und zeigte Hiraya die Kinderzimmer. Das Aufpassen auf die beiden fiel ihr schwer, hatte sie ja als Jüngste nie die Verantwortung gehabt, auf Kinder achtzugeben. Nathan schaute Fernsehen, während Eva mit zwei Stoffpuppen spielte. Trotz vorsichtig gestellter Fragen antwortete sie nur wenig und wenn, waren es abgehackte Sätze. Krank schien sie nicht zu sein. Hiraya dachte, es konnte nur daran liegen, dass sie einfach noch zu fremd für Eva war.

Um Mitternacht kam Sol müde nach Hause. Hiraya wollte ihr das Ergebnis ihres Hausputzes zeigen und hatte tapfer durchgehalten. Die Kinder schliefen längst, doch Pablo war immer noch nicht zurück.

»Du musst nicht auf mich warten.«

»Aber dein Mann ist noch nicht hier.«

»Na und?«

Sol blickte sich um und presste die Lippen zusammen. Schon diese feine Geste verriet Hiraya, dass hier etwas nicht stimmte.

»Er muss manchmal bis in die Nacht arbeiten.«

Hiraya wollte nicht neugierig fragen, welcher Arbeit Pablo eigentlich nachging. Sie war eben neu und dankbar, diese Anstellung zu haben. Die Höhe der Entlohnung, die Sol ihr zugesichert hatte, überstieg das normale Gehalt einer Hausbediensteten schon merklich. Es freute sie einerseits, doch machte sie dieser Segen auch ein wenig stutzig. Die Gegend gehörte nicht zu den Vierteln mit wohlhabender Bevölkerung, doch erschien sie auch nicht ärmlich, eher gemischt. Sogar einen Ausländer, der Europäer zu sein schien, hatte Hiraya auf der Straße gesehen. Er spazierte zielstrebig auf einen Friseurladen zu und unterhielt sich mit einigen Filipinos in einem Slang-Englisch, welches er untrüglich in der Schule gelernt haben musste. Bars und Vergnügungslokale gab es in dieser Straße keine. Nur die vielen kleinen Läden durchzogen die bunt gemischte Wohnbebauung.

»Geh schlafen. Wir frühstücken morgen zusammen.«

Sol ging langsam nach hinten ins Schlafzimmer, welches auch im Erdgeschoss lag und schloss die Tür hinter sich. Hiraya fiel auf, dass die Tür ziemlich massiv gearbeitet war und auch das Schloss war größer als bei den üblichen Billig-Blechschlössern, die man hier meistens bei Zimmertüren vorfand. Nach diesem ersten Tag war sie natürlich hundemüde und froh, in ihr schmales Bett zu kommen.

»Sie geht nicht dran, Mama.«

»Du kannst ihr doch eine Textnachricht schicken.«

Letizia patschte sich seufzend auf die Stirn. Warum hatte nicht sie jene Idee gehabt? Dass Hiraya während der Arbeit öfters ihr Handy abschaltete, konnte das Kind nicht ahnen.

*»Liebe Tita Hiraya. Ich vermisse dich so sehr. Komm uns doch mal besuchen. Letizia.«*

Hiraya las die Textnachricht, atmete tief ein und begann sich schlecht zu fühlen. Sie schrieb daraufhin eine liebevoll verfasste Antwort, so lieb, wie sie auch einst Elaine Worte vermittelte, die doch nur Gutes bewirken sollten.

*»Ich verspreche es dir. Mir geht es gut. Grüß bitte deine Eltern. Hiraya. P.S.: Ich mag dich auch.«*

Schweigend lief Jason neben seinem Freund Geraldo in Richtung der Ausfallstraße, wo er seinen Jeep abgestellt hatte. Die enge Gasse vermittelte mit ihrer grauen Atmosphäre unter den verschachtelten Betonmauern und den Blicken der Leute, welche die beiden Bibellehrer neugierig beobachteten, eine erdrückende Traurigkeit. Der junge Kerl, mit dem Geraldo die Schrift studierte, war ein aufgeschlossener Typ, der aus einer Provinz im Süden kam und seine sieben Geschwister und die verwitwete Mutter unterstützte. Geraldo hatte Jason noch nicht erzählt, mit was sein Schüler seinen Lebensunterhalt bestritt.

»Er ist sanft, so bescheiden.«

»Ein lieber Kerl, stimmt. Das nimmt dich sehr mit, Bruder, nicht wahr? Hier ist es ganz anders als in eurem Gebiet mit den hübschen Subdivisions. Ich diene ja schon seit zehn Jahren in Ermita. Meine Frau studiert mit drei jungen Mädchen aus diesem Milieu. Sie alle glauben an Gott und wir beide wissen doch, dass sie es mit seiner Hilfe schaffen können, da raus zu kommen.«

Jason hatte seit einigen Minuten die drei Männer bemerkt, die ihnen folgten, aber nichts taten, außer die beiden zu beobachten. Es waren durchtrainierte Kerle und einer von ihnen trug eine Sonnenbrille.

»Wir gehen einfach langsam weiter. Sie wissen, wer wir sind. Du bist neu hier und deshalb sind sie vorsichtig.«

Jasons Gedanken kreisten nicht so sehr um diese drei Verfolger. Der Auftrag Gottes, allen Menschen zu predigen, war für ihn unumstößlich. Angst hatte er hier nicht, doch dachte er auch an das Leben der vielen jungen Frauen und Männer in deren Hoffnungslosigkeit und dem unbarmherzigen Kreislauf, dem sie inmitten des Nightlife, dem käuflichen Sex und der Abhängigkeit von Elementen ausgesetzt waren, die jene Strukturen am Laufen hielten.

»Hallo?«

Geraldo lächelte den Mann an. Er war einer dieser drei Kerle, welche die beiden Prediger neugierig observierten.

»Habt ihr eine neue Zeitschrift für mich?«

»Gern. Ich bin Geraldo. Wie geht es dir?«

Der Mann antwortete nicht, nahm die Zeitschrift, meinte nur, dass er so etwas gerne lesen würde und schlich wieder um die Ecke in diese enge Gasse.

Jason sah die ganzen Signboards über den Eingängen. Bar an Bar reihte sich aneinander, dazwischen Läden und ein Stundenhotel mit einer Fassade in rot-orange.

»Magst du was essen? Wir fahren rüber nach Munóz.«

Jason freute sich, nickte und forderte ein wenig energisch, dass er das Essen bezahlen wolle. Auf dem Gehweg lagen wie immer die Überbleibsel der letzten Nacht. Papierschnipsel, Verpackungsreste und Flyer wehten über den Asphalt, als ein kurzer Windstoß aufkam. Ein Faltblatt wirbelte gegen Jasons Bein und verfing sich an seiner Hose. Nur Sekundenbruchteile lang konnte er das Foto darauf sehen, eine Reihe mit Bildern dreier Mädchen und der Aufschrift ›Our newest Sexy-Girls‹. Jasons Miene wirkte versteinert, als er auf eines dieser Fotos schaute.

»Diese jungen Mädchen. Es ist traurig.«

Geraldo zupfte ihm das Blatt aus der Hand und stopfte es in einen Mülleimer, der einsam an einer Mauer stand.

»Denk an Positives. Was bedrückt dich, Bruder Jason?«

»Ich muss morgen zu einer Anhörung bei der Eisenbahn. Wegen einem Mädchen, dass so jung ist wie diese dort auf dem Zettel.«

»Du bist doch Lokführer. Wieso wegen einem Mädchen?«

Jason begann leise zu erzählen und zitterte dabei. Geraldo war, nachdem er alles gehört hatte, erleichtert, verstand aber auch die Gefühle, die Jason nach diesem Beinaheunfall mit sich herumschleppte.

»Wisst ihr, wo sie wohnt?«

»Irgendwo hier in Ermita.«

»›Hiraya‹ ist mittlerweile ein seltener Name. Meine Frau kann sich mal umhören. Nachname?«

»Sinilang.«

Jason presste seine Faust zusammen, weil er den Drang zu weinen unterdrücken wollte.

»Ich hätte fast ein junges Mädchen getötet.«

»Dein Job hat Risiken, das weißt du. Doch ich verstehe, warum du der Frau helfen möchtest.«

»Sie hat ihre Mutter verloren. Und sie ist selbst ein verlorenes Geschöpf. Wir haben nur ihre Telefonnummer, aber sie weicht uns aus.«

»Sie möchte eben nicht. Lass uns beim Essen reden.«

»Danke. Ich weiß das sehr zu schätzen.«

Geraldo war hungrig, patschte seinem Freund auf die Schulter und freute sich auf die entspannende Mittagspause, die vor ihnen liegen würde.

»Wie schnell durftet ihr an dieser Stelle fahren?«

»Maximal 15, Sir.«

»Ihr habt beide die Strecke beobachtet?«

»Mit allem, was wir hatten.«

»Könnt ihr euch erklären, warum das Mädchen auf den Gleisen lag?«

»Ich dachte zunächst, sie hatte die Absicht gehabt, aus dem Leben gehen zu wollen. Aber später versicherte sie mir, dass sie nur unglücklich gestürzt sei.«

Erleichtert rieb sich der Vice-Director die Schweißperlen von der Stirn und auch die Beisitzer gaben sich nach Jasons Erklärungen zufrieden. Neben ihm saß Lokbegleiter Bernie und gab wahrheitsgetreu sein Statement ab.

»Sie hatte eine Prellung an der Stirn. Hingefallen und dabei aufgeschlagen. Sie war sogar bewusstlos.«

»Danke Bernie. Ihr seid Helden.«

»Bitte Sir, nein. Es war die Langsamfahrstelle. Auf einem normalen Streckenteil wäre sie jetzt tot.«

Betreten schauten sich die Männer am Tisch des Gremiums an. Jason hatte den Kopf in die Hände gestützt und es schien, als musste er weinen. Der Vice-Director kannte ihn und seine Ansichten über die Heiligkeit des menschlichen Lebens gut. Wenn dieser Mann ein Mädchen auf dem Gewissen hätte, wäre er wohl daran zugrunde gegangen, selbst wenn ihn am Unfallhergang keine Schuld träfe.

»Jason, Bernie..., trotzdem muss ich euch eine offizielle Rüge erteilen. Warum habt ihr das Mädchen im Führerstand mitfahren lassen?«

Als Jason anfing, seine Antwort zu formulieren, grätschte Bernie augenblicklich hinein. Sie wäre verletzt gewesen und es den Männern schien es sicherer, sie aus jenem Umfeld zu bekommen, wo ihr ohnehin niemand einen Arzt gerufen hätte.

»Ah..., Kavaliere. Wo ist die junge Dame eigentlich?«

»Nicht mehr bei uns. Sie wollte nicht bleiben.«

»Na schön. Wir haben genug gehört. Jason, du kannst unverzüglich wieder an die Arbeit gehen.«

Genau das war es aber, was Jason nicht hören wollte. Auf dem Flur vor dem Office bat er seinen Arbeitgeber um eine Auszeit.

»Ich kann das verstehen, Jason. Zwei Wochen?«

»Einen Monat, Sir.«

»Einverstanden. Aber was ist mit deinem Einsatz heute Nachmittag nach Alabang?«

»Den mache ich natürlich.«

Der Vice-Director patschte ihm auf die Schulter. Er hatte immer schon große Wertschätzung für diesen aufrichtigen Mann und war ein wenig traurig, weil Jason seiner Leidenschaft von früher, dem Tanzen, nicht mehr nachkam.

»In Ordnung, Jason, aber eines muss ich dir noch sagen.«

»Sir?«

»Die Zeitung hat Wind bekommen, aber sie werden euch als Retter darstellen. Wir machen das schon.«

»Erst jetzt? Nach drei Wochen?«

»Keine Ahnung, woher sie die Informationen haben.«

Jason nickte nur, verabschiedete sich und ging nachdenklich in den Dispatcherraum. Ausgerechnet die Medien. Sie hatten doch nur das getan, was jeder andere Lokführer auch gemacht hätte. Sicher standen ein paar Jugendliche mit ihren Handykameras dabei, als man Hiraya unter der Frontschürze der Lokomotive hervorholte, doch an eine solche Konsequenz dachten weder er noch Bernie in diesen aufwühlenden Momenten. Sicher wurde es gefilmt. Besonders die Szene, als Bernie das ohnmächtige Mädchen zu ihm nach oben reichte, konnte zu dem Interesse nicht unerheblich beigetragen haben. Drei Wochen war es her und erst jetzt hatten sie ihn vor den Ausschuss zitiert. Jason regte das besonders auf, denn er erlebte die letzten Fahrten als furchtbare Prüfung. Dass er in der Lok mit Angstschüben unterwegs war, hatte er seiner Frau nicht erzählen wollen, doch sie fühlte, wie sehr er litt. Sein Glauben und die Familie hielten ihn aufrecht und seine beiden Kinder, die er so liebhatte. Mehrere Male erschien es ihm am besten zu sein, Hiraya einfach zu vergessen. Sie hatte sich entschlossen, ihr Leben weiter zu leben wie bisher und war keine Verwandte. Aber es schien, als ob der Allmächtige ihn erinnern wollte, dass hier jemand Hilfe brauchte. Letizia hatte mit diesem Mädchen nur einen halben Tag lang zu tun gehabt, aber schien sie derart ins Herz geschlossen zu haben, dass immer, wenn sie keine Antwort auf die Textnachrichten bekam, so niedergeschlagen war. Dies musste doch eine Bedeutung haben.

Die ersten Tage im Haushalt von Sol und ihrer Familie erfuhr Hiraya als hektisch, aber immerhin nicht kompliziert. Ihre Reinlichkeit war Sol sofort aufgefallen, was sie mit Freude und ohne zu intervenieren gerne akzeptierte. Zu

Hirayas alltäglichen Beschäftigungen gehörte das Einkaufen in einem Supermarkt auf der Hauptstraße, ein mühsames Unterfangen, wenn Pablo von ihr verlangte, einige Literflaschen ›San Miguel Pilsen‹ zu kaufen. Doch sie empfand es als ihre Arbeit, eine Tätigkeit, nach der sie so lange gesucht hatte. Hiraya war ein zierliches Mädchen, das gerade einmal 45 Kilogramm wog, aber behändig in den Beinen und geübt im Laufen, ein Segen, der ihrer Provinzherkunft auf der elterlichen Farm geschuldet war. Die Regelmäßigkeit des Alkoholkonsums ihres Herrn bereitete ihr zunehmend Sorge. Sie wollte sich mit Sol darüber unterhalten, wenn die Gelegenheit günstig wäre, und diese hätte sie meistens am Wochenende gehabt.

Sol ging regelmäßig in die morgendliche Sonntagsmesse und nahm an jenem Tag Eva mit. Hiraya fühlte sich bewogen, sie zu begleiten, um danach mit ihr reden zu können. Wie meistens war die Kirche gut gefüllt. Hiraya hörte dem Gerede des Priesters nur mit mäßiger Aufmerksamkeit zu. Sol kniete sich nach der Zeremonie vor einer Statue Mariens hin und tupfte sich ein paar Tropfen aus der Weihwasserschale auf die Stirn. Hiraya wollte nicht, fand solche Gesten nutzlos und erinnerte sich, in der roten Bibel zuhause in den 10 Geboten gelesen zu haben, dass man sich nicht vor Bildern verbeugen solle.

Nachdem die beiden die Kirche verlassen hatten, wurden sie von einigen Frauen umringt, die Sol sofort mit der Frage bestürmten, wer Hiraya sei.

»Meine neue Haushaltshilfe. Sie kommt aus Capiz.«

Hiraya musste die üblichen Höflichkeitsfragen beantworten und ertrug es in ihrer netten Art. Sie hoffte im

Inneren aber, dass sie sich rasch loseisen und mit Sol endlich alleine reden konnte.

Nach einer halben Stunde Palaver vor der riesigen Doppelflügeltür der Kirche waren Sol´s Freundinnen in alle Richtungen davongelaufen. Langsam flanierten die beiden in Richtung der Straße, wo Sol´s kleines Restaurant lag. Eva lief neben ihrer Mutter brav an der Hand.

»Wir holen unser Mittagessen dort ab.«

Hiraya fasste sich ein Herz und sagte sanft: »Ate Sol, darf ich dich etwas fragen?«

»Natürlich.«

»Warum betest du zu einer Statue?«

Sol hob die Augenbrauen und fragte Hiraya, ob sie beten würde.«

»Schon, wenn ich möchte. Aber dieses Ding aus Holz kann dir nicht helfen. Gott ist doch im Himmel und hört dir persönlich zu, denke ich...«

Sol erklärte etwas umständlich, welch bittende Kraft Maria doch vielleicht bei Gott haben könnte. Hiraya wollte sie nicht verletzen und war eindeutig anderer Meinung. Ihr Gebet neben der Bahnstrecke kam ihr wieder in den Sinn, dabei verwirrte sie noch immer die kuriose und extrem gefährliche Erfahrung danach, die fast ihren Tod bedeutet hätte.

»Du denkst tief nach, scheint mir.«

»Du hast ›vielleicht‹ gesagt. Man muss sich doch sicher sein, was man glaubt. Ich denke nicht, dass die Toten im Himmel sind. Macht keinen Sinn.«

Sol blieb stehen und machte große Augen.

»Wie kommst du darauf?«

274

Hiraya wollte es kurz machen und versuchte die Erinnerungen an das Gelesene zuhause in Worte zu kleiden. Sol zuckte mit den Schultern und lächelte sanft.

»Ate Sol..., ich mache mir Sorgen um Kuya Pablo. Ich finde, er trinkt sehr viel.«

Sol blickte auf ihr Kind herunter und machte mit der Hand ein abwehrendes Zeichen.

»Reden wir in meinem Lokal weiter, okay?«

Sol packte das Mittagessen in eine Styropor-Box, schob Hiraya in einen Abstellraum und schloss die Tür.

»Hör zu, Pablo hat viel Druck auf seiner Arbeit. Ich komme klar. Du musst dir keine Sorgen machen.«

Der Klang in jedem dieser Sätze hatte einen ausweichenden Unterton an sich. Hiraya war immer schon übersensibel und manchmal genervt deswegen. Diesmal aber fand sie ihre feinen Antennen sehr hilfreich.

»Du arbeitest gut. Mach einfach so weiter, verstanden?«

»Okay, Ate. Ich wollte dich nicht ausfragen.«

»Hast du aber. Und ich schätze das nicht. Das war´s.«

Hiraya erhielt ihren Lohn von Sol jede Woche ausbezahlt. Mit eiserner Disziplin wollte sie jeden Peso sparen, so gut es ihre Bedürfnisse zuließen. Nathan verriet ihr das Passwort für den Router und abends gelang es ihr damit, auf dem Smartphone ihre Tinikling-Videos zu schauen. Das hielt ihren Durchhaltewillen aufrecht, auch wenn es kaum mehr als eine Stunde pro Tag war, wo sie die Zeit fand, im Internet zu surfen.

Hiraya war müde und blickte noch einmal nachdenklich hinauf zum klaren Nachtblau des Himmels. Sie dankte Gott leise dafür, diese Arbeit zu haben und bat ihn plötzlich, auf

Hilaria und Jason aufzupassen. Immer wieder kamen sie, diese kurzen, schönen Szenen, als Letizia sie so lieb begrüßte und diese Frau Hilaria ihr wirklich zuhörte. Hiraya verstand nicht, warum sie sich gleich nach der Ankunft in jenem Haus so offenherzig zeigen konnte und von ihren Problemen erzählte. Jetzt fragte sie sich sogar, warum sie wieder abgehauen war. Doch sie hatte sich so entschieden und traute sich nicht, umzukehren.

Hiraya blickte zurück auf die Straße und beobachtete die vorbeigehenden Menschen. Selbst abends herrschte hier ein reges Treiben und die kleinen Stores waren meist noch geöffnet. Unvermittelt musste sie aufstehen, weil ein Fahrrad-Tricycle bei ihr anhielt und Pablo aus dem winzigen Seitenwagen ausstieg.

»Wo sind meine Kinder?«

»Nathan schaut Fernsehen und Eva schläft, po.«

»Hast du keine Beschäftigung?«

»Entschuldigen Sie, Sir. Ich habe gebetet.«

»So?«

Wortlos ging Pablo ins Haus. Sie musste ihm hastig folgen und lief in die Küche. Das Abendessen war nicht mehr heiß genug, so dass sie es aufwärmen musste. Im Augenwinkel sah sie, wie Pablo den Kühlschrank öffnete und ein Bier herausholte. Schnell stellte sie die Teller auf den Tisch und beeilte sich beim Anrichten des Gedecks. Währenddessen begrüßte Pablo seinen Sohn und zappte sich durch die Kanäle, bis er auf eine Drama-Soap-Opera-Sendung stieß, die er offensichtlich gerne sah. Hiraya sah hin und fühlte Widerwillen. Und Nathan hätte lieber seinen Zeichentrickfilm weitergeschaut.

»Daddy ist jetzt dran.«

Beleidigt warf sich der Junge mit seinem Smartphone auf das Sofa und fing an, ein Videogame zu spielen.

»Sir. Das Essen.«

»Bring es mir.«

Hiraya mühte sich um Beherrschung und darum, nicht unhöflich zu reagieren. Ohne einen Kommentar begann Pablo zu essen und verlangte ein zweites Bier.

»Sir Pablo, ist Ihnen nicht gut?«

»Was soll die Frage?«

»Mir scheint, Sie hatten heute einen schweren Tag.«

Er grinste kurz, dann wurde sein Gesichtsausdruck ernst. Hiraya empfand sein Anstarren als unangenehm und sie war froh, dass der Junge hier war.

»Mir geht es gut. Danke.«

»Ich mache dann die Küche sauber.«

Sie kam zwei Schritte weit, als sie seine Aufforderung hörte, sich hinzusetzen.

»Aus was für einer Familie kommst du eigentlich?«

»Meine Eltern sind Farmer.«

»Farmer? Ich hörte, manche von denen haben große Ländereien. Was machst du dann hier?«

Wieder nahm er einen tiefen Schluck aus der Flasche und glotzte auf die profane Eifersuchtsszene, die gerade im TV zu sehen war. Hiraya fühlte sich hilflos und doch verpflichtet, etwas zu erwidern.

»Ich musste etwas anderes sehen, um meinen Horizont zu erweitern.«

»Ich weiß, dass deine Erfahrungen nicht gerade ermunternd gewesen sind.«

Dass Sol mit ihrem Mann über sie geredet haben musste, erschien ihr schlüssig, doch in diesem Moment war es peinlich für sie.

»Nicht alles im Leben läuft glatt. Aber man muss sich zusammenreißen.«

»Klug bist du, Dienstmädchen. Und ich denke, dich kann man nicht so schnell rumkriegen. Meine Frau steht wahrscheinlich deshalb auf dich.«

Er sah, wie missbilligend sie auf den Bildschirm schielte. Es schien ihm Vergnügen zu bereiten, sie so zu sehen. Er wollte untrüglich etwas sagen, um sie zu brüskieren. Dass sein Junge hier war, hielt ihn wohl offensichtlich zurück.

»Darf ich jetzt an meine Arbeit gehen?«

Hiraya beeilte sich und reinigte gewissenhaft wie immer jeden Winkel in dieser Küche. Sie hörte, dass Nathan nach oben in sein Zimmer ging und hoffte, sein Vater würde es gleichsam tun. Doch plötzlich stand er neben ihr.

»Sir?«

»Weißt du, Hiraya. Du bist wirklich klug. Jetzt sage ich dir was. Sol war ein Luder und ich einer ihrer Zuschauer. Na? Geschockt? Doch ich liebe sie auf meine Art.«

»Mich geht ihr Privatleben nichts an, Sir Pablo. Außerdem, was vergangen ist, ist vergangen.«

»So? Deshalb bist du ja hier und lässt Vergangenes vergangen sein. Gute Nacht.«

Er griff nach der letzten Flasche im Kühlschrank und ging langsam ins Schlafzimmer. Hiraya durfte diesen Raum nicht betreten und fragte sich, wer ihn saubermachen würde. Nun ging sie daran, den Tisch im Wohnzimmer abzuwischen und starrte auf die Sendung, die immer noch lief. Eine Dreiecksbeziehungsstory, wie so oft. Hastig tippte sie auf die Fernbedienung und seufzte.

Um Mitternacht wurde Hiraya wach und verspürte Durst. Der leere Wasserspender war das Letzte, was sie sich gerade wünschte. Unten in der Küche standen die Nachfüllbehälter. Leise ging Hiraya die Stufen nach unten und musste abrupt stehenbleiben, als sie diese Stimmen hörte.

»Komm schon.«

»Hör zu, ich will nicht. Bin müde.«

Hiraya blieb stehen. Nun hörte sie patschende Schläge und rupfende Geräusche. Leises Wimmern erklang und Hiraya ahnte, was hier vor sich ging. Hektisch lief sie zurück auf ihr Zimmer und blickte dabei auf die Türen, hinter denen die Kinder schliefen. Nun bekam sie Mut und ging vorsichtig wieder nach unten. Sie näherte sich der Tür zum Schlafzimmer. Sol´s Schreie und die Geräusche machten Hiraya klar, was sich in diesem Raum abspielte. Sie dachte augenblicklich daran, ihre Tasche zu packen und einfach abzuhauen. Doch sie wollte nicht, wegen den Kindern und wegen Sol, denn sie mochte sie. Bis eben noch hatte sie Pablos grunzendes Gestöhne hören können. Das waren keine Geräusche eines zärtlichen Liebesspiels. Warum hatte er seine Frau ihr gegenüber als ›Luder‹ tituliert? Sol weinte nicht mehr. Nun wurde es gespenstisch ruhig. Unvermittelt hörte sie, dass jemand aufstand und im Begriff war, das Zimmer verlassen zu wollen. Eilig nahm Hiraya den Nachfüllbehälter mit dem Trinkwasser und hastete zur Treppe. Sie kam drei Stufen weit, als sie sah, wie jemand aus der Tür kam. Hiraya duckte sich und spähte nach unten. Sol war untenherum nackt und nur ein Shirt umkleidete ihren Körper. Sie drückte ihre Hände auf die Kante der Arbeitsplatte und versuchte sich offenbar zu beruhigen. Sie goss sich ein Glas Wasser ein. Eilig trank sie es mit einem Zug aus. Völlig gebannt beobachtete Hiraya weiter, was sich dort unten abspielte. Sol setzte sich auf einen Küchenstuhl und hielt die Hände vors Gesicht. Dass sie weinte, war sogar unter diesen kaum vorhandenen Licht und der Entfernung zu der Stelle, wo Hiraya hockte, deutlich zu sehen. Sie wusste, jetzt zu ihr zu gehen, konnte fatal enden, wenn Pablo unversehens aus dem Schlafraum kommen würde. Sie wollte und musste einen besseren Moment abwarten.

Hiraya erledigte ihre Arbeit am nächsten Tag so, dass sie die Gelegenheit abpassen konnte, Sol zu konfrontieren, bevor sie ins Restaurant gehen würde. Die Kinder waren in der Schule, was ihrem Vorhaben in die Hände spielte. Sol war lange im Badezimmer und kam mit einem Badetuch umwickelt endlich heraus. Sie sah Hiraya an, die am Tisch saß und Gemüse kleinschnitt.

»Ich muss zur Arbeit. Kommst du klar?«

»Ate, bleib hier.«

»Was ist denn?«

Sol war genervt und ging ins Schlafzimmer. Hiraya ballte die Faust, stand auf und folgte ihr. Ohne Zögern ging sie durch die offene Tür und erschrak, als Sol, splitternackt vor dem Spiegelschrank stehend, sich zu ihr umdrehte und hastig versuchte, das Tuch vom Bett zu fischen. Die blau unterlaufenden Prellungen auf ihrem Rücken und dem Gesäß konnte sie vor dem Mädchen nicht mehr verbergen.

280

Sie versuchte verzweifelt, dass Tuch um ihren ganzen Leib zu wickeln. Hiraya musste beim Anblick der Farben und riesigen Spiegel schlucken, besonders als sie einen Stapel DVDs sah, die Eindeutiges zeigten.

»Geh raus hier!«

Hiraya drückte die Tür hinter sich zu und drehte den Schlüssel um. Mit verschränkten Armen blickte sie Sol mit dem Mut einer Verzweiflung ins Gesicht. Sol´s Lippen begannen zu zittern. Sie flehte sie an, um der Kinder willen nicht darüber zu reden. Langsam ging sie auf Sol zu und hob das Handtuch an. Hiraya musste mit aller Kraft die Lippen zusammenpressen, um nicht in Tränen auszubrechen.

»Er hat es nicht leicht zurzeit.«

»Du entschuldigst das?«

»Es wird sich wieder geben. Er war ja nicht immer so.«

Hiraya ging auf und ab, unfähig, etwas zu tun.

»Ate! Ich habe meinen Vater verlassen, weil er mich nur zweimal geschlagen hat. Du glaubst doch nicht etwa, ich kann das mitansehen. Ich habe gestern Nacht alles gehört.«

Sol packte sie am Arm und drückte sie gegen den Schrank.

»Was hast du mitbekommen?«

»Ich weiß, was er dir antut.«

»Hör zu. Ich bekomme das schon hin. Sei froh, dass er kein Auge auf dich wirft.«

Hiraya begann zu frieren. Besorgt drehte sie ihren Kopf hin und her.

»Warum ist euer letztes Dienstmädchen gegangen?«

»Wenn du jetzt kündigen willst, ist es okay.«

»Nein Ate! Lass uns was dagegen tun!«

»Hiraya, hör zu! Ich will nie mehr dorthin zurück, wo ich herkam. Nie mehr. Ich will nicht!!«

Hiraya drehte den Schlüssel um und ging hinaus. Das Glas Wasser war eine Erlösung. Sie wartete, bis Sol an ihr vorbeiging, zurechtgemacht mit einem Langarmshirt und fein geschminkt. Sie lächelte sogar und bat sie, gut auf ihre Kinder aufzupassen.

Nathan kam mit seiner Schwester an der Hand am frühen Nachmittag von der Schule und aß mit Heißhunger.

»Eure Hausaufgaben?«

Der Junge zeigte ihr sein Heft. Den Kindern gefiel bereits die Art und Weise, wie Hiraya mit ihnen umging. Nathans Leistungen in der Tagalog-Grammatik ließen sehr zu wünschen übrig. Geduldig half sie ihm und wunderte sich, wie leicht ihr der Umgang mit den beiden fiel. Nur die schmutzigen Ausdrücke, die der Junge hin und wieder losließ, nervten sie.

»So etwas sagt man nicht, Nathan. Das ist respektlos und eklig. Wer hat dir das beigebracht?«

Der Junge senkte den Kopf: »Im Fernsehen sagen die das doch auch, Tita.«

Eva hatte ihre Verschlossenheit in den letzten Tagen etwas abgelegt, was Hiraya freute. Doch das mit dem Kind etwas nicht stimmte, fühlte sie einfach. Sie mischte einen Drink aus diesem süßen Orangensaftpulver, welches auf der Verpackung blumig auf dessen Vitaminmischung hinwies. Den Kindern schmeckte das Zeug aber. Nach den Schularbeiten war Nathan nach draußen gegangen und tobte mit ein paar Jungs und einem Basketball auf der Straße herum. Wieder hatte Eva ihre beiden Stoffpuppen auf einen

›Teppich‹ gelegt, der aus einem Handtuch bestand. Hiraya beobachtete sie. Mit ihren kleinen Fingern begann sie, einen Arm mit einer weißen Stoffbinde zu umwickeln. Danach nahm sie die Puppe in den Arm und liebkoste sie.

»Wie heißt deine Puppe?«

»Susan. Und das ist Sol.«

»Warum hast du sie verbunden?«

»Sie ist krank.«

»Was hat sie denn für eine Krankheit?«

»Ein böser Mann hat sie gehauen.«

Hiraya musste schlucken. Ihr lief ein Schauer über den Rücken. Sie war völlig hilflos, wusste nicht mehr, wie sie weiter fragen könnte. Früher hätte sie ihren Vater gerufen, der sofort eingeschritten wäre. Doch sie war hier allein, umringt von einer Wüste aus Beton, Gemäuern und fremden Menschen, die scheinbar nicht wussten, was sich hier abspielte oder es einfach ignorierten. Eva streichelte über das Gesicht der Puppe und gab ihr einen Kuss. Nun musste Hiraya durchhalten. Wann käme Pablo zurück? Sie blickte wieder auf die Kleine, die ihre ›Susan‹ sanft auf das Handtuch legte und sie mit einem zweiten zudeckte.

»Möchtest du noch einen Saft?«

»Opo, Tita.«

Pablo kam nach Hause, als es bereits dunkel war und schien guter Laune zu sein. Er hatte zwei Plastiktüten in den Händen, voll mit Süßigkeiten und Instantnudeln. Er gab der Kleinen einen Kuss auf die Stirn und umarmte seinen Sohn, der die Schokolade natürlich sofort sah und ungeniert in die Tüte langte.

»Hey, nicht alles auf einmal.«

Er gab Hiraya die Tüte und befahl ihr, sie in den Vorrats-schrank zu legen. Die andere stellte er auf den Tisch. Hiraya hatte die braune Flasche durch das durchschei-nende Plastikmaterial schon gesehen.

»Heute gibt es was zu feiern. Brandy. Und du trinkst einen mit.«

Hiraya lächelte nur. Eloquent begann sie mit Fragen, ihm den Grund für seine heitere Stimmung zu entlocken. Es wären zwei überaus erfolgreiche Geschäftsabschlüsse gewesen. Pablo jubilierte förmlich und Hiraya sah, dass er sein Geld offensichtlich gleich wieder verjubelte. Immer-hin dachte er dabei an seine Kinder, die er scheinbar regelmäßig mit diesen Süßigkeiten vollstopfte. Nathan war für sein Alter zu dick, zudem er sich nicht wie die Kinder in Hirayas Heimatprovinz den ganzen Tag lang herumtobend auf Bäumen und Feldern verausgabte.

»Sol kann froh sein, dass sie mich hat.«

Hiraya folgte ihm mit den Augen, während er in die Küche ging, um zwei Gläser zu holen.

»Ich lasse sogar meine Angestellten an meinem Erfolg teilhaben.«

Er stellte die Gläser auf den Tisch, sah ihr scharf in die Augen und goss sie voll.

»Sir Pablo, ich trinke nicht.«

Sie sah, wie seine Lippen mahlend hin und her gingen. Ihre Forschheit schien er von den bisherigen Dienstmädchen nicht gewohnt zu sein.

»Möchten Sie nicht essen?«

»Haben meine Kinder schon gegessen?«

»Selbstverständlich.«

Nacheinander trank er die beiden Brandys mit einem Zug aus. Hiraya war froh, mit den Kindern im ›Sala‹ bleiben zu können, während er alleine in der Küche saß. Mehrmals tippte er irgendwelche Nachrichten in sein Smartphone. Kurz darauf erschienen ein paar Männer vor der Tür. Hiraya musste sie hereinlassen. Sofort begannen sie eine fröhliche Runde, gossen sich ihre Gläser bis zum Rand voll und Hiraya ahnte schon, dass dies hier in einem Saufgelage enden würde. Es waren Pablos Freunde aus der Nachbarschaft, mit denen er regelmäßig abhing. Sie konnte die Kids aus der Schusslinie bringen, zumal es Zeit war, sie ins Bett zu bringen. Hiraya dachte sich, Eva mit einer Gute-Nacht-Geschichte ermuntern zu können. Außer ihrer kleinen Bibel aber hatte sie keinen Lesestoff. Sie tat es trotzdem und fand die Geschichte um die Geburt Jesu als kindgerecht, um die ersten Kapitel der Kleinen vorzulesen. Evas Augen blickten so vertrauensvoll auf sie, bis sie sanft einschlummerte. Nathan war selbstständig, spielte sein Videogame und schlief dann von alleine ein.

Das abartige Gelächter aus dem Wohnzimmer ließ sie schaudern. Die Männer verlangten etwas zu essen. Hiraya wollte sich damit behelfen, fertig gekochte Mahlzeiten von einer älteren Frau zu kaufen, die ein kleines Lokal in der Straße führte.

»Gute Idee, Hiraya. Und zwei Flaschen Brandy.«

Pablos Augenausdruck war bestimmend, als er ihr den 1000-Peso-Schein entgegenstreckte.

»Meine Freunde haben Durst.«

»Sie heißt Hiraya?«

»Schönes Mädchen.«

Sie nahm hastig das Geld. Beim Rausgehen hörte sie, wie einer dieser Typen lallte: »Deine Dienstmädchen werden immer jünger, Pablo.«

Hiraya musste gehorchen und den Brandy kaufen. Sie ging mit den Plastiktüten traurig die Straße entlang. Dabei zermarterte sie sich den Kopf darüber, wie die arme Sol diese Nacht erleben würde. Doch sie wollte nicht weglaufen. So wie sie Elaine beigestanden hatte, durfte es hier einfach nicht anders sein. Als Sol nach Hause kam, hockten Pablos Freunde immer noch auf den Sofas, aber so benebelt, dass sie nur noch wenig zum Besten geben konnten außer einigen dummen Kommentaren.

Sol scheuchte Hiraya in ihr Zimmer, weil sie nicht wollte, dass ihr etwas zustieß. Sie konnte nur mit Mühe einschlafen und wusste nicht, wie sie auf all das, was hier in diesem Haushalt geschah, reagieren sollte.

Hiraya wurde frühmorgens durch die Erinnerungstöne ihres Handys geweckt. Jemand hatte ihr Textnachrichten geschrieben. Es war Letizia. Auf einmal fühlte sie sich wohl und grüßte sie zurück.

*»Hallo Letizia. Ich arbeite wieder. Als Hausmädchen. Alles klar. Wie geht es deinen Eltern?«*

Nach ein paar Minuten kam eine lange Antwort zurück, so anspornend und liebevoll. Hiraya bekam wieder Angst, als sie an Sol dachte, die hier unbeschreiblich litt. Das Glück von Jason und seiner Familie, welches sie nur so ultrakurz mitbekam, erschien ihr nun wie der Himmel auf Erden. Warum gab es dann Menschen, die erleben mussten, was nur ein paar Zimmer weiter vor sich ging?

Hiraya schlüpfte in ihre Arbeitskleidung und lief nach unten. Es war noch sehr früh und die Sonne hatte gerade erst ihren Aufstieg am Horizont begonnen. Sol musste sie gehört haben. Die Schlafzimmertür ging leise auf. Hiraya sah eine Frau, die aussah wie ein Schatten ihrer selbst. Sie schien Schmerzen im Bauch zu haben und hielt ihre Hände schützend vor ihren Unterleib.

»Ate Sol.«

Sol hielt den Finger vor die Lippen und schloss leise die Tür.

»Hast du Kaffee?«

Das Mädchen beeilte sich. Sol trank so gerne diese 3 in 1-Mischung aus den kleinen Portionsbeuteln, mit Karamellgeschmack. Hiraya stellte stumm die Tasse ab und setzte sich demonstrativ auf den Stuhl ihr gegenüber.

»Ate Sol, wir müssen endlich etwas tun!«

»Wie willst du mir denn helfen?«

Natürlich ahnte Hiraya schon, welche Argumente sie zu hören bekommen würde. Und so war es auch. Sol beschwor sie, Pablo mit Abstand zu begegnen, sich nicht einzumischen und sie solle doch verstehen, dass sie um der Kinder willen bleiben müsse. Hiraya bohrte nach und hielt sich nicht zurück, Sol zu fragen, zu welchen Praktiken er sie zwingen würde. Er brauche es eben oft, wegen seines tagtäglich harten Jobs. Sol´s Versuche, sein Verhalten zu relativieren, nervten sie. Die Erinnerung an diesen einen Satz hatte sich in ihren Kopf gebrannt: »Er holte mich da raus«. Und sie wollte endlich wissen, was Sol damit meinte.

»Wo hat er dich rausgeholt?«

»Hör zu, Kleine.«

»Ich bin nicht deine ›Kleine‹.«

»Du kannst dir nicht vorstellen, für was ich mich damals verkauft habe. Weil ich meiner kranken Mutter half, bis sie tot war.«

Hiraya hörte ihr ruhig zu, ohne ihr diesmal eine fassungslose Reaktion entgegenzuschleudern.

»Ja, ich blendete es aus, bis diese ekligen Vorstellungen zu Ende waren. Wir alle blendeten es aus wie Benebelte, bis auf diejenigen, die keinerlei Skrupel mehr besaßen. Ich will das nicht mehr.«

»Vorstellung? Ate Sol..., was hast du damals gemacht?«

»Ich war Sex-Movie Darstellerin. Na? Genug gehört?«

Hiraya wankte zurück, hielt sich an der Tischkante fest und starrte Sol in die verzweifelten Augen.

»Immerhin erlebe ich es nicht mehr so, dass Dutzende um dieses Bett herumstehen und uns angaffen wie gierige Tiere. Lass es gut sein.«

Sol bat sie um einen neuen Instant-Kaffee. Dabei lächelte sie sogar, in einer irgendwie zu spürenden Leichtigkeit. Hiraya merkte, wie wohl sie sich in ihrer Gegenwart fühlte.

»Ate, ich will dir helfen. Deine Vergangenheit..., du hast es da raus geschafft und jetzt werden wir das auch schaffen!«

Sol nickte und nippte mit Hingabe an ihrem heißen Kaffee. Hiraya setzte sich, unfähig, sofort mit der Küchenarbeit zu beginnen. Stoisch ließ sie ihre Finger im Stoff des Handtuchs herumwandern. Nur das leise Ticken der Wanduhr untermalte diese gespenstische Stille.

»Weißt du, warum ich dich mag?«

Hiraya schaute nach oben und versuchte, ein ehrliches Lächeln zu zeigen.

»Ich habe dich gern, weil du ein cooles Mädchen bist, und so enthusiastisch. Du kämpfst einen großen Kampf, aber du kannst ihn nicht gewinnen, weil du hier in einem Siedekessel bist.«

Wieder blickten sich die beiden still an. Hiraya sah ihr unbeirrt zu, wie sie ihren Kaffee ganz austrank.

»Deshalb beschreibe ich dir nicht, zu was ich und meine Partner damals bereit waren, weil diese Leute die Peso-Scheine hinblätterten und verlangten, was wir tun sollten. Dein Herz würde absterben, wenn ich es dir erzähle. Und bitte, frag mich nie wieder danach!«

Hiraya nickte hastig, sprang auf und lief nervös vor dem Tisch hin und her.

»Ate Sol! Es gibt Institutionen, die dir helfen können. Wir haben Gesetze. Er ist ein Vergewaltiger.«

»Ich mache mich fertig. Dann will ich mein Frühstück.«

»Wo ist er?«

»Er wird nicht vor 10 Uhr aus dem Bett kommen.«

Sol blickte zur Schlafzimmertür. Kein Laut war von dort zu hören. Sie ging ins Bad und duschte sich lange. Immer wieder schielte Hiraya hinüber zu dieser Tür, um bereit zu sein, wenn er herauskommen würde. In der Zwischenzeit wurden die Kinder wach und kamen in die Küche. Eva hatte ihre Puppe ›Sol‹ in den kleinen Fingern und Nathan rannte zum Kühlschrank, um einen dieser süßen Kuchensnacks zu ergattern. Sol zeigte sich souverän und ließ sich nichts anmerken, während sie mit ihrer Tochter kuschelte und ihr half, die Spiegeleier zu zerteilen.

Pablo kam eine Stunde später aus dem Zimmer und ging nach einem ›Guten Morgen‹-Gruß ins Bad. Sol verabschiedete die Kinder für die Schule und wirkte unheimlich fröhlich. Pablo verhielt sich ausgelassen und hätte für fremde Besucher völlig unauffällig gewirkt. Doch Hirayas Augen verfolgten ihn auf Schritt und Tritt, in purer Angst, wann es wieder ausbrechen würde. Langsam stieg es hoch, dieses Gefühl um ihr eigenes Überleben. Wann würde er anfangen, an ihr interessiert zu sein? Hiraya war sich immer sicherer, dass es mit dem Dienstmädchen vor ihr so geendet haben musste. Solange Hiraya bei ihnen war, gab es kein ungewöhnliches Verhalten Pablos nach außen. Er war freundlich, sagte zweimal zu Sol »Ich liebe dich, Baby« und spielte viel mit seinem Handy. Sol indes tat ihre Routine, zog sich um wie immer. Dabei achtete sie trotz der Hitze wieder auf ein langärmeliges Outfit und Hiraya blutete das Herz, weil sie den Grund dafür kannte.

Die Kinder sollten am frühen Nachmittag von der Schule kommen, was Hiraya in ihren Zeitplan beim Kochen einbaute. Als die Flammen am Herd plötzlich ausgingen, musste sie feststellen, dass das Gas alle und keine Ersatzflasche im Haus war. Der Friseurladen an der Kreuzung hatte ein Hinterzimmer, wo man im Tausch eine neue besorgen konnte. Schnell löste sie den Schlauch und packte die hellblaue Propan-Flasche auf einen Metall-Trolley.

»Nimm doch gleich zwei Flaschen.«

Die Idee des jungen Typen in dem Friseurladen erschien ihr gut. Gekocht wurde doch regelmäßig und Hiraya fragte sich, warum Sol nicht ständig eine Reserveflasche im Haus hatte.

Der Nachmittag wurde wieder einmal von den Hausaufgaben der Kinder und dem Wäschewaschen bestimmt. Die

Zeit verging wie im Flug und langsam wurde es dunkel. Nathan schaute Fernsehen und Eva ließ sich ihr ‚Halo-Halo' schmecken. Sie mochte diese kalte Mischung aus Früchten, Jelly-Beans und Kondensmilch, das zusammen mit dem Crushed-Ice immer so schön im Mund knisterte. Hiraya wollte aufpassen, was sich der Junge im TV ansah, während er immer wieder mit der Fernbedienung durch die Kanäle zappte. Die Dramaserie wurde immer wieder von Werbeclips unterbrochen, und in der Story ging es wie so oft um eine Affäre. Als die betrogene Protagonistin der Geliebten ihres Boyfriends auf die Schliche kam, wurde es wieder einmal überdramatisch. Genervt nahm sie Nathan die Fernbedienung aus der Hand, als die beiden Kontra-hentinnen anfingen, sich zu prügeln.

»Hey!«

»Nathan, ich möchte nicht, dass du dir so einen Mist an-siehst.«

Nathan nörgelte etwas, gehorchte aber doch. Der Respekt vor der älteren ›Yaya‹ galt als Gesetz im Haus, eine Regel, die seine Mutter unerbittlich einforderte. Hiraya war er-leichtert, dass die Kinder ihr gegenüber kaum Abwehr zeigten. Eva zeigte mittlerweile ein liebevolles Vertrauen und genau das war es, was sie in diesem gefährlichen Kessel ausharren ließ. Für Hiraya war es jetzt das Wichtigste, Sol aus dieser Lage zu retten. Sie hatte sich bereits auf einem Zettel notiert, wen sie um Hilfe ersuchen könnte. Nathans Klassenlehrer oder die Hilfsorganisation für misshandelte Frauen und Mädchen? Die Polizei? Hiraya war sich sicher, das Sol bei so einer überraschenden Intervention alles ab-streiten würde. Und sie verstand sogar, warum. Sie konnte nur Erfolg haben, wenn Sol ihre Lage endlich einsehen und mit ihr an einem Strang ziehen würde.

Die nächsten Tage erlebte diese Familie ereignislos. Pablo war erstaunlich ruhig, sogar liebevoll und emsig beschäftigt, ein Indiz für seine Mühen, das Geld zu verdienen. Sol´s Restaurant erwirtschaftete keinen allzu großen Gewinn, doch half es ihm ein wenig. Die Schule fragte nach der nächsten Semestergebühr und die Bedürfnisse der Kinder hatten Priorität. Offensichtlich liebte er Nathan und Eva, selbst wenn er seine Trinkerei vor seinem Sohn nicht verheimlichte und ihm kaum moralisch gutes Benehmen beibrachte. Hiraya blieb skeptisch und hatte Gründe dafür. Waren sie allein, kam es vor, dass er sie bei der Arbeit auf eine Weise betrachtete, die sie alarmierte. Seine Blicke wanderten über die Konturen ihres jugendlichen Körpers, jedoch kam es nie zu einer Berührung. Oft dachte Hiraya daran, wie sie seinen ersten Verführungsversuch abwehren würde.

Es kam dann ein Abend wie einer der vielen zuvor, scheinbar belanglos und nach getaner Routinearbeit. Die Kinder waren zu Bett gegangen. Hiraya säuberte die Küche vom verspritzten Öl, dass ihr Grillgericht hinterlassen hatte. Was sie in jenem Moment wunderte, war Pablos Höflichkeit, mit der er die schmutzigen Teller vom Tisch räumte. Er ging ganz nah zu ihr und lehnte sich an die Kante der Arbeitsfläche.

»Du kannst gut grillen.«

»Danke, Sir Pablo.«

»Doch..., besser als die frühere Köchin.«

Hiraya musste auf Angriff schalten, dabei vibrierte es in ihr. Jede Bewegung seiner Augen verfolgte sie jetzt intensiv.

»Weißt du? Ich habe Wertschätzung.«

»Ich freue mich, dass es Ihnen schmeckt, Sir.«

»Nenn mich Pablo, okay?«

»Ich sollte meine Stellung kennen und nenne Sie ›Sir‹.«

Ihm gefiel diese Reaktion nicht. Hiraya spürte das und lief zum Tisch, um mit dem Putzen weiterzumachen.

»Sag mal, Hiraya. Hast du schon einen Mann gehabt, der es mit dir tat?«

»Ist das nicht zu intim, um ein Dienstmädchen zu fragen?«

»Warum? Ich bin dein Herr, dein Arbeitgeber.«

»Meine Sexualität ist eine Sache, die privat bleiben sollte. Würden Sie es schätzen, wenn ich Sie ausfrage, was Sie mit Ihrer Frau tun?«

Er grinste breit, dabei ließ er die Zungenspitze über seine Lippen wandern.

»Du weißt es doch, oder?«

Hiraya war erwischt und musste nun reagieren. Langsam kam Pablos Hand auf sie zu. Ein Schauer durchfuhr sie, dennoch blieb sie ruhig stehen. Doch seine Finger zupften ihr nur den Lappen aus der Hand.

»Sir, ich möchte die Arbeit fertigmachen.«

»Du hörst mir jetzt zu, Hiraya. Ich wünsche mir für dich, dass du nicht mehr weißt, als du solltest. Und noch was. Ich liebe meine Kinder und würde alles für sie tun. Sol kann jeden Tag dankbar sein und sie respektiert mich, weil sie jetzt ein Familienleben hat. Und sie verwirklicht sich, mit ihrem Restaurant. Das ist schön.«

»Warum zwingen Sie Ihre Frau, mit Ihnen zu schlafen?«

»Du hast etwas an dir, was mich fasziniert, Jungfrau.«

»Wie meinen Sie das?«

Hiraya wich drei Schritte zurück und starrte auf jede seiner Lippenbewegungen und die Art, wie seine Finger mit dem Putzlappen spielten. Pablo sah ihre Angst, die von einem doch vorherrschenden Mut umkleidet zu sein schien, weil ihre Augen blitzten wie bei einer ›Bayani‹ (Heldin), die jemanden retten wollte.

»Dein Vater muss ein aufrichtiger Mann sein.«

»Ja…, das ist er. Und er würde Ate Sol helfen.«

»Deine Stimme klingt nicht sehr überzeugend. Warum bist du dann nicht bei deinem Vater?«

»Weil ich selbstständig sein will.«

»Warum willst du meiner Frau helfen?«

»Ich möchte mich nicht ungebührlich ausdrücken, Sir Pablo, aber Sie sind ein brutaler Mann und ein Trinker.«

Hiraya wollte weggehen, doch seine Hand packte sie am Oberarm und heftig riss er sie zu sich. Seine Augen hatten nun etwas Bedrohliches in ihrem Ausdruck.

»Ich könnte dich jetzt sofort auf die Straße setzen. Aber klug bist du und weil du mir gefällst, wirst du dich um meine Kinder kümmern. Du wirst dich aus meiner Ehe und dem heraushalten, was ich und meine Frau dort drin tun. Und wie wir es wollen, dürfte ja nicht dein Interesse sein, oder magst du es gerne einmal erleben?«

Hiraya zitterte nun, doch ihr bissiger Blick ließ ihn nicht los und erzeugte Respekt in ihm.

»Lassen Sie meinen Arm los. Und wenn ich das hier ihrer Frau sage?«

»Was würdest du tun, wenn ich dich begehre?«

»Eher lasse ich mich töten.«

Er war verblüfft über diese Forschheit. Hiraya wollte sich losreißen, versuchte ihren Arm aus seiner Umklammerung zu winden. Endlich nahm er seine Hand weg und starrte sie an. Seine Stimme wurde jetzt leise und klang gefährlich.

»Kümmere dich gut um meine Kinder. Gute Nacht.«

Pablo drehte sich um und ging in den ›Sala‹. Hiraya keuchte förmlich. Wieder kam der Gedanke hoch, die Flucht zu ergreifen. Doch sie wollte nicht, wegen ihrer neuen Freundin und dem Desaster, dass sie unbedingt beseitigen wollte. Ein wahnwitziger Gedanke für eine 18-jährige Ausreißerin, die sich in jenen Sekunden vornahm, drei Menschen beschützen zu wollen. Sie ging leise die Treppe hinauf, eines der Küchenmesser unter ihrem Shirt verborgen. Hiraya hatte seit ihrer ersten brisanten Beobachtung immer die Tür verriegelt. Bisher hatte sie niemand gestört und Pablo keinen Versuch unternommen, in ihr Zimmer zu gelangen. Auch diesmal schloss sie ab und legte das Messer auf die Ablage neben dem Bett. Es blieb ruhig, bis es Mitternacht wurde und Sol müde aus dem Restaurant kam. Pablo hockte auf dem Sofa und schien nur vor sich hin zu dösen.

»Alles klar?«

Er blickte sie an und fauchte: »Hast du ihr was erzählt?«

»Wem? Was?«

»Unserem Hausmädchen.«

Pablo sprang auf und packte sie am Arm. Sol wehrte sich, doch er drückte seine Hand um ihren Hals und schob sie ins Schlafzimmer. Er stieß die Tür mit dem Fuß hinter sich zu und warf sie aufs Bett. Von der einstigen liebevollen Leidenschaft am Anfang einer Verbindung, von der sich Sol so viel erträumt hatte, war nichts mehr vorhanden. Es hatte begonnen, als Eva ein Jahr alt und sie mit ihrem Kind vertieft war. Pablo hatte Schwierigkeiten im Job und wollte nicht akzeptieren, dass ihr Liebesleben in ruhigere Fahrwasser geriet. Seine Gewohnheiten aus Jugendzeiten, in diese Bold-Movie Kinos zu gehen, griffen erneut nach ihm. Sein immenses Verlangen danach, gepaart mit dem Frust aus erfolglosen Geschäften, war eine brodelnde Mischung aus einem flammenden Feuer, das der Alkohol noch mehr anfachte.

Sol schlug mit den Händen um sich, doch auch diesmal war es vergeblich. Pablo warf sich auf sie und drückte ihre Arme auf das Laken. Mit eiskalter Gier zerriss er ihren Slip und nahm sie. Nach einer halben Stunde ließ er von ihr ab und fiel in einen tiefen Schlaf. Sol konnte sich aufrappeln und ging leise aus dem Zimmer. Hastig trank sie Wasser und wollte sich einen Instant-Kaffee aus dem Regal holen, ihre Lieblingssorte mit Karamellgeschmack. Während sie noch zitternd den Löffel in der Tasse kreisen ließ, fiel ihr Blick auf die Reserve-Gasflasche, die in der Ecke stand. Ein Gedankenblitz kam und verschwand wieder. Was sollte denn aus ihren Kindern werden? Sol schlief in jener Nacht auf dem Sofa ein. Hiraya hatte wegen dem Gasvorrat nur praktisch gedacht. Ein kleiner Umstand, der zu einer Katastrophe führen würde.

Hiraya stand wie immer pünktlich um 5 Uhr morgens auf. Hier war sie gewissenhaft geblieben und kannte es eigentlich seit ihrer frühsten Kindheit so. Als sie die Stufen hinunterging, blieb ihr ein Kloß im Hals stecken. Sol lag verkrümmt unter der leichten Decke und schlief. Hiraya sah nun zur Küche, an die sich dieser unheilvolle Raum anschloss, ein Zimmer, dass sich doch als Hort der Liebe und der freudigen, zärtlichen Lust erweisen sollte, hier aber einer Folterkammer gleichkam. Natürlich würde Pablo wieder seinen Rausch ausschlafen. Auf Zehenspitzen ging sie in die Küche und stellte die Gasflamme an, um den Kaffee zuzubereiten. Es dauerte nicht lange, als Sol wach wurde und plötzlich im Eingang stand.

»Darf ich bitte meinen Kaffee haben?«

»Natürlich, Ate Sol.«

Die Rühreier waren fast fertig und liebevoll machte Hiraya ihr einen schön angerichteten Teller zurecht. Sol aß stoisch ihre Mahlzeit und wurde wie bei einem Roboter gesteuert fröhlich, als Eva mit ihrer Puppe im Arm hineinkam und sich an sie kuschelte.

»Hallo, mein Schatz.«

»Mama.«

»Gut geschlafen?«

Eva nickte und Hiraya gab ihr ein warmes Kakaogetränk. Sol wirkte so glücklich in diesen Augenblicken. Nathan gesellte sich zu ihnen und harmonisch wirkte die Eintracht der Vier am Tisch schon, doch Hiraya hatte panische Angst, er würde urplötzlich aus dem Zimmer kommen.

»Bringst du bitte die Kinder zur Schule?«

»Klar.«

Sol schickte die beiden ins Badezimmer. Es wäre ja Zeit, sich für den Schultag fertigzumachen. Hiraya wollte diese Gelegenheit augenblicklich nutzen.

»Ate, hat er dich schon wieder misshandelt?«

Sol nickte so schwach, aber deutlich genug.

»Wir gehen zur ›Women´s Help Care Organization‹, bitte! Ate Sol, du musst zur Polizei gehen. Das ist kriminell.«

»Es war doch zwei Wochen lang gut.«

Hiraya verschlug es die Sprache. Ihr wunderbarer Idealismus entfachte ein Feuer, das sie unbedingt am Leben halten wollte.

»Du verstehst das nicht. Bitte bring Nathan und meine Kleine zum Unterricht.«

Sie musste wieder kapitulieren und tat, was Sol ihr befahl. Hiraya steckte in einem furchtbaren Dilemma. Nun beschloss sie, es in der Schule zu versuchen.


»Setz dich. Du bist das Hausmädchen von Evas Eltern?«

»Ja, Mam.«

Die Klassenlehrerin glotzte durch ihre Brille und winkte einen Kollegen herbei. Er unterrichtete Mathematik und hatte auch Nathan in seiner Klasse. Hiraya schilderte ihre Beobachtungen vorsichtig, dann immer enthusiastischer. Die beiden hörten geduldig zu. Besonders Evas Lehrerin zeigte Anteilnahme, wollte aber sicher gehen.

»Warum kommst du zu uns?«

»Mam, ich bin sicher, dass Eva gesehen hat, wie er ihre Mutter misshandelte.«

Nun wurden sie hellhöriger und baten sie zu erklären, wie sie darauf käme. Als Hiraya die Art und Weise, wie das Kind mit ihren Puppen spielte, beschrieb, wurden die beiden Pädagogen ernst.

»Wie benimmt er sich sonst gegenüber den Kindern?«

Hiraya konnte nicht viel sagen, hatte nichts Auffälliges gesehen und sah ja, dass Pablo sie gerne verwöhnte und nie seine Hand gegen die Kleine erhob. Hier zeigte er eine fast überschwängliche Zuneigung und Hiraya verstand einfach nicht, warum er andererseits seine Emotionen auf eine solch brutale Weise gegen seine Frau entlud.

Den Lehrern schienen die Hände gebunden zu sein. Sie versprachen immerhin, Sol vorzuladen, um etwas herauszubekommen. Hiraya war bitter enttäuscht und überlegte, was sie noch unternehmen könnte.

»Vielen Dank, dass Sie mich angehört haben.«

»Bitte sagen Sie uns Bescheid, wenn Sie etwas wegen den Kindern beobachten.«

»Natürlich.«

Hiraya verließ das Schulgebäude und ging langsam durch die engen Straßen. Sie begann sich die ganzen Szenen genauer anzuschauen, die vielen Gesichter der vorbeigehenden Menschen oder von denen, die herumstanden und sich mit einem Bekannten unterhielten. Manche Männer rauchten eine Zigarette, andere ließen sich einen Softdrink schmecken. Frauen huschten vorbei, meist mit Plastiktüten voller Einkäufe, dazwischen auch Mädchen, die eine Schuluniform oder einen Dress für ihre Arbeit im Office trugen. Viele von diesen Leuten schienen in irgendwelcher Weise fokussiert auf ihren harten Alltag, trotz der doch zu sehenden Leichtigkeit, die sie mit einem Lächeln und ausgelassenen Gesprächen zum Ausdruck brachten. Hinter jedem dieser Gesichter gab es eine Geschichte, ein Los, das mehr oder weniger schwer zu tragen war. Während Hiraya weiterging, konnte sie erkennen, dass manche der

Menschen sie beobachteten. Neugier war in dieser Stadt allgegenwärtig. Die Szene in diesem Moloch aus Beton und Glas wechselte doch ständig und erlaubte immer aufs Neue die Knüpfung von Beziehungen, Freundschaften, aber auch unheilvollen Begegnungen.

Plötzlich sah Hiraya eine Polizeistation und stoppte. Hin und wieder kamen Beamte mit ihren blauen Uniformen heraus und wechselten sich mit denen ab, die hineingingen und manchmal jemanden mit sich führten, der festgenommen worden war. Und wieder fasste sie Mut und entschloss sich, ihre Beobachtungen preiszugeben.

»Haben Sie gesehen, dass ihre Hausherrin vergewaltigt wurde?«

Der Beamte hinter dem Schreibtisch lächelte etwas verschmitzt und winkte eine Kollegin herbei, die scheinbar mehr Verständnis zeigte. Hiraya versuchte alles so genau wie möglich zu schildern. Die Blessuren an Sol´s Körper, ihr ganzes Verhalten, die Geräusche aus dem Schlafzimmer und auch, dass die kleine Eva wissen musste, was ihr Vater der Mutter antat. Die gleichen Fragen wurden gestellt, und Hiraya antwortete gleichsam so wie vor Evas Klassenlehrerin.

»Wir haben ein Problem, junge Frau.«

»Was für ein Problem?«

»Deine ›Ate‹ muss selbst Anzeige erstatten, oder wurdest du belästigt?«

Der Polizist, der sie zuerst befragt hatte, lehnte sich jetzt in seinen Schreibtischsessel und musterte Hiraya mit skeptischen Blicken.

»Bist du vielleicht nicht zu empfindlich?«

»Wieso?«

»Vielleicht steht deine Hausherrin auf die härtere Sorte.« Dieser Spruch schien seiner Kollegin nicht zu gefallen. Hiraya starrte den Polizisten an, entschuldigte sich und stand auf. Genervt verließ sie die Wache und wusste, dass sie formal für Sol keine Anzeige erstatten konnte, denn sie war nicht das Opfer. Trotz der ernüchternden Ergebnisse tröstete sie sich damit, dass sie schon mehreren Menschen über ihre Beobachtungen berichten konnte.

Hiraya musste zurück an ihre Arbeit, auch wenn sie an jenem Tag am liebsten weggerannt wäre. Sie ahnte noch nicht, dass es der furchtbarste Vormittag in ihrem Leben werden würde.

»Hör zu! Du wirst die Kids nie wiedersehen, wenn du nicht tust, was ich will. Es sind meine Kinder oder willst du, dass ich meinem Sohn erzähle, was du früher für eine warst? Soll ich ihm erzählen, was er für eine Mutter hat?«

Sol wich zurück, doch langsam folgte er ihr mit jedem Schritt. Er war wieder angetrunken und gierig danach, sie zu nehmen. Sol hatte sich diesmal heftig gewehrt und ihn geohrfeigt, doch wusste sie, dass seine Reaktion darauf grausam sein würde.

»Das tust du nicht. Du wirst Nathan nicht wehtun!«

»Wer weiß? Soll ich ihm mal deine tollen DVDs zeigen? Komm jetzt her. Was hast du für ein Problem? Hä!«

»Bitte tu das nicht! Er ist auch dein Sohn!«

Sol drückte sich mit dem Rücken gegen die Wand hinter ihr uns spürte das Metall der Gasflasche an ihrem Bein. Das war nicht mehr ihr Mann, dem sie damals aus Dankbarkeit und echter Liebe ihr Ja-Wort gab und der sich in den ersten Jahren so zärtlich zeigte, sich Kinder mit ihr wünschte, versprach, dass er ihre Vergangenheit vergessen und alles dafür tun wollte, damit sie eine glückliche Familie sein würden. So viele Worte flossen und entpuppten sich als leere Versprechungen. Hier stand eine Kreatur vor ihr, die ein verwandeltes Gesicht zeigte, voller Gier und selbstsüchtigem Feuer. Sol schob ihren Körper vor die hellblaue Flasche, verschränkte die Arme hinter dem Rücken und schien aufgeben zu wollen. Sie lächelte ihn an, mit einer feinen Laszivität. Einem fokussierten Blick. Er sollte sie ein letztes Mal bekommen. Langsam streckte sie ihre Finger vorsichtig nach unten.

»Magst du es hier? Es ist niemand sonst im Haus.«
Pablo horchte auf, blieb grinsend stehen. Er bemerkte nicht, wie sie langsam die Kappe von der Verschraubung zog und den gezahnten Metallknauf aufdrehte. Pablo war so auf die vor ihm liegende Befriedigung fixiert, dass er sich lachend vor den Tisch stellte, die Gläser wegschob und begann, seinen Gürtel zu lösen. Sol hatte sich entschieden. Lächelnd ging sie auf ihn zu...
Hiraya hatte beim Laden von Sol´s Nachbarin Yamilla Halt gemacht, um ein paar Zutaten für das Mittagessen zu ergänzen. Sie glaubte, Sol und ihr Mann hätten das Haus bereits verlassen. Doch Yamilla meinte, sie hätte die beiden nicht weggehen sehen. Langsam ging sie auf den Eingang zu und holte den Schlüssel aus ihrer Tasche. Schon konnte sie die Schreie wahrnehmen, sogar durch diese dicke Mahagoniholztür.

Augenblicklich riss Hiraya die Tür auf und wollte ins Haus stürmen. Auf der Straße blieben viele Leute stehen und horchten verschreckt, weil Sol´s erbittertes Schreien so deutlich zu hören war. Hiraya gefror das Blut in den Adern. Sol stand da, mit einem Feuerzeug in der rechten Hand. Nur ein Shirt trug sie am Leib, während Pablo, blutend im Gesicht, vor ihr stand und zitternd versuchte, auf sie los zu preschen. Hiraya sah die zerborstene Rumflasche und roch unweigerlich das Gas. Sie schrie: »Nein!!«

Als der winzige Lichtblitz aus dem Feuerzeug aufflammte, schaffte sie es noch, sich umzudrehen, als dieses Fauchen und der grollende Explosionsknall hinter ihr ertönte. Die Druckwelle drückte sie mit sich und sie flog auf den Boden. Ein orangegelber Feuerschein hüllte die Küche ein und dichter Qualm schoss in den ›Sala‹. Zwei Männer packten Hirayas Arme und zogen sie aus dem Eingang ins Freie. Entsetztes Schreien und laute Hilferufe hüllten den ganzen Straßenzug ein. Leute tippten aufgeregt auf ihren Handys herum und junge Männer rannten mit einem Feuerlöscher auf Sol´s Haus zu, aus dessen Dach der Rauch nach oben in den Himmel stieg.

Zitternd saß Hiraya auf einer Bank bei einer Nachbarin, die eine kleine ›Eateria‹ hatte. Die Frau legte ihr eine Decke um, versuchte sie zu beruhigen und gab ihr zu trinken. Leute standen um die beiden herum, versuchten Hiraya zu trösten oder rissen ihre gefalteten Hände in die Höhe. Die Feuerwehr hatte es geschafft, einen Hydranten in der Nähe anzuzapfen und bemühte sich zu verhindern, dass die Flammen nicht auf die Nachbargebäude übersprangen.

Weil etliche Männer aus dem Viertel mit Feuerlöschern und Wassereimern halfen, gelang es, die Katastrophe zu verhindern. Sol hatte keine Chance und musste direkt von der Explosion getötet worden sein. Die Männer, die ihren verbrannten Körper mit einem Tuch bedeckten, brachen fast zusammen, als sie die Tragödie sahen. Pablo war an den Rauchgasen gestorben, wie ein Arzt später feststellte. Hiraya musste hilflos einsehen, dass sie keine Mittel hatte, um Nathan und Eva helfen zu können. Sie wusste, dass ein Waisenhaus jetzt ihre Obhut übernehmen würde.

»Miss?«

Vor ihr standen zwei Frauen in blauen Uniformen. Freundlich stellten sie ihr Fragen zum Hergang. Hiraya riss die Augen auf und schrie auf die beiden Polizistinnen ein.

»Ich habe es euch doch gesagt! Warum hat niemand Ate Sol geholfen? Warum!!«

Sie sprang auf und griff die Beamtin an, die sie zu beruhigen versuchte. Mit wild umherpatschenden Händen schlug sie auf die Frau ein und brach schreiend zusammen.

»Ich habe es... euch doch... gesagt.«

Die Polizistin wartete ruhig ab und nahm sie in den Arm, nachdem es Hiraya gelungen war, sich zu fangen.

Hiraya durfte bei der freundlichen Restaurantbesitzerin schlafen und wachte am nächsten Tag früh auf. Die ganze Nacht hindurch zog der Geruch nach Verbranntem aus der Ruine von Sol´s Haus durch den Straßenzug. Fassungslos standen die Leute davor und unterhielten sich mehr oder weniger aufgeregt. Yamilla war mitten unter ihnen und sah Hiraya mit ihrem Handy in der Hand. Hiraya sah sie an und zog ihre Augen zusammen.

»Du hast es doch gewusst, oder?«

Yamilla drehte ihren Kopf hin und her und mahlte mit den Lippen. Nicht einen Ton brachte sie heraus.

»Du hast das alles gewusst.«

Hiraya holte aus und schlug zu. Ein Raunen inmitten der vielen Schaulustigen erklang. Yamilla hielt sich die Wange, drehte sich hastig weg und lief davon. Stumm blickten die umherstehenden Leute Hiraya hinterher, als sie in das Haus ging. Überall waren die Wände schwarz vom Ruß und von den abgebrannten Küchenschränken waren nur noch hölzerne Skelette übriggeblieben. Hiraya wollte ein letztes Mal in ihr ehemaliges Zimmer gehen und sah die Marien-statue, an der Sol offensichtlich gehangen hatte.

»Hey, du!«

Die stummen, gemalten Augen der Statue schauten nur in eine Richtung. Die gefalteten Hände bewegten sich keinen Millimeter.

»Warum hast du Ate Sol nicht geholfen?«

Hiraya drehte ihren Kopf schief und stupste ihre Hand gegen das Holz. Die Figur wackelte ein wenig und stand wieder so da wie immer.

»Du bist ein totes Stück Holz, sonst nichts.«

Kopfschüttelnd ging sie die Treppe hinauf. Die Luft waberte von dem Brandgeruch und Hiraya musste sich ein Tuch vor den Mund drücken. Langsam drückte sie die Tür auf und war erleichtert. Sie konnte ihre Habseligkeiten zusammensuchen und legte sie in die gelbe Reisetasche. Ihr Blick fiel auf die kleine Bibel, dabei kamen ihr erneut die Tränen. Sie begann wieder nachzudenken. Einst war sie geflohen, um Unheil aus dem Weg zu gehen, Menschen abzustrafen und sich einen Traum zu erfüllen. Nun hatte sie wieder nichts und dazu noch einen Teil Schulden bei dem indischen Geldverleiher.

Hiraya konnte nicht mehr. Sie kniete sich hin und begann zu schreien: »Vater..., Gott im Himmel. Was soll ich nur tun? Bitte... Wer kann mir denn helfen, wenn nicht Du?!«

Sie konnte nicht lange beten, weil ihr die Stimme in der schneidenden, verbrannten Luft wegblieb. Hiraya stand auf, musste immer wieder husten und beeilte sich, an die frische Luft zu gelangen. Sie sah nun die beiden Türen zu den Kinderzimmern. Das Feuer hatte dort übergegriffen, doch erstaunlicherweise waren Evas Puppen unbeschädigt geblieben. Hiraya nahm sie und besuchte die Kinder am gleichen Tag noch dort, wo ihre Lehrer sie hingebracht hatten. Sie sah Nathan weinen und Eva, die stoisch ihre Puppen in den Arm nahm, während zwei Pflegerinnen des Waisenhauses versuchten, mit ihr zu reden. Hiraya hörte noch, dass eine entfernte Verwandte Sol´s auf dem Weg sei. Sie musste sich verabschieden und das zerfetzte ihr Herz, weil sie so ohnmächtig hilflos war. Sie überlegte, wo sie eine neue Bleibe finden könnte, als aus ihrem Handy die Melodie ertönte, die eine Textnachricht ankündigte.

*»Wie geht es dir? Letizia.«*

Ein Stich fuhr ihr durch die Brust. Sie schaute nach oben in den wolkenfreien Himmel über der Stadt, zögerte keine Sekunde und tippte hastig ihre Antwort ein.

*»Ich möchte euch gerne besuchen.«*

*»Echt! Bitte, Tita Hiraya!«*

*»Ich weiß nicht mehr, wo ihr wohnt.«*

*»Bekommst unsere Adresse. Nimm ein Taxi.«*

Unschlüssig lief sie nun durch die Straßen und überlegte wieder. Ihr Erspartes würde gerade so reichen, um den RO-RO-Bus nach Panay bezahlen zu können. Kurzzeitig dachte sie, es wäre die beste Option, doch sie schämte sich, weil sie es als kriminell empfand, vor dem Kreditverleiher davonzulaufen. Dieser hatte natürlich einen Bürgen nebst ihrer Handynummer verlangt und Jenny hatte ihr ein letztes Mal wegen ihres schlechten Gewissens geholfen. Sie musste in Manila bleiben, auch wenn für einige Augenblicke sogar wieder Zuneigung für ihren Vater in ihr Herz drang, in ihrer Hilflosigkeit und Einsamkeit.

Das Taxi brachte sie nach Tutuban, vor den Eingang der ›Subdivision‹. Hiraya bezahlte und stieg aus. Schon kam ein Security Guard auf sie zu.

»Wohin?«

»Die Familie Villanueva.«

Schüchtern zeigte sie dem Mann die Textnachricht mit der Adresse.

»Du kannst durch. Lauf diese Straße entlang, am Fitnesshaus links rum und die nächste wieder rechts.«

»Danke.«

Der Guard öffnete die Schranke. Hiraya betrachtete sich die vielen gleichartigen Häuser dieser Siedlung, die meist vom gleichen Architekten entworfen wurden, so wie bei vielen dieser ›Subdivisions‹ üblich. Vor einem der Häuser arbeitete ein Gärtner und sie konnte sehen, dass manche Familien hier einen schicken Van besaßen. Artig grüßte sie die vorbeigehenden Leute, die sich zu ihr umdrehten und ihren scheinbar traurigen Zustand betrachteten. Hiraya sah das Haus und stand unschlüssig vor dem Metalltor, welches nicht verschlossen war. In einer Stunde wäre es bereits 6 Uhr und dunkel. Leise drückte sie das Tor auf und ging auf die Haustür zu.

Hiraya bekam nicht mehr viel mit, nur, dass die Tür aufging und sie das Gesicht einer Frau vor sich sah. Sie hatte große, wunderschöne Augen und hielt ihre Hand erstaunt vor den Mund. Sie vernahm noch ein »Hiraya?«, dann fiel sie ohnmächtig in sich zusammen.

Als Hiraya ihre Augen aufschlug, kam ihr die zartgelb angestrichene Decke sofort so vertraut vor. Leise Stimmen und Kinderlachen von draußen waren durch das geöffnete Lamellenfenster zu hören. Beruhigende Laute, vermischt mit dem Lichtspiel der Morgensonne, welches durch die Lamellen schien. Der Sekundenzeiger einer Wanduhr bewegte sich präzise immer einen Taktschritt weiter. Es war bereits 11 Uhr. Sie blickte auf ihren Körper und wunderte sich über das geblümte Nachthemd, welches sie anhatte. Hiraya schälte sich aus dem bequemen Bett und wollte dieses fremde Kleidungsstück loswerden, das ihr zu groß war. Sie kramte ihre eigene Unterwäsche aus der Tasche und zog sich hastig um. Verstohlen blickte sie durch die Lamellen, sah den kleinen Lemuel und zwei andere Jungen zusammen Basketball spielen. Jetzt war es unverrückbar offenbart. Man hatte sie ein zweites Mal gerettet und ihre Reaktion war wieder unheilvoll die Gleiche, nämlich Scham. Doch sie konnte es sich nicht mehr leisten, davonzulaufen, denn nun würde so ein Entschluss diese Gefühle ins Uferlose treiben, einer Spirale, aus der sie nie mehr herauskäme. Leise öffnete sie die Tür und fasste sich ein Herz.

»Schmeckt es?«

»Sehr gut, Ate Hilaria.«

Hiraya konnte sich nur wenig an das von gestern Nacht erinnern, nur an ihre Angst und dass sie plötzlich das Bewusstsein verlor.

»Ich bringe dir noch Reis.«

Gerne hätte sie ›Nein‹ gesagt, doch dafür war der Hunger zu groß. So ließ sie es geschehen, war doch froh darüber und blickte sich überall um, denn sie hatte Letizia nirgends sehen können.

»Sie ist schon in der Schule.«

»Ich habe so liebe Textnachrichten von ihr bekommen.«

»Und ihr endlich geantwortet. Sie hatte sich sehr gefreut.«

Hiraya kapierte, was sich zwischen den Zeilen dieser Worte versteckte. Dieses Kind hatte sehnsüchtig auf Antworten gewartet und musste sehr enttäuscht gewesen sein, als oft nichts dergleichen kam.

»Sie bekam nicht mit, als du vor meiner Tür zusammen-gebrochen bist. Iss, so viel du möchtest.«

»Wo ist sie?«

»Sie kommt am Nachmittag von der Schule.«

Ein Klopfen an der Haustür riss sie aus ihrem Nachdenken. Hilaria öffnete. Nun sah Hiraya zwei fröhlich lächelnde Frauengesichter.

»Hallo! Das neue Gesicht, nicht wahr?«

»Ich bin Esmeralda.«

»Hiraya po.«

»Goldig. Ich heiße Liz. Bist du verwandt mit Ate Hilaria?«
Schon der Klang dieser Stimmen hatte sie bereits in einen unerklärlichen Bann gezogen, so vertrauenserweckend und freundlich klangen sie. Hilaria schien bei der Wahl ihrer Freundinnen wählerisch zu sein. Ganz sicher mussten Harmonie und gutes Benehmen bei den Menschen vorhanden sein, mit denen sie sich umgab.

Sofort widmete sich Hiraya wieder ihrer Mahlzeit. Sie fürchtete sich ein wenig über die Ausfragerei, die auf sie einprasseln würde. Es war ja so natürlich hier, über die Familie, die Herkunft oder das Verhältnis zum Gastgeber zu palavern. Dass sie nicht gerne reden wollte, konnten diese Frauen nicht ahnen. Leise begann Esmeralda Hilaria zu fragen, wer das schüchtern wirkende Mädchen sei. Liz betrachtete sich die unbekannte Besucherin mit einer stoisch wirkenden Ruhe und einem Lächeln, das nicht abreißen wollte. Hatten diese Leute immer nur gute Laune? Es wurde ihr ein wenig unheimlich, dabei konnte es auch daran liegen, dass viele Bewohner in diesem Viertel ein hübsches Haus und gepflegte Vorgärten besaßen, was auf die Art ihrer Arbeit und den Status schließen ließ. Hiraya wollte sich einfach befreien und begann zu fragen.

»Wo ist Kuya Jason?«

»Er muss heute fahren und kommt morgen früh.«

»Ist es der Zug nach Calamba?«

Hilaria atmete tief ein und zögerte einige Sekunden, bis sie sagte: »Ja, der Abendzug, den du ja schon kennst.«

Langsam konnte Hiraya sich an die Konversation mit Hilarias Freundinnen gewöhnen. Sie kamen ihr wie ältere Schwestern vor, redeten auffällig oft über Dinge aus der

Bibel und mussten einen erstaunlich großen Freundes-
kreis haben. Lemuel und seine Spielkameraden kamen
hereingerannt, schnappten sich ihre Kokosnussshakes aus
dem Kühlschrank und verschwanden blitzschnell wieder
im Garten. Hilaria indes schaltete den Fernseher ein, um
das Programm bei ihrer Arbeit in der Küche zu verfolgen.

»Du bist also aus Capiz. Hast du kein Heimweh?«

»Es geht schon, Ate Esmeralda. Ich finde die Stadt schon
sehr interessant.«

Hirayas Augensprache spiegelte ihre Gefühle nicht so
wider, wie es ihre Antwort vorgaukelte. Esmeralda nahm
dem Mädchen das nicht ab.

»Du arbeitest hier?«

»Ich bin..., war Hausmädchen.«

Hilaria blickte indes wieder auf den Fernseher. Gerade hatten die Mittagsnachrichten angefangen. Meist ging es um
die gleichen, sich wiederholenden Ereignisse, außerdem
war gerade die Zeit des Kongress-Wahlkampfes.

»Wer sind denn deine Verwandten?«

»Ich habe eine Tante in Talipapa.«

»Hilaria?«

Hilaria wandte sich wieder um und meinte: »Sie braucht
doch Hilfe. Was denkt ihr denn?«

»Du wirst es hier guthaben.«

»Ich muss aber weiter, Arbeit suchen, Ate Liz.«

Hilaria wollte am liebsten explodieren, beherrschte sich
aber. Schon wieder mimte diese Göre auf souverän. Sie
schaltete den Fernseher aus, bemühte sich, das Mittagessen zuzubereiten und überließ es ihren Freundinnen,
Hiraya zu ermuntern. Sie würde die Gelegenheit, alleine

mit ihr zu reden, noch nutzen, da Jason am späten Abend zurückkommen würde. Sie war fest entschlossen, diesem Mädchen alles aus der Seele zu pressen, was sie dauernd am Verschweigen war.

»Tita Hiraya!«

Die Tür flog auf. Letizias dicke Schultasche rutschte ihr von der Schulter und klatschte auf den Boden. Fröhlich schlang das Kind ihre Arme um sie.

»Du kommst uns besuchen? Wie lange bleibst du?«

Hiraya wusste gerade nichts zu antworten.

»Sie bleibt vielleicht für ein paar Tage hier.«

»Echt?«

Der taktische Bluff wäre ins Auge gegangen, wenn Hiraya wieder mal auf stur gestellt hätte. Doch sie wollte Letizia einfach nicht wieder enttäuschen, zudem fühlte sich die Geborgenheit in dieser Familie mittlerweile so umwerfend gut an.

»Deine Mama hat es ja schon gesagt.«

»Cool! Was gibt es zu essen, Nanay?«

»Chicken-Spieße, mein Schatz. Deine Schulsachen?«

Gehorsam hob Letizia ihre Tasche auf und rannte die Treppe nach oben. Trotz Ganztagsschule hatte sie augenscheinlich noch jede Menge Energie. Schnell nahm sie die Treppenstufen und kam mit einem Strahlegesicht wieder zum Tisch gelaufen.

»Tita Hiraya, kommst du mit in den Garten?«

Händchenhaltend gingen die beiden zum Hinterausgang. Hiraya sah den Garten, in dem üppige Gewächse in der Sonne standen. Nicht nur bunte Blumen, sondern auch ein Calamansi-Baum standen an der Grenzmauer zum Nachbarn und verschiedenes Gemüse war angepflanzt worden. Dafür, dass er hier in der Großstadt mit wenig berauschender Luftqualität stand, hatte der Baum erstaunlich viele, schöne Früchte.

»Ich hole uns einen Kürbis. Komm, Tita.«

»Ihr habt ›Kalabasa‹?«

»Klar, und hier Rettich, Tomaten und Kankong.«

Hiraya streichelte über die dunkelgrünen Calamansi-Früchte und eine unglaublich neue Sehnsucht überkam sie. Neben ihr stand dieses fröhliche Kind, schnitt einen kleinen Kürbis ab und wirkte so glücklich dabei. Sie selbst wuchs ja mit diesen Früchten auf, inmitten einer großen Länderei unter Palmen, Plantagen und herumstreunenden Katzen. Nie hatte es ihr an etwas gefehlt und in ihrer Zeit als Jugendliche schien alles so sicher und unbeschwert zu sein, weil sie als die Jüngste Menschen um sich hatte, die sie mit Zuneigung überhäuften und das angetrieben durch ihre Mutter, für die Hiraya ein absolutes Wunschkind war. Hiraya fühlte jetzt, dass sie diese Fürsorge ihrer Mutter wieder so vermisste. Und waren da nicht auch Señora Remedios, der alte Werkzeugmacher Edwin oder Kezia, die sie doch als ältere Schwester liebhatte, aber deren Aufpasserei ihr unzählige Male auf die Nerven ging?

»Bist du okay, Tita Hiraya?«

»Schöner ›Kalabasa‹.«

»Für das Abendessen.«

»Der Kankong steht zu trocken. So wird er eingehen.«

Letizia setzte ein staunendes Gesicht auf, rannte in einen kleinen Schuppen und holte eine Plastikkanne hervor. Hiraya ging ihr zur Hand, gab dem Wasserspinat reichlich

Flüssigkeit und begann, um ihn herum die Erde mit einem Bambusstab aufzulockern.

»Warum machst du das?«

»Kankong braucht lockere Erde, damit das Wasser ihn besser umspülen kann.«

»Wusste ich nicht.«

»Du bist hier geboren, oder?«

»Klar. Und du?«

»Provinz. Meine Eltern haben eine große Farm.«

»Habt ihr Kokosnussbäume?«

»Jede Menge.«

»Booh..., super.«

Hiraya bemerkte nicht, dass Hilaria, Liz und Esmeralda am Fenster standen und die ganze Szene still beobachteten.

»Hilaria, wer ist das?«

»Ich weiß, dass sie vor über einem halben Jahr von zu Hause weg ist und ihre Mutter verloren hat.«

»Das ist traurig.«

»Ich möchte ihr so gerne helfen.«

»Das ist unsere Aufgabe.«

»Und woher kennst du sie?«

Hilaria musste sich überwinden und atmete schwer.

»Jason..., er fuhr vor etwa zwei Monaten den Abendzug. In dem Squatter, wo sie nur langsam fahren konnten, stürzte sie ihm vor die Lokomotive. Er schaffte es nur haarscharf, rechtzeitig anzuhalten. Ihr wisst gar nicht, wie ihn das quält. Versteht ihr das? Wenn er sie überfahren hätte...«

Hilaria konnte nicht weiterreden und trank hastig ihr Wasserglas leer. Esmeralda hielt ihre Hände vor den Mund und vibrierte förmlich vor Erstaunen.

314

»Hilaria!«

»Esmeralda, ich denke, sie hat noch größere Probleme. Gestern Abend stand sie plötzlich vor unserer Tür. Irgendetwas stimmt nicht mit ihrem Verhältnis zur Familie, deshalb ist sie von zuhause weg.«

»Wenn das stimmt, dann haben wir hier eine Ausreißerin.« Liz hatte die ganze Zeit geschwiegen, nun fand auch sie Worte.

»Oder sie wurde verstoßen.«

»So ein liebes Ding? Ich meine, sie ist süß. Welche Familie verstößt denn ein solches Mädchen? Lassen wir doch die Spekulationen und beschämt sie nicht noch mehr mit Fragen. Ich mache das.«

Die Frauen sahen, wie glücklich Letizia in Hirayas Gesellschaft zu sein schien. Das dieses unbekannte Mädchen Ahnung von Gemüsegärten hatte, war offensichtlich und erklärte ihre Provinzherkunft bereits.

»Und wenn sie wieder gehen will? Kommt, kochen wir weiter.«

Der Tag verging wie im Flug. Der Abend kam und Hilarias Freundinnen waren nach Hause gegangen. Auch waren die Kinder auf ihren Zimmern. Nur die Lampe über dem Esstisch brannte noch, nachdem Hilaria die Küche geputzt hatte und sich zu ihr setzte.

»Wie hat dir der Tag gefallen?«

»Ich... finde..., sehr schön, Ate.«

»Wir würden uns freuen, wenn du bleibst.«

Hilaria griff nach ihren Händen und sah ihr streng in die Augen. Doch so eine Güte hinter dieser Festigkeit hatte Hiraya lange nicht mehr verspürt.

»Aber ich muss doch arbeiten.«

»Ich verstehe dich. Wenn es dich beruhigt, dann kümmere dich doch um unseren Garten. Außerdem…, ich höre, dass dein Tagalog wirklich exzellent ist. Du könntest Letizia bei ihren Schularbeiten helfen. Wie steht es beim Englisch?«

»Ganz gut, Ate. 92 von 100.«

»Nicht schlecht. Hier hat Letizia ziemliche Probleme. Ich denke, Jason würde das begrüßen. Möchtest du das?«

Hiraya vermochte nur zu nicken, um dem zuzustimmen. Worte fand sie keine, aber in ihrem Herzen fing ein Gefühl an zu brennen, welches ihr sagte, dass sie hier eine echte Chance bekommen würde.

Am nächsten Morgen kam Jason nach Hause, fast exakt zu der Uhrzeit wie beim ersten Mal, als Hiraya bei ihm war. Er sah sie freudig an, und doch war ein sehr nachdenklicher Unterton in seinem Gesicht zu sehen.

»Schön, dass wir uns wiedersehen.«

Am Nachmittag begann Hiraya, den Gemüsegarten zu säubern und Letizia ging ihr mit Feuereifer zur Hand. Mit geschickten Drehungen ihrer Finger zupfte sie die reifen Calamansi von den Ästen.

»Wenn ich das mache, reißt immer die Schale oben auf.«

»Ich zeige es dir.«

Letizia beobachtete ihre Handbewegungen ganz genau und wollte es gleich nachmachen.

»Nicht so ziehen, nur sanft drehen.«

Hiraya blickte kurz in den Himmel und sah, wie die Sonne ihren Abstieg zum Horizont begonnen hatte.

»Wir bringen deiner Nanay die Calamansi. Ich bin fertig für heute.«

»Wir gehen noch in die Versammlung. Ich möchte dich einladen, mitzukommen. Du bist immer willkommen.«
Still ging Hiraya dem Mädchen hinterher, beobachtete, wie sie ein hübsches Kleid anzog, eine Tasche packte und sich verabschiedete, als sie mit ihren Eltern zur Tür hinausging. Hilaria lächelte und bat sie, sich wie zu Hause zu fühlen. Das Abendessen sollte spät eingenommen werden, wenn Jason und seine Familie wieder von ihrem Meeting zurückkommen würden.
Hiraya war jetzt allein in diesem Haus und fühlte sich unwürdig, so ein Vertrauen entgegengebracht zu bekommen. Sie begann sich im Wohnzimmer umzuschauen. Die Fotografien an der Wand gegenüber dem Sofa zeigten scheinbar wenig, doch bereits so viel in dem, was sie als Botschaft vermittelten. Jason und Hilaria mussten sich sehr lieben, auch schienen sie in dem, was sie gemeinsam taten, immer schon ein gutes Team gewesen sein. Irgendwas bewog Hiraya, das Bücherregal zu betrachten. Neben einigen Romanen und poetischen Geschichten aus der Luzon-Gegend in klassischem Tagalog sah sie viele Bücher, die sich mit den Facetten christlichen Lebens befassten. Eines der Bücher holte sie hervor, eine Abhandlung über das Geheimnis eines glücklichen Familienlebens. Ihre Begeisterung hielt sich in Grenzen, als sie nun an ihren Vater denken musste. Sie legte das Buch wieder zurück. Doch ein anderes Thema fesselte sie so sehr, dass sie zwischen den Buchreihen zu suchen begann. Warum sie ausgerechnet ein Buch über Jesus Christus aufschlug und sich mit den

Augen durch die bunt illustrierten Abbildungen blätternd bewegte, verstand sie nicht, doch sie konnte ihre Blicke nicht von diesen Seiten lassen, besonders als sie auf eine Zeichnung stieß, die ihr Herz aufrüttelte. Es waren Jesus und einige Männer an einem Tisch beim Essen liegend zu sehen. Doch was Hiraya so aufzuwühlen begann, war diese Frau, die mit verhärmtem Gesicht zu Jesu Füßen kniete und seine Füße liebkoste. Zwei der abgebildeten Männer tuschelten miteinander und einer beobachtete Jesus mit kritischem Blick, als ob er einen Fehler zu finden hoffte. Hiraya las das ganze Kapitel und musste sich hinsetzen, so fasziniert war sie von dem, was sie hier erfuhr. Eine Lektion im Vergeben? Als sie bemerkte, dass sie bereits eine Stunde lang in diesen Büchern gestöbert hatte, ging sie hastig in die Küche. Sie beschloss, das Essen fertigzukochen, um etwas wiedergutmachen zu können.

»Das war sehr lieb von dir, Hiraya.«
»Schmeckt es euch denn?«
»Prima. Du kannst doch gut kochen.«
»Geht so. Ich mag es, zu grillen. Mögt ihr ›Lechon‹? Ich habe das immer gerne für die Familie gemacht.«
Hilaria dachte in diesem Augenblick, dass Hiraya von ihrer Mutter hatte sprechen wollen. Sie wollte nicht drängeln, denn sie spürte, wie vollgesogen das Herz dieses Mädchens war. Und es könnte bald alles herausplatzen, wenn sie sich nur in Geduld üben würde. Hiraya wiederum verspürte Furcht, sie würden sie mit peinlichen Fragen löchern, aber bisher geschah nichts dergleichen. Weder Vorwürfe, spitze Bemerkungen über das, was ihr widerfahren war, noch mit-

leidsvolles Getuschel drangen in ihr Ohr. Langsam wurde Hiraya mutiger. Es war an jenem Abend, als sie Wasserspinat pflückte und ihn zu Hilaria in die Küche brachte.

»Ate Hilaria, ich will etwas wissen.«

Sofort wurde Hilaria hellwach, begierig darauf, was Hiraya sie wohl fragen mochte.

»Kommen die Toten in den Himmel?«

»Du fragst wegen deiner Mutter, nicht wahr?«

»Ich hatte eine große Bibel von meiner Mama und dort habe ich was gelesen. Wenn der Herr Jesus Leute auferweckte, können die zwischenzeitlich nicht im Himmel gewesen sein. Wofür weckt er sie denn sonst auf? Soll im Himmel nicht alles so schön sein?«

»Möchtest du im Himmel sein?«

»Eigentlich nicht. Ich möchte ja Tänzerin werden.«

»Aah..., sicher. Komm bitte.«

Hiraya setzte sich und wollte nur zuhören. Hilaria zeigte ihr fünf Bibelstellen, aus denen sie ihre schon so lange im Herzen gehegte Idee bestätigt fand. In jenen Momenten fühlte sie, wirklich eine neue Freundin gefunden zu haben.

»Wenn die Auferstehung beginnt, Hiraya, in Gottes Königreich, kommen Millionen zurück und du wirst diejenigen wiedererkennen, die du heute kanntest.«

Hilaria lächelte so tiefgründig, so dass sich Hiraya wieder immens wohlfühlte. Doch das Vertrauen wuchs zusammen mit einem neuen Dilemma. Sicher konnte sie mit der Arbeit im Garten und der Hilfe bei Letizias Schularbeiten etwas wiedergutmachen, doch das war gar nicht ihr Ziel, als sie sich entschloss, in Manila zu bleiben. Hilaria indes dachte sich nämlich, ihre Zeit bei ihnen würde sie zur

Besinnung bringen, um nach Hause in die Provinz zurückzukehren. Letizia fand Hirayas Anwesenheit super, besonders wenn die beiden im Garten waren und Hiraya fast jeden Winkel Erde nutzte, um etwas Neues anzupflanzen.

»Jason, ich muss mit dir reden.«

»Wegen dem Mädchen, oder?«

»Es stört mich ja nicht. Sie ist im Gästehaus nebenan und die Kinder lieben sie, aber sie verheimlicht uns etwas. Sie weigert sich, über ihre Familie zu reden, jedenfalls nicht über das, was wichtig wäre. Wir müssen sie jetzt mal zur Rede stellen. Immerhin ist sie keine Familienangehörige und ich muss alles immer so lenken, dass du nicht alleine mit ihr im Haus bist.«

»Darauf achte ich schon.«

»Natürlich, aber wie stellt sie sich das vor?«

Jason rieb sich am Kinn, stand auf, lief mit einem melancholischen Ausdruck im Gesicht umher, als musste er sich überwinden zu sagen, was in seinem Herzen brannte.

»Sie hat einen Traum, Hilaria.«

Sie wusste, was er sagen wollte und es gefiel ihr nicht.

»Jason, wir haben uns entschieden, das Tanzen hinter uns zu lassen.«

»Aber nicht sie.«

Seine Augen blickten so energisch, mit diesem Glanz, den sie so liebte, ausdrucksvoll und manchmal mehr erklärend als Worte.

»Sie wird ohne gute Ausbildung nie in eine professionelle Tinikling-Truppe aufgenommen werden können.«

»Ich weiß.«

»Jason! Nein!«

Leise nahm er ihre Hand und zog sie zum Fenster. Das Wetter war sonnig, der Himmel nur mit wenigen weißen Wolken durchzogen.

»Schau mal.«

Hiraya mit ihrem Kopfhörer schien völlig entrückt zu sein. Die Musik schirmte sie von der Außenwelt in der Weise ab, dass jemand, der sie hätte ansprechen wollen, nur mit einer Reaktion rechnen konnte, wenn er direkt vor ihr stehen würde. Sie konzentrierte sich nur auf die rhythmischen Hüpfer, die sie zwischen zwei hingelegten Bambusstangen vollführte. Sie hatte diese Stangen im Garten gefunden. Es waren verwitterte Hölzer, die mit der Zeit durch die Feuchtigkeit schwarze Flecken bekommen hatten. Jason hatte sie einst für das Stützen eines jungen Baumes verwendet.

»Sieh, wie elegant sie wirkt.«

»So lernt sie das nie. Jeder kann zwischen zwei Hölzern herumhopsen, wenn niemand sie bewegt.«

»Das stimmt sicher.«

»Ob sie überhaupt Rhythmusgefühl besitzt, zeigt sich dann, wenn es ernst wird.«

Hilaria biss sich auf die Lippen. Sie sah die Gefahr, dass ihr Mann die geistigen Tätigkeiten vernachlässigen würde, die Kinder und am Ende vielleicht auch sie, denn er hatte es nie wirklich verwunden, bei der Revue aufhören zu müssen, damals, als sein Knie bei dem Sturz zwischen den Feuerstangen in die Brüche ging und sein Unterschenkel dabei schwer verbrannt wurde.

»Einem jungen Menschen seinen Traum zu stehlen ist nicht fair. Der Tinikling ist doch nichts Schlechtes.«

»Du willst sie trainieren, damit sie zur Revue gehen kann?«
Hilaria fand zwar, dass Hiraya kein leichtfertiges Mädchen wäre, doch ihre Erfahrungen in jungen Jahren in der Tanztruppe prägten sie. Manche der Girls hatten unkluge Entscheidungen getroffen, sich unglücklich verliebt oder ohne Verstand an einen Kerl geworfen, der sie flott rumkriegte, ein Kind mit ihnen zeugte und jede Hoffnung auf eine Karriere in der Revue ein für alle Mal zunichtemachte.

»Auch sie hat das Recht, ihre Entscheidungen zu treffen.«

»Talaga? Ihre Familie zu verleugnen halte ich nicht für unbedingt gut überlegt.«

»Wir wissen doch nicht, was ihr angetan wurde.«

»Genau deshalb kümmern wir uns darum und nicht, dass sie eine berühmte ›Tinikling‹ wird. Es tut mir leid, Jason, aber hier bin ich anderer Meinung. Du weißt, was unsere wichtigste Mission ist. Sie hat mich schon gefragt, was die Wahrheit über die Auferstehung ist. Das zählt jetzt.«

»Ja, das stimmt und ich wünsche mir auch, dass sie alles versteht und Interesse zeigt. Aber hast du auch daran gedacht, dass sie vielleicht aus diesem Gefängnis in ihrem Herzen ausbrechen könnte, wenn sie sieht, wie wir sie unterstützen?«

Sie nahm seine Hände fest und drückte zu. Dabei sah sie hoch, durch die Lamellen des Fensters, und beobachtete Hiraya weiter. Der Anblick ihrer elegant anmutenden Armbewegungen bei jedem Hüpfer und die Versuche, eine im Takt präzise, halbe Drehung mit ganzem Körper und sicher aufkommendem Spreizerschritt zu machen, begannen nun auch in ihr eine wohlige Sehnsucht zu erzeugen. Auch wenn sie nur Gutes für Hiraya wünschte, musste sie auch den Standpunkt verstehen, den ihr Mann und eben dieses Mädchen im Herzen trugen. Hilaria und Jason beschlossen einen Pakt an jenem Tag. Er könne Hiraya ausbilden, wenn sie es schaffen würde, ihr Geheimnis herauszubekommen.

Vor über zwei Stunden hatte Roberto das Haus verlassen und war ins Dorf gefahren. Kezia saß auf der Veranda, streichelte ihren ausgeprägten Babybauch und dachte bereits an die Niederkunft, die in etwa zwei Monaten zu erwarten wäre. Die Schwangerschaft verlief bislang problemlos, was sie eigentlich wunderte. Nicht viel an erbauenden Dingen erlebte die Familie in den letzten Monaten. Tante Mary Ann rief immer seltener an und hatte keine neuen Informationen über Hiraya preisgeben können. Die Angst, um ihre kleine Schwester fraß sie immer mehr auf. Ricardo indes wankte unschlüssig hin und her in der Frage, ob er Hiraya nicht besser vergessen sollte. Doch seine Verliebtheit konnte er nicht abschütteln und fasste den Entschluss, nach der Reisernte einen zweiten Versuch zu starten und nach Manila zu gehen.
Imelda kam aus der Küche, um Kezia einen Tee zu bringen.
»Ist alles okay?«
»Es wird schon. Nach dem ersten Kind ist man ja schon etwas schlauer.«
»Was möchte der Senor in der Stadt?«
»Einkaufen, herumziehen oder…, ich weiß nicht.«
»Ich finde, Inday, dass er bereits bereut, was er getan hat.«
»Mag sein. Aber Hiraya bringt das auch nicht zurück.«
»Du musst dich schonen, Inday.«

»Sicher.«

»Denk an dein Kind dort oben im Zimmer und das in deinem Bauch.«

Señora Remedios hatte Roberto auf der Straße vor ihrem Laden gesehen. Meistens ging er gedankenversunken mit einer Umhängetasche umher, seinen Sombrero auf dem Kopf. Oft nahm er eine Flasche Rum in dieser Tasche mit. Sie wusste das genau, hatte er ja meistens das braune Zeug in ihrem Geschäft gekauft. Mitleidig blickten ihre beiden Verkäuferinnen auf sie. Scheinbar litten sie einfach nur mit in dieser Kleinstadt, in der jeder fast jeden kannte.

»Entschuldigt mich.«

Remedios ging durch die Ladentür und schaute in die Richtung, in die Roberto gegangen sein musste. Er war nicht mehr zu sehen, doch sie kannte jede Seitengasse hier und ahnte, wohin er abgebogen sein könnte.

Leise schlich Roberto zwischen der Häuserreihe hindurch und sah Josés Haus am Kopfende dieser schmalen Straße. Der Wochenmarkt war bereits zu Ende und er wusste, dass sie hier zu finden sein würde. Erregt atmend stand er vor der Pforte und war erleichtert, als er Josés Lieferwagen nicht sah, aber dafür den zweifarbigen Motorroller. Sein Herz begann heftig zu pochen, als er ihr Gesicht hinter den Lamellen eines der Fenster erkannte. Langsam ging die Tür auf. Er wunderte sich, dass sie so rasch auf den Vorplatz trat und jetzt langsam näherkam. Wie so oft trug sie einen kurzen Rock und ein Shirt ohne Ärmel.

»Was willst du?«

»Dolores!«

Roberto sah den Glanz ihrer Augen, die zwei Dinge zugleich auszudrücken schienen, nämlich hämische Freude und Hass.

»Ich lebe jetzt mit José, okay?«

»Lass uns reden.«

»Worüber noch?«

Dolores' Augen zogen sich zusammen und ihre Lippen zitterten so untrüglich fein. Roberto konnte seine Blicke nicht von ihrem Gesicht lassen, diesem Antlitz mit fein geschwungenen Brauen und den mandelförmigen Augen, die in ihrer Gleichmäßigkeit wirklich herausragend schön waren. Ihre Finger griffen in die Gesäßtasche des Minirocks und holten ein Papiertaschentuch hervor.

»Ich zeige dir jetzt etwas.«

Langsam rieb sie mit dem Tuch rechts über ihrem Auge mehrmals hin und her,

»Ohne mein Makeup. Siehst du das?«

Roberto starrte sie an, dabei zogen sich seine Gedärme zusammen. Ihre Augen hatten jetzt nur einen Ausdruck, nämlich das Antlitz der Vergeltung.

»Dein Töchterchen war leider zur falschen Zeit am falschen Ort.«

»Dolores! Ich gebe dir Geld, alles, was du willst. Für eine Schönheitskorrektur, dafür, dass du hier weggehst.«

Sanft drehte sie ihren Kopf schief zur Seite und musterte ihn von oben bis unten, lächelnd, sarkastisch und ohne Mitgefühl.

»Ich gehe nicht, Roberto. Ich gehe nicht. Denn eines Tages kommt sie zurück, außer sie ist in Manila verreckt. Doch ich wünsche ihr wirklich sehr, dass sie wohlauf ist. Denn ich habe Geduld und dein Geld brauche ich ganz bestimmt nicht.«

»Dolores, bitte!«

»Ich lasse diese hübsche Erinnerung an deine Tochter erst behandeln, wenn ich sie ihr gezeigt habe und es vergelte, verlass dich drauf.«

»Willst du uns drohen?«

»Wieso drohen? Bei der Polizei liegt meine Anzeige. Aber sie wird diese Narbe sehen. Sie soll sehen, was sie mir angetan hat. Und sie wird vor mir auf die Knie gehen! Hörst du! Deine Hiraya wird bei mir um Gnade betteln!«

Dolores schenkte ihm kein Wort mehr, drehte sich um und schloss die Tür hinter sich zu. Wie ein geschlagener Hund musste er sich zurückziehen und ging langsam diese Gasse entlang. Jäh kam eine Hand aus einem offenen Eingang hervor und stupste ihn von der Seite. Als er hinsah, zog ihn diese Frau energisch hinein und verpasste ihm zwei schallende Ohrfeigen.

»Lint eh! Idiot!«

Roberto brachte keinen Ton heraus und glotzte in ihre wütenden Augen wie ein reumütiger Verlierer.

»Hinsetzen, Roberto Sinilang! Es reicht mir jetzt! Hast du immer noch nicht genug von dieser ›Lalakera‹?«

»Remedios, du verstehst das nicht.«

»Was? Ich lasse nicht zu, dass deine Tochter dafür büßen soll, was du selbst angerichtet hast. Du hast deine Ehre und deine Familie entwürdigt, weil du deinen ›Pitoy‹ irgendwo reinstecken musstest.«

Roberto nickte nur stumm und wusste, dass die Zurechtweisung verdient war. Eigentlich hätte er 50 Schläge mit einem Bambusstock verdient. Genauso fühlte er sich und wäre in diesen Sekunden sogar bereit gewesen, Stockhiebe jeden Tag auf sich zu nehmen, nur um Hiraya, seine geliebte ›Kleine‹, wieder in die Arme nehmen zu können.

»Ich habe sie angefleht, die Stadt zu verlassen.«

»Und? Was bringt das? Was ist mit Hiraya!?«

»Sie ist verschollen.«

»Großartig.«

Dieser vollends gebrochene Mann vergrub das Gesicht in seinen Handflächen und begann zu zittern.

»Und noch was, Roberto. Um diese Dolores kümmere ich mich. Ich habe meine Leute auf Boracay. Verlass dich drauf, die bringen wir hinter Gitter. Aber jetzt musst du es hören. Wenn Hiraya etwas Schlimmes zugestoßen ist, wirst du den Rest deines Lebens über den Fluch nachdenken, den du über deine Familie gebracht hast.«

Señora Remedios entschuldigte sich für ihre Wortwahl und streichelte ihm über die Schulter. Dass sie andererseits Mitleid empfand, wusste Roberto zwar, doch schätzte er ihre unerbittliche Härte in diesen Momenten. Remedios verabschiedete sich, ging aus dem Gebäude und spazierte langsam auf das Haus des Händlers José zu. Dolores sah sie kommen und schielte durch die halb gekippten Lamellen. Sie hatte vor niemandem Angst, außer vor dieser hoch angesehenen Frau, deren Worte und Urteile in der Stadt etwas galten. Señora Remedios schob einfach die Pforte auf und stellte sich demonstrativ vor die Tür. Dolores wollte sich wehren und öffnete, doch dabei fühlte sie einen Kloß im Hals, der ihr jegliche Worte abwürgte. Die beiden Frauen blickten sich nur gegenseitig still in die Augen. Und

Dolores wurde in diesen ellenlangen Minuten zur Unterlegenen und wandte ihr Gesicht zur Seite.

»Du siehst dich im Spiegel, nicht wahr?«

Dolores vermochte nichts zu antworten, sah, wie Señora Remedios auf den Boden spuckte und musste sich anhören, dass sie nun Hausverbot in ihrem Laden haben würde.

»Du kannst sicher sein, dass eines Tages die Polizei hier ist und dich dorthin bringt, wo du Hiraya hinhaben wolltest. Einen schönen Tag wünsche ich dir, Dolores.«

Dolores konnte der alten Señora nur hinterhersehen. Leise schloss sie die Tür und brauchte noch lange, um sich zu beruhigen.

»Wie findest du den Abend? Ich sitze gerne hier auf dieser Bank. Wenn ich die Sterne betrachte, sehe ich, wie wunderbar Gottes Schöpfung ist.«

»Das finde ich auch, Ate. Ich bin ja aufgewachsen mit der Natur und der Landwirtschaft.«

»Findest du nicht, dass wir uns doch alle nach unserer Herkunft sehnen?«

»Manchmal.«

»Wenn das Herz voll ist, läuft der Mund über.«

»Manchmal nicht.«

»Du meinst sicher, dein Mund manchmal nicht.«

Hiraya kämpfte mit sich, hatte sie längst durchschaut, dass ihr hier jemand den sprichwörtlichen Eiter aus ihrem gebrochenen Herzen saugen wollte.

»Warum denkt ihr, ich hätte die Verpflichtung, euch alles über mein Leben zu erzählen?«

Sie entschuldigte sich, weil sie ihren Tonfall als respektlos empfand. Doch Hilaria schien ihr nicht im Geringsten böse zu sein.

»Ich denke, ihr versteht mich doch nicht.«

Hiraya wollte aufstehen. Sie war immer noch entrüstet und fühlte sich unsicher. Diese Familie kannte sie doch nicht wirklich. Trotzig blieb sie dennoch sitzen und blickte in diesen Sternenhimmel, um abzulenken, was nicht lange von Erfolg gekrönt war. Denn ihr Herz brannte wirklich wie ein loderndes Reisstrohfeuer.

»Warum sollten wir dich nicht verstehen? Ich sehe doch, dass du ein liebevolles Geschöpf bist.«

»Woher weißt du denn, dass ich lieb bin? Ey, ihr seid ja sehr gläubig, aber was weißt du eigentlich über mich?«

»An einem faulen Baum hängen faule Früchte. Ein Mädchen wie du, dass sich um mein Kind kümmert und so viel Liebe von ihm zurückbekommt, hat keine faulen Früchte.«

»Klingt nett.«

»Du bist sehr enttäuscht, oder? Warum denn nur?«

Hilaria konnte erkennen, wie kleine Tropfen aus Hirayas Augenwinkeln sich einen Weg nach unten bahnen wollten. Das Mädchen schielte zu ihr rüber und nichts gab es mehr, was sie hätte aufhalten können. Sie wollte schreien und immer noch steckte ein Pfropfen in ihrer Kehle. Wie lange würde es dauern, bis sie endlich mit allem abschließen könnte? Wie lange würde es benötigen, ihrer neuen Mutter und Freundin das alles zu offenbaren? Hilaria sah aus, als hätte sie eine Unmenge Zeit. Als Hiraya es endlich vollends begriff, begann sie bitterlich zu weinen und warf sich mit ausgebreiteten Armen auf sie, mit dem Wunsch, diese Frau nicht mehr loszulassen. Jason hörte von drinnen die stotternden Geräusche dieses Weinens und blickte durch die offene Tür nach draußen. Hilaria gab ihm Zeichen mit dem Kopf, dass sie mit dem Mädchen alleine sein wollte. Jason wusste nun, dass die Nacht Offenbarungen im Besitz hatte, die möglicherweise erlösend werden würden.

Minutenlang klammerte sich Hiraya heftig an Hilarias Körper und verkrampfte die Finger in ihre Oberarme, so fest, dass es Hilaria sogar weh tat. Erst nach drei Stunden, in denen sich Hiraya von ganzem Herzen öffnete und besonders über die furchtbaren Erlebnisse im Haushalt von Sol und ihrem Mann berichtete, kamen die beiden ins Haus.

»Schläft sie?«

»Ja.«

Hilaria spielte mit dem halbleeren Wasserglas, unschlüssig, ob sie nicht besser erst morgen mit dem Ganzen rausrücken sollte.

»Du kannst ihr den Tinikling beibringen. Ich bin völlig fertig. Ein Drama-Movie ist nichts dagegen.«

»Übertreibst du nicht? Sie wird schon niemanden ermordet haben.«

»Nicht ganz. Sie war in einem Haushalt. Der Mann hat seine Frau regelmäßig misshandelt und am Ende...«

Im Grunde ließ sich Hilaria nicht leicht aus der Fassung bringen, doch nun begann sie zu weinen.

»Ich bin noch nicht fertig. Hiraya kam gerade ins Haus, als die Frau eine Gasflasche entzündete und dabei... sich und ihn tötete... Bitte nimm mich in den Arm.«

Jason musste schlucken und schlang die Arme liebevoll um sie. Hilaria fand recht schnell die Kraft, weiterzureden.

»Sie hatte mit der Haushälterin ihres Vaters einen Riesenkrach und ist dann abgehauen.«

»Oh. Warum?«

»Die Frau schlief mit ihm. Was noch schlimmer ist, sie erwischte die beiden mittendrin und attackierte ihren Vater ziemlich. Er muss ausgerastet sein und verprügelte sie. Danach verstieß er sie vor den Augen der ganzen Familie.«

»Das ist heftig. Aber irgendwann...«

»Nein, Jason. Sie hatte sogar ihre SIM weggeworfen und wollte niemanden mehr sehen. Ihre Tante half ihr, aber auch nicht so richtig. Sie hat wahrscheinlich ihre eigenen Probleme.«

»Kompliziert.«

»Finde ich nicht. Ihr Stolz ist tiefer, als du denkst. Aber sie hat etwas, was mir auch gefällt. Gerechtigkeitssinn.«

»Stolz? Echt? Sag mal, ist sie die ›Bunso‹?«

»Ganz genau.«

»Schon klar. Sie ist das Nesthäkchen, dass vorher jeder verwöhnte und gewohnt zu kriegen, was sie will.«

»Ihre Tante ist hier in Manila die einzige Option.«

»Nein Hilaria! Ich weiß jetzt, warum sie hier ist!«


Hiraya schlief wie eine Tote und hatte am Morgen Mühe, aufzustehen, obwohl die Sonnenstrahlen leuchtend hell durch die Lamellen ihres Fensters drangen und sie förmlich aufforderten, aktiv zu sein. Trotzdem war es heute anders. Ihre früher stechenden Ängste bei Tagesbeginn rührten sich nicht mehr. Sie hatte wieder viele der Worte im Sinn, die sie am Abend zuvor wie einen Wasserfall heraussprudeln ließ, als der innere Damm gebrochen war und sie Hilarias gütiges Zuhören wie ein Labsal erster Klasse empfand. Der Blick auf die Uhr trieb sie jetzt zur Tätigkeit an. Rasch zog sie sich an und rannte nach unten. Jason und seine Frau waren im Garten und sahen sich die Ordnung an, die Hiraya dort hervorgezaubert hatte. Jason wirkte entspannt dabei. Dass er in einer Hochprovinz im Norden Luzons geboren wurde und selbst als Kind in der Nähe von Farmen aufgewachsen war, wusste sie noch nicht.

»Entschuldigt, dass ich so lange geschlafen habe.«

»Verziehen. Die Nacht war für alle nicht besonders lang.«

Hiraya frühstückte zusammen mit Lemuel, der an einem Muffin knabberte und dabei in eine Geschichte in seinem Buch vertieft war. Er und seine Schwester betrachteten sie längst als normale Familienangehörige und zeigten dies auch in ihrem alltäglichen Umgang mit ihr.

»Ich gehe Basketball spielen.«

Seinen Teller hatte er stehen lassen. Hiraya musste deshalb lachen, nahm alles Geschirr vom Tisch und machte sich sogleich ans Abwaschen. Jede noch so kleine Arbeit im Haus nahm sie beinahe begierig an, weil sie fühlte, immer etwas wiedergutmachen zu müssen.

»Danke, Hiraya.«

»Das mache ich doch gerne, Ate Hilaria.«

»Ich nehme das nicht für selbstverständlich und schätze sehr, was du tust.«

Sie antwortete nicht und begann zu grübeln. Immer noch ging ihr diese Unterhaltung der letzten Nacht nicht aus dem Kopf. Hiraya wollte sich bedanken, doch die rechten

Worte konnten sich auf ihren Lippen nicht zu einer wohl-
klingenden Melodie formen. Ein einfaches ›Danke für alles‹
reichten ihr nicht.

»Du warst sehr tapfer gestern Nacht.«
Ein gequetschtes Lächeln schaffte sie hervorzubringen,
mehr ging in jenen Sekunden nicht.

»Für euch ist das doch falsch, oder?«
Hiraya legte das Spültuch beiseite, drehte sich um und
stützte ihre Hände auf die Kante der Küchenplatte.

»Das darf man doch nicht, oder?«
Hilaria sah, dass sie wieder auf stur zu schalten begann.

»Du meinst, weil du eure Haushälterin attackiert hast?«

»Sie ist eine ›Puta‹, eine dumme Schlampe.«

»Hiraya, ich wünsche, dass eine solche Schmutzsprache in
unserem Haus unterlassen wird. Du kannst deine Gefühle
auch umschreiben, okay?«

»Opo, Mam. Will ich aber nicht.«

»Möchtest du noch einen Kaffee?«

»Hmmh.«

»Abgemacht? Keine solchen Ekelwörter mehr? Du bist
doch keine, die Abfall spuckt.«
Hilaria nahm ihre Hand, stellte das frisch aufgebrühte
Getränk auf den Tisch und signalisierte, dass sie ganz Ohr
sein wollte. Hiraya indes fühlte, dass sie sich völlig ent-
blößen musste, aber in der ihr gebildeten Gedankenwelt, in
dem Urteil, dass sie über ihre Familie fällte, als sie von
ihrem Zuhause wegrannte. Und diese Frau ihr gegenüber
reagierte immer so stark, so beherrscht. Das nervte sie, aber
wiederrum tat es so gut.

»Möchtest du reden?«

Zuerst zierte sie sich ein wenig, dann begann das wilde Hervorbrechen einer Kaskade, die ihre ganze Seele so vereinnahmt hatte. Sie machte spitze Bemerkungen über Hilarias Ansichten und begann, ihre Handlungsweise im Haus ihrer Familie zu rechtfertigen. Ihre Worte sprudelten wieder schnippisch und aggressiv hervor. Das konnte sie gut, wenn nur der rechte Zeitpunkt für sie gekommen war. Hilaria ließ sie mit stoischer Ruhe diesen Dampf ablassen und zeigte immense Geduld. Langsam wurde der Respekt in Hirayas Herzen für diese Frau immer größer, doch glaubte sie, ihre Meinung unterdrücken zu müssen würde ihr Dasein als freier Mensch infrage stellen.

»Er hat mich verprügelt, vor allen. Sein Gesicht war so böse. Das war nicht mehr mein Daddy. Ich hatte meine Schwester immer wieder gewarnt. Es ist so... Lint eh!«

Sie presste die Lippen zusammen. Energisch wollte sie ihre Tränen unterdrücken, was nicht lange von Erfolg gekrönt war. Hilaria wusste, dass in den Arm nehmen nicht der richtige Weg wäre, nicht in diesem Augenblick.

»Hiraya?«

»Ja, ›Mama‹.«

»Du pochst auf Gerechtigkeit, bravo. Du lässt also deinen Vater spüren, was er falsch gemacht hat. Weißt du, wer das größte Opfer sein wird?«

Hiraya merkte schon, worauf sie hinauswollte. Während ihrer vielen einsamen Nächte in dem Appartement war ihr klar gewesen, welche Leiden sie bereits durchmachte. Doch sie schob es gerne beiseite, getrieben von einem Traum und einer Enttäuschung, die den Gipfel nach einem so furchtbaren Schlag bildete, nachdem sie ihre Mutter verlor.

Hilaria wollte ihr mit ganzem Herzen helfen, ertrug einfach geduldig diese herauspurzelnden Schimpfworte eines Mädchens, das einfach nur einen riesigen Schmerz herausschreien musste.

»Nehmen wir an, deinem Vater tut es leid, was er getan hat und er würde plötzlich sterben, ohne dich wiedergesehen zu haben. Könntest du damit leben?«

Mit mahlenden Lippen musste sie jetzt kapitulieren.

»Weißt du überhaupt, wie deine Schwester leidet? Du selbst hast mir gesagt, dass ihr euch liebhabt.«

»Sie hat doch... nicht...«

»Falsch, Hiraya. Warum sie das mit eurer Haushälterin nicht bemerkte oder nicht erkennen wollte, weiß ich nicht. Das macht doch eure Liebe zueinander nicht einfach so ungeschehen. Dein Vater hat dich geschlagen, nicht sie.«

Warum hatte sie nicht vorher einen Menschen gefunden, der mit solch dramatischer Abfolge tiefer Argumente ihr den Schmerz aus dem Herzen zog? Fast jeder Satz aus Hilarias Mund tat weh, doch nur kurz. Wie ein Auf und Ab von Stichen und Wohltat mutete die Konversation an, und Hiraya wollte nicht aufhören, dieser Frau Aufmerksamkeit zu schenken. Sie schätzte diese Menschen bereits so sehr und fühlte die enormen Schulden, die sie hatte.

»Willst du deine ganze Familie für etwas bestrafen, was zwei Menschen allein dir angetan haben? Möchtest du Beweise, dass es deinem Vater leidtut?«

»Ich verstehe schon, was ihr wollt.«

»Ruf deine Schwester wenigstens an.«

Hiraya stimmte zu, doch Hilaria sah, dass ihre Argumente wegen ihrem Vater immer noch ins Leere liefen.

»Ich werde dieser Frau nicht vergeben, Ate Hilaria. Und wann ich mit meinem Vater zu tun haben will, bleibt meine Angelegenheit.«

»Ich möchte dich zu nichts zwingen. Wer sollte das auch tun? Du verstehst Gottes Ansichten über Vergebung noch nicht. Wie hat sie eigentlich auf deinen Angriff reagiert?«

Jetzt wurde es heikel für sie. Viel hatte sie Hilaria offenbart, aber nicht die Tatsache, dass sie wegen Körperverletzung von der Polizei gesucht wurde.

»Habt ihr euch geprügelt, oder wie ging es aus?«

»Ich habe ihr mit einem Holz eins draufgegeben.«

Hilaria fand Hirayas keckes Grinsen keineswegs lustig und klebte sich mit ihren Blicken förmlich an ihr fest. Ihre ausdrucksstarken Augen untermalten diese Reaktion noch.

»War ihre Verletzung seriös? Musste sie deswegen zum Arzt? Oder war da noch mehr?«

»Ein Kratzer am Kopf eben. Weißt du doch schon. Sie war bei Doktor Romero.«

»Aha. Das ist Körperverletzung, Hiraya!«

»Sie ist eine miese...!«

Hilaria musste sich wieder enorm zügeln. Beinahe wäre sie geplatzt, wusste aber, dass eine Unbeherrschtheit jetzt alles zunichtemachen würde. Dieses junge Ding war ein Vulkan. Doch keinesfalls wollte Hilaria ihre Mission zertrümmern. Sie blieb erstaunlich ruhig, als ihr das Mädchen von dem Mahagonidildo in Dolores' Schublade erzählte. Seelsorger sein hatte viele Herausforderungen. So nahm sie es wieder mit Bravour hin.

»Kannst du in das Herz eines Menschen sehen?«

»Nicht ganz, glaube ich.«

»Glaub mir, du kannst es nicht, ich nicht und Jason auch nicht. Nur Gott weiß, was wir sind mit Allem. Er hat dich gekannt, als du noch im Leib deiner lieben Mutter warst und hat jede Sekunde deines Lebens mitbekommen, seit du gezeugt wurdest.«

»Schon. Und?«

»Wir neigen dazu, schnell Urteile zu fällen. Manchmal sind sie sogar zutreffend, aber oft fehlt uns der ganze Blick für das, was wirklich vor sich geht. Ich weiß nicht, ob diese Dolores nicht vielleicht unglücklich ist und ihren Lebensstil in Wirklichkeit nicht mag.«

»Bei Ate Elaine habe ich gefühlt, dass es so war. Sie hat so ein schönes Gesicht, aber die Augen, und dann, was ihr im Leben widerfahren war. Sie war so unglücklich.«

»Elaine? Wer ist das jetzt? Eine Freundin von dir? Warum soll sie unglücklich gewesen sein?«

»Sie hat..., Oh Mann...«

»Ist alles okay?«

Hirayas Lippen begannen zu zittern. Hilaria sah, wie sie mit Tränen kämpfen musste und wollte nicht weiter bohren. Sie dachte sich schon, dass etwas in Hirayas Beziehung mit dieser Frau dramatisch gewesen sein musste.

»Sie wohnte im gleichen Haus wie ich und hatte mir das Appartement vermittelt.«

»Besuchen wir sie doch.«

»Sie wohnt jetzt woanders.«

Hilaria atmete tief ein. Dass Hiraya über diese Elaine noch mehr zu sagen hatte, spürte sie förmlich so, als würde ihr eine Stichflamme durch den Körper rasen.

»Ate Elaine hatte versucht, sich das Leben zu nehmen.«

Nun musste Hilaria sich festhalten und pustete.

»Aber sie überlebte. Bist du schockiert?«

Sie dachte, sie würde jetzt ein pikiertes Gesicht aufziehen, weil sie ja in ihrem Glauben verwurzelt lebte. Sollte sie ihr erzählen, wie Elaine sich Männern für Geld hingab, dass sie in ihrem Leben brutale Dinge erlebte, als zwei Einbrecher ihre Eltern mit Schüssen in den Kopf töteten? Wie würde es Hilaria erst schockieren, wenn sie damit rausrückte, dass Elaine das Liebesspiel mit ihren Freiern in einem Spiegel betrachtete? So blieb sie höflich und redete nicht weiter. Die ganze Zeit über hatte Hilaria mit verschränkten Armen vor ihr gestanden, nun musste sie sich setzen. Hiraya sah nur, wie sie nervös mit den Fingern spielte.

»Ich und ein Nachbar haben ihre Tür eingetreten. Es wäre fast zu spät gewesen.«

»Du hast schon vieles miterlebt, scheint mir.«

Als Hilaria die weit aufgerissenen Augen des Mädchens sah, wurde ihr angst und bange.

»Ate Elaine war wirklich total verzweifelt. Und ich war auch nicht immer lieb zu ihr.«

Hilaria musste wieder tief atmen, aufstehen und blickte sich im Zimmer um. Glücklicherweise spielten Jason und Lemuel die ganze Zeit über draußen Basketball.

»Um was ging es?«

Stotternd erzählte Hiraya das ganze Geschehen um das Aufeinandertreffen mit ihrer Kollegin, als sie Elaine wegen einer Monatsbinde um Hilfe bat. Dabei merkte sie, wie sehr sie ihrer neuen Freundin damit zusetzte. Nachdem sie mit der Geschichte fertig war, nahm Hilaria ihre Hand.

»Weißt du, was für einen schönen Charakter du hast?«

»Wieso?«

»Du wolltest ihr helfen, da rauszukommen. Das war ein heißes Eisen.«

»Aber ich habe doch nichts bewirkt, eher das Gegenteil.«

»Du hast deine Prinzipien, aber Geduld hast du nicht.«

»Vielleicht.«

Hilaria lenkte das Gespräch wieder auf Hirayas Vater. Die Mühe lohnte sich teilweise, als Hiraya nach Stunden zustimmte, zusammen mit ihnen ihre Tante aufzusuchen.

Hiraya fühlte sich trotz des Beistands von Jason und Hilaria verängstigt, als ihre Tante Mary Ann die Haustür öffnete. Doch es dauerte kaum eine Minute, bis sie Hiraya umarmte, liebkoste und unzählige Male versicherte, so froh zu sein. Wie weggewischt schienen die ganzen Missverständnisse und Streitigkeiten. Mit erkennbarem Stolz zeigte sie dem fremden Besuch ihr Haus und tischte opulent auf, was die beiden Dienstmädchen unversehens an die Grenze ihrer Leistungsfähigkeit brachte. Am liebsten hätte sie Hiraya auch getadelt. Mehrere Monate waren vergangen, doch hatte sie in jener Zeit nie angerufen oder gar einen Besuch gemacht. Tante Mary Ann war schon angekratzt, nahm sich aber fest vor, alles zu vergessen, wenn Hiraya wieder bei ihr wohnen würde. Jason und seine Frau wurden Onkel Mateo vorgestellt. Er konnte sich immerhin mit einem Gehstock fortbewegen und sprechen. Dass er sich freute, sah jeder in seinem Gesicht und bei den Fragen, die er seinen Besuchern stellte.

»Ich möchte Tita Kezia anrufen, Tante.«

»Das ist gut, Kind. Wirklich.«

»Du hast doch ihre Nummer.«

Tante Mary Ann überreichte ihr das eigene Handy mit all den gespeicherten Kontakten, hoffte sie doch, dass Hiraya endlich auch ihrem Vater einige Worte schenken würde. Leise ging das Mädchen in das Zimmer, dass sie vor ein paar Monaten noch bewohnt hatte. Dass ihr Herz schlug wie ein Presslufthammer, wollte sie vor den anderen verheimlichen. Hilaria verstand ihre Angst und konnte sich bei dem Geplauder mit Hirayas Tante kaum mehr konzentrieren.

»Du bist tatsächlich Lokführer?«

»Seit drei Jahren.«

Hilaria gefror das Blut ein wenig in den Adern, als sie sah, wie Dienstmädchen Joyce einen erschreckten Blick in Richtung ihres Mannes fallen ließ. Joyce schwieg jedoch und bediente den Onkel weiter, ohne nochmals so zu reagieren.

»Ist sicher nicht einfach, besonders in diesem schrecklichen Abschnitt in dem Armenviertel.«

»Routine. Ich habe mich daran gewöhnt.«

»Ich würde nie mit diesem Zug fahren. Was hast du vorher gemacht?«

»Ich und Hilaria waren Künstler.«

»Wir haben uns dort kennengelernt.«

»Wo denn?«

»Bei einer Tanzrevue.«

»Talaga? Wart ihr etwa professionell?«

»So in etwa. Aber bevor ich zur Eisenbahn ging, war ich bei einem Busunternehmen. Unsere Tochter kam und Familie muss ja eine gute Basis haben.«

»Allerdings.«

Tante Mary Ann blickte zur Tür des Zimmers, in dem sich nichts zu rühren schien.

»Ich finde es wunderbar, dass ihr Hiraya helft. Aber wisst ihr denn...? Ich meine, hatte sie viele Probleme?«

»Lass sie bitte selbst darüber reden, wenn sie es möchte.«

Jason und Hilaria vermieden es tapfer, Hirayas Geschichte auszuplaudern, fanden ein solches Vorgehen entblößend. Es sollte dem Mädchen zudem Gelegenheit geben, ihrer Tante wieder Vertrauen zum Ausdruck zu bringen. Urplötzlich hörten sie ihre Stimme leise durch die Zimmertür und hielten inne.

Wie lange sie auf dem Bett sitzend mit sich ringen musste, hatte Hiraya schon vergessen. Bestimmt war es eine halbe Stunde gewesen. Immer wieder blickte sie in der Liste der Kontakte auf diese eine Nummer, die ihres Vaters. So oft wollte sie mit dem Daumen auf diesen Punkt tupfen, doch schaffte es nicht. Sie scrollte weiter und fand manche, die Tante auch kannte. Die ehrenwerte Señora Remedios, Lea, eine Nachbarin, Edwin, der alte Werkzeugmacher, und der Mensch, dem sie nach über einem halben Jahr wieder Worte schenken wollte. Mit zitternden Fingern tippte sie auf den Bildschirm und lauschte dem monotonen Tuten.

Kezia war ein wenig eingenickt, mit dem Kopf an einem bequemen Kissen auf ihrem Bambussessel, als die Klingelmelodie und das Rappeln sie aufhorchen ließ. Sie sah, dass ›*M. Ann*‹ auf dem Display aufpoppte und griff sofort nach dem Handy. Nie hätte sie einen Anruf von ihr unbeachtet gelassen, seit ihre kleine Schwester in Manila verschwand.

»Tante?«

Sie hörte nur ein leises Atmen.

»Hallo, Tante Mary Ann. Bist du dran?«

»Tita...«

»Bi... bist du es? Hiraya!?«

Imelda erschien sofort im Türrahmen zur Küche, hinter ihr das neue Dienstmädchen, welches als Ersatz für Dolores ins Haus geholt worden war.

»Imelda! Hiraya ist dran..., Hiraya!! Bitte leg nicht auf!«

»Tita Kezia. Ich...«

»Geht es dir gut? Bist du wieder bei Tante?«

»Ich bin bei einer Familie und arbeite für sie.«

»Was? Wer sind sie? Wo?«

Kezias Fragen gingen gefühlt in die Hunderte wie bei einem Bombardement. Unterdessen fuchtelte Imelda mit den Händen herum, damit Kezia endlich mal ruhig wäre, um dem Mädchen eine Gelegenheit zu geben, sich ausdrücken zu können.

»Ich mache Hausaufgabenhilfe und was im Garten.«

»Wer sind diese Leute?«

»Kuya Jason und Ate Hilaria. Sie sind wirklich lieb und helfen mir.«

»Ich bekomme in einem Monat mein Kind. Bitte komm nach Hause! Daddy hält das nicht mehr aus. Hiraya!«

Lange Sekunden bekam sie keine Antwort, nur dieses leise Atmen war zu hören. Und Kezia spürte, dass Hiraya anfing zu weinen, so lautlos und verbittert.

»Möchtest du mit Imelda sprechen? Hallo?«

Imelda übernahm die Konversation, schon allein, um Kezia zu schonen. Sie ging mit dem Handy dorthin, wo sie schon so viele Jahre den Sinilangs diente und setzte sich auf einen Schemel neben der Feuerstelle, dabei scheuchte sie Köchin Sally zurück ins Wohnzimmer, damit sie bei Kezia bleiben sollte.

»Gütiger Himmel, Inday. Warum hast du dich nie bei uns gemeldet? Ist dir Schlimmes widerfahren? Bitte lass dein Herz raus, Kind. Tue es für deine liebe Tita Imelda, bitte.«

Für Hiraya war es am Anfang furchtbar, zuzugeben, dass sie ihre alte SIM und damit jede Verbindung nach Hause verloren hatte und sich nie die Mühe machen wollte, durch Tante Mary Ann wieder mit der Familie in Kontakt zu treten, so tief saßen ihr Schmerz und die Gefühle, sich rächen zu müssen, indem sie die Angehörigen mit Nichtbeachtung strafte. Imelda hörte ihr Weinen, während das Mädchen immer mehr Mut gewann, zu offenbaren, was ihr gerade in den Sinn kam. Nun versuchte sie taktisch, das Interesse auf ihren Vater zu lenken.

»Soll ich ihm mal das Telefon geben? Hiraya...«

»Nein.«

»Wirklich nicht?«

»Ich werde sagen, wenn ich dazu bereit bin.«

Anstatt tadelnd auf sie einzureden, blieb Imelda positiv, kannte sie dieses bockige Köpfchen in und auswendig. Hiraya wurde zum ersten Mal nach jener langen Zeit weich, sagte zu, wieder anzurufen und bekräftigte es zweimal. Imelda konnte es glauben, denn Hiraya war vorher nie wortbrüchig gewesen, wenn sie etwas versprach.

Ungemein nachdenklich schlich Imelda mit dem Handy in der Hand ins Wohnzimmer, nach fast einer Stunde.

»Du musst dein Telefon aufladen.«

Sally holte flink den Charger. Kezia blickte Imelda mit Augen einer Verzweifelten an, die sich in diesen Momenten an einen Hoffnungsschub zu klammern schien. Es war sogar so, als würde ihr Gesicht strahlen und sie wollte alles, was Imelda erfahren hatte, in sich aufsaugen, so wie eine Verdurstende einen Krug Wasser.

»Sie wohnt bei einer Familie. Etablierte Leute.«

»Ist sie gesund? Verdient sie ihren Lebensunterhalt?«

»Sie scheint fit zu sein.«

»Ist das alles?«

»Ja, Inday ›Kez‹.«

»Aber...«

Imelda wusste, dass Kezia um die ersehnte Antwort betteln würde, eine Antwort, von der sie unzählige Male geträumt hatte.

»Sie möchte noch nicht nach Hause kommen.«

Kezia verbarg das Gesicht unter den Händen, weil sie ihre Tränen verbergen wollte. Als sie plötzlich Krämpfe im Bauch spürte, musste sich Imelda um sie kümmern und ließ Gerald aus der Plantage holen. Kezias Mann hatte auf seine Weise mit all dem abgeschlossen und gab Hiraya die Schuld für das Leiden seiner Frau. Er machte sich Sorgen um den Ausgang ihrer Schwangerschaft und hätte Hiraya verachtet, wenn seiner Frau oder dem ungeborenen Baby wegen diesem Drama etwas zugestoßen wäre.

Imelda brachte Kezia auf ihr Zimmer, verabreichte ihr einen Kräutersud und verlangte, dass sie schlafen sollte. Sie brauchte Unterstützung und wählte die Nummer von Señora Remedios.

»Du hast mit Hiraya gesprochen?«

»Sie ist wohlauf, aber ich mache mir Sorgen um Kezia.«

»Ich nicht weniger.«

Remedios wurde es trotzdem nicht wohler, nachdem sie alles verstand. Hiraya ging es scheinbar gut, sie hungerte nicht und hatte neue Freunde gefunden. Doch immer noch nicht ihrem Vater ins Gesicht schauen zu wollen, empfand auch sie langsam als überzogen und unnachgiebig. Hiraya konnte nicht wissen, wie sehr sich die innere Einstellung ihres Vaters gewandelt hatte. Die Señora traf sich mit Imelda und gemeinsam besprachen die beiden lebenserfahrenen Frauen ihre Strategie, wenn das Mädchen sich wieder melden würde. Wenn eine Familie schon nicht in der Lage war, den eigenen Clan zusammenzuhalten, mussten es diejenigen tun, deren moralische Stärke groß genug war, in einer Loyalität zu den erhabenen Prinzipien der Ehre und dem Zusammenhalt einer Nation, in der die Familie als heilig galt.

Tante Mary Anns riesige Augen blickten erwartungsvoll, als Hiraya aus dem Zimmer kam.

»Tita Kezia hat sich gefreut. Ich habe auch mit Tita Imelda geredet.«

Hiraya konnte an diesem Nachmittag kaum mehr viel reden, dafür plapperte ihre Tante umso ausschweifender, schon deshalb, um ihren Mann zu vergnügen und den beiden Besuchern zu imponieren.

Der Abend kam und eine wichtige Entscheidung, die ja erwartungsgemäß von ihr verlangt worden wäre, musste Hiraya preisgeben. Sie wollte lieber bei den Villanuevas bleiben, was Hilaria von Herzen verstand. Tante Mary Ann war nicht begeistert, musste aber seufzend kapitulieren. Hiraya im Gegenzug sollte sie zweimal in der Woche besuchen, und zwar an den Tagen, wenn Jason nicht auf der Arbeit war und Hilaria gleichzeitig außer Haus sein würde, wenn sie ihren Dienst in der Community versah. Und natürlich würde es Letizia gefallen.

»Ich habe zum ersten Mal um etwas Wichtiges gebeten, Ate Hilaria. War das denn okay für dich und Kuya?«

»Du hast großen Mut gezeigt. Wir hätten aber ›Nein‹ sagen können, und dann?«

»Ich verstehe schon.«

»Möchtest du jetzt eine Arbeit draußen suchen? Vielleicht kann ich mich mal umhören bei meinen Bekannten. Oder Jason meinte schon, dass er mal im Office fragen könnte.«

Hiraya wusste nichts zu antworten. Einerseits erkannte sie jetzt, wie dumm es doch gewesen war, mit einem High-School-Abschluss ohne College in der Hauptstadt etwas aus sich machen zu wollen und dann noch an einem Traum zu hängen. Doch sie wollte ihr Ziel einfach nicht verlieren und rang mit sich, Hilaria auf ihre Vergangenheit anzusprechen, wusste sie doch, dass hier ein Geheimnis lag, dass ihre eigene Zukunft mitbestimmen konnte.

»Ate Hilaria, bitte gib mir einen Rat.«

Hilaria spitzte die Ohren und lächelte so tief dabei.

»Möchtest du wirklich einen Rat?«

»Warum ist es falsch, dass ich einen Traum habe, dass ich Tänzerin werden will?«

»›Falsch‹ ist nicht der richtige Ausdruck, eher ›Unweise‹.«

»Dürft ihr denn nie tun, was ihr selbst machen möchtet? Was ist daran verkehrt?«

Im Erklären ihres Standpunktes gab sich Hilaria professionell, hatte sie ja ihre feste Überzeugung tief verankert, fühlte sich in ihrem geistlichen Dienst sehr glücklich und war der Meinung, ihre Popularität von einst wäre im Vergleich dazu ein Kehricht. Diesem Mädchen ihren Traum auszutreiben vermochte sie dennoch nicht, denn ein Versprechen inmitten ihrer eigenen Familie lag noch in der Luft. Das Gespräch wurde von Minute zu Minute immer hitziger.

»Ihr wart doch Tänzer. Ist es nicht so?«

»Ja, ich und Jason haben uns dort kennengelernt.«

»Woher kennt ihr die Philippine Tinikling Dancers Revue so gut? Ich habe euch doch gesehen. Wie die Girls Kuya Jason in der Festhalle anhimmelten.«

»Gut, du willst es also erfahren? Dann komm mit.«

Hilaria holte zwei Fotoalben aus dem Bücherregal und gebot ihr, sich zu setzen. Als Hiraya sich Bild um Bild betrachtete, musste sie vor Überwältigung schluchzen. Mit offenem Mund glotzte sie auf diesen ausgeschnittenen Zeitungsartikel mit einem Foto unter der Schlagzeile.

*»Erster Preis für die ›F T D R‹ durch die ›Pearl of Dance‹ und ihren Partner für die beste Performance beim ›Asian Dance Folklore Festival‹.«*

»Das sind du und Kuya! Ihr wart Startänzer in der Revue?«

Hilaria blieb stumm, dabei sah Hiraya, dass sie dagegen ankämpfen musste, nicht zu weinen.

»Das ist jetzt nicht mehr wichtig.«

»Warum? Es war ein Abschnitt eures Lebens.«

Hiraya runzelte die Stirn, beobachtete jede kleine Regung in Hilarias Gesicht und schlussfolgerte, dass es nicht sein konnte.

»Was nutzt es, wenn ein Mensch die ganze Welt gewinnt, aber sich selbst verliert?«

»Aber Ate Hilaria! Ich will tanzen, nicht berühmt werden.«

»Sicher? Das wirst du nicht vermeiden können. Du hast das doch eben gelesen. Und wenn du richtig Geld damit verdienen willst, musst du zu den Besten gehören.«

»Na wenn schon, dann bin ich eben bekannt.«

»Bist du dir über deine Beweggründe im Klaren?«

»Allerdings! Alam ko, ano ang gusto ko!« (Ich weiß, was ich möchte)

Das man ihre Motive in Frage stellte, gefiel dem Mädchen nicht. Hiraya steigerte sich immer mehr hinein, als sie fühlte, sich rechtfertigen zu müssen. Sie würde doch nichts Sündiges verlangen. Ihr Anrecht, einen guten Tanzlehrer zu finden, fand sie unumstößlich, dabei kribbelte es in ihr, wusste sie doch, dass ohne guten Job ihr Traum wieder einmal zerplatzen würde wie eine Seifenblase. Zum ersten Mal wurde Hilaria dabei unruhig und ließ zu, dass ihre Selbstbeherrschung unterhöhlt wurde.

»Sagt mir wenigstens, wer mich ausbilden könnte. Ihr habt Beziehungen. Welchem Tanz-Coach kennt ihr?«

»Ausbilden? Willst du den Tinikling nur beherrschen, um dich auf Festivals mal auszutoben oder deinen späteren Mann kennenzulernen, oder willst du ganz nach oben? Weißt du überhaupt, was es heißt, in die Revue aufzusteigen? Den einfachen Klassiktanz beherrscht hier jedes Schulkind irgendwie, aber in der ›PTDR‹ darfst du dir keinen Fehler erlauben. Ohne dein ganzes Herz hast du schon verloren, bevor du deine Füße zwischen die Stangen setzt! Ein verträumtes Geschöpf bist du!«

Hiraya wollte protestieren, zog ihre Augen zusammen und schielte Hilaria an, während Bitterkeit in ihr aufstieg.

»Und merke dir, mich sollst du nicht nacheifern.«

»Du warst - hier steht es doch - die ›Pearl of Dance of Pangasinan‹. Es gab nur fünf Tänzerinnen im Land, die als ›Pearl‹ ausgezeichnet wurden. Du bist doch eine der Besten gewesen. Und ich bin nicht undankbar!«

»So? Ich denke an deine Familie. Und du?«

Hiraya presste die Lippen aufeinander. Es tat weh. Hin und hergerissen zwischen ihrer ›Utang‹-Schuld dieser Familie gegenüber und der Vergeltung an ihrem Vater war sie in jetzt in die Schlinge getappt.

»Was hat das mit dem Tanzen zu tun? Es ist mein Privatleben. Ihr habt kein Recht, mich zu zwingen, bei meinem Vater auf Knien zu rutschen. Das ist meine Angelegenheit. Sorry, Ate Hilaria. Das verstehst du nicht.«

Hiraya ging auf ihr Zimmer, setzte sich auf den Bettrand und schmollte vor sich hin. Sie hörte dann, wie die Haustür ging und jemand hastig die Treppe hinauflief. Das Klopfen holte sie schlagartig aus der Lethargie. Letizia kam fröhlich durch die Tür gehuscht.

»Tita Hiraya! Wollen wir in den Garten gehen?«

Sie konnte beim Anblick ihrer neuen Freundin nicht kapitulieren und nahm sie bei der Hand.

»Was hast du heute gemacht?«

»Deine Mutter hat mir Fotoalben mit Bildern gezeigt, auf denen deine Eltern beim Tanzen zu sehen sind.«

»Komm mit. Ich zeige dir noch was Besseres.«

Letizia riss Hiraya förmlich mit sich, ganz in Begeisterung gefangen. Im Wohnzimmer suchte sie in der CD-Box einen Videofilm heraus und schob ihn in den Schlitz des Players. Lächelnd schaute sie Hiraya anstelle des Films an, den sie untrüglich schon viele Male gesehen haben musste. Schon nach wenigen Minuten wurde Hiraya schlagartig klar, dass Jason und Hilaria wirklich Berühmtheiten in der Tanzwelt gewesen waren. Völlig fasziniert von den absolut präzisen Schritten durch die Bambusstangen und den synchron dazu gedrehten Pirouetten der beiden brach in Hiraya wieder diese Sehnsucht aus, die sich mit Traurigkeit vermischte, weil dieses Ehepaar einer solchen Faszination den Rücken kehrte und sie selbst noch nicht einmal im Ansatz gelernt hatte, solche anmutigen Figuren zu zelebrieren. Hilaria hatte in all den Jahren zugenommen, doch auf dem Video sah Hiraya eine bildhübsche, schlanke Grazie mit glänzenden Rabenschwarzhaar, die wie entrückt ihre Arme in Eleganz erhob, geführt von Jasons Händen, der in einem Seidenbarong gekleidet immerzu lächelte, während die beiden schnelle Hüpfer und drehende Schritte zwischen den zusammenschlagenden Bambusrohren performten. Hiraya hatte die Geräusche an der Haustür nicht bemerkt und starrte weiter auf den Bildschirm.

»Letizia?«

Hilarias scharfe Stimme schreckte die beiden auf. Hiraya wollte gerade etwas sagen, als Hilaria den Film stoppte.

»Ate, das ist wunderbar. Warum hast du angehalten?«

»Letizia, ich möchte nicht mehr, dass du, ohne mich zu fragen, diese Videos anderen zeigst.«

»Ja, Mama.«

Hilaria stoppte ihre Rede, atmete tief ein und ließ den Blick nicht von Hiraya, die entsetzt wirkte, weil ihr Letizia leidtat. Dann geschah etwas, was sie ganz verwunderte. Hilaria ging auf die Knie und nahm die Hand ihrer Tochter.

»Letizia, entschuldige bitte, dass ich das so hässlich zu dir gesagt habe. Wärest du so lieb, uns alleine zu lassen?«

Das Kind reagierte folgsam und lief zum Kühlschrank. Mit einem Kokosnussshake rannte sie in den Garten. Hiraya fühlte einen Kloß im Hals, fürchtete sich vor einer neuen Zurechtweisung. Hilarias Finger streichelten diese DVD. Scheinbar musste sie mit Worten ringen.

»Du willst das also fertigschauen? Möchtest du so weit kommen? Wofür?«

»Ihr wart so schön, Ate. Entschuldige bitte, natürlich auch heute noch.«

Nun musste Hilaria kichern.

»Heute passe ich nicht mehr in dieses Kostüm.«

Als ihr Hiraya so flehentlich süß in die Augen sah, schob sie die DVD wieder in den Schlitz des Players.

»Schau dir diese Version einmal an.«

Das Mädchen war von der gezeigten Darbietung, einer aus vier Tanzpaaren bestehenden, schnellen Komposition mit sechs Bambusstangengruppen, völlig überwältigt. Hilaria tanzte mit Fächern in den Händen in höchster Eleganz. Diese Präzision gepaart mit Leichtigkeit ließ sie in Gedanken in eine Welt abgleiten, in der es so schön friedlich schien trotz der immensen Beherrschung, die ein Tinikling-Tänzer mit jeder Bewegung zu absolvieren hatte. An Ende des Filmes hatte der Kameramann die Ovationen der

Zuschauer minutenlang festgehalten. Hilaria störte das offensichtlich. Rasch drückte sie auf ›Stop‹.

»Ja Hiraya, ich habe das Tanzen geliebt.«

»Und jetzt nicht mehr?«

»Es gibt eine Zeit zum Bauen, eine Zeit zum Niederreißen, eine Zeit zum Lieben, eine Zeit, etwas zu erhaschen und eine Zeit, etwas als verloren aufzugeben.«

»Aber du willst mir aufdrängen, dass ich nicht tanzen soll, nur weil du jetzt andere Prioritäten hast.«

»Es geht nicht nur ums Tanzen und diese ganze Zeit, die du brauchst, damit du so weit kommen kannst. Hör mir bitte zu! Ich war auf diesem Video 22 Jahre alt. Wir trainierten sechs Stunden am Tag fünfmal die Woche. Das klingt nach nicht viel, aber für diesen Tanz ist es hart! Wie oft habe ich mir den Knöchel eingeklemmt. Abends taten uns die Füße weh trotz Bandagen. Ja, es war unsere Zeit damals. Wir waren jung, liebten den Ruhm und kämpften darum, bei den Festivals auf die ersten Plätze zu kommen. Doch hätte ich es damals besser gewusst, wäre meine Entscheidung anders ausgefallen.«

»Ich verstehe dich nicht, Ate Hilaria.«

»Gut, dann weiter. Jason kann froh sein, dass er Hosen tragen kann. Wenn nicht, hättest du die Narben an seinem linken Unterschenkel schon gesehen.«

»Narben?«

»Wir tanzten damals auch über die…«

»Was?«

»Die brennenden Stangen.«

Hiraya riss die Augen auf und verstand, dass der Tinikling tatsächlich gefährlich werden konnte, wenn jemand eine solch gewagte Idee in die Choreografie einbauen würde. Von Gruppen, die diesen Tanz mit brennenden Stangen performten, wusste sie bereits.

»Ja, Hiraya. Der Feuertanz. Jason rutschte beim Training weg und die Jungs reagierten zu langsam. Sein Bein war furchtbar verbrannt. Und sein Knie ist seitdem nicht mehr okay. Er wird nie mehr zehn ›Doppler‹ tanzen können.«

»Das tut mir leid.«

»In den Hallen sind diese Tänze verboten, aber draußen gibt es das immer noch in anderen Gruppen. Seit das mit Jason passiert war, hat die Revue mit diesen Mistdingern aufgehört. Immerhin.«

»Haben sich viele verletzt dabei?«

»Ich nicht. Eigentlich kann nichts passieren, wenn du nicht ins Stocken gerätst oder hinfällst, eigentlich…, bis auf meine angesengten Röcke.«

Hiraya sah ein Schmunzeln in Hilarias Gesicht aufleuchten, doch ihre Betroffenheit hielt nur ein paar Minuten. Schon artikulierte sie ihren Enthusiasmus über ihren Traum wieder mit feurigen Worten. Hilaria schien es zu nerven. Sie griff nach Hirayas Hand und sah sie an. Hiraya beobachtete, wie sie eine große Pappschachtel aus einem Schrank hervorholte. Nachdem sie den Deckel auf das Sofa warf, nahm Hilaria diese mit bunten Glassteinen verzierte Krone heraus. Hiraya wollte zurückweichen, doch mit einer blitzschnellen Bewegung presste Hilaria ihr das Ding auf den Kopf.

»Passt dir!«

Sofort nahm Hiraya die Krone herunter. Es gefiel ihr gar nicht, was hier geschah.

»Ich habe nicht das Recht, die Krone der ›Pearl‹ zu tragen.«
»Toll, nicht?! Ich hatte es geschafft. Als Belohnung bekam ich dieses Ding und die Ehrung ›Beste Tänzerin‹. Die Steine sind nicht mal echt. So etwas bietet dir diese Welt an und viele erzählen dir, wie toll du bist, solange du noch kannst.« Hirayas Kopfschütteln machte Hilaria traurig, besonders tat es ihr weh, als das Mädchen die Krone wieder in die Schachtel legte.

»Diese Leute, die uns einst bejubelten, kennen mich und Jason heute nicht mehr. Menschen vergessen, aber unser Vater im Himmel vergisst uns nie, wenn wir ihm treu bleiben. Für einen zweifelhaften Ruhm hatten wir unsere Gesundheit aufs Spiel gesetzt. Und was ist dir wichtiger? Außerdem, ich missbillige, dass du nicht bereit bist, dich mit deinem Vater zu versöhnen. Er hat dich gezeugt und geliebt, ist es nicht so? Und deshalb bist du nicht bereit, eine ›Tinikling‹ zu werden, weil dein Herz verbittert ist. Nie wirst du diese Taktpräzision durchhalten, weil du immer wieder daran erinnert werden wirst, dass du eine Blockade im Herzen trägst. Was er getan hat, war falsch. Doch jeder verdient die Chance, Vergebung zu bekommen und wer bist du, dass du so unnachgiebig bist?«
Hiraya stand auf, verschränkte die Arme und blickte sie böse an. Die Atmosphäre knisterte jetzt richtig. Mit den Lippen aufeinanderpressend, schien Hiraya die ganzen Worte, die sie jetzt abbekommen würde, sehnlichst zu erwarten, um im richtigen Moment zurückzuschlagen. Doch Hilaria hatte sie durchschaut und ließ nicht locker. Eines konnte Hiraya nicht begreifen. Hinter dieser Konfrontation steckte ein wunderbarer Grund, nämlich Liebe.

»Du nimmst die Sache gerne selbst in die Hand. Selbstständig sein, eine berühmte ›Tinikling‹ werden und dann vor Problemen weglaufen. Das passt nicht zusammen. Eine Tinikling-Tänzerin stellt sich ihrer Performance und verkriecht sich nicht.«

Sie hatten nicht auf die Geräusche in der Küche geachtet und dass jemand in der Tür stand. Jasons Blicke wirkten so kampfbereit. Angelehnt im Türrahmen musterte er Hiraya von oben bis unten.

»Bravo, Darling. Genauso ist es. Eine echte ›Tinikling‹ verkriecht sich nicht.«

Hiraya blickte ihn mit aufgerissenen Augen an.

»Hilaria! Die Zeit ist gekommen.«

Mit seiner Hand auffordernde Zeichen machend, musste Hiraya ihm hinterhergehen, nach draußen in den Garten.

Hilaria starrte den beiden hinterher, wirkte plötzlich erleichtert und überließ ihrem Mann, was dieses Mädchen in jenem Augenblick besser vertragen würde. Jason holte einen Spaten aus dem Geräteschuppen und legte ihn quer vor Hirayas Füße. Letizia kam zwischen den vielen Blumen auf dem Schmuckbeet hervor und war neugierig darauf, was jetzt kommen würde.

»Du möchtest einen Coach?«

Hiraya schielte ihn an und schämte sich dabei.

»Du hast also gesehen, was Hilaria und ich damals taten?«

Nur ein kurzes Nicken brachte sie hervor und bettelte mit ihrem Blick förmlich darum, dass Jason ihr endlich sagen solle, was sie zu tun hätte.

»Warum konnten wir Tänzer uns darauf verlassen, dass unsere Darbietung ohne Fehler sein würde?«

»Viel Training, Disziplin? Präzision?«

»Das ist nicht alles, Hiraya Sinilang! Die Jungs und die Mädchen an den Stangen sind es. Wenn sie versagen, werden wir Tänzer eine Niederlage erleben, die uns vor den Augen des ganzen Publikums zu einem Gespött werden lässt. Die Präzision des Tiniklings wird dich lehren, Selbstbeherrschung zu zelebrieren, um eine echte Künstlerin zu sein. Und jetzt fangen wir an.«

»Was soll ich tun?«

»Liebe entwickeln.«

Hiraya verstand wieder nicht und schaute fragend in seine entflammten Augen, die voller Lust waren, ihr eine Lektion zu erteilen.

»Stell dich gerade hin, vor den Spaten.«

Sie gehorchte und schaute auf das quer vor ihr liegende Werkzeug im Gras.

»Geh in die Hocke.«

»Was?«

»In die Hocke. Beine zusammen, parallel.«

Hiraya tat gehorsam, was er sagte.

»Greif den Spaten. Beide Hände.«

Sie packte das Grabwerkzeug so wie befohlen.

»Heb ihn hoch, streck die Arme dabei aus!«

Das Ding war recht schwer, doch Hiraya tat auch das.

»Wie viel Takte waren das?«

»Drei.«

»Gut. Der Klassiker wird im 3/4-Takt getanzt.«

»Weiß ich doch.«

»Du weißt ja echt eine ganze Menge. Aus der Hocke aufstehen. Mit dem Spaten, so wie du ihn gerade hältst.«

Hiraya stand wieder kerzengerade da, mit ausgestreckten Armen dieses Werkzeug in den Fingern.

»Heb ihn über den Kopf.«

Mit gerade gestreckten Armen nach oben kam sie sich gerade wie ein Bodybuilder vor.

»Wieder nach vorne.«

Diesen Takt, den sechsten, vollführte sie sauber.

»In die Hocke.«

Hiraya war bereits klar geworden, dass er einen ganzen Umlauf dieser Schritte verlangen würde.

»Leg ihn ab.«

Jason gefiel offensichtlich, wie sie es tat.

»Steh auf.«

Nachdem sie wieder so dastand wie zu Beginn, lächelte Jason so tiefgründig.

»Wie viele Takte?«

»Neun.«

»Gut. Wiederholen.«

Das Mädchen begann die Abfolge wieder in diesen neun Steps zu vollführen und machte dabei keinen Fehler.

»Sehr gut. Mach jetzt einfach weiter, immer wieder.«

Seine unmissverständlichen Blicke machten ihr klar, dass er es ernst meinte. Als sie in die Hocke ging, half er ihr mit diesen Kommandos wie zu Beginn.

»Greif den Spaten..., Heb ihn auf..., nach vorne halten..., aus der Hocke..., nach oben..., nach vorn..., geh in die Hocke..., leg ihn ab..., nach oben.«

Hiraya traute sich nicht zu intervenieren und spulte diese Bewegungen monoton ab, immer weiter, immer aufs Neue. Sie verstand nur nicht, wozu das gut sein sollte.

»Greif den Spaten..., Heb ihn auf..., nach vorne halten..., aus der Hocke..., nach oben..., nach vorn..., geh in die Hocke..., leg ihn ab..., nach oben, steh gerade.«

Letizia kuschelte sich an ihren Vater und beobachtete alles mit kindlicher Neugier. Hiraya war genervt, tat aber die Steps gehorsam in der stoischen Abfolge wie befohlen. Die Zeit nahm sie nicht mehr wahr und traute sich trotzdem nicht, aufzuhören. Es war die Scham und der Wille, endlich mit ihrer ersehnten Ausbildung anzufangen, was sie bewog, sich hier und jetzt zu quälen.

Letizia wurde es nun doch langweilig. Sie lief ins Haus, doch Jason saß still auf einem Gartenstuhl und las etwas auf seinem Smartphone. Nur kurz schaute er hoch.

»Immer weiter. Du machst das gut.«

Sie wollte ›Danke‹ sagen, konnte aber keinen Ton herausbringen und machte tapfer weiter. In die Hocke, den Spaten greifen, nach vorne strecken... Jene Bewegung fiel ihr mittlerweile sehr schwer, weil dieses Ding scheinbar doppelt so viel wog wie zu Anfang. Sie stand kerzengerade, hob den Spaten senkrecht nach oben und weiter, immer weiter. Sie verstand schon, worauf Jason hinauswollte, also bemühte sie sich. einen präzisen Takt in all diesen neun Bewegungsabläufen zu präsentieren. Natürlich wollte sie Jason damit zufriedenstellen.

»Müde?«

»Ein bisschen.«, hauchte sie.

»Es ist heiß, nicht wahr?«

»Kein Problem, Kuya Jason.«

Dass sie am Verglühen war, wollte sie bissig unterdrücken.

»Noch zwei Minuten, dann machen wir Pause.«

Jason schaute immer auf seine Armbanduhr. Tatsächlich war nach zwei Minuten Schluss und Hiraya durfte eine Pause machen. Völlig fertig setzte sie sich ins Gras.

»In zehn Minuten geht es weiter. Ich bringe dir ein Glas Wasser. Na, kleine ›Tinikling‹? Bald bist du berühmt.«

Mit offenem Mund glotzte sie ihm hinterher und glaubte nicht, was da auf sie zukam. Doch es war real. Jason reichte ihr ein großes Glas kühles Wasser, wartete ab und gab nach genau zehn Minuten den Befehl, dass sie diese ganzen Schritte von vorne beginnen sollte. Immer wieder, immer weiter, mit diesen elend schweren Spaten.

Gedankenversunken schaute Jason an die Decke mit der Leuchte aus Rattan-Geflecht.

»Meinst du nicht, dass du sie zu hart rangenommen hast?«

Hilaria setzte sich auf, betrachtete ihren Mann und fühlte wie bei tausenden Malen zuvor, dass ihr Zusammenhalt und ihre Liebe fest zementiert waren. Dies beruhigte sie so sehr und wusste, dass sie seinem Urteil vertrauen konnte.

»Sie hat keine Dankbarkeit.«

»Das habe ich dir damals schon angedeutet.«

»Doch ich verstehe sie. Sie kann nicht anwenden, was sie nie gelernt hat.«

»Jason! Lehre sie den Tinikling bitte nicht, weil du dich schuldig fühlst. Du hast großartig reagiert.«

»Was habe ich?«

Er setzte sich auf und wurde energisch.

»Hilaria! Ich hätte beinahe einen Menschen getötet. Hörst du! Sie wäre in zig Teile zerstückelt worden, zermalmt! Und nun sehe ich in ein solch hübsches, reines Gesicht und du meinst, ich bin großartig?«

»Du hast dein Urteilsvermögen verloren, Jason. Ich verlange, dass du mit diesen Schuldzuweisungen aufhörst.« Er starrte aus dem Fenster und schien ein stilles Gebet zu sprechen.

»Danke, Hilaria. Du bist wirklich ein Geschenk Gottes.«

»Du bist das auch für mich.«

Hilaria machte sich jedoch andere Gedanken.

»Was machen wir mit ihr?«

»Ich halte meine Versprechen. Sie hat zwei Dinge in sich, den Willen und auch Talent, den Takt präzise zu halten.«

»Wirklich?«

»Ich habe es gesehen. Sie weiß, worauf es beim Tinikling ankommt, nur hat es ihr nie jemand beigebracht.«

Hilaria verstand es ohnehin. In der Provinz, aus der Hiraya stammte, war die Ausbildung solcher Traditionen ins Hintertreffen geraten. Auch war der Tinikling im Nordosten des Landes entstanden. Sie, in Pangasinan geboren, wurde schon als Kind an diesen Tanz herangeführt, als wäre es eine Selbstverständlichkeit.

»Also du machst weiter?«

»Ich muss, Hilaria.«

Jason umarmte seine Hilaria zärtlich. Ihre Küsse wurden der Auftakt zu einer wunderbaren Performance, bei der sie sich leise und mit ganzer Hingabe liebten und ihre Körper in eine Einheit eintauchten, die sich kaum von der des Tanzes unterschied, in völligem Vertrauen zueinander und dem Bewusstsein, dass sie sich beide nur allein gehörten. Die Nachtruhe war nach ihrem anmutsvollen Liebesspiel verdient und wohlig schön für beide. Indes konnte Hiraya nicht einschlafen und überlegte hin und her. Sie fühlte, dass hier Menschen bei ihr waren, denen sie wirklich etwas bedeutete. Und genau das war es, was ihr Schmerzen zufügte, weil Entscheidungen auf sie warteten, die alles von ihr abverlangen würden.

Am nächsten Tag wollte Hiraya wie üblich im Garten arbeiten und ging in den Geräteschuppen. Der Spaten lehnte an der Wand und schien sie anzuglotzen. Eigentlich wollte sie nur die Gießkanne holen, doch etwas bewog sie unerbittlich, dieses Gartenwerkzeug mitzunehmen.

Jason stand am Fenster und sah sie mit der Kanne und dem Spaten in den Händen. Er glaubte, dass sie etwas umgraben wollte und wartete ab. Das Mädchen begoss die Gemüsepflanzen und lockerte die Erde um den Wasserspinat.

»Ich muss zugeben, seit sie hier ist, hat unser Gemüsegarten einen echten Booster erfahren.«

»Das kann sie, kommt sie doch von der Landwirtschaft.«

»Aber sie liebt nicht, was sie mitbekommen hat.«

»Hilaria, du urteilst zu schnell. Sie ist irgendwie noch ein Kind.«

Jason wunderte sich, dass Hiraya den Spaten nicht anrührte. Er beobachtete das Geschehen weiter und nippte dabei an seiner Kaffeetasse.

Hiraya schien mit der Gartenarbeit fertig zu sein und brachte nur die Gießkanne in den Schuppen zurück. Mit ihrem Kopfhörer über den Ohren und dem Handy kam sie zurück. Sie legte den Spaten quer vor ihre Füße und begann so, wie sie am Tag zuvor aufgehört hatte.

In die Hocke, den Spaten greifen, nach vorne strecken, aus der Hocke, den Spaten nach oben, wieder nach vorne, in die Hocke...

»Hast du ihr das gesagt?«

»Nein.«

»Hat sie Tinikling-Musik auf ihrem Phone?«

Er hörte nicht weiter hin, entschuldigte sich und ging raus. Hiraya übte stur die neun Schritte, ohne ihn zu bemerken. Jason kam näher, konnte ganz leise die Klangfetzen aus ihrem Kopfhörer vernehmen. Leise nahm er den Stuhl und schaute ihr ruhig zu. Sie hatte ihn immer noch nicht wahrgenommen, saß er doch einige Meter hinter ihr und sagte keinen Ton. Hiraya hatte natürlich bemerkt, dass jemand jetzt hinter ihr war und ließ den Kopfhörer auf den Nacken gleiten.

»Hättest ruhig weitermachen können.«

Schon hatte sie das Ding wieder auf den Ohren. Als sie anfing in die Hocke zu gehen, winkte er ihr zu.

»Was hast du da für Musik?«

»Tinikling.«

»Immerhin. Ich sehe, dass deine Wadenmuskulatur schön straff ist, trotzdem zierlich. Das wird vorteilhaft sein.«

Hiraya erzählte ihm, dass sie lange Fußmärsche und das Erklimmen von Kokospalmen seit ihrer Kindheit gewöhnt war. Sie begann zu kichern und rückte damit raus, dass ihre Mutter den Mädchen verboten hatte, auf die Bäume zu klettern. Doch sie und Kezia hatten die Momente genutzt, wenn sie nicht zuhause war. Kokosnüsse selbst herunterzuholen war für Jugendliche eben spannend.

»Du wirst viel Ausdauer in den Beinen haben müssen.«

Jason gebot ihr, weiterzumachen, aber ohne Kopfhörer. Brav übte sie weiter, mit dem verbissenen Wunsch im Herzen, ihren Lehrer zufriedenzustellen. Doch wie lange würde es dauern, bis er sie endlich mit den Bambusstangen bekanntmachen würde? Immer wieder spulte sie diese Frage in ihrem Kopf ab. Es erschien ihr die einzige Möglichkeit zu sein, mit dieser Monotonie fertig zu werden, die ihr diese immer gleiche Abfolge der Bewegungen abverlangte.

»Du hast Taktgefühl.«

Hiraya stöhnte schon unter den Schmerzen in den Armen. Auch machten sich ihre Knie bemerkbar.

»Wie kannst du das sehen, Kuya?«

»Ich sehe, dass du es willst.«

Nach etwa fünf Minuten befahl er ihr aufzuhören.

»Über eine halbe Stunde, alle Achtung.«

Sie drehte sich um und raunte ihn an: »Wozu soll ich dauernd diesen Spaten aufheben?«

Jason zog die Augenbrauen hoch und wirkte autoritär.

»Disziplin lernen heißt, zunächst das Grobe beherrschen. Außerdem hast du doch alleine angefangen. Habe ich dir gesagt, dass du so weitermachen sollst wie gestern?«

»Nein.«

»Aber jetzt sage ich dir, dass du weitermachst.«

»Jetzt?«

»In zehn Minuten. Magst du was trinken?«

»Bitte.«

Nachdem sie sich erfrischt hatte, ging es weiter. In die Hocke, den Spaten greifen, nach vorne strecken, aus der Hocke, den Spaten nach oben, wieder nach vorne, in die Hocke, ablegen, aufstehen, gerade stehen…

Jason entschuldigte sich kurz und ging ins Haus. Hiraya indes murmelte vor sich hin: »Das soll ›Tinikling‹ werden? Schwachsinn, ich bin doch keine Turnerin, ›Tinikling‹ soll das sein...«

Seine Stimme zischte ohne Vorwarnung mitten in ihr lamentierendes Gemurmel.

»Wenn du aufhörst zu schwatzen, geht es leichter.«

Verbissen übte sie weiter und sah im Augenwinkel, wie Jason ihr Handy in die Hand nahm.

»Darf ich mal schauen, was du für Musik hast?«

Leise quetschte sie nur ein »Ja« heraus, ohne sich in ihrer Übung stören zu lassen. Jason schaute sich die Playlists an. Dramatische Texte mochte sie wirklich, diese junge Dame mit straffen Waden und einem unbändigen Trotzkopf.

»Interessant. Die große Herzschmerz-Galerie. Hey! Nicht langsamer werden, den Takt halten!«

Als Jason manche Lieder auf der Playlist sah, schüttelte er den Kopf und grinste. Doch er wurde sofort nachdenklich und sah diesem Mädchen noch konzentrierter zu. Bilder poppten vor seinem Auge wieder auf, jene Erinnerungen von dem Tag, als er sie zusammen mit anderen Männern unter der Kupplung seiner Diesellokomotive hervorholte. Bernies entsetztes Gesicht, als er den schlaffen Körper entgegennahm, während er selbst immer noch nicht verstand, warum er sie in den Armen hielt und unbedingt im Führerstand mitnehmen wollte. Die Gesichter der Menschen in den Häuserreihen, die ihn und Bernie umringten und eine glühende Anteilnahme zum Ausdruck brachten. All diese Bilder zogen vor seinem geistigen Auge wieder vorbei, als er sie bei ihren Übungen beobachtete.

Jason verscheuchte den Tagtraum und zog den Kopfhörer über, fand, dass er bequem auf den Ohren saß und hörte sich etwas von ihrer Playlist an. Dabei verstand er langsam, warum Hiraya solche Lieder in ihr Herz dringen ließ. Er hatte einen Entschluss gefasst und wollte sie ab jetzt abschirmen, ja gleichsam beschützen vor solchen Elementen, die ein junges, unschuldiges Mädchen wie sie nur in den Untergang zerren konnten.

»Was machen deine Knie?«

»Tun weh.«

»Entschuldige, aber das ist nur in der ersten Zeit so.«

Er bat sie, sich nun auf den Stuhl zu setzen.

»Streck deine Beine nach vorne, dann bis ›3‹ zählen und wieder absenken. Nach drei Sekunden wieder hoch.«

»Sehr kreativ.«

»Nicht kreativ, aber präzise.«

Hiraya gehorchte und absolvierte dieses Beine Auf und Ab gefühlte 500-mal, bis er dem Einhalt gebot.

»Es ist genug.«

Er sah, dass sie völlig fertig war und entschuldigte sich dafür. Immer noch hatte er das Phone in der Hand, dabei sah Hiraya seinen Gesichtsausdruck, der eine deutliche Traurigkeit zum Ausdruck brachte.

»Darf ich dich etwas fragen?«

Er blickte ihr in die Augen und wählte einen Song aus, der einige explizite Textpassagen aus dem winzigen Lautsprecher dröhnen ließ. Nach dem ersten Refrain drückte er das Lied weg.

»Sag mal. Wie würdest du dich fühlen, wenn Männer dich wie ein Stück Fleisch behandeln würden? Was singen sie hier? Dein Körper ist alles, deine Bereitschaft, dass es jede Sünde wert ist, dich flachzulegen und so...? Soll ich weiter rezitieren? Empfindest du das als schön?«

Er spürte, wie sie das berührte und ins Herz traf. Eine so unheilvolle Erfahrung hätte sie beinahe erleben müssen, als Pablo versuchte, sie brutal zu verführen.

»Und erzähl mir nicht, dass es nur ein Lied ist.« Jason streckte ihr das Handy entgegen und presste seine Lippen zusammen. Hiraya fühlte sich angegriffen.

»Kuya Jason, ich danke dir, weil du mir hilfst, doch was ich höre oder in meinem Leben will, möchte ich gerne selbst entscheiden.«

»Natürlich. Das ist dein Recht. Aber hast du mal daran gedacht, wie deine Entscheidungen andere berühren? Und als was möchtest du wahrgenommen werden?«

Jason stand auf und schien mit Fassung zu ringen. Langsam begann Hiraya zu begreifen, dass er sie auf irgendeine Art und Weise liebhatte.

»Hiraya, versteh das bitte. Ich hätte dich fast auf dem Gewissen. Und du hast Potenzial. Ich spüre, dass du nach Idealen suchst. Ob es der Tinikling ist? Ich weiß es nicht, doch ich fühle, dass du mehr wert bist. Du hast meiner Frau vieles erzählt, doch dein Herz ist voller Schmerz. Aber dein himmlischer Vater und wir möchten für dich da sein, wenn du das möchtest. Entschuldige, lass uns ausruhen.«

Hiraya musste schlucken. Hier spürte sie, dass Argumente sinnlos waren. Schon die ganze Aura in diesem Haus gefiel ihr sehr, weil sie Geborgenheit und Zuneigung der reinen Art zu spüren bekam. Sie aß zu Abend und ging sofort danach mit einem leisen »Gute Nacht« auf ihr Zimmer.

Hilaria wartete, bis sich die Tür im Nebenhaus schloss und beobachtete ihren Mann mit einem sehr nachdenklichen Augenspiel.

»Morgen muss ich zweimal die Tour nach Alabang fahren. Sie soll die Übung mit dem Spaten machen, solange sie Kraft hat. Ich bin am frühen Abend wieder zu Hause.«

»Jason? Wir haben den Tinikling doch nicht so gelernt.«

»Wenn sie spürt, was echte Hingabe ist, ändere ich es.«

»Dein Mitgefühl zeigst du nicht gerade sehr.«

»Du weißt gar nicht, wie weh mir das tut, sie so ranzunehmen. Aber sie neigt zu schnell zum Aufgeben.«

Hilaria schielte in die Küche, wo ihre Tochter das Geschirr spülte, um sicherzugehen, dass sie nichts mithören konnte.

»Ich finde, es kommt bei ihr darauf an, was es ist. Durchhaltevermögen hat sie schon.«

Jason war anderer Meinung als seine Hilaria und konterte damit, dass diese Energie sich nur deshalb bei ihr zeigte, weil sie unnachgiebig zu sich selbst wäre.

»Und du willst sie brechen?«

»Nein Hilaria. Nie würde mir so etwas einfallen, doch sie muss verstehen, dass der Weg zur Virtuosin nur durch diesen Tunnel führen kann. Du weißt selbst, wie wir damals Beintraining machen mussten, bis uns beinahe die Waden geplatzt wären. Eine volle Darbietung auf einem Festival kann bis zu einer Stunde dauern und das muss sie durchhalten lernen. Außerdem ist unnütze Zeit bei ihr vergangen. Liebling, sie ist fast 19 und wir hatten mit zehn Jahren professionell angefangen. Bei ihr hilft es mir schon einmal, dass sie Talent hat, aber sonst habe ich keinen Bonus für sie.«

Hilaria musste zugeben, dass seine Argumente schlüssig waren. Nachdenklich blickte sie durch das Fenster und der Tür, hinter der Hiraya sicher wie eine Tote schlief.

Die nächsten Wochen waren für Hiraya gekennzeichnet mit der sturen Abfolge ihrer Übungen, den Ruhepausen mit der Massage ihrer Beine durch Hilarias professionelle Hände und den Besuchen bei Tante Mary Ann. Dort rief sie jede Woche einmal zu Hause bei ihrer Schwester an und erlebte aus dieser Ferne die Zeit bis zur Geburt ihres zweiten Kindes. Es war ein süßer Junge, der von Kezia den Namen Juanito bekam. Dass Hiraya nicht einmal aus diesem Grund nach Hause kam, missfiel ihr sehr, doch weil sie ihre kleine Schwester wiedergewinnen wollte, hielt sie sich mit Tadel zurück und war sogar glücklich, besonders, wenn sie ihren winzigen Sohn eingepackt in seinem Strampler im Arm hatte. Imelda und Señora Remedios indes hatten einen wohlwollenden Einfluss auf Roberto errungen. Sie als Frauen mit dem Verständnis einer wesensgleichen Generation ließen durch ihr geduldiges Zuhören und so manchem derben Rat seinen Willen erblühen, Hiraya wieder in die Arme zu schließen und alles Unselige zu vergessen, was geschehen war.

Wie es Hiraya schaffte, ihren Kampfgeist nicht zu verlieren, blieb für Hilaria ein Rätsel, besonders wenn sie sah, wie verbissen sie entweder diese Neun-Schritte-Übung mit dem Spaten vollführte oder pendelnde Hüpfer mit ihrer Musik auf den Ohren sogar dann machte, wenn es regnete. Durchnässt kam sie danach ins Haus, duschte sich und bat

Hilaria, ihre Beine mit Campher-Öl einzureiben. Ihr war keinesfalls verborgen geblieben, welch gutes Rhythmusgefühl das Mädchen besaß. Doch sie wollte Jason nicht hintergehen und sprach nie über die Möglichkeit, endlich mit zwei Bambusstangen zu üben.

»Wann kann ich endlich mal mit Stangen tanzen?«

»Das wird dir Jason sagen.«

Hiraya gefiel diese Antwort nicht und doch musste sie abwarten. Letizias begeisterte Einladungen, doch einmal mit zu einer der Zusammenkünfte zu gehen, die für diese Familie selbstverständlich waren, gefielen ihr, auch wenn sie sich noch nicht dazu durchringen konnte. Die Hausaufgaben mit ihr zusammen bereiteten Hiraya Freude, besonders als sie sah, wie gut sich Letizias Englisch entwickelte. Vorher nämlich hatte sie Mühe damit, schaffte kaum 50 Prozent bei den Prüfungen, doch nun war sie eine der Klassenbesten.

Am Abend saß Hiraya in ihrem Zimmer und wieder musste sie sich an die ganzen Dinge erinnern, die ihr widerfahren waren. Ihre Flucht, der Showdown mit Dolores, ihr Vater und die Sache mit Elaine. Sie vernahm ein Klopfen und Hilarias bittende Frage, ob sie reinkommen dürfte.

»Wie hat dir der Tag gefallen?«

»Sehr schön, und sicher war er für Letizia besonders.«

Hilaria wirkte auf einmal sehr ernst.

»Weißt du eigentlich, wie sehr mein Kind dich liebt?«

Diese Worte wirkten wie ein Stich in ihrem jungen Herz.

»Darf ich fragen, wie es deinem Vater geht?«

»Sie sagten, er wäre okay.«

Sie hatte also immer noch nicht persönlich mit ihm geredet und hörte alles nur aus dem Mund von anderen. Doch Hilaria fühlte, dass sie nicht mehr anschieben musste. Das Herz dieses Mädchens begann nämlich bereits zu brennen. Dieses Feuerflackern ging in mehrere Richtungen gleichzeitig. Immer noch absolvierte sie das monotone Training und musste ihre Beinstreckübungen auf dem Stuhl mit einem aufgeschnallten Sack Reis durchziehen, der mit fünf Kilogramm gefüllt war. Doch an jenem Tag war sie mies gelaunt. Ihr erschien das alles als Schinderei ohne Ziel.

»Geht´s noch?«

Hiraya stoppte und legte den kleinen Sack beiseite.

»Nein!«

Jason lächelte und sie warf ihm einen Blick zu, der töten konnte.

»Warum muss ich seit sechs Wochen diesen Mist machen? Du willst dich doch nur rächen oder so, weil ich euch vor den Zug gefallen bin. Oder machst du einen auf ›Papa‹, der die böse Tochter erziehen will, ja schön brav zu sein?«

»Das ist nicht wahr, Hiraya.«

Trotztränen lösten sich aus ihren Augenwinkeln.

»Ich gehe ja schon nach Hause, dann seid ihr mich los. Dann werde ich keine Tinikling-Tänzerin, na schön. Ate Hilaria findet das sowieso nicht gut. Sie sagt mir ja immer, es sei Zeitverschwendung.«

Sie versuchte erst, ihre nassen Augen mit dem Handrücken trocken zu reiben und saß dann mit verschränkten Armen auf diesem Stuhl. Jason griff in seine Hosentasche und nahm ein Taschentuch heraus.

»Komm her.«

Sanft wischte er ihr übers Gesicht und ließ seine Hand durch ihr Haar streichen. Hiraya erinnerte das an früher, als ihr Daddy es immer so liebevoll tat.

»Meine jüngste Schwester ist 23. Manchmal denke ich, du könntest es sein. Sie lebt mit ihrem Mann in Neuseeland. Wir sehen uns einmal im Jahr, manchmal alle zwei Jahre.« Wie meistens klang seine Stimme so sanft. Es gelang ihr, sich zu beruhigen und sie entschuldigte sich für die missratenen Worte von eben.

»Du musstest deine Gefühle rauslassen. Kein Grund zur Panik. Wartest du bitte kurz?«

Er ging ins Haus und telefonierte. Hiraya betrachtete sich den herrlichen Wolkenhimmel. Ja, der Tag war seit dem frühen Morgen von Sonnenschein und klarer Luft geprägt gewesen.

»Gilbert kommt gleich.«

»Wer ist Gilbert?«

»Mein älterer Bruder.«

Nach einer Stunde erschien ein fröhlich aussehender Typ mit einer Geschenktüte in der Hand.

»Na Bruder?«

»Gilbert! Wie geht´s deiner Frau?«

»Prima. Sie hat ja mich. Na, wen haben wir denn da?«

Hiraya grüßte höflich und war etwas unsicher. Hatte Jason seinen Bruder wegen ihr eingeladen?

»Meinst du, ich kann das noch?«

»Ist wie Radfahren, oder? Präzision?«

Grinsend hob Gilbert den Daumen hoch.

»Auf die Präzision. Für heute Abend. ›Alfonso III‹.«

»Guten Brandy hatten wir schon lange nicht mehr.«

Voller Verzückung wandte Hiraya ihren Blick zwischen den Gesichtern dieser beiden Männer hin und her. Besonders Jason erschien wie verwandelt und strahlte.

Das Tor der Garage schwenkte langsam nach oben. Hiraya hatte eine Limousine oder einen Jeep erwartet, doch der Raum war leer. Der Betonboden glänzte besenrein und diese Garage sah aufgeräumter aus als ihr Zimmer. Jason knipste das Licht an und streckte einladend die Hand aus.

Hiraya blickte sich um. Ein großer Bluetooth-Lautsprecher stand auf einem Regal und an der Wand waren Konsolen befestigt, auf denen mit Stoff umwickelte Gebilde lagen, die aussahen wie lange Stangen. Jason ging in eine Ecke, wo eine zusammengerollte Reisstrohmatte stand.

»Gehst du bitte kurz zur Seite?«

Die beiden Männer breiteten die Matte aus. Sie hatte an jeder Ecke Metallösen eingearbeitet, die in diese merkwürdigen Verschlüsse passten, welche im Boden verankert waren. Hiraya schaute voll von bebender Neugier und fragender Verwunderung, als Jason die vier Riegel mit den Ösen verband und schloss.

»Gilbert möchte mal sehen, wie dein Takt ist. Geh bitte barfuß auf die Matte«

Hirayas Herz pochte vor Aufregung. Sie wusste nun, dass auf den Konsolen Bambusstangen für den Tinikling lagen.

»Hüpf jetzt mal seitlich hin und her, im 3/4-Takt, und dabei deine Arme hinter dem Rücken verschränken.«

Sie begann die Schrittbewegungen zu vollführen und kämpfte um jede Millisekunde an Gleichmäßigkeit. Gilbert rieb sich am Kinn und beobachtete sie genau, während Jason sein Smartphone mit dem Lautsprecher koppelte.

»Sie hat das Talent, Jason. Aber meine Güte, da haben wir noch viel vor uns.«

Hiraya hüpfte weiter und versuchte es dabei sogar mit Drehungen. Ihre ängstlichen Augen ließen besonders Gilbert nicht los, der eine Menge über den Tinikling-Tanz zu wissen schien.

»Stopp. Wir machen das jetzt mal richtig.«

Sie musste schlucken und bekam sogar Angst. Andächtig sah Hiraya zu, wie die Brüder ein Paar dieser Stangen von der Wand nahmen und den Umwickelstoff entfernten. Die Oberfläche des Bambusrohres war glänzend poliert und die aus den Rohren ragenden Griffenden waren mit Leder umschnürt. Jason startete die Musik und die beiden knieten sich an die Enden mit den massiven Griffhölzern.

»Schau erst hin und verinnerliche das Tempo.«

Jason und Gilbert hoben die Stangen an und schlugen sie zweimal senkrecht nach unten auf den Boden und beim dritten Mal seitlich gegeneinander, parallel, im Takt der Musik und völlig synchron. Zweimal also durfte sie sich zwischen den Stangen tanzend bewegen, jedoch nicht beim dritten Schlag. Die Theorie kannte sie wie jeder Filipino. Aber hier war es die ungeschminkte Realität, die Wahrheit über den Tanz, dessen Beherrschung sie sich so sehnlichst wünschte. Mit dem Kopf im Takt der Schläge mitgehend blickte sie nur noch auf diese Bambushölzer, die geführt durch die Hände dieser Männer sich wie eine Präzisionsmaschine bewegten.

»Hast du es?«

Hiraya sollte sich neben links die Stangen stellen und ihren rechten Fuß erst zweimal zwischen sie hineintupfen, dann einmal nicht. Immer wieder und wieder. Die folkloristische Musik aus dem Lautsprecher hatte sie schon derart in den Bann gezogen, dass sie nur noch den behütenden Raum dieser Garage und die beiden Bambushölzer wahrnahm. Schon nach einer Minute tupfte sie nicht nur mehr mit dem Fuß, sondern begann mit ganzem Körpereinsatz dabei auf dem linken Bein zu hüpfen. Ihre Freude ließ ihren kecken Wagemut emporschnellen, doch Jason hielt sie mit seinem Kommando im Zaum.

»Nicht eintreten, du kannst es noch nicht.«

Dieses einbeinige Hüpfen auf der Stelle empfand sie als eintönig. Gerne hätte sie den Versuch gewagt, beim ersten Taktschlag zwischen die Stangen zu springen, um sich bei Takt zwei wieder hüpfend aus der ›Schlinge‹ zu ziehen, so wie es das Vorbild aus der Vogelwelt, der ›Tikling‹, bei seinen Ausflügen in der Wildnis tat. Noch wollte sie Jason gehorchen, denn sie fühlte, dass seine Strenge und dieses langsame und noch nicht virtuose Heranführen für sie das Beste zu sein schien. Die Tinikling-Musik war kein modernes Gemisch aus Elektropop oder Gitarrenriffs, doch ließ sie ihr Herz vor Entzückung hüpfen. Dazu erklang das rhythmische Knallen der anschlagenden Bambusrohre. Wieder blitzten diese Träume in ihrem enthusiastischen Kopf auf, der Traum, eine richtige ›Tinikling‹ zu werden.

»Genug.«

Hiraya hüpfte noch ein paar Mal mit gestreckten Armen in einem Ringelrein umher und strahlte übers ganze Gesicht.

»Kann ich nicht etwas Schwierigeres versuchen?«

Jason blickte sie prüfend an und ging dann zu einem Schrank. Er holte eine Papptafel heraus und zeigte mit dem

Finger auf eine der Abbildungen, die eine Schrittfolge des klassischen, einfachen Tanzes beschrieb. Es war eine Abfolge von Hüpfern, die mit überkreuzten Schritten getanzt werden musste. Jason diktierte ihr förmlich jeden Step und mit welchem Fuß er wann zu erfolgen hätte. Wieder startete er die Musik und packte die Griffenden. Als wäre es das selbstverständlichste der Welt, schlugen die Männer zweimal auf den Boden und einmal gegeneinander in einer Präzision, die einem Uhrwerk gleichkam. Hiraya glaubte, die Schrittfolge verinnerlicht zu haben und so war es auch, bis sie die Musik plötzlich so intensiv wahrnahm, dass etwas passieren musste, mit dem Jason bereits gerechnet hatte. Sie spürte den zangenartigen Schlag gegen ihren Knöchel, mitten im Aufsprung. Sie verlor das Gleichgewicht und knickte um. Jason hob die Augenbrauen und fragte, ob sie sich wehgetan hätte. Sein Gesichtsausdruck erschien wie der eines Lehrers in der ›Elementary‹, der einer aufmüpfigen Schülerin zeigen wollte, was nicht geht. Hiraya stand auf und wollte es wieder versuchen. Diesmal hielt sie etwas länger durch, bis ihr Knöchel die Bekanntschaft mit der hölzernen Schnappfalle machen musste. Wieder machte sie einen dritten Versuch, doch auch dieser war nach nicht einmal einer Minute zu Ende.

»Was mache ich denn falsch?«

»Du glotzt immer auf die Hölzer.«

»Aber ich muss doch sehen, wo sie gerade sind.«

»Was habe ich dir gesagt? Warum können die Tänzer darauf vertrauen, dass sie sicher durchkommen?«

Hiraya verstand, was er sagen wollte und presste verlegen die Lippen zusammen.

»Gilbert und ich führen dich schon. Außerdem wollen die Zuschauer dein anmutiges Gesicht sehen, dein Lächeln und das du sie verzauberst. Vertrauen, Hiraya. Du musst Vertrauen haben. Die Tänzer hören auf den Anschlag der Hölzer und glotzen nicht nach unten. Hör mal genau hin!« Wieder schlugen Gilbert und Jason die Bambusstangen so wie vorher, nur ohne die Musik im Hintergrund. Hiraya vernahm die Schläge und das rhythmische Klacken nun sehr deutlich und wusste, dass es in ihrem Kopf fest eingebrannt sein musste, dieser perkussive Sound, der zweimal dumpf klang und beim dritten Mal markant hallte, bei dem Schlag, den kein Tinikling-Tänzer zwischen den Bambusrohren erleben will. Jason stoppte und lächelte sie so tiefgründig an: »Vertrauen, kleine ›Tinikling‹.«

Trotz ihrer Ausbildung zur Tänzerin musste sich Hiraya strikt an den Zeitplan halten, den ihr sonstiges Leben von ihr abverlangte. Tante Mary Ann verstand sich mit Hilaria immer besser und bot ihrer Nichte einen Teilzeit-Job in ihrem Juwelierladen an. Abends hockte Hiraya mit Letizia bei den Schulaufgaben und hörte ihr vor dem Zubettgehen noch zu, wenn sie ihr etwas aus der Bibel vorlas. Sie kaufte ihr vom ersten Lohn einen Kopfhörer und ›Chinellas‹ aus Leder. An den anderen Tagen wurden ihre Konzentration und die Beinarbeit auf eine harte Probe gestellt. Hilaria begann ihren Mann zu unterstützen und hantierte mit ihm die Bambushölzer, während Hiraya immer komplexere Tanzschritte in dieser Garage beherrschen lernte. Weil Jason nur an freien Tagen die Zeit aufbringen konnte, waren es lange Tage für ihre Füße, die abends durch das Einreiben mit Campher-Öl und Massagen für den nächsten Trainingstag fitgemacht werden mussten.

»Ate Hilaria, ich wusste nicht, dass du die Bambusstangen auch so gut beherrschst.«

»Wenn du tanzen willst, musst du auch das können. Es gibt beim Tinikling keine reinen Tänzer und niemanden, der nur an den Stangen hockt.«

Hilaria gab ihr zwei Kochlöffel und lächelte.

»Zweimal auf den Boden schlagen und einmal gegeneinander, meinetwegen zu deiner Musik. Viel Spaß.«

Von diesem Tag an übte sie stundenlang mit Kochlöffeln oder zwei kleinen Bambusstangen aus dem Garten, um diese hochpräzise zum Takt der Musik zu bewegen wie ein Profi-Drummer. ›Kirot‹ hörte sie nicht mehr und auch nicht die vielen dramatischen Songs, dafür aber fröhliche Musik, in der nicht von Untreue, Liebeskummer, enttäuschten Gefühlen oder Eifersucht gesungen wurde. Doch diese Leichtigkeit in ihrem Herz hatte auch eine andere Wirkung entfaltet. Hiraya begriff nämlich, dass eine besondere Zeit gekommen war. Sie plante bereits, sich den Tatsachen in ihrem Zuhause zu stellen.

Zischend ging die Tür des Busses auf und Ricardo lief in der Schlange der Reisenden den Gang entlang zum Ausstieg. Nur einen Rucksack hatte er dabei und den Plan, sich bei seinem Cousin einzuquartieren. Die spärlichen Informationen über eine Familie, in der jemand bei der Eisenbahn arbeiten würde, gaben ihm Zuversicht, Hiraya aufspüren zu können. Ricardo war nur kurz in Zweifeln gefangen gewesen, ob seine Liebe zu Hiraya nicht besser in die unterste Schublade seines Lebens gelegt werden sollte, um sie einfach zu vergessen, doch es gelang ihm nicht. In Tagträumen sah er dieses junge Mädchen immer wieder vor sich und ließ von einem Portraitzeichner ein mit Bleistift angefertigtes Bild von ihr machen, das er mitnahm. Sicher gefielen ihm ihre Höflichkeit und Intelligenz, aber auch ihr zierlicher Körper mit einem fein gegliederten Antlitz gekrönt ließen sein männliches Empfinden hochschnellen, ja manchmal hatte er nachts geträumt, Hiraya Haut an Haut zu erleben und mit ihr Kinder zu bekommen. Verstehen konnten es nur wenige in der Nachbarschaft. Wenn auch die meisten seiner Kameraden darüber nur lachten, ihm war es egal. Ricardo traf sich in der Mall mit seinem Cousin. Sie frühstückten im ›Food Court‹ und besprachen ihre Taktik.

»Der Mann soll tatsächlich Lokführer sein?«

»Hiraya hatte es Ate Imelda gesagt. Mehr weiß ich nicht. Ich muss sie finden.«

»Du solltest erst mal essen, Cousin.«

Am Abend kamen zwei Freunde seines Cousins auf einen Drink, neugierig darauf, den Besucher aus der Capiz-Provinz näher kennenzulernen. Ricardo fühlte sich wohl und genoss das Grillfleisch und den Brandy, den einer der Typen mitgebracht hatte.

»Du suchst deine Liebe?«

»Sie ist von zuhause abgehauen. Probleme.«

»Und sie soll bei jemandem wohnen, der bei der Eisenbahn arbeitet?«

»Geh besser nochmal zu ihrer Tante.«

Ricardo sah ein, dass die Suche nach einem Lokführer überflüssig wäre, wenn Hiraya bei ihrer Tante aufkreuzen würde. Tante Mary Ann nahm ihm gleich nach seinem Eintreffen die Suche ab und gab Ricardo grinsend Hirayas neue Handynummer.

»Umständlicher Bengel. Ruf sie doch an. Oder Hilaria.«

»Wo wohnen diese Leute?«

»Tutuban. Hier ist die Adresse.«

Ricardo sah auf sein Handy, presste die Finger zusammen und verließ fluchtartig das Haus. Dienstmädchen Joyce nahm sich endlich ein Herz und sprach Tante Mary Ann darauf an, was sie über Jasons Rolle bei dem Zwischenfall auf den Bahngleisen wusste.

»Mam, ich hatte mich nicht getraut, es zu sagen, als sie hier waren.«

»Joyce!«

Entsetzen breitete sich in Tantes Gesicht aus.

»Aber der Mann ist ein Held, eigentlich..., Mam.«

»Was denn noch?«

»Nicht nur, dass er rechtzeitig gebremst hatte. Er und seine Frau waren früher Startänzer bei der Philippine Tinikling Dancers Revue. Ist doch klar, dass deine Nichte jetzt im siebten Himmel schwebt.«

»Wo ist der Brandy?«

Tante Mary Ann musste sich setzen und erst einen großen Schluck zu sich nehmen.

Unsicher blickte sich Ricardo in der Straße um, suchte nach dem Haus, dass der Security am Eingang zu dieser Siedlung beschrieben hatte. Die leise Musik hatte er zwar vernommen, doch ahnte er nicht, dass sie ihn zu seinem Ziel wie eine Punktlandung führen würde. Er dachte sich, dorthin zu gehen, wo diese Klänge herkamen, um dort nach dem Haus der Leute zu fragen, bei denen Hiraya Unterschlupf gefunden haben sollte.

Ricardo näherte sich dem Gebäude, aus dem untrüglich diese Tanzmusik alten Stils erklang. Das offene Garagentor fesselte seine Aufmerksamkeit. Langsam ging er auf den Metallzaun zu und sein Herz begann heftig zu schlagen. Wie angewurzelt starrte er zwischen den Metallstäben hindurch. Die beiden Männer waren nur konzentriert bei ihrem Hantieren mit zwei Bambusstangen, dazwischen sah er sie. Mit dem Rücken zum Garageneingang gewandt konnte sie ihn nicht sehen und tanzte mit ganzer Hingabe in Kreuzschritten, Sprüngen und eleganten Hüpfbewegungen synchron mit den Bewegungen dieser Hölzer. Hiraya hatte in den letzten Wochen enorme Fortschritte gemacht, wurde immer mutiger in ihren Schritten und Drehungen. Sicher machte sie noch Bekanntschaft mit Einklemmern zwischen den Bambusrohren, doch den klassischen Tanz beherrschte sie bereits gut. Meist hatte Gilbert den männlichen Part gespielt, während Hilaria ihrem Mann bei der Stangenarbeit zur Hand ging.

Ricardo konnte nicht wegsehen. Jede ihrer Bewegungen ließ ihn in seinen Gefühlen immer mehr abgleiten in eine prickelnde Sehnsucht nach diesem Mädchen, dass sich in dieser Garage auf einer riesigen Flechtmatte ihrer Leidenschaft hingab.

Hiraya indes wollte jetzt Halbdrehungen üben und signalisierte es Jason, der nickte und sie damit anspornte, mutig weiterzugehen. Stoisch knallten die Bambushölzer gegeneinander oder auf den Boden, während die Musik alles untermalte. Bei ihren ersten Drehungen nahm sie den Mann am Zaun bruchstückhaft wahr, doch gefangen in ihrer Performance dachte sie keineswegs an jemanden, der stören würde. Immer wieder drehte sie sich hüpfend und wechselte die Seiten neben und zwischen den Hölzern.

Doch Ricardo hob die Hand, ohne nachzudenken. Hiraya kam nach ihrem Drehsprung auf und sah die Gestalt am Zaun plötzlich winken. Diese Millisekunden genügten, sie aus dem Takt zu bringen, gerade als sie den Ausschritthüpfer machen wollte. Der Schlag von beiden Seiten traf ihren Knöchel mit ganzer Wucht.

»Hiraya!«

»Geht schon. Aua...!«

»Na, ich weiß nicht.«

Jason untersuchte ihren Fuß und musste abbrechen.

»Sieht wie eine Prellung aus.«

Hiraya sah nun zu diesem Mann, der ganz verschüchtert wirkte, doch erkannte ihn unter seinem Sombrero-Hut nicht.

»Setz dich auf den Hocker. Ich kümmere mich um deinen Fuß.«

»Ich kann weitertanzen.«

»Nein. Du gehorchst und gehst mit Hilaria.«

»Ich gehe mal zu dem Typen dort. Erwartest du Besuch?«

Gilbert ging zum Eingangstor und winkte Ricardo herbei.

»Was möchtest du?«

»Bist du der Lokführer?«

»Nein, mein Bruder. Dort in der Garage.«

»Ich möchte mit Hiraya sprechen.«

»Wer bist du?«

»Ricardo de Guzman, Sir.«

Gilbert winkte seinem Bruder zu. Hiraya hatte den unverhofften Besucher nunmehr erkannt. Ricardo flehte sie förmlich mit seinen Blicken an, was ihre Begeisterung nicht entfachen konnte.

»Der Mann möchte mit unserer ›Tinikling‹ sprechen.«

»Kuya Ricardo! Du hast mich aus dem Takt gebracht.«

Seinen Sombrero in der Hand, entschuldigte er sich so galant, dass sie immerhin lächelte und Jason seine Hand ausstreckte.

»Jason ist mein Name. Du kennst Hiraya?«

»Ich lebe in der Nachbarschaft ihrer Familie.«

»Verwandter?«

»Nein, Sir.«

»Woher weißt du, dass ich hier bin?«

»Deine Tante.«

»Komm rein. Erfrischung? Hiraya, freust du dich nicht über deinen netten Besuch?«

Ohne ein Wort humpelte sie langsam ins Haus. Ihr Knöchel schmerzte und es würde die Behandlung mit einer beruhigenden Salbe nötig machen. Hilaria erschrak erst und wurde gleich ganz Pflegerin. Sie kannte das aus ihrer Zeit als Profi durch eigene Erfahrungen. Jason kümmerte sich unterdessen um den jungen Besucher, der recht schnell mit seinen Gefühlen rausrückte. Hiraya wollte nicht aus ihrem Zimmer kommen, was Hilaria unmöglich fand.

»Ich mag sie so sehr, Kuya Jason. Darf ich fragen, woher du Hiraya kennst?«

»Wir haben uns an der Bahnstrecke getroffen. In meinem Job passiert das schon mal. Du bist extra wegen ihr hier?«

Ricardo nickte scheu, doch seine Gesten verrieten alles. Er hätte wegen seiner unbezwingbaren Ehrlichkeit irgendwie zu Hiraya gepasst. Mit leiser Stimme erklärte er das Drama, welches erst die Sinilang-Familie heimsuchte und dann zu einer Eskalation führte, die Hiraya zur Flucht bewog. Dass eine ganze Kleinstadt über den Skandal sprach und die Wogen sich erst jetzt beruhigt hatten, machte Ricardo hoffend, dass Hiraya den Mut aufbringen würde, sich ihrer Tat zu stellen und ihrem Vater wieder ins Gesicht zu sehen. Er würde unerbittlich zu ihr halten. Jason und Gilbert hörten aufmerksam zu, doch Hilaria war aufgebracht und verstand die Tragweite der Dinge mit ganzer Intensität.

»Sie sagt immer, sie sei noch zu jung und das mit dem Tanzen. Aber ich finde, sie ist reif genug für mich.«

Jason schmunzelte und drehte den Kopf zur Seite. Er fand das Mädchen nicht als verantwortungsbewusst genug, um eine hingebungsvolle Ehefrau und Mutter zu sein. Hilaria begann mit Ricardo zu reden wie eine ältere Schwester und mahnte zur Geduld. Innerlich kochte sie aber und Hiraya würde ihre Lehrstunde bekommen.

»Wie geht es ihrem Vater?«

»Er hat sich verändert. Und er weint viel. Deshalb muss sie endlich nach Hause zurück. Bitte helft mir!«

Ricardo war erleichtert, solche gutmütigen und offenen Ohren gefunden zu haben, und wollte solange in Manila bleiben, bis er Hiraya mit nach Hause nehmen konnte.

Hilaria war beim Dinner sehr schweigsam und ließ Hiraya in Ruhe essen. Sie hatte eine Bandage um den Knöchel und lamentierte deswegen. Jason indes wollte sie beruhigen, während sich Hilaria auf die Zunge biss. Die Kinder waren im Wohnzimmer, was sie in diesem Moment mehr als beruhigte.

»Das ist übermorgen vergessen. Dein Besuch von heute Mittag, ein netter Kerl.«

»Er ist nicht mein Boyfriend.«

»Aber er nimmt viel auf sich wegen dir. Das ist nicht gerade ein Beweis, dass er dich nicht mag.«

Hiraya nickte nur schüchtern und wich aus. Hilaria stand auf und bat die Kinder, den Videofilm in Letizias Zimmer zu schauen. Jason spürte schon, dass etwas in der Luft lag. Seine Frau machte es wieder geschickt, indem sie mit einem Krug, einer Schale Snacks und drei Gläsern an den Tisch zurückkam.

»Hiraya, ich möchte mit dir reden.«

»Ate?«

»Es mag sein, dass du uns etwas verschweigen kannst und dir das Recht dazu nimmst. Aber dem Himmel kannst du nichts verschweigen.«

Hiraya schaute betreten nach unten und begann auf der Lippe zu kauen.

»Hey, schau mich an!«

Hiraya schielte hoch, dabei trommelte ihr Herz.

»Ricardo ist ein ehrlicher Mensch. Durch ihn erfahren zu müssen, dass in deinem Bezirk eine Strafanzeige gegen dich vorliegt, ist doch wohl der Gipfel an Respektlosigkeit uns gegenüber!«

Jason rieb sich am Kinn und beobachtete ihre Regungen.

»Stimmt das, Mädchen? Du wirst von der Polizei gesucht?«
Nur ein sanftes Nicken kam als Erwiderung.

»Und du bist abgehauen, weil dir ein Verfahren drohte?«
Wieder kam nur eine bejahende Kopfbewegung.

»Dann hast du dieser Frau nicht nur einen Klaps versetzt.
Das war also schlimmer, oder? Antworte!«

»Ich hab' ihr eins draufgegeben. Nur einmal.«

»Sie war aber verletzt, das hast du doch zugegeben. Wie
schlimm?«

»Sie hat geblutet. Doktor Romero hatte es doch genäht.«

»Genäht? Und dann?«

Sie zuckte mit den Schultern und erwähnte den Kopfverband, den Dolores in der Polizeiwache trug.

»Sie hat dich also wegen Körperverletzung angezeigt?«
Hilaria stand auf, atmete tief ein und lief unschlüssig hin
und her. Jasons Blicke trafen Hiraya besonders hart. Seine
immense Enttäuschung war deutlich zu sehen.

»Unter diesen Umständen kann ich dich nicht mehr ausbilden, Hiraya.«

»Mit dem Tinikling ist Schluss! Du gehst bitte zu deiner
Tante, packst deine Sachen und dann stellst du dich in
deiner Heimatstadt den Behörden. Du hast Jason und mich
hintergangen. Und was soll ich jetzt Letizia sagen?«
Hiraya knallte die Serviette auf den Tisch und stand auf.
Während sie aus der Tür rannte und zum Nebengebäude
ging, rannen die Tränen unaufhaltsam an ihrem hübschen
Gesicht hinunter. Die Geister, die sie bei ihrer Flucht los-
gelassen hatte, griffen auch hier in dieser riesigen Stadt
nach ihr. Sie begriff endlich, das Weglaufen keinen Sinn

machte. Die Nacht war schrecklich für sie. Immer wieder wälzte sie sich im Bett hin und her, wachte mehrmals auf und sah aus dem Fenster, wo der fast schwarze Nachthimmel wie ein trauriger Teppich über ihr zu sehen war. Sie blickte auf die Kommode, wo eine liebevoll gestaltete Postkarte stand, die Letizia für sie gebastelt hatte. Und sie verstand, wie sehr sie den Menschen in diesem Haus wehtat, die in ihrer Reinheit und Hingabe nur das Beste für sie wollten. Mit dem Kopf durch die Wand sollte ihr Traum verwirklicht werden, ohne die Konsequenzen erkennen zu wollen.

Sie schälte sich aus dem Bett und nahm ihren Poesie-Schreibblock. Was sie in dieser Nacht verfasste, zeugte von echter Hingabe an ihren Wunsch, mit ganzem Herzen Wiedergutmachung zum Ausdruck zu bringen.

Kaum hatte Letizia das Haus verlassen, um zur Schule zu gehen, schlich Hiraya mit ihrer Reisetasche in der Hand durch die Tür. Es herrschte eine knisternde Stille in der Küche, als sie Hilaria ihren Brief überreichte und nur leise ein »Vielen Dank für alles« herausquetschen konnte. Jason machte auffordernde Zeichen mit dem Kopf und schenkte ihr ein Glas Wasser ein.

»Kaffee?«

Hiraya kapitulierte und nahm das heiße Getränk dankbar an.

»Ich habe Tante schon angerufen.«

»Weiß sie eigentlich, dass du mit der Polizei in Konflikt gekommen warst?«

»Tita Kezia hat es ihr sicher schon gesagt.«

Jason und Hilaria schwiegen dazu, was sie ungewöhnlich fand. Besonders bei Hilaria hätte sie erwartet, wieder den Kopf gewaschen zu bekommen. Jason musste es sehr getroffen haben, sie nicht mehr tanzen sehen zu können.

»Jason möchte dir etwas sagen.«

Sie war natürlich begierig darauf, es zu hören.

»Ich habe recht viele Tinikling-Tänzerinnen gesehen und musste selbst durch eine harte Schule gehen. Es ist wie bei allen Dingen, die ganze Hingabe und Passion erfordern. Manche erarbeiten es sich mit viel Tränen und Schweiß, anderen kommt ein Talent zugute, wie bei dir. Du hast ein verdammtes Talent und jede Menge Vielseitigkeit. So wie bei Hilaria. Wenn du das wieder haben möchtest, musst du dein Herz in Ordnung bringen und dich deiner Verantwortung stellen. Verstehst du das?«

Hilaria fragte sie vorsichtig, wie es um ihren Entschluss bestellt wäre, nach Hause in ihr Heimatdorf zu gehen,

»Ich habe Angst.«

»Vor deiner Strafe?«

Zart streichelten Hilarias Finger durch ihr Haar, wie eine Mutter es tat, wenn sie ihr Kind nach einem Sturz auf den Asphalt trösten musste.

»Sich zu demütigen tut am Anfang sehr weh.«

Hiraya blickte sie mit großen Augen an, mit einem Blick, der ein ganzes Drama zu erzählen begann.

»Jason sehnt sich danach, dir die Lektionen beizubringen, die es braucht, um in die Revue zu kommen.«

Sie verstand nicht, woher diese Wandlung in Hilarias Ansicht gekommen war.

»Kuya, ist das wahr? Bin ich schon so weit?«

»Nein. Wir müssen das bis zum Ende durchziehen.«

Seine Reaktionen waren so mild und tiefgründig. Sie verstand, dass nur diese Rückkehr die Brücke zur ersehnten Karriere bei den ›Tinikling Dancers‹ sein würde.

»Aber wenn ich ins Gefängnis muss.«

»Dann wird diese Zeit auch vorübergehen. Verliere nur nicht dein Ziel aus den Augen.«

»Ich muss dann alleine trainieren?«

»Dopplerschritte, Pirouetten-Dreher, Spreizer-Sprünge. Wenn ich dich denen so vorstellen kann, hast du eine Chance. Die Mädchen werden in harten Vortanz-Präsentationen ausgewählt. Während du zu Hause bist, musst du jeden Tag ›Doubles‹ üben, schnelle Varianten und am besten Sprünge im Takt deiner Musik. Mehr kann ich für dich nicht tun, bis du zurückkommst.«

Hirayas Lippen begannen zu zittern. Sie fiel in Hilarias Arme und schrie nur ihren Kummer heraus. Lemuel kam in die Küche gerannt und stand mit riesigen Augen vor ihnen.

»Es ist okay, Lemuel. Tita Hiraya geht es gerade nicht gut.« Leise ging der Junge wieder in den Garten. Hilaria drückte Hirayas Kopf gegen ihre Brust und streichelte sie immerfort, bis sie es schaffte, sich zu beruhigen.

»Wir möchten dir etwas anbieten.«

Mit einem Taschentuch tupfte sie sich die nassen Augen trocken und war wieder ganz Ohr. Sollte eine neue Überraschung auf sie warten?

»Ich komme morgen früh zurück, weil ich den Zug fahre, wo wir uns trafen. Übermorgen früh brechen wir in deine Provinz auf.«

»Was meint ihr mit ›aufbrechen‹?«

»Wir kommen mit. Vier Tage, mehr hat Jason nicht.«

»Ich kenne Capiz noch nicht und Letizia ist ganz versessen darauf, einmal einen großen Bauernhof zu sehen.«

»Sag jetzt nichts Falsches, Hiraya.«

Hiraya durfte bei ihnen bleiben, rief Tante Mary Ann an und teilte ihren Entschluss mit, sich ihrem Vater und Dolores zu stellen. Sie bat mit allen, was sie hatte, dass sie ihre Wiederkehr geheim halten sollte. Für jemanden wie Tante Mary Ann war das eine kaum zu schaffende Aufgabe, dennoch versprach sie es.

»Du willst nach Capiz mit dem Mädchen?«

»Damit sie jemanden als Beistand hat.«

»Jason, der Weltverbesserer. Du hast echt einen Platz im Himmel.«

Bernie zog wieder am Seil der Hupe, während Jason die Lokomotive beschleunigte. Das Viertel, wo ihnen Hiraya vor den Zug fiel, hatten sie ohne Schwierigkeiten passiert und mit flotterem Tempo ging es weiter in die Nacht.

»Ich habe ein Vöglein zwitschern hören, dass du wieder tanzt.«

»Ich? Nein. Ich trainiere jemanden.«

»Dieses Mädchen, welches gerne auf Schienen herumstolpert? Ist sie gut?«

»Starkes Talent.«

»Du machst das doch nur, weil du deine Zeit als Tänzer nicht vergessen kannst.«

Jason sagte kein Wort mehr und konzentrierte sich auf die Strecke, so wie immer in ganzer Aufmerksamkeit. Irgendwie hatte Bernie recht. Die Vergangenheit in der Welt des Show Biz hatte ihre Lieblichkeit gehabt und auch wenn Jason heute wirklich nachhaltigen Sinn in seinem Leben sah, pochten diese Erinnerungen immer wieder an seine Tür des Herzens, wegen einem Mädchen, dass sich gemäß der Bedeutung ihres Namens nicht von ihrem Ziel abbringen lassen wollte.

Am nächsten Tag herrschte aufgeregte Betriebsamkeit im Haus der Villanuevas. Letizia war besonders aufgewühlt, rannte im Zimmer umher, um die Sachen zusammenzusuchen, die sie mitnehmen wollte. Für Lemuel war es die erste größere Tour überhaupt, was bei ihm besondere Begeisterung auslöste.

»Dein Basketball bleibt hier. In Capiz gibt es auch Bälle.« Jason musste lachen beim Anblick seiner enthusiastischen Kinder, die ihre Abreise kaum erwarten konnten. Hiraya indes hatte die Vorstellung, dass die Reise im RO-RO-Bus diese Familie überfordern könnte und war zum ersten Mal wirklich dankbar, dass Ricardo bei ihnen sein würde.

Langsam pflügte die Fähre durch die an jenem Tag recht aufgewühlte See. Der Himmel war klar und sonnig, jedoch zogen die Windböen merklich über das Deck. Hiraya sah zu Ricardo, der an der Reling stand und sehnsüchtig in die Ferne starrte. Ihre Augen wanderten an ihm herunter. Sie fand seine Statur schon anziehend. Und dieser Kerl hatte tatsächlich so viel Energie in sich und ein Durchhaltevermögen, dass sie langsam beeindruckend fand. Als er seinen

Kopf in ihre Richtung wandte, schaute sie sofort weg und tat so, als würde sie sich die vorbeiziehenden Inselgruppen betrachten. Dabei pochte ihr Herz ein wenig schneller.

»Ist alles gut, Hiraya?«

»Kein Problem.«

»Echt nicht?«

Sie schüttelte den Kopf. Doch die Art, wie sie es tat, zeigte, dass sie Angst hatte.

»Ich werde bei Chief Officer Pedro für dich eintreten. Ich habe gespart, weißt du, falls...«

»Was ›falls‹?«

»Du eine Kaution bezahlen musst.«

Hiraya nickte nur und machte sich mehr Sorgen um das Zusammentreffen mit ihrer Familie als um diese Anklage.

»Du kannst echt schon toll tanzen. Ist Kuya Jason Profi gewesen?«

»Sie tanzten bei den ›Philippine Tinikling Dancers‹. Ate Hilaria war damals eine der Besten.«

Sie blickte ihm jetzt ins Gesicht, viel aufmerksamer als früher.

»Du willst zu dieser Revue, nicht?«

»Das ist mein Ziel, Ricardo. Bitte schau nicht so.«

»Ich würde auch auf dich warten.«

»Ricardo, du bist lieb, aber...«

Er unterbrach sie sanft und gestand ihr in fein gewählten Worten seine Liebe erneut. Natürlich wusste sie, dass er sie mochte, aber dass dieser junge Farmerssohn sie tatsächlich so liebte wie ein Mann, der ihr eines Tages den Ehering an den Finger stecken würde, konnte sie nicht wahrhaben. Oder wollte sie einfach nicht?

»Bitte denk doch an das, was ich fühle oder auch nicht empfinde. So wie du habe ich es nicht.«

Sie rang mit den richtigen Worten, wollte etwas sagen, ihn nicht bloßstellen, dann platzte Letizia freudestrahlend hinein, was ihr in diesen Sekunden nur recht war.

»Die Fahrt ist cool, Tita Hiraya!«

»Wir sind in einer Stunde in Mindoro. Dann geht es wieder mit dem Bus weiter.«

»Auf dem Schiff ist es schöner.«

Jason saß mit seiner Frau auf einer Bank in Sichtweite des Geschehens. Sie erfreuten sich am Anblick der vorbeiziehenden Eilande und beobachteten Lemuel, der zwei gleichaltrige Jungs getroffen hatte und mit ihnen spielte.

»Der Junge liebt sie, ohne Zweifel.«

»Romantisch ist er, wie in den alten Zeiten.«

»Du hast mir kein Harána-Lied vorgetragen.«

»Wieso? Ich habe dir meine Liebe durch meinen Tanz gestanden. Außerdem kann ich nicht Gitarre spielen.«

»Ich bin mir nicht sicher, ob sie nicht auch Gefühle für ihn hat. Sie hat sie nur noch nicht entdeckt.«

»Zu jung. Sie will doch erst zur Revue.«

Diesmal verdrehte Hilaria die Augen und zog eine humorvolle Grimasse.

»Du glaubst wirklich, dass sie das Vortanzen schafft?«

»Irgendwann schon.«

Jasons Reaktion war skeptisch. Diese erzwungene Unterbrechung konnte sich hinziehen, wussten sie ja nicht, was Hiraya in ihrem Zuhause erwarten würde. Ohne durchgehendes Training würde sie wieder einen zeitlichen Rückschlag erleben.

Für die Kinder war diese Reise spektakulär, doch am Ende der zweiten Etappe mit dem Bus schlief Lemuel ein und lag in den Armen seines Vaters. Es war stockdunkel und kurz vor 11 Uhr, als der Bus langsam auf die Fähre Richtung Katiklan rollte, der ersten Station auf Panay Island, der Insel, auf der Hiraya geboren wurde. Doch für Letizia war diese nächtliche Schiffspassage beschwerlich. Es gab keine bequemen Liegen, sondern nur diese Bänke mit Kunstlederüberzug, außerdem lief ständig der Bordfernseher. Hiraya sah das und setzte sich zu ihr. Das Mädchen kuschelte sich an ihre Freundin und nickte ein. Dabei empfand Hiraya schon eine solch wunderbare Unterstützung darin, weil sie alle hier bei ihr waren, ohne viele Worte und große Gesten.

Das Schiff kämpfte mit kräftigem Seegang und schlingerte. Letizia wurde bleich und musste sich übergeben. Hiraya und Jason halfen ihr, zum Rest-Room zu gehen. Sie wollte sich dort um sie kümmern.

»Entschuldige, Letizia. Das ist alles meine Schuld.«

»Geht schon, Tita.«

Wieder verkrampfte sich ihr Körper über der Toilettenschüssel und sie konnte nichts in sich behalten. Hirayas Hände hielten sie liebevoll fest und mit aufmunternden Worten versuchte sie, die Lage zu erleichtern. Als zwei Frauen ihr daraufhin halfen, war sie überaus dankbar. Tapfer hielt Letizia den Rest der Passage durch und begann im Bus auf der letzten Landetappe tief zu schlafen.

»Nächste Station ist Dumarao!... Dumarao!«

Mit suchenden Blicken zu den Passagieren wiederholte der ›Conductor‹ mehrmals diese Ankündigung. Hiraya tupfte Jason auf die Schulter, während Ricardo die Taschen von der Gepäckablage herunterholte und dem Mann an der Tür signalisierte, dass der Bus halten solle.

»Bei dem Laden dort müssen wir aussteigen.«

Claudio de los Reyes stand vor seinem Geschäft und war im Bestücken der Getränkeauslage vertieft, als hinter ihm der Fernreisebus zischend zum Stehen kam. Der ›RO-RO‹ hielt ausgerechnet bei ihm? Der Busschaffner stieg zuerst aus, die Männer folgten und hatten die Gepäckstücke. Als er sie jene Stufen herunterkommen sah, stolperte er zurück und musste sich festhalten.

»Hiraya!«

Sie ging auf ihn zu und streckte die Hand hin. Mit einem »Oh Mann« auf den Lippen wusste er nichts mehr zu sagen. Ricardo und diese Familie standen zusammen mit einem Mädchen und dem kleinen Jungen hinter ihr. Er erkannte, dass Hiraya in Begleitung neuer Freunde gereist war.

»Das sind Kuya Jason und Ate Hilaria mit ihren Kindern Letizia und Lemuel.«

»Kommen Sie aus Manila?«

Jason gab ihm die Hand und bejahte es.

»Nettes kleines Städtchen habt ihr hier.«

»Sehr beschaulich. Wollt ihr etwas trinken? Hiraya, meine Güte. Über ein Jahr! Gut siehst du aus.«

Sie fragte ihn, wie es seiner Mutter gehen würde. Señora Remedios hätte wie immer alles im Griff und meinte, eine alte Kokospalme ließe sich nicht so schnell durch einen Taifun umhauen.

»Deine Schwester hat einen Sohn.«

»Ich weiß doch.«

Claudio näherte sich ihrem Ohr und flüsterte: »Ist er dieser Lokführer?«

Als sie ihn überrascht anglotzte, musste er es zugeben.

»Es weiß schon das halbe Dorf, dass du bei jemandem von der Eisenbahn wohnst. Deine Schwester hat es doch allen ausposaunt. Du..., wenn dich die Officer sehen, was machen wir dann?«

Hiraya fragte, ob er wüsste, wie es um die Anzeige gegen sie stehen würde.

»Sie ist noch hier, lebt mit José, dem Gemischtwaren-händler, zusammen.«

Angst vor Dolores empfand sie nicht wirklich. Ihr Kopf war aufgewühlt wegen den beunruhigenden Gedanken, wie das Wiedersehen mit ihrem Vater aussehen könnte. Sie hatten sich vorgenommen, es heute zu wagen, nach einer Erholung bei einem guten Frühstück. Im Bus hatte Hiraya lange still gebetet, was Hilaria mit Freude beobachtete.

»Und Papa?«

»Sie hat ihn schnell abserviert. Dein Vater ist völlig fertig, glaub mir das.«

Hiraya glaubte, es wäre wegen Dolores so und fragte ihn etwas umständlich, weil es ihr vor Hilaria peinlich war.

»Nein, Inday. Er will dich endlich wiederhaben. Du bist seine Tochter!«

Sie nickte nur gequetscht. Während des Frühstücks bekam sie kaum einen Bissen hinunter, aber freute sich, dass sie mit Wohlwollen zuhause empfangen werden mochte. Am Mittag wollten sie endlich gemeinsam aufbrechen. Claudio winkte zwei Motorradfahrer heran und Lemuel war ganz aufgeregt.

»Fahren wir mit den Motorrädern? Cool.«

Hilaria war nicht so begeistert, weil keiner von ihnen einen Helm trug und die Typen auf ihren Maschinen so taten, als wäre es völlig normal für sie. Hilaria und Letizia fuhren auf der ersten Maschine mit, während Jason mit seinem Sohn mitgenommen werden sollte. Ricardo lieh sich das Bike von Claudio und ließ Hiraya hinten aufsteigen, die Hilarias Taschen in den Händen hielt und ihren Rucksack auf dem Rücken trug.

Officer Mariella hatte Durst verspürt und fand in ihrem Energy-Drink das ersehnte Labsal. Sie schob die Dienstmütze nach oben und beobachtete das Treiben auf der Hauptstraße. Wie viele Motorräder hier tagtäglich vorbeikamen, konnte niemand zählen. So war es für sie zu normal und auf die Zweiräder achtete sie nicht so sehr. Als der völlig überladene Jeep von José vorbeifuhr, schüttelte sie nur den Kopf und wollte sich wieder ihrem Getränk zuwenden, als sie den Dreier-Tross bemerkte, der abbog und vor ihrer Bank vorbeifahren wollte.

Sofort erkannte sie Ricardo und das Mädchen, dessen Kopf zwischen den ganzen Taschen hervorschaute. Sie sprang blitzartig auf und rannte auf die Straße. Ricardo musste heftig bremsen, denn Officer Mariellas Stoppsignale waren so energisch, um sie als Befehl auslegen zu müssen.

»Hello po, Officer Mariella.«

»Du bist also zurück.«

Sie schielte in Richtung der Hauptstraße, wo in nicht weiter Entfernung die Polizeistation lag.

»Du steigst jetzt ab! Ich nehme dich hiermit fest.«

»Bitte lassen Sie mich zu meinem Vater.«

Sie nahm ihre Mütze ab, rubbelte in den Haaren und jeder sah, wie diese Polizistin mit sich haderte.

»Bitte!«

»Verschwinde. Ich sag nichts. Vorerst, Hiraya! Ricardo..., ich bekomme richtig Probleme..., ach vergiss es...«

Ricardo gab Gas, um die Vorausfahrenden einholen zu können. Officer Mariella schmiss ihre blaue Kappe genervt auf die Bank. Sie wusste, dass sie das dem Chief zu melden hatte.

Die beiden Fahrer hielten am Haus der Moralez-Familie an, welches unmittelbar an der Grenze zum Land der Sinilangs stand.

»Ate Hilaria. Ich werde euch nachher rufen.«

Frau Moralez hielt die Hände vors Gesicht und machte große Augen. Hiraya begrüßte sie so, als wäre sie nur drei Wochen weg gewesen und bat darum, dass ihre Freunde versorgt werden sollten.

»Ich bin Jennifer. Welche Freude, fremde Gäste bei uns zu haben. Seid ihr aus Manila?«

Ricardo sah Hiraya hinterher und ging Jennifer beim Servieren der Erfrischungen zur Hand. Langsam ging das Mädchen mit ihrem Rucksack auf dem Dammweg in Richtung der Pforte. Beim Gehen kamen ihr die Erinnerungen von damals hoch. Vor über einem Jahr rannte sie in die entgegengesetzte Richtung und hatte einen furchterregenden Hass im Herzen getragen, von dem in diesen Augenblicken nichts mehr übrig war außer purer Angst. Letizia hatte noch ihre Hand gedrückt und versicherte, dass der himmlische Vater ihr ganz bestimmt beistehen würde. Hiraya stoppte an der offenen Pforte und begann zu zittern. Sie musste aber weiter. Es konnte keinen Rückzug geben, wegen ihrer Seele, wegen ihrer Familie und wegen ihres Traums. Langsam ging sie weiter. Das Haus kam immer näher und die Gebäudeecke mit dem Fenster, hinter dessen Bambusgittern ihr Zimmer lag. Jenes Fenster, aus dem sie sich damals hinunterhangelte, um zu fliehen. Sie hatte den Schuppen erreicht und scheuchte dabei die Hühner auf. Deren Geflatter würde vielleicht jemanden aufmerksam machen und wieder bekam sie Angst. Hiraya blieb stehen und starrte auf die Tür, die sich nach einigen Sekunden langsam öffnete. Eine Frau erschien und ihr rannen bereits die Tränen übers Gesicht. Es war Imelda, die ihren Bastkorb fallen ließ und zurück ins Haus rannte. Hiraya blieb immer noch wie angewurzelt stehen und achtete nicht auf ihr verschmiertes Antlitz. Sie ließ den Rucksack zu Boden gleiten, als ihr Vater aus der Tür kam, auf sie zuging und auf die Knie sank. Imelda war hinter ihm und stand nur da wie ein Wachsoldat. Roberto stand auf, ging weiter und streckte nur seine Arme nach ihr aus. Hiraya fiel in sich zusammen, atmete heftig und sah seine Hände über ihrem Gesicht. Ihr Vater zerrte sie empor, schlang seine Arme um sie und begann zu schluchzen. Er hatte das letzte Mal in dieser Weise geweint, als seine Henrietta starb und er zuletzt das Laken über ihrem leblosen Körper sah.

Imelda hielt Kezia zurück, die um die Hausecke gestürmt kam und beobachtete die Szene, die sich im Gras auf dem Vorplatz zum Haus abspielte. Hirayas stotterndes Heulen und die ständigen Bitten ihres Vaters um Verzeihung hüllten alles ein. Minutenlang lagen sie sich nur in den Armen, ohne aufzustehen oder darauf zu achten, wer dabei zusah.

»Meine Kleine!«

Ihre Fingerspitzen krallten sich in den Stoff seines Hemdes, so fest, dass ihr Vater ihre Nägel schmerzhaft spürte.

Hiraya schielte über die Schulter ihres Vaters und sah Kezia langsam auf sie zukommen. Sie begann sich furchtbar zu schämen und brauchte lange Minuten, um ihrer Schwester die ersten Worte zu schenken. Roberto hob ihren Rucksack auf, während Hiraya auf Imelda zulief und sie danach mit ihren Umarmungen beinahe erdrückte.

Gerald erreichte die Nachricht von Hirayas Ankunft über einen Farmarbeiter. Wenig enthusiastisch verließ er das Ananasfeld. Er ging zum Haus, um die verlorene Tochter zu begrüßen. Gerald benahm sich kühl, auch wenn er froh sein konnte, dass die Geburt des kleinen Juanito gut verlaufen war und es ihm und seiner Mutter gut ging.

Hiraya ließ ihre Freunde holen. Mit großen Augen betrachtete Letizia die Kokospalmen und Reisfelder, an denen sie vorbeikamen. Eine Gruppe weißer Reihervögel stieg über einem der Felder in die Höhe auf und Lemuel zeigte mit Begeisterung auf den Wasserbüffel, der graskauend auf einer Wiese stand und diese Menschen scheinbar vergnügt beobachtete. Von den ›Kalabaus‹ hatte Lemuel in seinen Schulbüchern gelesen, aber zum ersten Mal sah er einen solchen leibhaftig. Roberto zog sich hastig ein neues Hemd über und wollte Jason als erster die Hand schütteln.

»Willkommen. Ich bin Roberto Sinilang, Hirayas Vater.«

Kezia umarmte Hilaria sofort. Letizia machte einen Verbeuger, als sie das Familienoberhaupt begrüßte, was ihn beeindruckte. Die Kleidung seines Besuchs war sauber und sah fein gewählt aus. Diese Städter kannten das wohl nicht anders. Ein wenig schämte sich Vater Roberto über seine verschlissene Arbeitshose, die er anbehalten hatte.

»Kommt bitte rein.«

»Vielen Dank.«

»Wir haben ein kleines Cottage-Haus. Ich lasse es sofort herrichten. Oder wollt ihr etwa in der Stadt übernachten?« Jason freute sich auf eine relaxte Zeit inmitten dieser Atmosphäre auf einem solchen Großgrundbesitz und nahm das Angebot an. Neugierig sahen sich die Kinder im Haus um. Letizia hatte die rote Bibel auf dem Bücherregal entdeckt. Hiraya ging in der Küche, ihrem Lieblingsplatz von einst. Köchin Sally wurde ihr vorgestellt. Sie gefiel Hiraya sofort mit ihrer ungezwungenen Art, die von Natürlichkeit im Aussehen untermalt war. Der Zustand der Küche zeigte, dass die beiden Frauen immer noch alles im Griff hatten. Zu dritt saßen sie nun an der Kochstelle, knabberten Erdnüsse und Reissnacks, während bereits das Mittagessen in den Töpfen dampfte.

»Über ein Jahr, Kind.«

Hiraya wusste, dass ein guter Anfang gemacht worden war. Aber es war erst ein Beginn und ihm mussten lange, herz-öffnende Gespräche folgen, um zu kitten, was so brutal auseinandergerissen worden war.

»Inday Hiraya? Ich habe gehört, dass Mister Villanueva Tanzlehrer ist. Stimmt das?«

»Er ist bei der Eisenbahn. Aber früher waren er und Ate Hilaria beim Tinikling. Mein Traum wird sich erfüllen.«

»Sicher. Aber du bleibst jetzt erst mal bei uns.«

400

Nachdem Imelda das sagte, musste sie schlucken. Wann würde die Polizei auftauchen?

Lange nicht mehr hatten die Sinilangs eine derartig fröhliche Runde um den Esstisch erleben können. Gäste zu empfangen war in all den Monaten nicht das gewesen, was Roberto oder seine Tochter als ermunternd empfunden hätten. Die Arbeit, gepaart mit Kezias Schwangerschaft, dazu diese Tragödien. Es war sehr düster im Leben dieser Familie und jener Tag heute kam ihnen wie das Niederreißen einer eisenarmierten Betonmauer vor, die nach dem Einsturz den Blick auf eine glückliche Zukunft verhieß. Hiraya war zurückgekehrt, mit alten Wunden und doch mit wunderbarer Lieblichkeit. Kezia sah, dass die Zuversicht ihrer kleinen Schwester nicht nachgelassen hatte. Sie blickte zu Hilaria und verstand, welch positiven Einfluss diese Menschen auf sie gehabt haben mussten.
Roberto saß schweigend am Tisch und erfreute sich an den Gesprächen der anderen. Er genoss einfach die Stimme seiner jüngsten Tochter, die immer mutiger erzählte, was ihr in Manila widerfahren war. Kezia pustete dauernd zum Luftschnappen und Imelda schien alles nur souverän zu erfassen. Doch innerlich spielte sich ein Drama bei ihr ab, denn sie kombinierte und wusste, dass in jener Großstadt Gefahren mit noch ernsteren Konsequenzen auf Hiraya lauerten. Dass sie Señora Remedios danach heimlich anrief, sorgte unweigerlich für nervöse Aktivitäten.

»Hast du jetzt was?«

»Es sieht danach aus, als gäbe es eine heiße Spur. Es gab drei ›Foreigner‹, deren Kreditkartenkonto leergeräumt war, und zwar immer dann, nachdem sie Boracay verlassen hatten. Aber was interessant ist, eure Dolores hatte Kontakt zu allen drei, und diese Touristen vergnügten sich alle in der gleichen Bar und wohnten im selben Hotel nebenan. Sie könnte die Karten gehabt haben.«

Señora Remedios´ Schwager trug ihr zu, dass eine Sonderkommission wegen Beschwerden bei Kreditkartenbanken auf der Insel unterwegs war.

»Was heißt das eigentlich?«

»Hacker. Sie lesen die Magnetstreifen aus.«

»Und diese Schlange schiebt denen die Kreditkarten zu. Das muss es sein! Erst ins Bett und sie dann einlullen.«

»Nur wenn sie die Typen drankriegen, könnten wir versuchen herauszufinden, ob diese Dolores mit denen unter einer Decke steckt. Aber ich bin leider im Ruhestand und bekomme nur schwer Zugang zu den Ermittlungen.«

»Dann bezahle ich den Brandy für diesen Oberermittler, mit dem du immer zusammenhängst, Schwager. Meinetwegen besteche ihn mit Garnelen, was weiß ich?«

»Und du meinst, der Lebensstil passt nicht zu ihrem Einkommen?«

»Die hängt mit einem Gemischtwarenhändler zusammen, hilft ihm im Haushalt und beglückt seinen ›Pitoy‹. Allein ihre Klamotten und der neue Motorroller.«

»Vielleicht hatte sie früher nur einen guten Job, das ist doch kein Beweis, Remedios. Bleib mal locker.«

»Nein.«

»Und das Mädchen ist wieder bei euch?«

»Heute früh angekommen.«

»Was macht eure Polizei?«

»Die wissen es noch nicht. Aber ich habe Pedro im Griff.«

»Verbrenn dir nicht die Finger. Du hast schon gegen das Gesetz verstoßen, Schwägerin, als du die Kleine vor der Polizei versteckt hast. Ich melde mich wieder.«

»Ich muss Hiraya schützen. Wenn sie und diese Schlange aufeinandertreffen, geht die Hölle los. Wir haben sie nicht aus der Stadt bekommen und sie hat geschworen, sich an dem Mädchen zu rächen. Verstehst du das?«

Die Señora legte auf und ballte die Faust. Sie war fest entschlossen und wollte alles tun, damit Hiraya nichts zustieß.

Früh waren Jason und Letizia zusammen wachgeworden. So friedlich schön erfüllten die Geräusche draußen den anbrechenden Morgen und die Sonne zeigte ein strahlendes Gelb am Horizont, als sie langsam über der fernen Linie emporlugte. Hühner gackerten leise. In der Ferne konnte Jason eine Schar Gänse wahrnehmen, die ihre schnatternden Laute von sich gaben. Das sanfte Rauschen der Palmwipfel war wie eine Melodie. Kein Motorfahrzeug war zu hören, etwas, was er in Manila nie erleben konnte. Hilaria schlief ruhig, während Lemuel auf der Flechtmatte langsam wach wurde und sich die Augen rieb.

»Wie spät ist es, Papa?«

Jason schaute auf die Armbanduhr, hielt den Zeigefinger vor die Lippen und ließ Letizia auf das Zifferblatt sehen. Leise gingen sie durch die Tür auf die kleine Veranda des Holzhauses und genossen die Morgensonne. Imelda ging gerade am Haupthaus vorbei, winkte ihnen zu und machte die einladende Handbewegung zum Kaffeetrinken.

»Es gibt Kakao, Kinder.«

Lemuel strahlte, dachte er erst, in diesem Provinznest gäbe es solche Sachen nicht.

»Wir haben sogar Internet. Auf dem Baum dort oben ist die WLAN-Box.«

Letizia fragte, ob sie die rote Bibel holen dürfte.

»Sie gehörte Hirayas Mutter. Möchten Sie Kaffee, Sir?«

Neugierig blätterte Letizia in den Seiten, runzelte die Stirn und musste sie wieder zuklappen.

»Ich kann eure Sprache nicht. Mama kommt nämlich aus Pangasinan und mein Daddy aus Baguio. Meine Bibel ist auf dem Smartphone.«

Imelda hatte dieses Mädchen seit ihrer Ankunft sofort ins Herz geschlossen. Die unglaublich respektvolle Art war ihr schon von Beginn an aufgefallen.

»Ist alles recht, Mister Villanueva?«

»›Jason‹ bitte.«

»Imelda Fernandez. Natürlich. Schläft deine Frau noch?«

»Sie war gestern hundemüde.«

»Ich hoffe, unser Provinzleben ist okay für euch.«

»Sie ist auch ›Probinsiyana‹. Ich finde es hier unglaublich charmant. Die Natur und die Menschen scheinen hier relaxter. Ich würde mir gerne euren Besitz anschauen.«

»Gerald wird auch alles zeigen.«

»Schläft Hiraya noch?«

»Sie ist draußen, mit ihrem Vater.«

Jason lächelte und hoffte, dass die beiden tun würden, was das einzig Richtige war. Er genoss seinen Kaffee und sah aus dem Küchenfenster, vor dem diese paradiesische Farmlandschaft wunderbar zu sehen war.

»Ich habe dir so furchtbar wehgetan. Mein Herz ist leer und voller Tränen, weil ich als Vater versagt habe.«
Hirayas Hände spielten unsicher miteinander, doch ihre Augen blickten ihn fest an, ohne Hass und dem Wunsch zu vergelten. Sie umarmte ihn und wieder liefen Tränenbäche am Gesicht herunter, die sich auf seinem Hemdstoff sammelten. Sie entschuldigte sich tief deswegen, ihn so lange im Stich gelassen zu haben.
»Du hast Dinge erlebt, die ziemlich schlimm waren, oder?«
Sie nickte und ergriff seine Hand.
»Ich habe nicht immer alles klug überlegt.«
»Möchtest du es mir erzählen?«
Hiraya versuchte, alles in richtige Worte zu kleiden. Sie wusste, manches würde ihn schonungslos treffen. Aber ihr eigener Vater saß ihr gegenüber und die alte Vertrautheit war wieder da. Sie fühlte es wirklich. Ihre Schilderungen über die verzweifelte Jobsuche in Manila, die sie ausmergelte, berührten ihn tief. Doch Stolz schwang mit, weil er sah, dass seine Jüngste sich im Grunde nicht so leicht unterkriegen ließ und Stehvermögen hatte. Hirayas Worte sprudelten bereits wie ein Wasserfall, bis sie plötzlich stocken musste. Denn die furchtbare Situation, als Paul, der Chefkoch, sie zum Geschlechtsverkehr zwingen wollte, ließ sie jetzt wieder zittern. Hiraya blickte ihren Daddy an. Sollte sie damit rausrücken? Sie tat es und erntete entsetzte Blicke.
»Ich habe mich gewehrt, Vater. Wirklich!«

»Es ist gut, Kind..., es ist gut!«

Sie fühlte plötzlich, dass er mit etwas haderte.

»Warum bist du nicht zur Polizei gegangen?«

»Ich hatte keine Zeugen. Ach, Daddy...«

»Hiraya, ich bin sicher nicht das beste Beispiel, so dass ich dir diese Frage stellen sollte, aber als Vater muss ich es tun. Hast du danach jemanden kennengelernt? Deine Unschuld preisgegeben?«

Hiraya freute sich jetzt, ihm ein Kopfschütteln als Antwort geben zu können.

»Kind, bitte sei mir nicht böse. Tante hat mir erzählt, wo du gearbeitet hast. Dadurch wurde mir bewusst, was ich wirklich angerichtet habe.«

Vater Roberto war dennoch enttäuscht über Tante Mary Ann. Er fand ihre Hilfe für seine Tochter völlig daneben.

»Daddy, ich war´s. Ich wollte es mir beweisen.«

Er begann zu zittern, vergrub sein Gesicht in den Handflächen. Sein leises Wimmern berührte sie so sehr, dass alle verbliebenen Emotionen der Vergeltung wie weggewischt waren. Sie schlang die Arme wieder um ihn.

»Daddy, bitte halt mich fest!«

Imelda sah die beiden umschlungen auf der Bank sitzen. Bis zu der Stelle, wo sie durch die Lamellen des Fensters lugte, konnte sie Hirayas Schmerz fühlen.

»Geht es wieder, Kind?«

Hiraya nickte und lächelte, als wäre ihr gerade ein Stein vom Herzen gefallen.

»Ich glaube, Ricardo mag dich.«

Sie zog eine Schnute und wollte das Thema wechseln.

»Ist Ate Dolores weggegangen?«

»Sie ist noch in der Stadt.«

Hiraya erschrak erst, schaute zur Seite und begann nachzudenken. Erst vier Tage war es her, als Hilaria ihr wieder Grundsätze beibrachte.

*»Hiraya, es ist richtig, dass sie Dinge getan hat, die nicht in Ordnung sind, aber du hast die Rache selbst in die Hand genommen. Schlechtes mit Schlechtem zurückzuzahlen hat Konsequenzen. Und bei dir Schlimmere als bei ihr.«*

*»Du hast doch keine Ahnung! Meine ganze Familie hat sie vergiftet. Sie hat mir meinen Vater weggenommen.«*

Hilaria biss sich auf die Zunge, wollte das Mädchen nicht damit sticheln, dass ihr Vater diese Beziehung freiwillig eingegangen war. Sie nahm Hirayas Hand und lächelte, obwohl sie innerlich bebte.

*»Du kannst die Geschehnisse nicht rückgängig machen und diese Dolores nicht aus deinem Leben wischen, aber du kannst eine Stärke zum Ausdruck bringen, die bei ihr mehr Einsicht bewirken wird als in der Weise, wie du es ihr bisher gezeigt hast.«*

*»Ich kusche nicht vor dieser blöden Tussi!«*

*»Du hast mir mal erzählt, dass du im Buch Josua von Rahab gelesen hast. Na? Vergleich doch mal.«*

Sie nickte und verstand schon genau, wo die Belehrung hingehen sollte.

*»Es stand dort, dass sie das Gleiche gemacht hat wie Ate Elaine.«*

*»Diese Elaine. Du wolltest ihr helfen, ein anderer Mensch zu werden. Warum?«*

*»Dolores ist anders. Die ist böse. Ate Elaine war irgendwie ein Opfer oder so. Und ich habe sie beleidigt.«*

»Du entschuldigst dich für beleidigende Worte, das ist fein. Aber du hast dieser Dolores mit deinem Rechen das Gesicht entstellt, wenn der ›Worse Case‹ eingetroffen sein sollte. Du misst hier mit zweierlei Maß, ohne die Herzen zu kennen. Gott weiß, wie diese beiden Frauen sind und ob Dolores Potenzial hat, sich zu ändern. Es ist nicht deine Aufgabe, hier den Richter zu spielen.«

»Du könntest mich auch mal verstehen, Ate Hilaria. Mein Daddy hat mich wegen dieser Schlange verprügelt. Nie hatte er mich geschlagen. Ich war nur gerecht.«

»Du warst gerecht, aber bist zu weit gegangen. Übrigens, ich verstehe natürlich, wie du in jenem Moment gelitten haben musstest.«

»Danke ›Mama‹!«

»Würdest du es wagen?«

Hilaria zog die Augenbrauen hoch, zweimal.

»Ich soll sie um Vergebung bitten? Keine Chance.«

»Demut kann ganze Kriege beenden.«

»Das kann ich nicht.«

»Warum?«

»Komme sowieso in den Knast oder kriege eine Geldstrafe.«

Mit verschränkten Armen schielte sie Hilaria abwartend an. Sie hatte alles kapiert. Weil Hilaria nichts mehr sagte, fühlte sie sich angetrieben.

»Ate Dolores ändert sich doch nicht, nur weil ich kusche!«

»Oh! ›Madame wichtig‹. Sie muss vor dem Allmächtigen ihre Sachen bereinigen, nicht vor dir. Du hast sie verletzt und es ist alleine das, was jetzt zählt. Rahab hatte sich geändert, weil sie eine Chance offeriert bekam. Es war eine einzige Chance, doch sie hat zugegriffen. Wieso könnte das bei eurer Haushälterin *nicht auch so kommen? Wenn du Dolores genauso behandelst, kannst du tausendmal mehr bewirken als mit deiner Gerechtigkeitsmasche. Außerdem erreichst du nichts, wenn du sich auch noch vor dem Gesetz drückst.«*

Hiraya stand auf, musste die Tränen zurückhalten.

*»Es ist nur für dich, für deine Zukunft als Mensch und einer ›Tinikling‹. Eine ›Tinikling‹ verkriecht sich nicht in einer Ecke und sitzt Probleme aus.«*

»Kind?«

Hiraya schreckte aus ihrer Nachdenklichkeit auf. Roberto war über ihr ungewöhnlich stilles Verhalten erstaunt.

»Ach nichts, Daddy. Lass uns doch mit Kuya Jason und den Kindern spazieren gehen.«

Hilaria war endlich aufgewacht und frühstückte als Letzte zusammen mit Köchin Sally, die ihr sagte, dass Jason und die Kinder eine Wanderung rund um das Land der Farm machen würden. Für Hilaria war es eine Gelegenheit, ungestört über ihre Hoffnung zu sprechen und in der jungen Frau Begeisterung dafür zu wecken.

Letizia und Lemuel rannten mit rasender Begeisterung auf den Pfaden zwischen den Reisfeldern entlang und blieben voller Interesse stehen, wenn sie eine neue Blumenart oder Pflanze entdeckten, an der etwas Essbares hing.

»Tita Letizia, guck mal.«

»Das sind ja Physalis!«

»Du kannst dir gerne welche nehmen.«

»Danke, Manong Roberto.«

»Keine Ursache, hier wächst genug.«

Lachend rannten die beiden auf dem Damm zwischen den Reisfeldern weiter. Die Erwachsenen flanierten in ruhigem Schritt und betrachteten sich die Umgebung ausgiebig.

»Es ist wunderschön bei euch, Kuya Roberto.«

Roberto Sinilang freute sich und begann zu erzählen, über die Zeit, als sein Vater noch lebte und ihn als jungen Mann mit der Verantwortung vertraut machte, diesen Grundbesitz einmal zu führen. Jason begeisterte dies. Im Grunde war auch er mit den alten Traditionen verwoben, nur dass seine Eltern keine Farmer waren und bloß ein kleines Haus mit einem niedlichen Grundstück hatten. Die Weite der Plantagen und Felder, die er hier sehen durfte, ließen in ihm ein Gefühl der Dankbarkeit entstehen, doch spürte er auch, dass dieser Landbesitz den Schmerz Robertos über den Verlust seiner Frau nicht lindern konnte. Er nahm sich sofort vor, über die Hoffnung der Auferstehung zu reden, doch Roberto sagte unverhofft: »Du weißt gar nicht, wie dankbar ich bin, dass ihr euch um Hiraya gekümmert habt. Sie ist doch meine ›Kleine‹.«

»Du liebst sie sehr.«

»Ich liebe alle meine Kinder. Kezia hatte es nicht leicht wegen mir. Sie ist aber so stark und wird das alles einmal hier führen. Boyed, mein Sohn, ist so umtriebig und will unbedingt ins Ausland, Computeringenieur werden, und Hiraya? Sie ist so lieb und hat viele Träume. Henrietta wusste wohl, dass sie so werden würde, als sie ihr den Namen gab. Das ›Träumerchen‹ mit einem fröhlichen Herz und vielen Illusionen.«

Hiraya vernahm diese Worte und drehte sich mit einem Augenrollen weg.

»Warum tut ihr das?«

»Ich habe eine immense Schuld gegenüber Hiraya.«

Jasons Gesichtsausdruck wurde augenblicklich sehr ernst und Roberto fühlte, dass es ihm nicht leichtfiel, etwas zu sagen. Hirayas Blicke waren ebenfalls stocksteif geworden.

»Hör zu, Manong Roberto. Ich bin Lokführer.«

Roberto stutzte und blickte ihn neugierig an.

»Ich fuhr meinen Zug damals. Sechs Wagen, wie so oft voll besetzt. Wir hatten nur 15 Meilen drauf. Als sie auf die Gleise fiel, schaute ich gerade auf die Geschwindigkeit, als mein Begleiter schrie.«

Jasons Augen begannen feucht zu werden. Er blickte nach oben in Richtung der hohen Kokospalmenwipfel. Roberto wendete sich zu Hiraya um, die sich auf die Lippen biss.

»Mir wurde schwindlig und ich bin irgendwo hängengeblieben, Daddy.«

»Ich zog mit aller Macht an der Bremse. Es war nur noch ein Meter oder etwas weniger, dann wäre Hiraya jetzt tot. Sie lag schon halb unter der Schürze der Lokomotive.«

Ihr Vater hob die Mütze ab und wischte sich über seine schweißgebadete Stirn.

»Ich verstehe bis heute nicht, wie. Ich habe es mit Bernie tausendmal nachgerechnet. Es hätten fünf Meter mehr sein müssen. Ich verstehe es nicht. Wir dachten, es wäre der maximale Druck auf den Leitungen gewesen, aber es kann nicht sein. Und dann...«

Hiraya stand wie angewurzelt da und sah ihren Vater an, der wankte und sich an dem Palmenstamm festhielt.

»Ich nahm sie hoch. Hiraya war bewusstlos. Dann haben wir sie auf der Maschine mitgenommen, aber warum?«

Roberto schaute nun ebenfalls nach oben in den wolkenfreien Himmel, der diesen Tag so schön illuminierte.

»Ich hätte beinahe deine Tochter umgebracht.«

Roberto packte Jason fest an den Schultern und riss ihn an
sich. Hiraya sah eine Einheit auf solche Weise, die ihr nun
die Tränen in die Augen trieb. Jason musste sich zwingen,
wieder eine gute Stimmung aufzubieten. Die Kinder sollten
nichts merken, als sie gerade auf dem Dammweg zurück-
gelaufen kamen. Roberto verstand jetzt, wie die Ereignisse
Hiraya und diese Menschen so unglaublich zusammen-
führten. Nach diesem Erlebnis hatte Hiraya beschlossen,
mit Dolores zu reden und ihre Demut für eine friedliche
Zukunft unter Beweis zu stellen. Sie saß abends unter
schwachem Lampenlicht an dem winzigen Schreibtisch in
ihrem Zimmer und schrieb einen nett geschmückten Brief,
den sie als Unterstützung ihrer Bitten überreichen wollte.
Dass Dolores mit José zusammenlebte, hatte sie ja bereits
erfahren.

Am nächsten Tag schon war die Zeit für den Abschied
gekommen. Lange umarmten sich Hiraya und die Frau, die
ihr in den letzten Monaten eine wunderbare Freundin
geworden war, dabei flüsterte ihr Hilaria tröstende Worte
zu mit der Versicherung, immer für sie da zu sein. Die
Kinder waren traurig, hatte ihnen die Zeit hier gut gefallen.
Lemuel bekam ein Souvenir in Form eines Tablet-Ständers
aus Bambus geschenkt, während Letizia sich über ihre
bunte Tasche aus Geflecht freute. Außerdem mussten die
Villanuevas einen Sack voller Früchte mit auf die Rückreise
nehmen.

»Hiraya, du weißt. Doppler und Sprünge mit Spreizern im Takt deiner Musik. Seilspringen jeden Tag und schau dir die Videos genau an. Präzision ist das Leben des Tiniklings. Ich kann nicht bei dir sein, aber eines musst du wissen. Hilaria und ich hoffen sehr, dass du bald zurückkommst.«

Sie sah den Bus kommen und winkte selbst. Lange schaute sie ihm hinterher und wusste, dass sie wieder sprichwörtlich über eine schwierige, baufällige Brücke über einem reißenden Fluss gehen musste.

Das Gezeter des Chiefs hallte durch die ganze Polizeistation. Officer Mariella stand mit der Dienstmütze in der Hand vor seinem Schreibtisch und biss sich auf die Lippen.

»Mariella, du warst verpflichtet, uns zu sagen, dass sie wieder hier ist.«

»Opo, Sir Chief Officer.«

»Willst du ein Disziplinarverfahren haben? Bitte schön! Ist sie bei ihrem Vater?«

»Ja, Sir.«

Officer Lopez wandte ein, dass keine Fluchtgefahr bestehen würde und die beiden Zellen ohnehin überbelegt seien.

»Wir können sie ja nicht zu den ganzen Typen da reinsperren. Für was, Chief? Wegen dem Kratzer?«

Officer Mariella bekam die Chance, ihre Unkorrektheit wiedergutzumachen und musste mit einem Hausarrestbefehl zu Roberto fahren. Mit ernster Miene überreichte sie Hiraya den Brief.

»Inday Hiraya, du bist verpflichtet, auf eurem Grundstück zu bleiben. Wenn wir dich in der Stadt sehen, müssen

wir dich festnehmen. Und versuch gar nicht erst, abzuhauen. Das wird eine Fahndung auslösen und für deinen
Vater ziemlich teuer.«

»Aber ich möchte mit Ate Dolores reden.«

»Ich finde das echt gut und werde versuchen, dass sie ihre
Anzeige widerruft, okay?«

Dolores patschte mit der Hand auf die Schreibtischplatte
des Chiefs und lachte hämisch.

»Gar nichts werde ich. Sie soll ihre gerechte Strafe be-
kommen. Sie hat mein Aussehen entstellt, mein Leben zer-
stört. Ihr seid die Polizei und ich verlange jetzt, dass mein
Fall ernst genommen wird und sie vor Gericht kommt.«
Officer Mariella versuchte jetzt behutsam, Dolores' weiche
Stelle zu treffen.

»Miss Mercado...«

»Was? Sie stecken doch in diesem Skandal mit drin,
mögen dieses ›so artige Mädchen‹, nicht wahr? Machen Sie
lieber Ihren Job anständig.«

»Lesen Sie bitte diesen Brief. Sie möchte mit Ihnen reden.
Glauben Sie denn nicht, dass sie Zeit genug hatte, um
nachzudenken, was falsch gelaufen ist?«

»Falsch gelaufen? Dieses Rotzlöffelchen hat mich gehasst,
seit ich anfing, bei ihrer Familie zu arbeiten. Mein Privatleben geht sie nichts an und deshalb hat sie mich nicht mit
einem Rechen anzugreifen, mit dieser klaren Absicht.«
Der Chief sah, das Officer Mariella in guter Stimmung
unterwegs war und überließ ihr die Konversation.

»Es mag sein, dass Sie unsere konservativen Ansichten
hier nicht so reflektieren, aber ich kann mir vorstellen, wie

es ist, wenn ich als Tochter mitansehen müsste, was Sie unter freiem Himmel so treiben. Kinder hätten vorbeikommen können.«

Dolores schaute zur Seite und tat so, als tangierten sie diese Worte nicht.

»Das Gesetz über Körperverletzung ist auf Ihrer Seite, doch ich habe auch eine Meinung als Frau mit Moral.«

»Moral. Ich habe meine und Sie haben ihre. War´s das?«

»Natürlich.«

»Und weiter?«

»Hiraya Sinilang steht bis zur Verhandlung unter Hausarrest.«

Dolores erwiderte nur mit einem sarkastischen Kichern: »Toller Witz! Dann kann sie leicht wieder abhauen. Die hat euch doch an der Nase herumgeführt. Und noch was. Diese Remedios hat euch doch alle unter der Fuchtel, ihr hohlen Kokosnüsse.«

Sie stand auf und griff nach dem Umschlag. Ihre Augen glänzten dabei leicht, war der Brief doch hübsch mit einem roten Bändchen und einer Trockenblume verziert.

»Lesen Sie es bitte.«

»Werde ich machen.«

Die ganze Zeit hatte Dolores diesen Hut über einem Stirntuch getragen. Irgendwie tat sie den Polizeibeamten auch leid und Officer Lopez meinte nur, dass er verstehen könne, wie eine Frau unter einem beschädigten Aussehen leiden würde.

»Das war Beamtenbeleidigung!«

»Ach Sir. Schlucken Sie´s runter. Sie ist eine arme Frau.«

»Die ist knallhart und wird nicht lockerlassen.«

Schulterzuckend widmete sich Chief Officer Pedro wieder seinen Papieren.

Dolores fuhr mit ihrem Motorroller nach Hause. José war im Vorgarten und arbeitete an seinem Lieferwagen.

»Na? Was erreicht?«

»Sie ist wieder zurück, Liebster. Hiraya Sinilang hat mir einen hübschen Brief geschrieben, denk mal.«

»Hey ›Dol‹, ich liebe dich auch mit dieser Narbe. Was soll das noch alles?«

Sie schob ihn beiseite und murmelte nur: »Ich gehe ein wenig schlafen.«

Nach ihrem Nickerchen wollte sie noch einen Heftchenroman lesen und blieb auf dem Bett liegen, als ihr Blick auf den orangefarbenen Umschlag fiel. Sie zupfte ihn auf und las diese Zeilen mehrmals. Tatsächlich erreichte manches Wort ihr Herz, aber nur kurz. Dolores stand auf, zog sich an, ging ins Bad und blickte geradeaus in den Spiegel. Die rot unterlaufene Kerbe über dem linken Auge prangte wie ein ewiges Wundmal auf ihrer sonst schönen, glatten Haut. Die Verletzung hatte sich damals nach der ersten Versorgung entzündet und musste nochmals behandelt werden. Besser hatte es der Dorfarzt nicht hinbekommen. Dieser s-förmige Strich, tief gekerbt und hellrot, hässlich wie ein Blutegel, der sich in sein Opfer eingefressen hatte. Sie begann zu zittern, hielt nun die Hände vor die nassen Augen, aus denen sich die Tränen zwischen ihren Fingern einen Weg bahnen wollten. José hörte ihr Schluchzen leise durch das Badezimmerfenster, dass ihm zugewandt war, und fühlte Traurigkeit.

»Beruhige dich.«

»Nein!«

Sie wollte ihn wegschieben, mit ihrem Schmerz alleine sein.

»Lass uns heiraten. Für mich bist du schön, Dolores.«
Sie drehte sich um, verstand nur ›für mich‹, und dies genügte ihr nicht.

»Mal sehen, José.«
Leise trocknete sie sich die Tränen ab, wusch ihr Gesicht, und legte das Stirnband wieder an.

»Du sagst, für dich? Was ist mit mir? Ich mach uns was zum Essen.«

Hiraya dachte nicht mehr an ihren Brief, hoffte insgeheim aber darauf, dass Dolores etwas erwidern würde. Sie ging am frühen Morgen auf den Vorplatz und holte ihren Kopfhörer hervor. Sie wählte die Tinikling-Musik aus und begann ihr Hüpftraining. Nach einer halben Stunde wechselte sie das Thema und tanzte Sprünge zu Popmusik, bei denen sie die Beine im Aufgang schnell spreizen und wieder zusammenschlagen musste, was sehr anstrengend war. Ihr Vater sah durch das Bambusgittergefecht der Veranda und beobachtete sie. Erstaunt über diese Fertigkeiten begann er ein wunderbares Gefühl der Zuneigung zu empfinden, weil sein jüngstes Kind einen neuen Meilenstein in ihrem jungen Leben meistern lernen wollte.
Plötzlich stoppte sie und sah zur Veranda. Ihr Vater kam durch die Tür, lächelte und kam ihr entgegen.

»Das ist aber sehr anstrengend, meine Kleine.«
»Stimmt.«

»Reicht das nicht, wenn du mal auf einem Fiesta tanzen möchtest?«

»Ich möchte nicht nur bei einem Fest tanzen, sondern in der ›Philippine Tinikling Dancers Revue‹. Da kommen nur die Besten hin.«

Ihr Vater dachte immer noch, sie würde Witze machen. Aber kein Wort der Kritik kam über seine Lippen, auch kein Geschmunzel oder eine abwertende Äußerung. Ihn plagten ganz andere Sorgen. Wie würde es beim Showdown mit Dolores während der ersten Gerichtsverhandlung ausgehen? Es sollte nur diese eine Sitzung geben, in der über die Höhe von Hirayas Strafe entschieden werden würde, nachdem Motiv und die Umstände erörtert worden wären. Und hier tanzte seine Tochter wie ein Vogel umher und schien sich keine Gedanken darüber zu machen, welche Probleme auf sie und die Familie warten.

»Warum möchtest so einen Beruf ergreifen? Tänzerin.«

»Ich möchte das Gefühl erleben, meinen Tanz zur Freude der Menschen allen zu schenken, die zusehen.«

»Und Ricardo?«

Sie hatte nicht die Kraft, über eine Beziehung oder Heirat nachzudenken. Die Tiefe einer solchen Sehnsucht flammte nicht in ihr und sie empfand nicht den Drang, sich einem Mann hinzugeben und eine eigene Familie zu haben.

»Alles hat seine Zeit, Papa.«

»Ich denke, er würde treu auf dich warten.«

Ihre Blicke schweiften zum Horizont bei den Reisfeldern, die sattgrün in der Reife standen. Auch sie glaubte daran. Ricardo schien ein solcher Typ zu sein, ein Mann mit Loyalität. Ob er aber leidenschaftlich genug wäre, wenn sie mit ihm schlafen würde? Sie verscheuchte den süß erotischen Gedanken und nahm das Springseil.

»Ich möchte noch etwas trainieren.«

Während sie unter dem Klang der Musik akkurat mit dem Springseil übte, ging ihr Vater ins Haus. Er setzte sich ins Wohnzimmer und dachte nach. Wahrscheinlich würde er ein Stück Land verkaufen, wenn Hiraya eine hohe Wiedergutmachung zahlen müsste, aber als Vater würde er nicht zögern. Alleine die zwei Ohrfeigen gegen sie hätten solches verdient, eine Strafe, die er sich innerlich immer wieder in all den Monaten zuvor auferlegte.

Hiraya rief nach dem Training in Manila an. Letizia riss ihrem Vater das Handy aus der Hand und plauderte eine halbe Stunde mit ihr, bevor sie Jason wieder dran ließ.

»Und? Dein Training?«

»Ich habe drei Stunden geübt. Nachher schaue ich mir die ›Doppler-Tutorials‹ an.«

»Es ist das Schwierigste für eine Tänzerin, einen zweifachen Hüpfer in einer Sequenz der Stangen zu tanzen, vor allem wenn du deinen Oberkörper dabei anmutig langsam bewegen sollst.«

Jede Erklärung saugte sie auf wie ein Schwamm. Selbst die Schwierigkeiten, auf die Jason zu sprechen kam, empfand sie als freudige Herausforderung und nicht als Hürde.

»Ich vermisse Ate Hilaria so sehr.«

»Sie dich auch. Halte durch.«

Sie bedankte sich ein letztes Mal und drückte die Verbindung weg. Hiraya fühlte wunderbare Emotionen in sich aufsteigen, bekam Tagträume, wie sie als Diva mit einem jungen Mann zusammen über und zwischen den Bambushölzern fliegen würde, ohne ihr Lächeln zu stoppen, um es der ganzen Welt zu zeigen.

Zwei Tage später erschien der Postbote mit einem Einschreibebrief, den Hiraya im Beisein ihres Vaters entgegennahm. Es war die Vorladung zur Anhörung vor dem Bezirksgericht in Roxas City. Dolores nahm ihren Brief mit Genugtuung entgegen. Ihr Blick fiel auf den hübsch dekorierten Umschlag, in dem Hirayas Worte an sie verborgen waren. Wieder las sie diese Zeilen, wollte sogar versuchen, ihren Hass zu mildern. Sie beschloss, mit ihrem Roller zum Marktplatz zu fahren, um Besorgungen zu machen.

Das Motorgeräusch erstarb. Dolores drückte den Schlüssel ins Lenkerschloss und prüfte, ob ihr Stirnband richtig saß. Mit ihrer Tasche ging sie auf die Marktstände zu, wo ein geschäftiges Treiben herrschte. Viele der Leute behandelten sie mittlerweile normal, andere wiederum kannten sie nicht persönlich und blieben uninteressiert. Dass sie hier Feinde hatte, war ihr schon lange bewusst. Die Liebschaft mit José und ihr Verhalten auf der Polizeiwache hatten sich herumgesprochen und die Marktfrauengemeinschaft um Señora Remedios empfand eine besonders bebende Abneigung gegen sie. Diese Allianz hatte entschieden, dass sie die einzig Schuldige an der Tragödie mit Roberto sein musste, und in ihren Augen eine sexbesessene Frau war, die vor älteren Männern nicht einmal zurückschreckte, um zu bekommen, was ihr Körper verlangte.

»Schaut mal, diese ›Querida‹.«

»Genau das, was José braucht.«

Dolores hatte es gehört, presste die Lippen aufeinander und grüßte sogar. Die Reaktion sollte wie ein Faustschlag wirken, was sie in diesen Sekunden nicht ahnte. Zwei der Frauen wandten ihre Köpfe zur Seite, doch die anderen begannen über sie herzuziehen.

»Na? Bald bekommst du wohl deine Genugtuung.«

»Das hast du verdient. ›Lalakera‹!«

»Zeig uns doch mal die Strafe in deinem weißen Gesicht.«

Dolores erstarrte. Sie sah all diese Antlitze, die den Disput neugierig beobachteten. Sogar Kinder waren unter ihnen. Viele der Marktbesucher bleiben stehen. Ihre Blicke waren mitleidig, abwartend oder nur ausdruckslos. Sie wollte sich wehren, wusste in jenen Sekunden nicht wie und erntete nur diese Observationen voll bebendem Hass von den beiden Frauen, die sie konfrontierten. Plötzlich hob eine von ihnen blitzschnell die Hand und riss ihr das Tuch vom Kopf.

»Da, schaut her! Das hast du jetzt, als Zeichen.«

Wie zur Salzsäule erstarrt musste sie in diese Augen blicken. Augenpaare, die mitleidlos und abstrafend auf sie schauten. Sie sah Señora Remedios hinter den Frauen auftauchen, die sich nun mit verschränkten Armen an eine Hauswand lehnte und sie angrinste.

»Du machst für die Kerle doch nur die Beine breit.«

»Hexe!«

Dolores fing an zu schreien, ließ die Tasche fallen und rannte Richtung Hauptstraße, wo ihr Roller stand.

Sie bremste heftig ab, hetzte ins Haus und schloss sich ein. José war nicht zuhause. Er musste sich um seinen Marktstand in der benachbarten Stadt kümmern und würde vor dem späten Abend nicht zurück sein. Dolores konnte die Bilder nicht abschütteln, diese verurteilenden Worte und dann sah sie wieder dieses Antlitz vor sich. Hirayas junges Gesicht, ihre Blicke von damals.

*»Du hast meine Familie vergiftet.«*

Ihr Atem begann anzuschwellen, während sie panisch umherblickte.

*»Du Natter!«*

Die Erscheinungen vor ihrem Kopf manifestierten sich weiter. Der Stiel in Hirayas Händen, das mit Holzspitzen bewehrte Querholz und dieses Grinsen, das jetzt angeblich so reumütig sein sollte. Dolores musste ihren zitternden Körper beruhigen, presste die Finger in die Haut ihrer Oberarme und starrte schwer atmend in Richtung des Spiegels, den sie durch die geöffnete Badezimmertür vor sich sah. Langsam stand sie auf und öffnete die Makeup-Box. Mit den eingespielten Handbewegungen trug sie das Material auf, bis sie diese Erinnerung an einen ihrer schlimmsten Tage im Leben überdeckt hatte. Tränen zeigten sich in ihren Augenwinkeln, die sie rasch wegwischte. Vorsichtig wanderten ihre Augen über die Ablage, bis sie Josés Rasiermesser sah, dass in einem Köcher steckte. Ihre Pupillen wanderten hin und her, dabei überlegte sie angestrengt. Nachdem sie das Messer aufgeklappt hatte, hielt sie es hoch und bewunderte die Form. Die ultrascharfe Klinge aber hatte keine Spitze. Wieder dachte sie an das Aussehen ihrer Narbe und legte das Rasierwerkzeug weg. Ihre Energie war zurück. Sie zog sich um und wählte die Kleidung aus, die sie jetzt zur Schau stellen wollte. Ein

Shirt, ärmellos, in der Farbe von damals, als sie auf ihrem Motorroller sitzend Hiraya gegenüberstand. Einen kurzen Rock wie in jener Stunde hatte sie heute noch im Schrank hängen. Er würde ihre Kampfuniform wahrlich abrunden. Dolores zerriss die Gerichts-Vorladung und grinste. Mit dem Lagerraumschlüssel ging sie dorthin und öffnete. Sie sah all die Utensilien und Werkzeuge, mit denen José Handel betrieb. Viel war nicht im Haus, doch eine Pappkiste, die verschlossen war, erregte ihre Aufmerksamkeit. José durfte diese Sachen nur unter der Hand verkaufen und machte ihr immer wieder deutlich, darüber zu schweigen. Dolores öffnete die Kiste und blickte auf die länglichen Schachteln. Zitternd nahm sie eine davon heraus. Ihre Hände wanderten über den Metallgriff, der oben einen kleinen Schlitz eingearbeitet hatte. Der kleine Knopf an diesem Gebilde konnte nach oben geschoben werden. Sie tat es und grinste die Klinge an, die gerade mit einem schnappenden Geräusch aus diesem Schlitz emporgeschnellt kam. Ein ziehendes Gefühl, was sich angenehm anfühlte, kribbelte in ihr und sie lächelte.

Hastig steckte sie das Springmesser in ihre Gesäßtasche und ging vor die Tür. Der Nachmittag begann sich seinem Ende zu nähern und die Sonne stand schon tief in Richtung Horizont. Sie steckte den Schlüssel ins Zündschloss und startete den Motor.

Hiraya fühlte sich wieder so eingebettet in den Familienalltag wie einst. Sie kochte zusammen mit Imelda und ließ Sally eine Auszeit. Sie konnte aber nicht stillsitzen und dekorierte danach den Tisch für das Abendbrot. Kezia war nicht oft im Elternhaus gewesen und hatte sich für diesen Abend entschuldigt, weil ihre beiden Kinder sie sehr in Beschlag nahmen, sie in letzter Zeit die Privatsphäre mit ihrem Mann wieder sehr schätzen lernte und Lust verspürte, eine Liebesnacht mit ihm zu erleben. Roberto und die drei Frauen saßen zusammen und genossen ihr Essen bei einem ruhigen Schwatz. Es fühlte sich so natürlich und befreit an, als hätte es diese Zeit der Abschneidung nicht gegeben.

»Die Villanuevas sind wirklich sehr anständige Leute.«
Sally fragte: »Was stimmt denn nun, Hiraya? Kommen wir in den Himmel oder nicht?«
Hiraya konnte alles, was sie gelernt hatte, erklären und wollte die rote Bibel holen.

»Weißt du noch, Ate Imelda? Als wir unter dem Santolbaum saßen und ich das schon immer ahnte?«

»Ich kann mich erinnern.«

»Willst du echt deinen Glauben wechseln?«

»Ich muss das noch alles studieren und entscheide dann.« Sie vermieden angestrengt, das Thema auf die unsäglichen Ereignisse des letzten Jahres zu lenken, auch wenn Kezia mit sich kämpfen musste, Hiraya nicht doch mit picksenden Fragen zu löchern. Der Klatsch aus der Stadt, Hirayas Bibelstudium, der Nachwuchs in Kezias Familie und die Privatausbildung im Tinikling-Tanz. All das wurde gewälzt, während die Stunden nur so verrannen. Sie redeten über alles Mögliche und Hiraya ließ heraus, dass sie mehrere Gin-Tonic probieren konnte.

»Gin-Tonic?«

»Schmeckt klasse.«

»Ich hole uns einen Brandy, Imelda.«

Hiraya hatte schon mehrmals bemerkt, dass ihr Vater ein ungewöhnlich tieferes Verhältnis zu Imelda zum Ausdruck brachte und machte mit der Stirn fragende Zeichen in ihre Richtung.

»Dein Vater und ich haben wohl erkannt, dass wir Gefühle füreinander haben. Aber was sagst du dazu?«

»Das ist schwierig, Ate Imelda... Psst, reden wir später mal darüber.«

Hiraya hätte am liebsten interveniert, weil sie diese Neuig-keiten schockten. Hätte eine andere Frau, ganz gleich wie sie in ihrer ehrbaren Art auch sein mochte, ihre Mutter ersetzen können? Hiraya liebte Imelda wie eine große Schwester, doch die Frage, ob sie sich für diese Position eignen könnte, klatschte ihr in diesen Momenten sprich-wörtlich ins Gesicht. Ihr Vater schenkte den Rum ein, dabei warf er seiner Hiraya einen einladenden Blick zu.

»Nein Daddy.«

»Echt nicht?«

Sally räumte den Tisch ab und machte die Küche sauber. Kurz darauf war sie in ihrer Kammer verschwunden. Nicht lange danach wollten ihr Vater und Imelda auch zu Bett gehen. Der Tag war anstrengend für alle gewesen und nun saß Hiraya alleine im Esszimmer. Sie blickte sich um und verspürte Lust, noch ein wenig zu trainieren. Nach dem Löschen der Wohnzimmerlampe ging sie in ihr Zimmer, um den Kopfhörer zu holen. Nun lief sie auf den Hof. Ihre Hand griff zum Schalter für die Außenlaterne. Sie schaute in die Richtung, wo Kezias Haus stand und musste grinsen.

Hirayas Schwester erlebte in diesen Augenblicken eine Freude, die sie in der Zeit vermissen musste, als Juanito in ihrem Bauch heranreifte. Unter Geralds leidenschaftlichen Berührungen und Stößen fühlte Kezia eine Explosion der Sinne, die sie ihm mit lauter Hingabe erwiderte. Seine Hände umschlangen ihren Körper und liebkosten dabei ihre Brüste in heftig wunderbarer Art. Kezia empfand ungeahnte Lust, hielt sich am Bettgestell fest und ließ alles geschehen, weil alle Probleme um sie herum wie weggewischt erschienen, und Gerald gefiel das so sehr, weil er beim Anblick ihres Rückens und der glänzend schwarzen Haare seiner Frau in infernalische Ekstase geriet, und sie ihm alles gab, was er sich in diesen Momenten wünschte.

Eigentlich sollte Officer Gilberto die Abendstreife fahren, doch ein unvorhergesehener Streit auf der Marktstraße zwischen zwei angetrunkenen Männern hielt ihn zu lange auf. Der Chief musste umdisponieren und Officer Mariella bitten, die Runde zu übernehmen.

Sie rückte die Uniform zurecht und überprüfte den Dienstrevolver. Die Sonne war vollends verschwunden und tiefes Nachtblau überdeckte das Land, nur untermalt von den winzigen, hellen Punkten der Sterne. Es war trocken und warm, was sie freute. Sie konnte deswegen den Jeep ohne Verdeck fahren und den Fahrtwind auf ihrer Haut spüren.

Die Runde führte sie auch auf die enge, nicht asphaltierte Straße, die zu den großen Farmen im Südwesten führte. Familie Moralez lebte dort auf ihrem Anwesen, ebenso die Valenzuelas, Bauer Juanito und eben auch die Sinilang-

Familie. Weil in der letzten Zeit immer wieder Diebe in den Feldern gesichtet wurden, musste sie auch diese Straße auf der Streifenrunde überprüfen. Sie hatte wenig Angst dabei. Mariella war schon als Jugendliche davon überzeugt, zur Polizei oder zum Militär zu gehen, dachte, ihrem Land zu dienen sei ein hoffnungsvoller Weg mit Sinn. Die Polizeiuniform wurde es dann schließlich und sie war bekannt dafür, gelassen und sicher in brenzligen Situationen zu reagieren. Doch ihre Schießausbildung hatte sie auch in die Lage versetzt, zum letzten Mittel zu greifen, wenn es sein musste, und das mit enormer Treffsicherheit. Sie war deshalb unter den männlichen Kollegen bekannt dafür, wie ein Scharfschütze agieren zu können.

Es war ruhig auf dieser schmalen Straße und langsam ließ sie den Jeep auf dem abfallenden Weg rollen, bis die nächste Steigung kam, hinter der sich das Haus des Kleinbauern Paquito befand.

»Guten Abend, Mam.«

»Hallo, Paquito. Wie geht es dir?«

»Alles bestens, Officer Mariella. Na, wieder mal nachsehen, ob diese Hühnerdiebe ihr Unwesen treiben?«

»Hast du jemanden gesehen?«

»Keine Männer. Nur der Doktor kam vorbei und diese Frau mit ihrem Motorroller.«

Mariella wollte schon Gas geben, doch sie stutzte und begann scharf zu überlegen.

»Eine Frau auf einem Roller?«

»Die mit dem Kopftuch. Die Freundin von José. Diesen bunten Motorroller kennt doch jeder. Hübsche Beine hat sie ja, Donnerwetter.«

»Danke.«

Mit einem kopfschüttelnden »Keine Ursache« blickte Bauer Paquito dem davoneilenden Jeep hinterher. Mariella fuhr langsam durch die Nacht und fokussierte im Scheinwerferlicht den Weg vor ihr, bis die Reflexion eines Rückstrahlers am rechten Straßenrand vor ihr auftauchte.

Sie sah den zweifarbigen Roller an, wendete ihren Kopf in alle Richtungen und fuhr im erhöhten Schritttempo weiter, bis sie das große Haus der Moralez-Familie sah, in dessen Fenstern noch Licht zu sehen war. Niemanden konnte sie sehen. Immer heftiger fühlte sie, dass sich Dolores hier draußen dem Anwesen von Hirayas Vater nähern würde. Sie stellte den Motor ab und ging zu Fuß weiter. Zwischen den Kokospalmen auf der seichten Anhöhe, noch recht weit entfernt, konnte sie die Lichtpunkte erkennen, die aus dem Haus der Sinilangs kamen. Es waren nur die Außenleuchten am Hauptgebäude und etwa fünfzig Meter weiter dieser Lichtschein am Lagerschuppen. Officer Mariella schlich weiter, ohne ihre Taschenlampe und richtete den Blick konzentriert nur auf diese Lichter.

Hiraya ging unter dem Schein der Außenleuchte auf die Wiese und wollte sich gerade den Kopfhörer überstreifen, als sie in der Ferne ein Motorgeräusch wahrnahm, das nach einigen Sekunden abbrach. Nun legte sie die Ohrmuscheln an und begann wieder im Takt ihrer Tanzmusik zu üben. Inmitten ihrer konzentrierten Bewegungen dachte sie nur an den Tinikling und die Ruhe hier in der vertrauten Umgebung, in die sie hineingeboren wurde. Sie bemerkte die Frösche, die immer nur nachts zum Vorschein kamen und tagsüber in den Reisfeldern Unterschlupf suchten. Als ihr Song zu Ende war, stoppte sie und wollte eine kurze Pause machen. Sie legte den Kopfhörer auf den Nacken und erinnerte sich plötzlich an ihren alten, den sie damals fluchtartig im Gras zurückließ.

Nun dachte sie, ein kleiner Spaziergang vor der abendlichen Dusche könnte ihren Tag schön ausklingen lassen. Langsam schlenderte sie im Licht ihrer Handytaschenlampe auf einem Dammweg in Richtung der kleinen Bambushütte, in der sie damals die Nacht verbrachte, nachdem sie mitansehen musste, dass ihr Vater mitten in der Plantage mit Dolores Sex hatte. Als sie sich der Hütte näherte, wurde sie durch ein Knacken aufgeschreckt. Sie dachte sich, dass es nur ein Ast gewesen sein konnte, der abgebrochen war oder ein Geräusch aus den Bambusstauden, die bei Wind manchmal so schaurig knarrten. Hiraya wollte sich eine neue Musik aussuchen, richtete den Blick auf das Display und scrollte in der Playlist, als sie erneut ein solches Geräusch aufschreckte, das diesmal lauter und scheppernd erklang.

»Tao po?« (Mensch da?)

Langsam ging sie auf die Tür der Hütte zu. Um sie herum war das monotone Singen der Insekten zu hören und gelegentlich auch ein Windhauch, der durch die Wipfel der Palmen zog.

»Hallo?«

Der Schubriegel stand offen, was sie merkwürdig fand. Hiraya drückte die Tür auf und schaute in die Dunkelheit des Raumes. Sie ging einen Schritt weiter und wollte den Türgriff loslassen, als sie der Schlag mit voller Wucht von hinten traf. Es fühlte sich an, als würden ihre Schulterblätter in zwei Teile zerschlagen. Sie flog heftig nach vorn und rutschte auf den Sandboden der Hütte weg.

Hiraya warf sich hastig herum, wollte aufspringen und sah die schlanken Umrisse dieser Frau in der Tür. Ein kurzer Rock, lange, fein gegliederte Beine und sehnig anmutende Arme. Hiraya bemerkte ihre Hand, die zum Lichtschalter griff. Augenblicklich bestätigte sich ihre furchterregende Vermutung. Mandelförmige Augen in gleichmäßiger Anmut über markanten Wangenknochen, die ein heller Teint überspannte. Selbstsicher, mit leicht gespreizten Beinen, stand sie vor ihr. Hiraya bekam Angst und schob sich nach hinten, bis ihr Rücken gegen die Wand aus Bambuslatten stieß.

»Guten Abend, Süße.«

»Ate Dolo...«

»Dolores, ja. Eure Haushälterin. Du bist also wieder hier?« Hiraya steckte ein Kloß im Hals. Doch warum sollte sie vor dieser Frau den Mut verlieren? Keck sprang sie auf und stand jetzt vor ihr.

»Geh weg!«

Mit einem sarkastischen Augenaufschlag reagierte sie auf Hirayas Worte und das Mädchen wusste jetzt, dass hier jemand stand, der Vergeltung wollte. Dolores schloss die Tür hinter sich und ging zwei Schritte auf sie zu. Hiraya drehte sich zur Seite, presste sich gegen die aufeinandergeschichteten Reissäcke und schielte nach oben, wo die Griffe der Zuckerrohrmesser zu sehen waren, die auf einer Hakenschiene hingen. Dolores indes hatte die Bewegungen ihrer Augen erkannt und zischte sie an.

»Ich würde das lassen, du Früchtchen. Mit Werkzeugen kennst du dich aus, das weiß ich genau. Ich habe ja meine Erfahrungen mit dir machen müssen.«

Hiraya wollte es versuchen. Ihre Hand schnellte nach oben, doch Dolores schlug sie blitzschnell beiseite.

»Hast du nicht gehört?!«

Mit einem heftigen Stoß aus beiden Armen schleuderte sie das Mädchen auf den Boden. Hirayas Kopf schlug gegen die Wand hinter ihr. Völlig benommen konnte sie nur spüren, wie ihre Arme nach oben gedrückt wurden und irgendetwas ihre Handgelenke umschloss. Sie kam langsam zu sich und sah jetzt, wie Dolores vor ihr kniete. Diese Frau lächelte sie an wie bei einem gespielten Drama. Hiraya wollte ihre Arme bewegen, doch vergeblich. Ihre Hände waren mit einem Gummiband an diesen Pfosten gefesselt.

»Ate, hör auf. Mach mich los!«

»Was?«

Dolores' Stirntuch machte sie stutzig. Doch langsam begriff sie, warum sie es tragen musste. Heftig riss sie an der breiten Gummischnur, die keinen Zentimeter nachgab.

»Will die Kleine abhauen?«

»Ich bin nicht deine ›Kleine‹.«

»Nein? Natürlich. Weißt du was? Ich habe lange auf diesen Augenblick gewartet. Hast du Angst?«

»Ne-i-n.«

»Nein? Oh! Die tapfere ›Bunso‹, die Papas Lieblingskind ist. Ich habe gehört, du hast in Manila die Angst verloren.«

»Bitte, Ate Dolores. Lass uns reden.«

Dolores' eisiger Blick wurde jetzt noch deutlicher, gefährlich schneidend.

»Reden? Ich lasse mich von keinem dieser Schwachköpfe hier ungerecht behandeln. Du wirst jetzt erleben, was du verdienst. Denn ich habe deine Worte nie vergessen. ›Sie hat bekommen, was sie verdient hat‹, nicht wahr? Ich sei doch eine ›Natter‹, oder nicht?«

Hiraya wusste jetzt, dass diese Frau zu allem bereit war. Ihr Gesichtsausdruck mutete wie bei einem Henker an, der Vergnügen zu haben schien, wenn er seinen Auftrag ausführte. Oder war sie gar von Sinnen?

Dolores holte tief Luft und fixierte Hiraya förmlich mit Augen, deren Pupillen vor hämischer Freude glitzerten.

»Ich werde dir jetzt etwas zeigen.«

Langsam knotete sie das Stirnband auf und nahm es ab. Hiraya beobachtete, wie sie mit dem Tuch begann, über ihren Augen zu wischen. Ihr Herz fing wie ein Pressluft-hammer an zu schlagen, denn sogar unter dem fahlen Licht der kleinen Glühbirne konnte sie es jetzt sehen. Sehen, was sie angerichtet hatte. Stumm stand Dolores über ihr, ohne ihre Augen zu bewegen.

»Siehst du das?«

»Ate…, es tut mir…«

»…leid?«

Hiraya zitterte jetzt. Was konnte sie tun, um die Rache dieser Frau noch aufzuhalten? Dolores‘ Finger spielten mit dem Tuch, dabei lösten sich Tränen aus ihren Augenwinkeln.

»Weißt du was? Dein Vater kam bei mir angewinselt und flehte mich an, die Stadt zu verlassen. Er wollte mich sogar zu einem Schönheitschirurgen schicken, der das wieder repariert, und dachte wohl, ich würde es dann einfach vergessen. Ich glaube, er liebte mich tatsächlich. Oder er wollte seine kleine Tochter reinwaschen, die sich einfach vor ihrer Verantwortung drückt.«

Dolores langte nach hinten an ihre Gesäßtasche. Hiraya konnte einen Metallgegenstand erkennen, den sie hervorholte. Dolores sank auf die Knie und gluckste mit breitem Grinsen, während sie mit dem Finger auf die Stelle über ihrem Auge zeigte.

»Schau genau hin!«

Hiraya wollte zur Seite sehen, doch die Finger von Dolores' linker Hand rissen ihren Kopf zurück, umschlossen ihr Kinn und drückten zu.

»Sieh dir an, was du mir angetan hast!!«

Hiraya konnte weder schreien noch ihre Beine bewegen, in denen sie durch das viele Tanztraining so viel Behändigkeit aufgebaut hatte, denn Dolores saß rittlings auf ihren Knien und presste mit ihrem ganzen Körpergewicht auf sie. Hefig versuchte Hiraya, ihren Kopf aus diesem Klammergriff zu winden.

»Du willst schreien? Wage dich, oder ich zerquetsch dir den Hals.«

Hiraya bekam jetzt panische Angst. Woher Dolores solch derartige Kräfte in ihren dünnen Fingern hatte, konnte sie nicht begreifen.

»Euer Arzt ist eine Pfeife, aber darum geht es nicht mehr. Ich kann ja nach Manila gehen so wie du. Da gibt es die besten Schönheits-Spezialisten. Ich hörte, dass du viel erlebt hast. Du hast bei diesen christlichen Leuten gewohnt, nicht wahr? Die haben dir doch sicher gesagt, dass du zurückkommen und schön um Vergebung bitten müsstet.

Das war ein guter Rat. Und dann habe ich gesehen, dass du schon richtig gut hüpfen kannst, weil dein Mentor so ein berühmter Tänzer war. Ich weiß das alles. Du hältst mich für eine dumme Frau, Sinilang. Den Gefallen tue ich dir aber nicht, weil ich dich schon immer durchschaut habe.«

Hiraya wollte wieder ausbrechen, doch Dolores' Händedruck war fest wie ein Schraubstock. Verzweifelt versuchte sie wieder die Hände aus diesem Gummiband herauszudrehen. Doch ihre Befreiungsversuche schienen diese Frau nur noch mehr anzuheizen. Mit einem klickenden Laut schoss die Klinge aus dem Griff, den sie die ganze Zeit schon mit der Rechten hielt. Vor Panik windete sich Hiraya unter dem Druck dieses hasserfüllten Körpers, der sie unbezwingbar auf den Boden drückte.

»Du wirst eine berühmte ›Tinikling‹, aber du wirst nur mit einer Maske auftreten, wenn ich mit dir fertig bin, weil dein hübsches Gesicht eine Erinnerung an mich tragen wird. Willst du noch was sagen?«

Dolores' Griff lockerte sich ein wenig.

»Na? Gleiches mit Gleichem? Narbe für Narbe?«

«Vergib mir bitte, Ate!«

Sie konnte es nur nuscheln, doch Dolores hatte es hören können. Ein unfassbar sarkastischer Augenaufschlag war es, den sie Hiraya entgegenwarf.

«Ich bezahle deine Operation. Bitte nicht.«

«Was willst du?«

Dolores begann zu kichern und drückte mit ihrer freien Hand wieder fester zu.

«Von welchem Geld willst du das tun? Ach so! Du wirst ja berühmt und verdienst dann Millionen von Pesos. Dann bekomme ich eine schöne Narbenoperation von dir. Veralber mich nicht! Du hast mir alles weggenommen, was ich noch hatte. Ich weiß, du verachtest mich, weil ich mich gerne zurechtmache und lustiger bin.«

»Du bist...«

»Was? Wie hast du mich tituliert?«

»Ich sage es nie... mehr.«

»So? Du hast mich vor allen bloßgestellt und beschuldigt, ich wäre auf Boracay anschaffen gegangen. Rosafarbene Zimmer, nicht wahr? So eine unverschämte Gans wie du wagt es?! Ich war doch nett zu dir, aber du hast mich nur gehasst.«

Langsam kam die Spitze der Klinge näher auf sie zu. Und diese hasserfüllten Augen mit der rot unterlaufenden, klaffenden Narbe auf der Stirn vor ihr. Hiraya wusste, dass sie daran Schuld trug und es schien, dass ihre Exekution nun gekommen war.

»Ich mache es schnell.«

Ihr ganzer Körper vibrierte förmlich und sie fühlte plötzlich eine unbändige Kraft unter den Knien von Dolores, die diese Messerspitze nur noch Zentimeter vor ihrem Gesicht festhielt und langsam daranging, sie durch ihre Haut zu ziehen. Die Bilder aus der Spülküche poppten auf, als sie Chefkoch Paul mit ihren Knien abwehren konnte. Die gleiche Angst trieb sie jetzt wieder an, purer Überlebenswille. Hiraya fühlte unversehens, dass Dolores sich leicht nach oben beugte und der pressende Druck nachließ. Ein winziger, aber entscheidender Fehler. Ihre Sekunde war gekommen, als würden die Bambushölzer zum dritten Schlag ausholen und sie aus der Falle springen musste.

Hiraya riss die Beine unter ihr hindurch zu sich und warf sie nach oben. Blitzschnell schlug sie beide Füße nach vorn. Schreiend fiel Dolores nach hinten gegen den Stapel Säcke und ließ das Messer fallen. Hiraya sah, dass sie ihren Brustkorb getroffen hatte, denn sie japste heftig nach Luft, dabei wanderten ihre Augen suchend hin und her. Hiraya begann wieder mit allem, was sie aufbieten konnte, an dem Gummiband zu zerren und windete ihre Handgelenke wie wahnsinnig. Trotz wildem Strampeln mit den Beinen und ganzem Körpereinsatz gelang es ihr nicht, sich loszureißen.

»Hilfe!!«

Sie zerrte weiter voller Panik an ihrer Fessel und sah, wie Dolores aufstand und das Springmesser langsam in beide Hände nahm. Hiraya konnte ihren lauten und tiefen Atem hören. Ein unheimlich wirkender Glanz in diesen Pupillen vermischte sich unter ihren wirren Haaren mit einem Lächeln, dessen Botschaft klar war. Plötzlich nahm sie eine Bewegung in der Dunkelheit bei der Tür wahr und schrie wieder: »Hilfe!!«

»Ja, du hast mich immer gehasst.«

»Ate, bitte nicht!!«

»Du kommst mir nicht davon. Nein...«

Plötzlich huschte diese Gestalt durch die Schuppentür, mit ausgestreckten Armen und einem schwarzen Gegenstand in den Händen. Hiraya sah Dolores' Regungen, als sie erschrak und eine hastige Drehung machte. Ein Lichtblitz und der peitschende Knall aus der Polizeiwaffe übertönte Hirayas Schreien. Mitten in ihrer Bewegung riss die Kugel Dolores zur Seite. Sie schrie infernalisch auf, während eine Fontäne von Blut aus dem Oberarm schoss. Ihr schlanker

Körper schleuderte gegen die Holzwand, die ein ächzendes Knacken von sich gab. Officer Mariella kickte das Springmesser mit dem Fuß beiseite und zielte mit dem Revolver auf dieses zusammengekauerte Wesen, dass mit verzerrtem Gesicht panisch nach Luft schnappte. Das Blut rann über ihren Arm, dabei versuchte sie mit der anderen Hand die Einschusswunde zu bedecken. Officer Mariella wollte das Mädchen befreien und band sie los. In Hiraya breitete sich ein rasendes Gefühl aus, dass ihr sagte, jetzt nicht weglaufen zu dürfen. Sie zog ihr Shirt über den Kopf, kniete sich neben Dolores hin und legte den Stoff wie einen Schal zusammen. Die Erinnerungen poppten auf, die furchtbare Szene, als dieser bärtige Nachbar sie damals anschrie, mit einer solchen Druckschlaufe Elaines Blutung aus der Armschlagader zu stoppen. Hiraya wusste, nur so konnte es gehen. Dolores' Lippen zitterten und sie blickte furchtsam umher. Sie weinte nicht und konnte es auch nicht, gepackt von diesem Schockzustand und den heftigen Schmerzen aus ihrem Oberarm. Ein Laternenlicht kam immer näher, laute, hektische Rufe und dann standen Imelda, Kezia und Hirayas Vater am Eingang der Hütte.

»Officer Sorriano!?«

Sie steckte die Waffe in das Halfter zurück und begann, Hiraya zu helfen.

»Sie muss ins Krankenhaus.«

Wie gewandelt diese Frau nun aussah, hilflos, gedemütigt und zu keiner Rache mehr fähig. Stattdessen sah sie gütige, junge Augen vor sich und Hirayas Hand kam auf ihr Gesicht zu. Kezia hielt die Hände vor ihren Mund und war nicht imstande, etwas zu tun. Roberto zwängte sich vorbei und musterte seine ehemalige Liebschaft mit Augen, die Verurteilung und Hass versprühten. Doch als er sah, was seine Tochter tat, verschlug es ihm die Sprache. Hiraya drückte Dolores' Kopf an die Schulter und streichelte über ihre Wange.

»Ate Dolores, es tut mir so leid.«

Eine Antwort kam nicht, nur diese stummen Mandelaugen, die zeigten, dass Dolores überhaupt nicht begriff, was Hiraya mit ihr machte.

»Ich wusste nicht, dass die Narbe so schlimm aussieht.«

»Hiraya, was machst du mit ihr?«

»Sie ist ein Mensch, verdammt!«

Officer Mariella nahm ihr Handy, ging vor die Hütte und begann mit dem kleinen Krankenhaus in Passi City zu telefonieren. Sie hatte gesehen, dass die Kugel glatt durch den Arm gegangen war.

Roberto sah jetzt das Springmesser auf dem Boden und begriff, was sich abgespielt haben musste. Er beobachtete Dolores genau und glaubte, sie hätte seine geliebte Tochter verhext, so absurd kam ihm die Reaktion Hirayas vor. Ein glühendes Hassgefühl wanderte in ihm hoch. Er sah nur den Rücken der Polizeibeamtin durch die offene Tür und griff blitzschnell zu. Hiraya schrie auf und drückte ihren Körper schützend vor Dolores, die immer noch zitterte.

»Geh beiseite, Hiraya!«

Roberto wollte seine Tochter packen und sie von dieser Frau wegreißen, doch auch Imelda begann zu schreien.

»Das Messer runter, Senor Roberto!!«

Officer Mariella entschied in Sekundenbruchteilen und drückte den Abzug durch. Nur wenige Zentimeter neben

Robertos Schulter durchschlug die Kugel die Bambuslattenwand, dabei begann Kezia hysterisch zu schreien.

»Legen Sie das Ding weg!«

»Daddy!! Bitte!!«

Roberto schien durchgeknallt zu sein, atmete schwer und presste seine Hand immer fester um den metallenen Messergriff. Dolores schien nicht begriffen haben, was hier geschah oder sie erwartete jetzt mit fahlem Ausdruck in ihren Augen stoisch ihre Exekution. Sie schielte über Hirayas Schulter und es schien, als würde sie die Sekunden zählen, bis er es tun würde.

»Ich bin die Polizeigewalt hier, Mister Sinilang! Sie legen dieses Messer jetzt schön auf den Boden. Ich werde hier keine Lynchjustiz dulden!!«

»Sie werden mich nicht niederschießen.«

»Doch, Senior. Versündigen Sie sich nicht endgültig.«

Hiraya sprang auf, fiel ihm in die Arme und griff in seine Hand. Kezia war zusammengebrochen und Imelda musste sich, wie so oft, wieder um sie kümmern. Schwer atmend ließ ihr Vater das Springmesser zu Boden gleiten.

»Du kannst froh sein, dass meine Tochter hier ist, Dolores.«

Zitternd konnte Dolores jetzt aufstehen und blickte ihm in die Augen. Roberto sah zur Seite und spuckte auf den Boden. Sie schaffte mit Hirayas Hilfe den Fußmarsch zum Polizeijeep, der beim Haus der Moralez-Familie parkte. Das Blut drückte schon durch den Stoff des Verbands. Officer Mariella konzentrierte sich nur darauf, den Wagen sicher bis nach Passi zu steuern. Nicht einmal den Chief hatte sie benachrichtigt und es war ihr auch egal, ob er wieder herumschreien würde. Die ganze Zeit über hielt Hiraya eine Frau im Arm, die keinen Ton rausbrachte, aber mit trüben, schwachen Augen zu ihr hinüberschaute. Hiraya ahnte nicht, wie sehr ihr Kopf arbeitete, auch wenn die Schmerzen und die Angst sie einnahmen.

Dolores' Schussverletzung war rasch versorgt, doch schon am nächsten Morgen erschien eine Sekretärin und fragte Hiraya, wer die Behandlungskosten begleichen würde. Sie fühlte eine ungeheure Schuld, zum ersten Mal, ausgelöst durch Hilarias Konfrontation, die ihr einen Spiegel vorhielt. Begierde und Verfehlungen hatten zur nächsten Eskalation geführt, die sich in einem brutalen Höhepunkt entlud. José erschien in der Klinik und zeigte seine Zuneigung tatsächlich so, dass Dolores begriff, wie zum ersten Mal ein Mann wirklich an ihr Interesse zeigte, das echt und nicht so war wie bei all den Typen, die sie als Bettgeschichte rasch abhakten. Er zahlte ihre Versorgung und saß nachts am Bett Wache, während er sich tagsüber mit Energy-Drinks wachhielt.

»Ich weiß, dass ich für dich vielleicht nur jemand bin wie die anderen Männer, aber ich möchte, dass du meine Frau wirst.«

»Ich wandere hinter Gitter für sehr lange Zeit. Lass die Träumerei.«

»Es ist mir ernst, ›Dol‹.«

Dolores konnte nicht begreifen, warum dieses Mädchen sie nun so behandelte. Bis zuletzt hatte sie in Hiraya ein rotzfreches, selbstgerechtes Girl gesehen, das in ihrem verträumten Wesen keinen Schimmer davon hatte, was im Leben anderer Menschen vorging. Die Wandlung dieser Jüngsten ihres ehemaligen Lovers traf sie wie ein Schlag ins

Gesicht, der sie zwingen sollte, zu atmen und aufzuwachen. Doch eines musste sie erkennen. Nie würde sie mit José in dieser Stadt eine Zukunft haben können. Niemand würde sie nach all dem akzeptieren, geschweige denn Gefühle der Zuneigung zu ihr verspüren. Nun stellte sich sogar Angst bei ihr ein, wenn sie an die Allianz um diese ganzen Marktfrauen und Ladenbesitzerinnen dachte, die sie mieden und verachteten.

Hiraya musste in kalte Augen ihres Vaters blicken, der sich, nachdem sie ihr Herz ausschüttete, erst nicht erweichen ließ. Kezia hockte mit am Tisch und verstand die Welt nicht mehr. In ihrem Denkschema gab es keinen Platz für solche Kapitulationen.

»Ich bin weggelaufen und hatte mich gedrückt.«

»Das war eine Sache zwischen uns beiden, Kind.«

Kezia glotzte sie nun mit Riesenaugen an. Ihr Mann Gerald meinte nur »Lint eh« und stand auf.

»Willst du dich nicht erinnern, Tita? Ich verabscheute sie und dachte, meine Gründe dafür zu haben. Aber es ist auch richtig, dass du, Vater, unsere Familienehre beschmutzt hast. Deine Gefühle, wie sie mit dir durchgingen. Warum hast du dich in sie verknallt. Warum?«

Hiraya kniete sich vor ihm hin, senkte den Kopf auf den Boden und bat um Nachsicht, als Jüngste solche Worte gewählt zu haben. Dann sie stand wieder auf und zeigte ihren Mut erneut.

»Vater, wir können siegen, wenn wir ihr Herz gewinnen. Alles kann wieder gut werden.«

»Für was? Diese Frau gehört weggesperrt. Du benimmst dich wie ein Kind.«

»Nein, Tita Kezia! Ich benahm mich wie ein Kind, als ich dachte, ohne euch und Gott mein Leben alleine durchziehen zu können. Ich will eine Tinikling-Tänzerin werden und mein Traum wird sich erfüllen. Doch ich muss erst mit Ate Dolores ins Reine kommen, damit Kuya Jason mich wieder unterstützen kann. Ich habe ihr sehr wehgetan und muss das wieder gutmachen.«

»Es geht um Gerechtigkeit, Hiraya!«

»Tita, es geht aber nicht um Selbstgerechtigkeit. Dann muss Daddy auch ins Gefängnis, oder nicht? Ist es nicht so, dass du sie totstechen wolltest?«

»Vater! Sag jetzt was! Die ist doch crazy!«

Roberto wurde ganz still, verstand seine Tochter immer noch nicht ganz, aber schämte sich in diesen Augenblicken mehr als damals, als ihn manche in der Stadt wegen dieser Affäre schnitten. Welch furchtbare Konsequenzen er durch seine Unbeherrschtheit vom Zaun gebrochen hatte, war ihm schmerzlich bewusst geworden. Sein Stolz als Haupt einer angesehenen Familie hatte gelitten und alleine der Gedanke, dass die Vorkommnisse in dieser Hütte in der Stadt bekannt werden könnten, ließ ihn schaudern.

»Lass, Kezia. Sie hat recht. Tochter? Dolores wird nie mit uns Frieden schließen.«

»Doch, Vater. Wenn wir ihr die Hand reichen.«

»Die Hand reichen?«

Imelda hatte die ganze Zeit über noch geschwiegen. Sie war immens beeindruckt von dem, was sie hier hörte.

»Wie willst du das anstellen?«

»Ich nehme sie mit nach Manila, damit sie sich die Narbe im ›PGH‹ machen lassen kann.«

Kezia sprang auf und begann nervös umherzulaufen. Das Baby schrie. Rasch ging Gerald zu seinem Söhnchen und beruhigte ihn. Imelda indes fühlte auf einmal einen unglaublich friedevollen Geist, der sich jetzt in diesem Raum ausbreitete.

»Du willst sie nicht anzeigen?«

»Ich will keine Auseinandersetzung mehr. Ich will tanzen und mehr über Gott erfahren, wegen Mama und der Wahrheit! Ich weiß nicht, wieso, aber ich habe die besten Unterstützer gefunden und ihr habt alle vergessen, wie gut wir es hier haben. Mama hatte recht, als sie uns immer vor Manila warnte.«

Robertos Stolz auf seine Jüngste wuchs in diesen Augenblicken immer höher empor. Er schielte zum Bücherregal und sah das große rote Buch zwischen all den anderen. Dabei begann ein Gedanke in ihm zu brennen.

»Sie wird nie Anerkennung in der Stadt bekommen.«

»Das muss sie alleine schaffen, aber ich bin rein. Vater, du schuldest ihr etwas.«

»Schluss jetzt! Du hast Daddy damals schon bloßgestellt.«

»Kezia! Hör auf, meine Schande kleinzureden. Ich wollte Dolores, ihren Körper, begehrte sie..., und konnte mich nicht bezwingen. Sie hat nicht alleine Schuld an alldem.«

Bei diesen Worten musste sich Hiraya bezwingen, nicht in Tränen auszubrechen. Sie empfand dieses Schuldeingeständnis als seine mutigste Tat, seit sie wieder hier war. Und sie begriff erneut so tief, warum sie ihren Vater liebte. Kezias Gejammer dagegen riss nicht ab.

»Kind, du wirst eines Tages die Führerin auf diesem Anwesen sein. Aber ich lebe noch und werde einen Hektar
verkaufen, damit Hiraya tun kann, was ihr Herz sagt. Weil
sie einen Traum hat und den Hass besiegen will.«

»Was heißt denn, den Hass besiegen?«

Diese Diskussion entfachte in Robertos jüngster Tochter
erneut Widerwillen. Natürlich konnten Kezia und ihr Vater
diese geistigen Dinge noch nicht verstehen, die sie in
Manila kennenlernen durfte und dass, was sie in ihrem
Herzen hervorbrachten. Aber es war ihre Familie und
Hiraya wollte sie nicht mehr loslassen. Erneut sprudelte
ihr Mut empor, als sie sagte:»Vater, dein Jähzorn hat so viel
vernichtet. Denk nur daran, wie lange ich euch nicht mehr
sehen wollte und das in der Hütte? Mein Daddy? Ein
Totschläger?«

Er antwortete leise: »Es war so schwer für mich, Kind. Ich
habe deine Mutter mit allem geliebt, was ein Mann nur
geben kann, und euch alle.«

Hiraya schlang die Arme um seinen Hals und drückte ihn
fest.

»Verzeih mir, Daddy. Ich hatte dich damals im Stich
gelassen. Schon immer. Ich dachte nur an mich selbst und
wir haben nicht zusammengehalten.«

Kezia stammelte jetzt herum, wedelte mit den Armen und
wollte bei Imelda Unterstützung erhaschen. Doch sie sah
mit erhabenem Stolz und einem Lächeln zu Roberto.

»Es ist die Sache deines Vaters, Inday Kezia.«

»Boyed wird dem nie zustimmen.«

»Ich regle das mit deinem Bruder.«

»Als Erstgeborene missbillige ich das.«

»Das tut mir leid, Kind. Aber ich entscheide es so.«
Sie verstummte, ging durch die Seitentür ins Freie und rannte weinend in ihr Haus.

Das leise Klopfen an der Krankenzimmertür ließ Dolores aufmerken. Sie legte ihren Heftchenroman weg und sah dieses Mädchen mit einem Korb in den Händen. Hiraya begrüßte sie in einer so lieblichen Weise. Diese Art von Begrüßung, welche sie so nie zuvor von ihr bekam. Sie rechnete täglich damit, dass die Polizei auftauchen und ihr den Haftbefehl überreichen würde. Hiraya setzte sich auf den Bettrand und fragte, wie es ihr ginge.

»Sie sagten, in vier Tagen käme ich raus. Jetzt habe ich noch ein schönes Loch im Arm.«

»Das tut mir leid.«

»Sag mal, was haben diese Leute in Manila mit dir angestellt?«

Hiraya schmunzelte, fühlte sie sich noch immer unsicher, wie sie mit dem Ganzen umgehen sollte.

»Ate, ich habe auch Schuld.«

Dolores war skeptisch und wusste nichts zu erwidern. Neugierig schielten die beiden anderen Patientinnen in den Betten nebenan zu ihnen hinüber. Eine von ihnen hatte durch leichtsinniges Geflüster einer der Krankenschwestern mitbekommen, warum Dolores hier war.

»Ich gehe bald wieder nach Manila.«

»Schön. Und ich in den Knast. Da wollte ich dich ja hinbringen.«

»Wolltest du wirklich zustechen?«

Die lauschenden Frauen in den Nachbarbetten bekamen große Augen und begannen mit vorgehaltener Hand sich gegenseitig Gesten zuzuschieben. Dolores verkrampfte sich jetzt und es waren keine Tränen, die über ihr Gesicht liefen, sondern Sturzbäche.

»Ey, du hast doch einen Knall. Ich bin ausgetickt, echt.«

»Vergessen wir es.«

»Du warst nicht beim Staatsanwalt?«

Hiraya schüttelte den Kopf. Dolores saß nur da, mit den Tränenschlieren auf ihrer hellen Haut und glaubte immer noch nicht, dass dies hier Wirklichkeit war.

»Für dich bin ich doch nur ein Flittchen, oder?«

»Vergangenheit ist Vergangenheit, Ate Dolores.«

»Mag sein.«

»Ich habe in Manila auch nicht immer klug entschieden.«

Dolores hörte ihr gebannt zu, als sie von Elaine erzählte und dem hilflosen Versuch, sie ändern zu wollen. Die grauenvollen Ereignisse im Haushalt von Sol und ihrem Mann. Und auch die Geschichte mit Paul, dem Chefkoch, ließ sie nicht aus.

»Das war tapfer. Du hast ja echt was drauf. Den Typen, denke ich, hätte ich umgebracht.«

»Vergessen wir diese Geschichte bitte.«

»Klar. Entschuldige.«

»Und du? Die Zukunft gehört denen, die sich ändern, Ate Dolores.«

»Willst du mich bekehren?«

Hiraya sagte nichts dazu und schmunzelte vielmehr, hatte sie noch keine rechte Antwort parat.

»José will mich heiraten.«

»Echt?«

»Das ist doch nicht wahr. Was findet der an mir?«

»Warum bist du so, Ate?«

»Wo gibt es noch gute Kerle? Ich habe es eben so gemacht. Bin nicht so züchtig wie du.«

»Ich will eines Tages auch eine Familie haben und Liebe machen. Aber jetzt noch nicht. Es gibt eine Zeit zum Ernten, eine Zeit zum Säen, eine Zeit zum Alleine sein, eine Zeit zum Lieben.«

»Das ist auch eine Ansicht. Der Typ aus der Nachbarschaft steht auf dich. Habe ich doch gesehen, wie der mit seinen Blümchen vor dir geschmachtet hat.«

Sie mussten beide lachen und begannen, die Bananen zu verspeisen, die in dem Früchtekorb waren, zusammen mit einigen Papayas und einer prallen Ananas. Dabei sahen die Augen von Dolores sogar irgendwie freudig aus, als wären ihr sieben Steine vom Herzen gefallen.

Hiraya wollte einfach keine Konfrontation mehr. Ihr Ziel vor Augen, einen Platz in der Revue zu bekommen, war nicht das alleinige Motiv. So beeindruckend waren ihre Erfahrungen in Manila gewesen, Dinge mit spiritueller Tiefe, und sie wusste, dass sie scheitern musste, wenn sie Dolores einfach der Macht des Gesetzes übergeben würde.

»Ey! Was verlangst du von mir? Sie wollte dich abstechen.«

»Ich will keine Anzeige erstatten.«

»Das ist deine Sache, aber was ist, wenn ich befragt werde? Ich werde doch nicht für dich lügen. Und dein Vater? Das kommt ohnehin alles raus.«

Officer Mariellas Abgebrühtheit bekam in jenen Sekunden Risse. Nervös lief sie hin und her und starrte auf diese

Krankenzimmertür. In Kürze würden zwei Polizeibeamte aus Passi eintreffen, um ihr zur Seite zu stehen.

»Sie konnten doch gar nicht sehen, was sie mit dem Messer vorhatte.«

»Hiraya, sei vernünftig!«

»Ich bin sehr vernünftig. Das hat doch keinen Sinn. Gegen mich liegt eine Anzeige wegen Körperverletzung vor, und gegen sie?«

»Mordversuch, Schätzchen.«

»Wir werden uns einigen, wirklich.«

»Bist du sicher? Diese Frau? Und übrigens, wegen deiner Flucht bekommst du ohnehin Probleme mit uns, oder denkst du, der Chief lässt die Anklage wegen Widerstand gegen Officer Gilberto fallen? Am besten, du kommst jetzt auch mit.«

Officer Mariellas Blicke wurden ernst. Mit einem Klick löste sie die Handschellen und machte Hiraya klar, was ihr jetzt bevorstand. Hiraya streckte ihre Arme nach vorne, mit zusammengelegten Handflächen.

»Dann tun Sie es doch.«

Die Frauen hinter dem Anmelde-Desk schauten auf und vorbeigehende Krankenschwestern bleiben stehen. Auch die wartenden Patienten auf der Stuhlreihe neben dem Eingang fixierten die beiden Frauen mit großen Augen. Nun ging die Tür auf und zwei Streifenpolizisten betraten den Raum. Hastig ließ Officer Mariella die Handschellen hinter sich am Gürtel verschwinden.

»Wir reden noch.«

Hiraya konnte nur zusehen, wie die drei nach der gegenseitigen Begrüßung anklopften und in das Zimmer gingen.

Dolores war gefasster, als sie dachten und las mit wenig emotioneller Reaktion die Aufforderung, sich in Untersuchungshaft zu begeben. Die beiden anderen Frauen saßen fiebernd auf ihren Betten. Zeuginnen einer skandalösen Verhaftung zu sein, war ihnen willkommen, damit der Tratsch mal wieder seinen Lauf nehmen konnte.

Officer Mariella empfand in jenen Sekunden Mitleid. Sie sah den Weidenkorb mit dem Essen, welches Hiraya ihr gebracht hatte und die verzierte Grußkarte. Dolores hatte ihr Stirntuch nicht angelegt, was einen der Beamten veranlasste zu fragen, woher sie die Narbe hätte.

»Sir, die junge Dame vor der Tür hat ihr das beigebracht. Jetzt stehen zwei ›Kaso‹ (Fälle) gegeneinander.«

Der Beamte runzelte die Stirn und meinte nur, dass die hiesige Polizei keinen Einfluss auf die Entscheidungen der Kollegen aus Officer Mariellas Bezirk haben könne.

»Liegt denn eine förmliche Anzeige gegen sie vor?«

»Das Mädchen will nicht.«

Dolores riss ihre Augen auf und verstand wieder nicht, wie solches sein konnte. Es waren also keine leeren Worte gewesen, die Hiraya ihr gegenüber äußerte. Officer Mariella bat die Kollegen, sie mit Dolores alleine zu lassen.

»Wir beide sollten uns unterhalten.«

»Wenn´s sein muss.«

»Kannst du laufen?«

»Klar doch. Hast mir ja nicht ins Bein geschossen.«

Dolores zog sich ein Leinenhemd über und ging mit ihr aus dem Zimmer. Sie sah Hiraya an und lächelte. Die beiden Frauen liefen durch einen Flur und fanden einen Platz in einem winzigen Behandlungszimmer.

»Hinsetzen, Dolores Mercado.«

Sie angelte sich einen der Stühle, blickte stoisch auf den Boden und spielte mit den Fingern. Officer Mariella schloss die Tür und stellte sich demonstrativ davor.

»Ich habe genau gesehen, was du vorhattest. Vergeltung? Hass? Aber wenn Hiraya nicht mitmacht? Du solltest jetzt endlich aus der Stadt verschwinden. Und noch was. Tut mir leid, dass ich dir das Loch verpasst habe.«

»Immerhin haben Sie mich nicht abgeknallt.«

»Ich bin Polizeibeamtin, keine Killerin. Sag mal, was hast du eigentlich im Leben durchgemacht, dass du so bist?«

Dolores antwortete nicht und Officer Mariella sah, wie sehr sie mit Tränen kämpfen musste.


Wiederholt versuchten Kezia und Gerald Hiraya zu überreden, Dolores anklagen zu lassen. Auch Señora Remedios war eine glühende Verfechterin ihrer Verurteilung. Hiraya weigerte sich standhaft und der Tag kam, als ihr Vater den Vertrag über den Landverkauf an die Familie Moralez in Anwesenheit zweier Zeugen mit seiner Signatur bestätigte. Für Hiraya kam die Zeit, Lebewohl zu sagen und sie erklärte Dolores ihren Entschluss.

»Ich nehme dich mit. Du lässt dir die Narbe wegmachen.«

»Wer bezahlt das? Ins ›PGH‹ gehen Millionäre oder unsere Stars, um sich die Nasen machen zu lassen.«

»Ich habe Geld. Nimm es bitte an.«

»Es ist von deinem Vater, nicht wahr?«

»Das spielt keine Rolle.«

Zwei weitere Monate waren vergangen. Dolores hatte vor allen Polizeibeamten ihre Erklärungen über die Beendigung der Fehde zum Ausdruck gebracht und pochte darauf, die Anzeige wegen Körperverletzung zurückzuziehen. Officer Mariella saß am Nebentisch und fieberte mit jeder Minute. Dass sie bereits einen harten Entschluss gefasst hatte, konnte der Chief nicht ahnen.

Hiraya half zuhause bei der Ernte und traf einen jungen Mann wieder.

»Hiraya.«

»Hallo Ricardo.«

Er lächelte so zärtlich und sagte ihr erneut, dass er sie lieben würde, stellte keine Bedingungen, noch brachte er Gefühle zum Ausdruck, dass eine Wartezeit für ihn unakzeptabel wäre. Hiraya beeindruckte das schon und als er das Schächtelchen öffnete, in dem der zierliche Goldring lag, wurde dem Mädchen klar, wie ernst der Farmerssohn es meinte. Im Inneren zitterte er jedoch, ohne es zu zeigen. Würde sie eine Karriere als Tänzerin so vereinnahmen, dass sie jahrelang nicht zurückkäme, hätte er irgendwann zu sehr gelitten, aber er wollte sie nicht festnageln.

Sie nahm den Ring heraus und dann tat sie etwas, was ihr nie zuvor in den Sinn gekommen wäre. Mit schüchternem Blick schob sie ihn über ihren Ringfinger, sah Ricardo an und legte ihre Hände an seine Wangen. Mit einem tupfenden Kuss auf seine warmen Lippen verabschiedete sie sich, dabei versprach sie ihm, diesen Ring erst abzulegen, wenn er sie nicht mehr würde haben wollen. Als sie sich ein letztes Mal umdrehte, fragte sie ihn: »Wenn ich meine erste Darbietung tanze, schaust du mir zu?«

Zischend ging die Tür des RO-RO-Busses auf. Claudio und Imelda standen neben ihnen, als Hiraya die drei Stufen hinaufsteigen wollte. Dolores war zuvor eingestiegen und hielt den Platz neben ihr frei. Diesmal hatten sie nicht nur eine Reisetasche dabei. Claudio beobachtete, wie der ›Conductor‹ die Taschen in den Bauch des Busses unter dem Fahrgastraum schob und die Klappe schloss.

»Auf Wiedersehen, Kind!«

»Ich rufe euch regelmäßig an, Tita Imelda.«

»Würdest du bitte einsteigen?«

Sie war fröhlich gestimmt, schaute in die Runde der Wartenden, unter denen auch ihr Vater und Kezia waren. Roberto hatte es vermocht, Dolores in die Augen zu sehen. Ihr fiel es unheimlich schwer, die Bitte um Entschuldigung auszudrücken, doch er beließ es dabei, als er ihr trauriges Gesicht sah, in dem wirkliche Reue steckte. Wie immer hatte sie ein Kopftuch um die Stirn gebunden, nur diesmal in einem Blumenmuster gearbeitet und sehr modisch.

»Ich liebe dich, Daddy.«

Roberto bat den ›Conductor‹ um eine letzte Minute.

»Bitte erfüll dir deinen Traum und geh zu diesen wunderbaren Menschen, die dir halfen und gottesfürchtig sind. Werde eine ›Tinikling‹ und zeige deinem Vater, was du geschafft hast.«

Die Umarmung war tief und so bedeutungsvoll. Als der Bus anfuhr und beschleunigte, winkten ihm alle hinterher, bis er in der Ferne am Ende der Kurve verschwand.

Säuselnd zog der Wind über die nur leicht wogende See. Das voll besetzte Fährschiff fuhr ruhig in gerader Bahn Richtung Mindoro.

»Freust du dich schon auf deine Tanzerei?«

Hiraya seufzte nur und wirkte etwas melancholisch.

»Ich muss zum Vortanzen. Ob ich das aber schaffe?«

Sie wollte jetzt lieber das Thema wechseln. Es war ihr nicht danach, über den Tinikling zu reden, auch wenn ihr Herz in Erwartung des nächsten Ziels bebte.

»Zuerst gehen wir zum Chirurgen. Du bist jetzt dran.«

»Ich verstehe dich immer noch nicht, Mädchen.«

Hiraya lächelte süß und versicherte ihr, viel gelernt zu haben. Sie sei in einem Jahr um fünf Jahre an Lebensweisheit reifer geworden und musste dann lachen.

»Siehst aber aus wie 16, Kleine.«

»Ich bin nicht deine ›Kleine‹.«

Auch Dolores musste kichern und wunderte sich so sehr darüber. Sie konnte immer noch nicht begreifen, wie sich brennender Hass in solche Zuneigung verwandeln konnte. Es war durchaus schwierig, die Kluft restlos zu beseitigen. Die beiden waren noch keine dicken Freundinnen, hatten aber Respekt voreinander entwickelt. Stumm standen sie an der Reling und genossen den Anblick des Meeres unter einem klaren Himmel.

Jason wusste, wann sie mit dem Bus in Cubao eintreffen würde und wartete. Dass Letizia mitkommen wollte, konnte er mit keiner Macht der Welt verhindern. Dass es Samstag war, gab den Ausschlag, denn sie hatte keine Schule.

Letizia hüpfte nervös hin und her, als der Bus langsam in den Haltebereich einbog und stoppte.

»Tita Hiraya!!«

Letizia rannte auf Hiraya zu und Arme schlangen sich um ihren Bauch. Dreimal hintereinander hörte sie die Frage, wie es ihr gehen würde. Jason war entspannter und ließ seiner Tochter ihre Freude. Als Dolores jetzt ausstieg, sah sie diesen Mann zum ersten Mal. Sie schämte sich und wollte sich in der Menge der Leute auf dem Bussteig verborgen halten.

»Wer ist das, Tita Hiraya?«

»Das ist Ate Dolores.«

Letizia hatte einfach keine Hemmungen. Sie dachte gemäß ihrer unbeschwerten Erziehung, stets das Gute in einem Menschen sehen zu müssen. Natürlich wusste sie nicht, welche Rolle diese Frau bei all den Dramen zuvor gespielt hatte.

»Hallo po, ich heiße Letizia. Du hast ein schönes Kopftuch an.«

»Danke…«

»Ich bin Jason.«

»Dolores.«

»Kommt, wir frühstücken.«

Im Taxi verfolgte Dolores die Unterhaltung zwischen Jason und Hiraya. Es drehte sich das Tanztraining und wie es ihr gehen würde. Sie wollte jedes negative Wort schlucken, was man hier im Wagen über sie loslassen mochte, aber nichts Derartiges kam. Es war sicher nur, weil Letizia neben ihr saß.

»Hast du noch Geschwister, Tita Dolores?«

»Ja, drei Schwestern.«

Hiraya schaute zurück und war verwundert. Nie hatte sie von ihr etwas über irgendwelche Familienangehörige gehört. Nicht einmal, als sie bei ihnen im Haushalt war, hatte Dolores über ihre Schwestern gesprochen.

»Und du?«

»Mein Bruder Lemuel ist sechs.«

Dolores nickte lächelnd, wenngleich ihr diese Aura unangenehm war.

»Schwitzt du nicht unter dem Tuch?«

Hiraya antwortete für sie. Daraufhin schwieg Letizia fortan über dieses Stirntuch und fragte, wo sie in der Provinz gewohnt hätte. Hiraya fühlte jetzt wirklich, wie sehr Dolores unter dieser zurückgebliebenen Vernarbung litt.

Hilaria stand an der Haustür und beobachtete, wie alle ausstiegen. Der unbekannte Besuch schaute sich um und war begeistert über die Häuser, die nicht groß waren, aber eine hübsche Architektur vorwiesen, die sich über den ganzen Straßenzug einheitlich erstreckte. Als erstes ging Hiraya an das Garagentor und schmunzelte, was in Jason eine Idee hervorbrachte. Hilaria musste sich in der Küche verausgaben. Jason nahm sein Handy und wählte die Nummer seines Bruders. Für Gilbert waren Spontaneinladungen wie jene nichts Ungewöhnliches. Sein jüngerer Bruder hatte bei aller Disziplin doch den Sinn für prompte Einfälle behalten.

»Sie ist wieder hier?«

»Hast du Zeit für ein bisschen Stangenperformance?«

»Komme am Nachmittag.«

Jason freute sich, doch hatte er Angst, dass sie nicht eifrig genug am Training drangeblieben sein könnte. Und das wollte er unbedingt checken.

»Schmeckt es dir, Dolores?«

Sie nickte nur, schaute umher und ließ jede Forschheit vermissen. Hiraya hatte sie anders kennengelernt, aber

455

hier gab es keinen Raum dafür, in einer Weise aufzutreten, wie sie es früher gewohnt war. Wie viel wusste diese Familie über sie? Dass sie einen ungeheuren Einfluss auf Hirayas Verhalten gehabt haben mussten, war ihr klar, und das machte sie noch unsicherer.

»Nimm dir noch. Hiraya, du auch.«

»Lass sie nicht zu viel essen.«

Jason zwinkerte mit den Augen und meinte, dass Gilbert bald käme.

»Was machst du in Manila, Dolores?«

»Ich muss ins ›PGH‹, eine Behandlung.«

Letizia hätte am liebsten gefragt, aber die Blicke ihrer Mutter ließen sie verstummen. Das niemand wissen wollte, welche Art Krankheit sie behandeln lassen musste, machte Dolores stutzig. Entweder hatten sie keinen Schimmer oder wussten alles und blieben nur höflich, um sie nicht vor den Kindern zu beschämen.

»Das ist für die Leute dort nur eine Kleinigkeit.«

Dieser Satz traf, aber sie blieb ruhig, als Letizia doch fragte, ob das Kopftuch etwas mit dieser Behandlung zu tun hätte. Sie war ein Kind, schon erstaunlich reif und unbefangen. Das ihre Mutter sanft versuchte, das Thema zu beruhigen, gab Dolores das Gefühl, ihre Scham ablegen zu müssen.

»Sie darf ruhig fragen. Es stört mich nicht.«

Hiraya hätte sich jetzt am liebsten unter dem Tisch versteckt. Dolores knotete das Tuch langsam auf. Die Augen des Kindes versprühten kein unangebrachtes Erstaunen, als sie diese Furche sah, die breiter war als ihre Augenbraue. Letizia fasste sie vielmehr am Arm und streichelte ihn, während ihr kleiner Bruder doch etwas zu viel glotzte.

»Ich finde es toll, dass du zum Arzt gehst.«

Hilaria signalisierte ihr, dass sie das Tuch wieder anlegen könne.

»Es ist okay. Warum soll ich die Realität verstecken?«

Hiraya indes hatte an diesem Abend wenig zu sagen, weil sie Hilarias Blicke verstand, die ihr diese Schuld wieder ein wenig ins Herz drückten.

Dolores sollte in einem Hotel in der Nähe des ›General Hospital‹ unterkommen und hatte bereits nach zwei Tagen ihren Termin bei einem Narbenspezialisten.

»Wie ist das passiert, Mam?«

»Ein stumpfer Gegenstand.«

Sie schielte zu Hiraya, die ehrlich damit herausplatzte.

»Ich habe sie verletzt.«

»Wie?«

»Ein Reisrechen.«

»Das ist aber nicht frisch.«

Der Arzt machte eine verwunderte Geste und blieb mit seinen Bemerkungen dezent und professionell.

»Diese Wunde wurde schlecht versorgt. War sie auch entzündet?«

Dolores nickte und schilderte leise, wie sie gelitten hatte.

»Das sieht nicht gut aus. Wir müssen abschleifen, Kollagen unterspritzen, aufpolstern, das ganze Programm.«

Der junge Arzt drückte auf eine Taste an seinem Telefon und hob ab. Während er auf die Antwort wartete, musterte er Hiraya mit einem strengen Blick.

»Könnte Doktor Ramirez jetzt kommen?«

Nach zwei Minuten kam ein Mann in einem weißen, akkurat sauberen Kittel ins Zimmer. Er musste über 60

Jahre alt sein, aber sein Gesicht erschien wie das eines Mittvierzigers. Sein Lächeln nahm Dolores völlig ein.

»Darf ich? Ich bin Doktor Sebastian Ramirez.«

»Er wird Sie operieren, Mrs. Mercado.«

Seine weichen, eleganten Finger streichelten erst über ihre rechte Wange, so als würde er ein junges Mädchen, das sich sein Knie aufgeschlagen hatte, trösten wollen. Dann fühlte sie, wie er die Narbe betastete.

»Denken Sie nicht, es wäre hoffnungslos.«

Dolores' feuchte Augen flehten ihn förmlich an.

»Verlassen Sie sich auf uns, junge Frau.«

Der alte Arzt sah auf einen Terminkalender und meinte nur: »Nächste Woche Montag, 11 Uhr, nach Zindy Nedel. Ich habe es satt, immer nur Nasen umzubauen.«

»Ja, Sir.«

»Auf Wiedersehen.«

Ohne ein weiteres Wort ging er hinaus, nachdem er Hiraya kurz ansah und zwinkernd bemerkte, dass sie ihr Stupsnäschen etwas aufpolstern lassen könnte. Hirayas scheues Kopfschütteln war auf dieses süße Angebot die einzige Antwort. Dolores schien sich den Kopf zu zerbrechen.

»Sir, meinte er die Schauspielerin?«

»Ja.«

Der junge Arzt zeigte auf seine Nase und grinste.

»Billig wird es nicht. Er ist der Chefchirurg. Aber das bei Ihnen braucht den besten Mann.«

Hiraya spürte, wie sich ihr Magen verkrampfte. Der junge Arzt schrieb etwas auf einen Block, was wie eine Liste aussah und wollte sie Dolores gerade überreichen, als Hiraya ihm den Zettel aus der Hand zupfte.

»Ich zahle ihre Behandlung, Doktor.«

Ein sanftes Erstaunen wanderte über das Gesicht dieses Arztes. Hätte er gewusst, dass sich diese beiden Frauen einst als erbitterte Feindinnen gegenüberstanden, wäre es ihm schwergefallen, es zu glauben. Als Hiraya mit Dolores den Flur entlangging, musste sie schlucken und konnte ihre Tränen nur schwer unterdrücken.

»Ist was? Wieviel wollen sie dafür?«

»Ate Dolores, ich habe dir echt Schlimmes angetan. Aber ich möchte es nicht sagen. Ich bezahle und es ist gut.«

»Vielleicht kriegt der Schönling das ja hin. Der Typ soll über 60 sein? Hast du diese Pfirsichhaut gesehen?«

Dolores konnte nach zwei Wochen ihren Verband abnehmen lassen. Im Spiegel sah sie wieder eine Realität, die derjenigen glich, die sie vor dem Showdown mit Hiraya gekannt hatte. Ihr standen die Tränen in den Augen. Hiraya schien es, als wolle sie sich ihr neues Gesicht den ganzen Tag so betrachten.

»Ich werde wieder zurück in die Provinz gehen. Und du? Wann kommst du zurück?«

»Weiß nicht. Ich muss viel trainieren und auch nebenbei arbeiten. Was hast du vor?«

»Bin hin und hergerissen. Ob ich nicht besser woanders hinziehen sollte?«

Hiraya verstand sie, doch hier musste Dolores alleine durch.

»Du musst dich auch entscheiden. Willst du jetzt zu diesem Tanzensemble oder deinen Boyfriend heiraten?«

Sie druckste ein wenig herum, bis sie damit rausrückte, dass Ricardo bereit wäre, auf sie zu warten.

»Du machst alles systematisch, nicht?«

Hiraya beobachtete sie schon die ganze Zeit, ohne einen Hauch von Oberflächlichkeit wie damals. Ihr schien es zum ersten Mal so, dass diese Frau niemals jemanden zum Reden gehabt haben mochte. Dolores spürte, dass Hiraya ein aufrichtiges Interesse erkennen ließ. Sie fühlte wenig Abneigung, war darüber schon erstaunt und schob es auf ihr eigenes Unvermögen ab, zu begreifen, warum dieses Mädchen sie jetzt so behandelte. Hiraya stand am Fenster und dachte über all das nach, was in den letzten Monaten geschehen war. Sie fühlte einen unglaublich tiefen inneren Frieden in ihrem Herzen und dem Verstand, der ihr sagte, wie gut es war, sich zu demütigen. Dolores indes beobachtete sie interessiert, sah, wie Hiraya ihre Hände faltete und kurz zu beten schien. Nun drehte sie sich lächelnd zu ihr um. Hiraya fand, dass Dolores eine ausgesprochen hübsche Erscheinung mit einer eleganten Schlankheit darstellte. Diese gemachten Augenbrauen gefielen ihr zwar nicht so, dafür fand sie das ausgeprägte Profil ihrer beiden Wangen und die Nase sehr schön. Hiraya selbst fand sich zu klein und wäre gerne zehn Zentimeter größer gewesen. Sicher hatte ihr Kosename ›Maya Kleine‹ nicht unerheblich zu dieser Unzufriedenheit beigetragen. Doch wie war es um das Herz dieser Frau bestellt, welches mit Verzweiflung und Sehnsucht randvoll gefüllt zu sein schien?

»Ate Dolores, ich möchte gerne mit dir reden. Wenn wir das nur am Anfang getan hätten.«

Dolores presste die Lippen zusammen. Ihr Blick zeigte, wie sehr sie sich das wünschte.

»Wo wohnen deine Schwestern?«

»Zwei leben im Norden von Luzon und eine von ihnen lässt sich als Hausmädchen in Hongkong ausbeuten. Elend für sie, wo sie arbeitet, schreckliche Familie. Sie träumt vom Geldverdienen, damit sie sich mal ein tolles Haus kaufen kann, falls sie jemals wieder zurückkommt.«

»Deine Familie ist aus Luzon, nicht?«

»Das hast du sicher daran gemerkt, weil mein Tagalog so geschliffen ist.«

Hiraya nickte grinsend, doch rasch wurde sie wieder ernst.

»Du bist sehr einsam.«

Dolores wandte sich ab. Unruhig ging sie in diesem Hotelzimmer auf und ab. Sie schob die Gardine wieder beiseite. Ihre Blicke musterten den dichten Verkehr auf dem Highway durch das bodentiefe Fenster. Sie fühlte wirklich, wie dieses Mädchen mit sich rang, wissen zu wollen, was sie in ihrem Leben alles erleben musste. Hiraya setzte sich auf den Bettrand und spielte nervös mit den Händen.

»Ich will alles tun, um eine Tinikling-Tänzerin zu werden. Aber du, Ate Dolores? Hast du denn kein echtes Ziel?«

Dolores' Gesicht sah plötzlich versteinert aus, als sie sich zu ihr umdrehte. Hiraya streckte die Arme nach ihr aus.

»Du... Warum muss ich ausgerechnet dir alles... Was geht dich das an?«

Dolores zitterte, vergrub ihr Gesicht in den Händen und begann zu erzählen, erst mit stotternder Stimme, bis ihre Worte begannen zu sprudeln. Nach und nach erfasste Hiraya die Tragweite einer ganzen Tragödie. Dolores, die Zweitgeborene, musste immer im Schatten ihrer älteren Schwester stehen und bekam nie die Liebe wie sie und die beiden Nesthäkchen zugeteilt. Ihr Vater war enttäuscht, keinen Sohn bekommen zu haben und ließ es an ihr aus. Ihr Leben als Teenager war von wenig Liebe geprägt und wurde auf brutale Weise dramatisch, als sie erfuhr, dass er sich heimlich mit Pornofilmen beschäftigte und ihre Mutter ständig betrog. Sie vernachlässigte in diesen Wirren ihre Schulausbildung, kam in Verbindung mit Leuten, welche sich um diese Leidenschaft geschart hatten. Sich einem Jungen hinzugeben, schien ihr der Weg für eine Flucht aus einem Dilemma zu sein. Doch ihre Entjungferung war kein freudiges Ereignis. Sie erlebte eine Fehlgeburt und war illusionslos in der Frage, ob die echte Liebe überhaupt eine Realität sein konnte, besonders als ihr Ärzte offenbarten, dass erneut schwanger werden für sie wahrscheinlich ein Traum bleiben würde. Den Tod ihres Vaters nahm sie nur stoisch zur Kenntnis, überwarf sich mit den Geschwistern und fand auf Boracay Unterschlupf, um sich als Barkellnerin durchzuschlagen. Dass sie mit ihrem Aussehen punkten konnte, erschien ihr einziger Pluspunkt im Leben zu sein, den sie als schlagfertige Waffe bei den Männern einsetzte, die ihr über den Weg liefen. Die innere Leere versuchte sie durch weitere Erlebnisse und körperliche Ekstasen zu bekämpfen, denn sie dachte, ihre Erfüllung durch den Rausch, den ihr der ungezwungene Sex bot, gefunden zu haben. Hirayas Tränen kullerten seit Minuten am Gesicht herab, dabei saß sie angelehnt an das Bettkopfteil und hörte zu, bis Dolores merkte, wie erschöpft sie war. Das Mädchen sprang auf, umarmte diese Frau und drückte sie fest an sich. Immer mehr begriff sie, wie verwöhnt sie von Kindesbeinen an gewesen war. Tatsächlich schien Dolores nur wegen diesen Umarmungen dankbarer zu sein als für die spärliche Liebe, die sie je von ihrer Familie bekam.

Hilaria besuchte Dolores vor ihrer Abreise. Die beiden Frauen redeten lange miteinander und tatsächlich nahm Dolores ein besonderes Geschenk an, das Buch, in dem Hiraya unter anderem die Abbildung sah, wo eine weinende Frau zu Füßen des Herrn Jesus saß. Hilaria wirkte sicher dabei und man konnte sehen, wie groß ihr Herzenswunsch sein musste, anderen helfen zu wollen. Hiraya sah dabei, wie professionell Hilaria als Bibellehrerin ausgebildet worden sein musste und begann sich ernsthaft zu fragen, ob das nicht etwas für sie selbst sein würde.

»Hast du ihr eingeredet, sie soll mich um Verzeihung bitten? Was die gemacht hat, nachdem ich…«

»Ich? Nein. Es ist die Gerechtigkeit unseres Schöpfers. Das musste sie lernen, Dolores. Es ist stärker als meine Worte. Ich bin ja nur ein Mensch.«

»Danke, dass du mich nicht doof behandelt hast. Sie hat dir sicher gesteckt, warum ich Streit mit ihr hatte.«

Dolores sah nun, wie Hilaria um Beherrschung kämpfen musste, nur am Glanz ihrer Augen erkennbar. Sie schämte sich wieder furchtbar und sah zu dem Mädchen neben ihr. In einem Anfall von Hass und Vergeltungswillen wollte sie einen Menschen niederstechen und nun standen hier zwei Frauen mit so beindruckendem Charakter bei ihr und schlugen ihr Gewissen so wohltuend in zwei Teile.

Hiraya erfuhr, dass Dolores und José beschlossen hatten, in eine andere Stadt zu ziehen und zu heiraten. Dass er ihr nicht den Laufpass gab, nachdem er erkannte, dass sie ihm vielleicht keine Kinder schenken könnte, war ein weiterer

463

Beweis, dass er tatsächlich Liebe zu ihr empfand und alles in feste Bahnen lenken wollte.

Seit Wochen hatte Hiraya ihr Training durchgezogen und arbeitete halbtags im Schmuckladen ihrer Tante, während sie auch bei ihr wohnte und half, sich um Onkel Mateo zu kümmern. Jason musste sie mehr und mehr fordern. Sein Bruder Gilbert opferte viel Zeit in der Stangenarbeit, damit er und Jason Hiraya hochpeitschen konnten, bis der Tag kam, als sie mit ihm neben einem Gebäude stand, vor dem eine ansehnliche Gruppe junger Frauen und Männer stand und darauf wartete, dass sie hineingebeten wurde.

»Du hast die ›Doubles‹ tausendmal geübt. Bleib locker.«

Hiraya war trotzdem nervös und sah nur die Konkurrenz vor dem Eingang dieser Trainingsschule, der Schule, in der die angehenden Stars der ›Philippine Tinikling Dancers Revue‹ ihren Feinschliff bekamen und auf ihre Tanzshows gedrillt wurden.

»Und du tanzt sie nur, wenn die Art Melodie einsetzt, die ich dir zeigte, nicht vorher. Im Finale am Ende der Musik.«

»Aber wenn sie andere Musik spielen?«

»Die ist immer ähnlich.«

Viel nervöser war sie, weil alle vor dem Eingang standen und warten sollten. Es sah nach eher nach einer Audienz beim Präsidenten aus als nach einem Vortanzen. Nur Jason schien unbeeindruckt. Hiraya nahm einem Schluck aus ihrem Tumbler, der kühles Wasser enthielt, als endlich die Tür aufging. Ein junger Mann mit Hemd und Weste winkte allen zu. Sie war so aufgewühlt. Hastig schnappte sie ihren

Rucksack und wollte sofort losgehen, doch Jason hielt sie zurück.

»Bleib doch mal ruhig. Sie denken, sie haben mehr Chancen, wenn sie als erster hineinkommen. Das hat eine echte ›Tinikling‹ nicht nötig. Nicht die Hastigen gewinnen die Schlacht.«

Hiraya blickte sich um. Das Interieur sah nicht besonders repräsentativ aus, eher schlicht und farblos. Eine große Anzahl Plastikstühle und ein Wasserspender beherrschten den Raum. Hiraya war schon immer neugierig und spähte in einen Gang, der mit offenen Garderobenschränken zugebaut war, in denen aneinandergereiht Tanzkleider und Hosen hingen. Jason hatte sich ruhig auf einen dieser Stühle gesetzt und beobachtete die Schar der jungen Leute, die vor dem Tresen standen und sich bei dem Westenmann in eine Liste eintragen sollten. Jason nickte Hiraya zu, sie solle das ebenfalls tun. Als sie an die Reihe kam, trug sie brav ihren Namen, Telefonnummer und das Alter ein, dann wo sie wohnte und in welcher Stadt sie geboren wurde. Bei der letzten Spalte wurde sie bleich und stutzte derart, dass es dem jungen Kerl hinter dem Tresen auffiel.

»Du musst hier eintragen, wo du deine Tanzausbildung gemacht hast. Den Namen der Tanzschule.«

»Ich hatte nur einen...«

Hiraya schielte zu Jason und winkte verzweifelt. Er erhob sich langsam und lächelte nur.

»Sie gehört zu mir. Was gibt es?«

»Ihre Tanzschule.«

Der junge Mann kannte Jason nicht und zeigte mit dem Finger auf die Liste. Jason schmunzelte, was Hiraya in diesen Augenblicken nicht toll fand. Warum war er immer nur so cool?

»Sie hatte Privatunterricht.«

»Sir?«

»Ich trage ›Privatlehrer‹ ein.«

Mitten in der Unterhaltung wurde es beschwingt, als zwei Männer in bunten Shirts händewedelnd aus dem Gang gelaufen kamen. Einer von ihnen klatschte in die Hände und rief: »Aufgepasst, liebe Kandidaten! Wir gehen gleich in die Tanzhalle!« Hiraya musste grinsen und hielt an sich, um nicht in lautes Gelächter auszubrechen. Die beiden Typen sahen wie Paradiesvögel aus. Einer trug einen langen Flechtzopf. Die beiden ließen ihre Blicke in die Gruppe der nervösen Bewerber schweifen, bis der Zopf-träger plötzlich innehielt und seinen Begleiter am Arm zupfte. Jason konnte nichts mehr tun, wusste, dass man ihn entdeckt hatte. Mit einem Lachgesicht und schwebenden Schritten kam der erste von ihnen auf sie zu.

»Meine Güte! Jason, unser Altstar! Naku!«

»Hallo Gerry.«

»Ich bin überwältigt, wirklich. Du möchtest doch nicht etwa wieder in die Revue, oder?«

Der junge Mann mit der Liste glotzte wie ein neugieriger Schuljunge.

»Guck nicht so. Er und seine Frau waren Stars!«

Jason drehte sich weg und pustete. Das überschwängliche Gegacker passte ihm nicht mehr, ja es war ihm sogar pein-lich geworden, denn alle Augen waren auf ihn und die beiden fröhlichen Jurymitglieder gerichtet.

»Ich bin wegen ihr hier.«

»Ah? Die Kleine dort?«

Am liebsten hätte Hiraya ihren Spruch ›Ich bin nicht eure Kleine‹ herausplärren wollen, aber heute stand alles für sie auf dem Spiel.

»Wo hast du Tanzen gelernt?«

Sie wartete ab, wollte ihm respektvoll den Vortritt lassen. Der Mann mit dem Haarzopf und einem markanten Gesicht hatte die ganze Zeit nur geschwiegen und Hiraya sehr intensiv betrachtet. Nun sah er zu Jason und lächelte.

»Sie war bei dir?«

Jason nickte und zwinkerte mit den Augenbrauen. Gerry machte wieder diese wackelnden Handbewegungen wie ein nervöses Mädchen und schaute auf die Liste, doch der Zopfträger winkte Hiraya zu sich. Scheu gehorchte sie, dabei bummerte ihr Herz laut.

»Ich verstehe. Ramon ist mein Name, Choreograf.«

»Hiraya po.«

»Schöner Name. Dein Traum soll sich also erfüllen?«

Sie wusste nichts zu antworten und schaute nur nach oben in sein Gesicht. Plötzlich herrschte er sie an.

»Hallo! Ich rede mit dir. Was willst du hier?«

»Sir?«

»Ich heiße nicht ›Sir‹. Du hast einen bedeutungsvollen Namen. Also! Hast du keine Vision? Dann geh!«

Hiraya reagierte nun pampig und dachte, es wäre aus.

»Doch, die habe ich!«

»Willst du uns das beweisen?«

»Wenn du mich lässt.«

Ramon rieb sein Kinn und starrte ihr in die Augen. Es war ihr so unangenehm. Erschreckt schauten viele der jungen

Bewerber auf ihn und sein ›Opfer‹. Zwei der Mädchen gaben auf und gingen raus.

»Wenn du immer so schüchtern bist, kannst du dich deinem Publikum nicht stellen.«

Ramons Gesichtsausdruck änderte sich plötzlich. Es wirkte verschmitzt und ein wenig herablassend.

»Entschuldige, du zarte ›Sampaguita‹. Stell dich bitte mal gerade hin und heb deinen Rock an.«

»Bitte!?«

»Ich mache nichts Anzügliches, okay? Deine Beine.«

Sie gehorchte und stand steif vor ihm. Ramon kniete sich nieder. Kräftige Hände griffen an ihre Waden und drückten mehrmals zu. Hiraya sagte keinen Mucks. Sie fühlte, dass dieser Mann sie brutal prüfen wollte.

»Jason hat dich ausgebildet? Das glaube ich dir. Er ist ein Schleifer, weil er weiß, was du brauchst. Du hast Ausdauer in den Beinen. Genau das haben viele nicht, weil sie nur ans Tanzen denken, aber nicht an die Basics.«

»Ich kann schon ›Doppler‹.«

Jason blieb kurz das Herz stehen. Jetzt wurde sie übermütig, Er kannte Ramon, der seit fünfzehn Jahren einer der härtesten und bekanntesten Tinikling-Choreografen war. Er ließ sich von keinem Tanzbewerber vergackeiern und durchschaute schnell, wer das Zeug hatte und wer nicht.

»Was kannst du?«

»Ich habe ›Doppler‹ geübt.«

»Schon besser. Geübt.«

Ramon drehte sich um und winkte zu einer Gruppe junger Tänzer, welche die Szene die ganze Zeit über aus dem Flur heraus beobachteten.

»Manuel!«

»Sir Ramon?«

»Deine Körpergröße passt. Wie findest du sie?«

Der junge Mann wirkte schüchtern, doch Hiraya fühlte, dass er ein Profi war.

»Ich bin Manuel. Sie ist elegant, Sir Ramon.«

»Hiraya...«

Zu Hiraya gewandt fragte Ramon: »Kannst du die Liebestanz-Dramaturgie?«

»Die Abfolge kenne ich.«

»Talaga? Was du nicht alles schon kannst.«

Ramon war jetzt freundlicher und bat sie, zusammen mit diesem jungen Mann namens Manuel in den großen Tanzsaal zu gehen. Jason unterhielt sich die ganze Zeit mit Gerry, denn er wollte sich nicht einmischen oder seinen ehemaligen Starbonus ausspielen. Gerry war brennend interessiert daran zu erfahren, wie es Hilaria und den Kindern gehen würde. Jason schien sich wohl dabei zu fühlen. In all dem Trubel bekam Hiraya nicht mit, dass von den 95 Bewerbern nur zwanzig zum eigentlichen Vortanzen zugelassen wurden, davon waren fünfzehn von ihnen Mädchen, weil der Männerüberschuss in der Revue langsam ein Problem geworden war.

»Weißt du, Jason, immer das Gleiche. Sie verlieben sich, dann geht es ruckzuck und der dicke Bauch kommt. Was macht deine Familie? Wie geht es Hilaria?«

»Alles bestens. Ich möchte ihr Vortanzen sehen.«

Im Tanzsaal herrschte eine unglaubliche Stille. Dieser Raum war anders in seiner Ausstrahlung als die übrigen. Der Boden war sauber geschliffen und geputzt. Riesige

›Banig‹-Matten lagen dort oder standen aufgerollt an einer Wand. Und alle konnten die vielen Bambusstangen sehen, die teilweise mit Bändern bunt verziert und glattpoliert waren. Sie waren nicht einfach in einer Ecke gestapelt worden, sondern lagen akkurat wie Hantelstangen sorgsam übereinander auf einem Gestell aus Holz. Riesige Lautsprecherboxen standen in jeder Ecke. Ventilatoren drehten sich monoton summend an der Decke und Langleuchten erhellten die Szenerie.

Jason mischte sich leise unter die Zuschauer. Hiraya wollte ihn ansehen in ihrer immer noch vibrierenden Nervosität. Er lächelte einfach nur und schaute ruhig auf den Boden. Vier Männer holten zwei Stangenpaare von dem Gestell und nahmen die Position ein, die Ramon ihnen anwies. Dann stellte er sich vor die 21 Auserwählten.

»Ihr seid also hier, weil ihr tanzen wollt? Na schön. Der Tinikling zeigt das, was Gottes Schöpfung in der Vogelwelt und in der Liebe zum Ausdruck bringt, in Respekt und Ehrfurcht vor Gott und euren Tanzpartnern. Wir wollen Liebe zeigen, Hingabe und die Vorsicht, denn der ›Tikling‹ ist vorsichtig, so wie ihr es werden müsst. Ist euch klar, wo ihr seid? Wir sind keine Vergnügungstruppe. Ihr werdet unsere Kultur vor den Augen der Welt vertreten müssen. Die größte Blamage für euch wird sein, wenn ihr zwischen diese Hölzer geratet und tausende Zuschauer mitansehen müssen, dass eine ganze Choreografie in sich zusammenfällt. Und was ich von euch erwarte, ist Respekt und Demut. Versucht ja nicht, mich mit irgendeiner Show zu beeindrucken und es ist mir auch egal, ob eure Eltern Einfluss haben oder eine Menge Geld besitzen.«

Hiraya beobachtete die Reaktionen der jungen Leute. Zwei der Mädchen schauten ganz ängstlich und sie ahnte, dass diese beiden es nicht schaffen würden. Sie biss sich auf die Lippen wegen ihres Lampenfiebers, schon weil sie nicht wusste, wann sie aufgerufen werden würde. Ramon winkte zwei Mädchen heraus und befahl ihnen, die Schuhe auszuziehen.

»Ihr beiden! Klassischer 3/4-Takt. Fangt mal an.«

Die Musik begann und die beiden Männer an den Stangen ließen die Bambushölzer auf und ab gehen, um sie beim dritten Taktschlag gegeneinanderzuschlagen. Die beiden Mädchen führten ihre Darbietung sauber aus, doch eine von ihnen wirkte steif, als schien sie ihre Beine nur als eine sauber funktionierende Maschine zu sehen. Hiraya dachte sich, dass sie vor den Augen aller schonungslos ausgesiebt werden würde, doch Choreograf Ramon sagte am Schluss nur: »Danke. Ihr könnt bleiben.«

Bei einem anderen Mädchen ging es nicht so glatt aus. Sie kam mutig in ihre Vorstellung und wirkte souverän in ihrem Tanz. Doch Ramon lächelte kein bisschen, während er sie beobachtete. Ob seine Reaktionslosigkeit sie zu dem Wagnis anspornte, was nun folgte? Sie wagte einen rasanten Trippelschritt-Doppler bei einer halben Drehung und scheiterte. Als ihr Fuß zwischen die Hölzer geriet, fiel sie sogar hin.

»Wo hast du das denn gelernt?«

Sie antwortete: »In einem Video.«, und begann zu heulen.

»Du solltest nicht denken, einen Choreografen mit Sachen beeindrucken zu können, die du nicht kannst! Arbeite an deiner Demut. Bis zum nächsten Mal.«

Sie rannte weinend aus dem Tanzsaal, mit ihren Schuhen in der Hand. In Hirayas Magen begann es zu flimmern. Sie empfand Ramons Verhalten dem Mädchen gegenüber als brutal. Nun spürte sie Jasons Hand an der Schulter und seine aufmunternden Worte beruhigten. Sie flüsterte ihm leise ins Ohr: »Das war gemein.«

»Sie war nicht gut. Und hochnäsig. Du bist es nicht. Immer wieder den Sound der Stangen verinnerlichen, nicht nach unten sehen, immer nur diese Takte, eins, zwei, drei..., nimm den Spaten hoch, heb ihn an, nach oben..., okay?«
Hiraya nickte nervös und quetschte ein Lächeln hervor, das mehr unbeholfen als echt war. Choreograf Ramon indes hatte sich wieder der Gruppe zugewandt.

»Ihr wollt Stars werden? So wird das nichts! Ja, ihr müsst das gesunde Maß an Selbstvertrauen und Demut in euch aufsaugen wie Schwämme. ›Ich kann Doppelschritte‹, habe ich heute da draußen gehört.«
Seine Blicke pickten sie heraus, mitten aus der Gruppe, in der sie dachte, sich verstecken zu können.

»Hiraya Sinilang?!«
Sie hob zitternd ihre Hand.

»Du bist dran!«
Etwas hatte ihr Herz ergriffen, ja eine Kraft, die ihr Mut zuflüstern wollte. Sie ging nach vorne, stellte sich neben die Stangen und blickte Jason ins Gesicht, der ruhig dastand wie ein liebevoller Mentor.

»Nicht nach unten sehen!«
Ramon drehte den Kopf in seine Richtung, sah ihn mit zusammengezogenen Augen an und einige Anwesende begannen zu murmeln.

472

»Verzeihung, Ramon.«

Er gab das Zeichen für die Musik und augenblicklich hörte sie die Bambushölzer, deren Geräusch zweimal leise und dann einmal hohl, mit dumpfem Knallen, erklang. Hiraya schloss die Augen und ließ diese Laute in sich eindringen. Eins, zwei, drei..., immer weiter. Die Zuschauer beobachteten sie ganz andächtig und selbst Ramon schien nicht merklich nervös zu sein, weil es den Anschein hatte, sie würde nicht anfangen wollen zu tanzen. Hiraya setzte jetzt zu den ersten Seitwärtsschritten und Hüpfern an. Die Musik ließ sie abgleiten in die Routine wie in der Garage, dem Raum, in dem sie ausgebildet wurde. Von Minute zu Minute verwandelten sich ihre Bewegungen immer mehr zu gewagteren Figuren. Sie begann Pirouetten-Dreher mit erhobenen Armen zu zeigen und zögerte, einen ›Doppler‹ einzubauen. Mit wiegendem Oberkörper tanzte sie seitlich hin und her und wechselte die Seiten, wo sie vor dem dritten Taktschlag Zuflucht suchen musste. Einige der zuschauenden jungen Leute begannen mit zu klatschen, was ihr unbewusst weiteren Auftrieb gab. Ihre Nervosität war wie weggewischt, überdeckt von der Musik und den knallenden Lauten der Hölzer. Als der Auftakt zur Höhepunkt-Melodie ertönte, wollte sie es wagen und trippelte in einer schnellen Doppelschrittkombination zwischen die Hölzer, schaffte sie perfekt und wollte in gleicher Weise über die andere Seite hineingehen, als ihr Fuß in die Zange genommen wurde und sie den schmerzhaften Schlag gegen ihren Knöchel spürte. Die Jungs stoppten sofort und legten die Hölzer ab. Ramon winkte dem Jungen an der Soundanlage zu, er solle die Musik anhalten und wurde ganz ernst. Hiraya stand wie angewurzelt da, zwischen den abgelegten Bambusstangen. Ein Mädchen in der Bewerbergruppe verbarg ihr Gesicht mit den Händen, andere drehten sich weg oder schauten auf den Boden. Einer der jungen Typen blies sein Kaugummi auf und grinste schadenfroh. Doch Ramon hatte das gesehen. Mit bissigem Blick drehte er sich zu ihm um und herrschte ihn an.

»Deine Show ist zu Ende. Bitte geh! Respektlos!«

Mit hochrotem Kopf schlich der Junge hinaus. Sie stand immer noch so da, kerzengerade, dabei rannen die Tränen lautlos an ihren Wangen herunter. Wortlos wollte sie sich jetzt ihr Urteil abholen und presste die Lippen zusammen.

»Manuel!?«

Sie begriff nicht, was jetzt kommen würde. Ramons Augen blitzten, als er sie ansah.

»Noch einmal, Klassikvariante. Führ ihre Hände und dann tanzt ihr hintereinander.«

Nun schien dieser Mann tatsächlich mit seinen Worten zu ringen. Er atmete tief ein.

»Und du hörst bitte auf, mich beeindrucken zu wollen.«

»Opo.«

»Dass du bei Jason in die Schule gegangen bist, weiß ich. Der alte Hochstapler, aber er war der Beste. Hilaria konnte zehn Doppelschrittkombinationen hintereinander, und er auch. Übrigens, inklusive Pirouetten.«

Hiraya schluckte, doch es war nichts Feuchtes in ihrer Kehle mehr. Sie war völlig überwältigt und zerbrach sich den Kopf, wie ein Tinikling-Tänzer zehn halbe Drehungen bei drei Dreifachschlägen tanzen konnte, ohne nach dem zehnten Mal nicht aus dem Takt für die nächste Performance zu geraten und dies auch noch im Tempo eines ›Dopplers‹.

»Du tanzt jetzt so, wie du es wirklich kannst, und nicht mehr! Musik!!«

Manuel flüsterte ihr zu: »So wie vorhin. Ich führe dich einfach. Du musst keine Angst haben. Wenn er so ist, findet er dich gut. Los...«

Manuel und Hiraya starteten in wunderbarer Synchronität und schritten zwischen die Stangen. Auf einmal konnten alle in diesem Saal ein Paar sehen, das kunstvolle Lieblichkeit zum Ausdruck brachte, in geschmeidigen Bewegungen ihrer Oberkörper, während sie sich trippelnd und hüpfend zwischen den Stangen drehten und wiegten. Jason kam heran und stand jetzt neben dem Choreografen, der ihn immer wieder von der Seite beobachtete. Hiraya schwebte förmlich in einem Zustand ganzen Glücks, dabei fühlte sie diese helfenden Hände des jungen Tänzers hinter ihr, dessen Bewegungen völlig gleichförmig mit ihren in einer perfekten Harmonie verschmolzen waren. Doch nun hörte sie wieder diesen Auftakt in der Musik und plötzlich drang sein sanfter Ruf in ihr Ohr: »Doppler.«

Sie tat es einfach, dachte nicht ans Scheitern und ging nur mit ihm zusammen unter den Klängen der anschlagenden Hölzer. Sie trippelte plötzlich so souverän in der Schrittabfolge so wie er, im gleichen Tempo, und nichts konnte sie mehr stoppen. Sie spürte, dass Manuel keine Anstalten machte, langsamer zu werden, tanzte einfach weiter und merkte gar nicht, dass sie zu den drei Takten ohne Unterbrechung sechs Schritte vollführte.

»Halt! Das genügt!«

475

Die Musik hörte auf und tief atmend hüpfte sie noch zum Ausklang ein paar entspannende Schritte. Manuel indes bedankte sich höflich.

»Es war mir eine Freude. Sir Ramon, darf ich ihr Tanzpartner sein, falls... du sie nimmst?«

Hiraya blickte auf Ramon und Jason, der steif wirkte. Gerry hatte die ganze Zeit über zugesehen und eine ältere Dame stand neben ihm. Sie trug ein edles Filipiniana-Kleid mit Stickereien an den ›Sleeves‹ und die hochgesteckten Haare mit einer Blumenspange geordnet. Ramon klatschte leisen Applaus, was die anderen nun ansteckte. Ein kurzer, lauter Beifall war es nur, aber so bedeutend. Er zeigte mit dem Kopf in Richtung der älteren Dame, die ganz sanft lächelte, sonst aber etwas streng wirkte.

»Sie ist die Revueleiterin. Geh zu ihr.«

Mit der Hand in Hirayas Richtung zeigend, fragte Ramon nun laut in die Runde: »Wollt ihr noch vortanzen?«

Die meisten nickten und ein Mädchen rief: »Ja, ich will!«

Er bat die anderen um eine Pause und versprach, dass es in zehn Minuten weitergehen würde. Hiraya wollte sich nur bedanken, dass er ihr die Chance gab, es ein zweites Mal zu versuchen, doch Ramon antwortete nicht und ging einfach hinaus. Jason lehnte mit dem Rücken an der Wand und Hiraya sah, dass er anfing zu weinen, ganz stumm und ohne ein Wort zu sagen.

»Junge Frau?«

»Opo...«

Die freundlichen Blicke der würdig aussehenden Frau in dem Filipiniana wirkten so einladend und beruhigend.

»Ich heiße Hiraya po. Ich verstehe nicht...«

476

»Mein Name ist Hilda Salalilang. Du darfst nämlich jetzt Mitglied der Philippine Tinikling Dancers Revue sein. Du hast überzeugt.«

Frau Salalilang nahm ihre Hand und bat sie, mit ihr in ein Büro zu kommen. Als sie auf Jason trafen, der sich wieder mit Gerry unterhielt, begrüßte sie ihn sehr respektvoll.

»Na Jason?«

»Ate Hilda?«

»Schön, dass du uns wieder besuchst.«

»Ich habe es heute wirklich gerne getan.«

»Ist es wahr, dass sie durch deine Schule gegangen ist?«

Er zuckte sanft mit den Schultern und wirkte dabei so demütig.

»Willst du nicht doch als Trainer wiederkommen?«

»Nein, Ate Hilda. Mein Leben hat einen anderen Sinn, der wichtiger geworden ist.«

»Ja, deine Religion. Und warum sie?«

»Ich musste etwas wiedergutmachen.«

Frau Salalilang hob verwundert die Augenbrauen, sah Hiraya an und empfand Gefühle wie eine Mutter zu der eigenen Tochter.

»Ich lasse erst die Formalitäten erledigen. Und dann lade ich euch zum Essen ein.«

Hiraya ging mit ihr und schaffte es immer noch nicht, das alles als Realität zu begreifen.

Hiraya sah sich in dem hübsch eingerichteten Office um. An allen Wänden hingen unzählige Bilder von Tanz-Events und Gruppen in den bunten Folklorekostümen. Oft trugen die Mädchen diese Filipiniana-Blusen mit Schmetterlings-ärmeln und mittellange Röcke in den klassischen Web-mustern. Frau Salalilang sah, dass Hiraya wie gebannt auf eine bestimmte Bilderserie starrte.

»Mam, dort sind Ate Hilaria und Kuya Jason zu sehen.«

»Sie waren großartige Tänzer und ein eingespieltes Paar. Ich bewunderte damals ihre Liebe zueinander und zu dem, was sie dort taten.«

Hiraya entschuldigte sich, weil sie auf die Bilder fixiert war und die Aufmerksamkeit nicht ihr zuwandte.

»Schon gut. Du weißt, dass es eine Ehre sein kann, bei uns aufgenommen zu werden, doch du musst deine eigene Entscheidung treffen, wenn ich dir jetzt erkläre, was wir erwarten.«

Sie nickte und war ganz Ohr, als Frau Salalilang ihr die Statuten der ›Tinikling Dancers‹ zu erklären begann. Vieles war so neu für sie. Dass manchmal ein harter Drill bei den Tanzproben herrschen würde, bereitete ihr weniger Sorge als die Tatsache, dass sie ihr zukünftiges Familienleben dieser Karriere unterzuordnen hätte.

»Kannst du drei Jahre dafür opfern, Hiraya?«

»Das würde ich tun, Mam.«

»Bist du sicher? Verstehe mich nicht falsch, wenn ich dich jetzt etwas Persönliches frage.«

Sie ahnte, welche Art Frage wohl kommen würde. Ein wenig kribbelte es, als Ricardos Gesicht für Sekundenbruchteile vor ihren Augen aufpoppte.

»Möchtest du heiraten und schon Kinder bekommen?«

»Mam, ich habe zu ihm gesagt, dass ich mir sehr wünsche, dass er wartet und ich glaube, er will das auch tun.«

»Du bist also verlobt?«

»Noch nicht wirklich...«

Sie zögerte. In ihrem Körper schlugen unweigerlich zwei Herzen zugleich und sie wollte es vor ihr verbergen. Hilda Salalilang hatte sie aber durchschaut und schmunzelte.

»Du bist gerade einmal 19. Ich könnte jetzt sagen, diese Jahre würden schnell vorbeigehen, aber für manche Kerle ist schon ein Jahr zu lang. Ich hatte meine Jugendliebe verloren, weil ich tanzen wollte. Später bekam ich diesen Segen zurück, habe eine Familie und vier Kinder. Doch wenn man jung ist, liegen die Prioritäten anders.«

So hart hatte sie geübt, trainiert und sich oft die Knöchel geprellt. Sie war sicher, dass es ihre Berufung sei, nun stachen diese Worte. Wieder bekam sie eine Entscheidung vorgelegt, die so einschneidend sein würde. Frau Salalilang wartete ab, sah sie mit einem gütigen Ausdruck im Gesicht an und legte ihr ein Schriftstück hin.

»Lese es dir bitte gut durch und treffe deine Entscheidung, wie es dein Herz sagt. Doch überlege gut vorher und berate dich mit deinen Eltern, denn sie verdienen Respekt.«

Als sie Hirayas schlagartig einsetzende Niedergeschlagenheit in den Augen sah, fragte sie sofort, was los sei.

»Meine Mutter starb letztes Jahr. Entschuldigen Sie bitte... Wenn sie erleben könnte, wie ich tanze, wäre es für mich eine riesige Freude.«

Frau Salalilang stand auf und setzte sich neben sie auf die Kante des riesigen Schreibtisches. Sofort streckte sie die Hände aus und Hiraya konnte nicht anders, als ihre Finger ergreifen. Wenn auch ihre leibliche Mutter nicht mehr bei ihr war, so erstaunte es sie, erneut eine solche Begegnung zu erleben. Hiraya weinte nicht, sondern fühlte sich in diesem Moment einfach nur geborgen.

Imelda lief geistesabwesend in der Küche hin und her und vergaß, dass sie eigentlich ein Huhn schlachten wollte. Vor drei Minuten hatte Hiraya aufgelegt und immer noch hielt sie das Mobiltelefon in der Hand. Sie fasste den Entschluss, erst zu Kezia zu gehen und überließ die ganze Küchen-arbeit lieber Sally, die sich wie ein Kind über die Neuig-keiten freute. Kezia hätte ihren Pragmatismus nie ablegen können und schien nicht glauben zu wollen, was sie in jenen Augenblicken aus Imeldas Mund erfuhr.

»Hiraya ist in dieser Tanz-Show aufgenommen worden. Sie redete wie ein Wasserfall über diese tolle Truppe und einen Trainer, der einen Zopf trägt. Meine Güte!«

»Das sind Künstler.«

Gerald hatte seinen kleinen Juanito auf dem Arm und nahm die Botschaft nur ausdruckslos zur Kenntnis. Bei seiner Frau würde es lange dauern, bis sie sich dazu durch-ringen könnte, den Neuigkeiten ihrer Schwester in der Tanz-Revue mit freudiger Anteilnahme zu begegnen. Die Kunst oder der Showbiz hatten für sie keine Bedeutung im Leben und es erschien ihr wirklichkeitsfremd, was Hiraya dort tat. Auch wenn sie ihre Schwester sehr liebhatte, sie war für diese Art von Leben nie aufgeschlossen gewesen.

Ricardo fühlte jetzt eine tosende Niedergeschlagenheit. Seine Angst, sie könnte ihn vergessen, durchdrang erneut sein Herz. Würde sie beim Anblick des zierlichen Goldrings an ihrem Finger das Zeichen eines Bundes sehen, den sie ihm mit diesem ersten Kuss damals zu bestätigen schien? Imelda war forsch und appellierte an seinen Tatendrang. Er gehorchte und ging auf sein Zimmer. Sie redeten lange am Telefon, so lange, dass ihm wohlig wurde.

»Ricardo, ich habe mich bei dir nie wirklich bedankt, weil du mich in Manila finden wolltest.«

»Ich musste es tun, Hiraya. Kommst du bald?«

»Noch nicht.«

»Deine Revue, oder?«

»Ich muss jetzt hart trainieren. Schon in einem Monat könnte ich ausgewählt werden, in einer Show zu tanzen.«

Er versprach ihr bestimmt zehnmal, ihren Tanz anzusehen, wenn es eine Möglichkeit dazu geben würde. Langsam überzog die Abenddämmerung das Land. Nachdem sie auflegte, glaubte Ricardo zum ersten Mal, dass er sie als der erste Mann mit ganzen Sinnen glücklich machen und Haut an Haut lieben würde.


Hiraya erfuhr nach vier Wochen intensivem Training etwas, dass ihr junges Herz in ekstatische Freude versetzte. Doch sie wollte es nicht ungestüm herumerzählen und nur die Villanuevas hörten die Details. Letizia schockte die Neuigkeit, denn sie wollte ihre große Freundin so gerne immer bei sich haben.

»Ich bin doch nur drei Tage weg.«

Letizia verstand es, schluchzte aber noch ein bisschen. Jasons Alltag hatte ihn wieder vereinnahmt, musste er ja keine langen Erklärungen mehr für ihre Tanzkunst zum Besten geben. Sein Leben drehte ich um seinen Glauben, den Dienst für die Community und seine wunderbare

Familie, denn das Tanzen hatte er für sich ›ad acta‹ gelegt, was Hilaria beruhigte.

»Du brauchst mich nicht mehr, kleine ›Tinikling‹.«

»Nein!«

»Nimm es bitte als das an, was es ist.«

»Ich werde nie vergessen, was ihr für mich getan habt.«

»Vergiss bitte nicht, wem du danken musst. Und du weißt, dass es nicht allein um den Tinikling geht.«


Der kurze Ton aus dem Handy ließ Imelda aufhorchen. Sie tippte auf die Textnachricht und fühlte einen plötzlichen Druck im Bauch. Sie murmelte »Was?« vor sich hin und lief ins Wohnzimmer. Roberto las in der roten Bibel und genoss den Kaffee, der auf dem Beistelltisch in seiner Lieblingstasse dampfte.

»Roberto? Deine Tochter macht es aber spannend.«

»Spannend?«

»Sie fliegt nach Melbourne. Ich muss unbedingt Remedios anrufen.«

Er schaute ihr hinterher und verstand gerade nicht viel. Man hörte hektisches Gemurmel aus der Küche. Sally rief laut quietschend: »Inday tanzt in Australien?«, was ihn endlich aufmerken ließ. Roberto rannte zu Imelda, die mit der jungen Köchin aufgeregt auf das Handy starrte.

»Deine Tochter wird morgen in einer Folklorevorstellung rumhüpfen.«

Hirayas Vater kratzte sich am Kopf, wirkte staunend, auch wenn er insgeheim schon den Wunsch verspürte, sie eines Tages bei einem Live-Event tanzen zu sehen. Dabei dachte er aber nur an Manila oder eine kleinere Stadt im lokalen

Rahmen. Melbourne? Australien? Alles kam ihm gerade so unwirklich vor.

»Wer hat ihr Flugticket bezahlt?«

Imelda hatte keine Ahnung, wie sich die Revue eigentlich finanzierte, doch über diese Neuigkeiten war sie mehr als verblüfft. Jetzt stieg sogar ein wenig Verärgerung in ihr empor, weil das Mädchen niemanden aus ihrem Zuhause eingeweiht hatte.

»Das Roaming wird teuer.«

Sally sprang hinzu und meinte aufgeregt, man könne sie doch über Textnachrichten ausfragen.

»Mach du das.«

»Werde ich gleich machen. Ich freue mich so für Inday!«

Sie schrieb mit Hiraya, die in ihrem Hotelzimmer mit drei anderen Tänzerinnen auf dem King Size Bett hockte, den ganzen Abend lang hin und her. Sie konnte am nächsten Morgen jeden in der Familie über dieses Tanzfestival und Hirayas Premiere einweihen und hoffte, dass die WLAN-Box auf dem Dalandan-Baum nicht ausgerechnet dann schlappmachen würde.

Alles an diesem Ort war überwältigend für sie. Schon die Fahrt vom Hotel in dem gemieteten Bus ließ Hirayas Atem stocken. Diese australische Stadt bot mit ihrer ganzen Architektur und Lebendigkeit Dinge für ihre Augen, die sie vorher nur aus Büchern oder Videoclips kannte. Lachend unterhielten sich die Revuetänzer miteinander, während Ramon vorne neben dem Fahrer saß und nur konzentriert auf die Straße vor ihm starrte.

Hinten im Bus stapelten sich die King-Size-Koffer, in denen die gesamte Tanzkleidung verstaut worden war. Auf dem Mittelgang lagen die vier verschnürten Stangenpaare, eingehüllt in Tücher. Hiraya schaute nur aus dem Fenster auf die vorbeiziehende Häuserlandschaft und den lebendigen Verkehr. Trotz aller Neugier war sie im Kopf vorbereitet und nur deshalb nervös, weil es ihr erster öffentlicher Auftritt werden würde. Langsam bogen sie in einen Parkplatz ein, hinter dem eine imposante Halle zu sehen war. Hiraya sah viele Busse, um die Gruppen von Festivalteilnehmern standen. Manche trugen bereits Tanzkleidung. Es waren viele Asiaten unter ihnen und sie konnte koreanische und thailändische Schriftzüge erkennen, die auf Schildern an diesen Bussen prangten. Nachdem die Tür aufging, befahl Ramon den Jungs, die Tinikling-Stangen nach draußen zu bringen. Die Mädchen mussten ihre Koffer selbst tragen und taten es mit ausgelassener Stimmung. Der australische Busfahrer mit seiner Sonnenbrille wunderte sich über die langen Gebilde und schien kein Interesse an Tanzfolklore zu haben. Schweigend beobachtete er die jungen schwarzhaarigen Frauen mit einem genüsslichen Grinsen. Ein Empfangskomitee begrüßte Ramon und sein Gefolge. Zwei Hostessen wiesen der Tanztruppe den Weg zu ihren Umkleideräumen. In nur drei Stunden sollte es losgehen.

»Bitte kommt alle mal zu mir!«

Auch wenn den Tanzgästen ein schmackhaft aussehendes Buffet angeboten wurde, verlangte Choreograf Ramon von allen, die Finger von den schweren Gerichten zu lassen, erlaubte nur Obst und das sie ausreichend trinken sollten. Er ging zu jedem seiner Schützlinge, um eine persönliche

Ermunterung zu Ausdruck zu bringen. Hiraya hatte schon während all den Trainingsstunden verstanden, dass dieser Mann seine Tänzer und Tänzerinnen nicht als uniforme Figuren in einem großen Getriebe sah, sondern jede Stärke und jeden sensiblen Punkt jedes Einzelnen erkannte und seine Anleitung auch ihnen so angedeihen ließ. Hiraya war gerade mit ihrem weißen Filipiniana-Kostüm beschäftigt, als Ramon auf sie zukam.

»Nervös?«

»Es geht, Kuya Ramon.«

»Weißt du eigentlich, woher ich komme?«

Sie ahnte schon, dass er nicht aus Luzon stammen konnte. Er hatte einen Visayas-Dialekt in seiner Wortperformance, doch getraut hatte sie sich nie, ihn zu fragen.

»Ich bin aus Capiz.«

Sie fing jetzt an, in Hiligaynon mit ihm zu reden. Er hatte es gewollt, denn es sollte der Schlüssel sein, ihre letzte Angst zu überwinden.

»Komm mal her.«

Hiraya trat schüchtern vor. Seine Arme umschlangen sie sanft, ja beinahe zärtlich.

»Hiraya, du wirst heute Abend zum ersten Mal zur Diva.«

»Ich hoffe, dass Daddy mir zusieht.«

»Das tut er bestimmt.«

Nun flüsterte Ramon ihr ein paar Kommandos ins Ohr, die ihre letzte Furcht wegwischten.

»Erinnere dich immer daran, was Jason dir sagte. Vertraue auf Gott, vertraue dem Klang der Stangen und Manuel, der deine Hände nicht loslassen wird, selbst wenn ihr euch im Solo nicht berührt.«

Hiraya nickte gequetscht, wollte sich die tränenbenetzten Augen trocknen, hatte aber kein Tissue zur Hand.

»Hier, Hiraya.«

Sie nahm das Taschentuch, dass ihre Kollegin Melissa ihr hinstreckte. Diese hübsche Tänzerin war seit vier Jahren in der Revue. Ein selbstsicheres Mädchen, das einen ausgesprochen akrobatischen Stil entwickelt hatte und mit ihrer Souveränität die anderen in der Truppe anspornte. Ihr eigentlich aus dem akrobatischen Ballett stammender ›Butterfly‹-Sprung galt als eigenes Markenzeichen.

Als der Moderator bei laufenden Kameras den Zuschauern auf den Rängen die philippinische Abordnung ankündigte, konnten Hiraya und ihre Tanzpartner seine Worte laut hören, wurden sie doch auf Lautsprecher und Monitore hinter dem hohen Vorhang übertragen. Der schwere Stoff teilte sich und langsam öffnete sich die Bühne vor ihnen. Vier Tänzer rannten mit ihren Stangenpaaren hinaus und streckten die Arme einladend in Richtung des Publikums, das einen Anfangsapplaus ertönen ließ. Hiraya konnte nur Umrisse unzähliger Köpfe auf den Rängen unter der Dunkelheit des Raumes erkennen. Hätte sie wirklich sehen können, wie viele Filipinos unter den Zuschauern waren, hätte sie es wahrhaftig ins Zittern bringen können. Sie hielt Manuels Hand und lächelte freudig, über ihr das Licht der bunten Scheinwerfer, die schräg von oben auf alle hinabstrahlten. Und nun gingen sie raus, hintereinander. Zwei Tanzpaare, und sie wollte alles geben, bei diesem ersten Mal.

»Geht es!?«

»Verbindung steht.«

Imelda, die das Internet noch immer als Wunder begriff, war ganz aufgeregt und musste es Kezia und Sally überlassen, das Tablet einzurichten. Sie saßen alle zusammen unter dem Dalandan-Baum. Roberto und drei seiner Farmarbeiter standen hinter ihnen. Sally googelte ›Asian Dance Folklore, Melbourne‹ und fand die Liveübertragung sofort. Kezia hatte Juanito auf dem Arm, während Gerald seine schlafende Tochter an die Schulter gebettet hielt. Auch sie wollte nicht abseitsstehen und fieberte mit ihrer kleinen Schwester mit. Kurz vor Hirayas Rückkehr nach Manila gab es diese bedeutende Nacht, in der sie beide ihre Herzen ausschütteten und bis zur Erschöpfung all ihre Gefühle herausschrien und sich am Ende gegenseitig vergaben und weinend in den Armen lagen.

»Wann geht's denn bei ihr los?«

»Noch tanzen die Thais, siehst du doch.«

Geduldig warteten sie in der Dämmerung, als Sally aufsprang.

»Er kündigt die ›Philippine Dancers‹ an!«

Wie eine zusammengequetschte Hühnerhorde rückten sie vor dem Tablet-Bildschirm zusammen und hörten die Ankündigungsworte des Showmasters in einem schwarzen Anzug und der bunten Krawatte, die etwas deplatziert wirkte. Als die vier jungen Männer mit den Bambusstangen auf die Bühne liefen, begann Kezias Herz zu trommeln. Imelda weinte bereits, nur die Farmarbeiter blickten ohne große Gefühlsregungen auf den Bildschirm.

»Wenn sie jetzt stolpert?«

»Meine Tochter wird nicht stolpern.«

Kezia schielte nach links zu ihrem Vater, der mit verschränkten Armen und voller Zuversicht dastand.

»Sie hatte einen guten Lehrmeister und hat Gutes getan. Gott wird sie belohnen.«

Kezia runzelte mit der Stirn und atmete etwas japsend. Ihr Vater wirkte so verändert. Die Vorstellung begann und sie sahen diese beiden Männer in ihren weißen Barongs und zwei Mädchen in ihren bezaubernden weißen Blusen mit scheibenförmigen Halbärmeln und den dazu passenden Röcken, und eine dieser Kombinationen trug Robertos jüngste Tochter.

»Papa! Komm doch!«

Letizia bekam fast eine Schnappatmung und zerrte ihren Vater am Arm ins Wohnzimmer, wo Hilaria still auf dem Sofa vor dem Computerbildschirm saß.

»Sie tanzen seit drei Minuten. Wo bleibst du denn, Jason?«

Er setzte sich, sah auf den Bildschirm und wollte kein Wort sagen, nur zuschauen, wobei sein ganzer Leib innerlich vibrierte. Still sahen die Villanuevas dem Geschehen zu, welches aus Melbourne übertragen wurde.

»Papa, das ist super!!«

Jasons Tochter hockte im Schneidersitz vor dem Computer und glotzte mit einem Strahlegesicht auf ihre Freundin, die gerade einige tausend Kilometer entfernt war und zum ersten Mal erlebte, wie sich ihr Traum von einst leibhaftig erfüllte. Jason wirkte zufrieden, doch er kannte Ramons Choreografien und begann unruhig zu werden.

»Sie werden bald in die Finalmelodie kommen.«

»Was denkst du, Schatz?«

»Melissa gehört zu den besten Tinikling-Tänzerinnen auf den Philippinen. Hiraya und sie trennen noch Welten. Und wenn Ramon den ›Jump‹ eingebaut hat, hoffe ich, dass sie nicht vergisst, zurück zu gehen, wenn sie springt.«

»Manuel macht das schon.«

»Puuh... Komm, Mädchen, zeig mir, was du gelernt hast.«

»Das schafft sie.«

»Vier Boys an den Stangen? Melissa wird ihren ›Butterfly‹ springen. Er ist ihr Highlight, das weißt du.«

»Sie wird es schon nicht vergessen haben.«

Die Musik schwoll jetzt an und Jason kannte diese Melodie genau. Hiraya performte ihre Trippelschritte in völliger Einheit mit Manuel auf diesem Bühnenboden aus Holz, tanzte locker mit den Händen am Rock, keck wie dieser Vogel, der sich mit seiner Auserwählten zu einem Rendez-vous traf. Das bunte Licht aus den Scheinwerfern und das rhythmische Klatschen der vielen Händepaare aus dem Publikum ließen keinen Raum mehr für Unsicherheit. Manuel gab ihr so viel Selbstvertrauen. Sie achtete nur auf das Knallen der Stangen zusammen mit der Musik und drehte sich jetzt, mit dem Rücken zu ihm, Manuel fasste ihre Hände, und weiter ging es mit den normalen Drei-sprung-Hüpfern, bis er ihr zurief: »Dop!«

Sofort trippelten sie im Sechsertakt bei diesen immer noch stoisch präzisen Dreitaktschlag der Bambusstangen.

»Zurück!«

Hiraya drehte sich zurück, sprang aus den Stangen heraus, völlig in sekundengenauer Übereinstimmung mit ihm, als die Performer die jeweils linke Stange losließen und ihre rechte Stange schräg nach oben kippten. Hiraya tanzte trippelnd in diesen rasend schnellen Hüpfern weiter und sah Melissa von der Seite kommen, die sich von ihrem Partner löste und zu ihrem Sprung anlief, im rechten Winkel direkt auf die überkreuzten Stangen, die halb nach oben in die Luft ragten. Hiraya konnte sich nicht auf Melissas vorbeifliegenden Körper konzentrieren, sondern nur auf ihre wahnsinnig schnell tupfenden Füße.

Jason blickte durch seine Finger, mit denen er das Gesicht bedeckt hielt. Melissa setzte in jenem Moment zum Sprung an, flog mit nach hinten gestrecktem rechtem Bein mitten über das Stangenkreuz zwischen Hiraya und Manuel hindurch, die nun im doppelt so schnellen Tempo im Takt neben den Bambusstangen weitertanzten, hinter ihr wieder aufeinander zugingen, sich die Hand gaben und erneut in die zurückgesenkten Stangen in die drei Takte eintauchten, als wäre vorher nichts geschehen. Melissa landete elegant und hob dabei die Arme, als wollte sie diese wie einen Kelch in der Luft formen.

Jason sprang auf und riss die Arme hoch. Hilaria konnte nicht mehr ruhig bleiben und weinte.

»Jason, das waren auch wir einmal.«

Die Musik kam zu ihrem Ausklang. Die beiden Tanzpaare und die vier Jungs an den Stangen streckten die Arme aus und ließen ihr Publikum kommen. Die Kamera schwenkte in die Zuschauerränge und viele der philippinischen Gäste waren aufgestanden, applaudierten stürmisch, während die Besucher aus Japan und die Koreaner eher verhalten höflich klatschten. Als die Nahkamera nun auf die beiden Tänzerinnen schwenkte, konnten alle Hirayas Gesicht sehen, das vor erschöpfter Freude strahlte.

490

Imelda wäre fast in Ohnmacht gefallen. Hirayas Vater nahm es gelassen und ging ins Haus, um eine Flasche Rum zu holen. Der sollte noch für Stimmung hier draußen sorgen, denn nach einer weiteren Aufführung war Hiraya wieder an der Reihe, in einer Gruppe aus vier Paaren, die mit acht Partnern an den Stangen eine moderne Komposition zum Besten geben sollten. Und sie meisterte auch diesen Freestyle-Tinikling fehlerlos.

Nach der Aufführung saßen alle erschöpft, aber ungemein glücklich im Umkleideraum, als Ramon zu ihnen sprach.

»Ihr wart würdig, unsere Kultur an diesem Ort zu vertreten und ihr habt außergewöhnlich getanzt! Hiraya?«

Sie schämte sich, weil er sie mitten unter den anderen so ansprach.

»Du hattest heute deinen Einstand und du hast ihn verdammt gut gemacht. Ich habe großen Respekt davor, was du in so kurzer Zeit gelernt hast.«

Die anderen Mädchen umarmten sie und gratulierten. Sie war also nicht nur das Nesthäkchen in ihrer Familie, sondern nun auch hier in der Revue.

Am nächsten Tag wurde die Vorstellung wiederholt. Die Truppe hatte am letzten Tag vor der Abreise noch Gelegenheit, die Stadt zu erkunden, bevor es wieder zurück auf das Inselreich gehen sollte. Für das Mädchen Hiraya war dieses internationale Flair eine wunderbare Offenbarung. Sie, die in einem Provinznest mitten unter Reisfeldern aufwuchs, entdeckte nun Dinge, die unglaublich interessant und schillernd waren.

Ricardo wirkte lustloser als sonst und sein Gesichtsausdruck war für Imelda schon Anzeichen genug, dass er zu leiden schien.

»Sie hat so wunderbar getanzt.«

Imelda setzte sich neben ihm ins Gras. Ihre Bereitschaft, ein offenes Ohr zu schenken, ließ ihn sein Herz ausschütten und alle seine aufgekommenen Bedenken.

»Dieser Mann, mit dem sie zusammen tanzen muss. Sie wird mich vergessen. Ich bin kein schillernder Typ, der die Welt kennt.«

Imeldas Augen ließen ihn nicht los, dabei schmunzelte sie.

»Du hast das, was er nicht hat. Deine Liebe zu ihr.«

»Aber versteht sie das? Er wird sie sicher begehren.«

»Du kennst Hiraya wirklich nicht. Aber du bist doch ein Mann mit Tatkraft.«

Ricardo überlegte, was sie andeuten wollte.

»Zweimal warst du in Manila, Junge. Worauf wartest du denn noch?«

»Aber ich habe gehört, dass sie sich irgendwie bei dieser Tanztruppe verpflichtet hat.«

Imelda hatte bereits diese Einzelheit mitbekommen. Die richtige Lösung war für sie trotz ihrer konservativen Haltung klar und im Finden offener Worte war sie nicht kleinlich, was Kezia manchmal erstaunte und ihr Gesicht erröten ließ.

»Muss man immer sofort Kinder in die Welt setzen?«

Er zuckte mit den Schultern und benahm sich jetzt ein wenig genierend.

»Es ist eine natürliche Angelegenheit und heutzutage gibt es Methoden. Müssen wir immer so denken wie störrische

Esel der Generationen von früher? Wenn ihr beide älter seid, könnt ihr eine ganze Kinderschar zeugen.«

»Sie kann ihr Leben nicht gleichzeitig für mich und diese Tanzerei hingeben.«

»In gewisser Weise wirst du Opfer bringen müssen. Aber du könntest als Ehemann beweisen, wie sehr zu sie achtest, wenn du ihr diese paar Jahre schenkst.

»Ich soll ihr einen Heiratsantrag machen?«

Imeldas Augenbrauen hoben sich keck, zweimal. Ein süßes Zwinkern, das mehr ausdrückte als lange Worte.

José kam zur Haustür hereingestürmt und rief: »Dolores?« Sie war mit Kochen beschäftigt, als er in ausgelassener Stimmung zu ihr ging und ein Bündel Papiere in die Höhe hielt.

»Ich habe alle Dokumente zusammen. Lass uns das Aufgebot bestellen.«

Dolores lächelte nur. Solch wohlige Gefühle vermisste sie in all den Jahren zuvor so sehr, auch wenn die Gedanken über ihre Fehler im Leben sie jeden Tag stärker heimsuchten. Seit sie aus der Hauptstadt kam, nach diesem Treffen mit Hilaria, wollte sie nur noch eines, den echten Sinn in ihrem Leben haben.

»Und wenn du willst, adoptieren wir zwei Kinder, wenn es nicht klappt bei uns. ›Dol‹, bitte!«

»Ja, José.«

Er umarmte sie, streichelte über die zarte Haut ihrer Schultern.

»Kann ich jemals ein gutes Leben führen?«

»Wir beide gemeinsam.«

»Wenn die Kleine mir nicht vergeben hätte, wäre ich im Gefängnis. Das weißt du?«

Sie nahm seine Hand beiseite, um nach dem Smartphone zu greifen. José dachte jetzt, sie hätte keine Lust, mit ihm darüber zu reden. Dass sie in letzter Zeit mehr mit ihrem Smartphone als früher beschäftigt war, hielt er für eine neue Passion für Dinge aus dem Internet. Dolores mochte das Lesen von gedruckten Heftchenromanen lieber, doch seit sie Hiraya besser kennengelernt hatte, änderte sich das. José schaute auf den Videoclip, der auf dem kleinen Bildschirm dahinflimmerte.

»Sie zieht ihr Ding durch.«

»Wo ist das?«

»Australien.«

»Jedem das Seine. Ich kann nicht tanzen.«

»Ich verstehe es einfach nicht, José. Ich wollte ihr Gesicht entstellen und jetzt sehe ich so etwas.«

Dolores hatte sich dieses Video unzählige Male angesehen. Anfangs war die Tanzdarbietung alleine das, was ihr imponierte. Mehr und mehr aber rückte das Mädchen Hiraya in ihr Gewissen und ihr Herz. Die Ereignisse spulten sich in ihrem Kopf ab, wie ein wiederkehrender Film-Clip. Was diese junge Frau dort schaffte, gab ihr einen Antrieb, den sie in solcher Weise nie zuvor so fühlen konnte. Sie blickte José an und war sich sicher. Ihr neuer Lebensstil und eine Zukunft, die nur für einen kurzen Moment in ihren Gedanken langweilig erschien, doch das war, was sie wirklich wollte.

In Ricardos Nachbarschaft kursierten die Neuigkeiten über seine dritte Reise in die Hauptstadt unaufhaltsam. Die

Beliebtheit Hirayas hatte in dem Jahr, als sie verschwand, gelitten, doch alles schien vergessen in der kleinen Stadt, in der sich Geschichten wie ein Lauffeuer verbreiteten. Die Story um ihre neue Karriere, die waghalsige Art, wie sie mit der erbitterten Feindin Frieden schloss und nun eine süße Liebesgeschichte? Die älteren Frauen auf dem Marktplatz tuschelten verhalten, die jüngeren nutzten lieber Textnachrichten. Die Generationen waren verschieden, die Mitteilsamkeit gleich und aufgeregt waren sie alle, weil eine Profitänzerin aus ihren Reihen hervorging, die nun auf den Bühnen Asiens ihre Kultur zum Ausdruck brachte.

»Remedios! Meine Tochter hat mir einen Film auf ihrem Telefon gezeigt. Ist das wahr?«

Señora Remedios kippte sich den letzten Schluck Rum aus dem Glas in die Kehle und wischte sich über den Mund. Estelita, die Store-Besitzerin von nebenan, fuchtelte ganz aufgeregt über ihre Neuigkeit, die ohnehin keine mehr war.

»Die ganze Stadt weiß es. Hiraya Sinilang, die ›Bunso‹. Nicht mal die Eierschale vom Kopf, aber Mut. Bei einer Tanz-Revue ist sie. Ich glaube es immer noch nicht. Komm her, trink einen Braunen.«

Die beiden alten Frauen genossen den Rum. Das Palaver über all diese verrückten Geschehnisse der letzten Monate tat ihnen in diesen Augenblicken gut.

»Diese Dolores werde ich trotzdem drankriegen.«

»Wollen wir das nicht endlich vergessen? Das Mädchen und sie scheinen sich mittlerweile gut zu verstehen.«

»Dieses Weibsstück hat sich ihre Narbe wegoperieren lassen. Ich frage mich, woher sie das Geld hatte. Das hat die nicht durch ehrliche Arbeit verdient. Hiraya war naiv.«

Estelita packte ihren Arm und gebot der Worttirade Einhalt.

»Remedios! Du bist doch nur sauer, weil an der Sache auf Boracay nichts dran ist. Sie hatte mit den Foreignern nur ein Techtelmechtel und keine Kreditkarten geklaut. Dein Schwager hat das doch rausbekommen.«

»Trotzdem.«

»Du weißt nicht alles.«

»Was soll ich nicht wissen?«

»Hirayas Vater hat ihre Operation bezahlt. Das wird dich umhauen. Und was noch besser ist, seine Tochter wollte es so und hat ihn angebettelt, Land dafür zu verkaufen.«

Remedios schloss die Augen und pustete.

»Sie ist mit ihr zu dem Schönheits-Chirurgen nach Manila gefahren, gemeinsam.«

Gewiss hatte Remedios schon drei Gläser getrunken, aber dafür war sie noch voller Auffassungsgabe, wobei ihr altes Herz zu stechen begann.

»Wir waren die Generation, welche die Ehre und die Moral hochhielten. Der Schein der unbefleckten Familie. Wir waren stolz, wenn unsere Kinder es uns nachmachten. Ja, Remedios, wir haben andere verurteilt und gingen dann zur Beichte. Doch dieses junge Mädchen musste uns zeigen, wie man einen Krieg gewinnt, der mit Unbarmherzigkeit nie hätte gewonnen werden können.«

Die Señora starrte stumm auf den Boden, fühlte zum ersten Mal Reue, was sie in diesen Sekunden enorme Überwindung kostete. Sie stand langsam auf, reagierte mit einem genuscheltem »Danke« und verließ den Laden. Die Kunden und die Mädchen an der Kasse blickten ihr schweigend hinterher und wussten, dass etwas geschehen war, das ihre Selbstsicherheit angeschlagen haben musste.

Remedios blickte umher, beobachtete das Treiben auf der Straße und ging los, in diese Seitengasse. Dolores war gerade dabei, ihren Motorroller zu waschen, als die alte Dame langsam näherkam. Erschrocken blickte ihr Dolores in die Augen und blieb stumm, mit dem Schwamm in der Hand, aus dem die Seifenlauge herunter auf ihre Schuhe tropfte.

»Es tut mir leid. Aber du weißt, wie sehr ich Hiraya gern-habe.«

Dolores erschrak eher, als dass sie Abneigung gegen diese Frau verspüren konnte, so wie sie vor ihr stand.

»Du bist in meinem Laden willkommen. Ich freue mich, dass deine Stirn wieder in Ordnung ist.«

Dolores bedankte sich leise, wollte ihr eine Erfrischung an-bieten, aber Remedios hatte sich umgedreht und ging den schmalen Weg entlang zurück zur Hauptstraße.


»Mariella? Ist das dein Ernst?«

Officer Mariella stand vor seinem Schreibtisch, wie beim Appell, mit den Armen verschränkt hinter dem Rücken. Officer Lopez hatte vor Schreck seinen Kaffee verschüttet.

»Du hast geschossen, weil Gefahr im Verzug war. Was hatte diese Frau vor? Warum hast du die Waffe benutzt?«

»Sir, Hiraya und sie haben sich doch gütlich geeinigt.«

»Das spielt hier keine Rolle. Ich frage jetzt nochmal. Hat Dolores Mercado ein Messer gehabt und Hiraya bedroht?«

»Ich konnte nicht genau erkennen, was sie in der Hand hatte, Sir. Ich entschied trotzdem, zu schießen.«

Die anwesenden Beamten aus der Kreisstadt rieben sich am Kinn oder kraulten mit den Fingern im Haar herum.

»Sir, ich werde den Polizeidienst quittieren.«

Alle Augen im Revier waren nur auf sie gerichtet.

»Ich habe gesehen, dass ich mit einer Waffe Schlimmes verhindern kann, aber auch verstanden, dass ich damit keine Probleme löse. Ständig stand ich in diesem Konflikt zwischen Befehlen, Gesetzen und dem, was der Verstand besser entschieden hätte. Ich weigerte mich, das Mädchen zu verfolgen und aus dem Bus zu holen. Ich habe sie gedeckt und das Resultat war gut. Ich konnte sehen, dass sich zwei Menschen so vergeben können. Was nutzt nun unser Gesetz? Sir, ich kann mit einer Zweischneidigkeit den Menschen nicht mehr dienen, so wie es die Verfassung verlangt.«

»Mariella, bitte denk nochmal darüber nach.«

»Nein Sir. Ich habe mein Gesuch beim ›Chief General of Police‹ schon eingereicht.«

Officer Mariella salutierte, löste ihr Halfter und legte es mitsamt ihrer Dienstwaffe auf seinen Schreibtisch. Dem Chief standen die Tränen in den Augen, als sie das Dienstabzeichen vom Ärmel zog, denn sie galt für ihn als ein Musterbeispiel der Hingabe an ihren Job. Mariellas Nachfolger würde rasch eingeführt werden, wie immer, wenn jemand wegging. Nur machte es diese bittere Botschaft auch nicht leichter.

Die Illumination der untergehenden Sonne in ihrem Farbspektakel beherrschte die ganze Manila Bay. Jason und seine Frau standen an einem Geländer und beobachteten die vorbeiziehenden Frachtschiffe. Dann blickte Hilaria verstohlen nach links zu dem jungen Paar, dass sich auf einer Bank sitzend unterhielt. Der gelbe Schein der Kugelleuchte über ihnen leuchtete wie ein kleiner Mond, was so aussah, als wäre er nur für die beiden dort hingesetzt worden.

»Ob sie sich wieder verzettelt?«

Jason schaute nun ebenfalls in die Richtung dieser Bank.

»Ich denke nicht. Sie hat das Tanzen verinnerlicht, so wie wir damals.«

»Aber nun sind wir trotzdem verheiratet.«

Jason umarmte sie und schielte über ihre Schultern. Gerne hätte er mitbekommen, wie sich seine Schülerin schlagen würde, seine letzte Schülerin für immer, was den Tinikling-Tanz betraf.

»Ich bin sicher, Hiraya!«

»Es ist nicht einfach. Deine Opfer werden riesig sein. Nach all den Jahren wirst du vielleicht erkennen, dass ich nicht die Richtige bin.«

Ricardo ahnte nicht, wie sie ihn in diesen Sekunden austestete. Von dem Sturköpfchen von einst war nicht mehr viel übriggeblieben. Hirayas Gabe, tief zu überlegen, bevor sie etwas entschied, geformt durch die Weisheit aus dem heiligen Wort Gottes und dem Einfluss ihrer Freundin, die einst eine Tanz-Diva auf Asiens Bühnen war, ließen keinen Raum mehr für kindliches Gehabe.

»Ein Mann, der wirklich liebt, kann Opfer bringen.«

»Bist du sicher? Ich muss in Manila wohnen. Und dann müssten wir verhüten. In unserer Kultur nicht leicht. Ich kann keine Kinder bekommen, bis ich meine versprochene Zeit absolviert habe. Und ich kann die Revue nicht verraten. Außerdem schulde ich es Kuya Jason.«

Prinzipien hatte sie schon immer, doch schien es, als wären diese nun so erhaben.

»Ich kann keine Ehe führen, wenn wir nicht zusammen sind, Ricardo. Und du weißt nicht, was Kuya Jason opfern musste, um mich so weit zu bringen. Wenn ich das jetzt wegwerfe, zerreiße ich sein Herz.«

»Was meinst du?«

»Kuya und Tita Hilaria haben wegen mir viel durchstehen müssen. Du weißt, was unser ›Utang na loob‹ bedeutet. Und ich will nach der Wahrheit leben, so wie Kuya und Tita, und ihre Freunde. Und ich will Mama wiedersehen!«

Ricardo war immer noch überzeugt davon, dass sie die Richtige für ihn sein würde, trotz ihrer jungen 19 Jahre.

»Wie soll ich dir noch beweisen, dass ich es ernst meine.«

»Nimm mir meinen Traum nicht weg.«

Ricardo lag einen Tag zuvor die ganze Nacht auf seinem Bett und schmiedete wirre Pläne, die bis zum Morgen zu einem Manifest gediehen waren. Er war entschlossen, stark und geduldig zu sein und wollte ihr dieses Opfer schenken. Sein Cousin würde ihm helfen, eine Arbeit zu finden, um Hiraya immer nahe zu sein. Seine Gedanken überschlugen sich, immer neue Details über seine Zukunftspläne zusammen mit ihr spulten sich in seiner Vorstellung hintereinander ab.

»Bitte Hiraya, ich will, dass du meine Frau wirst!«

Immer noch druckste sie herum. Ihr Herz war nicht in der Lage, diesem Antrag mit einem ›Ja‹ zu antworten. Hirayas

Blicke waren voll von Emotionslosigkeit, dabei schlug ihr Herz hart, denn sie wollte ihm andererseits nicht wehtun.

»Sag es mir! Dein Tanzpartner. Hast du was mit dem? Hat er dich begehrt? Schläfst du mit ihm?«

Ricardo sah, dass er sie mit dieser Frage ins Herz traf. Ihre Reaktion war wieder Wortlosigkeit, aber so vielsagend, weil allein ihre abwehrenden Blicke genug zum Ausdruck brachten. In seiner Gedankenwelt gab es nur die ehernen Prinzipien, die er aus seinem Elternhaus und der Dorfgemeinschaft kannte. Das schillernde Manila mit all seinen Möglichkeiten machte ihm Angst, ebenso die Ausgelassenheit der vorbeiflanierenden Liebespaare, die Kinos, die augenscheinlichen Beweise, dass Hiraya sich rasch in einen anderen Mann verknallen würde, nur weil er bessergestellt oder ein angehender Tanz-Star war. Kannte er die Sehnsüchte dieses Mädchens überhaupt, ihre Vorstellung von reiner Hingabe und der großen Liebe?

»Das war gemein, Ricardo!«

»Siehst du nicht, wie ernst ich es meine?«

»Ich liebe den Tinikling.«, seufzte sie. »Und ich lasse mich nicht einfach nach den Tanzproben um den Finger wickeln und abschleppen.«

Seine langatmigen Blicke begannen sie zu nerven.

»Ich frage mich, wer von uns reif genug für die Ehe ist.«

»Warum?«

»Vertrauen. Kuya Jason hat mir etwas beigebracht, was mich sehr berührte. Wenn wir Tänzerinnen immer wieder kontrollieren, wo die Stangen sind, wann sie zuschnappen oder nicht, dann haben wir kein Vertrauen zu unseren Partnern und scheitern dann alle.«

Ricardo versuchte zu verstehen, auf was sie hinauswollte und fühlte sich gerade elend wegen der Unbeherrschtheit, mit der er sie angriff.

»Wir sind nicht in einem Liebesfilm, Ricardo. Du machst mir einen Heiratsantrag und denkst, ich schmachte dich an, weil du allein der Überzeugung bist, wir hätten eine gesicherte Zukunft, würden uns immer lieben und ich schenke dir einen Haufen Kinder.«

Er wollte ihre Hand ergreifen, doch Hiraya drehte sich weg und starrte in die Abendsonne, die schon zu Hälfte hinter dem Horizont verschwunden war.

»Hast du mich jemals gefragt, was meine Ziele im Leben sind?«

»Entschuldige, Hiraya.«

Sie entgegnete mit fester Stimme: »Die Jungs in der Revue sind Profis. Sie tanzen dort so wie ich. Und wir fallen nicht übereinander her und treiben es in einer Umkleidekabine, nur weil Manuel so schön lächeln kann. Warum stellst du meine Integrität in Frage?«

»Bitte Hiraya! Ich wollte dir doch nicht wehtun.«

»Hast du aber.«

Jason und Hilaria hatten den knisternden Stimmungs-umschwung bei den beiden mitbekommen, blieben ruhig und konnten auch nicht anders, als die Szene weiter dezent beobachten. Hiraya fühlte sich wahnsinnig gekränkt. Dieser Farmerssohn schien sie rücksichtslos zu verfolgen, meinte ein Anrecht zu haben, sie zu vereinnahmen, nur weil er sich als heroischer Retter zweimal nach Manila aufmachte. Sie verstand, dass er von ihrer Odyssee keinen Schimmer haben konnte, doch er benahm sich immer noch wie einer von diesen verträumten Idealisten, die einem Mädchen zusammen mit einem Anstandsbegleiter ein Liebeslied mit der Gitarre sangen und dann schmachtend den Vater um ihre Hand baten, nachdem sie wegen hübscher Augen und einem stattlichen Landbesitz vorgaben, in sie verliebt zu sein.

»Wir hatten nie Zeit, uns wirklich kennenzulernen.«

Der junge Mann sah es ein, ohne Zögern.

»Wenn du meine Beweggründe nicht kapierst, warum ich tanzen will, dann verstehst du auch nicht, warum mir eine Heirat so viel bedeutet. So kann ich dir nicht antworten, jedenfalls nicht mit ›Ja‹.«

Sie zog den Ring vom Finger und hielt ihn ihm entgegen.

»Hiraya!«

»Beweise mir bitte deine Aufrichtigkeit und dein Vertrauen in mich, erst dann wird er wieder an meinem Finger seinen Platz finden, oder... nie mehr. Und noch was, Manuel ist mein Arbeitskollege, für unsere Kunst vor den Augen unserer Zuschauer. Das kannst du nicht. Außerdem tanze ich in der Formation mit fast allen Männern, weil es die Choreografie so verlangt.«

»Muss ich das können?«

Sie atmete tief ein, holte Luft und entgegnete: »Nein.«

»Was dann?«

»Zeig mir wirklich die Gründe, warum du mich liebst, dann verdienst du, dass ich mich dir hingebe. Ich bin kein kleines Mädchen mehr. Und bitte denke nicht, ich bin dir meine Hingabe mit meinem Körper schuldig, weil du mir geholfen hast. Gut, ich werde dir dafür immer dankbar sein. Aber eine Ehe ist ein wahnsinnig hoher Preis.«

Sie spürte, dass sie mit diesen Worten einen wunden Punkt bei ihm traf. Imelda mochte überzeugt gewesen sein, dass seine Liebe auf echten Gefühlen der Opferbereitschaft beruhte, vielleicht auch ihr Vater, der ihre Mutter auch auf eine anspruchslose Weise durch die Vermittlung Älterer kennengelernt hatte, so wie es die alten Traditionen noch so oft zum Vorschein brachten. Doch so etwas war nicht die Vorgehensweise, die Hiraya sich erträumte.

»Es tut mir leid, Kuya Ricardo, aber ich liebe dich nicht in der Weise, die das rechtfertigt.«

»Du kannst lernen, mich zu lieben.«

»Wann? Wenn wir verheiratet sind und darum kämpfen müssen, uns wirklich zu verstehen? Das mag woanders funktionieren, aber ich möchte echte, überzeugende Liebe. Verzeih mir!«

Hiraya drehte sich um und lief auf Hilaria zu.

»Alles okay?«

Sie lächelte gequetscht, während Jason zu Ricardo ging.

»Du hast viel Reife gelernt, junge Hiraya.«

»Matigas ba ang ulo ko?« (Bin ich dickköpfig?)

Hilaria musste schmunzeln.

»Bist du. Aber eine Ehe unüberlegt einzugehen wird dich ein ganzes Leben lang verfolgen.«

»Er ist ja lieb, aber er kennt mich gar nicht.«

»Wie auch? Du warst hier in dieser Stadt. Sie hat dich ausgemergelt, geprüft und von dir Entscheidungen abverlangt. Du hast gesehen, dass unser Vater im Himmel dich beachtet hat, gesehen, was echte Heroik sein kann, weil du deine Feinde mit Liebe besiegt hast und sie dich jetzt achten.«

504

Sie sahen, wie sich Jason mit Ricardo in scheinbar gelöster Atmosphäre unterhielt. Die Männer unter sich, die Frauen in gleicher Weise. Der restliche Abend wurde durch Jasons freundliche Fürsorge nicht zu einem Fiasko, weil er dem jungen Farmerssohn einfach geduldig zuhörte. Ricardo verkraftete Hirayas Reaktion nur schwer, doch immer noch schien er nicht aufgeben zu wollen.

Hiraya freute sich, wieder bei Tante Mary Ann wohnen zu können. Die Trainings-Location der ›Tinikling Dancers‹ lag nicht so weit von dort entfernt. Tantes Juwelierladen bot ihr die Möglichkeit, den Lebensunterhalt zu verdienen und die Gebühr für die benötigte Tanzkleidung. Meist sollte Hiraya nur einen bestimmten Kleiderstoff kaufen, der von einer eigens bestellten Schneiderin für die Darbietungen zu denen von Choreograf Ramon kreierten Kostümen verarbeitet wurde. Hiraya war glücklich und wieder gediehen neue Pläne in ihrem Enthusiasmus.

»Ich möchte dich fragen, ob du mir helfen kannst. Als Lehrerin.«

Hilaria ahnte sofort, dass es um jemanden gehen musste, der für das Mädchen wichtig war.

»Ich möchte gerne Ate Elaine besuchen.«

Sie stimmte sofort zu, dabei wog ihre Freude über Hirayas Interesse an geistigen Themen mehr.

Elaine wohnte in einem Stadtteil bei ihrer Tante, die sie tatsächlich nicht von sich wies, nachdem sie ihr vieles aus ihrem Leben offenbarte, was nach dem Mord an ihren Eltern geschah. Die erste Zeit war für diese Tante schwierig, doch ihr Herz dem Zerreißen nahe, als sie erfahren musste, was sich ihre Nichte hatte antun wollen. Ihre Rettung erschien ihr wie ein neuzeitliches Wunder. Dieses Mädchen leibhaftig kennenzulernen, das im allerletzten Moment zu Hilfe kam, machte sie nervös und überglücklich zugleich. Und jetzt standen zwei Frauen vor der Pforte.

»Ist jemand da?«

Elaine war es, die öffnete und augenblicklich auf die beiden zugelaufen kam.

»Hey, Kleine!«

»Ate Elaine!!«

»Echt, ich freue mich, dich endlich mal hier zu sehen.«

Hiraya entschuldigte sich mit vollem Enthusiasmus.

»Ich hatte enorm viel um die Ohren, Ate Elaine.«

»Klar doch.«

Durch die wenigen Telefonate wusste Elaine immerhin, dass Hiraya es zu den ›Philippine Tinikling Dancers‹ geschafft hatte. Sie schlang ihre Arme um das Mädchen und Hilaria wartete geduldig, bis die beiden mit ihrer überschwänglichen Begrüßung fertig waren.

»Sorry po, ich bin Elaine.«

»Hilaria.«

»Du bist die Bibellehrerin, von der mir die Kleine erzählt hat?«

Hilaria nickte lächelnd und wartete schmunzelnd darauf, ob Hiraya ihren Spruch ›Ich bin nicht deine Kleine‹ zum Besten geben würde.

Elaines Tante umarmte Hiraya derart, dass es aussah, als wolle sie das Mädchen erdrücken. Immer wieder bedankte sie sich dafür, dass Hiraya ihrer Nichte das Leben rettete und schon kullerten Tränen der Ergriffenheit. Elaine drehte sich bei diesem Anblick verschämt weg und bot Hilaria eine Erfrischung an.

»Schön, dass du mitgekommen bist.«

»Hiraya hatte sich das gewünscht.«

Elaines Tante besann sich nach der Umarmungsattacke darauf, ihren Besuchern einen Snack anzurichten. Die innere Unsicherheit behielten sie und Elaine immer noch. War das würdige Erscheinen von Hirayas Begleiterin der Auslöser? Elaine konnte nicht einordnen, was Hilaria bereits über sie wusste. Dass Hiraya keine Schwatztante wie Jenny war, vermittelte eine gewisse Beruhigung, zudem Hilaria mit ihrer beherrschten Art keinen Anlass für nervöses Fiebern zuließ.

»Du hast es also geschafft, Mädchen.«

»Ich hatte zwei hervorragende Lehrer.«

Hilaria waren die Anspielungen auf ihre ehemalige Tanz-karriere unangenehm, doch sie hielt mit einer geduldigen Art durch, indem sie kaum darüber redete und zuließ, dass Hiraya allein über ihre Ausbildung zur ›Tinikling‹ erzählte. Lange jedoch half das nicht. Immer wieder blickte Elaine zu Hilaria und hielt es einfach nicht mehr aus.

»Ich kenne dich von irgendwoher. Ja... Ich war noch eine Jugendliche. Meine Mutter liebte es sehr, Tanzfolklore und Modenschauen im Fernsehen anzuschauen. Du warst eine Profitänzerin, nicht?«

»Das ist richtig.«

Hiraya war über diese feste Antwort mehr als erfreut. Sie fand immer, dass es doch nicht schlimm sei, über eine solche Karriere auf ganz normale Art zu reden.

»Wie lange hast du das gemacht?«

»Professionell etwa acht Jahre. Danach habe ich meinen Tanzpartner geheiratet und Kinder bekommen.«

»Und jetzt machst du das hier?«

»Ich möchte euch einladen. Wir haben nächsten Sonntag eine Aufführung in der Makati-Hall. Bitte, Ate Elaine.« Schüchtern nahm sie die beiden Tickets aus Hirayas Hand entgegen. Es waren die günstigen Eintrittskarten für die hinteren Ränge, doch es sprach ganze Herzensliebe durch dieses Geschenk.

»Ich möchte meine Dankbarkeit für Gottes Hilfe zu mir zeigen. Ate Elaine, du brauchst auch Freude im Leben und jemand, der an dich denkt.«

Elaine schaute zur Seite, musste gegen den Drang ankämpfen, nicht loszuheulen. Sie hatte Hiraya von Anfang an als nettes Mädchen kennengelernt, doch was war mit ihr geschehen? Ihre beginnende Tanz-Diva-Karriere konnte diese fürsorgliche Art nicht hervorgerufen haben. Elaines Tante hielt die beiden Tickets staunend in der Hand.

»Du darfst dich nicht schämen, Elaine.«

Endlich stand Hilaria ihr bei. Hiraya hatte den Faden verloren und wusste nicht, was sie noch sagen sollte.

»Hat sie dir von mir erzählt?«

»Ein wenig.«

Als Elaine Hilarias ausgestreckte Hände sah, musste sie schlucken. Allein diese Geste genügte schon, in ihr ein immenses Vertrauen aus ihrem verwundeten Herzen zu saugen. Elaines Tränen ließen sich nicht aufhalten. Immer heftiger drückten ihre Fingerspitzen in Hilarias Hände, so wie es bei wirklich echten Freundinnen zum Ausdruck kam, die sich gegenseitig Mut zusprachen, wenn es brenzlig wurde.

»Du musst keine Angst haben.«

»Ich habe ihr nichts gesagt, außer..., entschuldige.«

Elaine holte tief Luft und lächelte dann gequetscht. Hirayas süße Kulleraugen ließen sie jedoch schnell einlenken.«

»Ich möchte dein Tanzen sehen, echt.«

Die Stunden verrannen nur so, während sich die vier Frauen unterhielten, zusammen lachten und auch wieder manche Träne floss. Dass Elaine ein Stoffband um ihr Handgelenk trug, wusste Hilaria zu deuten. Ansprechen wollte sie diese Geschichte keinesfalls, doch es war Elaine, deren Herz in diesen Sekunden am Ausbrechen war. Sie zog das Tuch herunter und Hiraya erschrak wieder beim Anblick der kleinen Narbe, die noch von der Operation zeugte. Ihr wurde unwohl, weil ihr Dolores' Verletzung auf der Stirn nie aus dem Kopf gegangen war.

»Du weißt, warum ich das habe, Ate Hilaria? Ja, es ist wahr. Ich wollte mein Leben nicht mehr.«

Elaines Tante sprang auf, als ihre Nichte zitterte und in einem Weinkrampf zusammensackte. Hilarias Reaktion war heldenhaft. Sofort umarmte sie diese Frau, die mit stoßendem Schreien in ihren Armen lag. Hiraya beobachtete es ängstlich und sah, wie Hilaria ein leises Gebet in den Himmel zu senden schien. Elaine schrie nur, immer wieder. Sie konnten nur warten, bis sie sich endlich beruhigte.

Auf dem Nachhauseweg war Hilaria tief in sich gekehrt und Hiraya musterte sie immer wieder verstohlen von der Seite. Leise brach eine Frage aus ihr hervor, die das Mädchen im Herzen traf.

»Verstehst du jetzt, warum ich mit dem Tanzen abgeschlossen habe?«

Hiraya versuchte, ihren Klos im Hals loszuwerden und sah in die glühenden Augen dieser für sie bewundernswerten Frau. Doch sie verstand rasch und dachte an ihr eigenes Motiv im Herzen. Wieder erkannte sie in ihrem jungen Leben, welch schwere Entscheidungen vor ihr lagen.

»Willst du ihr helfen?«

»Ich vermittle es. Sie wohnt ja nicht in meinem Bezirk, aber anfangs studiere ich mit ihr, wenn sie das möchte. Du weißt, kein Mensch darf jemanden zwingen, selbst Gott tut das nicht. Aber wenn sie es will, wird Er ihr den wunderbaren Geist geben, damit sie die Wahrheit über Ihn und sein Vorhaben für die Menschheit versteht.«

Hilaria lächelte und drückte Hirayas Arm sanft.

»Du magst sie, oder?«

»Sie hatte es nicht so schön wie ich im Leben. Nur habe ich völlig vergessen, wie gut ich es hatte. Besonders als ich meine Familie im Stich ließ, vergaß ich alles.«

Elaine starrte seit Minuten auf den Boden und spielte nervös mit den Fingern. Ihre Tante verstand nicht, worüber sie sich den Kopf zu zerbrechen schien.

»Diese Hilaria..., ich verstehe das nicht.«

»Was verstehst du nicht?«

»Die hat alles aufgegeben, um Leuten die Bibel beizubringen und scheint ganz darin aufzugehen. Tante, sie war früher mal ganz oben im Show Biz. Sie war nicht irgendeine Tänzerin in einem Ensemble, sondern eine ›Pearl of Dance‹ im Tinikling-Tanz.«

Ihre Tante rieb sich am Kinn und blickte sie nur fragend an. Dass ihre Nichte in diesen Minuten ein Karussell der Gefühle durchmachte, begriff sie bereits. Schon längst hatte sie als Kirchgängerin verstanden, warum dieser Hilaria ihr jetziges Leben mehr gab als all der Ruhm zuvor.

»Kein Wunder, dass die Kleine so auf sie abfährt.«

»Elaine? Weißt du eigentlich, wie sehr dich das Mädchen liebt?«

Die Worte ihrer Tante zündeten ein Gefühl an, welches sie schon damals verspürte, als sie mit Hiraya aneinandergeriet. Dieses Girl hatte ihr Leben gerettet. Sie meinte, dass nicht verdient zu haben und floh erneut. Elaine wusste jetzt, dass sie dem Guten nicht entkommen konnte und es wäre fatal, wenn sie es jetzt nicht mit beiden Händen ergreifen würde. Sie fing erneut an zu weinen und klammerte sich an ihrer Tante fest. Die streichelnden Finger in ihrem Haar trösteten sie so wunderbar in diesem Moment.

Hiraya war nervöser als sonst vor einem Auftritt und gestikulierte Jason zu, dass alles im Lot wäre. Er sah zu Ramon, der ziemlich nachdenklich wirkte. Er nahm sie in den Arm und flüsterte ihr fragend ins Ohr, um zu erfahren, was los sei. Hiraya empfand diese Umklammerung wohltuend und versprach nur, dass sie konzentriert sei und niemand sich Sorgen machen müsste. Manuel kam auf sie zu, lächelte und streckte die Arme nach ihr aus. Sie nickte hektisch, um die Angst zu vertreiben. Doch die drei Männer wirkten bei diesem Anblick nervös. Ramon winkte die anderen hastig herbei.

»Felix, Jeffrey…, hört zu. Ihr macht euren Tanz zuerst, okay? Ich muss Hiraya erst mal hinbekommen.«

Die beiden Tänzer und ihre Partnerinnen nickten. Melissa hatte alles im Griff, wie immer.

»Hiraya?«

Jason nahm Ramons Arm und signalisierte ihm, dass er mit dem Mädchen allein sein wollte.

»Na, so schlimm?«

Hiraya presste sich zusammen, aber die Tränen kullerten dennoch.

»Hilaria redet nicht über alles. Sie möchte ja dein Vertrauen nicht missbrauchen. Es geht um deinen Ricardo, oder?«

Sie nickte heulend. Auch wenn sie es mit einer Vernunftentscheidung war, die diesen Schritt machte, tat es furchtbar weh. Ricardo verstand es wieder nicht, dachte erneut, sie hätte eine Affäre mit einem der Tänzer und warf ihr vor, keine feste Meinung zu haben. Er begann sogar zu weinen, und genau dann begriff sie, dass er nicht der Mann sein würde, dem sie sich mit ihrem ganzen Körper und ihrer Seele hingeben könnte. Sie wusste, dass diese Art von Liebe einzigartig und für immer zu sein hätte. Dabei war sie gefasst und liebevoll dabei, wählte ihre Worte geschickt und mitfühlend. Gestern Abend noch war sie erleichtert gewesen, redete lange mit Hilaria darüber und dachte an eine unbeschwerte Tanzvorführung hier in der Festhalle der Hauptstadt ihrer Heimat und wollte doch nur das tun, was sie ihrem Vater schon zum Ausdruck brachte, nämlich ihre Perfomance zur Freude aller Zuschauer darbieten. Doch seit dem Mittag fühlte sich ihr Körper steif an, unfähig, einen Schritt zwischen diese Bambusstangen zu tun. Sie tat mental alles, um sich zu beruhigen, betete sogar, doch nun schien es so zu sein, dass ihre ganze Seele sich diesem Tanz verweigern wollte.

Das Taschentuch war Jasons einzige Lösung in diesem Moment und er dachte angestrengt nach. Schnell verließ er den Umkleideraum und lief in die Halle. Seine Frau hatte alte Bekannte getroffen und war in eine lebhafte Unterhaltung vertieft. Sein nervöses Zupfen am Ärmel ihres Filipiniana-Kleides erschreckte sie.

»Entschuldigt mich bitte. Jason?«

»Wir haben Probleme da oben. Hiraya packt es nicht.« Sofort ging sie mit, als ihr das Ausmaß der Schwierigkeiten bewusstwurde, doch seufzte sie dabei.

»Ich will das eigentlich nicht.«

»Hilaria bitte! Willst du, dass sie auf der Bühne scheitert, vor all den Zuschauern?«

»Und ich soll ihr helfen?«

»Wie war es bei uns damals? Außerdem, wenn du das alles nicht mehr haben willst, warum bist du dann hier?«

Hilaria rannte in die Umkleide und traf Hiraya stumm auf der Bank sitzend an, während Manuel sorgenvoll in der Tür stand. Wenn sie sich nicht rasch fangen würde, wäre ihre Darbietung zum Scheitern verurteilt.

»Hiraya?«

»Ate Hilaria! Ich kann nicht!«

»Jetzt spricht Mama! Du kannst.«

Hilaria packte ihre Hände und zog sie hoch. Ihr Augenausdruck war wieder einer dieser Energischen, mit einem Glühen, dass von ganzer Leidenschaft zeugte.

»Seit wann denkt eine ›Tinikling‹ während des Tanzens an etwas anderes? Hast du jemals beim Training an etwas anderes gedacht?«

Hiraya schüttelte den Kopf wie wild.

»An was denkst du jetzt?«

»Tanzen.«

»Ich führe dich. Eins-zwei-drei..., los!«

Hilaria begann mit festem Rhythmus langsam zu trippeln und zählte immer wieder »Eins-zwei-drei.«.

»Komm! Hoch die Knie.«

Gehorsam machte sie es ihr nach und synchron hoben und senkten sie ihre Füße in dem von Hilaria getanzten Takt.

»Schau mir bitte in die Augen, nicht auf den Boden. Eins-zwei-drei..., eins, zwei, drei..., jetzt schneller! Ist dein Tanz im 3/4-Takt?«

»Ja, Ate!«

»Das will ich hören!«

Nach Minuten, in denen die beiden Frauen, ihre Hände haltend, diese gleichförmigen, stoischen Trippelschritte vollführten, kam Ramon in den Raum und starrte auf diese Szene. Er sagte kein Wort und schluckte nur. Sicher war er abgebrüht, doch Hirayas Zustand machte ihm nun echte Sorgen, zumal Melissa in dem komplexen Tanz mitwirken und ihren Scherensprung durch die überkreuzten Stangen als Höhepunkt zelebrieren sollte.

Hiraya schien sich gelöster zu fühlen, lächelte sogar und es schien, als wäre die Geborgenheit, die ihr Hilaria schenkte, der Schlüssel, um ihre Panzerung aufzubrechen.

»Schön, Hiraya... du kannst das!!«

»Ja, Ate...«

»Takt halten! Beweg deine Hüften jetzt weicher dazu, los!«
Ramon grinste Jason zu, der seine Hand immer noch vor
den Mund hielt.

»Wir müssen bald raus!«
Hilaria stoppte und sah ihn an.

»Wann muss sie tanzen?«

»Ich habe die Abfolge getauscht. In etwa 30 Minuten.«

»Jason?«
Er stutzte erst und sah seine Frau grübelnd an, die ihren
Rock etwas anhob und zu überlegen schien, wie sie ihn
oben fixieren könnte.

»Habt ihr Wickeltücher da?«
Ramon deutete auf eine Holzkiste, die am Ende des Ganges
stand.

»Hilaria! Vergiss es!«

»Jason?«

»Es ist Jahre her, dass wir das vor einem Publikum...«

»Ist doch wie Radfahren, oder?«

»Du bist raus, Darling!«

»So? Das glaube ich kaum. Wieso hat sie eigentlich so
schnell Fortschritte gemacht?«
Hiraya drehte den Kopf weg, schmunzelte nun und mahlte
mit den Lippen in einer süßen Weise.

»Während du mit deinem Zug durch die Gegend ge-
wackelt bist, habe ich ein wenig mit ihr getanzt.«

»Ach, und wer hat euch bei den Stangen geholfen?«

»Letizia.«

»Bitte? Meine Tochter?«

»Sie ist neun und hat enorm gutes Takthaltegefühl. Was
Einfaches, ohne Spreizer und Sprünge. Ramon?«

Ramon war stets der beherrschte Typ, souverän auftretend, manchmal harsch und der Leitwolf für seine Schützlinge, doch jetzt wurde es ihm unheimlich.

»Sein Knie packt das vielleicht nicht.«

»Was heißt denn, das packe ich nicht?«

Schnell winkte Ramon Melissa und einen jungen Mann herbei und erklärte ihnen, was auf sie zukommen würde. Der Junge wurde ganz ergriffen und wollte sich verneigen.

»Lass das!«

»Aber Kuya, das ist eine Ehre.«

»Quatsch. Wir sind Tänzer wie alle anderen.«

Ramon gab schnelle Befehle, wies Melissa an und schaute nun auf das Ehepaar, dass vor fast zehn Jahren noch die Zuschauer auf Asiens Bühnen verzauberte.

»Die ›Pearl of Pangasinan‹ und ihr bester Tanzpartner.«

»Das mit der ›Pearl‹ vergessen wir. Ich tue es für Hiraya!«

Ramon blickte das Mädchen an, die sich ihre nassen Augen abzutrocknen versuchte und in diesem weißen Kostüm einfach so unschuldig rein und süß aussah.

»Du musst zuschauen. Sie tun es wegen dir.«

Hilaria blinzelte ihr zu, während sie sich den Rock mit einem Seidenschal um die Hüften hochband.

»Wenn Melissa die Stangen hat, kann nichts schiefgehen.«

Jason saß da und zog seine Schuhe aus.

»Dann mal los.«

»Seid einfach präzise und das war´s. Und wenn die beiden ›Doppler‹ zu tanzen beginnen, dann macht einfach im Takt weiter, ganz streng, keine Aussetzer. Ist das klar?!«

Hilaria wandte sich an diese junge Frau, die eine der Stangen in der Hand hielt und streichelte ihre Wange.

»Du gehörst zu den besten Tinikling-Tänzerinnen. Das weiß ich.«

»Mam po..., ich werde ganz präzise sein.«

»Ich vertraue dir. Los!«

Hiraya schaute am Rand des Vorhangs durch einen Spalt, als Melissa und Albert mit den bunt verzierten Stangen auf die Bühne liefen, sie parallel auf die Ablagebretter legten und ihre Hände einladend nach oben streckten.

Letizia schaute etwas ängstlich auf die beiden leeren Sitze neben ihr und ihrem kleinen Bruder. Sie schlussfolgerte zwar, dass sie bei ihrer ›Tita‹ Hiraya hinter der Bühne sein mochten, aber warum so lange? Ihre Augen wurden riesig, als sie das Tanzpaar sah, dass langsam auf die Bühne kam und im Begriff war, die Position neben den beiden Bambushölzern einzunehmen.

»Mama! Mama!!«

Lemuel glotzte mit offenem Mund Richtung Bühne und sagte keinen Mucks.

»Mga Binibining! Mga Ginoo! (Damen und Herren) Eine Überraschung in unserem Potpourri herrlicher Tänze. Jetzt sehen Sie ein echtes Comeback, die ehemalige ›Pearl of Dance of Pangasinan‹, Hilaria und ihren Ehemann, einen großartigen Tänzer, Jason!«

Ein Raunen ging durch einige Zuschauerreihen und leiser Applaus ertönte.

Hirayas Emotionen bebten förmlich, als sie sah, wie die beiden ihre Einführungsschritte neben den Stangen vollführten und nun zwischen ihnen tanzten, so als wäre ihre letzte Aufführung erst Tage her gewesen. Sie performten mit verschränkten Armen hinter dem Rücken, einander

517

zugewandt und als hätten sie die richtigen Sekunden im Blut, drehten sie ihre Gesichter synchron in Richtung der Zuschauer, um sie anzulächeln. Hirayas Energie kam wieder, fraß sich durch ihren jugendlichen Körper und sie wusste jetzt, dass sie es schaffen konnte und musste.

Elaine saß neben ihrer Tante und wirkte verwundert.

»Ich dachte, die tanzen nicht mehr.«

»Das ist nicht geplant gewesen. Ihr Kleid. Sie hat es extra hochgebunden. Mutig, aber die können es noch.«

»Allerdings. Sie war eine der fünf ›Pearls‹.«

Hilaria und Jason fassten sich nun an den Händen und tanzten mit schwingenden Hüften weiter, immer noch im normalen 3/4-Takt hüpfend zwischen den Hölzern, um beim dritten Schlag neben ihnen wegzutreten und wieder zwischen sie hinein zu gehen. Jason hob den Arm, führte Hilarias Hand und sie drehte sich im Halbkreis mit dem Rücken zu ihm. Elegant wiegten sie beide im Takt der Musik hin und her, bis Hilaria es zu ihm sagte: »Dop.«

Mit atemberaubendem Tempo drehte sie sich wieder zurück, um mit doppelt so schnellem Sechserschritt ihm zugewandt weiter zu tanzen. Und nun geschah das Unfassbare. Sie begannen sich im Kreis mit diesen wahnsinnig rasanten Trippelschritten zu drehen, ein Ringelrein wie bei einem Kinderkarussell. Eine der schwersten Tanzfiguren überhaupt, denn den Schritt hier beim dritten Taktschlag nur ein winziges bisschen falsch zu setzen endete immer fatal. Hiraya versuchte Hilarias ›Doppler‹ mitzuzählen. Die wahnsinnig schnellen Füße dieser Diva des Tiniklings. Waren es sieben? Nein. Hilaria tat es so wie damals. Eine Einlage, die jeder Kenner von ihr erwartete, so wie bei jedem Künstler, der sich seinen Ruf durch eine bestimmte Zelebration seiner Kunst erarbeitet hatte. Hiraya zählte leise, so dass es Ramon, der neben ihr stand, hören musste.

»Neun Mal.«

So wie es einst geschehen sein musste, unzählige Male, als Hilaria und ihr geliebter Mann unter stürmischem Beifall diese Performance zelebrierten, unter ganzer Hingabe an diese Kunst. Etliche Zuschauer waren aufgestanden und klatschten zur Musik leise mit. Strahlendes Lächeln auf so vielen Gesichtern ließ die Stimmung in dieser Halle zu etwas Herrlichem werden.

Die beiden tanzten nun im normalen Tempo wieder weiter, eher unspektakulär und ließen den Tanz so ausklingen. Die Musik endete nach den obligatorischen vier Minuten und ein enthusiastischer Beifall erklang. Lautes Klatschen und sogar einige Zurufe älterer Zuschauer, die diese beiden sicher aus ihrer glanzvollen Zeit her kannten. Hilaria und Jason hoben den rechten Arm und lächelten scheu. Sie sah im Augenwinkel, dass es Jason nicht gut zu gehen schien. Als die beiden hinter die Bühne kamen, stand die Gruppe um Hiraya bereit. Es konnte ein imposanter Höhepunkt werden, wenn sie sich keinen Fehler erlauben würde.

»Los Mädchen! Zeig es uns!«

Jason lächelte mit verzerrtem Gesicht und als die Gruppe auf der Bühne war, begann er zu zittern und sackte auf einmal zusammen. Das Reißen aus seinem Kniegelenk war grauenhaft. Ramon fasste ihn bei den Schultern, wollte helfen, doch Jasons Schmerzen schienen ihn weniger zu interessieren als das, was vor den Zuschauern passieren mochte. Hilaria streichelte seinen Kopf und bekam tatsächlich Angst. Ihr Mann wälzte sich hin und her und stammelte nur: »Hiraya Sinilang, tue es für dich und wegen meiner Schuld.«

Es dauerte Minuten, bis er aufstehen und gehen konnte.

»Darling, wie hast du das nur durchgehalten?«

»Ich musste...«

»Unsere Zeit ist vorbei, Schatz.«

»Ich weiß. Oh..., ich habe selten so furchtbar getanzt wie eben. Wir müssen zu den Kindern.«

Ramon und die anderen Tänzer mussten sich nun auf das Geschehen auf der Bühne konzentrieren. Jason verstand das besser als alle, durch seine jahrelangen Erlebnisse und Torturen, als er Profi war und unzählige Male lächelte, zu den Menschen, die während der Darbietungen treu zusahen, weil sie ihre Sorgen von draußen vor diesen Bühnen für ein paar Stunden vergessen konnten. Doch die Härten waren nichts gegen die unzähligen Glücksgefühle gewesen und der Gipfel war seine Liebe zu Hilaria, einer wunderbaren Frau, eine Grazie nicht nur beim Tanz, sondern auch wenn sie ihm herrliche Stunden gab, wenn sie sich liebten, ihre Kinder aufwachsen sahen und gemeinsam dem Allmächtigen dienten, was sie für ihren echten Sinn im Leben finden durften.

»Paps, alles okay?«

»Klar, mein Schatz.«

»Wow, ihr wart super.«

»Schau jetzt, was deine Tita Hiraya macht.«

Noch war es um die Vierergruppe dort oben nicht zu spektakulär. Melissa und ihr Partner tanzten links von Hiraya und Manuel. Die vier Stangenperformer waren nebeneinander auf der breiten Bühnenfläche postiert, was den Zuschauern auf allen Rängen eine gute Sicht auf das Geschehen gab. Die Tanzschritte der Vier sahen freudig und elegant leicht aus, doch Jason wusste, dass hier noch lange nicht der Schwierigkeitsgrad erreicht war, der sicher kommen würde. Hiraya lächelte souverän, angespornt von dem Schub, der durch Hilarias gewagte Performance zuvor bei ihr eine flammende Lust entfachte. Die Lust, zu tanzen, zu fliegen und niemanden enttäuschen zu wollen.

»Dop!«

Hirayas Füße begannen zu fliegen, in dem Sechserschritttempo, erst ihrem Partner zugewandt, dann nach einer blitzschnellen Drehung mit dem Rücken zueinander. Diesmal führten nur Jungs die vier Bambusstangen und Jason wusste, warum. Unter deren Hemden zeichneten sich die Armmuskeln ab, die sich durch dieses Training so ausgebildet hatten. Hiraya ließ ihre Arme elegant nach oben schwingen, drehte ihren Körper und wog sich hin und her. Die beiden Paare wirbelten zur Seite, während die Jungs sich hintereinander positionierten. Wieder schlugen sie die Bambusrohre zweimal nach unten und einmal gegeneinander. Als Jason erkannte, dass Melissa und ihr Partner vorne tanzten, wurde er nervös.

»Warum tanzt Hiraya hinten?... Nein!«

Hilaria wusste es natürlich nicht.

»Vielleicht der Seitwärtstanz durch alle vier?«

»Ramon kann sie nicht springen lassen. Sie ist zu unerfahren. Dass kann er nicht machen.«

Hirayas Rausch inmitten ihrer Bewegungen gab ihr einen Adrenalinschub, der ihrem Kopf keine Chance mehr gab, auch nur für Sekundenbruchteile an etwas Störendes zu denken, nicht an Ricardo und ihre beendete Beziehung. Die Musik zeigte ihr an, dass der Moment gekommen war. Die Tänzer schritten aus den Hölzern heraus, hüpften drei Schritte zur Seite und die Jungs ließen ihre linke Stange los, griffen mit beiden Händen die rechte und kippten sie schräg nach oben. Hiraya lächelte Manuel an. Sie und er trippelten aufeinander zu, drehten sich und nahmen nebeneinander Anlauf, mitten auf das ›V‹ zu, das die beiden Stangenpaare nun bildeten.

Melissa strahlte, als sie in ihren wiegenden Tanzschritten sah, wie die beiden mit nach hinten gestrecktem Bein über dieses ›V‹ sprangen, leicht rutschend auf dem Boden aufkamen und ihre Arme elegant nach oben streckten, gerade als das Lied zu Ende ging. Nebeneinander strahlten sie in die Zuschauermenge, ihre Beine wie beim ›Telemark‹ gesetzt, während die vier Jungs ihre Bambusstangen nach oben hielten. Melissa und ihr Partner gesellten sich neben die beiden und streckten ihre Arme ebenfalls in Richtung des Publikums. Viele konnten nicht mehr auf ihren Sitzen bleiben und applaudierten begeistert. Jason saß nur ergriffen auf seinem Platz. Auch Hilaria war nicht fähig, lautstark zu klatschen. Sie wollte ihre Bewunderung für dieses Mädchen dann zum Ausdruck bringen, wenn sie mit ihr allein sein würde. Letizia hingegen sprang hin und her und rief immer nur: »Tita! Tita Hiraya!« Hilarias Aufforderungen, sie solle bitte still sein, verpufften im Hall des ganzen Zuschauerapplauses.

Choreograf Ramon musste sich die Schelte bis zum Schluss aufbewahren. Die Show dauerte noch eine weitere Stunde, dabei schlugen sich Hiraya und Melissa ausgezeichnet. Das Tanzensemble konnte die Menschen an diesem Abend wahrlich verzaubern. Diese vielen Individuen waren restlos begeistert, nicht wissend, was hinter den Kulissen vor sich gehen würde.

Melissa salutierte ein wenig und sah dabei gefasst aus. Dass sie großen Respekt vor ihrem Lehrmeister hatte, wussten alle. Wohl das war es auch, was sie so cool erscheinen ließ.

»Du hast Hiraya den ›Butterfly‹ springen lassen. Rede! Wie kannst du es wagen, so ein Risiko einzugehen, ohne mich vorher zu fragen?!«

»Ich war´s, Sir Ramon. Nicht Hiraya. Ich war die ›Leading-Tänzerin‹ und habe es so entschieden.«

»Wenn das schief gegangen wäre?«

Er wandte seinen Blick zu dem Mädchen, das demütig auf den Boden starrte.

»Manuel?«

»Ich wusste, dass ich mit ihr springen kann, Sir. Hiraya hat´s drauf.«

»Hiraya?«

»Kuya?«

»Du warst der Hammer.«

Ramon wollte wissen, wer ihr heimlich diese Einlage beigebracht hatte. Manuel kam auf ihn zu und gab zu, dass er und Melissa es nach den regulären Trainingsstunden heimlich mit ihr probten, bis sie es sicher durchziehen konnte. Melissas Augen flehten und strahlten vor Freude gleichzeitig, und dieser Choreograf verstand es.

»Ich bin doch nicht die Einzige, die diese Akrobatik zeigen sollte. Es wäre nicht bescheiden und auch nicht fair.«

Ramon war tief beeindruckt, ließ alle seine Schützlinge in einem Kreis zusammentreten und bat sie, die Hände ihren Nachbarn zu reichen.

»Ich bin stolz auf euch alle.«

Hiraya hatte lange mit ihrem Vater telefoniert. Es musste so vieles nachgeholt werden, über ein Jahr verpasster Chancen und vergessener Gefühle, die wieder hochkamen. Ihr Herz schmiegte sich erneut mit ganzer Zuneigung an ihre Familie, dabei erzählte sie ihnen und Imelda immer wieder von den Dingen, die sie in ihren Bibelstudien gelernt hatte. Ein jugendlicher Enthusiasmus, neu ent-facht, hatte den Hass beseitigt und in ihr eine Reife hervor-gebracht, die sie zu echten Entscheidungen befähigte, für die Revue, für ihr Leben in Manila und als Single, der zum richtigen Zeitpunkt bereit wäre, den Partner fürs Leben zu finden und festzuhalten. Elaine grübelte über etwas, was sie zuvor las und sah sie so nachdenklich dasitzen.

»Wie geht's deiner Familie?«

»Daddy ist traurig. Er denkt immer noch, ich und Ricardo würden zusammenbleiben und heiraten.«

»Du hast echt Mut gezeigt. Aber hast du nicht mal Lust auf einen Kerl?«

»Klar. Den Richtigen.«

»Ich denke, du weißt immer, was du willst.«

Hiraya schaute nachdenklich aus dem Fenster und wusste in diesem Moment nichts anzubieten, was als intelligente Antwort taugen könnte. So blieb sie nüchtern und ehrlich.

»Nicht immer, Ate Elaine. Nicht immer.«

Über der Manila Bay begann die Sonne unterzugehen und am Horizont leuchtete es so schillernd bunt durch das Blau des Himmels, der sich mit diesen Strahlen vereinte.

»Ich finde es toll, Ate Elaine, dass du einen Job hast.« Elaine arbeitete seit einem Monat als Supermarktangestellte in einer Mall und schmunzelte darüber, dass sie nun eine Uniform tragen würde und dabei unzählige Bankkarten an der Kasse in die Hände nehmen konnte. Der Lohn war nicht üppig, aber sie fühlte, dass sie endlich wieder eine Frau mit Würde war, die Freunde gewonnen hatte und Menschen, die ihr Liebe und Respekt entgegenbrachten.

»Lass uns weiterstudieren. Wo waren wir?«

»Der Absatz hier. Welche Hoffnung gibt es für die Toten?« Elaine lächelte und begann zu lesen. Das Hilaria hinter ihnen im Türrahmen stand und lauschte, hatten sie nicht mitbekommen. Tiefe Zufriedenheit überkam ihr Herz, als sie diese beiden Geschöpfe sah und es wurde ihr erneut bestätigt, dass der Geist des Allmächtigen Dinge zu tun vermochte, die Menschen nie zustande bringen. Leise ging sie zurück in die Küche und beobachtete Letizia bei den Schularbeiten. Durch das Fenster sah sie den Calamansi-Baum an der Mauer zu ihren Nachbarn und musste jetzt schmunzeln.

»Greif den Spaten..., Heb ihn auf..., nach vorne halten..., aus der Hocke..., nach oben..., nach vorn..., geh in die Hocke..., leg ihn ab..., nach oben.«

**ENDE**

## Glossar / Erklärungen zu den philippinischen Begriffen

**Barong:** Hemd der Männer, bestickt und oft ornamentiert, wird über der Hose frei hängend getragen.

**Bolo:** Machete für die Farmarbeit.

**Bunso:** Die / der Jüngste. Die Unterordnung und der Respekt gegenüber den älteren Geschwistern bestehen oft darin, deren Entscheidungen für die Familie anzuerkennen, selbst wenn die Eltern verstorben oder nicht in der Lage sind, diese selbst zu treffen.

**Calamansi:** Kleine, grüne Zitrusfrucht von 2-3cm Durchmesser, der Saft schmeckt sehr herb und intensiv.

**Filipiniana:** Traditioneller Kleiderstil. Es gibt verschiedene Ausprägungen. Hauptmerkmal sind die ›Sleeves‹, Halbärmel in spitzer oder gerundeter Form, teilweise übergroß in Form einer halben Scheibe oder auch ›Butterfly-Sleeves‹ genannt. Im 18./19. Jahrhundert weit ausgeschwungene, teils aufwendig bestickte Schulterteile und Überwürfe, welche die Frauen gemäß dem Einfluss der christlichen Religion der Kolonialherren vollständig bedecken sollten. (Maria-Clara, Bandanas, Barong-Kimonas). Filipiniana-Kleider werden bei Festlichkeiten, Miss-Wahlen oder gehobenen Anlässen getragen. Politikerinnen tragen sie auch im Parlament. Die traditionelle Mode ist teuer und heute selten zu sehen. Deshalb werden auch Casual-Filipinianas angeboten oder Ärmelpaare, die zu normalen, schulterfreien Kleidern kombiniert werden können.

**Foreigner:** Engl.: Fremder.

**Gulay:** Beilage zu einem Reis-Hauptgericht, meist Gemüse, auch in Verbindung mit Fleisch und Fisch.

**Hiligaynon:** Dialekt, der auf Panay und Negros gesprochen wird. (Die Frau des Autors ist eine geborene ›Hiligaynon‹)

**Inday:** Hiligaynon, Cebuano: Anrede zu einer jüngeren Frau, meist bei Verwandten.

**Kalabasa:** Esskürbis.

**Kankong:** Spinatähnliches Gemüse.

**Lalakera:** Promiskuitive Frau, Mannstolle (Lalake = Mann – Lalakera = ›Männerbenutzerin‹)

**La Paz Batchoy:** Delikates Nudelsuppenrezept auf Panay. (La Paz/ Iloilo-Provinz) Frühlingszwiebeln, Knoblauch, Leber, Fleisch, Shrimps und Ei gehören meist dazu.

**»Lint eh.«:** Kraftausdruck in Hiligayon.

**Lechon:** Spanferkel vom Grill.

**Manang:** Hiligaynon: ältere Frau, Respektsformanrede.

**Panganay:** (Tagalog) der/die Erstgeborene. Die Verantwortung und Rechte der erstgeborenen Kinder gegenüber jüngeren Geschwistern fängt in deren Jugend schon vor der Volljährigkeit an. Heiratet er/sie, wird der Ehepartner zu einem ranggleich gestellten Familienmitglied. (Der Autor ist Ehemann einer Erstgeborenen mit Verantwortlichkeiten im Sinne der Familien-führung)

**PGH:** Philippine General Hospital in Manila.

**›Po‹:** Höflichkeitspartikel in den philippinischen Sprachen, die den Respekt unterstreichen. Eine unbedingte Sitte auch für Touristen gegenüber Älteren und Amtspersonen.

**Querida:** aus dem Spanischen – Geliebte, illegitime Frau, Affäre.

**Tagalog:** Hauptsprache der Philippinen.

**Tinikling:** Zu ¾-Takt-Musik getanzter Paar- oder Gruppen-Tanz, bei dem hüpfende Schrittbewegungen nach einem

Thema neben und zwischen zwei Bambusstangen vollführt werden. Zwei kniende Personen schlagen die etwa drei Meter langen Stangen abwechselnd zweimal auf den Boden und in bestimmter Höhe einmal gegeneinander. Zu dem Stangenpaar gehören zwei flache Holzbretter für die beiden auf den Boden schlagenden Takte. Der Tanz kommt ursprünglich aus der Provinz Leyte, durch den ›Tikling‹ Vogel (eine Rallenart) angeregt, und ist der Nationaltanz des Landes. Es gibt auch Versionen zu moderner Musik und Tanz-Ensembles, die im Ausland auftreten. Was wie ein lustiges Hüpfen aussieht, ist schwierig, wenn Pirouetten, Drehungen und Oberkörperbewegungen koordiniert vollführt werden müssen. Manche Einlagen sind akrobatisch und werden komplex, wenn mehrere Stangenpaare nebeneinander durchtanzt werden müssen. Darbietungen mit brennenden Stangen werden von manchen Gruppen tatsächlich gezeigt.

**Tita /Tito:** Anrede zu einer / einem älteren Verwandten oder im Herzen ›adoptierten‹ durch Jüngere.

**Utang:** Tagalog: ›die Schuld‹. Schulden genereller Art gegenüber anderen, auch solche, die nicht finanzieller Natur sind. Das kann z.B. die Schuld der Kinder zu den Eltern sein, sie zu ehren, der sog. ›Utang na loob‹. (Innewohnende / innerliche Schuld) Im Denken des Filipinos ist der ›Utang‹ für die Gesellschaft angeboren und ein Mensch kann seinen Ruf schädigen, wenn er versucht, sich diesem zu entziehen.

**Yaya:** Kindermädchen.